—— 政协委员文库 ——

云吟集

廖 奔◎著

中国文史出版社

廖 奔（2012年）

湖光山色西湖
岩影度
影雲山之水
九江沁心四月
為題

目錄

辑一

剧　本

胡笳十八拍

（京剧）

场　次：

人　物：

蔡琰——30岁，字文姬。东汉末名士蔡邕之女，诗书琴兼擅。被匈奴掳去12年，左贤王冒顿占为姬妾。（青衣扮）

冒顿——40余岁，匈奴左贤王。（净扮）①

难儿——11岁，蔡琰与冒顿之子。因遭受强暴所孕，蔡琰为其取此小名。（可用青年女子扮）

忆儿——7岁，蔡琰与冒顿之女。因长期思忆故乡，蔡琰以此小名呼之。（童扮）

泥靡——50余岁，冒顿的亲信随从。（丑扮）②

---

① 冒顿为西汉初刘邦时匈奴单于之名，民族功勋颇著，郭沫若写话剧《蔡文姬》，取作其男主人公姓名，表示他的强莽性格与绍祖之志，此处从之。剧中左贤王冒顿为东汉末时人，乃冒顿单于之后人。

② 泥靡为乌孙王昆莫之孙岑陬与其匈奴妻子所生的儿子之名（见《汉书·西域传》），这里借其字义，用为冒顿之老随从的名字，表示此人好心肠、糊涂脑袋。

乌云——17岁，蔡琰的随身侍女。（小旦扮）

头曼——22岁，冒顿与大阏氏之子。（净扮）①

匈奴青年若干

舞队人员若干

汉使

随从若干

第一场　乡念

〔幕启。无远景。少量写意景片，标示出匈奴背景。台中设一几。

〔蔡琰上。头梳作汉式，身穿胡服亦裁作汉式并带水袖。

蔡琰　（念）没入匈奴十二年，

　　　　　　胡天荡荡又逢春。

　　　　　　非为忍耻贪苟活，

　　　　　　此身早成未亡人。

妾身蔡琰，字文姬，后汉陈留人氏。我父蔡伯喈，乃当朝大儒，以文章名世，可怜为董卓裹挟，一旦死于非命。（哭）我那苦命的爹爹呀！父丧未除，胡虏忽至，金甲耀日光，骁骑来若云，杀人如刈麻，抢掠劫妇女。妾身不幸，被匈奴左贤王冒顿劫得，遭逢恶辱，节义亏损，又带至这阴山之背、大漠之外，异域殊俗，餐饮膻腥，早已是一纪辰光也！非是奴不明义理纲常，委身事胡，惧死贪生，皆因生得一双儿女，黄口待哺，娇弱依人，孩儿何辜，苍天何极，是以隐忍盘桓，不忍骤逝。（空中雁过）呀！正是塞雁北返，温息南来。雁儿，雁儿，你好福气也！想中原云山万重，去路迢遥，奴无你的翅儿，那故乡么，我今生今世是无缘得见了！

（唱）空羡归鸿来远乡，

　　　　此身终为边地霜。

---

　　　① 头曼为冒顿单于之父的名字，公元前209年冒顿杀父自立，导致匈奴的强大，这里取作左贤王冒顿之子的名字。剧中头曼性格比冒顿更为粗豪，对冒顿的权位虎视眈眈，二人关系也恰与历史中相颠倒。

敢有生前故土望，

只愿葬骨向南方。

　　[蔡琰久久注视着大雁去处。乌云胡装上。

乌云　　（念）跟随夫人三年整，

不觉非亲亦关情。

昨夜王爷来在夫人帐中歇宿，兴致很高，说是今日要带少爷到草场演练骑射。夫人吩咐早些唤少爷、小姐起床，识文习字，以免贻误课程。我这就过去。（望见蔡琰）夫人早，王爷还没起来吧？

　　[蔡琰摇手示意，乌云吐舌头。

蔡琰　　（低声）乌云，你来得正好，快去唤难儿、忆儿起床，速速来此温习日课。

乌云　　（低声）是。（下）

　　[忆儿拖难儿随乌云上。二人装束皆半胡半汉。

忆儿　　娘，哥哥不肯起来，躲在毡裘里赖死狗。

难儿　　去去！娘！这大早将人喊起来，（打哈欠）我还没睡够呢！

蔡琰　　（顾盼大帐）轻声些，恐吵醒你父，惹他发怒。难儿，古人云：一天之计在于晨，寸金难买寸光阴。你已经十一岁了，须懂得这些珍惜时光的道理才是。要是在中原，偌大的孩儿，正是课学的好时光呢。

难儿　　课学课学！写那些方头丑脑的汉字，难死我了！

　　[乌云默笑，忆儿冲哥哥做鬼脸羞他。

蔡琰　　（一时不知说什么好，稍停）难儿，你不可如此短志！母亲我像你妹妹这么大的时候，已经会作诗写赋了。

难儿　　我不想作诗写赋。

蔡琰　　（生气地断然打断他）胡说！（意会到声音太高，胆怯地瞥一眼大帐。稍待，口气缓和地）难儿，你须识得汉字，写得文章，日后才能成为有用的人才。

忆儿　　娘，我喜欢汉诗。

蔡琰　　忆儿乖，懂娘的心。

难儿　　（执拗地）我爹爹不识汉字，也不会写文章，可他是盖世英雄！

蔡琰	（语塞，然后言辞转厉）乌云，取过石砚、桐琴来。
乌云	是。（将石砚放置几上，桐琴靠在一旁）
蔡琰	难儿、忆儿，随娘温诗习字！做完日课以后，难儿可去骑射，忆儿仍需习学弹琴。
忆儿	哎！
难儿	（固执地）我即刻就要随爹爹去习骑射，不学汉字！
蔡琰	难儿！（欲怒，转又隐忍）难儿，听娘的话，先学汉字，再习骑射。
难儿	（向上场门）爹爹来了。

〔蔡琰忙示意难儿、忆儿噤声，一道将笔墨纸张在几上摊好，乌云研墨。

〔冒顿上，身着胡服，头戴雉翎，身形彪悍，气度豪猛。

冒顿	（唱）纵马踏尽北疆雪，

　　　　　几度问鼎向中原。

　　　　　气数衰竭匈奴颓，

　　　　　热血豪壮心何甘！

（向大伙儿）呔！一大早吵吵嚷嚷，闹得人头昏脑涨！惹急了俺，一人给一马鞭！

（众敛息肃止，冒顿看到笔砚）怎么，又在这里为汉文争吵？（众不语，难儿求助地望着他）他娘，娃儿不欢喜写那些鸟字，不学也罢。汉家那些个东西，不顶吃也不顶喝。还是跟俺去撑硬弓、驾烈马，练出一身草原驰骋的本领，这才是我匈奴正业。

〔难儿喜，蔡琰不语。

冒顿	乌云快去烹奶。娃儿，吃饱了就上马。过几日我们又要追逐水草，迁移到燕然地界去，忙起来就没有工夫教你了。

〔乌云下。

难儿	（欢跃跳起）好，走啦！我就讨厌学南蛮、汉子那些酸不溜丢的东西。
蔡琰	（严厉地）难儿站下！你说什么南蛮、汉子？
难儿	（知道说错了）嗯……小伙伴们都这么说……
蔡琰	（严厉地）别人说，不许你说！

冒顿　　好好，你娘不爱听，你就不说，要说大汉、天朝，嘿嘿！

蔡琰　　（隐忍但倔强地）难儿，是娘的儿子，就要听娘的吩咐。为娘告诉你了，先坐下习书！忆儿，来，这是为娘昨夜忆写的诗章，你和哥哥先念起来，再临帖一番。

　　　　〔忆儿听话地坐下。难儿目视冒顿，冒顿不置可否，难儿勉强坐于几旁。儿女读书，蔡琰在其身后时或指点。乌云送上奶罐，下。冒顿于一旁高举奶罐畅饮。

忆儿　　（诵书式地念）

　　　　　　有兔爱爱，

　　　　　　雉离于罗。

　　　　　　我生之初尚无为，

　　　　　　我生之后逢此百罹。

　　　　　　尚寐无吪！

冒顿　　他娘，前些时听信马来报，鲜卑左部被汉家曹操击溃，壮勇几乎无有生还。俺欲率部趁机前去劫取其妇女牛羊，被单于阻住。可惜啊，现今恐怕已经迁移至其内地了。

　　　　〔蔡琰来到冒顿身旁。

蔡琰　　（轻声）王爷，求你暂且隐忍谈话，待难儿、忆儿课学之后再讲可好？

　　　　〔冒顿不悦，继续饮奶。蔡琰回看，难儿正向这边张望，仓促俯首书帖。

难儿　　（亦诵书式地念）

　　　　　　鸟飞返故乡兮，

　　　　　　狐死必首丘。

　　　　　　信非吾罪而弃逐兮，

　　　　　　何日夜而忘之！

忆儿　　娘，你过来，我读不懂。

　　　　〔蔡琰轻步走过去，为其讲解。

冒顿　　哈！昨夜俺做了一个梦，梦见又率部驰入中原，汉人望风披靡，我健儿锐不可当，如入无人之境，砍人头就像切瓜，真真地痛快杀也！

［难儿支起耳朵听，被蔡琰呵斥，重新低头阅读。

冒顿 （又饮一大口）唉！现在过的这是什么日子！淡盐寡醋的，远远躲在这边角旮旯儿里，头都不敢露。单于戜也胆小，又向鲜卑献送妇女牛羊，又向汉家献送骆驼马匹，讨好了这个讨好那个，我堂堂大匈奴的祖先在天之灵，都被丢尽了脸啊！

［难儿又支着耳朵听。

蔡琰 （怨恨地看一眼冒顿）难儿！你是要我拿家法来吗？

冒顿 （恨无人反应）你个鸟汉家家法。靠这个就能光复祖业吗？儿子，过来！（抛去奶罐，趋身将难儿一把抓过，难儿不知所措）你也太脓包样了，一无用处。俺要你像你大哥那样，立时三刻就学会铠里藏身、百步穿杨。老子这点心愿，都在你们身上呢！

蔡琰 （极度愤恨，压抑地）王爷，你让他先安安静静课完学，再出去也不迟！

冒顿 哼！俺要他去杀汉人，你还让他课什么汉学！

蔡琰 （悲哀）王爷，你不可要他这么做！

冒顿 哼！汉家与鲜卑一南一北，将我匈奴驱杀殆尽，鲜卑尽有我地，将我驱赶至这大漠边荒、水草不丰之处，生活无着，漂泊不定。此仇一日不报，俺冒顿死不瞑目！

［冒顿心中愤恨，手下用劲，难儿胳膊受痛惨叫。

蔡琰 （气急败坏）快松开孩子，看把他抓坏了！

冒顿 （手稍松，但不放开，瞪视难儿）俺的儿子，将来要杀尽鲜卑，威逼汉室，恢复我匈奴往日盛威，不可作汉人儿女态！嗯？

［难儿吓得直往后挣。

忆儿 （一直注视着事态，哭出）娘啊！

蔡琰 （急切来掰冒顿的手）你快快松手！

［冒顿松开难儿，蔡琰连忙揽儿入怀，忆儿亦奔至娘处。难儿手腕吃痛，咬牙硬挺。蔡琰与忆儿抽泣。

冒顿 （稍待，无意思地）嘿嘿！（搭讪地）他娘，你们不必哭泣了，读书去吧，啊？

（见三人不动）文姬，俺匈奴人，有口无心，你不必再伤心了啊！

[蔡琰扶子女走至几旁坐下。

冒顿 （求和地）文姬，俺冒顿不想得罪于你，想要你平日高兴，可俺这粗脾气……

[蔡琰不语。

冒顿 （欲转移）儿子、女儿，爹爹昨日让人从汉家榷场弄来的笔墨纸张还好用吧？（走过去）让我看看你娘写的什么？

[冒顿把砚台碰落地上，忆儿惊叫，蔡琰紧张。

冒顿 （连忙捡起砚台）不妨事，还好好的，你看。毡垫弄黑了再换一条。

[蔡琰顾不得墨汁淋漓，急忙接过。

冒顿 嘿嘿！（没意思，对儿女）你娘从汉家带来的石砚、桐琴这两件宝物，俺可是从来都珍惜的呀！

蔡琰 王爷，妾有一事相求于你。

冒顿 请讲。

蔡琰 王爷，你与鲜卑结下深仇，千万不可将仇恨转移到孩儿头上。至于这汉家么，乃是孩儿外祖和母亲的生地，文物丛萃，礼仪之邦，你万万不可再起什么斩杀之念了。

冒顿 （敷衍地）嘿嘿。

[蔡琰重新课子。冒顿百无聊赖，踱下。

[泥靡胡装骑马上。

泥靡 （念）军令军令如山倒，
　　　　　屁颠屁颠往回跑。

俺是左贤王心腹帐下一个老大的小卒，名唤泥靡，泥就是烂稀泥的泥，靡就是稀靡烂的靡，烂稀泥，稀靡烂，和和气气心肠软。咳，俺泥靡随王爷征战，一眨眼就是十几年。财宝抢了不老少，花了，用了，丢了；女人掳了一大帮，玩了，跑了，死了。到头来，仗越打地盘越小，给他娘的鲜卑挤到这荒草滩滩里待着，俺也就到老连个师长旅长的都没混着，至今还是个光屁股老骚。单于有令，汉使来在中庭，传左贤王速速入帐议事。现下来到文姬夫人毡房，（下马）我不免掀帘进去告诉。且慢！夫人日常一再叮嘱我等，不可粗野造次，要我等每次来到，报门而进。（笑）小老儿活了这么大岁数，王爷马后也跟了半辈子，马腿倒抱了不少，就不知道什么是报门而进。算了，怜她平生酸苦，又待小老儿不薄，这就学学汉人的样。（学喊，歪声歪调）泥靡有单于急令禀报王爷，报门而进哪！

　　〔冒顿速上。蔡琰立起。

冒顿　　有命呈进来。

泥靡　　是！（进帐对冒顿、蔡琰行胡礼）王爷，汉使来在中庭，单于命你速去议事。

冒顿、蔡琰　　（各自一惊）你待怎讲？

泥靡　　汉使持旄出塞，单于命商对策。

冒顿、蔡琰　　呀！（各自反应）

冒顿　　好！我倒要看看汉使此行，究为何意？备马！

泥靡　　是。

　　　　〔泥靡出帐牵马，冒顿上马。难儿随出观看。

冒顿　　（对泥靡）你带少爷去习学骑射，不得让他躲懒。

泥靡　　是！

　　　　〔冒顿下。

蔡琰　　泥靡伯伯，你且过来，我来问你。那汉使，他是一行几人，携有何物，来此何意？

泥靡　　禀夫人，那汉使一人，随从数十，持有汉家曹丞相书信，备有重金玉帛，说是要赎还什么人。

蔡琰　　（激动）你说什么？那汉使持有曹丞相书信与重金，欲赎还什么人么？

泥靡　　正是。

蔡琰　　哎呀且慢！想那汉室曹丞相，乃是家父当年旧友，情同手足。妾父亡故，已身落入匈奴，他一定于心不忍。现时曹丞相正执权柄，威炎方张，欲图大业。汉使此行，莫非为赎还妾身而来么？蔡琰哪蔡琰，你别井离乡，托身异域，容颜枯槁，身形憔悴，忍耻含辱，不舍捐生，所盼不就是终有一日回归故乡么！岂非天公开眼、祖上显圣！待我感谢上苍。呀，且慢！冒顿性子粗豪，莽横强硬，若是他不依允，强留妾身，挡回节旄，驱离汉使，这可怎么是好？（手足

无措，行为失状）

泥靡　　夫人，老奴……

蔡琰　　哦！泥靡伯伯，带难儿、忆儿用饭去吧。

泥靡　　是！小少爷，大小姐，走呀！

难儿、忆儿　哎！泥靡老伯，咱们走！

蔡琰　　（强自镇静，对泥靡）饭后骑射，你要仔细照拂难儿，不要摔着，不
　　　　要为马所惊。

泥靡　　知道了。

蔡琰　　你千万记下了。

泥靡　　记下了——你们汉家儿都是泥捏的！走。（与难儿、忆儿下）

蔡琰　　（目视诸人下毕）罢了！冒顿如若相阻，我唯有一死而已，岂有他
　　　　途！

　　　　（心事重重，唱）

　　　　　　　　十二年来火熄烬念如灰，

　　　　　　　　又何曾想北来雁唤春回。

　　　　　　　　乞告父亲在天灵显神威，

　　　　　　　　保佑女儿向故乡早日归。

　　　　〔跪。幕落。

第二场　　隐痛

　　　　〔幕启。草原风景。泥靡打马上。

泥靡　　（念）草原三月好春光，风光。

　　　　　　　　圈中公羊找母羊，亲娘。

　　　　　　　　骑着马儿遛一趟，瞎浪。

　　　　　　　　后面跟个小贤王，开裆。

　　　　〔难儿骑马驰上。

难儿　　泥靡老伯，你说谁开裆？

泥靡　　我不曾说谁。

难儿　　待我学会了骑射，我一箭射你个穿心葫芦。

11

泥靡	好好好，我就教你个射穿心葫芦。
	（念）左手撑起绣花弓绣花——弓，
	右手抽出雕翎箭雕翎——箭，
	瞄准前方小钗鬟小钗——鬟，
	一马放去脱了线脱了——线。
难儿	（向上场门作欢跃状）噢，马队来啦！
泥靡	是，少王爷。（连忙避立一旁，作恭敬状）

〔头曼驰马上，见泥靡，不睬而过，随后一整列匈奴青年骑马追上，奔腾驰骋，英武神威，齐声合唱：

失我祁连山，

使我牛羊不繁衍。

失我燕支山，

使我姑娘无红颜。

乞告天公佑我，

誓死夺回家园。

（齐啸）噢——

〔难儿先是手舞足蹈地看，然后追着喊："大哥，等等我！"头曼不顾，扬鞭而去，骑队随之驰下，末一人冲难儿喊："小汉儿，掉下去了！"

难儿	你才是小汉儿！（举鞭）看我追上了抽你！

〔难儿骑术不佳，踉跄不已，只好沮丧地停止追赶。泥靡赶上。

泥靡	少爷，你还差得远哪！
难儿	（冲马队去的方向喊）我不是小汉儿！我早晚会比你们强！我要成为爹爹那样的英雄！
泥靡	你可没你大哥那本事，写点汉字还行。
难儿	我大哥有什么了不起？我娘说他粗野蛮横，不可理喻，不能学他。
泥靡	嘿，那是夫人那么说，我们匈奴人可都说他是王爷的好种。
难儿	哼，他还欺负我娘，看我长大了能饶他！
泥靡	少爷，这话可不敢随便乱说。
难儿	（触动心事）你说，我娘为什么老要教我写汉字？我都烦死了！

泥靡　嘿嘿，夫人想她娘家呗。

难儿　我娘一想起她娘家就流眼泪。

泥靡　她是汉女，过不惯我们这里的日子。

难儿　为什么我娘是汉女？

泥靡　（神往地）汉女好呀，汉女知书识礼，顺从温柔——不过你娘也太有点倔强。

难儿　我娘老说她要回汉家去，还要把我们都带去。

泥靡　那可好了——一对小胡儿。

难儿　我可不愿意去。我喜欢大草原。我娘说汉家没有草原。

泥靡　那是，你是匈奴儿嘛。

难儿　我娘既不愿意来，为什么她还来？

泥靡　她可不是自愿来的……是我们把她抢来的，嘿嘿！

难儿　抢来的？

泥靡　是呀。

难儿　泥靡老伯，快告诉我，你们是怎样把她抢来的？

泥靡　这个……

难儿　你快告诉我呀！

泥靡　那个……

难儿　你不告诉我！我不跟你去了。（扭头要回去）

泥靡　好好好，我告诉你……我告诉了你，你可不能说给王爷听。

难儿　不会的。你快说呀！

泥靡　好吧，我说。（卖弄地）

（唱）那……

咳！老了，早年在汉地学的几句京戏都忘光了。

（唱）那一年汉皇廷朝纲紊乱，
汉献帝惧怕了李榷郭汜，
左贤王受主遣长安平叛，
我随爷到中原实在开眼。

（念）满地的财宝由人拿，
四处的妇女随你撵。

敢有那不识相的来阻拦，

我一箭就让他命归天。

人头挂在马前头，

妇女拴在那马后边。

掠了百十财宝车，

抢了千万女鲜鲜。

回到营地打一看，

嘿，你娘她情形可不一般。

难儿　我娘她怎么样？

泥靡　（唱）虽说是，满面灰尘头发散，

她相貌妩媚光可鉴，

由它捆缚皮肉烂，

你娘犹自怀抱一木琴、一石砚。

难儿　就是我们现在用的那把琴和那块砚吗？

泥靡　正是！

（念）恰此时，左贤王来到细查看，

问知是大汉名士蔡邕千金女婵娟。

王爷听罢心中喜，

将你娘收到帐里边。

（背躬）小老儿就没这个福气！

到次日，兵丁看管未仔细，

你娘她投水气息奄，

亏我河中救她回，

迟了一步命归天。

从此王爷破了胆，

一根皮绳终日牢牢将她拴。

难儿　（哭）娘——

〔泥靡自知失言，自打耳光，后悔不迭。难儿抹去眼泪。

难儿　泥靡老伯，后来我娘怎样了？

泥靡　（犹豫）后来呀……

难儿　　你快接着往下讲呀！

泥靡　　（想了想，意图挽回地）好吧。

　　　　（唱）后来你娘染有身孕，

　　　　　　　王爷愈加命人将她紧紧看。

　　　　　　　待到少爷你落了地，

　　　　　　　夫人从此再不哭呜咽。

　　　　　　　老天保佑祸转福，

　　　　　　　今日儿女双全合家皆平安。

　　　　［难儿走向一旁。

泥靡　　少爷？

难儿　　可我娘她为什么还老是不高兴呢？

泥靡　　唉，夫人她忒也倔强了。

难儿　　怎么讲？

泥靡　　（同情地，欲言又止，最后忍不住地）唉！

　　　　（唱）人是贱虫命由天，

　　　　　　　入乡随俗是良言。

　　　　　　　夫人她不习胡俗不为罪，

　　　　　　　她不该把我匈奴祖宗的规矩来恶看。

难儿　　什么规矩？

泥靡　　（念）蓄奴卖口寻常事，

　　　　　　　杀人殉亡笑谈间，

　　　　　　　子娶父妾弟婚嫂，

　　　　　　　上下遵循皆相安。

　　　　（唱）夫人她嘴上不言心里怨，

　　　　　　　视我匈奴如同豺狼蛇蝎般。

　　　　　　　王爷平日空施百般宠，

　　　　　　　她犹如羔羊遇虎总是惊颤颤。

　　　　　　　时而惹动王爷心头火，

　　　　　　　她不免，遭拳脚，挨马鞭，

　　　　　　　眼泪直向肚里咽。

唉，这样娇嫩的女婵娟，怎么受得了王爷的虎狼之威呢？

〔头曼率骑队从下场门上，泥靡注视，难儿如若不见。骑队驰过场，齐唱：

　　　　天之骄子，

　　　　大漠孤鹰。

　　　　夺我失地，

　　　　重振雄风。（下）

泥靡　　少爷。

　　　　〔难儿不响。

泥靡　　（观察难儿的表情，后悔地）少爷，你看老奴这张嘴，该死！咱们射箭去吧？

难儿　　我不想射箭了，咱们回去吧。

泥靡　　（担忧地）少爷……我说这些话，你不会告诉王爷吧？

难儿　　不会。走吧。（下）

泥靡　　您瞧我小老儿，活了一辈子了，就管不住这张烂嘴，还在这儿冒傻气！（下）

　　　　〔幕闭。

第三场　议归

　　　　〔幕启。与第一场背景略同。

冒顿　　（幕后唱）

　　　　一声炸雷震山川惊破天地，

（急速上场，接唱）

　　　　汉丞相使胁迫我遣回文姬。

　　　　如若从命输金帛从此好和，

　　　　如若拒命结鲜卑战乱不息。

　　　　单于他畏族难命我应允，

　　　　全不顾大匈奴颜面扫地。

　　　　拥精兵我待要图谋异举，

　　　　　　且归去测文姬心中何意。

　　　　　　速提马紧加鞭急急回转，

　　　　　　见文姬早已在毡包外立地。

啊呀且住！想那文姬，朝朝念，夜夜想，盼的就是回返汉家这一天。她若知情，怎肯由我随意措置。这、这、这……

　　　〔蔡琰急上。冒顿翻身下马。

蔡琰　　（急切地）王爷，你回来了。

冒顿　　回来了。

蔡琰　　王爷……（欲言又止）王爷奔波劳累，快请进帐歇息。

　　　〔冒顿进帐，坐。

蔡琰　　乌云，上奶茶。

　　　〔乌云内应，端奶茶上，冒顿接饮，乌云下。

　　　〔冒顿饮毕不语。

蔡琰　　（试探地）王爷，今日谒见单于可好？

冒顿　　唔……

蔡琰　　（察言观色）可曾见到汉使？

冒顿　　（支吾）文姬，难儿今年多少岁了？

蔡琰　　（不知他何意）王爷怎么多忘，一十二岁了。

冒顿　　唔，想你我也是一十二年的夫妻了。

蔡琰　　（明白，冷冷地）王爷以为我们像人间的夫妻么？

冒顿　　不像夫妻像什么？

蔡琰　　（激愤）妾身只是王爷掳掠来的奴婢罢了！

冒顿　　（不悦）文姬，你如何这样讲！

蔡琰　　（哀怨地）王爷呀！

　　　（唱）奴本是中原良家女，

　　　　　　一旦遭掳心早残。

　　　　　　别家万里来胡地，

　　　　　　寄人篱下挨时天。

冒顿　　（不悦，但又有所希冀）

　　　（唱）自从你入帐为王伴，

　　　　　　我对你处处多惜怜。

　　　　　　石头入怀也早捂暖，

　　　　　　你怎能往日恩情丝毫也不念？

蔡琰　　（唱）说什么怜爱有加恩情重，

　　　　　　我只似度日如年苦常伴。

冒顿　　（唱）本王何曾亏待你？

蔡琰　　（唱）笼中雀岂能有欢颜？

冒顿　　（唱）文姬凭良心想一想，

　　　　　　阏氏里我最把谁挂牵？

蔡琰　　（唱）不肯与众姬来争强，

　　　　　　岂能向虎口求苟安。

冒顿　　（欲怒）你！

　　　　（唱）叫文姬不要再固执，

　　　　　　惹我性起遭伤残。

蔡琰　　（悲惨）

　　　　（唱）时运不济不敢怨，

　　　　　　忍辱含悲早已一十又二年。

冒顿　　唉，你的心真冷啊！

蔡琰　　（平静地）王爷，汉使万里来至，究为何事？

冒顿　　这个……

蔡琰　　怎么，王爷不便明言么？

冒顿　　（发火）呔！汉使所来，乃为国事，妇道人家，不得多问。

蔡琰　　（犹疑了一下，仍坚持询问，但婉转地）王爷，部落之事，妾不当
　　　　问。汉使乃妾故乡之人，妾欲向单于请求一见，问询亲眷消息，可
　　　　还使得？还望王爷向单于禀明。

冒顿　　（恨恨地）不用禀了，汉使即为你而来！

蔡琰　　（心中有数，进一步探询）所议何事？

冒顿　　不必再问！

蔡琰　　（坚决地）莫非汉使来赎取奴家归汉，王爷有意相阻不成？

冒顿　　这个……

［头曼大步上，乌云跟在后面。

乌云　　你等等！

头曼　　乌云，待我禀过父王，率人斩却汉使，再来与你亲近。

乌云　　（乞求）你不要做让文姬夫人伤心的事！

　　　　［头曼不顾，返身入帐，向冒顿一揖。乌云随入，侍立一旁。

头曼　　父王，兵勇们早已不耐，待我挥师一击，定取汉使之首来见。

蔡琰　　（大惊）什么？你们要杀天朝来使？

冒顿　　（愠怒）头曼，你怎敢违令闯入文姬毡帐？

头曼　　军务紧急，顾不得许多了。

蔡琰　　王爷，此举万万不可！

冒顿　　（对头曼）你休得如此狂妄！（回头，缓和声调）文姬，汉使迫你返汉，这是我匈奴奇耻大辱，我决然不允。我欲率领我部人马，即日北去远避，你意下如何？

蔡琰　　（心中急切打算）王爷，单于怎么说？

冒顿　　哼！不要问他。

头曼　　单于就知道学妇人低眉顺眼儿！

蔡琰　　（有底）王爷，适才所说二途，妾身为王爷皆所不取。如若杀却汉使，曹丞相必然恼怒，即刻天兵临境，鲜卑亦乘时而动，我邦我民就无有苟息之日了。

头曼　　哼！

蔡琰　　倘若不遵单于指令，拔寨而去，右贤王趁机进谗，单于兴兵征讨，汉邦亦为助力，届时我部属民将大难临头！

冒顿　　这个……

蔡琰　　妾身为王爷计，不如以和为上，将我送归汉邦，匈汉从此交好，永无征战。

冒顿　　（衷情发动，拥抚蔡琰）文姬，我就是不愿听此下策！想你随顺我已经十二年，我终日对你挂牵不已，怎忍将你……

头曼　　哼！

冒顿　　（怒视头曼）畜生，还不滚了出去！

　　　　［头曼不动，乌云悄悄拉其衣角，头曼昂然走下，乌云随下。

冒顿　……我怎忍将你送归汉家呀！

蔡琰　（轻轻推开冒顿，坐于一旁）王爷，你既然对妾身如此垂爱，就应该体谅我铭心刻骨的故乡之思！

冒顿　文姬，我是为你着想呀！你在这里，衣食无缺，回到汉家，何处可以安身？

蔡琰　（讥讽地）我回到自己的故乡，难道比流落在异域边荒之地还堪忧不成？

冒顿　你家中已无亲人，孤身女子，何人可依？

蔡琰　（激动地）上自汉家天子、丞相朝臣，下至众多的故国百姓、邻里乡亲，见到漂流在外一十二年的蔡琰返乡了，谁人不喜，谁人不慰，只怕争相延至，尽欲剖心而不及，我复何愁！

冒顿　你毕竟已做惯了王妃，平日里颐指气使，一呼百诺，到了汉家，谁人还这样待你？

蔡琰　（冷冷地）哼！妾身宁做汉家乐壤里一介草民，耕织渔樵，自食其力，也强如在这里为嫔为婢，寄人篱下，受尽欺凌！

难儿　（内喊）娘！娘！（冲上）

乌云　（追上）少爷……

难儿　（瞥见冒顿，气冲冲地）爹爹在这里。爹爹，头曼欺负人！

　　　〔乌云急得手足无措。

冒顿　唔？他怎样欺负于你？

　　　〔乌云对难儿直摆手，难儿不睬，乌云急得直掉眼泪。

难儿　他骂我是小杂种……又说，将来他要了我娘，可不要我做儿子！

　　　〔蔡琰浑身一震。

冒顿　（大怒）畜生！老子还没死呢！（抽刀）

　　　〔乌云急跪，扯住冒顿衣角。

乌云　王爷息怒！头曼该杀，念他是王爷长子，还要辅佐王爷，共成恢复匈奴大业，且饶过他这一回吧！

冒顿　（略停，愤恨而无奈地）哼！（一刀砍在几上，劈去一角）

难儿　（不依不饶）爹爹，你为什么要抢我娘来这里？抢来我娘整日遭人欺负，还不如让我们回汉家去！

20

[冒顿、蔡琰惊讶地对望。

蔡琰　（怕冒顿迁怒，急切地）难儿住口！

冒顿　（压抑地）小娃子休得多嘴！乌云，将难儿带走！

难儿　我不走……

[乌云急扯难儿踉跄下。

冒顿　你调教的好儿子！（猛地将刀送入鞘内）

蔡琰　这就是我的好日子！

[泥靡急上，头曼随上。

泥靡　报——单于调遣中庭与右部兵马，已将我西北围住，命王爷早做裁断，交出文姬！

冒顿　（愤怒）哇呀呀呀——

头曼　父王，正好让孩儿带兵与之一战，以决雌雄！

冒顿　（冲头曼）呔！这里没有你说话的地方，滚了出去！

头曼　哼！咱们走着瞧！（大踏步走下）

冒顿　你！

蔡琰　王爷，你要从大局着想。

冒顿　（迁怒）这下你高兴了？

蔡琰　王爷……

冒顿　不要讲了！蔡琰，你以为这样我就会放你走？实话告诉你，你生是本王的人，死是本王的鬼。要想弃本王而去，嘿嘿，要问我的腰刀答应不答应。

　　　（唱）内忧外困急火燃，

　　　　　　恼得我心底冒狼烟。

　　　　　　外压内挤王不惧，

　　　　　　拼他个鱼死铁网穿。

　　　蔡琰！

　　　（唱）你若要返汉只有死，

　　　　　　休怪我冒顿无情面。

蔡琰　（冷静地）如此也好。

　　　（唱）我心如死灰欢乐尽，

神魂早已留中原。

死亦生啊生亦死，

活着遭罪不如死了反心安。

王爷！我既落入你手，从来就无有打算活着回去！只求你将妾身杀死之后，看在我留下的两个孩儿面上，请汉使将我的尸骨载回，葬于我父墓所之侧。我虽不能生还中原，遗骸能够归葬，也就死而瞑目了。

冒顿　　（狠狠地抽刀在手）那就别怪本王不客气了！

　　　　〔泥靡跪地，乌云冲上场，亦跪。

泥靡、乌云　　王爷——

蔡琰　　（平静地）且少待。乌云，将我那桐琴和石砚取来。

乌云　　是。

　　　　〔乌云犹豫地站起，走去拿琴，泥靡亦取来砚台。蔡琰一一接过，仔细地拂拭干净，摆在身旁。

蔡琰　　（向着大雁来的方向）爹爹，女儿这就回去了！（三拜，然后理鬓整发，面南端坐）

　　　　王爷，请吧。（闭目静待）

　　　　〔冒顿举刀。

泥靡、乌云　　（抢跪）王爷！

　　　　〔静场。少停。

冒顿　　唉！（抛刀在地，双手捧首坐下）

蔡琰　　王爷，你是心中不忍么？

冒顿　　……

蔡琰　　王爷……

冒顿　　（爆发地）罢罢罢！你走！你随汉使回你的汉家去吧！

蔡琰　　……此话当真？

冒顿　　……当真……

蔡琰　　语无反悔？

冒顿　　……

蔡琰　　（激情涌起，心潮难平，由低到高）汉家！汉家！我的汉家，我的爹爹呀——

　　[蔡琰乐极哀来，痛哭失声。泥靡、乌云亦跪地啜泣不止，以后的时间里，二人听蔡琰与左贤王言来语去，一直表现得不知所为、举措失据。

　　[冒顿痴坐。蔡琰抽泣渐缓渐弱，直至停止。猛抬头。

蔡琰　　（试探地）王爷，我与孩儿去后，你要多多珍重了。

冒顿　　（惊醒，打断）不！你一个人走，孩儿留下。

蔡琰　　（大惊）什么？你说放我一个人归往汉家，将儿女撇在这里么？

冒顿　　唔。

蔡琰　　这怎么可以——

冒顿　　哼！

蔡琰　　（哭）我那一双可怜的儿女呀，让母亲怎么割舍得下！（乞求地）王爷，让儿女随我回去吧。

冒顿　　（粗鲁地）不可！曹操只让汉使带来你一个人的赎身钱，孩儿么，是我冒顿的后代。

蔡琰　　王爷，孩儿幼小，怎离得了母亲哟！

冒顿　　离不了也得离！

蔡琰　　喂呀——

　　（唱）一听王爷出此声，

　　　　　骇得我咚咚心颤惊。

　　　　　哀求王爷慈念生，

　　　　　万万不可使我母子隔西东。

　　（跪）王爷，看在你我夫妻一十二年的份上，求你了，让我把孩儿带去吧！

冒顿　　现在你说夫妻情分了。不行！儿女是我匈奴的骨血，不能送与汉家！

蔡琰　　（哀乞地）等我把孩儿抚养成人，那时再送来与你父子相聚。

冒顿　　不可！俺要让孩儿在草原上长大，练出一身骑射本领，驱除鲜卑，威震汉室！

蔡琰　　苦啊——

冒顿　　（试探地）舍不得孩儿，你就留下。

蔡琰	（唱）我那苦命的孩儿啊……
冒顿	（商议地）文姬，你只要答应不走，想那汉使也不能从强，待我去禀过单于，咱们明天就拔寨北上，驱赶牛羊和众奴婢，走得远远的，让汉使再也找不着，我们一家人和和睦睦过一辈子。
蔡琰	（急忙地）啊不！你让孩儿同我随汉使回去。
冒顿	（平视蔡琰）你一定要走？
蔡琰	（悲惨地）妾是一定要走的。
冒顿	（瞪视蔡琰）你果然要走？
蔡琰	王爷……
冒顿	（转怒）罢了！你走你留随你的便！汉家女子有的是，我还可以去买、去抢！孩儿是我的，不许带！
蔡琰	（身子一阵战栗，勉强忍住，作最后的努力）王爷，我只带孩儿去抚养三载，待忆儿满了十岁，就送他们回来……
冒顿	哼！且莫说我不允，即使我答应了，那鲜卑肯放我的孩儿过去么？不待到达汉地，他们早已成了刀下之鬼！
蔡琰	（恐惧）呀！（思索后）如此说来，我是带不去我的孩儿了？
冒顿	带不去了！
蔡琰	（苦涩地）我只好独身返汉了？
冒顿	哼！
蔡琰	（站起，果决地）好吧。汉使何日起程？
冒顿	三日之后。
蔡琰	请转诉汉使，届时我整装待发。
冒顿	……愿告。
蔡琰	可有一样。
冒顿	什么？
蔡琰	求你不要告诉我那一双可怜的儿女真相，让他们小小的年纪，就尝受生离死别的滋味。
冒顿	好吧。
	〔蔡琰忧伤地转身，乌云搀扶她走下。泥靡视冒顿，冒顿挥手，泥靡亦退下。

冒顿　（自恨）冒顿呀，冒顿！你空为热血男儿、一世英雄！想当年，你也曾带甲千具，控弦万骑，驰骋疆场，饮马长城。谁知近年天公疏离，神鬼不佑，非但无力绍继祖志，逐鹿中原，竟然不能庇佑一位妇人、自家的儿女之亲！难道真是我气数已尽不成？（喊）天公啊——

　　　　〔灯光转暗，幕闭。

第四场　衷情

　　　　〔幕启。与上场背景略同。光线较暗，以示晚间。
　　　　〔泥靡、乌云上。

泥靡　明日即是文姬夫人起程之日，今夜单于摆下饯行酒宴款待汉使，要王爷奉陪。
　　　　（向乌云）唉！要老汉说来，这做大官的也实在是没劲。

乌云　为什么？

泥靡　你想啊，夫人被逼迫，明日就要一去不复返了，王爷哪有陪逼他的人喝酒的闲心！
　　　　还得抻着脸陪人笑、陪人闹，三星五魁变七巧。换了我，一个被窝睡觉的老婆要跑了，哭还哭不过来呢！
　　　　〔泥靡哭，乌云亦哭。

泥靡　呀呸！又不是我老婆要跑，我这哭的哪门子劲哪？不过话又说回来了，在文姬夫人跟前伺候了这么多年，她待下人不薄，还真舍不得她走。你说是不？
　　　　〔乌云听后愈加伤心，抽咽不止。

泥靡　嘿——给你个棒槌你还当针使？哭几声表示表示就得了呗。

乌云　（一边啜泣）我不是……我是怕……

泥靡　怕什么？

乌云　怕……怕出事……

泥靡　（奇怪地）出什么事儿？

乌云　我……头曼……

泥靡　头曼怎么啦？

乌云	头曼他说……（欲言又止，干脆放声大哭。）
泥靡	（不明所以，摇头）哭吧，哭吧，谁叫你跟夫人这几年，都快变成汉女了呢……要说呢，文姬她真不该走，也太有点拿性儿。
乌云	（抽噎）你不要错怪了夫人，她已经够可怜的了。
泥靡	我错怪她？她撇下王爷不说，还扔下两个娃儿，也未免太有点……有点什么来着？对了，狠心。
乌云	她那是迫不得已。
泥靡	我也知道她这些年吃了不少苦头，可那一半儿也得怨她自个儿心气儿太盛。
乌云	你不明白。
泥靡	我不明白？你倒说说看，我不明白些什么？
乌云	嗯，夫人会弹琴，会写字，性子好，心里明白事儿，她忍受不了我们部落人的……
泥靡	什么？
乌云	（寻找适当的词）嗯……粗野……
泥靡	粗野？粗野是什么？能挡住你吃，挡住你喝？
乌云	嗯……我也说不清楚。
泥靡	还是了。人哪能没有点豪劲儿？你说是粗野，我还说是英雄气儿呢。就如你，还不是喜欢少王爷？
乌云	我就是讨厌他太粗野！
泥靡	啊哈！这儿又出来一个汉女。你说他粗野，你还跟他好什么？
乌云	我到底不是汉女呀！
泥靡	还是了。要是汉女，你还能自己去凑爷们？
乌云	别胡说，夫人来了。
乌云、泥靡	（肃立）奴婢（奴才）侍候夫人。
	［蔡琰、难儿、忆儿上。蔡琰外静内苦，表情复杂，难儿哭丧着脸，忆儿嘟着小嘴。蔡琰向二人点头示意。
泥靡	（故作轻松）少爷，怎么碰着了丧门星似的。不做男子汉、大英雄了？
难儿	我娘说她要去汉家探亲。

26

泥靡	你娘去住几日就会回来的，有什么了不起？
乌云	（想调剂一下气氛）小姐，你娘会给你带好多汉家的礼物回来的，像……泥靡老伯，你去过汉家的，你说，汉家都有什么好东西呀？
	〔泥靡视蔡琰，蔡琰强掩感情，向他示意。泥靡摇头叹息，然后故作奇妙。
泥靡	我说呀，汉家的好东西可多了。要吃呀，有馒头、饺子、枣糕、饸饹、粽子、糍粑、大饼、油条、酸菜肉、松鼠鱼、肯德基、唐老鸭，山珍海味各式各样；要喝呀，有水酒、米酒、果子露、莲子羹、燕窝汤、八宝粥、北京扎啤、可口可乐，水陆珍奇五花八门；你要穿呀，有棉布、丝织、纯毛、混纺、亚麻、锦纶、毛哔叽、乔其纱；你要玩呀，有斗鸡、踢球、围棋、双陆、灯谜、竹马、泥人、木偶、卡拉OK、电子游戏；你要走路呀，有轿儿、驴儿、车儿、船儿、飞机、火箭、装甲车、登陆艇；你要睡觉呀，有竹床、铁床、硬床、软床、钢丝床、木板床、席梦思床、气垫水床。哎呀，汉家的好东西，我小老儿可是数也数不清啊！
乌云	（见忆儿仍紧随蔡琰不离）小姐，你喜欢汉家吗？
忆儿	（不理乌云）娘，我不要你去汉家嘛！
蔡琰	（强作轻松）好孩子，不是说好了娘只去几天吗？
忆儿	那我跟你一块儿去。
蔡琰	（急忙地）忆儿，路上有豺狼，你去不得的。
乌云	小姐，让夫人去几天，我带你去神池游玩。
忆儿	不嘛，我要娘待在身边。
	〔蔡琰背身，伤痛。难儿瞥见，盯注。泥靡看出，急忙打岔。
泥靡	少爷，要什么礼物你想好了没有？
难儿	我娘去了会回来吗？
	〔蔡琰一惊，与泥靡对视，泥靡会意。
泥靡	当然会。你娘怎舍得丢下你们俩羔儿不要呢？（欲岔开，转问忆儿）大小姐，你想要什么礼物呢？
忆儿	嗯……
乌云	小姐，让夫人给你带一件汉家姑娘穿的大红裙子，好不好？要真正蚕

丝织成的，可漂亮了，穿在身上就像神池里下来的仙女一样。

〔忆儿神往。

泥靡　你不要，那给我算了。

忆儿　（忘记恋娘）娘，我要我要！

蔡琰　（悲）好，娘给你带。

忆儿　娘，一定别忘了啊！

蔡琰　忘不了！泥靡伯伯，感谢你的好意。时候不早了，快回毡房歇息去吧。

泥靡　哎，俺还得去接王爷回来。明儿个还要走远道，你们母子也早点儿睡吧。唉！

　　（念）天下马驹都恋娘，

　　　　　老汉我看了也心伤。（摇头下）

〔忆儿打哈欠。

蔡琰　乌云，你也带难儿、忆儿进寝帐歇息去吧。

乌云　是。（对二子）咱们走。

〔难儿、忆儿随乌云离去。难儿又回首，目光充满疑虑。

难儿　娘！

蔡琰　去吧。

〔三人下。帐外风起。蔡琰陷入痛苦之中。

蔡琰　（唱）听帐外疾风起沙砾飞扬，

　　　　　想起来别亲子痛断肝肠。

　　　　　我怎忍只顾己回返家乡，

　　　　　撇下了一双孩儿流落八荒。

（白）我不能走！我不能走！（忽然惊觉）啊不！我要走，我要走啊！蔡琰，你不是盼望这一天盼了多少年了么？你不是一位刚强稳重的女子么？事到临头，你怎能犹豫，乱了方寸，坐失良机！不！你要稳住心神，拿定主意，明日从从容容与孩儿相别。（四顾无人，茕茕落落）今夜，我还要做些什么？（瞥见砚台）有了，孩儿幼小，不解母亲离别根由，长大恐怨我抛儿而去。我不免修书一封，自署平生苦况，留待孩儿长成以后阅览，以明母心。

（取纸笔，凝思）

（唱）叫一声娘的儿细听端详，

　　　为娘我临去前泣诉衷肠。

　　　想此生离乱继灾祸相接，

　　　欲下笔有千言难以成章。

我好命苦啊！（抛笔起，见桐琴）桐琴呀，桐琴！我这一生的苦
楚，都在你身上了！（取琴抚弄）

（唱）汉季失权柄，

　　　董卓乱天常，

　　　刑杀鱼龙杂，

　　　我父把命丧。

［蔡琰悲愤，置琴起舞。舞队上，于灯光虚幻缥缈中群舞。

蔡琰　　（唱）烟尘蔽野胡虏盛，

　　　　　　长弓硬箭匈奴强。

　　　　　　胡茜迫我为室家，

　　　　　　强梁残暴如豺狼。

　　　　　　劫我远趋向天涯，

　　　　　　关山阻隔别家乡。

幕后合唱　　　冰霜凛凛身寒苦，

　　　　　　饥对肉酪不敢尝。

　　　　　　风俗迥异人暴猛，

　　　　　　杀戮成性嗜血浆。

蔡琰　　（唱）性清洁啊何堪处，

　　　　　　体柔弱啊不能当。

幕后合唱　　　夜闻陇水声呜咽，

　　　　　　朝见阴山色莽苍。

　　　　　　沙场白骨露刀痕，

　　　　　　塞上黄蒿带箭伤。

　　　　　　胡笳声声哀边月，

　　　　　　杀气阵阵冲斗梆。

烽戎万里原野肃，

日暮风悲秋声长。

胡笳动啊边马鸣，

孤雁归啊声刚刚。

蔡琰　　老天啊！

（唱）谓天有眼啊何不见我独飘荡？

谓神有灵啊何事处我天南海北旁？

我不负天啊天何配我殊匹？

我不负神啊神何殛我越边荒？

幕后合唱　　举头怨苍天，

苍天虚荡荡。

低首愤原野，

原野空茫茫。

蔡琰　　（唱）我泪何处倾？

我恨向谁讲？

〔蔡琰哭倒，舞队隐下。

〔泥靡上。

泥靡　　（向帐门）启禀夫人：王爷喝了一夜闷酒，醉得像个大傻鳖。我已将
他扶入帐中安歇。老奴告辞。

蔡琰　　知道了。

〔泥靡下。蔡琰痴坐。

幕后合唱　　汉家天子布阳和，

东风应律暖气畅。

〔蔡琰缓起。

蔡琰　　（唱）遣使奉金迎妾归，

不意残生得返乡。

〔舞队潜上，伴舞。

幕后合唱　　今别子啊心摧伤，

旧怨平啊新怨长。

儿女为娘心头肉，

割肉剜心痛难当。

蔡琰　　（唱）难儿为娘难中养，
　　　　　　　娘无难儿身早亡。
　　　　　　　十月绳缚胎气动，
　　　　　　　一朝临盆生死场。
　　　　　　　怀抱娇儿怨命苦，
　　　　　　　抛儿儿啼母心伤。
　　　　　　　暂将悲愤和泪咽，
　　　　　　　娘伴难儿度日长。

幕后合唱　　　夏来炎蒸毒虫猛，
　　　　　　　娘为难儿吮脓疮。
　　　　　　　冬至寒侵肌肤痛，
　　　　　　　娘抱难儿贴心上。

蔡琰　　（唱）忆儿出世逢极变，
　　　　　　　为避鲜卑涉远荒。
　　　　　　　马肩担儿儿啼哭，
　　　　　　　声声揪断娘肝肠。
　　　　　　　孩儿渐长解娘忧，
　　　　　　　时常凭膝问安康。
　　　　　　　娘愁儿女双落泪，
　　　　　　　娘喜兄妹各欢畅。

幕后合唱　　　本欲母子永为伴，
　　　　　　　相依为命尽残阳。
　　　　　　　谁知一旦两抛撒，
　　　　　　　骨肉分离成参商。

蔡琰　　（唱）我将与儿啊各一方，
　　　　　　　长相忆啊思茫茫。
　　　　　　　日东月西啊徒相望，
　　　　　　　不能相见啊空断肠。

幕后合唱　　　思此崩五内，

恍惚成痴狂，

胡笳十八拍，

拍拍伴血唱。

蔡琰　　（撕心裂肺地喊）儿啊！娘不能抛下你们——

　　　　〔舞队潜下，旋律中止。一片死寂中，忽听见忆儿梦中喃喃声：
　　　　"娘，切记给我带丝裙回来。"蔡琰惊觉。

蔡琰　　不！不！蔡琰，你万万不可改变主意！

　　　　〔刁斗声。蔡琰抬头看天。

蔡琰　　呀！

幕后合唱　　三星高照天欲曙，

　　　　　　离别在即情转伤。

　　　　　　孩儿梦中犹呓语，

　　　　　　文姬心绪已失纲。

蔡琰　　孩儿啊！

幕后合唱　　莫怪为娘抛儿去，

　　　　　　沙也阻，道也长。

　　　　　　从此翻作陌路人，

　　　　　　地也老，天也荒。

　　　　〔蔡琰悲极，取笔疾书，抛笔，双手握纸上举，转身造型。纸上草
　　　　书"勿忘祖邦"四字。

　　　　〔幕落。

第五场　起行

　　　　〔鼛鼓频敲，胡笳齐鸣。大幕开处，胡兵列队，场面森严。冒顿王
　　　　服雍容，蔡琰汉装整肃。难儿、忆儿拥于两侧，难儿神情不定，忆
　　　　儿眼泪汪汪。乌云、泥靡手捧桐琴、砚台，与众人簇拥上。

冒顿　　（唱）今日里别文姬天色无光，

　　　　　　　不由我男子汉也黯然神伤。

蔡琰　　（唱）生离期大限到肝肠俱焚，

32

对儿女遮忧伤更忌彷徨。

泥靡　　（唱）从此后夫人她一去不返，

乌云　　（唱）乌云我心里面无限凄凉。

冒顿　　文姬，夫人哪！离别在即，你有什么吩咐的话，就请讲来。

蔡琰　　王爷呀！

　　　　（唱）虽然是十二年同床异梦，

　　　　　　　我与你毕竟是孩儿的双亲。

　　　　　　　求王爷将孩儿特意看承，

　　　　　　　问冷暖恕罪您关怀十分。

　　　　　　　如若是儿有错你要责打，

　　　　　　　须念及可怜的孩儿没有娘亲。

忆儿　　（哭）娘！

蔡琰　　（唱）从今后收蛮心莫要残杀，

　　　　　　　避鲜卑和汉朝草原不兴军。

　　　　　　　尽心力将儿女双双抚养成人，

　　　　　　　为妾我转生牛马报你深恩。

　　　　　　　儿长成切莫要他放纵野性，

　　　　　　　我在那万里之外才能放宽心哪！

冒顿　　我记下了。

蔡琰　　难儿，你过来。（扶难儿行前一步）

　　　　（唱）为娘今日要远行，

　　　　　　　几句话儿细叮咛。

　　　　　　　山坡跑马防失蹄，

　　　　　　　草场射猎慎蛇虫。

　　　　　　　为人须存三分恕，

　　　　　　　常劝爹爹谨言行。

　　　　　　　小妹年幼勤照料，

　　　　　　　相依为命度苦生。

　　　　[难儿似懂非懂地点头。蔡琰从泥靡手中取过砚台。

蔡琰　　（接唱）这方砚儿传给你，

33

习学汉文莫看轻。

石砚本是家乡物，

陪伴外祖到临终。

娘罹苦难未相弃，

风沙侵凌共担承。

见砚如同见娘面，

娘与孩儿永随行。

天苍野茫儿长大，

莫忘此身为汉种。

骑马带箭走天涯，

刀锋永无向汉人。

[将砚台托给难儿，难儿转递随从。

难儿　（疑惑地）娘，你哭了？

蔡琰　（连忙遮掩）去吧，我再跟小妹说几句。（拉过忆儿）

（唱）忆儿年幼娘惦念，

南行千里心相牵。

日晚风凉添衣被，

晨起露重加餐饭。

（从乌云手里取过桐琴，接唱）

娘行遗下琴一具，

陪伴我儿历人寰。

此琴亦为外祖赠，

母亲七岁识弦断。①

孩儿想娘向琴唤，

叩琴即闻娘声远。

行尽天涯莫相遗，

---

① 蔡文姬自幼精审音律，《后汉书·董祀妻传》说她"博学有才辩，又妙于音律"。[晋]章怀太子李贤注此传引[汉]刘昭《幼童传》："邕夜鼓琴，弦绝。琰曰：'第二弦。'邕曰：'偶得之耳。'故断一弦，问之，琰曰：'第四弦。'并不差谬。"其中并未提及文姬年龄，仅曰"幼童"。这里写作"七岁"，为行文计。

　　　　　为娘魂魄永为伴。
　　　　〔蔡琰将桐琴交给忆儿，忆儿转递随从。

忆儿　　（哭腔）娘，我不让你走！
　　　　〔蔡琰哽住，不能继续张口，与忆儿一起啜泣，难儿不安地望着。
　　稍待，蔡琰强忍酸楚，为难儿整衣，发现忆儿鬓发稍乱，取出梳子
　　为之梳整。然后，拉过难儿仔细端详，继之忆儿。
　　　　〔众人皆注视，台上一片肃静。冒顿强作镇静，泥靡、乌云不时抹
　　泪。

忆儿　　（哭腔）娘，你也不舍得离开孩儿而去，是吗？
　　　　〔蔡琰酸痛。
难儿　　（试探地）娘，你去了还会回来吗？
　　　　〔蔡琰涕泪横流，无言以对。

难儿　　娘……
　　　　〔蔡琰猛地将兄妹搂入怀中，大痛无声。
　　　　〔内喊："单于送汉使呀！"
蔡琰　　（一震，急抽身）待我别过单于，与汉使登程。（欲下）
难儿　　娘！
　　　　〔蔡琰回望，哀情泄露，猛回头下。
难儿　　（对冒顿，急切地）爹爹，我娘她去汉家之后回来，我们已经远徙他
　　方，她到何处去寻找我们？
冒顿　　……
难儿　　（进一步地）爹爹，我娘她真的还会回来吗？
冒顿　　……
难儿　　爹爹，你说！你快说呀！
冒顿　　你娘她……她会回来的。
难儿　　你骗人！我不信！
冒顿　　（悲从中来，喊出）她……（声音渐弱）她会回来的，会回来的。
　　　　〔冒顿转身掩面，忆儿惊疑地看着。
难儿　　（向乌云）乌云姐姐，你说话呀！
　　　　〔乌云呜咽不止。

难儿	（扑向泥靡）泥靡老伯，你告诉我实话，我娘她不回来了？
泥靡	你娘她……（抹泪）
难儿	泥靡老伯，你从来不骗我，对不？
泥靡	（看冒顿，冒顿顾自抽咽。压抑不住地）少爷，你娘她——
难儿	她怎么样？
泥靡	（不顾）她从此一去不复返了啊！（呜咽）
难儿、忆儿	（哭出）娘——

　　　　　〔蔡琰急上，汉使与随从、护卫随上。难儿、忆儿扑入蔡琰怀中，母子三人哭成一团。

难儿	娘！你为什么要走啊？你怎么不要我们了啊？从今以后，我和妹妹一定听你的话，好好学习汉文，我再也不惹你生气了。娘，别丢下我们呀！娘——
忆儿	娘——
汉使	（示意冒顿）左贤王，时候不早了，该起程啦。

　　　　　〔冒顿由悲痛中惊醒，掩饰地擦去泪痕，然后硬作决绝，拽难儿。

冒顿	让你娘走！
难儿	不！娘，我跟你去，我跟你回汉家去！
忆儿	娘，我也去！

　　　　　〔冒顿扯难儿、忆儿，二人死死抓住蔡琰不放，冒顿一手拽开忆儿，一手扯难儿，难儿躲、踢、咬他，冒顿疼痛松手，忆儿仍扑过去。

冒顿	（发怒）来人，把他二人拽开！
随从	是！

　　　　　〔过来四人将难儿、忆儿扭在一旁，二人大哭，挣扎不止。难儿脱出，又被冒顿挡住。

冒顿	（被难儿推得趔趄几下，感到失仪，发威）将他二人捆将起来。
蔡琰	不可……
随从	是！

　　　　　〔随从将兄妹捆上。蔡琰欲上前，被冒顿及随从阻住。

难儿、忆儿	娘啊——

蔡琰	儿啊——

　　[冒顿撕下身上毡裘毛絮，堵住难儿、忆儿嘴巴。

蔡琰	不……（欲昏厥）
汉使	请文姬起行！
随从	是！

　　[随从欲架蔡琰登车，蔡琰作无力抵抗。

蔡琰	不……不……

　　[随从强掖蔡琰登车。

蔡琰	（拼力喊出）不……我不走……
冒顿	（一怔，大喊）文姬，你说什么！（欲前，被汉使及随从阻住，发怒）哇呀呀……

　　（抽出腰刀与汉兵格斗，被众人击得连连后退。泥靡、乌云等逃下）

　　[头曼内喊："汉使留命！吾来也——"头曼率健儿持兵械上。

冒顿	（大振）好孩儿，快来助我！

　　[匈奴勇士击退汉兵，汉使与随从簇拥蔡琰退下。冒顿、头曼欲追。

　　[内喊："单于到！"单于率众将持兵械上，与冒顿、头曼大战，后者不敌，率部下撤走。汉使率众拥蔡琰车上。

汉使	（对随从）即刻起行，以防有变。单于，告辞！
难儿	（将毛絮吐出，大叫）娘啊——
蔡琰	（心力交瘁）儿啊……（昏厥过去）

　　[汉使挥手发令，众人起行。

　　[幕落。

第六场　尾声

　　[幕启。静场，无背光。舞台上空无一人，只摆一巨幅深红色照壁，边框饰以古车马图案（模仿汉画像石造型），上书金色大字数行（隶书、魏书皆可）。

［朗读声，所读即为照壁上文字：

蔡琰，字文姬，东汉末才女，没入匈奴十二年，约于建安十二年（207）得曹操赎身南返，遗下一双儿女，母子生离。归汉途中，文姬肝胆俱裂，追述往事，作骚体长诗《胡笳十八拍》［蔡琰实作《胡笳》琴曲。《胡笳十八拍》骚体诗，宋·郭茂倩《乐府诗集》"琴曲歌辞"里收录，标为蔡琰作，今天学者多有疑词，谓为后人比附。细味诗境，真气充沛，情自中出，诚郭沫若所谓"非亲历不足以成其辞"，即使非蔡作，亦为亲历之人的泣血之语，非一般"比附"可致，无愧历史名篇也。此剧非史著，无意究其虚实，仅借其意境而化出之。］遂成千古绝唱。归后，不为国人所谅，落落寡合。后嫁同郡董祀，长期忆念子女，郁郁而终。

［后台乐声渐起。

幕后合唱　　　胡笳十八拍，

　　　　　　　　拍拍伴血唱。

　　　　　　　　感念后世人，

　　　　　　　　契阔莫相忘。

［歌声中，大幕徐徐拉上。

［全剧终。

1996年6月27日于北京恭王府宝约楼

1996年10月28日二稿

1996年11月16日三稿

1997年6月4日四稿

1997年7月25日五稿

1998年10月20日六稿

1999年4月22日七稿

韩信之死

（无场次话剧）

人　物：

司马迁

韩　信

刘　邦

吕　雉

萧　何

项　羽

蒯　通

淮阴亭长

亭长妻

漂　母

无赖首

虞　姬

刘太公

乌江亭长

报　子

使　者

将官、侍卫、随从、婢女若干

　　〔暗淡的舞台，一角竖立一块戏目牌，上写"韩信之死"。野外的夜晚，没有月亮。悠悠埙声。中年司马迁上。

司马迁　在我写的《史记》里面，这一篇叫作"淮阴侯列传"，你们谁把它改成了这个名字？

韩信的死因，不就是因为他功高震主、不能自保么？这在我的书里都写得明明白白了，哪还用再搬到戏里来演。你们读我的书就成了，一演就走样！况且，不读书，只看戏，会耽淫误国、佚乐丧志，你们懂不懂？唔，跟你们说你们也不愿意听，听也听不见，隔着两千多年呢。唉，人生一世，斗狠逞强，有几个知道盈亏之道啊！——谁？哦，原来是韩信。

〔韩信上。司马迁在一旁注视着。

韩　信　（边跑边骂，暴怒而笑）哈哈哈……刘邦，你个竖子小儿！我还以为你能成大器，谁知你也是有眼无珠！苍天！你既然让我活在世上，就应该让我活得像个人样。就应该给我机会。男子汉大丈夫，不能轰轰烈烈干它一场，还不如去死！苍天，你怎么不回答我，啊？（怒极而泣）

司马迁　（轻轻地）韩信。

韩　信　（猛抬头环顾）谁？

司马迁　是我。

韩　信　（疑惑地）你是谁？

司马迁　我是一百年后汉武帝朝的太史司马迁。我知道你的事。

韩　信　（揉揉眼睛）我在做梦？（抬头望天）天这么黑，阴气这么重，月亮连个影儿都没有。

司马迁　一个人不能太意气用事。你已经从项羽的营寨里跑过一次了，现在怎么又从刘邦的营寨里跑出来？

韩　信　哼！这两个人都是竖子小儿，不足与谋。

司马迁　你要往哪里去？

韩　信　……我不知道。

司马迁　当今天下英雄就只有项羽和刘邦这两个人，你离开了他们，还能到哪里去施展才华？

韩　信　英雄？什么英雄，狗熊！一个比一个少见识，有眼不识泰山！

司马迁　刘邦还是识才的，只不过你还没有碰到机会。

韩　信　他识才？一个小亭长，只会喝酒玩女人的无赖！

司马迁　你先忍耐一下，你还有机会。一会儿萧何就会来追你回去的。

韩　信　追我？追我回去干什么？他能让我当大将军？他能让我做汉军的最高统领？

司马迁　你呀，就是太自负，总有一天你会满招损的。现在，先挫挫火气，楚汉之争还等着你去唱主角呢。看，萧何来了。

　　　　〔萧何上。

萧　何　韩信——韩信——唉，这家伙火气也太大了。你就是有本事，也得等人家弄明白不是？拔腿就跑。（被树根绊倒）哎哟，我这身老骨头都给摔散了。（慢慢爬起）也不知道能追上不？他要是再跑到楚军那边去，汉军可就没活路了。我得快着点。韩信——韩……（撞上司马迁）

司马迁　追什么？最后还不是你把人家给杀了！还不如现在不追回去。

萧　何　杀了？怎么会呢，我怎么会杀他？不可能！汉王的天下还等着他去争呢。

司马迁　那你过去吧，他就在那边。

萧　何　在哪儿？哪儿呢？（瞧见韩信，一把抓住）嘿，你小子，让我追得好苦！咱有啥说啥，怎么着也别跑啊！快，快跟我回去。

韩　信　（冷冷地甩开他的手）萧丞相，你要我回去干什么？

萧　何　干什么？……当大将军呗。

韩　信　你说了算？

萧　何　（横横心）算——我会让主公同意的。快跟我走吧。

司马迁　走吧。

　　　　〔韩信静默了一会儿，猛回头，蹬蹬蹬地走下。萧何紧跟了两步，停下来，回头对司马迁。

萧　何　太史公，你那《史记》上说是我杀的韩信？

司马迁　天机不可泄露，你还是赶快干正事儿去吧。

萧　何　哎……（迟疑了一下，回过头去）韩信——韩信——（追下）

司马迁　这一下，楚汉之争就定盘子了，我得赶快记录去。

　　　　〔转暗。

［灯光骤亮。凄厉、悲凉的唢呐声。场中一座高台，上面立着刘邦、吕雉、萧何，后面"汉"字大旗猎猎飘扬，周围众将领与侍卫虎虎拱卫。萧何向刘邦请示后，宣读王命。

萧　何　汉王有令，今天在这里搭台拜帅，敕封大将军！

众将领　谢汉主隆恩！

众侍卫　万岁！万岁！

［众将领皆踊跃欲上前。

萧　何　封——韩信为大将军！

［众人大哗，不满之声鼎沸。一上将出列。

上　将　主公，韩信能当大将军，谁都能当大将军！

刘　邦　大胆！

萧　何　还不退下！

［上将退后。群将领作泄气、不平、愤怒状。韩信昂然出场，众人对之作鄙视、轻贱态。韩信不顾，拂袖而前，登台受敕，拜谢刘邦。返身而立，众人仍籍籍不已。韩信转向刘邦。

韩　信　主上，臣以为，治军如铁，方能百战不殆。今楚军压境，势如悬剑，而臣方受命，众将不服，将何以求胜？请授韩信以生杀之权。

刘　邦　（拔出佩剑，交付韩信）有违令者，格杀勿论！

［韩信返身持剑立，众人被镇服，不敢少动。上将移动身形，意欲向刘邦进谏，韩信猛然持剑发令。

韩　信　大胆裨将，蛊惑军心，丧我威权，拉下去斩了！

［刘邦一愣。侍卫持剑押上将下，上将回身呼"主公——"吕雉动容，刘邦前迈半步欲发语，萧何止之。

韩　信　（猛挥剑，厉声）斩！

上　将　（内惨呼）啊——

［众镇悚。刘邦、吕雉怒形于色。

韩　信　（将剑高高举起）谁若不服，以此为鉴！

众　人　（一齐扑倒，高喊）愿为大将军效犬马之劳！

韩　信　好！立即挥师东进，首灭魏国，次平赵国，再定齐国，待扫清楚国羽翼之后，三年之内必取项羽项上人头！——兵发河东！

［鼓点骤急，唢呐声中，众人跃起。

众　人　（列队，齐声）首灭魏国，次平赵国，再定齐国，三年取项羽之头！

　　　　［侍卫持"韩"字旗，与众人簇拥韩信而去。剩下台上刘邦、吕雉、萧何三人茕茕孑立。

刘　邦　好小子，狐假虎威啊你！

吕　雉　汉王，韩信不把您放在眼里，恐怕日后是个祸患！

刘　邦　妇人之见！韩信果然是天下一等一的英雄，当真气度不凡！萧丞相好眼力。

萧　何　夫人，请忍耐，天下为重。

吕　雉　好，咱们就走着瞧。

　　　　［切光。

　　　　［刘邦与吕雉、萧何率众持"汉"字大旗上，列阵。项羽率众持"楚"字大旗上，对列。（以下双方对话皆各自对观众，彼此并不直接交流）

项　羽　汉王！如今天下扰攘、兵戎相加，只因为有你我两人。今天我愿和你单打独斗，决一雌雄，别再苦扰天下百姓。

刘　邦　（狡猾一笑）楚王，咱们斗智不斗勇。你要能抓住我，算你赢。

项　羽　（大怒）匹夫！孺子！休走，吃我一箭！

　　　　［项羽弯弓搭箭而射。刘邦措手不及，肩头中箭。

刘　邦　（假作用手捂脚）哎哟，庶子射中我的脚指头！

　　　　［众人掩护刘邦仓皇逃下，项羽军追下。韩信军持"韩"字旗，掩杀魏军上场，截取"魏"字旗后，抛向一侧，下。刘邦等人转上场。报子上。

报　子　报——韩大将军灭掉魏国，现正向赵国进发！

刘　邦　（大喜）好！果然不负使命！传令：给韩信留下五千人马，其余全部征调，前来救驾！

报　子　是！（下）

　　　　［楚军掩上，刘邦等人落荒逃下，楚军追下。韩信军追北赵军上，将"赵"字旗抛向一侧下。刘邦等人转上场。报子上。

报　子　报——韩大将军指挥五千人马，用计灭掉赵国，得十万大军，现正向齐国进发！（下）

刘　邦　（且喜且怒）什么？哈哈……这王八蛋，还真有能耐啊你！倒衬得我们什么都不是了。

　　　　［楚军执缚刘太公杀上。

项　羽　刘邦，你看这是谁？

刘太公　儿啊，快快救我！

刘　邦　项羽，你个匹夫！你抓我老爹干什么？

项　羽　你再不下马受降，我就把你老爹给烹成肉糜！

刘太公　儿啊……

刘　邦　项羽，你你你……我告诉你，当年咱俩有过八拜之交，咱俩就是兄弟，我老爹也就是你老爹。你要是烹了你老爹，那就分给我一碗汤喝。

刘太公　你、你、你个不孝的……

刘　邦　（向部从一挥手）走！

　　　　［刘邦逃下，项羽追下。韩信追歼齐军上，将"齐"字旗抛向一侧下。刘邦等人转上场，有气无力，丢盔弃甲，衣冠不整，狼狈不堪。报子上。

报　子　报——韩大将军平定齐国，已准备对楚军发起正面进攻！（下）

刘　邦　（喜急、气急而悲）好好好——好你个亡命徒，当真立下了盖世功勋！可你光顾自己风光，也不来救我呀你！（吼）韩信——

萧　何　主公，韩信平定齐国是好事。现在楚国羽翼已灭，韩信牵制了楚军的主力，项羽一下子追不过来了，咱们可以在这里安营扎寨，稍微休整一番。

刘　邦　（余怒未消）好你个韩信，别神气！哪天我非扒你的皮，抽你的筋，让你不得好死！

吕　雉　（扶刘邦坐下）不是不报，时候未到。汉王，先洗洗脚，去去乏吧。

　　　　［二婢伺候刘邦洗脚。报子上。

报　子　报！韩大将军使者求见。

刘　邦　不见！

萧 何	汉王，军情紧急，还是喊进来问问怎么回事吧。

〔萧何挥报子下。韩信使者上。

使 者	参见汉王。卑职奉韩大将军令，前来向汉王讨封。韩大将军说，齐人诈伪多变，须裂土封王以镇之。请汉王封韩大将军为齐国假王。

〔刘邦怒而踩翻脚盆，赤脚立而骂，二婢惊慌逃下。

刘 邦	韩信，我整天盼着你来救我，你倒在那里想称王称霸了……
萧 何	（急掩刘邦口，低语）汉王，我弱而韩信强，不满足他就会生乱，不如权且答应他。
刘 邦	（改口）唔……封王就封王，男子汉大丈夫，要当就当真王，当什么假王？传我命：封韩信为齐王，立即发兵击楚！
使 者	谢汉王！（下）
吕 雉	（咬牙切齿）韩信呀，你贪得无厌吧！
刘 邦	哼——

〔切光。

〔韩信在书房读书沉思。两鬓斑白的司马迁潜上。

司马迁	（轻声）齐王，齐王？
韩 信	（抬头）原来是太史公。你有何教我？
司马迁	你这一步大错特错了，会带来杀身大祸。
韩 信	以才授位，按功论赏，何祸之有？
司马迁	不乏己功，不矜其能，学道谦让，才能明哲保身。
韩 信	（微笑）儒生总是夸张其词。
司马迁	其实，不仅仅是求王这一件事，祸根早在你登台拜帅时就已经种下了。
韩 信	哦？何以见得？
司马迁	你那时候就得罪了所有的汉军将士，所以到你死的时候，没有一个人愿意出来救你！
韩 信	什么！？
司马迁	我听说过你年轻时候在家乡淮阴的三件事。从这三件事看，你那时候还算是志大能忍，怎么后来就忘了呢？

韩　信　哪三件事？

司马迁　第一件是你每天只知道读兵书，穷得没饭吃，午饭时候就去当地亭长
　　　　家里蹭饭。

　　　　久而久之，亭长的老婆恼了，早上早早做好饭和丈夫吃罢，一天不
　　　　开伙……

　　　　〔韩信来到亭长家里，亭长妻满脸不高兴地掉头而去。亭长请韩信
　　　　落座后无语，韩信四顾无食，试探地。

韩　信　（念京剧韵白）老丈，今天吃什么？

亭　长　哦……（向内）我说，韩信来了。

　　　　〔有顷。

韩　信　（念京剧韵白）我肚子好饿！

亭　长　（向内）喂，韩信说他好饿！

　　　　〔亭长妻冲出。

亭长妻　韩信好饿！韩信好饿！韩信好饿关我们什么事？让他自己挣饭吃去
　　　　呀？他当他是我们家谁？

韩　信　（念京剧韵白）你！老丈……

　　　　〔亭长对他摇摇头，踱下。亭长妻对他"哼"一声，大摇大摆走
　　　　下。

韩　信　（念京剧韵白）你这个恶婆娘！不看老丈面，我把你剁成肉酱！

司马迁　这第二件，是你去河边钓鱼，想烹鱼充饥，饿昏在河边，被漂母看
　　　　见……

　　　　〔漂母端衣盆、棒槌上，看见倒地的韩信。

漂　母　哎呀，这不是韩大公子吗？这是怎么了？韩公子！韩公子！

韩　信　（念京剧韵白）饿杀我也——

漂　母　哦，这是饿的。怪可怜的，一个公子哥儿，整天吃不饱肚子，哪受过
　　　　这罪呀？你看这小脸儿瘦的！来来，不嫌赖，吃口我的糙米饭。

　　　　〔漂母从怀里掏出饭钵递过，韩信大口吞咽，爬起来。

韩　信　（念京剧韵白）我将来会重重回报你的。

漂　母　得了吧！都到这分儿上了，还说大话。

韩　信　（念京剧韵白）你不信？

漂　母　我信，我信个屁！看你公子哥儿挨饿，可怜可怜你，还用甜咯话糊弄
　　　　我。拉倒吧你！

　　　　嘻嘻……（下）

韩　信　（念京剧韵白）你！——难道我就会一辈子受穷不成？

司马迁　这第三件，是淮阴屠市少年给你的胯下之辱……

　　　　〔群市井无赖上，围绕韩信嬉笑，动手动脚。

群无赖　别看你长这么高、这么壮，还带着佩剑，其实都是装装样子，尿包一
　　　　个！韩信，你要是有种，就把我杀了。要是没种，就从我裤裆下钻
　　　　过去！

群无赖　钻！钻！

　　　　〔韩信怒而手按剑柄，久之，慢慢俯身下跪，从其胯下爬过。

群无赖　（欢呼）噢——（抬无赖首下）

韩　信　（咬牙切齿，念京剧韵白）你们等着，总有一天我要让你们用血来偿
　　　　还！

司马迁　这么难的事儿你都忍了。如今你已经是顶天立地的人物，凡事要三思
　　　　而后行。你可要走好下一步棋啊。

韩　信　你什么意思？揭我的疮疤？

司马迁　（摇头）唉，听不进忠言，将来只能是咎由自取。算了，说也白说，
　　　　好在你还忠心可嘉，不算大错。

韩　信　说什么呢？

司马迁　不用问了。瞧，试探你的人来了。

　　　　〔蒯通上。

蒯　通　说客蒯通，参见齐王。

韩　信　罢了。蒯先生有何高见？

蒯　通　我来给齐王相面。

韩　信　所相如何？

蒯　通　相君之面，不过封王，但极其危险。相君之"背"，贵不可言。

韩　信　怎么说？

蒯　通　如今您与汉王、楚王三足鼎立，您助汉王则汉王胜，助楚王则楚王
　　　　胜。您何不反汉联楚，与汉王、楚王三分天下？

韩 信	咄！大胆小人，敢跟我施离间计。来人！
	［众侍卫持剑上。
蒯 通	（纵声大笑）哈哈哈哈！我原以为齐王是天下英雄，原来也是怯懦鼠辈！
韩 信	（挥去侍卫）先生好大胆！
蒯 通	（正色）我来给你指路，你反而想杀我！
韩 信	我不得不防。
蒯 通	机不可失，失不再来。望齐王速断。
韩 信	（沉吟）汉王授我大将军印信，使我得以有今日，又封我为王。辜恩负义，为天下耻笑，韩信不为也。
蒯 通	（冷笑）汉王可是个行权多疑之人，他能永远这样对待你吗？
韩 信	（似有所动）唔，汉王倒是难与深交……
蒯 通	齐王今天获盖世功劳，有震主之威，归楚，楚人不信，归汉，汉人震恐。这样你能安全吗？
韩 信	（迟疑）汉王好像还不会把我怎么样……
蒯 通	（气愤）我先把丑话说在前头：一旦灭了楚国，汉王功臣里，头一个掉脑袋的就会是你！
韩 信	先生有点危言耸听了吧？
蒯 通	（厉声）我说的是事实！
韩 信	（沉吟）反汉自立，称王称霸，倒是风光。可我韩信这辈子就只会打仗，要说坐天下，好像不是那块料吧……
蒯 通	（不耐烦）当断不断，反受其乱！我会看着你身首异处的！（拂袖而去）
韩 信	先生……
司马迁	韩信，从现在的情形看，说你谋反确实是冤枉了你。
韩 信	什么？我谋反！我何曾动过一丝这种念头？
司马迁	是啊，历史是对你不公。
韩 信	太史公，快告诉我，历史是怎样品评我的？
司马迁	现在还不能说。快去一心一意做完你的事情吧。（自言自语着摇头走下）唉，也就是韩信这一念之差，使得战乱迅速结束，汉家天下从

此定鼎，大功告成。失去一个人，对历史来说算不了什么。

韩　信　说我谋反？简直是岂有此理！

［转暗。

［凄厉的唢呐声。满山遍野飘扬着"齐王"大旗。四面回荡着低沉呜咽的楚歌之声。项羽率败旗残众及虞姬上。乌江亭长持楫上。

亭　长　（拜揖）项王，我乃乌江亭长。这里有一只小船，请项王东渡乌江，以图东山再起。

众　人　请大王上船。

项　羽　（不顾）众位弟兄。我项羽自从与江东子弟八千人渡江而西，至今八年，身经七十余战，所攻者破，所败者服，未曾失利，因而成为天下霸主。今被韩信小儿围困，四面楚歌，我壮士仅剩二十八骑，无以面对江东父老。此非韩信亡我，天亡我也。我决不会抛弃大家，一个人苟且偷生。现在是死的时候了（取酒），让我们干了这最后一杯酒，然后痛痛快快地冲杀三次，死他个轰轰烈烈！

众　人　愿追随大王！

［项羽与众人高呼"干"，然后皆抛去酒杯。项羽目视虞姬，有留恋状，然后拔剑起舞，慷慨悲歌。虞姬和舞，众人皆悲愤饮泣。

项　羽　（歌）力拔山兮气盖世，时不利兮骓不逝。
　　　　　　骓不逝兮可奈何！虞兮虞兮奈若何！

［虞姬抢过项羽之剑，自刎倒地。乌江亭长亦自刎死。项羽伫立凝视。

众　人　夫人——

项　羽　死得好！弟兄们，是时候了。看我斩将夺旗。

［齐军拥上。项羽率先冲杀，立斩一将。二十八骑各自奋勇当先，逐渐死亡净尽。项羽浑身是血，伫立高处，对着逐渐围拢而不敢靠近的齐兵高喊。

项　羽　你们过来呀！汉王不是为我的头悬赏千金吗？今天我成全你们，拿去！

［强光中，项羽自刎而身躯不倒，与虞姬亡体相辉映。众齐兵皆匍

匐不敢看。切光。

[众人盛大地簇拥着韩信及"齐王"大旗上。

韩　信　楚国已经平灭，从此天下尽享太平！

众　人　（欢呼雀跃）万岁——
　　　　　[内报："汉王到！"刘邦、吕雉、萧何率众上。

韩　信　参见汉王！

刘　邦　齐王立下齐天大功，今天好威风啊！

韩　信　托汉王的洪福，韩信才有今天。

刘　邦　齐王的兵马今天如此众多，真是壮勇啊！你——究竟能够统率多少人
　　　　马？

韩　信　（微笑）多多益善，越多越好。

刘　邦　（故意地）你看我能统率多少人马？

韩　信　（略作沉吟）汉王将兵，也就十万人马吧。

刘　邦　（欲怒，强忍住）哈哈，如此说来，齐王的心性不小啊！

韩　信　我是实话实说。

刘　邦　（突然）来！取回韩信兵符，撤去齐王印信。

韩　信　汉王……
　　　　　[侍卫拥上，将韩信捆缚，裂毁"齐王"大旗。

吕　雉　大王，请将韩信斩首示众！

韩　信　你！

刘　邦　韩信，你刚才说我统兵不如你？

韩　信　（气）就为这个？领兵打仗，汉王当然不如我。你是统领天下的人，
　　　　怎么能够冲锋陷阵！

刘　邦　唔……这话也还有点道理。命：把韩信降封为怀阴侯，速速赴国去
　　　　吧。

吕　雉　大王，你是心中不忍么？

刘　邦　我不冤杀无辜之人。回朝。
　　　　　[众人簇拥刘邦下，舞台上仅余韩信一人。

韩　信　（环顾）哈哈，果然是飞鸟尽，良弓藏；狡兔死，走狗烹。今天才知

道有大才最后必然是死路一条，为驭人者所不容。刘邦啊刘邦，我给你挣回一座江山，你就这样回报我呀？你好下得去手！萧何，你怎么不说话？你怎么不出来说句公道话？只顾你自己明哲保身！吕雉，你个狠毒的女人！我怎么就得罪了你，一定要把我置之死地？这世上还有公道吗？啊……

　　〔转暗。

　　〔韩信驾至淮阴，众随从持"淮阴侯"旗前呼后拥。

韩　信　功高盖主，遭人忌恨，我今天是罪有应得。传我命，请淮阴亭长、漂母、市井无赖至军中。

　　〔内报："淮阴亭长、漂母、市井无赖请到！"三人走上，各自忐忑不安，匍匐叩拜，齐称大王。

韩　信　赐淮阴亭长百钱。

　　〔随从递钱，淮阴亭长战栗叩谢。

韩　信　老丈，小人也，做好事有始无终。

淮阴亭长　都是我那可恶的老婆，有眼无珠，不知大王洪福齐天。

韩　信　（转头）奉漂母千金。

漂　母　（喜，叩首）多谢！多谢！上天保佑大王大富大贵！

韩　信　你还说不信我？

漂　母　信！信！是我老婆子瞎了眼。

韩　信　无赖小人！

无赖首　（战栗欲堕）小人在、在……

韩　信　授你武官中尉官职。

无赖首　（更颤）不敢……不……敢！

韩　信　（对众人）这人算得上是壮士，国家还有用着他的地方。当年我受他胯下之辱时，并不是不敢杀他。但如果受一点小辱就杀人，遭受刑狱，我还能成就今天的大事吗？

众　人　大王洪量！

韩　信　方今天下太平，大家都安居乐业去吧。

众　人　千岁！千岁！（下）

韩　信　我也就落得这么点威风。唉……

　　　　　〔转暗。

　　　　　〔战鼓催征。刘邦戎装上，吕雉、萧何随上。

刘　邦　赵国陈豨叛乱，我率军出征，尔等要谨防朝中有人趁机图谋，特别是
　　　　韩信、彭越、英布三人，要仔细监视。

吕　雉　请汉皇不要亲征！另派一员大将去吧。

刘　邦　朝中大将都拥功自重，心怀叵测，我不能再把兵权交还给他们。方今
　　　　天下初定，人心不稳，必得振皇威而迅速平灭叛乱，以儆效尤，才
　　　　能镇服海内。

吕　雉　那就请汉皇先斩了韩信等人，再发兵不迟。

刘　邦　无罪而杀功臣，徒乱人心。待我灭了陈豨回来，再慢慢处置他们。尔
　　　　等仔细了。（下）

二　人　送汉皇。

吕　雉　萧丞相，韩信被汉皇贬为淮阴侯，心中不服。他会不会和陈豨里应外
　　　　合谋反？

萧　何　韩信胸怀异志，眼下虽然还没有谋反的迹象，不能说日后就必无反
　　　　心。

吕　雉　何以见得？

萧　何　当他还在微贱之时，母死卜葬，他虽然穷得连棺材都买不起，却给母
　　　　亲选择了一大片开阔地，旁边可以安置一万户人家。

吕　雉　那是为何？

萧　何　万户守陵，乃帝王之制也。

吕　雉　他竟有偌大的野心！可你当初为什么还举荐他？

萧　何　此一时，彼一时也。没有大野心，也就没有大胆略。

吕　雉　如此，决不可留他……可汉皇几次都下不了手。

萧　何　此次汉皇亲自前去赵国平乱，不在京中，恰好是个机会。

吕　雉　好，把他招来，砍了他的脑袋……可他要是不来上钩呢？

萧　何　等过一阵子，假说汉皇胜利回京，把他诓来。

吕　雉　好计！（转念）嘻嘻，萧丞相，我说我是个女人，肚量小，容不得

人，你的心也够黑的啊！

萧　何　（正色）我是为了眼下的万民安乐，更是为了汉室江山的长治久安，即使背上了手段卑鄙的骂名，也在所不辞！

吕　雉　好好好，你是正人君子。嘻嘻……

　　　　〔转暗。

　　　　〔韩信整装欲发，更老的司马迁上。

司马迁　淮阴侯，你上哪儿去？

韩　信　汉皇平定陈豨之乱返京，众臣前往祝贺。

司马迁　你不是生病了嘛，可以不去。

韩　信　可萧丞相传话，说生病也要强撑着去。

司马迁　还是不去的好，防止宫中有变故。

韩　信　我问心无愧，怕什么？汉皇凯旋，不可不贺。

司马迁　（回首叹息）唉，可怜一代名将，就要死在别人的手里。

韩　信　你说什么？

司马迁　哦，我没说什么。唉！

韩　信　回头见。（下）

　　　　〔吕雉、萧何转上，指挥刀斧手埋伏。韩信上。

韩　信　汉皇在哪里？

吕　雉　嘿嘿！韩信，你到底还是来了。

韩　信　什么意思？

吕　雉　什么意思你自己明白。与我绑了！

　　　　〔众武士拥上，捆绑韩信。

韩　信　为什么绑我？

吕　雉　为什么？为你拿大逞能，杀我猛将；为你光顾自己攻城掠地出风头，不把汉皇的安危放在心上；为你本性贪婪，夸功邀赏；为你自恃有功，倨傲君臣；为你心存二志，蓄意勾结陈豨谋反！

韩　信　什么？我谋反？简直是天大的笑话！我手握兵权、分割江山的时候不谋反，现在都躲到犄角旮旯儿里去了，我谋的什么反？

吕　雉　韩信，不要狡辩，你死到临头了！

韩　信　你！

司马迁　（摇头）这个女人哪……

韩　信　汉皇在哪里？汉皇不会让你这样无端诛杀功臣的。

吕　雉　哼哼！你以为汉皇还会放你？别做梦了，汉皇在赵国还没回来呢。

韩　信　（视萧何）萧丞相，你在骗我？

萧　何　（躲避他的目光）……

韩　信　这世上可真是人心叵测啊！

萧　何　淮阴侯，你不要怪我，我是为汉家社稷着想！

韩　信　当年追我回去的是你，今天骗我受死的也是你！

萧　何　淮阴侯……（无奈地摇头）

司马迁　人各为其主，萧何更为了天下太平，你也是怪他不得。

韩　信　（吼）那我就应该顺顺从从地去受死？我就应该出生入死地为他刘家打天下，帮他稳稳当当做了皇帝，然后像一只没用的老狗一样被一脚踢开，还要挨上一刀？世上哪有这样的理！

吕　雉　多说无益。把韩信拉下去，开刀问斩！

韩　信　（向观众）众位大臣、将军、同僚们，难道你们都见死不救吗？
　　　　　〔无人应声。

韩　信　（悲愤地）哈哈哈……早知如此，我当年何必从淮阴出来投军！我又干吗要攻城掠地、无坚不摧，杀得天下血流成河！报应啊！……悔不该当年没听蒯通的话。如果当时反汉，还不知道这天下落入谁手！报应啊！
　　　　　〔报子上。

报　子　报——汉皇胜利归来！

吕　雉　斩！

韩　信　哈哈哈……
　　　　　〔凄凉的唢呐声和着焦心的鼓声响起，愈来愈急，愈来愈烈。韩信立于高地，昂首挺胸。刀斧手高高扬起刀来，一刀砍下，天地一片通红。

司马迁　（高喊）韩信啊——
　　　　　〔切光。

［鼓乐吹奏，刘邦盛驾返京。吕雉、萧何前往迎接。

吕　雉　恭贺汉家两大喜事!

刘　邦　哪两大喜事?

吕　雉　汉皇无恙，得胜而返，此一喜也。斩却韩信，此二喜也。

刘　邦　（一震，稍停）……哦，把韩信给杀了? 好……呵呵，好! 杀得好!
　　　　韩信，我看你还狂? 到底斗不过我老婆。你也是一世英名毁于一
　　　　旦，要不是你扫平三国，把项羽兵困垓下，逼得他自刎乌江，今天
　　　　我的头还不知道落在哪儿呢! 韩信，韩信，你真的死了? （压抑情
　　　　感，爆发）韩信哪——呜呜呜……

吕　雉　（稍待）汉皇，韩信死了，我刘氏江山少了一个祸患，应该高兴才
　　　　是。

刘　邦　唔，对对对，不想他了! （转念）韩信死的时候，说了些什么?

萧　何　他说悔不该当年没听蒯通的话而反汉。

刘　邦　他就是不反汉，我又岂能留他! ——把蒯通抓来见我。

　　　　［内："蒯通抓到!" 蒯通被绑缚上殿。

刘　邦　你当年曾挑唆韩信反汉?

蒯　通　是。竖子不听我的话，今天才被杀。要是听了我的话，还不知道谁杀
　　　　谁呢!

刘　邦　（怒）烹了他!

蒯　通　哼哼! 烹我只是小菜一碟，天下人会说你为泄私愤而杀直臣，让你落
　　　　一世的骂名。

刘　邦　（稍待）放了他! （蒯通下）上香，我要祭奠韩信。

　　　　［随从抬上香案、香炉，锵锵铙钹、袅袅香烟中，刘邦率众人上
　　　　香。

刘　邦　韩信哪，你不该抛我而去，让我少了一员猛将。还有谁来替我守护江
　　　　山社稷啊!

　　　　（歌）大风起兮云飞扬，

　　　　　　　威加海内兮归故乡。

　　　　　　　安得猛士兮守四方。

　　　　［凄厉的唢呐声中，众人叩拜。转暗。

〔老年司马迁上。

司马迁　为了写好《淮阴侯列传》这一篇，我亲自到了淮阴去考察，那儿的父
　　　　老乡亲对韩信还是很怀念的。唉，千古英雄，功垂史册，奠定汉家
　　　　江山四百年基业，也只落了个悲剧下场！韩信哪韩信，我知道你死
　　　　不瞑目，九泉之下也会喊冤的。这不，后人还在替你编戏不是？好
　　　　啦，现在戏也演完了，我的事儿也了了，你们台上的、台下的，都
　　　　回家去吧……啊？走吧……（蹒跚走下）
　　　　〔幕落。

2001年10月31日初稿

11月9日、11月30日修改

2002年1月30日、2月18日再改

2002年4月25日定稿

红梅记

（昆曲，据明周朝俊原作改编）

出目：

人物：

卢昭容——卢指挥使府小姐（旦扮）

朝　霞——卢昭容侍女（小旦扮）

裴　禹——字舜卿，钱塘学秀才，后考中探花（生扮）

郭　谨——字稚恭，钱塘学秀才，裴舜卿好友，后考中榜眼（须生扮）

李　素——字子春　钱塘学秀才，裴舜卿好友，后捐官升为代理江都县令（丑扮）

贾似道——南宋平章军国事（丞相）（大净扮）

57

李惠娘——贾似道妾（贴旦扮）

卢夫人——崔氏，卢昭容母（老旦扮）

曹　悦——卢昭容表兄（三花脸扮）

曹悦母——卢夫人姐（老旦扮）

管　家——贾府管家（净扮）

仆　从——贾府仆从

众家姬——贾似道家姬

花鼓人——打花鼓人

众皂吏——江都县衙皂吏

第一出　赠梅

〔西湖岸边。水光涟漪，垂柳依依。远处山色空蒙，可见雷峰塔影。舞台一侧立小楼一座，凭湖临水，上有匾额，书"红梅阁"三字。楼旁院墙内一树红梅开得正艳，侧枝伸出。

〔卢昭容上，侍女朝霞随上。

卢昭容　（念）东风昨夜来庭院，沉沉帘幕无人见。

朝　霞　（念）二八青春又逢春，我陪小姐散散心。

卢昭容　（唱【薄幸】）曙色窥帘，纱窗弄影。滞衾窝梦吒，恹恹难醒。

朝　霞　（接唱）嗔人叫唤，口儿懒应，矫情性，自春来不旧行径。

卢昭容　朝霞，天气清爽，红梅盛开，你我登楼一观阳春风景如何？

朝　霞　（欢快地）太好了。

　　　　〔二人登楼。

卢昭容　朝霞，你卷起帘儿，一望西湖春色。

朝　霞　哎！

　　　　〔朝霞卷帘。

朝　霞　小姐，窗外红梅开得真艳哪！

卢昭容　你折一枝来。

朝　霞　是！

〔朝霞伸手摘花，递与卢昭容。卢接过，嗅花。

卢昭容　这花好香也！（唱【啭林莺】）花枝摘来红袖擎，擎得来两袖猩猩。人面花枝相照映，照得来个个娉婷。（叹气）唉……

朝　霞　小姐，花香人美，春色秀丽，你叹的什么气呀？

卢昭容　（幽幽地）你看梅花，可似笑人？

朝　霞　（不解）梅花还能笑话人？它笑话谁呀？

卢昭容　（唱）它笑我红颜薄命。

朝　霞　哟，小姐，您还薄命哪？出身官宦世家，知书识礼，虽说老爷过世了，可您也不缺吃喝呀。

卢昭容　你懂个什么。（唱）我叹它香魂独趁。漫惜玉怜香，都付于多情。

朝　霞　我知道了，小姐这是伤春哪，想找个多情人儿来怜惜怜惜。您别着急，（一指）那边怜惜您的人，来啦！

　　　　〔裴禹上。

裴　禹　（唱【啭林莺】）日来风雨不暂停，今朝喜得新晴。（内鸟鸣。唱）听两两黄鹂相叫应，早被它唤起春情。（白）呀，早见杏花又开，正是：春色满园关不住，一枝红杏出墙来。

朝　霞　小姐，那边有一个秀才来啦。

卢昭容　快放下帘儿。

　　　　〔朝霞偷望裴禹。

朝　霞　小姐快看，那个秀才长得可真俊呀！

卢昭容　丫鬟不得无礼！（不免偷视裴禹）呀——（目光被他吸住）

朝　霞　（看看卢昭容，看看裴禹）小姐？小……

卢昭容　（忽然感到自己失仪，羞怒）叫你放下帘儿！

朝　霞　是……（边放帘子边自言自语）是你自己要看，倒怪人家没放帘子。

裴　禹　（唱）墙直上一枝红杏，（拈落花看）原来不是杏花，是红梅。好动人的春色也！（唱）是红梅吹香满径。（白）小生见此红梅可爱，不免折一枝回去玩耍。（上攀。朝霞掀起帘子偷看）（唱）把脚儿蹬，向墙外偷花，只怕墙内有人惊。

朝　霞　（忽然高叫）有小偷！（裴禹惊跌倒地，朝霞拍手笑）小姐，那人被我吓了一跳，一个跟头摔了个臭死。

卢昭容　（着急）呀，还不快下去扶他起来！

朝　霞　得，还得我去扶他。

　　　　　〔朝霞急忙下楼，卢昭容持花跟下。

裴　禹　哎哟哟，摔得我好痛啊……

　　　　　〔朝霞出院侧门，扶裴禹起来。卢昭容在后面关切地注视着，见他
　　　　　一趔趄，急欲趋前又止。

裴　禹　（对朝霞）小娘子，恰才是你在叫吗？（忽然看见卢昭容，愣住）
　　　　　呀！来了一位女菩萨……（卢羞涩）

朝　霞　（故意打断）是我是我是我，怎么啦？谁叫你偷我们家的梅花？活
　　　　　该！嗨嗨嗨——干吗呢你？看什么看，看什么看……

　　　　　〔裴禹惊醒，上前向卢昭容作揖。

裴　禹　啊，小姐，小生这厢有礼了。

　　　　　〔卢昭容羞涩，躲向门后。

朝　霞　好没羞，哪个睬你！

裴　禹　小生斗胆，动问女郎高姓？

　　　　　〔卢昭容潜上倾听。

朝　霞　想知道我家贵姓？看看前面大门口的金字牌匾。

裴　禹　哦，原来是卢指挥使家宅眷。恰才这位女郎就是卢小姐么？

朝　霞　（故意地）想知道小姐是谁，那我得先问问你是谁！

裴　禹　（正中下怀，作态）小生姓裴名禹，字舜卿，钱塘学秀才，年方
　　　　　二九，尚未婚配。

朝　霞　谁问你婚配来？我问你干什么来了？

裴　禹　春光明媚，小生与学中朋友相约，到这西湖岸边游赏。朋友尚未到
　　　　　来，忽见梅花红艳，小生原是爱花之人，待折一枝回去案头赏玩。
　　　　　正下手时，被你叫破，一跤跌下，好不生痛。

朝　霞　（扑哧一笑）原来如此，我还当是小偷呢。

卢昭容　（门后露半容）朝霞，过来。

朝　霞　小姐有何吩咐？

卢昭容　你将方才折下这枝红梅送与这生罢。（递花）

朝　霞	知道了。（接过红梅）裴秀才，我家小姐有一枝现成的梅花在此，要我送给你。
裴　禹	（欣喜若狂接过）小姐对小生如此厚爱，我这里行大礼谢过。（手持梅花对卢方向作深揖。卢闪下）
朝　霞	我家小姐平时对谁也看不上眼，今天你真是有福气了。你走吧，我们也回去了。（下）
裴　禹	（作揖不止）谢女菩萨恩典！谢女菩萨恩典！
	［郭谨、李素上。
郭　谨	（对裴禹）舜卿兄，此处非庙，哪里来的女菩萨呀？
裴　禹	（抬头）啊，女菩萨进去了，二位学兄不曾得见。
李　素	（拍裴肩）你不呆不傻的，捣什么鬼？
裴　禹	（笑）异哉！小弟今日之遇也。（摇头晃脑地唱【意不尽】）咱为多娇沾出些疯魔怔，俺待去赋高唐把雨云作证，你与俺却好处从旁喝几声。
李　素	遇见什么了？看把你给疯癫的。
郭　谨	时候不早了，我们到西湖边游赏去吧。
李　素	（推裴禹）走了走了……
裴　禹	（嗅梅花，回视红梅阁）奇遇呀奇遇，哈哈哈……
	［三人同下。

第二出　窥湖

　　［西湖旁侧。湖光岛影。断桥横过，杨柳依依。
　　［郭谨、李素上。

郭　谨	（唱【绕地游】）湖山清晓，春意回芳草，好携趁友人谈笑。
李　素	（接唱）胸襟洒落，不似当年妙，被者也之乎挫倒。
郭　谨	自家郭谨，字稚恭。
李　素	小子李素，字子春。
郭　谨	我二人与裴舜卿乃学中好友，一同来西湖游春。
李　素	（向后）哎，裴舜卿这小子磨磨蹭蹭干吗呢？一天捧着枝梅花又闻又

亲。你快过来吧!

裴　禹　来了来了——（捧梅趋出）

郭　谨　正是:（念）喜值新春至。

裴　禹　（念）欣逢旧友来。

李　素　（念）年年此日里。

三人合　（念）相对笑颜开。

郭　谨　二兄请看:断桥残雪,犹存孤屿,红梅盛发,好一番新春光景也!俺们到桥上去赏玩如何?

二　人　一同前往。

　　　　〔内鼓吹。

裴　禹　哪里一派笙歌,顺风而来?

　　　　〔众人望。

李　素　远远一只大画舫,载着一群丽人过来了。上面箫鼓喧阗,好不热闹!

裴　禹　此来必是贾丞相。

李　素　既是丞相大人,我们快回避了。

郭　谨　说哪里话!西湖是大家的,他游得,偏我们就游不得?站在断桥上去。

　　　　〔三人登桥。李惠娘与众侍女、从人簇拥着贾似道,鼓吹乘船上。

贾似道　（唱【梁州序】）泛兰舟,坐拥妖娆。倒芳尊,醉迎花鸟。听莺歌嘹呖,凤管鸾箫。（白）桥上何人?敢不回避!

管　家　回禀老爷,是三个秀才。

贾似道　大胆秀才!明天革去他的学籍。

管　家　那一个胡子小人认得,平素就是个爱滋扰生事的,吃软不吃硬。老爷游春,别被扰了兴致,不理他们吧。

贾似道　也罢,转船回去。

裴　禹　（顾自在一旁嗅梅花）好一枝红梅也!

李惠娘　（随贾似道转船,闻声回顾）呀,美哉一少年!（痴盯）

贾似道　（见状欲怒）你……

李惠娘　（浑然不知觉,轻轻唱）真个是洛阳年少,西蜀词人,卫玠潘安貌。

贾似道 （强压怒火，故作轻松）惠娘、惠娘！

李惠娘 （惊醒，急忙掩饰）哎，老爷有何吩咐？

贾似道 （假意）这一少年，光彩照人，汝愿事之，吾当为汝纳聘。如何？

李惠娘 哎呀老爷，妾身并无此意。

贾似道 爱美之心，人皆有之。我当成全与你，不必多言。（起行并唱）文君知有意，属题桥。（背躬）哼！只怕你（唱）薄福红颜命未招！

　　　〔一行人下。

郭　谨 贾似道平日里作威作福，鱼肉百姓，日日西湖笙歌，却把半壁江山丢在脑后，总有一天会恶贯满盈！

李　素 裴兄，刚刚船上一漂亮女子，好生顾盼于你。你艳福不浅啊！

裴　禹 （笑）是吗？乍逢留盼，亦人情之所在。

李　素 还不是你长得俊！她怎么就不看我呢？

裴　禹 不要取笑。稚恭兄，俺们去孤山游赏如何？

郭　谨 走。

　　　〔三人下。台上转过红梅阁。朝霞现身楼上。

朝　霞 自从那日得见自称未婚的裴秀才，俺小姐就像疯魔了一般，整天恍恍惚惚，不思茶饭，终日只在楼前眺望，想再看见裴秀才。小姐，今儿个天气晴和，咱们再观赏一番西湖美景吧。

卢昭容 （现身楼上，唱【啄木儿】）他庞儿净，神韵清，淡月黄昏含瘦影。占春光点点飘香，透风前种种生情。孤芳不与凡花并，暗香长傍瑶华境。

朝　霞 （背躬）瞧瞧，瞧瞧，这相思病害得还不轻哪！

卢昭容 （唱【黄莺儿】）一枝梅，东君怜取，冷浸在紫霞瓶。

朝　霞 （背躬）小姐连那枝梅花都嫉妒起来了。

卢朝容 朝霞，卷起帘儿，待我眺望西湖风景。

朝　霞 是。（卷帘。二人倚楼远眺）

　　　〔贾似道率众乘画舫悄然划上。

贾似道 （唱【黄龙滚犯】）颤巍巍的湖上亭台，高耸耸的水边楼阁。（转过一侧，忽然看见卢昭容）呀，那楼上有一年少女子，却是生

得好也！（唱）约翩翩翠袖双招，娇滴滴佳人一个。（白）妙
也，我众多姬妾，无有一个比得上她美貌。真乃月宫里广寒子、云
端里观世音！快划到近旁看来。

众　人　（唱）恰好似水月观音现普陀，不蒙她喜滋滋笑脸来迎，则被
　　　　　俺光眛眛狠睛瞧破。

朝　霞　（忽发现）小姐，有条大船到跟前了，快点进去！

卢昭容　（急抽身）快放下帘儿！

　　　　〔卢下，朝霞放下帘子随下。

贾似道　（意犹未尽，怅怅不已）那一年少美貌女子，被俺一看就进去了。院
　　　　子，明日与我查来，看是谁家女子，可有丈夫未曾？

管　家　是。

　　　　〔众下。

第三出　杀姬

　　　　〔贾府厅堂。贾似道蟒袍与众仆从上。

贾似道　（唱【番卜算】）不数帝王家，但说着平章大。蟒衣玉带映乌
　　　　纱，徐步金阶下。（念）
　　　　相国威权不可当，
　　　　非常富贵倾朝堂。
　　　　门无珠履三千客，
　　　　座有金钗十二行。
　　　　（白）自家大宋平章军国重事贾似道是也。位居台辅，专制朝纲，
　　　　阴毒无比，权谋盖世。那日泛舟湖上，叵耐侍妾李惠娘看上一位少
　　　　年书生，十分流盼于他。是我暂且隐忍不发，假允为其纳聘。今日
　　　　轻轻断送了她的性命，也好与众姬妾作个榜样。唤惠娘上来。

管　家　惠娘上堂。

李惠娘　（上）贱妾李惠娘叩头。

贾似道　那日湖中看上那少年，俺待与你纳聘，你意下如何？

李惠娘　呀！此一时戏言，实出无心，老爷哪得介怀！

贾似道　你就无有动心？

李惠娘　（唱【绣带儿】）成虚假，只不过画儿里情人镜里花，无端生出根芽。

贾似道　你既无心，为何却留意于他？

李惠娘　（唱）信从来白璧无瑕，莫浪言明珠有价。

贾似道　你道无心，俺却有意。

李惠娘　（唱）闲话，生来命薄只自嗟，槛中猿，哪想到丛林旷野。

贾似道　（笑）你不想学红拂与他私奔？

李惠娘　哎呀！（唱【醉太平】）波查，若不是冤家，怎成真弄假，点白为瑕？

贾似道　你自看上他，谁玷污你？

李惠娘　（唱）便片言戏耍，有的许多兜搭。

贾似道　你心事尽在这一言中了。

李惠娘　妾知那人是谁来？（唱）喧杂，红尘紫陌聚豪华，知若个乍逢花下，葫芦提年少谁家？

贾似道　敢说你对他无留恋？

李惠娘　（唱）何曾留恋，哪些挑达！

贾似道　（怒拔剑）你只是不认，今日里我就叫你命丧黄泉！

李惠娘　（跪倒，哭）哎呀老爷，贱妾并无大错，求你看在平日侍奉老爷尽心尽意的分上，饶我一命吧！

贾似道　哼！小妮子敢对他人动春心，吃我一剑。

　　　　〔贾似道挥剑，李惠娘闪避一旁，抱住贾似道哭。

李惠娘　老爷饶命！

贾似道　（不好动手）你且放手，过来对天赌誓，我就饶你不死。

李惠娘　（信以为真，跪拜发誓）贱妾如若对老爷不忠，天打雷……

　　　　〔贾似道绕到李惠娘身后，挥剑将其杀死。

贾似道　惠娘惠娘，这是你自取其祸，你可怨不得我了。小厮哪里？

仆　从　在。

贾似道　你把这美人头割下，藏在金盒之中，唤众姬出来，我自有话说。

仆　从　是。（拖李惠娘尸身下）

贾似道　哼，宁可老夫负人，不可人负老夫！杀却惠娘，自有更好的女娘供奉。那日望见湖畔红梅阁上一年少女子，真个是生得千娇百媚，老夫心中好生放她不下，已派管家前去探访，不日必有消息。

　　　　〔小厮捧金盒，与众姬妾上。

众　姬　妾等叩见老爷！

贾似道　罢了。李惠娘那日在湖中看上那位书生，我已为她纳聘了。

众　姬　（出乎意料，或喜或惊，个个敛衽拜）老爷实是宽宏大量、慈悲为怀！

贾似道　聘礼在金盒内，你等皆可过目。

　　　　〔小厮打开盒盖，众姬看见盒中人头，惊叫成一片，个个伏地战栗。

贾似道　以后哪个要仿效李惠娘，就是这个下场！

　　　　〔落幕或转暗。

第四出　被难

　　　　〔卢家厅堂。卢夫人、卢昭容上。

卢夫人　（念）宁为贫家妻，莫做富家妾。（唱【金珑璁】）小庭春霭破，苔痕芍药婆娑。昼眠香阁困金钗，乍雨乍晴天色。（白）女儿。

卢昭容　母亲。

卢夫人　朝霞去湖边浣纱，好一会儿不回来，想又在哪里玩耍哩。

　　　　〔朝霞惊慌上。

朝　霞　夫人、小姐，不好了！

卢夫人　（惊）何事惊慌?

朝　霞　（慌不择言）朝霞在湖边浣纱，只见一个穿着光鲜，长得长长大大、肥肥胖胖的汉子，来问此间高楼子是谁家。朝霞也不知道他是什么人，就把先老爷说与他。他回言道：我非别人，贾府管家。丞相爷见了你家小姐，十分喜爱，少刻就来下聘礼了。

卢昭容　（哭）哎呀母亲，这却如何是好?

卢夫人　（慌）我闻贾丞相为人荒淫无度，醉后挞杀侍女不计其数。这真是祸从天降！

朝　霞　（抱打不平）这光天化日的，我们不愿意，他能怎么着？

卢夫人　贾家势大人恶，我们寡妇人家，如何与他相抗！（婉言地）女儿，万般无奈，你就委屈嫁与他家，倒也享些荣华富贵。

卢昭容　（正色）母亲说哪里话来！想那贾某垂涎于我，无非因我姿色。（从头上拔出簪子）待我刺破这庞儿，划伤这脸儿，看他还待如何！

卢夫人　（急拦）哎呀不可！

朝　霞　（慌忙夺下簪子）小姐千万不可走此绝境！

卢夫人　（搂抱女儿哭）儿呀！你那父亲去世得早，留下我们孤儿寡母遭人欺辱，这可怎生是好！

　　　　〔卢昭容、朝霞亦哭。裴禹醉持梅枝上。

裴　禹　（唱【香柳娘】）向花前醉归，向花前醉归，蹒跚步态，眼花耳热无何奈。（白）呀，此是红梅阁下与卢小姐相见之处。（唱）想红梅在手，想红梅在手，这花下我重来，那楼上人何在？（白）咦？这侧门儿半开在此，待我挨进去偷看一回。（唱）喜门儿半开，喜门儿半开。（将梅枝放入怀中。作进门听状）怪哉！（唱）仔细听来，似流莺窗外。（白）里面为何有啼哭之声？好疑惑也！

朝　霞　外面有人！

卢夫人　出去看是何人。

朝　霞　（出）喂！你是何人？竟敢私闯人家宅院！这里非游玩之处，你到别处玩去吧。

裴　禹　（上前作揖）朝霞姐，你不认得小生了？

朝　霞　（认出，笑）原来是你个呆子！我家红梅已经开完了，你又到此何干？

裴　禹　偶尔经过此地，闻里面啼哭，放心不下。你家有何难事，小生愿效犬马之劳。

朝　霞　这样说来，倒是秀才好意。（灵机一动）实话告诉你：只为贾丞相要强迫小姐做妾，小姐不愿，故而一家人在此啼哭。

裴　禹　（气愤，倚醉）有这等事！贾似道啊贾似道，你可也撞着我裴禹与你做个对头！朝霞姐，请出夫人小姐一同商议。

朝　霞　（进屋）小姐，是那日折梅秀才。

卢昭容　（精神一振）是他来了！

卢夫人　谁来了？

卢昭容　（羞红了脸）是……一位熟识的秀才……

卢夫人　（疑惑）熟识的秀才？……

朝　霞　（连忙为她遮掩）夫人，那秀才听说我家之事，心中不平，愿与我家效力。

　　　　　〔卢昭容暗喜。

卢夫人　（踌躇后下决心）这等，请他进来。女儿，你回避了。

　　　　　〔卢昭容不舍，无奈，匿于屏后。

朝　霞　有请秀才！

裴　禹　（整理衣冠后进门，作揖）见过夫人。（四处张望）

朝　霞　看什么呢？

卢夫人　秀才万福！秀才请坐。难得先生一片好心。贾丞相欲夺小女，蒙先生垂怜孤寡，计将安出？

　　　　　〔卢昭容偷听。朝霞看见，笑。

裴　禹　（果决）老夫人何不就将令爱许配一人，以绝其念？

　　　　　〔卢昭容吃惊，紧张。

卢夫人　（真诚地）急切里哪有佳配！又有何人愿意来赴此难！

　　　　　〔卢昭容紧张倾听。

裴　禹　（狡黠地）不知夫人欲招何等样人为婿？

卢夫人　（实话实说）少不得招个书生，便寒酸些不妨。

裴　禹　（背笑云）再有寒酸似小生的么？（转身）夫人，小生有计在此：待小生权认作夫人女婿，等他来时一力抵挡，如何？

　　　　　〔卢昭容窃喜。朝霞对之刮脸，卢昭容羞涩。

卢夫人　（背云）我看这生一表人才，与我女儿倒也相配。（转身）请问先生，曾有亲事么？

裴　禹　小生年方十八，八月十五丑时出生，尚未有亲。

卢夫人　（背云）又与小女同月同日同时生，大她两岁，也是天就的姻缘了。

　　　　　〔卢昭容喜。朝霞以双手拇指相并臊她。

裴　禹　（强调）这是权且之事，只为救难，不要当真。

　　　　　〔卢昭容忽愣住，赌气转身。

卢夫人　（诚恳地）先生紧急之时肯相担带，就是我家恩人了。事平之后，定送小女与先生毕姻。

裴　禹　（喜）如此，小生参拜岳母！（拜）

卢夫人　罢了。（扶起）

　　　　　〔卢昭容大喜过望。朝霞朝她作参拜状调笑。裴禹瞥见卢昭容，亦喜不自胜。

裴　禹　（唱【前腔】）这相逢异哉！这相逢异哉！是姻缘该载，愧匆匆无物堪纳采。

卢夫人　婚姻岂可论财？只望先生做主救拔小女。（唱）望先生计策，望先生计策。救拔这裙钗，合家须顶戴。

裴　禹　（唱）请夫人放怀，请夫人放怀。百计安排，俺一身担带。

　　　　　〔贾似道管家率仆从捧礼物上。

管　家　来此已是卢家大门首，不免叩门则个。（敲门）开门开门！

朝　霞　他们来了！

　　　　　〔合家惊慌。裴禹做手势让大家镇定。

裴　禹　门外何人？

管　家　贾丞相府管家，前来下聘。

裴　禹　（开门）向何人下聘？

管　家　自然是卢小姐。

裴　禹　（笑）区区是卢小姐的东床客，请问你要向我内人下聘？

管　家　（怒）前日我已打探得卢小姐尚未许人，哪里又出来一个冒牌女婿？扭他见丞相去！

　　　　　〔众仆从扭住裴禹。卢家人作惊吓状。

裴　禹　啊呀！衣服扯碎了！叫地方，凌辱斯文，当得何罪？

管　家　走！

裴　禹　（回头）请岳母大人看顾好我浑家，俺去去就回。（随众下）

［落幕或切光。

第五出　强扰

［贾府。众人扭裴禹上。

管　家　请丞相出厅。

贾似道　（上）事情如何？

管　家　回禀丞相，我们去往卢家下聘，不知从哪里冒出这么一个酸货，愣充是卢家女婿。我们把他捉来，请丞相定夺。

贾似道　（欲怒，转而隐忍，问）书生姓甚名谁？

裴　禹　松手！

［贾似道示意众人松开。

裴　禹　（自夸）小生裴禹，系钱塘学秀才，一代才子，名满天下，谁人不知，无人不晓！

贾似道　（背云）我亦闻此人之名，不过会做几篇诗文，考得几次优等，就如此大模大样！（点头）我不免将此生计诱在府中，一面差人娶那女子，再有何人阻挡？（转身）久闻秀才饱学，家人不识，秀才莫怪，老夫赔礼了！

［贾似道与裴禹互相作揖。

贾似道　秀才既是卢小姐女婿，此事作罢。老夫不知，多有得罪，容改日登门赔罪。

裴　禹　如此小生代卢家谢过。

贾似道　俺府中久欲延请一位名师教授子弟，今日天缘得遇，望秀才屈就，万勿推辞。

裴　禹　（一愣）小生非授教之才，不敢当此重任。

贾似道　过谦即傲。管家，带秀才到后厅歇息。

裴　禹　不可……你怎能强迫他人为师……（管家与两仆从强掖裴禹下）

贾似道　（笑）这厮已落入吾圈套中矣！吩咐府中人，不许私自放出裴生。再着一人传示卢家，就说老爷我素重裴生，一见倾倒，要招他为女婿，已留在府中了。裴生感恩无地，转教卢小姐从了丞相爷。她依言便罢，若再不肯，黑夜里抢了过来！

众　人　是！

　　　　　［暗转为卢府。卢夫人、卢昭容、朝霞满面愁容上。

卢夫人　裴秀才被贾府一班豪奴扭了去，未知事体如何？我家又无三尺之男，
　　　　去相府门前打探个消息。好不令人担心呵！

卢昭容　（唱【玉芙蓉】）为心中事几般添，一夜心缭乱。向诗书绣谱，
　　　　没处为欢。

朝　霞　小姐昨夜没休息好，再去睡会儿吧？

卢昭容　（唱）梦儿中惊起，有谁人唤？醒后愁来，只得强自宽。

朝　霞　小姐，再到红梅阁上望一望？

卢昭容　（唱）凭栏望，站得俺腿酸，恨沉沉音信断青鸾。

　　　　　［贾府管家与仆从上。

管　家　开门开门！

卢夫人　（惊）又是贾府的人来了！（不知所措）

仆　从　再不开门，把你的门砸个稀巴烂！

　　　　　［卢昭容示意，朝霞开门。

朝　霞　你们要做什么？

管　家　你这个死妮子，挡什么横！里边的听好喽：老爷看上裴相公的一品人
　　　　才，考他诗文，做一篇赞赏一篇，说他是饱学才子，延之上座，要
　　　　招他为女婿配与我家千金小姐。那秀才欣喜若狂，感恩戴德，喝醉
　　　　了酒，说出实话。说是并未聘卢小姐为妻，教多多拜上卢老夫人，
　　　　让小姐顺了丞相爷，免伤两家体面！

　　　　　［卢昭容惊得花容失色，卢夫人气得浑身颤抖。

朝　霞　走开！你再胡说，看我拿棍子赶你！

管　家　老子不跟小妮子一般见识，咱们少刻便见分晓！正是：天晴不肯走，
　　　　直待雨淋头。（与仆从下）

朝　霞　夫人小姐，不好了！听管家的话头，怕是一会儿要来抢人了！

卢昭容　（悲）母亲，既如此，待女儿寻个自尽，以免被人玷污了身体。只是
　　　　母亲在堂，恕孩儿不能尽孝了。

卢夫人　（哭）孩儿说哪里话来！（转而气愤）裴生那厮如何这样无情，转过

71

头来加害我们!

卢昭容　（清醒）裴郎? 裴郎无情,我却不信,一定要找裴郎问个清楚!

朝　霞　是呀,一定要问他个水落石出!

卢夫人　既如此,我倒有一个主意了。我们快快逃走,雇条船划到扬州你姨娘
家里暂避一时,日后再作道理。你看如何?

朝　霞　好主意好主意。小姐快走!

卢昭容　走!

　　　　〔落幕或切光。

第六出　救裴

　　　　〔贾府后花园。夜漆黑。管家率众仆从持刀上。

管　家　丞相欲娶卢小姐,被她全家逃走,不知去向。丞相发怒,说都是裴禹
这小畜生误事,要我等今夜取他项上人头。列位,走动了!

仆　从　走!（与管家下）

　　　　〔转过花园角度,一侧为书房。裴禹上。

裴　禹　贾似道将我囚禁书房,不肯放我出去,不知贼心作何主张。（唱【懒
画眉】）抚心切齿恨平章,禁的个人儿没下场,不瞅不睬恁凄
凉。一灯明灭摇书幌,寂寞煞愁人更漏长。

　　　　〔李惠娘黑纱蒙头作鬼魂状舞上。

李惠娘（念）一身憔悴对花眠,

　　　　　零落残魂倍黯然。

　　　　　三尺孤坟何处是?

　　　　　牡丹亭上再生天。

（白）奴家李惠娘,只因赞赏了湖中少年一句,被丞相杀死,葬于牡丹
花下。一身虽死,此情不泯。今夜丞相又要杀害裴相公,待我幻作生前
模样,指引他逃走。（唱【前腔】）娟娟明月射回廊,片片轻红怨
夕阳,咱钿蝉零落土花香。（白）贼子啊!（唱）道俺残魂只索把
花根傍,哪知又向人间救裴郎。（整容见裴禹）秀才万福!

裴　禹　（疑）小娘子来自何处? 因何夤夜至此?

72

李惠娘　秀才不必疑惑。奴家李惠娘，系贾丞相侍妾。那日随丞相乘船游览西湖，曾见秀才立于断桥之上。是妾随口赞道：美哉少年！不知秀才尚否记得？

裴　禹　（近前辨认）是了。彼时见船上一位女子，十分顾盼小生，原来就是小娘子。小娘子，你家丞相是什么样人，倘然知晓，不独有累娘子，且贻祸小生。快请回去了！

李惠娘　我恰为丞相而来。你还不知，丞相派了人来杀害于你，即刻就要到了。

裴　禹　（惊）丞相竟然如此狠毒！这却如何是好？

李惠娘　不妨事。待我指引道路与你，你快逃走了吧。

裴　禹　（揖）多谢小娘子！

李惠娘　随我来。（边舞边唱【玉交枝】）贼心毒坏，他在半闲堂谋成计策。

裴　禹　（唱）霜刀快似风儿，夜深时陆地将来。

李惠娘　（唱）你急忙逃出脱祸胎，免留在此遭谋害。

裴　禹　如此，快出园去！

李惠娘　秀才，夜黑风高，扯着我衣袂仔细行走。

　　　　〔裴禹扯李衣。

李惠娘　（唱）轻轻地把铜环闪开，款款儿将金莲步挨。

　　　　〔内作咳嗽声。

李惠娘　贼奴来也，且与你闪过一旁，待他们过去，再引你出园。

　　　　〔管家率众持刀上。生作怕状。

管　家　为人须为彻，杀人须见血。暗地去谋害，莫把机关泄。留两个人守住园门。

仆　从　是！（二人关上园门，持刀守护）

管　家　来此已是秀才书房。听得谯楼上打了二更，正好下手。（摸）傻秀才，开了门在这里等我。（进屋摸床，一惊，喊）啊呀！怎的人不见了？快点火把来。

　　　　〔仆人点上火把。

管　家　快到园中搜过！

〔裴禹被逼到一处角落，左右无处藏身。

管　家　在这里了！

　　　　〔李惠娘吹火。裴禹趁机躲向另一处。

管　家　怪哉！明明看见一个人影躲在这里，怎么一下子又不见了？再找再
　　　　找。

　　　　〔李惠娘又吹火。

管　家　唉！今天这个火把邪了门了，不照人光烧自己。

　　　　〔李惠娘再吹火。管家与李惠娘照面。

管　家　啊呀有鬼！（匆忙逃下。众仆人一哄而散）

李惠娘　秀才，贼奴去了，我与你开了园门，就此别过了吧。

裴　禹　（揖）多谢小娘子救命大恩，容当后报。只是我走之后，丞相追究起
　　　　来，加害小娘子，这却如何是好？

李惠娘　（抹泪）裴秀才，此一分手，即当永诀。秀才惦念于我，足见衷情。
　　　　你还不知，自那日无意赞颂于你，丞相即将我杀死。今来乃是妾的
　　　　魂灵指引于你。就此别过，秀才前途珍重！妾身去了。（翩然下）

裴　禹　（惊呆）啊呀！

　　　　〔落幕或转暗。

第七出　忆郎

　　　　〔扬州城东门外背景。一富室门首。曹悦上。

曹　悦　（念）乖巧过时人，

　　　　　　　潇洒出风尘。

　　　　　　　富家子我多风韵，

　　　　　　　只少个红裙帮衬。

　　　　（白）小子曹悦，乃扬州富户。半年前姨娘从杭州来寄住我家，带
　　　　来一个袅袅娜娜、娉娉婷婷、千姿百态、百媚千娇、滴滴亲亲的妹
　　　　子儿——送给我当老婆。（笑）只是我这妹子，自来到俺家，一直
　　　　耍小姐脾气，连正眼瞧我一眼都不肯，整天就是愁眉不展、唉声叹
　　　　气。要生个法子哄得她高兴了才是。

　　　　　　　［内打花鼓声。

曹　悦　听得有打花鼓的来了，快过来快过来！

　　　　　　　［一男一女打锣鼓上。

曹　悦　你们是哪儿人？

花鼓人　安徽凤阳人。

曹　悦　打一通我听。

花鼓人　（唱）紧打鼓儿慢筛锣，听我唱个动情歌。唱得不好休要赏，
　　　　　唱得好时赏钱多。（打鼓一通）

曹　悦　（笑）妙！妙啊！来来来，随我到里面去，给我那妹子唱个钻心咬肺
　　　　　的曲儿，哄得她高兴了，我重重赏你。

　　　　　　　［一起下。背景转为内庭。卢昭容、朝霞上。

卢昭容　自随母亲逃难至扬州，终日思念裴郎，心神不定，恹恹难息。天色
　　　　　将晚，秋气萧条，好不令人伤怀也！（唱【金梧桐】）秋空雁影
　　　　　孤，夜色虫声度。愁绝黄昏是这数点梧桐雨，道甚秋风病骨
　　　　　疏。

朝　霞　俺小姐从前是何等样风采！现在瘦得跟换了一个人似的。（唱【前
　　　　　腔】）情郎信息无，把小姐青春误。是这般废寝忘餐，朝夕牵
　　　　　肠肚。

卢昭容　（唱【普天乐】）泪珠儿腮边搁，愁绪儿眉尖锁。看容颜瘦减增
　　　　　多，恁心情凄惶无那。

朝　霞　小姐，看你云鬓散乱，你也要梳妆一下！

卢昭容　（唱）新近来冷淡了芙蓉朵，一点樱桃久不抹，谁待向菱花镜
　　　　　前描靥窝，索抱枕昏沉睡卧，可也到梦魂中寻觅情哥。（叹）
　　　　　那薄幸的人儿，至今连个信儿也无有！（拭泪）

朝　霞　小姐，这就怪不得裴秀才了。你逃难至此，他从哪里得知呀，不如这
　　　　　么着：你写一封信，待有得便的人了，给他捎过去。你看如何？

卢昭容　这却使得。朝霞研墨。

朝　霞　哎！

卢昭容　（掏出丝帕铺在案上，边写边念）

　　　　　　　泪湿香罗帕，

　　　　临风不肯干。

　　　　欲凭南去雁，

　　　　寄与薄情看。

　　　　（付朝霞）你收好了。

朝　霞　哎！

　　　　〔曹悦与花鼓人上。

曹　悦　妹子快看，我给你带什么人来了？（对花鼓人）唱起来吧！

花鼓人　（边打锣鼓边唱）洛阳城东桃李花，飞来飞去落谁家？洛阳女儿
　　　　惜颜色，行逢落花长叹息。

　　　　〔曹悦得意。卢昭容叹息。

花鼓人　（唱）今年花落颜色改，明年花开复谁在？已见松柏摧为薪，
　　　　更闻桑田变成海。

　　　　〔曹悦高兴。卢昭容长叹。

花鼓人　（唱）古人无复洛城东，今人还对落花风。年年岁岁花相似，
　　　　岁岁年年人不同。

　　　　〔卢昭容抹泪。曹悦窥视卢，疑惑。

花鼓人　（唱）今年花似去年好，去年人到今年老。始知人老不如花，
　　　　可怜落花君莫扫。

　　　　〔卢昭容呜咽。曹悦打花鼓人。

曹　悦　臭叫花子！我要你们奉承她高兴，倒弄得她哭起来！

花鼓人　正是奉承得她哭起来，才见俺们本事！

曹　悦　胡说！滚滚滚！（赶打花鼓人下）

　　　　〔转过厅堂。

曹悦母　孩儿，你为何在家胡闹，逗得你妹子哭起来？

曹　悦　不干我事！是她自己想家要哭。

曹悦母　说到此事，我倒要你去做一件事情。

曹　悦　什么事儿呀？

曹悦母　前日你姨娘说起，杭州的家业荒芜已久，想请你去帮助经理一番，你
　　　　肯去么？

曹　悦　不去！（一笑）她把妹子嫁给我，我做了女婿就去。

曹悦母　你帮她做了这件大事，我乞求你姨娘答应。

曹　悦　你得说话算数！

曹悦母　算数。

曹　悦　好嘞！（欢天喜地下）

　　　　［转至内庭。

卢夫人　我儿。你也老大不小了，前日姨娘来讲，扬州大户多有前来提亲，你
　　　　也要有个计较。

卢昭容　（着急）母亲不可！裴秀才于我家有恩，母亲曾亲口许他做了女婿。
　　　　母亲切不可失信于人！

朝　霞　是呀，不可失信于人！

卢夫人　（怒）要你小鬼头插嘴！

　　　　［朝霞吐舌头。

卢夫人　裴秀才久无音讯，知他招赘相府未曾。你表兄亦求你姨娘多次来讲，
　　　　要与我家结为连理。

　　　　［卢昭容愣了一下，转身走下。

朝　霞　那个蠢材，比裴秀才一万个都不如，嫁谁也不嫁他！

卢夫人　（思忖地）曹氏兄粗是粗了一些，人还实在，待我们也还好。唉，逃
　　　　难之人，孤儿寡母的，有个依靠就行，也无法挑三拣四了。

朝　霞　不嫁不嫁就不嫁！

卢夫人　（生嗔）要你多嘴！

　　　　［朝霞撇嘴，气呼呼立于一旁。卢昭容换道服上。

卢夫人　哎呀女儿，你这是何意呀？

卢昭容　母亲，孩儿已裁就这一身仙装，立志居家修行，再不谈婚论嫁！

卢夫人　（悲）女儿你这是何苦！

　　　　［暗转。

第八出　访阁

　　　　［红梅阁。墙里葱绿一片。裴禹、郭谨喜气洋洋上。

裴　禹　（唱【西地锦】）选胜还来郭外，寻幽又到湖中。

郭　谨　（接唱）桃花浪暖起鱼龙，只听春雷一动。（白）舜卿兄！贾似道荒淫无度，不恤边政，致使襄阳城陷落敌手，被圣上革去官职。奸佞去位，实值庆贺！

裴　禹　闻道贾似道近日蹿往漳州木棉庵，已被郑虎臣诛杀。实如兄所言：恶贯满盈！恶人自有恶报。

郭　谨　国事衰颓，朝廷正是用人之秋。适值大比之年，我等自应勤奋向学，谋个出身，也好为国家效力。

裴　禹　谨遵兄旨。

郭　谨　只是子春兄自料考试不济，急流勇退，花钱捐了个扬州府录事官，已然上任，我弟兄三人不能齐聚了。

裴　禹　人各有志，倒也不必过于在意。

郭　谨　来此已是红梅阁。

裴　禹　（睹物伤情）呀！那日在此与卢小姐相会，如今旧物尚在，人去楼空。（出枯梅枝抚弄）睹物思人，好不令人伤感也！

郭　谨　前闻卢夫人与小姐为避贾贼，不知所往，煞是可怜。此处倒也清幽，我二人正可寄居用功。不知可有人经理？

　　　　〔曹悦上。裴禹收起梅枝。

曹　悦　表妹不肯嫁我，小子原想使个见识，趁来此为姨娘经理家业之际，把她房子卖了，要她欲回杭州而不能，怕她走到哪里去？谁想挂了招示一月，再也无人登门，好不扫兴。

裴　禹　园中可有人？

曹　悦　来了来了！嘿，今天有生意。您二位买房子吗？

郭　谨　我二人欲在这园中暂租房屋二间备考，你可肯么？

曹　悦　什么，租房？不行不行，请别处另谋高就。

裴　禹　动问一声：卢夫人足下如何称呼？

曹　悦　是我姨娘。

裴　禹　她如今在何处栖止？

曹　悦　（警惕地）你问这干吗？

郭　谨　（打圆场）哦，卢老夫人本与我这位兄弟有些瓜葛。

曹　悦　（打量裴禹）有些瓜葛？什么瓜葛？莫非你们是贾丞相派来的？

78

郭　谨　那贾似道已然遭到天谴，我们与他无关。

曹　悦　（放心）我也听说贾丞相已经死啦，有关我也不怕你们！实话告诉你们，我姨娘就住在舍下。

裴　禹　（兴奋）宅上何处？高姓大名？

曹　悦　（炫耀地）小子家住扬州东门外，曹太守是俺先祖。

裴　禹　（暗自喜悦）好了，访到卢小姐的下落了！（转身）请问卢夫人有个令爱可在么？

曹　悦　（警惕地打量裴禹）你是她什么人？（背躬）莫不是她的相好么？怪不得表妹不肯嫁我，原来有这么一个标标致致的小白脸在等着她呢！（故意地）是有个令爱，已许小子为妻。

裴　禹　（惊）我却不信！

曹　悦　信不信由你。我玩去喽！（下）

裴　禹　稚恭兄，小弟即刻便要起程，径往扬州，寻访卢小姐去。

郭　谨　前往扬州也不在这几日。眼下大比在即，弟劝兄待三场已了，再去寻访不迟。

裴　禹　小弟去得迟了，只怕卢小姐已别属他人。

郭　谨　你就如此信不过卢小姐的人品么？

裴　禹　罢了！卢小姐，你可一定要等我啊！

　　　　〔切光。转为曹家。

卢夫人　（唱【霜天晓角】）家山遥望，烟树重重障。

曹悦母　（接唱）吾儿从去到钱塘，屈指又半年之上。

卢夫人　姐姐，外人都说贾丞相被人杀了，不知真假？

曹悦母　我儿去杭州一晃半年不归，令我挂心。

　　　　〔曹悦上。

曹　悦　妈！姨娘！我回来啦。

曹悦母　呀，我儿回来了，谢天谢地！

卢夫人　外甥，贾丞相被朝廷杀死，可是真的？

曹　悦　千真万确！

曹悦母　你姨娘的家产打理得还好么？

曹　悦　（背躬）我须扯个谎儿，死了姨娘回杭州的心。（转身）乡间的田产还好，只是西湖边的房子被贾丞相派人拆去了。

卢夫人　（惊）你说什么？我家房子，他缘何拆去？

曹　悦　贾丞相恨你们逃走不归，拆房泄愤。

卢夫人　（悲）拆去房子，我孤儿寡母如何归去杭州！这天杀的贼子啊！
　　　　　（哭）

曹　悦　拆了房不当紧，你就把妹子嫁给我，我给您养老得了。我那妹子呢？
　　　　　妹子出来！

　　　　　〔卢昭容道衣携朝霞上。曹悦惊呆。

曹　悦　妹子……你这是……

朝　霞　我家小姐立志不嫁人，已经居家修行半年了。

曹　悦　什么？……（背躬）她又不嫁我，我凭什么白白养活她一家？不免
　　　　　变起嘴脸，给她点厉害瞧瞧！（转身）姨娘，当初有贾丞相，害你
　　　　　们躲在我家白吃了几个月饭。现下贾丞相也死了，你们立刻就回去
　　　　　吧。

　　　　　〔卢夫人愣住。

曹悦母　（气）你这孩子说疯话！

卢夫人　杭州房子已然拆去，你叫我们到哪里去住？

曹　悦　那我就管不着了。反正这儿没有吃闲饭的。

卢昭容　母亲不必烦恼，待孩儿央人去寻觅一个下处租住，平日做些针线，教
　　　　　朝霞拿去市集上卖了，供膳母亲便了。

曹悦母　（恨）你们就住我家，不要听这小畜生胡说！

　　　　　〔转暗。

第九出　夜见

　　　　　〔扬州东门外景色。裴禹上。

裴　禹　（唱【哭相思】）何处教吹箫？（白）老天，天！（唱）怎不见玉
　　　　　人儿音耗？（白）小生闻知小姐音讯，待得三场考毕，即忙赶往扬
　　　　　州，访问曹太守家居处。来此已是扬州东门之外。

　　　　　〔朝霞挎篮上。

朝　霞　恰才拿小姐针线在城里货卖已毕，出得城来，天色已晚，快些赶路回家。（看见裴禹）呀，那书生有些面善。

裴　禹　这小娘子看来面熟，大像卢小姐侍女朝霞，不知是也不是？待我向前问她一声。你敢就是朝霞姐么？

朝　霞　正是！你莫非是裴相公？

裴　禹　呀！是了，是了！请问小姐安否？

朝　霞　（先欢喜，而后恨恨）你怎么才来呀！（唱【红纳袄】）她为你害相思晓夜焦，她为你病恹恹憔悴倒。

裴　禹　呀！原来小姐也为小生憔悴了！

朝　霞　（唱）她为你摧残颜色如花貌，她为你瘦得腰肢似柳条。
　　　　〔裴禹作捂心痛状。

朝　霞　（唱）闻说道老丞相把爱女招，

裴　禹　哪有此话？

朝　霞　（唱）反教个小香娃去为妾了。

裴　禹　这都是贼子捣鬼！且问你家因何就走了？

朝　霞　（唱）他说黑地里安排着抢亲轿儿也，（白）俺老夫人无计，（唱）只得向扬州躲这遭。

裴　禹　可怜我那小姐呀！

朝　霞　小姐为你可受了大罪了！你倒好，躲在丞相府里快快乐乐做东床。

裴　禹　你说哪里话来。（唱【前腔】）我为她禁空房胜坐半年牢，我何曾做东床得他一日好。

朝　霞　那你是如何出得丞相府来？

裴　禹　（唱）险些儿丧残生一命夭，幸喜得遇恩人连夜逃。

朝　霞　你也曾询问过我家去向么？

裴　禹　（唱）也曾造高门把朱户启，也曾问娇娥音讯杳。

朝　霞　你到扬州干什么来了？

裴　禹　（唱）今日特地相寻也，不是步琼花听玉箫。

朝　霞　你怎么知道我们在这里？

裴　禹　我曾在红梅阁旁遇见一人，说是曹姓外甥，卢夫人已将小姐许配于他。

朝　霞　这是他自许，夫人哪里有这话来！

裴　禹　（释然）待我谢天谢地！

朝　霞　俺小姐不肯别嫁，为等你在家修行了。曾写诗一首，教得便寄于你。
　　　　（递诗帕）

裴　禹　（念）泪湿香罗帕，

　　　　　　　　临风不肯干。

　　　　　　　　欲凭南去雁，

　　　　　　　　寄与薄情看。

　　　　（悲）哎呀我那小姐，非干小生薄幸也！

朝　霞　你不薄幸，为何把俺小姐忘到脑后？

裴　禹　（从怀中取出枯梅递过）朝霞姐，你就问这枝枯梅，俺一日对它叹气
　　　　几多回，即知俺心意。

朝　霞　（抚摸枯梅，感动）相公，你还留着这枝梅花，足见志诚。目下天色
　　　　已晚，未知相公作何打算？

裴　禹　小生星夜要见小姐一面。

朝　霞　如此，我送这枝梅花教小姐知道。三更时分，你到曹宅后门来，不可
　　　　失信。

裴　禹　我一定来。
　　　　〔暗转至卢昭容闺房。卢昭容仍着道装。

卢昭容　（忧伤，唱【山坡羊】）弄悠扬帘钩风定，影徘徊画栏人凭。助
　　　　凄凉一盏孤灯，害相思半面菱花镜。
　　　　〔朝霞上。

朝　霞　小姐，喜事来了！你道我今日遇见谁？

卢昭容　（顾自唱）魂暗惊，黄昏人不行，朝霞归来天将暝。

朝　霞　小姐，我遇到裴郎啦！

卢昭容　（一惊）你说什么？

朝　霞　我见到裴秀才啦！（唱）你心上人来，管眉尖愁迸。

卢昭容　（喜）你当真遇到裴郎了？

朝　霞　当真！（唱）裴生，他何必崎岖上玉京。云英，你今夜蓝桥会
　　　　得成。

卢昭容　（赌气扭身）遇到他又如何，还不是别人家的乘龙快婿。

朝　霞　小姐你误会他了。裴秀才为逃出贾府，受尽颠簸，心里只想着你！你看他依旧带着这枝梅花。（递过）

卢昭容　（接过）呀！一枝枯梅！

朝　霞　这便是去年小姐在红梅阁赠予他的那枝梅花。

卢昭容　（感泣，唱【红纳袄】）重想起折梅那一朝，你可也到西湖来凑巧。一时间缔良缘出意表，两下里逗春心在眼梢。

朝　霞　（接唱）非是他过桥人拨了桥，本待要图报恩未得报。

卢昭容　（接唱）恰似我守着一躯洁净身，绣球儿怎肯向别处抛。

朝　霞　小姐，既如此，快安排今夜与他在花园里相见吧！

卢昭容　（犹豫）这却多有不便……

朝　霞　哎呀小姐，迭经磨难不拘礼。你早忘了终日里长吁短叹、容颜递减？错过了这遭，只恐难有相见之期了！

卢昭容　（下决心）罢了，就依你。

　　　　〔暗转。卢昭容在等待。朝霞上。

朝　霞　小姐，裴郎来了！

　　　　〔裴禹上。

裴　禹　（作揖）小生有礼了！

卢昭容　（还揖，流泪，唱【莺啼序】）相逢不语无限情，教人珠泪如倾。万千愁堆积心头，一时怎生得罄？

裴　禹　（亦流泪，问）小姐别来无恙？

卢昭容　（唱）自别来心神不宁，到如今魂魄未定。（白）秀才一向可好？

裴　禹　（唱）为贤卿，险断送小生一命！

　　　　〔二人相拥痛哭。曹悦上，窥见，吃惊。

曹　悦　啊呀，哪里钻出一个臭男人来了！深夜潜入小姐卧房，意欲图谋不轨。叫地方，拿住了送官！（上前揪住裴禹）

　　　　〔切光。

第十出　官断

〔江都县衙大堂。李素着县令服饰，与众皂吏待堂。

李　素　（念）读书不得上考场，晦气。

　　　　　　　怎如剥了那蓝皮，纳吏。

　　　　　　　一般儿纱帽不低微，作势。

　　　　　　　时来署印得便宜，赚利。

　　　　（白）小子李素，本钱塘学秀才，只因考试屡屡不爽，花钱捐了个扬州府录事官。今江都县令缺额，上司看小子做事勤谨，着权且代理，一生时运全在此举。

　　　　〔一皂吏持题名录上。

皂　吏　报县太爷，有题名录到了。

李　素　一大早就有喜报。拿来我看，不知俺钱塘学里中了无有？（读）哎呀！老郭中了一甲第二名，裴禹中了一甲第三名，可喜啊可贺！可惜没我的份了。

　　　　〔曹悦扭裴禹上。

曹　悦　小子要告状！

李　素　你告什么？

曹　悦　我告奸夫淫妇通同作奸。

李　素　递状子上来。

曹　悦　小的没有状子，现抓得奸夫在此！

　　　　〔曹悦推裴禹向前。李素、裴禹照面，各吃一惊。

李　素　（背躬）这人却是裴舜卿，不知犯了何事，被人捉住？

裴　禹　（背躬）这官却是李子春。小生当场丢人了。

李　素　（背躬）既是学友，理当开脱于他。哎呀且住！我这位朋友却是个爱拈花惹草的，保不准勾引了别人的老婆，作奸犯科，被人捉了，我却不好轻易饶过。且假作不识的好。（一拍惊堂木，念韵白问裴禹）咄！你是什么人！既然犯了奸情，尚且不知礼法，竟敢在本官

84

面前大模大样，摆来摆去，是何道理？

裴　禹　（背躬）呀！摆起官架子来了！你才做官几日，就不认得旧交。如此，我也无有好话。（转身）你问俺是什么人？俺不过是个读书秀才。你说俺犯有奸情，自古捉贼捉赃、拿奸拿双，如今奸在哪里？

李　素　（哑口）这个……是啊，奸在哪里？秀才说得有理。（一笑）你既是秀才，学生冒犯了。权请先到后堂一坐，待学生查清原委，再来叙话。

裴　禹　这才像话！（下）

曹　悦　（嘀咕）一听说是个秀才，就像碰到了他家爷爷！又是后堂请坐，又是再来叙话。这真是亲不亲阶级分、官官相护、天下乌鸦一般黑呀！

李　素　（一拍惊堂木，操韵白）咤！你嘴里叽里咕噜胡说些什么？

曹　悦　（连忙跪倒）哎呀小子没说什么！我只说大老爷……真威风。

李　素　我来问你：你姓甚名谁？

曹　悦　小的名叫曹悦，先祖曾做过太守。

李　素　提你先祖做什么！

曹　悦　不是吓唬吓唬您嘛！

李　素　那一秀才与何人通奸？

曹　悦　家丑不可外扬。

李　素　胡说！快快讲来！

曹　悦　（急上附李耳低语）他与我老婆有些话说。

李　素　（好笑）痴子！鬼头鬼脑的。你的妻子叫什么名字？

曹　悦　叫卢昭容。

李　素　（抛下批签）拘卢昭容到厅候审。

皂　吏　是！（收了批签下，转身又上）禀老爷，卢昭容拘到。

　　　　〔卢昭容上，背立。

卢昭容　（唱【新水令】）咱从来不解出香闺，到如今有甚的官司干系？见他们闹喳喳将咱觑，我只得羞答答把头低。泪眼愁眉，止不住长吁气。

李　素　（看卢笑）妙！妙！好个身材。不知脸儿生得如何？哄她转来。卢

85

氏，你丈夫在此告你哩！

　　　　［卢昭容回身。

李　素　（伸舌头）啊呀，妙得很了！真乃是西施再世、貂蝉转生！曹悦，你怎地有这样一个漂亮老婆？我也不信。

曹　悦　自古道：好汉无好妻，癞蛤蟆娶仙女。

卢昭容　（冷笑）天底下还有这般不知羞耻的人！

李　素　听卢氏之言，好生看你不上，一定不是你的妻子了。不是我轻薄你，就看你这副嘴脸，也配不上人家呀！

曹　悦　（哭）爹呀，妈呀，都怪你们把我生成这样，来受别人欺负！

李　素　（问卢昭容）你为何私自让那书生入你家中？

卢昭容　他是我的丈夫。

李　素　呀呵？这真是好笑！他说你是他老婆，你又说那秀才是你丈夫。

卢昭容　大人容禀。那年我与裴秀才梅花定情，为避贾丞相强逼成亲，母亲乃将我许配秀才，此系实情。

李　素　嗯，这就是了。

曹　悦　大人不要听她乱讲。

李　素　（板起面孔，操韵白）曹悦，你再胡搅蛮缠，本官判你强夺民女！

曹　悦　（躺倒耍赖）好你个糊涂官！你不把老婆判给俺，俺今天跟你没完！

李　素　（背躬）这小子是个愣头青。俺须想个法儿，哄过这痴儿，方好做事。（对曹）曹悦，我要你呢！放心吧，赶紧回家收拾准备花烛，我派人押送卢氏到你家来成亲便了。

曹　悦　（大喜）真的？谢青天大老爷！你不许骗俺。俺成亲以后，一定给老爷送头大肥猪。（蹦跳下）

卢昭容　（气）你是个怎样的糊涂官啊！

李　素　（作揖）恭喜小姐，贺喜小姐！

卢昭容　（气不打一处来）我官司在身，喜从何来？

李　素　实话告诉你，我与裴禹是三学朋友。前有报事者到来，裴君已经考中探花了。待俺备下一条船，速送老夫人和小姐回杭州，与裴君成婚。你意下如何？

卢昭容　（喜）这是真的么？

李　素　当然是真的。不信你看题名录。（递过）

卢昭容　（读）钱塘学裴禹，一甲第三名。待我谢过上苍！（遥拜）

李　素　这下你信了吧?

卢昭容　裴郎不与我们一起去么?

李　素　先送你们走，裴君马上赶来。（背躬）省得裴舜卿那小子乐极生悲，又惹出新的事儿来。

卢昭容　（敛衽拜）多谢老爷为妾身做主！

李　素　罢了罢了！

　　　　〔卢昭容下。

李　素　皂吏，你等去看一乘轿来，送卢小姐先到船中。再着一顶轿子，去曹家接卢老夫人一同上船。不得违误！

二皂吏　是！（下）

李　素　有请裴相公！

皂　吏　裴相公上堂啦！

　　　　〔裴禹上。李素对之作揖。

李　素　恭喜裴兄与郭兄一同高中，小弟不胜欣喜！

裴　禹　（丈二和尚不摸头脑）这是说哪里话来？

李　素　有题名录在此。

裴　禹　（读）呀！果然忝中第三名。多谢仁兄。不知官司如何处置？

李　素　此事原为曹悦欺心。小弟已备船送卢夫人和小姐回杭州，另有一船送兄到杭州毕姻。小弟随后具备礼旌前来奉贺。你看如何？

裴　禹　（作揖）多谢仁兄厚情！

　　　　〔暗转为曹家厅堂。曹悦母焦急企望。

曹悦母　这小畜生，昨夜说是有个人在外甥女儿房中，平白地牵扯到官，不知怎么样了？

　　　　〔曹悦欢跳上。

曹　悦　娘，好了！老婆到手了！

曹悦娘　（怒）畜生，你做的好事！且问你，卢家妹子到官如何问了？

曹　悦　娘，你不要烦恼。青天大老爷把卢家妹子断给我做老婆了！

曹悦娘　我却不信。

曹　悦　你不信，花轿马上就到！叫家人吹打起来，快快帮我梳妆打扮。

　　　　〔内吹打乐器。曹悦更衣簪花作丑态一场。曹悦母满脸疑惑在旁观
　　　　看。

曹　悦　唉？怎么这会儿还不见花轿到门？（向外眺望）咦，来啦！

　　　　〔四皂吏抬轿舞蹈上，曹悦欣喜若狂地随其舞蹈一场。

曹　悦　快点起洞房花烛，母亲请新人出轿。

曹悦母　（半信半疑地掀起轿帘）我道你碰了鬼了！新人在哪里？

曹　悦　（凑上去看，慌）怎么？（对皂吏）你们把新人送到哪儿去了？

皂　吏　什么新人？我们受太爷差遣，是来接卢老夫人的。

　　　　〔卢夫人上。

卢夫人　我女儿哪里去了？

皂　吏　卢小姐已先到船上等候您老人家，准备一道回杭州哩！

曹　悦　（倒地，四脚朝天挥舞，大号）妈呀，那混账县官哄我呀——
　　　　〔落幕或转暗。

第十一出　尾声

　　　　〔红梅阁旁。裴禹冠带簪红花披红绸、卢昭容着红衣手持枯梅枝，
　　　　卢夫人、朝霞及从人喜气洋洋，吹打上。

裴　禹　（唱【摧拍】）想当年相逢偶然，折红梅一时戏言。三生有
　　　　缘，三生有缘。

卢昭容　（接唱）一段相思，两地情牵。喜梅开双蒂、西湖重见。荧荧
　　　　银烛辉然，问今夕是何年？

朝　霞　相公、小姐喜结良缘，全在这一枝梅花。

裴　禹　小姐，待我与你拜过梅花月老！
　　　　〔裴禹、卢昭容相对揖枯梅枝。郭谨、李素冠带上。

郭　谨　（唱【人月圆】）功名愿，已结灯前案。一旦此身登月殿。

李　素　（接唱）仙侣年少，喜效于飞谐缱绻。（二人合）从今后，夫荣
　　　　妻贵，福禄绵绵。
　　　　〔众人互揖共祝。曹悦、曹悦母上。

曹　悦　哎，你们大伙儿可别忘了我呀！祝新人不计我旧怨，白头偕老。

　　　　〔众人相见合祝。

众　人　（唱【尾声】）梅红一点是情根见，背东风不禁地香魂暗缠。愿岁岁梅花开到眼。

　　　　〔大伙一齐向观众鞠躬作揖。闭幕。

2006年2月9日

琥珀匙

（戏曲，据明叶稚斐原作改编）

人 物（以出场先后为序）：

　　桃佛奴　桃家小姐（旦）

　　梅 香　佛奴丫鬟（小旦）

　　咸 婆　桃家邻居，倒卖碎物的婆子（丑）

　　贾瞎子　桃家邻居，说书人（付）

　　桃员外　杭州富绅桃南洲（外）

　　桑 氏　桃南洲妻（老旦）

　　家 院　桃家家院

　　金髯翁　江海大盗（末）

　　胥 埙　字先吹，扬州秀才（生）

　　虎豹熊羆四将军　金髯翁部下

　　喽啰兵　金髯翁部下

　　魏 清　钱塘县令（丑）

　　众皂吏　钱塘县衙皂吏

　　贝十戈　金陵秦淮妓院乌龟（丑）

　　小 厮　贝十戈跟班

　　陕西商　一度租住桃家的陕西临洮绒布商人（付）

　　陕商女　陕西商人之女（丑）

　　冯秀妈　金陵秦淮妓院老鸨（老旦）

　　束御史　南京京畿道御史（老生）

　　束夫人　（老旦）

院　子　御史家院子

众衙役　御史府衙役

众仆人

众丫鬟

场　次：

第一场　画梅

〔桃家客厅。古朴典雅，摆设颇似书房。线装书若干摆置书架上，
桌上文房四宝齐备，一旁放置古筝一架。桃佛奴、梅香上。

佛　奴　（唱）桃家小女字佛奴，

　　　　　　钱塘世傍西子湖。

　　　　　　不喜针指刺绣工，

　　　　　　吟诗作画把筝抚。

梅　香　（唱）员外安人无儿男，

　　　　　　小姐千金赛心肝。

　　　　　　只盼招个好女婿，

　　　　　　琴瑟相谐凤和鸾。

　　　　（白）凭俺小姐的美貌才气，万事不差，只缺一个才貌相当的姐

夫。有那一般会吟诗作赋的吧，容貌上差些。长得俊的，又不会写诗文。

佛　奴　唉，红颜薄命，古来女子尽皆如此。梅香，窗外蜡梅盛开，待我拟之画墨梅一枝。

梅　香　好。（磨墨伺候）

佛　奴　（边画边唱）

冰姿带媚含骨气，

墨艳生香郁芬芳。

还怕风来吹谢早，

若知身洁须经霜。

〔咸婆上。

咸　婆　老身咸婆，平时倒卖些零碎首饰，挣点钱糊口。近邻桃小姐，人长得好，待人也好。平时爱弹个筝，叫作什么琥珀匙。又能诗会画，远近闻名。那些大户人家夫人小姐，都喜欢她的画，愿出高价收买。老身不时前来求讨一幅，拿去卖了，得个利市，就比自个儿仨月半年挣得还多。今儿个不免走去她家看看。（叫）小姐！

佛　奴　咸妈来了。咸妈请坐。

咸　妈　（见墨梅）哎呀画得好啊！这幅梅花，就是张敞也画不出来。

梅　香　咸妈说错了！

咸　妈　不错，就是张敞的笔法。

梅　香　咸妈又来充假在行。

咸　妈　（嗔）你个死妮子！老身当年做大古董生意时，传世书画见过多少，连这都认不出来？

梅　香　（据理力争）张敞画的是眉毛，不是梅花！

咸　妈　（窘，强辩）古人的眉毛就是梅花形状的！我在画上见过。

梅　香　你瞎说！

咸　妈　就是有！

梅　香　就没有，就没有，就没有！

佛　奴　梅香不得无礼！咸妈坐。

咸　妈　哎！

　　　　　　［咸妈坐下，梅香撇嘴。贾瞎子持竹竿探路上。

贾瞎子　（唱鼓书）纣王无道乱朝纲，

　　　　　　　　　　四海纷纷动刀枪。

　　　　　　　　　　几时得逢太平日，

　　　　　　　　　　草木沾春达上苍。

　　　　　（白）老汉姓贾，平日说书为生。近邻桃小姐，看我孤苦，不时帮
　　　　我编撰一篇词文，拿去说唱，换得几个小钱，日子倒也过得去。前
　　　　日梅香来说，小姐又写就一段新词，今日得闲，前来取过。桃小姐
　　　　可在？

佛　奴　贾老伯来了！贾老伯请坐。

　　　　　　［梅香挽贾瞎子坐在咸妈对面。梅香下。

咸　妈　哟，贾瞎子，你也来了？

贾瞎子　原来咸妈已经在这里。日子可好？

咸　妈　能好哪儿去？还不是全靠了桃小姐帮衬，才过得去。

贾瞎子　（叹）唉！若不是桃小姐平日里帮扶，你我鳏寡孤独，只好讨饭吃。

佛　奴　贾老伯说哪里话！这是给你的新词，拿去吧。

贾瞎子　（躬身）多谢桃小姐！老汉还要去书场里求小厮念来听，这就告辞。
　　　　　（下）

佛　奴　贾老伯慢走。

咸　妈　（起身）老身也要忙别的去了。（涎着脸）小姐……那幅墨梅……就
　　　　赏给老身吧？

佛　奴　咸妈不嫌弃，就拿去吧。

咸　妈　（一把抓过）那我就谢谢小姐了！回见！（下）
　　　　　　［梅香上。

梅　香　小姐，员外安人来了。
　　　　　　［桃员外、桑氏上。

桑　氏　我儿又在舞弄笔墨！

桃员外　女儿，大凡女子，无才便是德。你能诗会画，为父心甚欢喜。然古
　　　　人养女，不欲令深知文墨。看你积案盈筐，尽皆诗章画片。闺中女
　　　　子，恃此虚名，却有何益？

佛　奴　爹爹容禀。孩儿非为传名，实乃心上爱好。胸中诗情，笔下画意，不待思索，自然流出。

桑　氏　只可惜我儿乃女流之辈，空有这身才华，不得立业成家，为爹爹撑起门户。

佛　奴　虽说孩儿无缘功名利禄，也可于父母面前尽孝。

桑　氏　说什么尽孝，待有一日出嫁，我儿还不知便宜了哪个小白脸了呢！（笑）

〔佛奴扭捏羞涩。家院上。

家　院　启禀员外。

桃员外　何事？

家　院　买我家彩缎的客商到了。

桃员外　快快有请！妈妈、女儿回避了。

〔桃佛奴与母亲、梅香下。金髯翁武扮，随从抬银上。

金髯翁　（唱）一颗济世胆，

　　　　　　万古英雄概。

　　　　　　从容扮客商，

　　　　　　难掩心豪迈。

桃员外　贵客光临，有失远迎。

金髯翁　造次登门，劳动长者。

桃员外　请坐。观先生相貌奇伟，器宇轩昂，定非凡品。请问台号，贵乡何处？

金髯翁　俺四海为家，居无定所。因须发金黄，江湖人称金髯翁。闻宅上机锦甚佳，求借一观。

家　院　彩缎在此，请看。

金髯翁　（翻看）好手艺！

桃员外　不知先生欲购多少？

金髯翁　这里有上等纹银八百两，请员外兑成缎匹。只求货好，决不二价！

桃员外　先生真是痛快人。

金髯翁　如此告辞！（和抬银人下）

桃员外　（自言自语）此人定是大有来历。（踱下）

第二场　订盟

[桃家花园。湖山石立于旁侧，上面缠绕着女萝藤蔓。斜倚海棠一树盛开。桃佛奴上。

佛　奴　（唱）风和春色暖，

　　　　　　海棠映日开。

　　　　　　姑娘心畅意，

　　　　　　且向园中耽。

　　　　（白）待我在湖山石旁弹奏琥珀匙一番，并临摹海棠作画，多少是好。梅香伺候！

[梅香内答："是。"梅香携筝上，放置湖山石后石桌上。复下，又取墨砚纸笔放置石上，下。胥埚由另一侧上。

胥　埚　（唱）满树梨花压海棠，

　　　　　　慢吟名句眺晴光。

　　　　　　行来春色三分昼，

　　　　　　入得园中有几行。

　　　　（白）小生姓胥名埚字先吹，吴中秀才。趁此春光，前来杭州游玩，租住桃员外拾翠园中。花园倒也古雅，天气晴和，待我赏玩一番。

佛　奴　琥珀匙呀琥珀匙，这两日未顾得上弹奏，手指都僵硬了。

[桃佛奴弹筝。胥埚凝神倾听。

胥　埚　呀！哪里传来的筝声？叮叮琼琼，声音凄婉，好不令人伤感也。待我看来。

[胥埚欲看，被湖山石阻住，左转右转找不到出路。

佛　奴　（抚完一曲）海棠花怒放，待我摘下一枝，临摹一番。

[桃佛奴摘海棠花，不小心被花枝挂住头发，挣扎得脱。

胥　埚　又有莺声燕语，清脆娇滴。怕是府中小姐在此。她筝是弹得好了，不知生得如何？待我窥视一番。

[胥埚登湖山石窥望，与桃佛奴打一照面，吃一惊，急捂嘴。桃佛

奴未觉）

　　　　　〔梅香上。

梅　香　小姐，老夫人唤你。

佛　奴　如此，暂且回去。

　　　　　〔梅香搬筝，二人下。

胥　埙　啊呀！方才看到一位小姐，眼儿媚，庞儿丽，韵美神清，冰肌雪肤，真乃天香国色也！待我翻过这假山去，看她遗下什么东西无有。

　　　　　〔胥埙翻假山而过，在海棠树边寻觅。

胥　埙　（自言自语）小姐，你也留下些遗泽于我也好。（抬头）那海棠枝上明晃晃的是什么东西？（取下，大喜）原来是一枝双雀玉簪。（嗅）好香啊！还留着小姐的体温。这是小姐留给小生的信物，待我取过。（置于袖中）我也要留下个证见于她才好。这里有纸笔，待我作小词一首。（写）待我叠作方胜，挂于海棠枝上，倩花神暂做个传书使者。她来寻簪，必然得见。（折叠并挂）花神花神，多多达上小姐，道我胥埙仰慕得紧哪！（左右看）我乃逾墙君子，此非久留之地。待我仍翻石过去，静候小姐前来寻簪。

　　　　　〔胥埙翻过湖山石，躲在一旁。桃佛奴上。

佛　奴　恰才遗失玉簪一枝，我想摘海棠花时扯住头发，莫不是被花枝抓留住了？待我寻来。

胥　埙　小姐来了，待我听来。

佛　奴　呀！玉簪倒无有，花枝上挂着一幅锦笺。谁人所系？取下来一观。（取下，读）

　　　隔墙声送，谁情新腔怜客梦。

　　　愁迫巫山，枉诉衷肠闺阁间。

　　　雀簪留系，一段姻缘天赐与。

　　　眷恋成真，两处相思情已深。

　　　（白）呀！是一首好词也！

　　　　　〔胥埙得意。

佛　奴　不知谁人所作？（续念）右调减字木兰花，姑苏胥先吹题寄。（白）是了，闻道我家园中住有一位秀才姓胥，就是他了。词是作得好

96

了，不知人物生得如何？

胥垣　（急登湖山石，露头喊）小姐，作词人在此！拾簪人在此呀！

佛奴　（惊抬头）呀！好个俊俏的人儿！

　　　　［胥垣喜，翻湖山石。桃佛奴急欲避下，胥垣失足摔下。桃佛奴回
　　　　身扶起，胥垣一把抓住胳膊。

佛奴　快放手！

胥垣　（拜倒）谢小姐救命大恩！

佛奴　（扑哧一笑）哪个救你命来！

胥垣　小生自长成以来，一直求良偶未遇，日渐病入膏肓。今日得遇小姐，
　　　　幸喜眷顾，小生自然病体痊愈。岂非救命！

佛奴　翻墙逾园，非君子所为。倘我家中有人看见，实不稳便。你快快离开
　　　　此地吧！

胥垣　小生实冒死而来，冀有所遇。望小姐见怜！

佛奴　（愠怒）秀才家何得轻狂若此，还不快走！

胥垣　（卖弄口才）轻狂是秀才家本等。不但小生，恰才小姐也轻狂来。

佛奴　（奇怪）我何曾轻狂？

胥垣　（一本正经）岂不闻当年司马相如抚琴，挑动文君，永定姻盟。今日
　　　　小姐弹筝勾引于我，也应与我结为秦晋。

佛奴　（怒）我自弹筝，被你偷听去，谁来勾引你。秀才好无廉耻！

胥垣　小生清白传家，名重苏城，怎会无廉耻？

佛奴　（怒极）狂徒！待我喊人来。

胥垣　（忽醒悟过来，怕，连连作揖）……哎呀小姐不须恼怒！小生一向为
　　　　志诚君子，不知因何见了小姐，说话竟至颠三倒四乃尔。还请小姐
　　　　恕过。

佛奴　（情绪稍缓）……如此，秀才请速速离去。

胥垣　（哀哀地看着桃佛奴）……小姐……我胥垣恰才所言，实实乃心中所
　　　　想，还请小姐见谅。

佛奴　你去吧。

胥垣　（万般无奈）小生告辞。（欲返）

佛奴　（迟疑）……秀才……

胥　塸　小姐?

佛　奴　……秀才尚未还我玉簪。

胥　塸　（袖出）玉簪在此……（欲递又缩，可怜巴巴）小姐，可否将玉簪留
　　　　与小生作个纪念，此去一别，也好永记今日。

佛　奴　（欲言又止、难以启齿）……秀才若果然钟情，何不……何不通媒正
　　　　议，以定百年之好……似此鼠窃之行，恕贱妾不能从命。

胥　塸　（大喜过望，将玉簪放入衣袖）多蒙小姐不弃。如此，待我科场事
　　　　毕，即来遣媒议亲。敢问小姐芳名?

佛　奴　奴家小字佛奴。

胥　塸　好温润的名字。

佛　奴　（羞涩，低声）……秀才，君子当言而有信!

胥　塸　（立誓）小生如不能躬践此言，生不如猪狗!

佛　奴　秀才言重了。

胥　塸　（揖）小姐珍重，小生就此别过。

佛　奴　……秀才……

胥　塸　小姐还有何吩咐?

佛　奴　……秀才切记早来!

胥　塸　我记下了。

　　　　〔胥塸翻湖山石而下。桃佛奴殷殷注目。梅香上。

梅　香　小姐，不好了! 老爷不知为了何事，被几个公差锁去了。

佛　奴　有这等事!

　　　　〔桃佛奴与梅香急下。

第三场　罹祸

　　　　〔钱塘县衙。魏清驼背上。

魏　清　（唱）身在钱塘为县官，
　　　　　　　　钱塘县里多钱罐。
　　　　　　　　要想钱罐属我有，
　　　　　　　　钱塘县里来审案。

（白）下官钱塘县令魏清。别看俺背上这个驼不起眼，人说就像个大钱罐，多少钱都装不满。虽说俺心里爱钱，可面子上却做了个好官。无论打架的、斗嘴的、摔盆的、打碗的来打官司，俺一分钱也不要他的，明镜高悬，身清如水。

皂　吏　老爷，要是碰上分田产、争家财、拆铺子、卖房子的呢？

魏　清　你小声点！（警惕地四外一看，附耳低声问）哪儿有？

皂　吏　我是说假如有。

魏　清　那可得先告诉我，他们就是我的银行大老板了。且喜三年考满，俺谋求升转，前些日派心腹人，拿一千两银子进京打点，可恨不出境就被强盗劫了去。

皂　吏　老爷不是说一分钱也不要吗？这一千两银子是哪儿来的？

魏　清　不告诉你我有银行吗？做生意得会做大买卖，老爷我喜欢的是做房地产，这大笔一划拉，房啊地啊就是我的了，管你卖家、卖产、卖儿、卖女，都得给我把钱填上！

皂　吏　强盗打劫得好！

魏　清　狗才！老爷钱丢了，你怎么敢说打劫得好？

皂　吏　打劫光了，就好说我们老爷是清官。

魏　清　不要胡说！昨日抓到了给强盗窝赃的贼犯，老爷我刑具厉害，不怕他不给我吐出来。伙计们，发红包的来了，大伙卖点劲。带犯人！

众皂吏　（齐喊）威——

　　　　［二皂吏押桃南洲上。

桃南洲　（唱）晴天霹雳起西湖，

　　　　　　　老汉无端惹官府。

　　　　　　　莫明其妙遭解押，

　　　　　　　五花大绑送何处？

　　　　［皂吏押至县衙，强迫桃南洲跪下。

魏　清　（猛拍惊堂木）哒！这一贼犯，勾结劫匪，窝藏赃银，该当何罪！

桃南洲　老汉并未勾结劫匪，请老爷明察。

魏　清　你家中现有纹银八百两起获，还说无有？

桃南洲　老爷容禀。八百两银子系客商金髯翁前来买我家缎匹留下，并非赃银。

魏　清　呔！还说未曾勾结劫匪，那金髯翁就是江海大盗！

桃南洲　（一怔）老汉实在不知啊！

魏　清　金髯翁劫取本县上缴国库银子一千两……嗯，两千两，藏于你家。除那八百两外，剩余银子现在何处？快快招来！

桃南洲　客商委实只留下八百两银子，已被你们全部拿去。

魏　清　呔！人是贱虫，不打不招。衙役们！

众皂吏　有！

魏　清　十八般刑具，给我一块儿招呼！

众皂吏　是！

　　　　〔众皂吏一起用刑。

桃南洲　（唱）一霎时，血淋淋，

　　　　　　　皮开骨裂扯断筋。

　　　　　　　可怜年老白发人，

　　　　　　　眼看就要命归阴。

　　　　　　　万般无奈忍屈辱，

　　　　　　　打下牙齿和泪吞。

　　　　（高叫）罢了！待我凑还你那银子就是！

魏　清　停！

　　　　〔众衙役停止用刑。

魏　清　你想通了？想通了就好。快回去取银子来！

桃南洲　老汉家中颇有房屋田产，待我回去，急忙折卖转让，把银子填充府衙就是。

魏　清　卖房子卖地？那还不得十天半月、一年半载的。老爷我哪有时间等你！赶快拿现银来！

桃南洲　急切之间，你叫我到哪里去措置？

魏　清　这还不容易，你不会去借高利贷？你们这些大户，平日给别人放高利贷，今个儿自己也试试！再不行，找江海大盗要呀！你肯给他窝赃，也算是帮了他大忙，他就不能帮你这个小忙？

桃南洲　（无奈）罢了！待老汉回去设法就是。

魏　清　说得轻巧！你跑了，我找谁要钱去？衙役们！

众皂吏　有！

魏　清　今儿个这案子有门儿。先把桃南洲收监，再让他写个字据，你们拿着去他家里要钱。限他们三日之内把一千二百两银子交出，迟了老儿就没命了。

众皂吏　是！

　　　　［暗转。

第四场　义盗

　　　　［锣鼓声中，虎豹熊罴四将扎靠持枪上。

虎将军　（唱）五彩旗帜插满山，

豹将军　（唱）行商过客尽胆寒。

熊将军　（唱）生涯全靠弓和马，

罴将军　（唱）莫把英雄等闲看。

　　　　［金髯翁扎靠持枪，率众喽啰兵随上。

金髯翁　（唱）蛟龙焉肯困泥沙，

　　　　　　　虎豹终须露爪牙。

　　　　　　　凭借风云承大举，

　　　　　　　称孤南面好奢华。

　　　　（白）孤家，金髯翁是也！啸聚山野，称雄海疆，横行天下，好不快活！众将官！

众　人　有！

金髯翁　匪有匪操，盗有盗德。入我军中，约法三章。你等可记清楚？

众　人　清楚。

金髯翁　你与我讲来。

众　人　一不劫取皇家库藏，二不抢掠民间财帛，三不打夺客商行李。

金髯翁　我等吃喝用度从哪里来？

众　人　专门截夺贪官污吏不义之财！

金髯翁　说得好！前日孤家微服私访，打探得钱塘县令魏清大肆吞剥民脂民

膏，以纹银千两入京贿官，被俺轻轻取下，已采买缎匹为汝等缝制
号衣。

众　人　谢大王!

金髯翁　众将官!

众　人　有!

金髯翁　依此通例，谨慎查访!

众　人　是!

　　　　〔哨马上。

哨　马　报——启禀大王! 今有浙江巡府，贪婪盘剥，敛钱百万，满载入都。
　　　　有号船二十余只，官兵三百护送。即日经过，候大王裁处! （下）

　　　　〔哨马报告中间，金髯翁与众人一概随其叙述内容作痛恨、惊喜、
　　　　摩拳擦掌、跃跃欲试状。

金髯翁　虎将军! 命你统船百艘，迎截中流，尽取资装，不可遗漏。

虎将军　得令!

　　　　〔虎将军挺枪，威风凛凛率部众下。哨马上。

哨　马　报——启禀大王! 今有云南布政使，六年搜刮，怨声载道，升任工
　　　　部侍郎进京，有哨船二十艘，满载货物，即日经过。候大王号令!
　　　　（下）

　　　　〔哨马报告中间，金髯翁与众人一概随其叙述内容作痛恨、惊喜、
　　　　摩拳擦掌、跃跃欲试状。

金髯翁　豹将军! 命你统船三十，设伏上游，罄取其财物，勿令逃脱。

豹将军　得令!

　　　　〔豹将军挺枪，威风凛凛率部众下。哨马上。

哨　马　报——启禀大王! 探得福建延平府推官，一清如水，为民请命，被罢
　　　　官而归。只有民船一只，老妻幼子，十分凄苦。特报大王知道。

　　　　〔哨马报告中间，金髯翁与众人一概随其叙述内容作赞赏、佩服、
　　　　怜惜、哀苦状。

金髯翁　朝廷既无公道，孤家自有区处。哨马，命你将银三百两，赠彼还乡，
　　　　不得有误。

哨　马　是! （下）

金髯翁　（唱）阵云结处蛟龙丧，

　　　　　　　　扶危济困除强梁。

　　　　　　　　英雄从来多豪迈，

　　　　　　　　借得天威佐草王。

　　　　　〔哨马上。

哨　马　报——琉球国来使，邀大王在普陀山相聚。

金髯翁　既如此，吩咐拔寨出洋。

　　　　（唱）向东南海疆上乘风破浪，

　　　　　　　　看鲸鳌展巨翼吞吐霓光。

　　　　　　　　天何广地何袤任我翱翔，

　　　　　　　　论英雄正不输古今豪强。

　　　　　〔幕落。

第五场　贞烈

　　　　　〔桃家厅堂。

桑　氏　（唱）命苦偏遇飞来祸，

　　　　　　　　无端把灾星招惹。

佛　奴　（唱）爹爹受刑苦难当，

　　　　　　　　佛奴心里急如火。

桑　氏　（忧心忡忡）我儿，县衙威逼三日之内交银，今日是最后一天！东拆
　　　　　西借、典当抵偿凑得八百两银子，还有四百两到哪里去找？

佛　奴　母亲不必过忧。我已嘱咸婆帮忙，有愿出妆奁四百两者，女儿即嫁与
　　　　　他。

桑　氏　（伤心）女儿，你这是要卖身救父了！可怜我家中无有儿男，要我弱
　　　　　不禁风的女儿来救难！

佛　奴　父亲遭此大难，女儿当为父行孝。

桑　氏　（悲）儿呀，你叫为娘如何舍得！

佛　奴　女儿卖身，未必致死。爹爹若再受刑，就不能重见天日了！

桑　氏　我可怜的女儿呀！（哭）

［咸婆上。

咸　婆　夫人小姐。我已打探得有一朝廷束御史，来杭州进香，无子娶妾，愿出妆奁，特引他来面见。

桑　氏　（生气）我家女儿，金枝玉叶，不能替人做小！

佛　奴　母亲，父亲性命要紧！孩儿愿嫁。（向咸婆）有请！

咸　婆　有请束御史大人！

［贝十戈与小厮上。

贝十戈　（念）一生无有本事，

　　　　　　　惯会帮衬拉纤。

　　　　　　　专在秦淮开妓馆，

　　　　　　　赚他裤裆骚钱。

　　　　（笑）哪里有什么束御史！小子贝十戈，金陵城里谁人不知，无人不晓。

小　厮　（旁白）他老婆是大名鼎鼎的秦淮鸨儿冯秀妈，他就是妓院里的老乌龟。

贝十戈　今到杭州来采买绝色女孩儿。闻得桃家女儿，色艺精绝，为救父急需钱用，愿意卖身。机会难得，待我急忙上门交易。只是一件，她是富家女儿，一定不肯坐馆为妓。我略施小计，束御史官大，我即扮作束御史讨妾，哄她上钩便了。（上前见面）啊，老太太小娘子，一向过得可好？

咸　婆　哎，你这个御史大人怎么不懂规矩？

小　厮　他就是个王八，哪懂得场面上的事儿！

贝十戈　哎呀露馅了！（改韵白，装腔作势地）啊，安人小姐，下官这厢有礼了！（躬身施礼）

桑　氏　（与佛奴还礼）大人请坐！

贝十戈　（盯住桃佛奴看）哎呀！桃家女儿生得艳若桃李，貌似荷花，真个是人间少有，活脱一个天仙下凡！似我见惯了秦淮八艳，也禁不住嘴角流涎。这要是弄到了我家，秦淮河的公子哥儿，准得挤破我们家大门。

小　厮　哎哎哎，人家叫你坐哪！

〔贝十戈坐。

桑　氏　　束大人！家遭不幸，拖累君子。

贝十戈　　你不遭不幸，我哪儿逮便宜去！得了，就赶快把事儿办了吧。小厮，
　　　　　交钱，立字据！

　　　　　〔小厮与咸婆交换银子和字据。

桑　氏　　小女为妾，实属无奈。入得君门，还望大人多多看顾。

贝十戈　　没说的，咱伺候烟花女娘们有的是手段。就跟我起程吧。（起身）

桑　氏　　（哭）女儿，你叫为娘好难割舍！

佛　奴　　母亲不必悲伤，快去迎父亲归来。孩儿就此别过。（背躬）只是我看
　　　　　这一老者，行为不端，心术不正。假若有异，待我寻个自尽便了！

贝十戈　　小姐快上船吧。

桑　氏　　束老爷带我女儿到哪里去？

贝十戈　　去……啊，束御史家住扬州，娶了妾自然是带回扬州。

佛　奴　　取过琥珀匙。

　　　　　〔梅香取琥珀匙，与众人送下。暗转为船上。贝十戈、桃佛奴分坐
　　　　　两侧，小厮在一旁栽盹。后有艄公摇橹。

佛　奴　　我观这厮气象，不像是朝廷御史。只怕是假冒，须提防为上。

　　　　　〔桃佛奴渐渐假寐。

贝十戈　　（窥视佛奴，唱）

　　　　　　　　美人儿在旁侧吐气如兰，
　　　　　　　　逗得我心猿意马胡乱蹿。
　　　　　　　　早晚你也是进入皮肉院，
　　　　　　　　不如我趁机先颠倒凤鸾。

　　　　　〔贝十戈上去扯桃佛奴的衣服，佛奴尖叫一声，躲至一旁。小厮
　　　　　醒，注目。

贝十戈　　（嬉皮笑脸）娘子，你既嫁给我，早晚也得有这一回。来吧！

佛　奴　　你究竟是什么人？

贝十戈　　你既然到了这儿，告诉你也不怕你飞到天上去。我是金陵秦淮院里贝
　　　　　管家，今后你的吃喝好歹全得仗着我。你就从了我吧！

佛　奴　　天啊！父母在上，恕女儿不能行孝了！

　　　　　　　〔桃佛奴冲出船舱，望江便跳，贝十戈和小厮急忙拉住。二人试图
　　　　　　　把佛奴捆住，佛奴不断挣扎，二人累得气喘吁吁才成功。

贝十戈　　你个小女子，性子还挺烈！累得老子够呛。这半天，我尿也憋出来
　　　　　了。待我到船边去撒了尿，再来整治你。
　　　　　　　〔贝十戈撒尿，忽然捂住下面大叫起来。

贝十戈　　唉哟！一个水曲蟮咬了我一口，疼死我了！（低头看）呀！肿得像斗
　　　　　大了，我要死了！（双脚直跳）

小　厮　　（笑）这下想沾人家便宜也沾不着了。
　　　　　　　〔转暗。金陵秦淮妓馆。冯秀妈上。

冯秀妈　　（念）金陵旧院冯秀妈，
　　　　　　　　　　红粉未凋老烟花。
　　　　　　　　　　门庭冷落车马稀，
　　　　　　　　　　且向杭州觅娇娃。

　　　　　（白）年来时运不济，院里几个粉头，老去的老去，赎身的赎身。
　　　　　就盼着老贝给买个挣钱的主儿回来，好重振门庭。
　　　　　　　〔贝十戈与小厮推桃佛奴上。桃佛奴被捆绑着，塞着嘴。

贝十戈　　老婆，看我给你弄回来一个艳货！

冯秀妈　　（高兴得绕着桃佛奴前看后看）哟，老贝，你真是有眼力。这么好的
　　　　　粉头，你是怎么弄到手的？瞧瞧这脸蛋儿嫩得能掐出水来。
　　　　　　　〔冯秀妈欲用手摸佛奴脸，佛奴挣开。

贝十戈　　（对冯秀妈附耳）性子可烈，路上差点跳河！

冯秀妈　　是吗？老娘就不怕性子烈，不服管的犊子我治了无数，还没一个撑到
　　　　　底的！

小　厮　　这年头就是逼良为娼的狠！

冯秀妈　　去了她嘴里的布，看她敢怎么着！
　　　　　　　〔小厮取布。

佛　奴　　呸！（唱）假充官宦太心欺，
　　　　　　　　　　坑蒙拐骗有律例。
　　　　　　　　　　你是排门户掠贩的，
　　　　　　　　　　我是良家女儿怎首低。

冯秀妈　嘿！才进我家门，就这样撒刁放泼，日后一发不可收。激得我性起，
　　　　让你知道老娘的手段！

佛　奴　（唱）你若不放我回去，

　　　　　　　拼得到官司，与你做头敌！

冯秀妈　小厮，拿鞭子狠抽她！

　　　　［小厮用鞭子抽桃佛奴。

佛　奴　（唱）快动手，莫迟疑，

　　　　　　　人生自古有气节。

冯秀妈　你进了婊子门，还想立牌坊！

佛　奴　（唱）佛奴宁死不受辱，

　　　　　　　石烂江枯志不移。

　　　　［桃佛奴挣起，照着桌角撞下，晕倒。冯秀妈、贝十戈慌忙抢救。

贝十戈　不好了！我用四百两银子买来的，这一下人去财空了。

冯秀妈　我的四百两银子啊！你快回来啊！

贝十戈　好了，醒了醒了。小厮，快去请大夫来，替她诊治。

小　厮　是。（背躬）这女子还真有志气。（下）

　　　　［贝十戈拉冯秀妈到一旁。

贝十戈　（悄声）这妮子死犟，我看不敢硬逼她。

冯秀妈　我的妈呀，到这院里来的还没一个这么刚烈的！这咋办？这不做了赔
　　　　本买卖？

贝十戈　她的画也能卖高价。真不行，等她伤好了，就让她画画吧。

冯秀妈　画画？

　　　　［切光。

第六场　误撞

　　　　［桃家花园。湖山石上女萝零乱，海棠葱绿无花。陕西商人上。

陕西商　绒货为生理，临洮是我家。小老儿陕西人，来杭州经营生意，租住
　　　　这西湖边桃家客房。前日桃南洲老先生夫妇俩上扬州束家去看望女
　　　　儿，要我代他管好院子。你看这院子里落叶不少，待我拿扫帚来扫

扫。（下）

　　〔胥塥上。

胥　塥　（唱）小姐嘱托记心上，

　　　　　　离了考场赴钱塘。

　　　　　　仍然租住拾翠园，

　　　　　　急与小姐通商量。

　　　　（白）小生自离杭州赴考，无日不在思念小姐。今日先与小姐相
　　　　见，随即遣媒议亲。（翻湖山石）你看这湖山石上，依旧缠着女
　　　　萝，只是为何零乱了许多？是了。想来小姐终日思念于我，无心整
　　　　理是也。小姐，你让俺怎生承受得起！（叫）小姐！小姐！

　　　　〔陕西商人上。

陕西商　哇！你是什么人，光天化日之下敢来爬墙！

胥　塥　咦？小姐不曾见到，惊动了岳父。岳父大人，小婿拜揖！

陕西商　谁是你岳父！

胥　塥　岳父，小婿与令爱呵，

　　　　（唱）昔日订雀誓，

　　　　　　今来践盟约。

　　　　　　君子无爽失，

　　　　　　千里秦晋谐。

陕西商　谁和你联姻来！

胥　塥　咦？难道小姐还未曾说明？

陕西商　住了！（思忖）小老儿只有一个女儿，尚未许人。难道她私自许与他
　　　　不成？

胥　塥　何不请令爱出来，自有分晓。

陕西商　女儿快来！

　　　　〔陕商女儿上。

陕商女　忽闻爹唤女，急忙来相见。这位是何人？

胥　塥　（被陕女的丑陋吓一跳）老丈，错了错了！

陕商女　咦？爹爹，哪儿来这么一个俊俏的小白脸？叫孩儿出来何事？

陕西商　他说和你有婚约，因此唤你来对证。

108

陕商女　（喜）真的？（上去拉胥埙手，胥埙急甩开）丈夫来了，丈夫你让我好等！

胥　埙　（厌恶）哪个是你丈夫！

陕商女　（扭捏）不是我丈夫，你干吗找我来啦？

胥　埙　（对陕西商人）我是来找一位俊秀的小姐，不是这等丑陋的女儿！

陕商女　（怒）什么？我这样生得千娇百媚、明眸皓齿的好女儿，竟敢说我丑陋！爹呀，你女儿受人欺负啦，你可要为我做主啊！

陕西商　（一把抓住胥埙手）狂徒！竟敢骂我的千金女儿丑陋！今儿个除非你认她做老婆，否则别想出这个门！

胥　埙　啊呀，被讹上了！老丈快放我走！

陕西商　走？你欺负完了我家黄花闺女，也不赔偿就想走？待我打你个采花贼！

　　　　〔陕西商用扫帚打胥埙，胥埙东躲西藏。

陕商女　打！打死他！

　　　　〔内喊："新科进士胥埙胥老爷在此么？"

陕西商　（停手）喊什么？

　　　　〔二胥吏上。咸婆及众邻舍随上。

胥　吏　我们是官家的报差。有个新科进士胥老爷住在拾翠园，是这里不是？

胥　埙　（喜）学生便是胥埙。我得中了么？待我谢天谢地！

陕商女　（亦喜）我丈夫中了进士啦？真是谢天谢地！

胥　吏　胥老爷为何这般模样？

胥　埙　列位。小生因访丈人桃员外到此，被这位老丈无故殴打。望列位相救！

咸　婆　哎呀！你是来找桃员外的？他夫妇二人到扬州束御史家探亲去了。

胥　吏　（对陕西商）蠢材，敢打胥老爷！打这厮！

陕商女　（挡在前面）奴才！我丈夫是胥老爷，我爹爹就是胥太爷。哪个敢打！

胥　吏　这个……

　　　　〔落幕。

第七场　狮吼

〔扬州束家门首。正中牌匾书"束御史府"四字。桃南洲、桑氏
上。

桃南洲　（唱）飞来奇祸实堪忧，

　　　　　　　　孝女救我嫁扬州。

桑　氏　（唱）卖身毕竟事蹊跷，

　　　　　　　　急忙束家来访叩。

桃南洲　妈妈，坐了半月的船，扬州终于到了。

桑　氏　累得我老骨头都散架了。

桃南洲　打探得此处便是束家大院。

桑　氏　老的，你就叫门。

桃南洲　门上有人么？

　　　　〔束府院子上。

院　子　是哪个？

桃南洲　老汉乃杭州桃南洲，这是拙荆。我二人是你家小奶奶的父母，特来探
　　　　望女儿。烦请通报。

院　子　老人家，敢是问岔了！我家并无小奶奶。

桃南洲　你家老爷到杭州进香，亲到我家下聘，娶了下船的。

院　子　我家老爷一向公务繁忙，并未前去杭州进香。（背躬）且住。老爷老
　　　　来无子，出门在外，竟然讨了妾也是有的。（转身）老爷不在，待
　　　　我禀过夫人。

　　　　〔转过束家客厅。

院　子　启禀夫人。门外有一对老夫妇，说是我家小奶奶的父母，前来探望女
　　　　儿。

束夫人　（奇怪）我家并无小奶奶呀！

院　子　小人也是这等说，他竟要闯进来。

束夫人　有这等事！唤那婆婆进来。

院　子　是！（下）

〔桑氏上。

桑　氏　老身拜见夫人。

束夫人　不消多礼，请坐。

桑　氏　小女未娴闺训，托身高门，还望夫人多多垂教。

束夫人　我家老爷并未娶妾，你敢是错认别家了。

桑　氏　（愠怒）难道说一入侯门，便同陌路，连女儿的面也不许见了不成？

束夫人　（背躬）听这一婆子所言，莫非我那老杀才，真的在外面讨了妾，另
　　　　居别馆，也未可知。（转身）你且回避，待我与你做主，讨还你那
　　　　女儿。

桑　氏　多谢夫人懿德。（下）

束夫人　（喝）来人！

　　　　〔院子、仆从、丫鬟上。

众　人　侍候夫人！

束夫人　（怒）你家老爷讨的妙人儿藏在哪里？

众　人　小人不晓得。

束夫人　（狠狠地）哪个晓得若是不讲，看我如何收拾于你！快请老爷回来！

众　人　是！（下）

束夫人　好个没良心的老杀才！你既做得出来，我就做得出来！

　　　　〔束御史上。

束御史　琼筵诗酒方浓，甚事闺中狮吼？老夫公务稍暇，返归乡梓，适才与一
　　　　班乡党喝了几盅。忽听夫人召唤，急忙来到。啊，夫人何事？

束夫人　（恼怒）你做的好事！

束御史　（奇怪）夫人为何如此着恼？

束夫人　还要瞒我！你杭州娶妾事发了！

束御史　（丈二和尚摸不着头脑）什么娶妾？好笑！

束夫人　你既不承认，我就撞死在你身上！（撞）

束御史　（躲）你又听何人搬哄？一些把柄也无有！

束夫人　还要抵赖！你小丈人丈母娘现下来在前厅了！

束御史　这是从何说起？

束夫人　好！我就叫你见见你那小丈人。来！

111

　　　　　　　〔院子上。

院　子　夫人。

束夫人　叫那老儿过来！

院　子　是！

　　　　　　　〔院子下。桃南洲上。

桃南洲　（作揖）公相在上，老汉乞赐女儿一见。

束御史　（还揖）老人家搞错了！谁娶你女儿来？

束夫人　（冷笑）哼！

桃南洲　呀！公相不愿相认！

束御史　哪有此事！

束夫人　想就瞒得我一个！

桃南洲　其时老汉在狱中，缺官银四百两，是公相送聘银质换老儿出狱。回至家中，小女已随公相下船离去。

束御史　（气急）你真真是青天说梦话！

束夫人　看你还能赖到哪儿去！

桃南洲　（亦急）公相，你是做官的，说话须讲理。你若不娶我家女儿，我夫妇何苦千辛万苦从杭州到这里硬来认亲！

束御史　（转念）据你所言，你女儿订亲时，你尚在狱中。讨你女儿的对头，你未曾亲见？

束夫人　如此你就好赖掉了不成？

桃南洲　老汉虽未亲见，老妻却是见过的。苍天在上，你怎赖得过？

束夫人　是呀！你这个女婿是赖不掉了。

束御史　既是你妻子认得，何不唤来，验知真假？

束夫人　这一下就拆穿了！

桃南洲　妈妈快来！

　　　　　　　〔桑氏上。

桃南洲　妈妈，你认得束御史么？

桑　氏　到我家来过的，怎么不认得？

桃南洲　过来认一认。

束夫人　（推束御史）快来认一认你的老女婿！

桑　氏　不是这一位。

束御史　（对束夫人）如何？

束夫人　（长吁一口气）我还以为老东西……待我谢天谢地！

桑　氏　（四处寻找，对桃南洲）无有啊？

桃南洲　（着急，指束御史）不是他？

桑　氏　不是！

桃南洲　真个不是？

桑　氏　真个不是！

桃南洲　啊呀！老的，你把女儿卖到哪里去了？

桑　氏　（亦慌）我的女儿找不见了？

束御史　我晓得了。决然是个光棍，看你吃官司，假扮作我的名字，把你女儿骗买去了。

　　　　〔桃南洲、桑氏闻言痛哭。

束御史　你们不须啼哭。既然是假冒我的名声，骗去你的女儿，老夫于中也有牵碍。二位且在敝处住下，待我慢慢查访，拿下行骗之人，寻得你的女儿还你如何？

桃夫妇　（作揖）如此，谢公相大恩大德！

　　　　〔院子上。

束御史　院子，领老人家安顿下了。

院　子　随我来。

　　　　〔桃氏夫妇随院子下。

束御史　夫人，你只管说我娶妾，难道我真有这等事不成？

束夫人　（以指戳其脸）我谅你也不敢！

　　　　〔落幕。

第八场　唱苦

　　　　〔金陵秦淮院中。桃佛奴正在绘画。琥珀匙放置一旁。

佛　奴　（唱）晚凉渐侵秦淮院，

　　　　　　　碧枕纱橱人不见。

流落何止是佛奴，

月照沙洲江上看。

　　　[冯秀妈上。

冯秀妈　佛奴立志守节，以绘画代生意。谁想一时名声大盛，金陵士女争求其画，一幅斗金，倒是远胜烟花买卖了。没想到老贝赚到了一棵摇钱树。（笑）佛奴，今日有无画就？

佛　奴　已然画成一幅山水，妈妈拿去。

冯秀妈　好好！这六尺巨幅，值得一陌田畴了。（笑下）

佛　奴　想我桃佛奴，被人赚入秦淮院中，不知何日得脱身而归！胥郎，你又如何知道我今日苦况！想那日，你与我诗词定情，情景是何等的缠绵！

　　　[桃佛奴抚筝，响起胥埙歌声：

　　　　隔墙声送，谁倩新腔怜客梦。

　　　　愁迫巫山，枉诉衷肠闺阁间。

　　　　雀簪留系，一段姻缘天赐与。

　　　　眷恋成真，两处相思情已深。

　　　[歌声停止，桃佛奴怔怔良久。

佛　奴　唉！这也不去想它了。且喜旧日邻居贾老伯访至金陵，竟然见面，每日来此叙话，稍有慰藉。今日为何尚未到来？

　　　[贾瞎子上。

贾瞎子　自从桃小姐被卖，老汉在杭州无以为生，流落至金陵。谁想偶然听到桃小姐消息，寻觅得见，方知她苦况。我要小姐将她流落飘零之事，编入鼓词，写成一本《苦节传》，待我沿街说唱，宣与世人，或可有所遇。来此已是，待我进去。（喊）小姐！

佛　奴　贾老伯来了！贾老伯请坐。

贾瞎子　小姐，鼓词是否编好？

佛　奴　已然编好。

贾瞎子　快教老汉习练熟悉，以便到街头说唱。

佛　奴　好！（取琥珀匙弹奏并唱）

　　　　杭州女儿字佛奴，

　　　　　　　天生丽质出尘俗。

　　　　　　　十岁弹得琥珀匙，

　　　　　　　十二写得八分书。

　　　〔转为街头。贾瞎子正击鼓说唱，周围聚听者甚众。

贾瞎子　（击鼓一通，唱）

　　　　　　　翠园得遇胥秀才，

　　　　　　　海棠树下情窦开。

　　　　　　　郎才女貌世无双，

　　　　　　　春光明媚燕徘徊。（击鼓一通）

　　　〔金髯翁、便装的束御史分别从两头上，相遇，似有所察，互相盯
　　　一眼，然后各自立于人丛里听鼓词。

贾瞎子　（唱）杭州桃家世织锦，

　　　　　　　员外一生行善人。

　　　　　　　碰上强盗金髯翁，

　　　　　　　全家遭难害一门。（击鼓一通）

金髯翁　怪事！这说书老儿为何骂我？

束御史　这说书人似在说杭州桃员外家事。

二人合　待我再听来。

贾瞎子　（唱）糊涂县令虎狼狼，

　　　　　　　不分皂白逼纹银。

　　　　　　　可怜白发老员外，

　　　　　　　五刑俱用血淋淋。（击鼓一通）

金髯翁　（气极）哇呀呀呀——气杀俺了！这等说来，还是俺害了桃员外。待
　　　俺去往杭州，先杀了那狗县令，以解心头之恨！

　　　〔金髯翁振臂欲走，转念又停下。束御史一直注视。

金髯翁　慢！且听后事如何。

贾瞎子　（继续唱）

　　　　　　　佛奴行孝来卖身，

　　　　　　　换回赎父四百银。

　　　　　　　扬州大家束御史，

115

娶去做了小夫人。（击鼓一通）

束御史　（惊讶）呀，说到老夫身上来了！

　　　　［金髯翁注视束御史。

贾瞎子　（唱）束御史，是假冒，

　　　　　　　　上船露出旧根本。

　　　　　　　　捆至金陵烟花巷，

　　　　　　　　从此流落入风尘。（击鼓一通）

金髯翁　原来如此。（又瞥束御史一眼）

贾瞎子　（唱）佛奴宁死守贞洁，

　　　　　　　　血溅桌脚人眩晕。

　　　　　　　　老鸨惜财不敢迫，

　　　　　　　　从此鬻画度冬春。

束御史　好个坚贞的女孩儿！老儿，你住了！

　　　　［贾瞎子吃惊停下。束御史掀开伪装，露出真面目。众衙役冲上，
　　　　众人惊散。金髯翁注视。

束御史　（对贾瞎子）老夫便是束御史。那冒充老夫行骗之人现在哪里？带我
　　　　去抓了起来！

　　　　［转至秦淮院。众衙役如狼似虎冲上，四处搜寻，抓住贝十戈。桃
　　　　佛奴、冯秀妈惊疑不定。金髯翁在暗处观察。

贝十戈　（作丑态）唉唉……小人自那日被水曲蟮咬了，今日毒发。

束御史　自有刑衙对你依律治罪。押了下去！桃小姐，我已知你身世苦处，前
　　　　来搭救你。

佛　奴　多谢大人救命之恩！（哭泣）

束御史　你那胥塬已经得中进士。你且暂住于此，待老夫传书你的父母，前来
　　　　取你回去团圆如何？

佛　奴　谢过大人！

束御史　老鸨儿！本该将你一体治罪，姑尔从宽，命你在此小心服侍桃小姐。
　　　　若有一丝差错，本官拿你是问！

冯秀妈　小妇人不敢！（亦哭）

束御史　打道回衙！

［众下。

金髯翁 好个束御史！俺路见不平，正欲拔刀相助，他却先做了去！俺金髯翁行侠一生，疏豪半世，从来不肯做皱眉之事。这桩罪案，实有愧于心。待俺先往扬州捉了那狗县令，再来听候消息。

　　［转为束家厅堂。院子上。

院　子 一纸家书抵万金，风餐露宿往回奔。俺是束御史家院子，老爷叫俺带回家书二封，一封寄与桃员外，教他来金陵领取佛奴，一封寄与夫人。来此已是，待俺进去。小人叩见夫人。

　　［束夫人上。

束夫人 院子回来了。可有老爷书信？

院　子 有。夫人请看。（递上）

束夫人 待我看来。（读信）愚夫顿首：平安无恙。前所云假束御史事已经查明。（抚心抒气）果然与我那老东西无关！（读）桃员外之女佛奴，因才貌出众，被京花子拐在妓院做了上厅行首。（白）嗯，桃女果然有姿色！（读）老夫已惩处罪魁，不日携带佛奴归来。（白）老东西不要路上动心才好！（读）诗曰：（白）老东西还有了兴致，作起诗来了！（读）一段姻缘天付与。（白）与他有什么姻缘？再看。（读）打扫南楼纳丽姝。打扫南楼……纳……呀呸！这天杀的，你好欺心，竟敢娶回桃佛奴！看我不搅你个天翻地覆！

院　子 夫人息怒！怕没有此事。

束夫人 书上明明写着，还说无有！

院　子 老爷另有书信一封寄与桃员外，要他领回女儿，老爷已知会胥进士与佛奴做亲。

束夫人 既如此，为何又要我打扫南楼给那小贱人住？这不明明白白他自己要与小贱人做亲么！

院　子 （迟疑）依小人看来，怕是老爷恼夫人平日小性儿，故意哄你生气的。

束夫人 若是如此倒也罢了。只是宁可信其有，不可信其无。哼！老身自有办法。你说还有什么书信在哪里？

院　子　在这里。是给桃员外的。（递过）

束夫人　（扯碎）我要你给小丈人通风报信！

　　　　　〔落幕。

第九场　冻卧

〔昏黑野外，寒风呼啸，大雪飘落。胥埙身背包袱皮，高一脚低一脚赶路。

胥　埙　（唱）遍寻小姐皆不见，

　　　　　　　千里长途路漫漫。

　　　　　　　脚跛腿痛腹饥寒，

　　　　　　　难阻我真情一片。

（白）小生前到杭州续姻，被咸婆告知桃家已迁扬州束府。待小生赶至扬州，方知小姐被骗卖。是小生发愿，走遍海角天涯，也要寻回我那佛奴小姐！小姐呵！你今在何方受苦？胥埙寻你来了！

（唱）

　　　　　　　阴云四塞，毒雾横空，

　　　　　　　长江飘起漫天雪，

　　　　　　　太湖撒下万鳞风。

　　　　　　　似孤雁历空，栖止无踪。

　　　　　　　暮雪江天苍黄地，

　　　　　　　冻霜冷雨玉冰凌。

　　　　　　　没个寻梅过客处，

　　　　　　　倒见流浪一衰翁。

（白）好了，前面有个古庙在此。待我看来。（念）宋杨幺之庙。

（白）嗨，杨幺杨幺，你一个绿林强盗，有何功何德，得以在此庙食江干。这也顾不得许多，待我在此暂且避雪度夜，还求仙圣恩准。（进入庙里，坐地，裹衣。）好冷啊！腹中饥饿难耐，身上寒冷尤迫，今夜难以挨过。（触到衣内硬物，取出）这是什么？啊，佛奴小姐的双雀玉簪。玉簪啊玉簪，你要为我作证，小生为小姐受

尽千辛万苦、饥寒交加，今夜要冻毙在这古庙里了。（倒下）

　　〔船载金髯翁及从人上。

金髯翁　（唱）银河万顷现楼台，

　　　　　　帆展玉屏，人挂珠铠。

　　（白）老夫出入百万军中，如入无人之境；白昼杀人，如同探囊取物。小小一个钱塘县令，被我手到擒来，绑缚回山。水手，河边什么庙宇？

船　夫　宋代强盗头领杨么之庙。

金髯翁　好，是孤家先辈。打扶手上岸，待我拈香。（进看）为何有人冻倒在此？快燃火升温。

　　〔喽啰点火。

金髯翁　（唤）汉子醒来！汉子醒来！

胥　埙　哀哉！

金髯翁　醒了醒了。

胥　埙　老丈拜揖！

金髯翁　先生何事子身至此，冻卧孤庙？

胥　埙　（唱）为寻娇妻冲风雪，

　　　　　　誓救烈女出苦海。

金髯翁　原来也是一个有性子的男儿。为何与令正失散了？

胥　埙　（唱）只恨盗跖金髯翁，

　　　　　　作恶殃及孝裙钗。

金髯翁　（背躬）这儿又一个骂我的！（转身）你妻是何人？

胥　埙　（唱）西湖岸畔桃家院，

　　　　　　佛奴笑脸迎我来。

金髯翁　（一愣）佛奴的丈夫？桃南洲是你什么人？

胥　埙　（唱）桃丈岳父未曾拜，

　　　　　　我妻已然失尘埃。

金髯翁　是了，原来是胥进士，难得他对佛奴如此真情。先生，你可怪那金髯翁么？

胥　埙　（咬牙切齿）食其肉，寝其皮，不足消我心头之恨！

金髯翁　我闻金髯翁甚有义气，怕是你错怪了他。

胥　埙　嗨！千刀万剐的强盗，有何义气！

金髯翁　如果金髯翁与你当面相逢，先生将何以处之？

胥　埙　只是不要让我见他。我若见他，定然不饶！

金髯翁　我闻金髯翁有万夫不当之勇，你一介弱书生，又病痛加身，哪里是他
　　　　的对手！

胥　埙　彼虽威风，决不如秦始皇。小生虽怯弱，也比得蔺相如。五步之内，
　　　　当以颈血溅之！

金髯翁　（肃然起敬）壮哉！烈哉！老汉识得金髯翁，待我引你同去，使你手
　　　　刃于他如何？

胥　埙　使得。

　　　　〔金髯翁搀扶胥埙出庙下船。暗转为山寨。疾风吼吼，旌旗猎猎。
　　　　金髯翁扶胥埙上，虎豹熊罴四将军率众列队迎候。

四将军　迎接大王归寨！

金髯翁　罢了！

　　　　〔转至寨中，喽啰兵送上太师椅两把。金髯翁扶胥埙坐。

金髯翁　胥进士请坐。

　　　　〔金髯翁亦入座，众将领排列两旁。

胥　埙　奇了！这里什么所在？

金髯翁　这是老汉草庄。

胥　埙　那金髯翁何在？

金髯翁　远在天边，近在眼前。就是老汉！

胥　埙　你！（立起，趔趄一下，急扶椅背站住，不知所措）

金髯翁　你还要手刃于我，与你那娇妻报么？

胥　埙　（恨）你果然就是金髯翁！害我桃小姐颠沛流离、不知下落，我与你
　　　　拼了！

金髯翁　（抽出配剑）拿去！过来杀我！

　　　　〔胥埙愣了一下，接过剑，挣扎着刺去，被虎将军一剑挡开。胥埙
　　　　又刺，复被豹将军抽剑挡开。胥埙再刺，剑被金髯翁劈手夺过。

金髯翁　如何？你还要刺我么？

120

胥垿	强盗！我今落入你手，要杀要剐，随你的便。（自叹）只是我可怜的佛奴小姐，再也无人来搭救你了！
金髯翁	（大笑）呵呵呵……好一个刚烈的书生，与桃小姐恰是一对。实话告诉你，桃小姐已被束御史救出，现在金陵。待你养好了身体，老夫亲引你去与之做亲。
胥垿	桃小姐果然安在？
金髯翁	果然！
胥垿	（喜）谢天谢地！

［转暗。

第十场　搜园

［束府后花园南楼。摆设亦似书房，一旁搁置琥珀匙。

佛奴	（唱）身世飘零遭迭变， 　　　佛奴受罪几多般。 　　　人生经得流离苦， 　　　方知甜蜜是团圆。

（白）佛奴那日被束御史解救，在院中等待父母前来接取。忽一日被人抢至此地，原来却是束夫人又将奴接出，教在这里等候胥郎。人生变幻莫测，好不令人叹息！

［束夫人上。

束夫人	闻得老爷有娶佛奴为妾之意，被我暗地派人前往金陵，假托强盗金髯翁名义，抢了佛奴回来，藏在后花园南楼，连她父母也不令知晓，恐向老爷泄露了消息。另请人四处寻找胥进士，要其速速前来与佛奴做亲，以绝我老爷之念。桃小姐。
佛奴	夫人来了。可有胥郎消息？
束夫人	依然无有。
佛奴	妾身久留此地，毕竟不是办法。
束夫人	是啊！一旦我那老不死的回来，万一泄露，他要强与你做亲，倒做了近水楼台！

佛　奴　如此夫人还是放我回杭州去吧！

束夫人　或许我那老东西就在杭州也未可知。还是这里安全些，我可以看顾于你。你再忍耐一时，或许不日就有消息。（下）

佛　奴　（叹气）唉——胥郎啊胥郎，你今在哪里？可知为妻想念于你么？
　　　　　［桃佛奴取过琥珀匙弹奏。

佛　奴　（唱）隔墙声送，谁倩新腔怜客梦。
　　　　　　　　愁迫巫山，枉诉柬肠闺阁间。
　　　　　　　　雀簪留系，一段姻缘天赐与。
　　　　　　　　眷恋成真，两处相思情已深。
　　　　　　［暗转至束家厅堂。束御史与夫人上。

束御史　（唱）奉使临淮载誉返，
　　　　　　　　殷勤问政清白官。
　　　　　　　　十载虚名足荣耀，
　　　　　　　　唯有老妻好拈酸。
　　　　　（白）老夫久客宦途，且喜近日回返扬州，又可从容琴瑟。

束夫人　老爷昨日突然回来，待我小心言谈，不要露出马脚。（试探）老爷，你月前说访着佛奴，写信要我打扫南楼，准备深贮阿娇，缘何不带回家来？

束御史　夫人，这是我取笑你！哪有此事！

束夫人　无有好啊！我老爷志诚得很哪！

束御史　桃员外可好？

束夫人　恰才说到老爷志诚，怎的又不志诚起来？

束御史　我怎样地又不志诚了？

束夫人　志诚为何一到家就想你那小丈人？

束御史　不要取笑。待我前去拜望。
　　　　　［暗转至野外。金髯翁、胥埙上。

金髯翁　画猫画虎难画骨，知人知面不知心。想那日在金陵，束御史处置佛奴一事，颇有分寸，俺心中十分佩服，谁想全是做给人看的表面功夫！

胥　埙　小生承金髯翁老丈相帮，前往金陵寻找佛奴，却被人假冒老丈名义抢了去！

金髯翁　是俺心中着恼，派小喽啰四处打探，原来佛奴被抢到了扬州束府，囚于南楼！（抽出宝剑）待俺点集人马，杀了进去，救出小姐，荡平束府，以泄心头之恨！

胥　埙　啊，老丈暂息雷霆之怒！桃员外现在束府，束家抢回小姐交还桃员外亦未可知。待小生先去打探清楚，如若无事便罢，有事再请老丈出手相助，你看可好？

金髯翁　如此，你速速前去！

　　　　〔暗转至束家厢房。束御史与桃南洲夫妇上。

束御史　啊桃员外桃安人，老夫救出佛奴小姐，曾有信告知。

桃夫妇　无有呀？

束御史　如何无有？

桃夫妇　真真地无有呀！

束御史　不妨。明日即遣人去金陵迎回佛奴小姐，与你二老团聚。

桃夫妇　（拜揖）公相大恩大德，没齿不忘！

束御史　（搀扶）不必如此！

　　　　〔院子上。

院　子　新科进士胥埙求见。

束御史　胥进士来了，来得正好！快快有请！

院　子　有请！

　　　　〔胥埙上。

胥　埙　学生叩见束大人、岳父岳母大人！

束御史　罢了。

桃夫妇　胥进士来了，可曾寻到我的女儿？

胥　埙　如此说来，佛奴小姐不在束府了？

束御史　佛奴小姐现在金陵。

胥　埙　佛奴小姐原在金陵，然小生前日相访，却有人假冒金髯翁之名，把小姐抢了去了。

桃夫妇　（哭）我苦命的女儿呀……

束御史　（吃惊）竟有这等事！是何人所为？

胥埂　若要人不知，除非己莫为！

束御史　胥进士这是何意？

胥埂　冒名之人，就是束府之人！

束御史　（更加吃惊）这是从何说起？

胥埂　大人打开后花园，一看便知。

束御史　后花园有何物？

胥埂　有藏娇南楼！

　　　　〔束御史惊愕。暗转至南楼。桃佛奴正在写字，束夫人带丫鬟匆匆
　　　　上。

束夫人　不好了！老爷带人气势汹汹奔南楼而来，怕是知道了消息，要来抢你
　　　　做亲了！

佛　奴　这却如何是好？

束夫人　你快快随丫鬟出后门暂避，这里有我来支应。

　　　　〔桃佛奴与丫鬟下。束御史一行人上。

束夫人　啊老爷，匆匆来此何事？

束御史　你干的好事！污我清名一世！

束夫人　我做了何事？

束御史　哼！

　　　　〔桃夫妇、胥埂发现筝、诗。

桃夫妇　这是佛奴的琥珀匙！

胥埂　这诗稿是小姐的笔迹！

束御史　佛奴小姐果然藏在这里！（气，对夫人）你这个贱人！佛奴小姐现在
　　　　哪里？

　　　　〔金髯翁率虎豹熊罴四将军及部从引桃佛奴、丫鬟，押魏清、贝十
　　　　戈上。

金髯翁　佛奴小姐在这里！

佛　奴　父亲！母亲！

桃夫妇　儿啊！

　　　　〔桃佛奴与父母相拥而泣。

胥埂　小姐！

佛　奴　胥郎!

　　　　〔桃佛奴与胥埂相拥而泣。

金髯翁　（威风四射）束家假冒本王名义，强抢佛奴，该当何罪?

束御史　（凛然）老夫朝廷命官，宁折不辱! 要杀要剐，随你处置!

束夫人　（哭）事系老身所为，与我丈夫无关。你要处置，就处置老身吧!

金髯翁　你为何抢走佛奴，又不交与她父母?

束夫人　……老身是怕我那老头子将她纳……纳妾……

束御史　（气）你个不开窍的老太婆!

　　　　〔众人哄然大笑。

金髯翁　罢了! 束御史实乃清官，束夫人小性儿也不为大过。都是这狗县令和
　　　　乌龟的罪，俺已将其押来，杀其头以顶罪如何?

束御史　犯法自有朝廷刑律制裁，你怎可随意自专?

金髯翁　俺就是想到你朝廷刑律，把这两个家伙治罪也不重，才去把他擒来。
　　　　从狱中擒出乌龟，未得你允许，还请原谅。

魏　清　（对贝十戈）你站远些! 俺是朝廷命官，岂能与你这假冒朝官者为
　　　　伍!

贝十戈　真官假官，反正都是贪官，咱俩还不是一丘之貉!

金髯翁　罢了! 俺金髯翁应琉球国王之邀，从此定居海外岛屿为王。待俺将
　　　　这两个家伙带至海岛，一世为奴，那时你的王法也管俺不到了。告
　　　　辞!

　　　　〔金髯翁与虎豹熊罴四将军及部从乘船离去，众人挥手相送，金髯
　　　　翁众挥手作答，魏清、贝十戈亦挥手。

众　人　送先生!（合唱）

　　　　　　庙堂中有衣冠禽兽，

　　　　　　绿林内有救世菩提。

　　　　〔佛奴弹筝，胥埂歌唱:

　　　　　　隔墙声送，谁倩新腔怜客梦。

　　　　　　愁迫巫山，枉诉衷肠闺阁间。

　　　　〔众和:

雀簪留系，一段姻缘天赐与。

眷恋成真，两处相思情已深。

[闭幕。

2006年3月5日

仲夏夜之梦

（中学生喜剧，据莎士比亚原作改编）

人　物：

　　黑美霞　年轻美丽的女孩

　　莱斯特　黑美霞的恋人

　　第　米　单恋黑美霞的男孩

　　海伦娜　单恋第米的女孩

　　公　爵　古希腊城邦雅典的统治者

　　父　亲　黑美霞的父亲

　　小精灵　雅典森林里的精灵

道　具：

　　7个面具

　　7张写有各人名字的纸

　　两把短木剑

　　两朵红色和白色的假花

　　　〔镜头打出字幕：

　　　　　莎士比亚喜剧:《仲夏夜之梦》

主持人　下面请《仲夏夜之梦》剧组的同学上场。

　　　〔众人上场，背身站成一排，从左到右为黑美霞、海伦娜、父亲、
　　　小精灵、公爵、第米、莱斯特，开始各自佩戴面具和姓名纸。

　　　〔镜头打出字幕：

剧中人物

黑美霞：年轻美丽的女孩

黑美霞　（转身对观众）嗨！（定格）

　　　　〔镜头打出字幕：

莱斯特：黑美霞的恋人

莱斯特　（转身对观众）嗨，同学们！（对大家飞吻）Dear，黑美霞！（二人互作飞吻，定格）

　　　　〔镜头打出字幕：

第　米：单恋黑美霞的男孩

第　米　（转身对黑美霞）My love，黑美霞！（对黑美霞飞吻，黑美霞扭身不理睬，定格）

　　　　〔镜头打出字幕：

海伦娜：单恋第米的女孩

海伦娜　（转身对第米）My hero，第米！（第米甩头不理睬，定格）

　　　　〔镜头打出字幕：

公　爵：古希腊城邦雅典的统治者

公　爵　（转身对观众，高傲地）我是你们至高无上的统领，你们都是我卑下的臣民。你们看出来了吧？这四位年轻人的爱情是不是有些问题？（定格）

　　　　〔镜头打出字幕：

父　亲：黑美霞的父亲

父　亲　（转身对黑美霞）孩子，听话，不要跟那个叫什么勒死他的好。（黑美霞生气扭身，定格）

　　　　〔镜头打出字幕：

小精灵：雅典森林里的精灵

小精灵　（转身一下蹦出来，调皮地）啊哈！我是快乐的森林小精灵。（围着几个人转着看）这些人都有问题了。（指点着）他爱她她也爱他。他爱她她不爱他。她爱他他又不爱她。他想管她又管不了她，只好向他告状……哎呀什么乱七八糟的，我都弄糊涂了。算了，你们还是看我们表演吧。

〔大家退在一旁。公爵与父亲上前。

父　亲　尊贵的公爵大人，让我以最卑下的口吻，大胆乞求您一件事。请您以您无上的权力和威严，管管我们家的事儿吧。

公　爵　（傲慢地）嗯——什么事儿，说吧。

父　亲　我怀着满心的气恼，来控诉我的女儿黑美霞（指黑美霞，黑美霞昂头作不屑状）。

公　爵　（感兴趣地）哦？控诉你的女儿？

父　亲　是的。过来，第米。（第米上前。父亲指着他）我让她嫁给这个英俊的小伙子（第米挺胸扬头），可她就是不答应（第米丧气）。过来，莱斯特。（莱斯特上前。父亲指着他）大人，就是这个人，勾引坏了我的女儿。他一天到晚给我的女儿写情诗、递纸条，还交换爱情信物，用诡计骗取了一个稚嫩女孩子的芳心（莱斯特扬扬得意）。大人，根据我们的法律，我女儿要是不按照我的要求嫁给这位绅士，她就应该被立即处死！（黑美霞害怕，莱斯特愤怒地对他挥拳头，第米扬扬得意）

公　爵　（对观众）我看莱斯特也挺英俊啊！（双手分别捏着莱斯特与第米的脸）大家看，他俩谁长得帅？（回头对父亲）好吧，你有你的权利。（对黑美霞）姑娘，你得遵从父亲的意志，否则雅典的法律会严厉惩罚你的。回去好好想想吧。

〔众人退后，公爵摇手召唤小精灵。

公　爵　小精灵。

小精灵　尊贵的公爵，什么事？

公　爵　我想求你一件事。

小精灵　只要我能办到。

公　爵　我们来成全一下这两对年轻人好吗？请你把你有魔法的花汁，点在第米的眼皮上，让他爱上海伦娜吧，那样他们就会各有所爱了。

小精灵　小事一桩。你拿什么谢我？

公　爵　我给你雅典最好的美酒。

小精灵　成交。

〔公爵、小精灵击掌，退后，莱斯特、黑美霞上前。

莱斯特　听我说亲爱的黑美霞。我姑妈住在乡下，我们只要到了那里，雅典法律就管不住我们了。要是你爱我，明天晚上就请你溜出去，我在城外森林里等你。

黑美霞　我发誓，明天晚上我一定去。

莱斯特　瞧，海伦娜来了。

　　　　〔海伦娜上前。

黑美霞　美丽的海伦娜，我的朋友，你到哪里去？

海伦娜　别称我美丽，我要是美丽，第米就不会对我不理不睬了。他只认为你美丽。

黑美霞　这可不是我的错。我越恼他，他越追我。

海伦娜　可我越爱他，他越讨厌我。

黑美霞　放心吧海伦娜，他再也不会见到我了。明天晚上我和莱斯特要在城外森林相会，然后逃离此地。再见了。

　　　　〔黑美霞、莱斯特退后。

海伦娜　噢，他们多么幸福！我得去告诉第米这件事，他可能会为此而感激我，给我一点报偿。

　　　　〔海伦娜退后。小精灵手拿一朵红花欢蹦上前。

小精灵　哦，这仲夏夜的森林，多么寂静、多么神秘。我有一朵神奇的红花，只要在人睡熟的时候，滴一滴汁液在眼皮上，他醒来第一眼看到谁，无论是天仙还是丑八怪，都会发疯地爱上对方。让我按照公爵的吩咐，去给第米滴一滴。

　　　　〔小精灵退后，第米与海伦娜上前。

第　米　到森林了，莱斯特在哪儿？让我杀了他！别老跟着我，讨厌！

海伦娜　你只要去掉对我的吸引力，我就不会再跟着你了。

第　米　我不是明明白白地告诉你了，我不爱你吗？

海伦娜　那也只能让我爱你爱得更厉害。我是你的一条狗，你越打我，我越讨好你。你打我、踢我、对我吐唾沫吧，只要让我跟着你。

第　米　我一看见你就头疼。

海伦娜　可是我看不见你就心疼。

　　　　〔二人退后。莱斯特与黑美霞上前。

莱斯特　这森林太大，我找不着路了。你累了吗?

黑美霞　是的，我累得都喘不过气来了。

莱斯特　让我们在这儿歇一会儿吧。

黑美霞　好吧。真困哪，让我睡一小会儿。（作睡着状）

莱斯特　我也睡一会儿。（睡）

　　　　〔小精灵上前。

小精灵　嘿，这里有两个人睡着了。这个漂亮的小娘们是黑美霞，那男的一定
　　　　是对她紧追不舍的第米了。让我试试我的花汁灵不灵。（在莱斯特
　　　　眼上滴液，退后）

　　　　〔海伦娜上前。

海伦娜　第米，第米! 唉，他跑远了，我追不上他了。这是谁? 怎么在这里睡
　　　　觉? 快醒醒，会着凉的。（摇莱斯特）

　　　　〔莱斯特醒过来，看见海伦娜。

莱斯特　啊，美丽的海伦娜，我爱你，我愿意为你赴汤蹈火。你怎么会一个人
　　　　在这森林里转? 多危险啊!

海伦娜　我在找第米。

莱斯特　那个丑恶的东西，竟敢让我的海伦娜受委屈，我一定要让他死在我的
　　　　剑下!

海伦娜　千万不要这么说，莱斯特。即使他爱你的黑美霞，他也没有罪呀! 只
　　　　要黑美霞爱你，你就应该心满意足了，不要恨我的第米。

莱斯特　什么? 我跟黑美霞心满意足? 不不，我不爱她，我只爱你!

海伦娜　我什么时候得罪了你，让你一直嘲笑我，拿我寻开心? 我走了。（退
　　　　后）

莱斯特　海伦娜，等等我! （追下）

　　　　〔父亲上前。

父　亲　哈哈哈……这太好了! 太神奇了! 我女儿可以嫁给第米了。

　　　　〔公爵、小精灵上前。

公　爵　小精灵，错了! 错了! 你点的不是第米。

小精灵　哎呀不好。让我赶快纠正过来吧。

父　亲　别，别呀!

〔公爵、小精灵、父亲退后，第米上前。

第　米　我的黑美霞，你在哪里？我跑得腿都快要断了。（看见黑美霞）嗯？
　　　　黑美霞怎么在这儿睡觉？快醒醒，会着凉的。

黑美霞　（醒）莱斯特！我的莱斯特哪儿去了？

第　米　莱斯特不在这儿。

黑美霞　你把他弄到哪儿去了？快把他还给我！

第　米　（恨）我宁愿把他的尸体喂我的狗！

黑美霞　你这凶残的人，嫉妒让你发了疯，一定是你把他杀了！你把我也杀了
　　　　吧！

第　米　我没有杀他！

黑美霞　噢，我亲爱的莱斯特，你在哪里？（冲下）

第　米　黑美霞！黑美霞！哎哟，崴了脚，站不起来了。让我休息一会儿吧，
　　　　真累呀。（睡着）

　　　　〔小精灵上前，给第米点花汁，退后。莱斯特、海伦娜上前。

莱斯特　请你不要把我的求爱当作耳旁风。

海伦娜　你越说越俏皮了。这话你应该说给黑美霞听。

莱斯特　我过去跟她说这话的时候，简直就是个大傻瓜。

海伦娜　你现在也像是个大傻瓜。

第　米　（醒，看到海伦娜）啊，海伦娜，我完美的女神！我圣洁的仙子！你
　　　　的嘴唇就像熟透了的樱桃那样诱人！我真想使劲亲它。

海伦娜　该死！你们今天都拿我取笑。我知道你们都讨厌我，可是为什么要一
　　　　起来讥笑我呢？

莱斯特　第米，你爱黑美霞，我可以把她让给你。你也得把海伦娜让给我。

第　米　留着你的黑美霞吧。我只要海伦娜！

　　　　〔黑美霞上前。

黑美霞　莱斯特，你怎么忍心离开我走了？

莱斯特　爱情驱使一个人走的时候，他有什么理由留下？

黑美霞　什么？你不爱我了？

　　　　〔莱斯特掉头不顾。

海伦娜　瞧，她也是他们一伙的，三个人联合起来一起哄骗我。

132

第　米　不，海伦娜，我真的爱你爱得发疯了。

海伦娜　第米，求求你不要再耍弄我了！

莱斯特　你敢欺负我的海伦娜，我杀了你！

第　米　我倒要看看海伦娜究竟属于谁。拔剑吧！

莱斯特　走！别在这儿惊了我的海伦娜。

第　米　走！

　　　　〔两人抽剑，边打边走。

黑美霞　（追赶）哦，我亲爱的莱斯特，你不要伤了自己。

海伦娜　（追赶）哦，我亲爱的第米，你不要伤了自己。

　　　　〔大家最终一个个累得精疲力尽，全部睡着。公爵、小精灵、父亲
　　　　上前。

公　爵　这全乱了套了！

父　亲　这全乱了套了！小精灵，都是你惹的祸！

小精灵　（惭愧）不要紧，不要紧，我还有另外一种白花汁，滴上去就会破除
　　　　原来的魔法。

公　爵　那你快点儿去滴呀，还愣着干什么？

　　　　〔小精灵欲给第米滴花汁。公爵急忙阻拦。

公　爵　错了错了！不是他。

父　亲　就是他！就是他！

　　　　〔小精灵改给莱斯特滴。

父　亲　错了错了！不是他。

公　爵　就是他！就是他！

　　　　〔小精灵滴花汁。

父　亲　（痛苦地捂住眼睛）噢——

　　　　〔小精灵学公鸡叫。大家一个个伸懒腰醒过来。

黑美霞　哦，天亮了，仲夏森林里的一切都这么美好。但愿我昨天夜里看到的
　　　　只是个梦。

海伦娜　哦，这里的空气多么清新。我想昨天夜里大家都做了噩梦，希望今天
　　　　一切都会好起来。

莱斯特　（醒，一眼看到黑美霞）噢，我最亲爱的黑美霞，我是那么爱你，我

愿意为你去死！

　　〔黑美霞扑向他，公爵、小精灵开心，父亲沮丧。

第　米　（醒，一眼看到海伦娜）噢，我最亲爱的海伦，我是那么爱你，我愿意为你去死！

海伦娜　你说的是真的？

第　米　我要说了一句假话，让我现在就死！

海伦娜　别，第米，我也爱你！

　　〔二人温柔地相拥。

公　爵　好了，四个年轻人都爱对了人，我们的戏也演完了，大家散场吧。

小精灵　不不不，还有最后一项。莱斯特和黑美霞、第米和海伦娜——亲一个嘴！

　　〔四人扭捏。

小精灵　（向观众起哄）大家说要不要？

　　〔公爵、小精灵、父亲挥手引导大家一起喊"要——"莱斯特、黑美霞、第米、海伦娜一起摆手喊"不要——"

　　〔僵持一会儿，莱斯特、黑美霞、第米、海伦娜各自取下面具，把面具两两贴在一起。

　　〔大家一起鼓掌吆喝：好——

　　〔全部摘下面具向观众鞠躬。

2008年5月11日

134

拉 锁

（哑剧小品）

角色出场，打哈欠、伸懒腰、揉眼睛，一副未睡醒的样子。

抬腕看手表后放下，忽然意识到什么，一惊，又看表，思考，点头放心。

迅速穿上裤子、毛衣、袜子、鞋，急速刷牙、洗脸完毕，在衣架上取下帽子戴好，打开门走出。

一阵冷风袭来，打一个寒战，又返回屋里，将帽子挂好，取出皮夹克套上。

用双手将两侧拉锁头向一起合，合不成，低头凝视后，继续合，又合不成，低头盯着合，合好。

朝上拉襟，拉不动，再拉，又拉不动，朝下拉开，重新合拉锁，重新拉祥，又拉不动，反复数次，急得摇头、看表、跺脚。

猛拉襟，忽然拉至领口。

长出一口气，拍拍胸，忽然触到什么，低头观察，原来是拉锁张口了。

双手将拉锁双面翻开，一只手上下探试一下拉锁张口的长度，皱眉。

从领口将拉锁下拉，拉不动，一只手扯住一边领子，另一只手拉，仍拉不动。看表，猛拉，忽然一侧拉下去一截，而另一侧鼓成一个大包，一只手伸进去探探。

换只手拉锁边，另一只手拉锁襟，又拉不动，猛拉，忽又下去一截。

一直递扯到底，长出一口气。

看表，忽紧张，立即又开始上拉锁。

合好，猛拉，拉不动，忽然上去一截，小心翼翼地继续朝上拉，发现下面开口，又下拉，小心上拉，又下拉，整个过程中不断看表、拭汗。

终于小心翼翼地拉到领口，盯着它，没有动静，欲取帽子，忽下视，仍没有动静。

小心谨慎地取到帽子，下视，还没有动静。

看表，忽着急，将帽子往头上猛地一戴，拉门欲出。

忽低头，拉锁又开缝，傻眼，伸出一只手在胸部上下探测拉锁开口宽度。

双手从中间猛地将拉锁扯开，将上头费力地扯断，扔下皮夹克，撞上门，急速离去。

1998年6月

龙耕濮阳

（杂技主题晚会）

时间：上古以来
地点：沃土中原
人物：老人
　　　小濮
　　　阿阳

（字幕）：1987年，黄河流域的中原沃土——濮阳发现了6500年前的龙造型。这是中华民族历史上出现的第一条龙。《易经》说："见龙在田，飞龙在天。"我们的祖先在自然里生活、劳作、恋爱、丰收，奠定了中华人类的农耕文明。今天，中华之龙正在腾飞。

序　篇

背景从天宇、宇宙洪荒转到濮阳原始龙的造型。深蓝色光，混莽、恢宏的音乐。

万物生灵出现，各种动物、长臂怪物登场表演。

出现男女混双舞蹈（开始穿得像猿，后来逐渐变为人的紧身服）。出现身穿褴褛麻衣的老人和孙女小濮（小濮在以后的场次里逐渐长大，但服装不变）亮相。

林嬉篇

背景为青铜器上雕塑龙的造型。浓郁茂密的原始森林，清风拂煦。清晨薄雾中，阳光从树干和叶隙射出，撒落满地金钱。大自然的和谐声音里夹杂着纯净的鸟鸣。灿烂黄绿色光，欢快的音乐。

人与猴子等动物一起在林中嬉戏玩耍。

（钻圈）林中树藤绕成一个圈，猴子钻过，人也跟着钻过。人用树藤编成一个圈，立在地上钻圈，猴子也钻。人拿来多个圈叠放在一起，跃起飞过，猴子只会就近钻，泄气，捣乱。

（滚环）猴子发现藤环（用铁环装饰而成），玩滚环，人也跟着玩，人比猴子玩得更有技巧，猴子傻眼。

（蹦床爬竿）猴子在树干、藤网上玩爬竿、蹦床，人也跟着玩，人玩出各种花样，猴子吱吱乱叫。

（绳吊）猴子抓住树藤吊着玩，人上绳吊出各种花样，猴子想学学不成。

（这一场小濮和阿阳混在人群里玩耍，不特别突出他们，但他们的服装与众不同）

烧陶篇

背景为古代瓦当上雕塑龙的造型。土坡树林旁，一座可见火焰在其中燃烧的简陋陶窑。灰黄色光，悠扬的音乐（埙声）。

老人坐在窑旁捏制陶器，周围地上摆满已经烧好的陶罐、陶盘、陶碗、陶筒（用空竹筒假装）等。小濮在旁边观看。

（转碟）小濮拿起一个碟子玩，用指头转，然后用小棍转，掉下，接着转，换成用一把枝条转碟，失败，重来。跑来一群小姑娘，各自用枝条把碟子转起来。更多小姑娘从四面八方上场转碟。

（抖空竹）小濮（可以换人不换装扮）拿起一个陶筒用绳子绕着玩，慢慢抖起空竹。更多小姑娘加入进来，大家一起玩花样。

（顶碗）一个姑娘调皮地把一个碗放在小濮头上，小濮和姑娘们一起玩顶碗。

（顶缸）姑娘们搬来一个缸，想顶顶不起，喊来小伙子阿阳，阿阳顶缸，姑娘们拍手。

制作篇

背景为汉代画像砖上龙的造型。早期人类简陋的篷搭村舍。墨绿色光，轻快的音乐。

老人带领阿阳和小伙子们锯木裁板做桌椅、盖房子，小濮和姑娘们用草编帽子、缝衣服、做伞、做装饰品。

（耍帽子）阿阳从小濮手里抢过一顶帽子，小濮追着要，小伙子们抢过更多的帽子互相传递着耍帽子，小濮和姑娘们生气走开，小伙子们玩得更开心。

（踢伞）小濮拿过一把伞，要阿阳耍，阿阳用鼻子拱起。小濮用脚顶起几把伞，姑娘们齐声助阵。

（踩筒）阿阳站板踩滚筒头顶杯子（同样换人不换装扮），做给姑娘们看。

（滚杯）小濮顶水晶杯（或蜡烛）来应战。

（高椅）小濮和阿阳表演高椅倒立，各有千秋。小濮翻下，阿阳倒立着推掉一个个椅子下。

爱情篇

背景为马王堆帛画流线型的龙。月亮从花丛中升起，银色的光线洒满地。蓝色光，抒情的音乐。

（肩上芭蕾）小濮和阿阳在共同劳作和生活中产生感情，两人徘徊于花前月下，卿卿我我。

（绸吊）（即双人皮条）两人幻想中一起飞到了天上，在浪漫虚幻的世界里飘荡。

（飞杠）（或其他适合的杂技方式）众多男女青年热恋在一起。

收获篇

背景为势欲冲天的飞龙造型。村寨空场上。灿烂的五色光，热烈的音乐。

老人率众人欢庆丰收。小濮和阿阳带儿子携礼物来看老人，高兴地加入各种表演。最后大家摆设祭品祭祀祖先，一起跪拜。

（可以有踩球耍狮、踩高跷、蹦杆、斗鸡、耍叉、跳跷板等各种热闹的表演）

（结束）

说 明：

一、目前，国外杂技表演的机械和声光条件已经非常先进，但考虑到我们眼下条件限制，只能先用一个主题贯穿起来，表演还是本土的那些东西，预期目标为国内市场，出国演出则须针对外国人的口味重新设计。

二、我们的演员缺乏幽默感，没有小丑人才，因此只能把风格定为正剧。这是中国杂技一大缺憾，也是出国演出的一大障碍。

三、各个篇章间的杂技表演内容，现在暂时开列一些，可以根据情况更换和确定，只要符合故事情境需要即可。可以进一步研究更改和充实内容，把最有色彩和技巧的杂技节目放进去。

四、眼下这些篇章是根据杂技内容设计的。如果有其他杂技内容，可以考虑重开或更换篇章。

五、整台演出必须有一个好的导演来指挥，有统一的音乐设计，以求精雕细刻和提高品位。所有节目都从单纯表演技巧转为表现故事内容，于是对技巧展示就有了新的和更高的要求，例如，男女芭蕾和绸吊这时的目的是表现二人爱情，动作就必须能体现两人的感情，而不能只是耍杂技。这些都需要导演来统一调度和安排。

六、最好能有带濮阳地方特色的表演因素加入到演出里，例如，特殊的鼓乐、器乐、古朴苍老的民间歌谣等。

2006年6月2日

云格格的传说

（舞剧）

人　物：

> **云格格**　美丽的17岁满族姑娘
>
> **峰**　英俊伟岸的19岁汉族小伙
>
> **辅国公**　云父，威严而稳重，近50岁
>
> **辅国公夫人**　云母，和蔼慈祥，45岁左右
>
> **奶妈**　云的奶妈，50岁左右
>
> **清宫西洋画师**　温厚至诚，50岁左右
>
> **镇国公**　满身豪横之气，40余岁
>
> **镇国公子**　庸碌无赖，20岁左右
>
> **皇上**　一代英主，气度不凡，55岁左右

序　幕

［字幕：云是草原上美丽的满族姑娘，天使一样天真活泼。

一望无际的大草原上，美丽活泼的满族云姑娘在蓝天白云下无忧无虑地跳舞，融入自然。

第一幕

［字幕：云父因功被皇上敕封辅国公，在京城赐第，钟爱女儿又与之分别多年的父亲派汉族侍卫长峰带人迎取云进京做格格。

北京某胡同内辅国公宅第。

云父因功受到皇上敕封辅国公并获御赐宅第，此时阖府正在喜庆搬迁，众侍女鱼贯穿梭、络绎不绝地跳起美妙的搬物舞。

镇国公、宫廷西洋画师等宾客前来祝贺，辅国公夫妇与之逢迎周旋。

辅国公夫妇想念仍在草原的女儿，招来王府侍卫长峰，命他率人前去迎取宝贝女儿进京。英俊伟岸的峰上场时，引起众侍女一片喧哗惊羡之声，众侍女围绕他跳起热烈的憧憬舞。

峰与众人告别，率队离去。

第二幕

〔字幕：峰与云在草原上一见钟情，并马齐驰，翩翩起舞。

茫茫坝上草原。

云与众同伴在草原上嬉戏、玩耍，然后骑马飞驰，云一马当先冲在最前面。峰与众侍卫看到，受到情绪感染，骑马加入追逐。峰逐渐赶上云，把众人远远甩在后面。

云与峰并驾齐驱，二人看到对方的面容与身姿，各生爱慕之心。渐渐速度放缓下来，二人下马，看到后面无人追来，二人互相表达爱慕，翩翩起舞。

众人赶来，把他们围在中间热烈舞蹈。

第三幕

〔字幕：云格格按照当时内廷要求，与众多贵族宗亲小姐一起进宫学习宫廷礼仪，她无拘无束的性格和天才发挥的动作，致使众人笑乐不止，恰被前来挑选绘画模特的皇上与西洋画师撞见，二人皆喜欢上这个可爱的小姑娘，画师即以之为模特作画。

辉煌的皇宫内苑。气度不凡的皇上召见各民族人物，希望大家和睦相处，共享盛世。

皇上询问陪伴一旁的宫廷西洋画师画作情况，画师告知希望能有模特来对照着画侍女，皇上引他去宫中寻找模特。

云格格与众贵族宗亲小姐一道学习宫廷礼仪，她们头戴高大的满族冠，身穿瘦身旗袍，脚踩花盆底鞋，在宫中女礼官引导下，袅袅婷婷地列队学习行礼、问候、致意、走步以及舞蹈等。云格格不时花样翻新地对动作进行天才发挥，表现出无拘无束的性格，逗得大家嘻笑不止。

皇上与画师看到这种情形，哈哈大笑。皇上唤云格格过来询问，云即用刚学的礼仪向皇上致敬。皇上看到云格格聪明美丽，十分喜爱，即命画师以之为模特作画。西洋画师亦十分喜爱这个满族姑娘，迅即作速写一幅。云格格对照画中人，作出诙谐舞蹈动作，皇上与画师及众侍女皆开怀。

第四幕

［字幕：辅国公许配女儿给前来提亲的镇国公之子为妻，丑陋的镇国公子喜不自胜，云格格掉头而去。

镇国公携子登门，气宇轩昂地向辅国公求亲。不争气的镇国公子拜见辅国公夫妇时却露出洋相。辅国公夫人嫌镇国公子斯文欠缺，欲不同意这门亲事。辅国公更多从家世与政治因素考虑，做主答应了求婚，并唤云格格前来相见。

镇国公子见到仙女一般的云格格，喜不自胜，出尽洋相。云格格则对之厌恶有加，戏弄了一番之后，掉头而去。

第五幕

［字幕：节日期间云格格偷跑出来，随休假的峰到北京各处游玩，逛天桥、游庙会，遇见镇国公子，发生冲突，峰将其打得落荒而逃。

传统节日，云格格在奶妈掩护下，从家里偷跑出来，与等待在外的峰相见。

二人一同去各处游玩，看到天桥和庙会上表演的各种戏曲、社火、杂耍、杂技、皮影、武术等，十分欢乐。聪明调皮的云格格见一样学一样，各种动作模仿得生动活泼，惟妙惟肖。峰也展示了强健、勇武的功夫表演。

镇国公子与几个无赖伙伴也带着仆从，携鸟笼、蛐蛐罐四处游逛，无事生非、调戏民女，遭遇云格格和峰。峰制止其行为，镇国公子发现他与云格格在一起，怒而引众人攻击峰，被打败狼狈逃窜，云格格开怀大笑。

第六幕

［字幕：来到琉璃厂峰的亲戚开的书画店，云格格对书画艺术发生浓厚兴趣。

云和峰一起来到琉璃厂，这里有峰的亲戚开的书画店，峰带云走进店里。望着琳琅满目的书画作品，云喜爱异常。

峰即兴表演书法创作，跳起行云流水般的书法舞。云格格受到感染，跟在峰后面学习书法，舞得如醉如痴。

宫廷西洋画师是画店的老熟人，前来裱画、淘画，恰好看见，不禁喝彩。

画师因喜爱而讨要峰的书法作品，准备带回宫廷。

画师与云格格一道回家给辅国公送先前应允他的画。

第七幕

［字幕：辅国公怒责云格格，将其禁闭，并撤销峰的职务，将其逐出。

辅国公得到西洋画师的画，十分欣喜，与之一起看画。

镇国公家人前来送信问责，辅国公读信怒，招来云格格痛责，云格格不服。辅国公又当场招来峰，下令撤销其职务，并禁闭云格格于家中，不准二人再来往。

画师同情二人，向辅国公求情无效。

峰向辅国公大胆申明自己对云格格的爱情，跳起强健奔放的舞蹈，请求把云嫁给自己。辅国公虽也喜爱峰，但还是向其展示了祖规："祖宗规条：满汉不通婚。"

云与峰绝望，相拥饮泣。辅国公唤手下将二人强行拆开。

第八幕

［字幕：云格格与峰天各一方、互相思念。

云格格被禁闭在王府幽室，悲愤异常。母亲和奶妈前来探望，安慰她后离开。云格格想念峰，忧伤起舞。

峰在野外发疯一般奔跑，呼唤着云的名字，跳舞发泄。

二人魂灵相通，忽然相见，大悲大喜过后，一同跳起悲伤的双人舞，二人互相依恋不止。

云格格忽然不见，峰发誓上刀山下火海也要救出云。

第九幕

［字幕：皇上欣赏峰的书法，对二人遭遇表示同情，希望打破民族隔阂。

宫廷西洋画师将峰的书法作品呈给皇上，皇上看后龙颜大悦，跳起临摹舞。

皇上想见峰，画师禀报了云与峰的遭遇，告知云格格即画中人。

皇上对云和峰的遭遇深表同情，表示应打破民族隔阂。

第十幕

［字幕：云格格与峰逃出，辅国公带人赶来，将其围困在八达岭。云和峰准备以死相殉。西洋画师适时携圣旨赶来，授峰宫廷侍卫职务，敕赐峰与云格格完婚。

辅国公府张灯结彩，准备迎接镇国公子前来娶亲。

云格格在奶妈帮助下趁夜逃出，与峰会合，欲逃往坝上大草原。辅国公发现，带人追赶。

二人骑马逃至八达岭荒山，被围困无路可走，弃马攀上悬崖。

两人准备一起跳崖赴死，生离死别相吻。辅国公欲阻无奈，心如火焚。

西洋画师赶来，高声宣称圣旨到。辅国公等跪听宣召。画师展开圣旨："授峰一等宫廷侍卫衔，赐与云格格完婚。"

峰与云相拥而泣。

辅国公山呼万岁后，攀上悬崖，将二人拥抱入怀，老泪纵横。

尾　声

［字幕：峰与云来到草原，融入美丽的大自然。

云格格与峰在大草原上跳着欢快的舞蹈，身影越去越远。

西洋画师慈爱地望着他们，在画板上作着画……

2008年3月13日

观　音

（舞剧）

序　幕

暗场，幕未开。男声低沉而整齐的诵经之声："嗡嘛呢叭弥吽，嗡嘛呢叭弥吽……"声音逐渐转强，然后慢慢低去。

沉寂中，大幕缓缓拉开。一片漆黑。忽然，底幕上显现出美丽的人间山水景色。

一两声清脆的碰铃、鸟啼，泉水滴答声。

女童独声朗诵：净瓶莲花，洁白无双。

　　　　　　　救苦救难，观音娘娘。

女童齐声朗诵：净瓶莲花，洁白无双。

　　　　　　　救苦救难，观音娘娘。

钟磬和鸣，梵乐天音，霞光涌起，祥云缭绕。在众女声吟唱佛乐声中，阔带高髻的梵女列队而出，舞蹈庄严又神圣。万众企盼中，一道亮光出现，一个白莲座冉冉托起观音菩萨结跏趺坐圣像。人们顶礼膜拜。观音忽然高蹈飞升而去，化作万道金光。切光。（这一段可以有两种处理办法：一是用真人演观音乘莲花宝座，屏幕上打背景；二是观音和背景一同出现在画面上，用LED屏幕显现效果）

（闭幕）

幕间曲：无伴奏女声独唱，通俗唱法，稍沙哑。

　　　　　有一个美丽的故事，传在你的口中。

　　　　　有一个美丽的形象，留在我的心上。

第一幕

[字幕：王后怀孕，妙庄王虔诚祭神，希望上天赐一个儿子来帮助自己成就霸业。王后委婉劝说丈夫以和平为念，不要挑起战争。王后临盆，生出三女儿妙善，妙庄王不乐。妙善转眼长大，与两位姐姐志向不同：终日粗衣素服，唯喜黄卷青灯。

字幕打至三分之一处，众女声开始吟唱佛乐。结束后稍顿，突然鼓乐齐作，大幕拉开。

1. 宫廷祭祀：妙庄王举行盛大的宫廷祭奠仪式，率领群臣虔诚叩拜，祈祷上天赐子。（战国时楚国巫祭风格，神秘而庄严。可击楚缶、编钟、编磬、铜鼓之类。转暗，众人退去。追光照射妙庄王褪去祭服着便服，王后潜上）

2. 双人舞：妙庄王与王后二人恩爱双人舞。妙庄王跳起刚劲的舞蹈，表示希望王后生出一个勇武王子来继承自己王位、称霸各国。但王后不同意妙庄王想法，用和缓的舞姿劝他偃武息兵、保持和平。（王后怀身孕，宜着飘带宽服，但不必露孕妇相。二人舞毕悄然退场）

3. 妙善降生：仙音缭绕、钟磬齐鸣中，一朵莲花从天飘飘而降。灯光照射二层台上王后产女身姿。一声婴啼，天下红光普照。乳母和众侍女出场祝贺。妙庄王上，急上前探问，看到女儿，心中失望，掉头而去。乳母照料王后与婴儿。（转暗）

4. 婴儿车：聚光灯忽亮，照亮舞台中央一只孤零零的婴儿车（车的装饰图案为莲花）。清脆的碰铃、鸟啼，泉水滴答声。女童朗诵："净瓶莲花，洁白无双。救苦救难，观音娘娘。净瓶莲花，洁白无双。救苦救难，观音娘娘。"婴儿车旁出现异象：蜂蝶起舞，燕雀歌唱，杨柳依依，百花盛开。旁边登场的王后和乳母看呆了眼。（可以用人装扮蜂蝶、莺燕、杨柳、百花等。转暗）

5. 姐妹三人舞：转眼妙善长大，与两位姐姐在花园玩耍。（可以用音响效果表示妙善成长过程：黑暗静场中，先出现婴儿呢喃声，继而是童笑声，然后少女喊姐姐，姐姐喊妙善声。）姐姐们穿红着绿，嘻笑打闹，向往着人世的幸福。妙善却沉静稳重，并不合群，身穿粗衣素服，只喜欢读书诵经。王后对之爱怜有加。（先是二位姐姐出场，欢快地跳舞，然后召唤妙善。妙善捧经书出，边走边诵经。姐姐拉她跳舞，她勉强支应一下，然后躲到一旁就着灯光读经。王后上场看到，爱怜地为之打扇）

（闭幕）

第二幕

［字幕：妙庄王为扩大势力而择婿，各国王子求婚，大姐、二姐各配如意郎君，妙善出场，众王子惊为天人，围绕簇拥争相献媚不迭，妙善不屑一顾。妙庄王怒，将其发往冷宫，妙善带发修行，自得其乐。

字幕打至三分之一处，众男声开始诵经。结束后稍顿，突然鼓乐齐作，大幕拉开。

1. 各国王子求婚：妙庄王择婿，各国王子显示卖弄，竞相出风头。（王子舞队，各有表演，妙庄王与众臣一旁欣赏）大姐、二姐出场后，两位王子与其翩翩起舞、成双成对而下。妙善久久不出，妙庄王派人强掖之而出。各国王子初见妙善之美丽，惊为天人，欲蜂拥而上，却又被其端稳庄重气质所夺，不敢靠近。妙善对之不屑一顾。妙庄王怒，下令将其发往冷宫。（乐声戛然而止，切光）

2. 冷宫修行：黄卷青灯，木鱼声声，妙善在冷宫带发修行，自得其乐，跳起柔缓的修行舞（可吸收昆曲佛乐）。王后、姐姐和乳母前来探视，各自劝说妙善回头，妙善不听，大家郁郁离去。

（闭幕）

第三幕

［字幕：妙庄王发动战争，忽遇妙善阻道，劝父亲以民生为念、息弭战火，妙庄王不听，甩袖引兵而去。两军厮杀，死人无数，妙善见到战场惨象，坚定了舍身修行救世之心。乱兵劫夺百姓财物、抢占民女，妙善挺身阻止。

字幕打至三分之一处，众女声开始吟唱佛乐。结束后稍顿，突然鼓乐齐作，大幕拉开。

1. 庄王发兵：神武的妙庄王立于战车之上，指挥军队进发：战鼓咚咚，号角齐鸣，旌旗猎猎，金戈铁马，军容雄壮，耀武扬威。（背景有巨大的饕餮或巫傩面具造型。20～30人军舞，服饰借鉴秦兵马俑，但有鲜明楚国特点）忽遇妙善手持莲花阻道，军队止行。妙善劝父亲以民生为念、息弭战火，妙庄王不听，甩袖引兵而去。

2. 两国交战：两兵相接，场景惨烈，逐渐伏尸遍地，红光漫天，静场造型。（男声诵经之声）妙善出现，见到惨景，坚定了出家修行救世之心。（切光）

3. 百姓逃难：赤地千里，人间惨象。众百姓流离失所，踉跄逃难。一抱婴拖子的民妇饿倒在地，一老人想前去相帮，自己也倒毙路旁。众人一齐举手向苍天祈告。（男声诵经之声）

4. 乱兵扰民：乱兵拥来，劫夺百姓财物，抢占民女。妙善挺身而出阻止，乱兵忽见一美妙女子，立刻向她围拢过来。突然之间电闪雷鸣、狂风大作，乱兵惊吓散去。

（闭幕）

第四幕

［字幕：妙善自求出家，妙庄王割袍表示永不相见。妙善到白雀寺自荐出家，主尼见她身有异象而收留。妙善做苦役，经历春夏秋冬。青年为虎所伤，妙善挺身挡虎，救助青年，尼姐因妒而诬告妙善犯色戒，主尼笞之，尼姐虐待之。妙善发烧，恍惚来到地府，见众多冤魂，为之诵经解救。

字幕打至三分之一处，众男声开始诵经。结束后，大幕拉开。

1. 乞求出家：妙善向妙庄王要求出家，母亲、姐姐、乳母劝阻无效。妙庄王怒而割袍，表示父女今后永不相见。

2. 自荐出家：白雀寺众尼列队舞蹈。妙善前来自荐出家，主尼见她身有异象而收留，妙善与乳母告别。

3. 做杂役：妙善做杂役，休息时读经书，被尼姐夺去经书，令其工役增倍。妙善做苦役，经历春夏秋冬。（通过天幕上四时变换来表现）

4. 尼戏青年：农家青年挑来菜蔬，尼众与之嬉戏。尼姐悦而调之，青年逃避而去。

5. 救助青年：妙善去山涧挑水，见青年为虎所伤，妙善挺身挡虎，虎咆哮而去。妙善为青年裹伤，尼姐看见而生妒。

6. 鞭笞妙善：尼姐向主尼诬告妙善犯色戒，主尼命鞭笞妙善，小尼为妙善送斋食，主尼命撤去。伤痛中妙善发烧渴饮，小尼偷偷递上瓢水，尼姐夺而泼去。前来探望的乳母看见，伤心离去。（此段伴随男声诵经声）

7. 魂游地府：妙善眼前出现地府幻景，见众鬼施刑于众冤魂，妙善为之诵经，天光突现，众魂枷锁尽开，叩拜妙善山呼而去。

（闭幕）

第五幕

［字幕：妙庄王兵临白雀寺，喝令将尼姐斩首，主尼判罪，尼众驱逐。妙善拼力护持，妙庄王怒，下令焚寺。火光骤起，妙善端坐于莲花座上阻挡，火至莲花而止，寺庙无恙，妙善为火所灼，昏死过去。佛祖显圣，妙善复活。

字幕打至三分之一处，众女声开始吟唱佛乐。结束后稍顿，突然鼓乐齐作，大幕拉开。

1. 火烧白雀寺：妙庄王兵临白雀寺，妙善扶病而出阻挡。妙庄王见妙善遍体鳞伤，心中又痛又怒，喝令将尼姐斩首，主尼判罪，尼众驱逐，妙善拼力护持。尼姐向妙善乞求庇护，叩首如捣蒜。妙庄王命妙善随自己回去，妙善不从，妙善不听话妙庄王转怒，下令部下焚寺，欲绝其后路，自己回返。

2. 妙善献身：火光骤起，妙善端坐于莲花座上阻挡。火至莲花而止，寺庙无恙，妙善为火所灼，昏死过去。众尼、青年齐呼妙善。（诵经之声转急后停止。收光，聚焦莲花座）

3. 妙善复活：黑暗静寂中，天籁乐音渐起，空中忽然洒下一道金光，又一道，射在妙善身上。俯在莲花座上的妙善动了一下，众人惊愕关注。妙善慢慢苏醒，缓缓站起，立于莲花座幽雅起舞，天上忽然万花垂下，众人欢呼雀跃。

（闭幕）

第六幕

[字幕：妙庄王兵败被俘，敌酋下令砍其双手、剜其双目，妙善求以己身代替。敌酋欣赏妙善的至孝，问她有何愿望，妙善乞求罢兵休战，使天下和平，敌酋允诺退兵。行刑中，天地为之震悚，妙善忽化作千手千眼观音菩萨。

字幕打至三分之一处，众男声开始诵经，结束后，大幕拉开。

1. 妙庄王兵败：妙庄王的残兵败将落荒而逃，敌酋纵兵追北。

2. 妙善救父：敌酋俘获妙庄王，下令斩其双手、剜其双目，妙善忽出止之，求以己身代替。妙庄王对女儿愧悔涕零，与之双人舞。敌酋欣赏妙善的至孝，问她有什么愿望，妙善乞求罢兵休战，使天下和平，敌酋允诺退兵。

3. 观音成道：行刑中，天地震悚，六月飘雪，化为朵朵莲花。妙庄王看着，昏死过去。梵女舞队舞上，忽出千手，手上各有一眼发出亮光。妙善结跏趺坐莲花宝座缓缓升起，作观音菩萨圣像。佛乐庄严，至高潮戛然而止。切光。

（闭幕）

尾　声

男声低沉而整齐的诵经之声："嗡嘛呢叭弥吽，嗡嘛呢叭弥吽……"声音逐渐转强，然后慢慢低去。

大幕缓缓拉开。人间荒漠景象。

一两声清脆的碰铃、鸟啼，泉水滴答声。

女童独声朗诵：净瓶莲花，洁白无双。

　　　　　　救苦救难，观音娘娘。

女童齐声朗诵：净瓶莲花，洁白无双。

　　　　　　救苦救难，观音娘娘。

钟磬和鸣，梵乐天音，霞光涌起，祥云缭绕。在众女声吟唱佛乐声中，阔带高髻梵女列队而出，舞蹈庄严又神圣。观音乘莲花宝座出，手托净瓶，用瓶中杨柳枝向人间挥洒，霎时雨露普降，观音隐去。雨过天晴，彩虹高挂，天下复苏，万木葱茏，人间重现田畴桑陌的和谐景象。（此时最好有一个炎炎赤野转化为翠绿田畴的瞬间过渡效果，像拉开一道幕那样转化，先缓后疾）妙庄王率众出场，遥相祭拜。

（闭幕）

无伴奏女声独唱：有一个美丽的故事，传在你的口中。

有一个美丽的形象，留在我的心上。

谢　幕

大幕拉开，观音菩萨结跏趺坐莲花宝座居中，众梵女和国王民众盛装列队簇拥在旁，一同面向观众合十礼拜。

（闭幕）

2008年8月30日初稿

2008年9月11日二稿

2008年10月20日三稿

2009年9月7日改定

金孔雀——楠蝶蒂娜

（舞剧）

女声独唱：

> 美丽的西双版纳，
> 那里是金孔雀的家。
> 山的儿子，水的女儿，
> 缠绵在月光之下。
> 动人的人生舞蹈，
> 把世间真情传达……

幕启。

第一幕

清晨，西双版纳浓密的椰林，各种林鸟欢快地歌唱。白发伛偻的奶奶背着柴捆上场，回身用苍老的声音喊："楠蝶蒂娜——""哎——奶奶！"六七岁的小楠蝶蒂娜答应着随上，背上也背着小小的柴捆。林隙间的草地上，成群绿孔雀翩翩起舞。（《孔雀舞》）"孔雀！"楠蝶蒂娜惊喜地近前观看，流连忘返。奶奶拉她，她才恋恋不舍地随奶奶离去。

一侧转为棕榈、芭蕉和凤尾竹掩映的傣家竹楼。妈妈在辛勤地织锦。放下柴捆，奶奶又到屋旁用石臼舂米。楠蝶蒂娜喊："妈妈，我们回来了！"妈妈停止工作迎上来，慈爱地为楠蝶蒂娜拍去身上的土。看到妈妈织出的美丽图案，楠蝶蒂娜又是一声惊呼："孔雀！"举起织锦模仿孔雀跳舞。

另一侧出现棕榈树、榕树和竹林后金碧辉煌的傣族佛寺尖顶。奶奶和妈妈牵着楠蝶蒂娜的手，随众人一起礼佛。香烟缭绕，钟磬合鸣，众僧列队入场，合十礼拜，念诵经文。佛爷入场，引领众僧齐敲钵钹，做起法事。楠蝶蒂娜跟着大家虔诚叩佛诵经。结束后，众人围着佛爷接受摸顶赐福。楠蝶蒂娜被周围墙上琳琅满目的壁画所吸引，四处观看，揣摩上面孔雀美丽的舞蹈动作，模仿着跳舞，跳得活灵活现。众人渐渐围过来看楠蝶蒂娜跳舞。佛爷挥手召唤她到自己身边来，楠蝶蒂娜迟疑地看看奶奶，奶奶鼓励她过去。楠蝶蒂娜虔诚地向佛爷叩下首去，佛爷慈祥地为她摸顶、拴线，对众人说："这个小姑娘，将来会成为傣族的金孔雀。" 奶奶、妈妈和众人都向佛爷和楠蝶蒂娜合十礼拜。

第二幕

傣寨里长角齐鸣，脚鼓喧天。傣族姐妹欢天喜地涌上。一人向后喊："楠蝶蒂娜，快，解放军进寨了！""来了！"十五六岁的楠蝶蒂娜答应着随上。寨主带领寨民夹道欢迎，解放军胸佩红花进入寨子。其中一位年轻英俊的战士背着提琴盒。傣民跳起热烈的欢迎舞。解放军战士跳起刚劲的队列舞。仪式结束，寨主带队伍住进临时安排的营房。解放军战士安营扎寨，乡亲们逐渐散去。

那位年轻英俊的解放军战士在芭蕉树下拉起悠扬婉转的小提琴，武装带、大肩章、黑皮鞋，神采奕奕，吸引了楠蝶蒂娜和众伙伴的目光，大家聚在一起欣赏着，流露出爱慕的神色。姐妹们互相开着玩笑，要把同伴推向他，慢慢大家公推楠蝶蒂娜过去。战士看到美丽的楠蝶蒂娜，心里很快乐，琴拉得更带劲了。楠蝶蒂娜挣脱同伴，一个人走到旁边遐想。琴声悠扬，她向提琴手偷看一眼，忽然为自己的春心萌动感到羞涩，躲在树后，一个人捂住了脸。

寨民们欢天喜地地准备泼水节，有人在搬动竹子搭建设施，有人在练习舞蹈。寨主带领解放军首长四处巡视。姐妹们鼓动说："楠蝶蒂娜，你给泼水节准备一个孔雀舞嘛！"楠蝶蒂娜不好意思："我跳不好。"一位姑娘说："我有办法。"跑到解放军首长跟前说："首长派提琴哥哥来给楠蝶蒂娜辅导一下舞蹈嘛！"首长笑着挥手让勤务兵去找提琴手。楠蝶蒂娜一边暗暗高兴，一边又感到心里惴惴不安。提琴手带琴上场，向首长行军礼，首长让他帮楠蝶蒂娜排练节目。提琴手看到楠蝶蒂娜，有些扭捏，楠蝶蒂娜也有些害羞。姐妹们把楠蝶蒂娜往提琴手跟前一推，跟着寨主和首长嘻嘻哈哈走下，有人还回头用食指刮脸臊她。大家都走了，楠蝶蒂娜鼓了鼓勇气，开始探索孔雀的舞姿。提琴手顿时被她吸引，给她指点动作，楠蝶蒂娜按着指点重复着动作。提琴手试着用提琴伴奏，渐渐拉出一段优美的旋律（亦即本舞剧的主题曲）。

转为密林中。楠蝶蒂娜到泉边挑水。她把水桶放下，跪在泉边，在泉水里左右映照自己，然后在泉水里洗头，跳舞蹈《水》。提琴手挑水桶过来，急切里想避开，但又被强烈吸引，悄悄躲在棕榈树后观望，被楠蝶蒂娜的美丽深深打动。

第三幕

盛大的泼水节活动，傣民一起浴佛，跳白象舞、孔雀舞、"依来回"、象脚鼓舞、门鼓舞、马鹿舞、大象舞、拳舞等，并放"高升"。大家欢迎楠蝶蒂娜跳舞。楠蝶蒂娜跳《孔雀舞》，提琴手为她伴奏，跳完大家齐声欢呼。傣族青年男女一起跳《丢包》，丢中的成双成对离开。男青年都想抢楠蝶蒂娜的包，她却迟迟不出手，只在人群里寻找，终于看到了一旁的解放军提琴手。她把包甩过去，打在他的身上，他却不知所措。

暗场。一战士说："部队要开拔，快去准备。"提琴手说："我马上回来。"

转为楠蝶蒂娜家洒着斑驳阳光的竹楼。提琴手前来，躲在树后，向竹楼窥视。贵族头人派人带着礼物前来向楠蝶蒂娜家里提亲。楠蝶蒂娜看到，把自己关在房间里。母亲迎接客人进楼，请客人坐，回头喊："楠蝶蒂娜——"楠蝶蒂娜不回答，躲在房间里不见。提亲人留下礼物走后，母亲敲开楠蝶蒂娜的门，对她说："男大当婚，女大当嫁。"楠蝶蒂娜摇头拒绝，仍旧关上门。母亲无可奈何地摇头。又有提亲人携带礼物前来。母亲忙着接待，一拨又一拨。提琴手看着提亲人出入楠蝶蒂娜家的竹楼，心里泛起涟漪，缓缓起舞。乡干部来了，母亲敲门说："楠蝶蒂娜，政府来人要你参加歌舞团出国访问呢，你去不去？"楠蝶蒂娜连忙打开房门，嘴里连声说："去，去！"来人说："那好，先跟我去乡里填张表。"楠蝶蒂娜欢天喜地跟随来人离去。提琴手想叫住楠蝶蒂娜，但没能张开嘴，看着她的背影，黯然神伤。

第四幕

金碧辉煌的佛国王宫。中国访问团来到，楠蝶蒂娜也随团访问。佛国王子热情致辞："欢迎中国访问团！"访问团团长回答："感谢王子的热情接待！"王子为中国访问团举办盛大宴会。席间王子击掌，佛国宫女翩翩起舞。为了答谢，访问团首长要楠蝶蒂娜跳舞，楠蝶蒂娜跳起美丽的《孔雀公主舞》。年轻的佛国王子为楠蝶蒂娜的美貌和舞姿所倾倒，激动不已，终于按捺不住，加入舞蹈，两人双双起舞。舞蹈结束，佛国王子向楠蝶蒂娜求婚。楠蝶蒂娜心里响起熟悉的提琴旋律，回忆起和提琴手排练舞蹈的情景。她推说："我还要跳孔雀舞，不能结婚。"王子说："你可以每天跳给我看呀。"楠蝶蒂娜说："我要跳给西双版纳的乡亲们看。"访问团团长前来打圆场，把楠蝶蒂娜带走。王子失望地送走访问团，闷闷不乐。一大臣向王子献计，做了一个抢的动作，王子点头。

暗转为中国访问团驻地。一团员向团长报告："首长，使馆的同志来了。"使馆同志和团长握手，说："访问团告别演出时，佛国王子准备用当地的风俗来抢亲。"团长闻讯，告诉楠蝶蒂娜："你先期回国。"

佛国王宫。访问团向王子告别时，假楠蝶蒂娜蒙面登场舞蹈。王子带人抢掠舞蹈者，拉开面纱才知道错了，心里怅怅不已。

回国后的楠蝶蒂娜到营房去找解放军提琴手，营房墙外贴着"谢谢傣族老乡帮助，再见"的条子，屋里已经没人。楠蝶蒂娜心里怅然若失，一个人跳起失望的抒情舞。小姐妹送来一封信，说："他留下的。"楠蝶蒂娜红着脸赶紧打开，却翻来覆去看不懂汉文。小姐妹说："佛爷懂汉文。"连忙去请佛爷。佛爷来到，拿过信来读："楠蝶蒂娜，希望你一定要把孔雀舞练好，真正成为傣族的金孔雀。"楠蝶蒂娜把信揣在胸口，心中涌起无限思念。

女伴跑来告诉楠蝶蒂娜："有人看到他在前山演出了。"楠蝶蒂娜兴奋地说："真的？"连忙赶几十里山路前去寻找，生怕再错过去。她跋山涉水、穿越茂密的老林，一不小心摔下山坡，磕破了腿，鲜血直流。她咬着牙，忍着痛，一瘸一拐地继续赶路。

第五幕

一轮金月挂在椰树枝头。青天湛蓝，月色如水。解放军提琴手演出结束，各族姑娘围着向他献花送媚，他却一个人跑开，躲到了林子里。心里想念楠蝶蒂娜，他用提琴动情地拉起了《孔雀舞》曲。楠蝶蒂娜来到，听到曲子又惊又喜，脱口喊出："喂——"两人见面，心情都非常激动，但又都不知道说什么好。终于解放军提琴手开口问："听说……你结婚了？"楠蝶蒂娜赶紧回答："没有。"两人心中冰释，万语千言，转换成了相拥而泣。两人相扶相搀，慢慢走向山坡，剪影映在金色的圆月中。

暗转为傣寨，大家为楠蝶蒂娜和解放军提琴手举行盛大婚礼，部队首长也来参加。母亲牵着两人的手，祝他们一生相爱，白头偕老。楠蝶蒂娜虔诚地跪在神桌前，佛爷为她念诵《沙比滴约》祝福经，老人们边为她拴线边唱起古老的歌谣。楠蝶蒂娜和解放军提琴手沐浴在爱河里，幸福地跳起双人舞。

喧嚣声起。楠蝶蒂娜被发配工厂，穿着工装和工人们一起劳动，远处传来"一定要把'文化大革命'进行到底"的喇叭声。休息时，楠蝶蒂娜一个人躲在角落里悄悄练孔雀舞，被工人们发现，要求她给大家跳舞。拗不过大家一再请求，楠蝶蒂娜跳了一段，却被管事人看见，命令对她进行强制劳动。提琴手看到，为她抗辩，被管事者带人剥去他的军装。楠蝶蒂娜做着重体力劳动，又累又苦，终于无法忍受，悄悄和一起劳动的提琴手商量，要逃回家乡。

楠蝶蒂娜和提琴手回到西双版纳，受到父老乡亲的隆重欢迎。大家用抬竿把楠蝶蒂娜抬起，围着她跳舞，欢迎自己的孔雀公主归来，并放孔明灯为她祝福。楠蝶蒂娜流泪了。又可以随心跳舞了，楠蝶蒂娜在椰林里和提琴手一道加工创作《金色的孔雀》。

尾　声

庄严巍峨的人民大会堂里，已经即位为国王的佛国王子携夫人访华，观看楠蝶蒂娜表演，提琴手伴奏，演出美轮美奂的舞蹈《金色的孔雀》。舞蹈结束，全场欢声雷动。佛国国王双手合十："楠蝶蒂娜，祝你和丈夫一生幸福。"楠蝶蒂娜与丈夫合十回礼。被邀请与会的东南亚各国舞蹈团的演员，一起跳起了欢乐的舞蹈。

幕落。

女声独唱：

> 美丽的西双版纳，
> 那里是金孔雀的家。
> 山的儿子，水的女儿，
> 缠绵在月光之下。
> 动人的人生舞蹈，
> 把世间真情传达……

2010年6月23日初稿
2010年11月28日二稿

注一：

　　剧中人物有简短语言，当地人的话都用云南方言说，以增加地域色彩。楠蝶蒂娜自出国演出开始，对外人说话改用普通话，对乡亲说话仍用家乡话。解放军提琴手、佛国王子和其他人说普通话。

注二：

　　楠蝶蒂娜前后跳的孔雀舞，在舞姿和难度上要有区别，开始时简单些，以后越来越复杂精致。前后为佛国王子跳的《孔雀公主舞》和《金色的孔雀》，舞姿尽量不要重复，技术上前易后难。

北漂族

（音乐剧）

人物：（以出场先后为序）

萨克斯手

流浪歌手

虫：来自偏僻贫穷的山乡，坚忍的性格与顽强的拼搏使他得以优异成绩毕业于大学信息工程专业，却找不到合适的工作，暂以推销业容身，滞留在大都市边缘，每天匆匆奔走在城市的夹隙中，勉强栖身，但却乐观向上。

大马、小武、狼等：虫的朋友，与虫同样的北漂族青年，毕业于不同院校不同专业，都在为工作和生活奔忙。

梦：窈窕漂亮，气质幽柔。来自小城镇，毕业于某艺术院校声乐专业，不愿意回当地文化馆工作，滞留在大都市想追寻理想，但却陷入漂泊无定的生活。

大姐大：梦的大学女同学，没心没肺，心直口快。在家庭帮助下找到一份较稳定的工作。

歌厅女伴

小卖部大妈

帅：城市白领，抱着潇洒随意、游戏人生态度的青年。

帅的伙伴

歌厅女侍者

大款

歌厅老板

小混混：几个街头无业人员。

网吧邻桌人

〔一个聚居着众多大学毕业生待业群体的城乡接合部，一个脏、乱、拥挤、混杂的都市里的村庄。街道窄小，房屋简陋，到处是临街小铺（诸如小餐馆、小发廊、小诊所、小网吧、卡拉OK厅、服装城之类），乱放的汽车、摩托车和自行车，张贴的各种广告（诸如出租房屋、招聘服务员、减肥灵、伟哥等），但远处背景却是现代化都市怒耸的楼阵。

〔幕启。路灯下一位萨克斯手吹奏着抒情的旋律。

〔晨曦升起，路灯灭去，萨克斯手下。

〔从舞台右侧涌上城市上班的匆匆人流。

〔流浪歌手上，放下吉他盒，连接电吉他，在路边开始演唱卖艺，唱《北漂族之歌》（一）。路过的行人有的匆匆而过，看也不看他们一眼，也有人暂时驻足聆听，向地上的吉他盒里扔零钱后离去。

歌手：　人称我们是北漂族，

　　　　　我们的生活很幸福。

　　　　　自由自在无拘束，

　　　　　怀揣理想奔前途。

　　　　　唔——

　　　　　自由自在无拘束，

　　　　　怀揣理想奔前途。

　　　　　〔追光照着虫从剧场中部观众席里走上舞台，唱《北漂打工族》。

虫：　　我是北漂打工族，

　　　　　终日劳累又忙碌。

　　　　　出了校门进社会，

　　　　　风风火火创业路。

　　　　　没有时间逛街景，

　　　　　管他都市热闹处。

　　　　　故宫、北海、天安门，

　　　　　天天路过不停步。

虫：　　（向流浪歌手）嗨，哥们儿!

歌手：　虫，推销去？

虫：　嗯。

　　　　〔大马、小武、狼上。

大马等：嗨，虫！

虫：　（高兴地）嗨！大马、小武、狼。

大马等：走，找活儿去！

　　　　〔大家加入街上的人流，一起唱《我们是快乐的蚂蚁》。

　　　　忙忙碌碌，实实在在，

　　　　每个蚂蚁都很自在。

　　　　寻寻觅觅，爽爽快快，

　　　　每个蚂蚁都有期待。

　　　　迷迷蒙蒙，期期艾艾，

　　　　每个蚂蚁都有无奈。

　　　　轰轰烈烈，痛痛快快，

　　　　每个蚂蚁都很精彩。

　　　　不羡慕蜻蜓飞得高，

　　　　不嫉妒蜗牛爬得快。

　　　　我有我的梦想，

　　　　我有我的舞台。

　　　　我们是快乐的蚂蚁，

　　　　把家园的大厦建盖。

　　　　〔梦从舞台左侧上，一袭白衣，茕茕落落，一个人忧郁地慢慢踱步，和反向的匆匆人流形成鲜明对比。

　　　　〔人流和梦磕磕碰碰，有人不小心把梦肩上挎的包碰落在地，那人回了一下头，匆匆赶路去了。梦想捡，包被路过一人不小心踢到虫的脚下。虫弯腰捡起包来，想递给梦，梦欲接，却被人流阻住。虫终于挤了过去，把包递给梦。

虫：　以后小心点。

梦：　（接过包，笑一笑）谢谢你！

虫：　不客气。（挥手离去）

［街上人流泻尽。梦心情沮丧，缓慢踱步不语。大姐大从另一个方向上，看见梦，高兴地喊她。

大姐大：梦！

梦：（幽幽地）大姐大。

大姐大：（注意到梦的沮丧情绪，拉起她的手，望着她的脸）怎么？他走了？

梦：……嗯……

　　　　　［大姐大和梦唱《帮你想办法》。

大姐大：（磁性女中音，怜惜地）

　　　　　美丽的花儿遭了霜打，

　　　　　幸福的心儿突然沉下。

梦：（低沉地）

　　　　　昨天我们还在一起憧憬未来，

　　　　　今天他已经独自走向天涯。

大姐大：同学们都把你们羡慕，

　　　　　一个蒂上两朵鲜花。

梦：巴黎向他敞开了怀抱，

　　　　　我的梦却碰破在悬崖。

大姐大：（劝慰地）

　　　　　忘了他吧，

　　　　　负心的人儿不值得牵挂。

梦：（忧虑地）

　　　　　没有工作，没有住处，

　　　　　北京这么大，何处是我家？

大姐大：不要灰心，不要丧气，

　　　　　大家都在帮你想办法。

梦、大姐大：（合唱）

　　　　　北京这么大，

　　　　　何处是我家？（帮你想办法）

　　　　　何处是我家。（帮你想办法）

　　　　　［暗转。

〔从舞台左侧涌上城市下班的匆匆人流。

〔流浪歌手在路边歌唱，唱《北漂族之歌》（二）。

歌手： 什么地方有我希望？

什么地方有我梦想？

什么地方有我未来？

什么地方让我去飞翔？

〔疲倦的虫从人流中溢出。

歌手： 虫，下班啦？

虫： 嗯。今天挣得怎么样？

歌手： 凑合！你呢？

虫： 也还行。跳一个？

歌手： 来吧！

〔虫在吉他伴奏下跳现代舞，许多下班的年轻人逐渐加入进来，大家开始唱《我们追赶潮流》。时间从黄昏转为暗夜，远处成片的摩天大楼荧光幽幽。

众人： 潮流、潮流，

时代向前走。

都市迅速膨胀，

到处是摩天大楼。

动车、磁悬浮提速，

巴士、TAXI 成蜗牛。

我们是时代前驱，

努力为理想奔走。

脚下快马加鞭，

我们追赶潮流。

虫： 潮流、潮流，

时代向前走。

城市成 3G 空间，

LED 屏开锦绣。

霓虹纷彩斗艳，

声讯发散宇宙。

我们是时代前驱，

竭力为梦想奔走。

脚下虎虎生风，

我们追赶潮流。

众人： 潮流、潮流，

时代向前走。

高科技成了快餐，

网络缠绕地球。

斗室连接天下，

我与世界共构。

我们是时代前驱，

全力为幻想奔走。

脚下日月如梭，

我们追赶潮流。

［暗转。

　　　［深夜，梦从"迷惘歌厅"出来。女伴从歌厅门里向她挥手告别。

女伴： 梦，明晚还来唱啊！

梦： 再见！

　　　［梦走到街心公园。她仰望星空，想念家乡，唱《哦，星星，我的
星星》。

梦： 离开嘈杂的歌厅，

来到公园的草坪。

事世扰攘心里烦，

避开人群多寂静。

天上璀璨的星空，

哪颗星挂着我的梦？

南边那颗亮亮的星，

下面是我的小城。

文化馆工作的爸爸妈妈，
在那里翘首望我行。
从小教我唱歌跳舞，
多希望女儿早成名。
哪知道我这样孤单，
一个人流浪在北京。
哦，星星，我的星星，
今夜我哪里寻旧梦？
哦，星星，我的星星，
明天我如何奔前程？
　　〔暗转。

　　〔虫和梦各在舞台一头用计算机上网聊天。虫在自己蜗居里，梦在
　　网吧里。二人唱《你好》。

梦：　还是你吗？
虫：　还是我。
梦：　你叫什么？
虫：　我叫虫。
梦：　为什么？
虫：　一文不值，
　　　就像条虫。
　　　你叫什么？
梦：　我叫梦。
虫：　在哪毕业？
梦：　音乐学院。
虫：　没找到工作？
梦：　临时在歌厅。
　　　你学什么？
虫：　信息工程。
梦：　家也在外地？

虫：　　大山之中。

梦：　　唉，都是苦命！

虫：　　你心里有话，

　　　　见面聊聊？

梦：　　天涯沦落，

　　　　何必相逢。

虫：　　跟我说说，

　　　　或许有用。

梦：　　我下线了。

　　　　Bye-Bye！

虫：　　……Bye-Bye！

　　　　〔暗转。

　　　　〔除夕夜，蚁村里到处燃放着烟花爆竹，一片节日气氛。

　　　　〔虫的蜗居里，窗台上摆着油、盐、酱、醋各种脏瓶子。虫正在椅子上切西红柿，准备在电磁炉上炒菜。旁边小卖部门口的公用电话铃响起来。

大妈：　（上，接电话）喂，哪里？沟窝窝？你找谁呀？……哦，虫，虫，你家来的电话。

　　　　〔虫冲过去，一把抓起电话。大妈下。

虫：　　喂……爹！爹你好吗？娘好吗？……狗娃剩妞都好吗？……打的村主任家的电话？……对，我不能回去过年了……公司……公司老板挺器重我的，对，对，好好值班……好的，我会照顾好自己……祝全家新年快乐！

　　　　〔放下电话，虫回到屋里，心情沮丧。

　　　　〔大马、小武、狼提着啤酒瓶、花生仁、熟肉上。

大马：　虫！新年快乐！

虫：　　大马！小武！狼！放下放下。

　　　　〔大马等人把虫的被褥掀起，在床板上铺张报纸，放下啤酒等物。大家胡乱坐下，有的用牙咬，有的用床板磕开啤酒瓶盖。

167

狼：　　（举瓶）我亲爱的燕京啤酒——

大马：　虫，春节也不回家看看？

虫：　　唉，白花路费不说，村里那么多亲戚朋友，我上学人家还帮了我，你不得都给带点礼物？我哪有那个钱！

大马：　你爹娘该骂你了。

虫：　　我说我公司加班离不开。

小武：　大过年的，你上哪推销去！还加班走不开！这信息工程高才生，推销保险！

　　　　〔众人哄笑。

大马：　（拍拍虫的肩膀）哥儿几个，咱北漂族也得过年不是？来，让我们为自己干一杯！

众人：　（举酒瓶）干！

　　　　〔大伙边吃边喝。虫把黑白电视打开。

虫：　　一哥们儿给的破电视，图像不好，声音还凑合。

　　　　〔电视里面播放春节联欢晚会赵本山演出的《捐钱》被电视台采访一段。大家哈哈乐了一阵。大马站起来到屋外跳摇滚，大家逐渐加入进来，边跳边唱《北漂族过年》。

众人：　挤在这狭窄的小屋之间，

　　　　破电视也能看春节联欢。

大马：　电磁炉上炒一个西红柿鸡蛋，

　　　　喝两瓶啤酒也就算过年。

虫：　　电话响那是我家乡的线，

　　　　再穷再困亲情也温暖。

小武：　我在这很好一切都周全，

　　　　公司委重任让我来值班。

狼：　　老爸老妈别把我挂牵，

　　　　过完年空闲了我就回家转。

众人：　屋子外爆竹响一片声连天，

　　　　祝家乡万事兴一年胜一年。

大马：　来来来，打牌打牌！

[大家开始凑在一起打牌，边打边聊。电视仍在播春节联欢晚会。

大马： 虫，金融危机对你那专业影响大吗？

虫： 不知道，反正我找不着活儿。俩十！

小武： 俩老K！熬吧。熬到咱们国家真正强大那一天，足球世界杯就能轻松拿下。

狼： 足球也不直接和国力挂钩。

大马： 那什么挂钩？高速公路、高速铁路？这些咱都世界第一了。

虫： 第一不第一，三张Q，走了！

大马： 嘿，你小子……

[电视里唱《难忘今宵》，外面鞭炮轰响成一片。大家甩掉牌，跑到外面跳起摇滚，一起诵《北漂族的生活》。

众人： 我们奋斗人生考上大学出人头地毕业失业永远在向前，
我们日出日落早起晚归创业竞业就业失业没有一个完。

虫： 拿着简历背着挎包穿梭人流上车下车地铁里挤成相片，
受惯颐指气使吆来喝去帮闲打杂逢场作戏看尽了白眼。

小武： 凭我的才华吃苦的本性还有我的机智找到工作并不太难，
难的是找个工作专业对口发挥才能适合自己自己又喜欢。

大马： 辛苦一天劳累一场吃了盒饭抽支苦烟再把窝来返，
精疲力竭垂头丧气冒着星星顶着月亮回到蜗居眠。

狼： 没有五险一金暂住证800元的底薪交了房租不够上网钱，
虽然太窄太累又脏又皱营养不够睡眠不足挂着黑眼圈。

众人： 我仍然无拘无束自由自在充满信心相信未来永远不伤感，
明年就当上白领西装笔挺气度轩昂仪表潇洒梦想会实现。

[暗转。

[歌厅里灯红酒绿。梦身穿一袭白色长裙，楚楚动人，对着麦克风唱《我的人生是忧愁》。

[帅西服革履、衣冠楚楚地坐在一旁，和几个穿着暴露女侍者笑饮红酒，一边注视着梦。

梦： 我的人生是忧愁，

绵绵如云长又柔。
寻时无踪又无影，
时常伴我在左右。
愁来玫瑰无芬香，
愁去月季失芳露。
微风拂云荡开去，
思绪依然空里走。
　　〔大家鼓掌。一胖大款醉醺醺地近前调戏梦，被帅一把推开。大款
　　见帅身边有几个帮手，悻悻离去。帅礼貌地做个手势请梦继续唱，
　　梦对他感激地点头。

梦：　　我的人生是忧愁，
　　　　绵绵如丝长又柔。
　　　　访它无形又无象，
　　　　一刻不离在左右。
　　　　愁至梨花带雨泪，
　　　　愁别桃蕊垂下头。
　　　　清水流丝日行远，
　　　　心儿仍在水中游。
　　　　〔帅站起来，邀请梦和他一起跳舞。梦犹豫，歌厅老板要求她答
　　　　应。梦和帅步入舞池。缓慢的华尔兹舞曲中，帅舞步娴熟、姿势幽
　　　　雅地和梦跳舞，体贴地伸手为梦理头发，梦悄悄把头扭开。帅开始
　　　　温柔而又坚决地对梦进行抚弄，梦抵抗着又委曲容忍着。
　　　　〔暗转。

　　　　〔街头，几个无所事事的小混混在跳街舞。梦经过，被小混混认
　　　　出，围着不让她走，唱《喂！姑娘，别走》。

混混甲：嘿，别走呀！这不在歌厅唱歌的漂亮妞吗？来陪哥们儿玩玩，不就一
　　　　首歌50块钱吗？哥们儿有的是钱！

众混混：喂！姑娘，别走！
　　　　哥们儿陪你遛遛。

一人逛街多无聊，
你也犯不着害羞。

混混甲：姚晨咧开的大嘴，
不如你樱桃小口。

混混乙：凤姐粗壮的腰身，
不如你风中摆柳。

众混混：你是哥们儿的梦中人，
在俺眼里多温柔。

（第二段）

喂！姑娘，别走！
哥们儿陪你遛遛。
一人逛街多无聊，
你也犯不着害羞。

混混丙：范冰冰一块平板，
怎比你坎坎沟沟。

混混丁：周迅一副骨架，
怎比你嘟嘟肉肉。

众混混：你是俺梦中小情人，
在俺眼里多娇羞。

（第三段）

喂！姑娘，别走！
哥们儿陪你遛遛。
一人逛街多无聊，
你也犯不着害羞。

混混戊：林志玲一根麻秆，
怎似你小巧娇柔。

混混己：芙蓉姐又粗又蠢，
怎似你玲珑剔透。

众混混：你是俺心中偶像，
在俺眼里最风流。

〔梦左闪右躲，无法摆脱纠缠，急得手足无措。

〔虫和朋友、流浪歌手等人上，看到梦的窘境，虫带头上去拦住小混混。

混混甲：（挑衅地）嘿，想怎么着？

〔混混甲猛推了大马一把，被大马反手拧住胳膊摁在地上，疼得龇牙咧嘴。虫带朋友们跳起阳刚的踢踏舞，把梦和小混混隔开，唱《嘿，小混混》。小混混看他们人多势众，不敢放肆，有人悄悄溜走。

众人：　嘿，小混混！
　　　　哪里都有你们。
　　　　天生游手好闲，
　　　　终日不肯安分。

虫：　　白天街头聚众，
　　　　夜晚巷尾海混。
　　　　倒钞卖碟囤票，
　　　　赌博吸毒荒淫。

众人：　搅得社会混乱，
　　　　你们才好生存。
　　　　嘿，小混混！

（第二段）
　　　　嘿，小混混！
　　　　哪里都有你们。
　　　　天生游手好闲，
　　　　终日不肯安分。

大马：　滋事生非搅局，
　　　　招摇撞骗蒙混。
　　　　遇见警察就跑，
　　　　看见姑娘就跟。

众人：　搅得世界颠倒，
　　　　你们才能容身。

嘿，小混混！

　　［小混混——溜下。

梦：　（感激地对虫）谢谢你们！

虫：　（真诚地）不用谢。我送你回家吧？你住在哪里？

梦：　从前住在学校……

虫：　现在呢？

梦：　（无奈）现在……学校不让住了……

虫：　哦，毕业成了北漂吧？咱们一样。你愿意到蚁村来租房吗？好多伙伴
　　　呢。

梦：　（高兴地）太好了！

　　　［虫和几个朋友带梦边看聚居村边舞蹈，唱《蚁居之歌》。

众人：　这是大城市里的乡村，
　　　　这里是蚂蚁的窝。

虫：　　别小看街道破旧房子矮，
　　　　空间拥挤苍蝇多。

大马：　拿200块一月的租金，
　　　　咱出手不用硬撑着。

小武：　5平方米的蜗居两人分摊，
　　　　虽不舒服日子还凑合。

众人：　（第二段）
　　　　这是大城市里的乡村，
　　　　这里是蚂蚁的窝。

狼：　　虽说是汽车喇叭连天响，
　　　　贱卖了降价了吵声真热火。

大马：　屋子里乱七八糟没处挪，
　　　　锅碗瓢盆满地搁。

小武：　但世界虽小能容身，
　　　　不用街头长流落。

众人：　（第三段）
　　　　这是大城市里的乡村，

　　　　　　这里是蚂蚁的窝。

狼：　　虽说没有桌子没电视，

　　　　没有冰箱没厕所。

小武：　冬冷夏热水火替，

　　　　风侵雨漏干湿过。

大马：　只要有了电脑和网线，

　　　　我就与世界直通着。

　　　　〔舞蹈停止。

众人：　虫，我们先走了。

虫：　　好的，Bye！

　　　　〔几个朋友挥手下。

梦：　　（诧异地）你是……虫？

虫：　　（奇怪地）你是……

梦：　　我是……梦。

虫：　　（兴奋地）梦？真的是你？

梦：　　没想到就这么见面了。

虫：　　是呀。我本来还想什么时候约你见一见呢。

梦：　　以后可以天天见了。

虫：　　这下好了……得闲了我帮你在网上找找工作，那上面经常有许多机会
　　　　的。

梦：　　谢谢你！

　　　　〔暗转。

　　　　〔早晨，虫和梦一起出去。路过煎饼果子车，虫给梦和自己各买了
　　　　一份，两人吃着挥手告别，各自去挤公交车。梦的车来了，梦拼命
　　　　挤也没挤上去，把煎饼果子也挤掉了。又来了一班车，虫帮助梦硬
　　　　挤上了车。虫又施展浑身解数，自己也挤上一辆车，下。

　　　　〔梦上，一家家单位找工作，递简历、面试，一再遭到拒绝。看到
　　　　一个捐助地震慈善箱，梦掏出一百元钱塞进去。正沮丧地走在大街
　　　　上，忽然挎包被骑摩托车人抢走，人也被带得摔倒在地，有路人扶

她爬起来，有人去追车，有人报警。梦十分无望，幸好手机挂在脖子上没被抢走，于是打电话给大姐大。下。

　　〔虫上，一家家推销保险，到处碰壁。看到一辆献血车，虫毫不犹豫卷起胳膊就献血，献完血下。

　　〔梦、大姐大、虫各自上。

大姐大：梦，受伤了吗？

梦：　　没有。

虫：　　怎么了梦？

大姐大：她刚被骑摩托的抢了。

虫：　　啊？抢走了什么东西？

大姐大：挎包和钱。

虫：　　（气愤）这光天化日的，太无法无天了！

大姐大：（对梦）以后小心点吧！（扭头）你是虫吧？

虫：　　你是大姐大！听说你在一个编辑部上班了？

大姐大：临时的，凑合着先干吧。

虫：　　家在北京到底有办法。

　　　　〔三人来到梦狭窄的小屋。梦张罗着请大家坐下，拿出苹果来请他们吃。

大姐大：（对虫）听说你家在山区，又背又穷？

虫：　　嗯，我来北京前只见过山，连火车都没见过。

大姐大：哟，那是什么地方呀？给我们说说？

梦：　　对，说说你的家乡吧。

虫：　　（回忆地）我家在大山中间，走几十里山路才能到县城。爹娘一年累死累活，刚刚养活我们姊妹5个。我考上大学，村主任和乡亲们东拼西凑供我上学，我家欠了几万块钱的债，弟弟妹妹就只好都休学务农在家……唉，我欠家里的太多了！

　　　　〔虫动情地唱《我的山乡》。

虫：　　在那大山深处，

　　　　有我贫穷的家乡。

　　　　一圈山岭围裹，

四季少见天光。

十点没出日头，

过晌天已昏黄。

门口崎岖小路，

把祖祖辈辈拖荒。

一年到头刨食，

攒不下过冬口粮。

春天满坡山花，

是我儿时摇床。

冬天温暖的雪被，

像娘把棉袄给我盖上。

爹盼儿出人头地，

一人把生活担子扛，

捧着大学录取通知书，

送我走过了山冈……

在那贫瘠的地方，

是我可爱的故乡……

梦：　　（眼睛湿了）唉，你比我命更苦。

大姐大：……那几万块钱的债还得你还吧？

虫：　　我命不苦。我能吃苦，再苦再累我都能扛着，还几万块钱债算什么？我还想五年后买车、十年后买房呢，然后自己给自己当老板，活出个人样来，再不受打工的气！

大姐大：啧啧，梦，你看人家，多有志气！

梦：　　（幽幽地）唉，别说以后，这眼下怎么过呢……

　　　　〔暗转。

　　　　〔网吧里排列着电脑桌，一群年轻人在埋头上网。虫上，走到一个空位，向邻桌的熟人打声招呼。

虫：　　嗨！（坐下打电脑）

临桌人：咦？虫，你不是自己屋里可以上网吗？

虫：　　网络坏了，我急着帮梦找找工作。

　　　　　［大家一起跳起电脑舞，唱《让我们在网上冲浪》。

众人：　　让我们在网上冲浪，

　　　　　遨游信息的海洋。

　　　　　操纵神奇的鼠标，

　　　　　突破网络的布防。

青年甲：　打开 IE 浏览器，

　　　　　在 Web 页面明察暗访。

青年乙：　输入特定网址，

　　　　　延展我的目光。

众人：　　网上信息浩如烟海，

　　　　　网上世界五彩光亮。

　　　　　技术与知识的大海里，

　　　　　让我们乘风破浪。

　　　　（第二段）

　　　　　让我们在网上冲浪，

　　　　　吞吐信息的海洋。

　　　　　掌控理想的引擎，

　　　　　挣脱网络的屏障。

青年丙：　点击超文本链接，

　　　　　在不同界域信步徜徉。

青年丁：　启动搜索引擎，

　　　　　刷新我的收藏。

众人：　　网上让人眼花缭乱，

　　　　　网上使人身强力壮。

　　　　　在青春和理想的大海里，

　　　　　让我们乘风破浪。

　　　　　［暗转。

　　　　　［梦请虫在一家餐馆吃饭。萨克斯手在外面吹奏。

梦：　　　（举杯）干！

虫： 梦，你其实不用这么客气。

梦： 你帮我找到这个我喜欢的临时工作，我一定得谢你！

虫： 好吧，祝你成功，干！

梦： 干！

〔两人碰杯喝下后，梦重新给二人倒酒，虫连忙代劳。梦猛地把杯中酒倒在喉咙里。

虫： （提醒地）别喝那么猛！

〔梦拿过酒瓶又倒酒，虫试图拦住她。

虫： 少喝点吧。

梦： 你别拦着我，我要喝……北京，大城市，人家说到处是机会，谁也不肯离开。可是我都等那么久了，也没见着什么回报……（继续喝）

虫： （若有所思）也许……待在北京并不一定是最好的选择。

梦： （奇怪地望着他）你说什么呢？北京……当然是最好的选择。我从小就幻想登上北京的舞台，站在耀眼的聚光灯下，面对众多的笑脸和鲜花……可是今天这些都在哪儿？我的路在哪儿？……

〔梦继续给自己倒酒，被虫抢下酒杯。为了缓和情绪，虫站起邀梦跳舞，梦答应了。虫跳现代舞，梦跳国标舞，两人无法和谐配合，不欢而罢。二人唱《过去我充满幻想》。

梦： 过去我充满幻想，
世界四处阳光。
今天幻想都碰破，
心中只余悲伤。

虫： 过去我充满幻想，
世界四处阳光。
今天幻想依然在，
更加知道坚强。

梦： 过去我不懂未来，
以为鲜花芬芳。
今天未来都不见，
前途一片茫茫。

虫：　　过去我不懂未来，
　　　　以为鲜花芬芳。
　　　　今天未来在招手，
　　　　只是需要冲浪。
梦、虫：（合唱）
　　　　过去我不解人生，
　　　　以为自然顺畅（深知不会顺畅）。
　　　　今天人生已开始，
　　　　无法把握方向（我要把握方向），
　　　　方向——
虫：　　梦……
梦：　　（打断他）你先回去吧，我想一个人走走。
虫：　　……好吧，你小心点。（迟疑着下）
　　　　［路旁萨克斯手吹奏出忧伤的曲调。
　　　　［流浪歌手安好了乐器，开始歌唱，唱《北漂族之歌》（三）。
歌手：　我们虽然一无所有，
　　　　可是我们有信仰。
　　　　我们虽然一贫如洗，
　　　　可是我们有幻想。
　　　　我们虽然一穷二白，
　　　　可是我们有力量。
　　　　我们虽然一再失败，
　　　　可是我们有坚强，
　　　　坚强——（隐去）
　　　　［梦唱《前方路漫漫》。
梦：　　不要说我不够坚强，
　　　　不要怪我不够勇敢。
　　　　前方路漫漫，
　　　　看不见我的家园。
　　　　人生之路不平坦，

走也走不完，

何处是终点……

〔暗转。

〔帅用轿车送梦回到蚁村住宅。梦酒后步态不稳，帅扶她到床上躺下，回头插上门，开始抚摸和亲吻梦，意欲对她越线。梦感到受了玩弄，开始阻拒，可是帅把她压在身下，梦拼命挣扎。

〔门被"砰"的一声踢开，虫冲进来，帅急忙站起身。虫攥拳怒视着帅，帅悻悻离去。虫坐下安慰梦，梦伏在虫的怀里哭泣。大姐大进来，安慰梦。三人唱《人生是一杯苦酒》。

虫：　　人生是一杯苦酒，

只能为自己斟上。

酸甜苦辣五味全，

全要个人品尝。

大姐大：人生是一种疾病，

无法向别人转让。

虚弱痛楚杂症聚，

只能自己承当。

三人合：人生是一次体验，

完全不能共享。

悲欢离合百感集，

全靠自己欣赏，

全靠自己欣赏。

〔暗转。

〔大姐大和梦在街心公园里散步。

大姐大：我看虫对你挺好的，你不妨和他处处？

〔梦摇头。

大姐大：怎么，看不上他？

梦：　　……他人挺好的。

大姐大： 那不就结啦?

梦： 他……家里负担太重了……

大姐大： （摇头）唉……人哪，不能太好高骛远。

　　　　［大姐大唱《别错过眼前》。

大姐大： 人儿多么奇怪，

　　　　欲壑总是难填。

　　　　得不到的一心想要，

　　　　跟前有的总看不见。

　　　　彗星擦身而去，

　　　　时间总在旁边。

　　　　人海茫茫难寻觅，

　　　　别错过眼前，

　　　　别错过眼前。

　　　　［暗转。

　　　　［虫拉着拉杆箱准备离去，众朋友送他。虫在等待，不断向旁边张
　　　　望。梦急急忙忙上。

梦： 我刚下班，打着车赶回来……你……真的要走?

虫： 我想，天津滨海新区正在开发，正是用人之际。朋友帮我找到这份工
　　　作也不容易，又是我的专业……

梦： 那你……

虫： 要不……（充满希冀地）要不咱们一起去……好吗?

　　　　［梦不语。朋友们围过来劝梦，和虫一起唱《让我们一同起航》。

众人： 让我们一同起航，

　　　　去追寻美好理想。

虫： 带着热情与真情，

　　　　带着幻想与梦想，

　　　　从心中的港湾出发，

　　　　漂泊到远方。

众人： 我们浪迹天涯、四处飘荡，

朝向世界的各个方向。

从不寂寞、从不孤单，

因为我心中有阳光。

（第二段）

让我们一同起航，

去追寻美好理想。

大姐大：带着爱情与友情，

带着遐想与臆想，

从心中的港湾出发，

漂泊到远方。

众人：　我们行走随缘、四处流浪，

走遍世界的各个地方。

从不犹豫、从不后悔，

因为我心中有阳光。

〔歌舞结束，大家都看着梦。梦迟疑着、犹豫着，最终还是摇了摇头。虫失望地回身，向朋友们告别。大家一起跳摇滚，诵《漂在北京》。

众人：　怀揣着梦想来北京打拼，

无论如何我都不灰心。

大马：　这里充满跳板充满挑战，

这里充满机会充满野心。

虫：　　这里有我的理想我的未来，

这里有我的事业我的深根。

小武：　我虽不喜欢这里这里太孤独，

冬天天太冷北风硬又紧。

狼：　　但我无处可去也没有选择，

大都市才有机会前程似锦。

众人：　这里人来人往熙熙又攘攘，

这里日新月异永远在前进。

让我喜欢又讨厌爱她也恨她，

漂在北京我永远都不松心。

[虫拉着拉杆箱，向梦和众人挥手下。众人向他挥手，送下。

[梦没有跟下去，一个人徘徊在路旁。华灯初放，梦心酸惆怅不已。

[流浪歌手上，放好吉他盒，给吉他连上线，开始唱《明天的太阳依然红》。萨克斯手上，在一旁为他伴奏。梦听着，受到触动，若有所思。

歌手：　让我们用夜色遮住白天，
　　　　忘记那一切沮丧和困窘。
　　　　繁华与忙碌都掀过去，
　　　　拥挤的街道空洞洞。
　　　　雾霭散去，初见辰星，
　　　　角落里的蚁村真安静。
　　　　城市睡了，你也睡吧，
　　　　回到蜗居做一个好梦。
　　　　一觉睡醒，改换心情，
　　　　明天的太阳依然红。
　　　　睡吧，睡吧，做个好梦，
　　　　明天的太阳会更红。
　　　　[歌声停止，萨克斯仍在悠悠吹奏……
　　　　[幕落。

[大幕重开。城市上班的匆匆人流。大伙一起唱《永远向着阳光》。

潮流，潮流，
时代向前走。
脚下一刻不停，
我们追赶潮流。
潮流，潮流，
时代向前走。

脚下万骏齐发，
我们追赶潮流。
不羡慕蜻蜓飞得高，
不嫉妒蜗牛爬得快。
我们是辛勤的打工者，
用汗水洗刷未来。
我们是新时代的蚂蚁，
把共和国的大厦建盖。
〔虫穿着崭新的工装上。

虫：　　迷迷蒙蒙，期期艾艾，
我过去的生活有无奈。
忙忙碌碌，实实在在，
我现在的工作很自在。
寻寻觅觅，爽爽快快，
我过去心中有期待。
轰轰烈烈，痛痛快快，
我现在事业很精彩。
〔梦穿着青春装从剧场中部观众席出，在聚光灯下慢慢走向舞台。

梦：　　过去我不够坚强，
过去我不够勇敢。
跨过人生不平路，
让我有了期待。
现在我逐渐成熟，
现在我显露风采。
追上伙伴创业路，
我向你们走来。
〔众人欢迎梦加入，虫高兴地拉起她的手。

众人：　让我们一同起航，
去追寻美好理想。
热情与真情迸发，

184

爱情与友情绽放。
从心中的港湾出发，
永远向着阳光。
从心中的港湾出发，
永远向着阳光。
阳光——
［幕落。

2010年6月10日一稿

2010年6月27日二稿

2010年7月4日三稿

2012年12月19日改定

冰　韵

（音乐剧）

人物表：

　　夏冰冰——女，22岁，公安局缉毒大队特警小组女卧底。

　　队　长——男，34岁，公安局缉毒大队支队长。

　　李　晴——男，23岁，彩虹迪厅经理，戒毒者。

　　杨彩玲——女，48岁，彩虹戒毒康复中心负责人。

　　欧阳佳——女，16岁，彩虹迪厅服务员，戒毒女孩。

　　崔　婷——女，23岁，彩虹迪厅服务员，戒毒女孩。

　　张建岭——男，32岁，彩虹戒毒康复中心义工，戒毒者。

　　谢　晏——男，38岁，毒贩。

　　二马仔——男，毒贩帮手。

　　群众演员

故事梗概：

　　公安局缉毒队得到情报，毒贩准备对彩虹戒毒康复中心的戒毒者采取报复诱吸行动，派刚从警校毕业的缉毒女警夏冰冰前去卧底侦察。彩虹戒毒康复中心主任杨彩玲热心帮助戒毒者重生，受到他们的爱戴和上级表彰，毒贩准备趁表彰大会之机投毒。夏冰冰在彩虹迪厅偶遇高中同学、自己的初恋、失去音信数年的李晴，原来他因吸毒被强制戒毒两年后，痛改前非来到彩虹中心做戒毒义工。夏冰冰看到毒贩和李晴接触，误以为李晴是自己的任务目标之一，紧盯着他的一举一动，在他为客人咖啡加糖时认为是添加毒品而踢飞了杯子。毒贩察觉到夏冰冰是公安卧底，在对迪厅饮料投毒后，特意为她准备了一杯。李晴在夏冰冰要喝时打翻了她的杯子。夏冰冰欲逮捕毒贩，毒贩穷凶极恶地拔刀向夏冰冰刺来，李晴挡在刀前被刺中，夏冰冰和冲进来的缉毒警制伏了毒贩。面对戒毒的人生警示和生与死的选择，每一个人都纯洁了心灵、升华了境界。

第一幕

［缉毒大队训练场。

［夏冰冰与众缉毒警上场，威风凛凛跳擒拿格斗舞，唱《我们守护生命》。

众人合唱： 国旗，蓝天，

阳光，和平。

擒拿格斗逞技能，

钢筋铁骨练英雄。

我们是共和国的卫士，

我们是光荣的缉毒警。

我们保卫人民健康，

我们守护生命。

夏冰冰唱： 我是一名缉毒警，

警校毕业进警营。

青春年华放光彩，

铁血兵阵添丽影。

穿上妈妈的警服，

叩问烈士的心声。

为了家家都安乐，

无怨无悔苦练兵。

众人合唱： 鲜花，笑脸，

云淡，风轻。

人人幸福我欣慰，

万家欢乐不是梦。

我们是共和国的卫士，

我们是光荣的缉毒警。

我们保卫人民健康，

我们守护生命。

队　长：集合，有任务。（大家急忙列队）得到情报，毒贩准备对彩虹戒毒康复中心采取报复诱吸行动，需要派一个人前去卧底侦察。

众议论：彩虹中心？它可是我们的社区戒毒工作典型！可是，平日我们经常去，那儿的人都认识我们，谁能去做卧底呢？

夏冰冰：（踏前一步，立正、敬礼）报告队长，新任警员夏冰冰请求承担任务！

队　长：（眼睛一亮）冰冰？（但又犹豫地摇头）

夏冰冰：队长，为什么我不行？

队　长：冰冰……你刚来不久，不了解情况，也缺乏经验……

夏冰冰：（着急）队长，你不总是说，经验是在实践中积累起来的，不实践，永远也不会有经验吗？（唱《我要成长》）

夏冰冰唱：我不是一朵玫瑰，

　　　　　只能供人欣赏。

　　　　　我不是一个花瓶，

　　　　　只在桌上摆放。

　　　　　鸿雁向往蓝天，

　　　　　海鸥迎接海浪。

　　　　　理想追梦，

　　　　　我要成长。

　　　　　理想追梦，

　　　　　我要成长。

众人合唱：愿你是一株梅花，

　　　　　只向严寒开放。

　　　　　愿你是一块岩石，

　　　　　永远屹立山冈。

　　　　　将军不离征袍，

　　　　　战士血染沙场。

理想追梦，

你在成长。

理想追梦，

你在成长。

夏冰冰：队长？

队　长：（盯着她看，然后摇头）……不行不行……你一身的警察气，一口的

学生腔……让你卧底你也不像呀？

　　　　〔夏冰冰听了，扭头走下。

　　　　〔队长望着夏冰冰的背影，思索着低声唱《她是一颗露珠》。

队长领唱：她是一颗露珠，

那样剔透、晶莹。

众人合声：剔透……晶莹……

队长领唱：她是一朵冰花，

那样璀璨、光明。

众人合声：璀璨……光明……

队长领唱：她是大姐的女儿，

大姐是警队英雄。

众人合声：大姐……是英雄……

队长领唱：英雄含笑献身，

女儿如我们的眼睛。

众人合声：女儿……是眼睛……

队长领唱：如果有一毫闪失，

我会终生不宁。

众人合声：如果有一毫闪失，

我们会终生不宁……

队长领唱：难决断，意难平，

心潮起伏海浪声。

众人合声：难割舍，情难定，

心中翻滚波浪涌……

　　　　〔夏冰冰换漂亮女装登场。大伙儿眼睛一亮。

夏冰冰：队长，邻家女孩夏冰冰前来报到。（唱《我是邻家漂亮女孩》）

夏冰冰唱：我是邻家漂亮女孩，

　　　　　天真活泼热情可爱。

　　　　　恋人离开妈妈逝去，

　　　　　几年沉默温馨不再。

　　　　　继承遗志发誓制毒，

　　　　　危险牺牲放在身外。

　　　　　为了阳光为了鲜花，

　　　　　我改扮女儿重新来。

　　　　　〔同伴们看傻了眼，唱《队长，让她去》。

众人合唱：队长，让她去，

　　　　　她想必已挂怀。

　　　　　队长，让她去，

　　　　　她已经想明白。

　　　　　队长，让她去，

　　　　　她应该有安排。

　　　　　队长，让她去，

　　　　　她一定能出彩。

　　　　　〔队长思索，唱《我知道她能行》。

队长独唱：我知道她能行，

　　　　　她技术够精湛。

　　　　　我相信她能行，

　　　　　她志向够豪迈。

　　　　　是好钢一定锋刃出，

　　　　　是好马必然奔塞外。

　　　　　但是，但是……

　　　　　任务有危险。

　　　　　毕竟，毕竟……

　　　　　不能出意外。

　　　　　〔众人唱《危险，姑娘》。

众人合唱：危险，姑娘，

　　　　　缉毒途中无侥幸。

　　　　　危险，姑娘，

　　　　　贩毒场内唯利害。

　　　　　毒品利大人疯狂，

　　　　　法严罚重赌命赛。

　　　　　冷静，然后行，

　　　　　三思，人不怪。

　　　　　〔夏冰冰唱《真金火中炼》。

夏冰冰唱：感激战友的爱护，

　　　　　感恩队长的担待。

　　　　　雏鸟总要出暖巢，

　　　　　苍鹰飞往九天外。

　　　　　冶铁炉里熔，

　　　　　真金火中炼。

　　　　　偏向激流行，

　　　　　哪怕危险在。

队　　长：（感动，下决心）好吧，这是微型通信设备，这是针式摄像机，手枪
　　　　　藏好，马上出发！

夏冰冰：（立正，敬礼）是！

队　　长：（叮嘱）及时联络、安全第一。

夏冰冰：请队长放心，保证完成任务！

　　　　　〔众人唱《冰冰，珍重》。

众人合唱：冰冰，珍重，

　　　　　胆大心细潜踪。

　　　　　冰冰，珍重，

　　　　　英勇机智布控。

　　　　　回望缉毒群像，

　　　　　个个孤胆英雄。

　　　　　待到风雨过后，

高天万里晴空。

队　　长：彩虹戒毒康复中心主任杨彩玲会帮助你。

夏冰冰：知道了。

　　　　　〔众人唱《我为欢乐站岗》。

众人合唱：我为欢乐站岗，

　　　　　我为青春放风，

　　　　　我为幸福执勤，

　　　　　我为人生把控。

　　　　　回望缉毒群像，

　　　　　个个孤胆英雄。

　　　　　待到风雨过后，

　　　　　高天万里晴空。

　　　　　风雨过后，

　　　　　万里晴空……

第二幕

　　　　　〔彩虹迪厅内部。门外看得到"彩虹迪厅"的霓虹招牌。

　　　　　〔杨彩玲指挥李晴等人试着悬挂一幅横幅，上写"彩虹戒毒康复中心受政府表彰庆祝大会"。

　　　　　〔一群成功戒毒的年轻人在忙来忙去，为大会进行布置和做准备工作，唱《风雨过后是晴空》。

众人合唱：人生坎坷我曾经，

　　　　　风雨过后是晴空。

　　　　　风拂芦苇去势尽，

　　　　　雨打芭蕉血色红。

李晴独唱：坎坷让我看清了世界，

　　　　　风雨使我认识了人生。

　　　　　雨后天晴倍加可贵，

　　　　　我要珍惜青春珍重爱情。

众人合唱：风拂芦苇去势尽，

雨打芭蕉血色红。

人生坎坷我曾经，

风雨过后是晴空。

〔大家继续收拾。

〔杨彩玲看了下周围，想把椅子挪个地方，欧阳佳连忙过来。

欧阳佳：杨阿姨，我来我来。

〔杨彩玲想整理桌子，崔婷连忙过来。

崔　婷：杨阿姨，让我来吧。

杨彩玲：（前后看看，抹抹手）好了李晴，准备差不多了。（指指横幅）先把横幅摘下来吧。你们也该营业了。

李　晴：好，大家先休息会吧。

欧阳佳：（给杨彩玲搬把椅子）杨阿姨，快坐下。忙了半天，您累了吧？

杨彩玲：（疼爱地抚摸欧阳佳）谢谢小佳佳——你来中心做义工两年多了吧？一眨眼成大姑娘了。

欧阳佳：是啊是啊，过了年我就十六了。

〔大伙儿围过来

杨彩玲：看着你们一个个健康成长，我心里真高兴啊！

崔　婷：杨阿姨，您又帮我们精神戒毒，又帮我们联系工作，真的感谢您啊！

杨彩玲：谢我啥呀？那都是政府的安排。

〔大伙儿唱《你是温暖的港湾》。

佳佳独唱：曾经是流浪的小船，

迷惘中被风暴吹散。

漂流到天涯海角，

不知道有无明天。

你是温暖的港湾，

让我停泊靠岸。

从此风雨有了遮护，

从此心中有了挂牵。

崔婷独唱：曾经是流浪的小舟，

犹疑中被风暴吹走。

漂流到天地尽头，

不知道有无往后。

你是温暖的港口，

让我休息滞留。

从此寒暑有了遮挡，

从此心中有了守候。

众人合唱： 曾经是流浪的小艇，

混乱中被风暴吹行。

漂流到天边海口，

不知道有无天明。

你是温暖的港坪，

让我们遏止休整。

从此人生有了锚缆，

从此心中有了准绳。

〔杨彩玲唱《你们都是好儿女》。

杨彩玲唱： 你们都是好儿女，

你们都有好前途。

青春个个呈花季，

生活处处是幸福。

远离禁品心总舒，

沉溺吸毒无限苦。

答应阿姨一句话：

从今永远不沾毒！

众人合唱： 一日沾毒品，

一生难弥补。

一朝染毒瘾，

一世难脱苦。

毒品是魔鬼，

一日吸，十年戒，一生苦。

毒品是魔鬼，

一日吸，十年戒，一生苦。

　　［夏冰冰进来，杨彩玲看见，赶紧迎上前去。

杨彩玲：姑娘，你找谁？

夏冰冰：我找杨阿姨。

杨彩玲：我就是。你是夏冰冰？

夏冰冰：是。

　　［杨彩玲一把握住夏冰冰的双手不放，唱《见到烈士的女儿》。

杨彩玲唱：见到烈士的女儿，

　　　　　不由我热泪盈眶。

　　　　　你妈妈为救助我儿子，

　　　　　把宝贵的生命献上。

　　　　　儿子虽然没能回来，

　　　　　感激永在我胸中藏。

　　　　　继承她未竟的事业，

　　　　　我们一起相扶相帮。

　　　　　（低声）队长告诉了我你的任务。你就装作是我外甥女，我把你

　　　　　介绍给大家。（夏冰冰点头。杨彩玲转身）欧阳佳、崔婷，来见

　　　　　见我外甥女冰冰。她度假来帮忙，做几天义工。

　　　　［欧阳佳、崔婷等人过来跟夏冰冰打招呼。

杨彩玲：（向夏冰冰介绍）这是彩虹迪厅的经理李晴。李晴，来，你们认识一

　　　　下。

　　　　［李晴和夏冰冰互望，两人愣住，唱《他怎么在这里》。

冰冰轻唱：他怎么在这里——

李晴轻唱：我还是碰到了她——

冰冰轻唱：突然离开失音讯——

李晴轻唱：我无法告诉她——

冰冰轻唱：这些年你去了哪——

李晴轻唱：我无颜面对她——

冰冰轻唱：让我人生沉低谷——

李晴轻唱：我难以忘怀她——

杨彩玲：（奇怪地望着他们）你们……认识？

夏冰冰：嗯，我们是高中同学。

〔夏冰冰和李晴唱《风华正茂青春当年》。

夏冰冰唱：风华正茂青春当年，
激情四射我的初恋。
花前月下卿卿我我，
双舞双飞同学钦羡。

李晴随唱：风华正茂青春当年，
激情四射我的初恋。
花前月下卿卿我我，
双舞双飞同学钦羡。

夏冰冰唱：无声无息失去踪影，
无声无色生活暗淡。
就这样一去不复返，
就这样一去不复返，
没留下一个短信，
没留下一张纸片。

李晴随唱：强制戒毒一去两年，
向隅而泣再无欢颜。
就这样一去不复返，
就这样一去不复返，
没留下一个短信，
没留下一张纸片。

二人同唱：青春之殇难以忘怀，
刻骨铭心我的思念。
久别重逢喜极而泣，
不知今天你还如愿？
不知今天——你还如愿？

夏冰冰：（环顾迪厅，讥讽地）我说你为什么不辞而别，原来是发财当了老板。

李　晴：冰冰，我……

夏冰冰：（看看欧阳佳、崔婷等人，不依不饶）我说你怎么一去杳无音信，原来身边美女如云。

李　晴：不是，冰冰……

夏冰冰：（愤怒地）那为什么？你总要给我一个说法！

杨彩玲：（有些弄明白了）冰冰，你真的是误解他了。

李　晴：（下决心）好吧。冰冰，我要向你坦白一件事情。

夏冰冰：（冷冷地）说吧。

　　　　〔李晴愧疚地唱《都怪我年轻行事懵懂》。

李晴独唱：都怪我年轻行事懵懂，
　　　　　犯下了罪责怕你蒙羞。
　　　　　毒液摧败洁净的花蕊，
　　　　　沾染了禁品再难回头。

夏冰冰：（浑身一震）什么？

杨彩玲：（连忙解释）冰冰，李晴早已经回头了，他现在可是戒毒典型呢！

李晴独唱：虽说浪子回头黄金不换，
　　　　　终生戒毒却永无止休。
　　　　　多亏杨姨办来迪厅执照，
　　　　　我自食其力隐姓埋头。

夏冰冰：（若有所思）原来如此……

　　　　〔暗转。迪厅正在营业，年轻人进进出出，喝饮料，交谈。夏冰冰端着一杯饮料装作不经意地走来走去。

　　　　〔毒贩谢晏与二马仔上。夏冰冰一眼看到他们，就知道有来头，不动声色地不时悄悄盯注。

　　　　〔谢晏三人唱《鼹鼠之歌》。

谢晏自唱：吸上"嗨粉"十几年，
　　　　　家徒四壁总缺钱。
　　　　　鼹鼠钻洞干营生，
　　　　　以毒养毒卖"白面"。

二马仔合：跟着晏哥来"溜冰"，

就像鼹鼠地下行。

冰毒、麻古、神仙水，

沾上一口要你命！

谢晏自唱：戒毒中心标牌树，

抢去我的老主顾。

蒋干过江来探路，

射你暗箭中肺腑。

二马仔合：跟着晏哥来踩点，

就像鼹鼠地下潜。

阿片、吗啡、海洛因，

灌你一口破你钱。

李　晴：（看到谢晏，一惊）是你？！

谢　晏：老朋友，几年不见，生意发财呀？（把李晴拉到一旁，低声）迪厅不
错呀？这样，你找粉仔，我供货，咱俩三七开？

李　晴：（正色）我做守法生意，不干歪门邪道的事！

谢　晏：哟呵，改邪归正了？

李　晴：你给我出去！

谢　晏：……嘿嘿，我逗你玩呢！咱如今也是良民了。

李　晴：那你就老实待着！（离开）

谢　晏：（咬牙切齿）妈的，老子非端了你这个窝不可！

　　　　［夏冰冰一直在暗中监视，心中对李晴生疑，唱《为什么》。

夏冰冰唱：为什么，他们一见如故？

为什么，他们嘀嘀咕咕？

是毒粉把他们连在一起？

是阴谋让他们走在一处？

李晴呀李晴，

难道你是我这次任务的目标？

难道你真的不走正路？

第三幕

　　［彩虹迪厅。

杨彩玲：李晴，庆祝大会的节目你们都准备好了没有？

李　晴：准备好了。（对大家）来来来，咱们彩排一下，让杨阿姨审查审查。
　　　　欧阳佳，你先来。（充作报幕人）下面，由欧阳佳给我们唱一首
　　　　歌，歌名是《我的童年很惨白》。

　　　　［大家拍手欢迎。

佳佳独唱：我的童年很惨白，
　　　　　年少无知遭毒害。
　　　　　双亲打架我受气，
　　　　　父母离异无人爱。
　　　　　流浪街头混日月，
　　　　　空虚寂寞实难耐。
　　　　　一旦吸上"四姑娘"，
　　　　　形容枯槁瘦如柴。
　　　　　杨阿姨把我拽回头，
　　　　　今是昨非知痛改。
　　　　　从此重新再做人，
　　　　　要让青春放光彩。

　　　　　［大家鼓掌。

李　晴：下一个唱歌的是崔婷。她的歌名是《我恨毒品》。

　　　　［大家拍手欢迎。

崔婷独唱：我恨毒品，我恨毒品！
　　　　　吸毒就是恶魔缠上身。
　　　　　帮男友戒毒以身试毒，
　　　　　染上K粉我无力回春。
　　　　　毒瘾发作时天旋地转，
　　　　　蝎蜇蛇咬如万箭穿心。

吸毒伤肝男友病死，

万劫不复我也命悬针。

毒品是魔鬼侵吞你一切，

我用惨痛来告诫全世人。

　　〔大家鼓掌。

李　晴：下一个是张建岭。他的歌名是《人生陆沉终生痛》。

　　〔大家拍手欢迎。

建岭独唱：我事业有成腰缠钱，

染毒便进鬼门关。

白粉、大麻、摇头丸，

一旦沾上戒掉难。

三分像人七分鬼，

毒瘾发作受煎熬。

伤妻打儿卖房子，

残爹损娘只要钱。

家产荡尽亲人叛，

病魔缠身实可怜。

人生陆沉终生痛，

毒品万万不可沾！

　　〔大家鼓掌。

欧阳佳：下面欢迎李晴来一个好不好？

众　人：（鼓掌）好——

李　晴：好吧。我唱一首《看，新的阳光》。

李晴独唱：看，新的阳光，

正在头顶照耀。

看，新的生活，

正在前方欢笑。

青松能抗风雪，

蜡梅寒冬抽条。

生命更鼓勇气，

再为青春助跑。

只要重新跃起，

不怕曾经跌倒。

只要再次振作，

一定海阔天高。

看，新的生活，

正在前方欢笑。

看，新的阳光，

正在头顶照耀。

众　人：（鼓掌）好——（一片口哨声、啸声）

　　　　〔夏冰冰一直在旁边观察，误以为李晴是在制造假象，唱《把自己放在日光下》讽刺他。

夏冰冰唱：不要说一套做一套，

　　　　　把自己放在日光下。

　　　　　不要口里是心里非，

　　　　　把自己放在日光下。

　　　　　不要明里实暗里虚，

　　　　　把自己放在日光下。

　　　　　不要白天睡黑夜行，

　　　　　把自己放在日光下。

杨彩玲：（摇头）唉，你对李晴的误解太深了。

李　晴：（无奈地苦笑一下，转身对大伙儿）最后，我们和杨阿姨一起唱一首《禁绝毒品，让每个家庭都团圆》作为结束，好不好？

大　伙：好——

众人合唱：禁绝毒品，让每个家庭都团圆；

　　　　　风雨过后，前面又是艳阳天。

　　　　　人生路遥，让我们迈过沟沟坎坎；

　　　　　抱愧亲友，让我们满足他们心愿。

　　　　　回报社会，让我们更新容颜；

　　　　　自食其力，让我们勤劳奉献。

自食其力，让我们勤劳奉献；

回报社会，让我们更新容颜。

抱愧亲友，让我们满足他们心愿；

人生路遥，让我们迈过沟沟坎坎。

风雨过后，前面又是艳阳天；

禁绝毒品，让每个家庭都团圆。

〔大伙散去，迪厅开始营业。社会人众进入，李晴等人接待。夏冰冰拉杨彩玲坐在一个角落，谢晏和马仔悄悄走进来坐在另一个角落。众人喝饮料、K歌、跳舞，合唱《我们的世界十分精彩》。

众人合唱：我们的世界十分精彩，

日新月异每天修改。

摩天大楼朝天怒耸，

航线、轨道四面绽开。

因特网、微信编织地球，

引力波、3D重画未来。

黑眼珠看遍世界各国，

黄皮肤满布五洲四海。

日新月异永不停步，

我们的世界十分精彩。

〔歌舞停止，人们入座。李晴为客人服务，发现谢晏，立即走过去。

李　晴：你怎么又来了？赶快离开，我这儿不欢迎你！

谢　晏：（死皮赖脸）唉？我掏钱我享受，又不违法，你能怎么的？我告诉你，谁也不能剥夺我一个正当公民的消费权利！

李　晴：（正色）我警告你，不要在这儿故伎重演！

谢　晏：（冷笑）哼哼！

〔夏冰冰一直警惕地盯着他们的一举一动。

〔谢晏挥手招呼欧阳佳送饮料。欧阳佳端来饮料，谢晏尝一口，不满，"哗"地倒在地上。崔婷连忙送上另外一杯，谢晏喝一口又倒掉，与二马仔唱《小妞，来点儿有劲的》。

谢晏领唱：小妞，来点儿有劲的！

老子付双倍的钱。

喝一口让人迷糊沉醉，

喝一口让人头晕目眩。

一马仔唱：喝一口让人身轻如燕，

一马仔唱：喝一口让人飘飘欲仙。

谢晏接唱：喝了让你忘记疼痛，

喝了让你忘记苦难。

一马仔唱：喝了让你忘记过去，

一马仔唱：喝了让你忘记从前。

谢晏接唱：那才是有劲的"开心水"，

不用我说透，你懂的。

谢　晏：明白了吧？（看欧阳佳、崔婷愣在那里，嬉皮涎脸地说）别装了，你
们又不是没吸过！

欧阳佳：你……（因对方揭自己短，被气哭）

崔　婷：你浑蛋！

　　　　〔李晴听到，连忙过来。

李　晴：你再捣乱，我让人把你赶出去！

谢　晏：（嬉皮笑脸）别呀，开个玩笑，别当真嘛！

　　　　〔李晴警惕地唱《他怀着什么鬼胎》。

李晴轻唱：他怀着什么鬼胎，

几次三番捣乱？

毒贩无利不起早，

赊账总要兑现。

大家戒毒不容易，

相励相勉到今天。

决不能前功尽弃，

守防线生死攸关！

　　　　〔夏冰冰一直盯着看。谢晏发现了她直愣愣的目光。

谢　晏：（悄声问李晴）哎，那个小妞是干什么的？

李　晴：（正色）那是我们家亲戚，你不许对她心存妄想！

　　　　〔谢晏冷笑不理，趁迪厅的圆舞曲启奏，起身径直走向夏冰冰，风
　　　　度翩翩地邀她跳舞。夏冰冰为了摸清对方底细，毅然起身和他跳双
　　　　人舞。二人唱《你是谁》。李晴一直警惕地注视着。

夏冰冰唱：你是谁，

　　　　　行藏诡异露头尾？

谢晏接唱：你是谁，

　　　　　目光炯炯显神威？

夏冰冰唱：你是谁，

　　　　　潜坐吧台下钓钩？

谢晏接唱：你是谁，

　　　　　埋伏迪厅欲何为？

夏冰冰唱：不管你是谁，

　　　　　只要犯罪一概追！

谢晏接唱：不管你是谁，

　　　　　挡我道路即粉碎！

二人同唱：不管你是谁，

　　　　　飞鹰降天（冰冰）扑窃贼。

　　　　　　　　　　（谢晏）扑雏辈。

　　　　　不管你是谁，

　　　　　猛虎出冈（冰冰）搏盗匪。

　　　　　　　　　　（谢晏）搏异类。

　　　　〔李晴上前把夏冰冰拉到身后，隔开谢晏，唱《冰冰是一棵小草》。

李晴独唱：冰冰是一棵柔弱的小草，

　　　　　心地单纯什么也不知道。

　　　　　世上有邪恶人间有丑陋，

　　　　　我已食恶果我该受煎熬。

　　　　　让我用肩膀为她扛住风雨，

　　　　　让我用呵护为她留住欢笑。

　　　　〔休息了，李晴为客人准备咖啡，夏冰冰盯紧他的举动。他拿出

一盒方糖，取出一块准备加入手中的杯子。夏冰冰以为是毒品，立即一个箭步上前，一脚踢飞了杯子，一把抢过方糖，看看却不是毒品，有些后悔自己的莽撞。李晴骇然。谢晏和马仔都抬头望去。

杨彩玲：（连忙打圆场遮掩，假装数叨夏冰冰）你看你，毛手毛脚的，把杯子都打翻了。欧阳佳、崔婷，快来收拾收拾。

　　〔欧阳佳、崔婷连忙扫除杯子渣，用墩布拖地。

　　〔迪厅打烊，人们散去。舞台上剩下夏冰冰一人，躲在一侧悄悄和队长通话。

夏冰冰：报告队长，李晴跟毒贩接头，但没有发现毒品。

队　长：暴露了就先撤回来。

夏冰冰：没事，我能坚持。

队　长：注意安全，我们在你身边。

　　〔切光。

第四幕

　　〔谢晏和二马仔携毒品、刀具悄悄登场。

马　仔：那个小妞像是公安卧底，咱还继续干吗？

谢　晏：哼，想跟我玩，她还太嫩！看我怎么教训她。

马　仔：那这次咱白让他们吸"迷幻蘑菇"？

谢　晏：没关系，他们现在虽然生理脱瘾，但最难戒的是心瘾。只要喝下一次这种新型嗨粉，他们就会重新上瘾，到时候就会一个一个乖乖地给我们送票子来。

　　〔三人邪笑，得意忘形地唱《冰晶世界》。

三人合唱：冰晶世界，

　　　　　剔透晶莹。

　　　　　白粉阵里，

　　　　　似烟似风。

　　　　　吞云吐雾，

　　　　　跃出毒龙。

张牙舞爪,

吸食血精。

[看见夏冰冰和李晴过来,三人隐下。

[夏冰冰和李晴上,唱《你曾经是同学偶像》。

夏冰冰唱:你曾经是同学偶像,

前程似锦一片阳光。

为何走上不归之路?

表面光鲜内里肮脏!

李晴接唱:你曾经是同学偶像,

前程似锦一片阳光。

离开这里少惹是非,

海阔天高自由飞翔。

夏冰冰唱:嫌我在此碍你手脚?

世上没鬼心里不慌。

只要你敢心动邪念,

即刻落入恢恢法网。

李晴接唱:人生出错回头不易,

自酿苦酒自己品尝。

误解怨恨我不在意,

只要你能享受阳光。

[两人隐下。

[迪厅悬挂"彩虹戒毒康复中心受政府表彰庆祝大会"横幅。众人正在举办彩虹大会,政府派人送来"彩虹之家"锦旗,大家欢呼起舞,唱《时代赋予我们新生》。

众人合唱:今日庆祝戒毒成功,

鲜花笑靥满布前程。

洗心革面精神焕发,

摆脱魔鬼人间重逢。

远离毒品永不相见,

大步向前两袖清风。

身体强壮精神硕健，

时代赋予我们新生。

〔休息了，大家沉浸在兴奋之中。张建岭帮欧阳佳、崔婷抬来饮

料桶，谢晏对马仔示意。

〔谢晏拍着手迎上李晴，与他搭讪，和李晴对唱《黑夜与白天》。

夏冰冰在旁边密切观察着他们，插唱。

谢晏先唱：黑夜是我的睡袍，

把一切阴谋笼罩。

点起冰毒虚幻火，

引诱飞蛾来到。

李晴接唱：白天是我的晨钟，

让一切生灵苏醒。

迎着阳光敞怀抱，

睁开双眼前行。

冰冰插唱：多希望他不在黑夜里，

多希望他睁眼见天明。

谢晏再唱：黑夜是我的酒窖，

一切罪恶发酵。

捂着缸口洒母粉，

裹住世界酿造。

李晴接唱：白天是我的明镜，

把一切希望照映。

朝着人生远路程，

迈开双腿驰骋。

冰冰插唱：多希望他不在黑暗里，

多希望他睁眼见天青。

谢晏又唱：黑夜是我的厨灶，

向一切良善开刀。

欺哄强迫带施虐，

搂住金钱欢笑。

李晴接唱：白天是我的魂灵，

　　　　　将一切既往澄清。

　　　　　向着光明好前程，

　　　　　张开双臂欢迎。

冰冰插唱：多希望他不在黑影里，

　　　　　多希望他睁眼见天虹。

谢　晏：（用下巴朝夏冰冰一点，问李晴）这小丫头是你女朋友？

李　晴：（警惕地）你想干什么？

谢　晏：我看她像个"条子"。

李　晴：你胡说！

谢　晏：我胡说？你看她那条子步！跟他们打交道那么多年，我还能看错？

李　晴：（疑惑地望了夏冰冰一眼，转移）你……究竟想干什么？

谢　晏：不干什么，不是告诉你老子金盆洗手了？

　　　　〔马仔趁欧阳佳、崔婷不注意时投毒。夏冰冰看见，暗中急忙打电

　　　　话。

李　晴：（一眼瞥见马仔在碰饮料桶，紧张地）你们干什么？别胡来，否则我

　　　　报警！

谢　晏：（假装友好地揽过李晴的肩膀）别呀，我不会做违法事的，大家交个

　　　　朋友嘛。

谢　晏：（接过马仔递来的一杯毒饮料，端给夏冰冰）小姐，请。

李　晴：（紧张）别接！

　　　　〔夏冰冰毅然接过。夏冰冰、李晴、谢晏三人舞，唱《攻心》。

夏冰冰唱：他们果然是毒贩，

　　　　　我再不能留情手软。

　　　　　〔谢晏揽住夏冰冰的腰。

谢晏接唱：喝呀，美女小雏儿，

　　　　　喝下去就飘飘欲仙。

　　　　　〔李晴从旁边推开谢晏，搂过夏冰冰。

李晴接唱：你想对冰冰下手？

　　　　　我决不会袖手旁观。

夏冰冰唱：没想到李晴不走正路，

真让人惋惜遗憾。

［谢晏又揽过夏冰冰。

谢晏接唱：小妞儿胆敢插手，

老子立马就翻脸！

夏冰冰唱：像队长那样沉着镇定，

一招制敌疾如闪电。

［李晴再次揽过夏冰冰，以身遮挡谢晏。

李晴接唱：这家伙带着凶器，

要挡住冰冰不受难。

夏冰冰唱：面对眼前两个对手，

我对付哪一个更当先？

［歌舞停止，夏冰冰做样把杯子靠近嘴边，观察二人动静。

［李晴紧张地大喊一声"不能喝"，把杯子一把打翻。

［夏冰冰顺势拔出手枪，谢晏也在同时抽出匕首，一刀扎向夏冰

冰。李晴身子一横，挡在夏冰冰身前，被匕首刺中。夏冰冰一脚

踢飞谢晏手中的匕首。

［"不许动！"队长率缉毒干警跃出，一起把谢晏和马仔制伏。

［杨彩铃扑向李晴，痛苦地唱《你回来呀，我的好儿子》。

杨彩玲唱：你回来呀，我的好儿子！

鲜血把你胸膛侵染。

前半虽坎坷未来总靓丽，

你青春还没有走完。

漫漫戒毒路你走得坦荡荡，

顶住压力一直在向前。

真正男子汉我的好儿子，

妈妈盼你回到我身边。

［夏冰冰感动地低声唱《你用鲜血证明了自己》。

夏冰冰唱：你用鲜血证明了自己，

一个人字顶天立地。

堂堂正正以身犯险，

性命相抵在所不惜。

可恨我未能明辨良莠，

给毒贩露出可乘之机。

让你付出了血的代价，

给我留下永生的歉意……

　　〔伙伴们齐唱《我们懂你》。

众人合唱：好伙计，我们懂你。

你用身体阻断罪孽，

你用骨肉弥补残缺，

你用鲜血洗刷耻辱，

你用生命回报世界，

把爱藏在心底，

把爱藏在心底。

我们懂你，

我们懂你，好伙计！

队　长：赶快急救！

　　〔暗转。

尾　声

　　〔夏冰冰、李晴、杨彩玲、队长和众人上场，唱《高天万里晴
　　空》。

众人合唱：国旗，蓝天，

阳光，和平。

鲜花，笑脸，

云淡，风轻。

擒拿格斗逞技能，

钢筋铁骨练英雄。

人人幸福我欣慰，

万家欢乐不是梦。

我们是共和国的卫士，

我们是光荣的缉毒警。

我们保卫人民健康，

我们守护生命。

我为欢乐站岗，

我为青春放风，

我为幸福执勤，

我为人生把控。

回望缉毒群像，

个个孤胆英雄。

待到风雨过后，

高天万里晴空。

回望缉毒群像，

个个孤胆英雄。

待到风雨过后，

高天万里晴空。

风雨过后，

万里晴空……晴空……

〔幕落。

2016年2月27日初稿

2016年5月11日改定

三王墓

（电影动画片，据鲁迅小说《眉间尺》改编）

鸡啼。晨曦中的田野。远处村舍升起袅袅炊烟。

官道上，眉间尺搀着白发老母慢慢走来。他肩扛扁担，上挂一个篮子，内有砍刀一把。

"娘，您就在这儿挖点苦菜吧。"眉间尺指着远处的一棵松树说，"俺去那儿打一担柴来。"他取下篮子递给母亲，拿起砍刀走去。

"当心啊，孩子。"

"知道了，娘。"

母亲蹲在道旁挖野菜。一阵杂乱的马蹄声传来，母亲惊恐地抬头望去。

尘土滚滚。一群黄衫御史骑着高头大马驰来，当头的一个朝着母亲吼道："大王驾到，还不快滚开！"飞起一鞭，将母亲打倒在路沟里。

銮舆的车轮轧过。母亲脸上流出了鲜血。

"娘！娘！！"眉间尺急促的声音。

母亲睁开眼睛，看了看眉间尺，无力地摇了摇头，"唉——"

"娘，您疼吗？"眉间尺用颤抖的手擦拭着母亲的血痕。

母亲喘了口气，吃力地说："孩子，你也长大了，该知道给你爹报仇了。"

"我爹？"眉间尺惊疑的神色。

"嗯。那还是十八年前的事了。那时候，你爹是最有名的铸剑工匠，天下第一。有一天，楚王命令他铸一把世界上最锋利的剑。你爹花了整整三年的工夫，铸成了两把剑……"

（银幕上出现回忆的镜头）镆铘把合在一起的两把剑分开，晃了晃左手握着的剑对妻子说："明天我就要去把这把剑献给大王了。大王是一个猜忌心非常强的人，他害怕我再给别人铸出更锋利的剑来，一定会杀掉我。但这只是一把雌剑。"他又晃了晃右手提着的剑说："这，才是一把雄剑，我要把它埋在地下。你现在已经有了六个月的身孕，将来如果生下了男孩，就让他用这把剑给我报仇。"

宫中，楚王正在试验新铸成的宝剑。十个武士用戈排成一个圆圈，楚王手提宝剑一挥，戈头全部落地。又上来十个武士，伸出十把宝剑，楚王挥剑，又将十把剑尖全部削断。

楚王捧剑哈哈大笑，发威道："我要用这把宝剑荡平中原，吞并整个华夏九大州！"手一挥，将一只巨鼎齐齐的斩为两半。

王后及嫔妃谀臣们一齐称贺，共呼万岁。王后上前诡谲地说："大王，从此以后，您就是世界上最有力量的人了。您何不用铸剑工匠的血来祭一祭这把剑呢？"

"唔？"楚王若有所悟，喊道："叫那工匠过来！"

镆铘被带进来。楚王奸诈地笑笑说："你为本大王铸成了这把世界上独一无二的宝剑，本应好好地赏赐你，可是谁又能保证你以后不去为敌国铸剑呢？为了维护我的国土的安全，我打算用你的脖子来试一试这把剑，你看如何？"

镆铘愤怒地斥道："昏王！畜生还知道报恩呢，你反而恩将仇报，真比畜生还不如！"

"什么，你敢骂我？好你个狗杂种，吃我一剑！"

镆铘的鲜血染红了剑锋，发出刺眼的光芒。

"爹呀——"眉间尺发出一声惨叫。

母亲的脸上充满了泪水，用颤抖的声音继续诉说："孩子，十八年来，我一直盼着你快快长大呀！可是你的性格却那么软弱，怎么能给你爹报仇呢？"

"娘！"眉间尺猛地一下立起来，"那把雄剑在哪里？"

母亲轻轻摇了摇头，长叹了一口气。

"娘，快把剑给我吧，我一定要给爹爹和您报仇！"眉间尺的眼睛里喷出了愤怒的火焰。

母亲点了点头，用手向前指去……

漆黑的山崖。眉间尺手攀岩石向上爬去。

眉间尺爬上了悬崖顶端。迎面一块巨石，上立一棵千年古松。

"松生石上，剑在其背。"他一面念叨着，一面绕到巨石后面。

他举起斧头向巨石底部砸去。

"轰隆！"巨石崩裂，古松倒塌，一片红光笼罩了天宇。

渐渐地，红光转化为青光。眉间尺低头看去，只见一块青石板上，躺着青湛湛的一把剑。他正要伸手去拿，却又看不见了。仔细一看，剑仍旧躺在那里，纯青透明的，就像一块冰。他提起来举向空中，一片青光溶溶，剑似乎又看不清了。

楚王宫中。一群宫女在轻歌曼舞。宝剑挂在殿柱上，青锋闪闪。楚王正在用大觥喝酒。

旁边一个老臣跪下叩头说："请大王饮酒适量节制，以免龙体受损、社稷不安。"

王后插进来："怕什么！大王是英雄海量。如今天下康宁，海内清一，福祚久长，当此之时，怎么能不饮酒呢？"说着提过壶来又满满地斟上一杯，"喝！"

"喝！"楚王一饮而尽。"哈哈哈哈……"

楚王醉伏在几案上。旁边的人都悄悄退去。

忽然，眉间尺手提宝剑出现在宫中，青光一闪，柱上的剑立刻黯然无光。眉间尺高叫道："昏王！眉间尺为父亲报仇来了！"

楚王大惊，失声呼喊："来人！来人哪！"

后妃臣侍一齐跑出。眉间尺已经不见了。

"快！快传我的令！"楚王气喘吁吁地喊道，"严守宫门，加强侍卫。再发令全国，有能抓到眉间尺的，赏给黄金一千两！"

眉间尺手提宝剑，来到城门口。只见城墙上贴着一张大告示，许多人围着看。他也凑上前去，见告示上正绘着自己的模样，心里一惊。

"就是他！就是他！快抓住，别让他跑了！"卫士们一拥而上。

眉间尺剑一挥，斩断了一根铁戟，顺手一剑将那个卫士砍倒。但卫士们像潮水般涌来，他只好边战边走，逃到了森林里。

天黑下来。眉间尺一个人焦急地在幽暗的森林中徘徊，想不出办法来。

"眉间尺。"后面发出一声冷冷的喊叫。

眉间尺回过头去，见一青衣人立在黑影里，黑须黑脸，瘦得像铁，眼睛里发出凛凛寒光。

"你是谁？"眉间尺略带惊异地问。

"你用不着问。"那人直硬地说，"楚王正派人四处抓你，你打算怎么办？"

"唉！都怪我刚才没有一直冲进去。母亲早就说我太软弱。"眉间尺伤心地摇摇头。"硬冲，你是冲不过去的。城中有五万御林军。即使你已经冲进了城，到了王宫门口，那里也有三千甲士守卫。况且楚王为防止你行刺，早已下令紧闭青铜大门了。"

"啊？"眉间尺一急，眼泪流了出来。

青衣人镇静地说："楚王正用一千两金子悬赏买你的头。请把你的头和剑拿来，我为你报仇。"

眉间尺有些诧异地望着他，他的目光冷得像冰。

沉默。

忽然，眉间尺下定了决心，用剑在脖子上一抽，双手捧着头和剑送给青衣人，身体仍然站立不动。

青衣人接过来，说："好，我决不会辜负你！"

眉间尺的尸体"噗"的一声倒在了地上。

青衣人用一块包袱皮拭去了剑上的血，将剑反插在背上，剑与衣一色，丝毫看不出来。他用包袱皮裹着眉间尺的头，扬长而去。

宫中。楚王心神不宁地坐在那里。一宫娥手拿一管洞箫走来，那洞箫在他眼中忽然幻化为一把明晃晃的宝剑。"眉间尺来了！"楚王大叫一声，拔出佩剑砍去，将宫娥拦腰斩为两截。他定了定神，才发现杀错了，懊恼得一手捂着脑袋坐下，一边挥手让侍卫们将尸体抬下去。

"大王！大王！"一老臣跑到阶前跪下，上气不接下气地喊道："报告大王一个好、好消息！眉间尺已经被一个青衣人砍了头，带来献给大王了！"

"啊？"楚王欢喜得差点蹦起来。"快快带来见我！"

青衣人上殿，行鞠躬礼，顺手将包袱皮抖开，露出眉间尺的头来，仍像活的一样。

"啊！是他，是眉间尺的脑袋！"楚王高兴地大声喊道，"壮士，我要好好地赏赐你！"

"且慢！"青衣人跨前一步道，"大王，此乃勇士之头，要用大鼎来煮烂它，方能永保无虞。"

"对对，即刻就办！"楚王发出命令。

十六个力士抬来一只大鼎，又有一队人穿梭般地挑水搬柴，然后一个小太监在下面生起火来。

青衣人小心翼翼地将眉间尺的头置入水中。

片刻，水沸腾了，从鼎口高高地凸了出来，但并不溢出。只见眉间尺的头浮上水面，对着楚王瞠目而视。

楚王大惊失色，连忙喊道："壮士！壮士！这是怎么回事？"

青衣人微笑着上前施礼道："大王，此头冤气郁结，故而煮不烂，必得大王亲临视之，方可烂也。"

楚王战战兢兢地走向前去。随着他往前走，头也在渐渐地沉下去。他走到跟前，正要仔细看，忽见水中倒映出青衣人挥动宝剑向他砍来。"妈呀！"他大叫一声，拔腿就逃。青衣人紧紧追赶，二人绕柱而行。

武士们纷纷赶来，但怕伤了楚王，没人敢动。

楚王边逃，边拔自己的佩剑。剑太长，急切中拔不出来。一老臣着急地喊："大王，从背后拔！从背后拔！"楚王连忙反手从肩上将剑拔出，这才定了神，反过身来和青衣人对阵。

两把宝剑在空中相撞，"铛"的一声，一阵寒光进出。定睛看时，楚王的雌剑被碰了个大口子，而青衣人的雄剑却仍然完好无损。

"啊？"楚王惊得目瞪口呆。

青衣人又挥剑砍来。"铛"的一声，楚王的剑被斩去一截。"铛！铛！铛！"几下子，楚王手中只剩了个剑柄。

楚王愣在那里。青衣人乘机右手持剑朝楚王脖子上一挥，左手一把就将楚王的头提了起来，随即几步跨到大鼎前，"扑通"的一声丢了进去。

卫士们发一声喊，刀枪剑戟一拥而上。青衣人用剑一抡，全部斩断。趁大家都惊呆了的当口，青衣人把头伸到鼎上，胳膊从后面向下一挥，青剑便蓦地从他脖子上劈下，剑到头落，坠入鼎中，"扑通！"溅起一片雪白的水花。

大家终于都回过神来，一齐挤上来看。只见鼎中的水一平如镜，上面漂浮着一层油，映出了许多人的脸：王后、王妃、老臣、太监、武士、侏儒……

忽然爆发了一阵大哭。

一个卫士拿把大铁漏勺伸到鼎里来捞，一下捞出了三个一模一样的头骨。

"啊？"大家都不哭了，一个个惊恐地望着。

"呀！咱们的大王只有一个头，哪一个是咱们的大王呢？"一个妃子忽然尖声叫道。

"是啊……"大家面面相觑。

王后忽然指着其中一个头盖骨高兴地说："我知道！这一个是咱们的大王。大王的右额上有一个疤，是做太子时不小心跌伤的。"

大家一齐去看，果然，那个头骨的右额上有一个浅浅的瘢痕，不禁都喜形于色。

但立即有一个小侏儒指着另一个头骨叫了起来："这一个也有疤！"大家一看，和前一个一模一样，顿时都泄了气。

"我有法子！"一个妃子得意地摸着自己的鼻子说："咱们大王的龙准是很高的。"一些人争着去看，却见有两个的鼻梁骨都是很高的。

一个梳头太监嚷了起来："嘿！我想起来了！我给大王梳头的时候，看见他老人家的后枕骨和一般人的不同，是尖尖的。"

几位太监连忙上去将头骨一个个地翻过来，却看见三个后枕骨都是尖得出奇。

大家全都沮丧地立在那里不动了，像一尊尊泥塑。

长时间的沉默之后，一个老臣无可奈何地说："唉！只好将三个头骨埋在一座坟里了。"

墓碑的特写。上有三个大字：三王墓。

镜头摇开。一座建筑宏伟的坟墓立在那里。远处有老百姓在指指点点。

1982年1月30日

蓬莱仙岛[1]

（电影动画片）

【画外音】在很古很古的时候，东海边有一座神山，名叫蓬莱仙岛。岛上住着一群会享清福的神仙。他们每天除了吃喝、玩乐、睡觉，什么事也不关心。

一

东海，金波粼粼。两朵浮云，镶着银边。

岸边一座仙山矗立着。山上奇花异草，香霭缭绕。珊瑚珠贝，璀璨夺目。

一张大芭蕉叶盖在地上。一只金壳蚂蚁爬到芭蕉叶背面去。

芭蕉叶动了一下，忽然掀到一边，王大仙坐起来，把拂尘一挥，打了一个大大的喷嚏。原来他正在这里睡觉，把绿茸茸的草地弄成了一个舒坦的窝。

王大仙睡醒来感到口渴，就摇摇摆摆地走到一架葡萄藤前，用嘴去咬一串熟透了的葡萄，葡萄却往上升去。王大仙连忙伸长了脖子一咬，将最下面的一个葡萄咬了下来。

葡萄串被叼进李大仙嘴里。他舒服地斜躺在葡萄架上，顺手将钓竿一甩，钓起一个"马"，"啪"地甩到棋盘上："将！"

棋盘架在美人蕉上，被三片叶子托住。蕉心折断，挂在一旁。

张大仙坐着蚌壳秋千荡过来，用脚趾头一碰，"老将"拐到一旁。

---

① 此剧本的创作参考了徐君慧神话故事《龙伯钓鳌》，特此注明。

秋千挂在椰子树上。

王大仙用拂尘一拂，棋子全部滚进一个螺壳里，螺壳盖自动地合上。

"各位仙翁！"他嚷道，"咱们不是要盖一座宫殿么？咱们先去参观参观人间的宫殿吧。"

李大仙答应一声，从葡萄架上蹦下来，谁知钓钩挂住了王大仙的腰带，二人一上一下地垂直运动。张大仙的秋千荡过来，"噗！"三人一齐落地。

王大仙爬上一只白鹤，像骑马那样骑着，一手扭着鹤脖子，一手挥动拂尘抽打。白鹤歪着脖子飞去。

李大仙倒坐在白鹤背上。白鹤飞起来，他忽然向下滑去，惊得大叫："救命……"鹤尾巴一翘，拦住了他。他得意地"嘿嘿"笑起来，钓竿一甩，挂住了一片云彩。

第三只白鹤也飞起来，张大仙连忙一跳，抓住了一只鹤脚，他颤颤巍巍地顺鹤腿爬到鹤背上。

二

一行白鹤驮着一群神仙飞过原野。

田地里，农夫一家正在太阳底下犁地，汗水滴在黑油油的泥土里。

土道上，行人背着包袱在车马扬起的灰尘中匆匆赶路。

王大仙用拂尘向下指着，对后面二位说："世人红尘扰攘，自讨苦吃，哪有咱们当神仙的清闲自在啊！"众神仙发出一阵得意的笑声。

白鹤飞到都市上空。

密集的房屋，繁华的街道。

出现一片亭台楼阁、花榭画廊。

白鹤绕了一圈，落在一个园子里。

鲁班师傅正在审查一座新建好的楼台。他摸摸油光水滑的大红殿柱，满意地点点头，抽起一袋烟。烟圈上升，一个个地套在房檐下悬挂着的铜铃上。

神仙们好奇地围了上来。

张大仙问："喂，老头！这座楼是你盖的吗？"

鲁班看了看这些方巾革履、宽袍道装的神仙，仍回过头去，鼻子里不屑地"嗯"了一声。

李大仙见状，忙将钓钩甩到背后，上前一揖："老先生，请问宫殿是怎么个建法？"

鲁班站起身，将烟锅在鞋底上磕磕，边走边说："那很容易。先去砍木头，然后一块砖一块砖地垒起来。"说着走出园门去了。

王大仙急得挥动拂尘喊："喂！别走，回来！回来……"他沮丧地"唉"了一声，双手下垂，耳朵也耷拉到了肩上。

张大仙嚷道："砍木头谁不会呀？咱们回去吧，我想吃香蕉了。"他一把抱住一只白鹤的脖子，双腿盘上去，白鹤挂着他飞起来。

其他神仙也纷纷骑上白鹤飞去。

三

众神仙七躺八卧地聚在林子里开会，各人都找到了自己最舒适的卧具和姿势。

王大仙正眉飞色舞地舞动拂尘发言："这修宫殿嘛，不能盲目地动工。我们大家必须分分工，先设计一幅图，同时派两个人去砍木头，然后大家再一齐动手。"

大家一片声地赞成。

"可是——"王大仙感到为难了，"由谁来制图呢？"

大家你看看我，我看看你，谁也不吱声。

这时有一个神仙说："王仙翁的提议很有见地，可见是个内行。我看，制图就交由他负责好了。"

"不不不……"王大仙着急得拼命摆手，一边往后退，脚下一绊，"噗"的一声跌坐在一个大蘑菇上，把蘑菇压得瘪进去。王大仙全身陷在蘑菇里，只有四肢在外面乱摆。

可是大伙儿一致鼓掌通过。

下一步该讨论砍木头的事了。鉴于王大仙的教训，谁也不先开这个口。有的把脸藏在大碗碗花里嗅花，有的把脑袋伸到芭蕉叶后面悄悄地嚼核桃。

张大仙惩惩地跑到这个面前看一看，又跑到那个跟前看一看。每到一处，那人就吓得把脑袋更深地藏起来。张大仙不明白是怎么回事儿，一把抓过一个白胡子老头来问。白胡子"哇"的一声把嘴里衔的一根树枝吐出来，连忙气急发颤地说："张……张大仙……不是说过他会砍木头吗？让……让他去……"

"同意——"每个人都藏着自己的脸，只把一只手伸出来举着。

"什么？"张大仙气得一蹦三尺高，一下粘在一个大蜘蛛网上。他手足乱挣，蛛丝的颤动引来一只凶恶的大蜘蛛，吓得张大仙直喊救命。李大仙忙把钓钩甩过去，钩住张大仙的屁股就往下拖，众神仙也纷纷来帮忙。

"一二！一二！"蛛网随着大伙儿的用力一弹一弹，大蜘蛛吓得慌慌张张地跳着逃走了。

"扑通！"张大仙砸下来，一群人都被挤到山崖上，肚子扁成了一张纸。

另外一个砍木头的让谁去呢？白胡子采来一把花瓣，示意以此为卜。他用嘴一吹，花瓣飘飘落落，众神仙四处躲避。一片花瓣朝向李大仙飞去，李大仙没命地奔逃，一个跟斗栽下去，钓钩恰恰钩住了花瓣。

大伙儿欢呼着，各自跑开睡觉去了。

四

王大仙沮丧地坐在一片芭蕉丛中，在石桌上摊开一张图纸。他用一块墨石在纸上画了些道道，又连连用蘸了口水的指头去擦，几下把纸给擦破了一个洞，白胡子也给弄黑了。他看看日头，打了个哈欠，双手把纸举起来，透过那个破洞瞧瞧四周没人，就悄悄地蜷缩到石桌底下睡觉去了。拂尘从桌上耷拉下来，正好将他遮住。

李大仙和张大仙二人各拿一把斧头，没精打采地往山上走去。来到树林里，张大仙往一个树根上一坐，说："李大仙，你先砍吧。我走累了，喘口气就来换你。"

李大仙说："我也累得不行，要不歇歇，马上就会晕过去了。"他把斧头丢在地上，也顺势在一块大石头旁坐下来。

四只眼睛互相一碰，都会心地笑了。

张大仙昏昏欲睡。李大仙碰碰他，试探着问："喂！张大仙，你怎么样？"

"不怎么样。"

"是不是，有点……有点无聊？"

"是有点。"

"来，杀一盘怎么样？"

"行！"张大仙一下子振作起来，跳起老高，又落下去。

李大仙站起来，将衣服前摆反过来铺在石头上——上面画的是棋盘，重新坐下去。又从宽袖子里拿出螺壳，"哗啦啦"把棋子倒出来，各自滚到了应该待的地方。二人开始聚精会神地对弈。

五

众神仙睡觉的镜头。转暗。几个神仙翻翻身又睡。转暗。白胡子睁眼看了看，见大伙儿个个睡得死猪一般，便掉转头又睡。转暗。

植物的叶子萎缩了，枯黄了，落净了。众神仙睡觉的镜头。

植物的叶子又重新萌发出来，开花了，结果了。众神仙睡觉的镜头。

白胡子动了一下，肚子里发出一连串的"咕噜"声。顿时，许多咕噜声汇成了一支大合唱。但是没有人起来。

白胡子偷眼看看别人，另外几个人也正偷眼朝这边张望，但立刻又装作睡得正香。

哪里来的一股清香？白胡子耸了耸鼻子，扭头望见不远处新成熟的一挂香蕉，黄灿灿的，格外诱人。他咽了一口唾沫，终于忍不住了，一骨碌爬起来，摘下香蕉，连皮就往嘴里塞。几乎就在同时，几双手伸过来把香蕉抢碎了。神仙们一个个狼吞虎咽起来。

白胡子吃饱了，说："三位大仙去了这么多日子，还不见回来，是不是出事了？该派个人去看看才是。"

大伙儿都附和说："是呀！是该派个人去看看。"

可是派谁去呢？望着那崎岖的山路，阴森的树林，神仙们又互相推诿起来。最后，一个神仙说："胡子大哥首先想到了同伴，非常难得，还是胡子大哥跑一趟吧。"大家一致公推白胡子去寻找。

没奈何，白胡子只得去了。

六

白胡子找到树林里，见李、张二位大仙仍在下棋，就叫道："哎哟！大伙儿还以为你们被天狗吃了呢，原来躲在这里享清福！你们砍的树呢？"

"树？"一句话提醒了二位大仙，连忙收起棋子，寻找斧头。伸手一拿，斧柄早已烂掉了。

李大仙惊奇地说："怎么？三局两胜还没有下完，斧头把都沤烂了？"

三人又一齐找到王大仙处。张大仙扯去拂尘，王大仙睁开眼睛想站起来，但却动不了。三人一齐把他拉起来，他的胳膊肘上、腿上，已经生了许多白色的根。

原计划全部落空了。白胡子说："咱们哪是修宫殿的主儿！我看，不如请天帝派人来帮咱们修吧。"

七

都市。鲁班正站在一个房顶上指挥架梁。

六丁六甲出现云中，高叫道："鲁班听旨！天帝命你立刻去给蓬莱仙岛盖座大大的宫殿，三天造成，不得有误！"

鲁班说："我没空儿。你没见我正忙着呢吗？"

天神怒吼起来："你若是不去，我们就把这座城市砸个稀巴烂！"手一挥，响起一个霹雳，把房前的一只石狮子击得粉碎。

鲁班无可奈何地摇了摇头。

八

鲁班测量地基的镜头。一群神仙好奇地跟着看。

鲁班伐木的镜头。一棵棵大树倒下去。

入夜了。鲁班点起火把。只见火把上下左右地晃动着，渐渐地变小了，熄灭了。

鸡啼。太阳升起来，金光照耀在海上。

岛上一片金碧辉煌。一座巍峨的宫殿矗立着。琼台楼阁，雕栏玉砌，仿佛天公造就的一般。

一群神仙跑到临海的阁楼上看日出，十分得意。

太阳从东方海面上升起，划过中天，又从西边落入海里。反复三次。

九

天空突然涌来乌云，大海霎时变了脸色，掀起滔天黑浪。急风卷着暴雨，从大陆扑向仙岛。整座岛子在随风摆动，时刻有倾覆的危险。

岛上一群白鹤惊得飞去。

神仙们惊恐地抱头鼠窜，最后都来到了宫殿的地窖里。地窖一晃，蜡烛倒了，一片漆黑。大仙们都团成团子，随着地窖的晃动而滚来滚去。

又一阵狂风，吹得仙山离了岸，向海面上漂浮。这时，山倒是不晃了，但却随着波峰的起伏而剧烈地颠簸起来，神仙们一个个被颠得哇哇大吐。

白胡子吐完了，大声地哭喊："天帝呀！救救你可怜的臣子吧！"趴在地下"嘭嘭"地叩头。

神仙们顿时哭喊成一片，纷纷胡乱拜揖着。

仙山已经下沉了许多，并正在继续下沉。

十

一块金匾，上写"灵霄宝殿"四字。

镜头摇开，出现一座富丽堂皇的宫殿。

天帝坐在条几旁撕吃一条鸡腿。一只花猫倚在他腿上呼呼地睡大觉。

八个身材窈窕的舞女正婀娜起舞，边舞边歌。忽然，歌声变成了哭喊声。

"浑蛋！"天帝"啪"的一掌拍在条几上，条几碎裂开又迅速合上。花猫一下蹿得没影。

舞女们惊恐地退下。

哭喊声仍在继续。天帝有些诧异。

一个宫使跌跌撞撞地跑进宫中，跪在地上，上气不接下气地说："启禀陛……陛下，蓬莱仙岛快要沉没啦！"

"啊？"天帝吃了一惊，气急败坏地喊道，"快！快派一个人去驮住它……啊不！快派一只鸡……不！一只猫……"他自己也搞不清楚应该派什么去。

旁边闪过太白金星，附耳低声说："陛下，还是派几只巨鳌去吧。"

"啊……呃对，对！快去！快去！"

仙山又下沉了一截，眼看就要没顶了。一只大鳌游过来，往下边一钻，安安稳稳地把神山驮了起来。另外两只巨鳌游在一旁。

风平浪静，天空晴朗。众神仙一起出来，朝着天上顶礼膜拜。一队白鹤飞了回来。

云中出现太白金星，对神仙们说："众位仙君，三只神鳌驮着神山，每五百年一换。它们没工夫去找吃的，你们至少每年要喂它们一次。切记！切记！"

"知道了！知道了！"神仙们满口答应。

十一

一块乌龟壳靠着山崖，上面歪歪扭扭地刻着："头一个五百年喂鳌人选举大会。"

众神仙聚在一起，口中皆念念有词："剪刀锤子布！"一圈手伸出来，有伸两个指头表示剪刀的，有五指全伸开表示布的，也有伸出一个拳头表示锤子的。

重来一遍。"剪刀锤子布！"

除王大仙、李大仙、张大仙三人是"布"外，其余全是"剪刀"。王大仙忙把自己的也变成"剪刀"。

众神仙"啊哈"一声，都高兴得发了狂。

王大仙不满地强辩："我的也是剪刀！我的也是剪刀！"

225

"这样吧"，白胡子说，"李、张二位大仙前去喂鳖，就请王仙翁做个督军。可千万不敢饿着了神鳖，弄得岛上不安宁。"

十二

李、张两位大仙一边走一边嘟哝："回回总是我们倒霉！"忽然瞥见几块石头，类似桌凳的模样。二人目光一碰，都会心地笑了，重新坐下摆开擂台。

王大仙远远望见，自回到石桌下仍旧睡觉。

小岛漂浮在水上的全影。由淡绿色变为浓绿色，然后又变为黄色，又变成白色，海水也结了冰。冰化开，小岛又恢复了淡绿色。

王大仙睡觉的镜头。他胳膊肘上的根须已开始往土里扎。

一只翠鸟飞来，准备在王大仙的胡子上做窝。

王大仙一个翻身爬起来，望着惊飞的翠鸟"呸"了一声。忽然若有所悟地起身向正继续下棋的李、张二位大仙走去。

"该喂鳖啦！"王大仙朝俯身于棋盘上的李、张二位大仙喊道。

李大仙把一个手指头放在嘴唇上"嘘"了一声，仍旧低头看棋。

"鳖饿啦！"王大仙又喊。

李大仙不耐烦地说："你懂什么？老鳖是耐饿的，饿个三年五载的没关系。你没听人家说嘛，千年的王八万年的鳖。"

张大仙只顾拉着李大仙走子儿。

王大仙没奈何，摇摇脑袋，又要张口："鳖……"

"鳖孙子！你个老杂种，再啰唆，看老子揍你！"张大仙一下子从凳子上跳起来，朝王大仙瞪眼抡拳头。

王大仙抱着脑袋扭头就跑，一跤绊倒，缩成个球一直滚到石桌底下，正好卡在那里不动了。

仙岛全影。由绿色变成白色，又由白色变成绿色，越变越快，中间慢了两下，然后成了镜头的飞速闪动，几乎看不清到底是绿是白了。

十三

一群大象在奔驰，唬得各种动物没命逃窜。

象群撞倒森林、踏平丘陵、拥塞河流，最后渐渐被一双巨手圈住了。

巨人龙伯捧起十几只大象，塞进屁股后挂着的蒲袋里，满意地扛起钓竿朝海边走去，山岳、森林都被他迈过。

龙伯走进海中，海水只浸到他的腿肚子。

龙伯从蒲袋里摸出一只大象，穿到钓钩上，往海里一甩，蹲下来，点着了一袋烟，等候鱼儿吞钩。

驮着神山的巨鳌由于饥饿，开始游动着寻找食物。它一眼看到水面上漂浮着的还在挣扎着的大象，连忙游过去，不管三七二十一，一口吞下。

龙伯将钓竿一扬，巨鳌被从神山下拉出来。群鹤乱飞而去。

李、张二位大仙正杀得难分难解，忽然大地一倾斜，棋子全部落到地上。

王大仙从石桌底下滚出来，随着大地的反向倾斜，又滚回去重新卡上。

第二只巨鳌以为五百年交接的时间已经到了，连忙游过去顶上。

李、张二位大仙捡起棋子。

龙伯将巨鳌用绳子拴着腿挂在腰上，又在钓钩上安上第二头大象甩出去。

第二只巨鳌吞钩被钓起。

第三只又被钓起。

李大仙茫然地望着天："今天大概发生了地震吧？"

张大仙在一边催促道："快下啊！"

十四

仙岛在向下沉没。神仙们惊恐得乱跑。

龙伯提着三只大鳌高高兴兴地满载而归。

仙岛只剩下个尖，上面哭声一片。

龙伯走上海岸，奇怪地回头听了听，掉头走去。

一片汪洋大水，仙岛不见了。

寻找关汉卿

（电视文化片）

（各集解说词皆由一年轻女声朗诵，声音平静而低沉，略含忧郁）

第一集

雨声。

北大未名湖畔的垂柳、古塔静静地立在淅沥的秋雨里，湖面泛出水泡和环纹。

雨线缠绕在图书馆楼卷檐的一角。

整洁而静穆的图书馆内景。

［解说："在中国文学史的课堂上，我听到了这个名字。"

一本翻开的教科书，黑字标题充满画面："13世纪的伟大戏剧家——关汉卿"。

雨声。

雨中一白衣少女。时髦的大学生打扮，白T恤衫、白短裤、白袜、白鞋。撑花伞，夹着书卷，沿林荫道踱去的背影。

焦距集中到她穿耐克鞋的脚上，柏油路面的轻松行走逐渐化入乡间泥泞土路的步履维艰。

［解说："我被他的作品深深吸引。我想知道他是谁。有人说，他属于北方的土地，我到北方原野上去找他。"

镜头荡开，黄褐色裸露的广袤华北平原。

太行山的连绵起伏。灰黑色的雨云。

片名由云层中缓缓飘来，字体遒劲而刚硬："寻找关汉卿。"

宽阔的黄河滩上几条发亮的支流（郑州花园口段）。

一句苍凉而沙哑的歌声进出："我是个蒸不烂、煮不熟、捶不扁、炒不爆、响当当一粒铜豌豆。"

片底打出歌词，并落款："关汉卿散曲《南吕一枝花·不伏老》。"

唢呐伴奏，音调苍凉而高亢。尾音悠长，渐渐化为荡空余音。

镜头由青山摇上长空白云，一行雁影逐渐消失。

［解说："他既然是一位剧作家，应该到剧场里面去寻找他吧?"

山西省临汾市的乡间土路上。远远望见魏村，村中牛王庙的琉璃金顶在熠熠闪光。

牛王庙庙貌，庙中的元代戏台。

戏台向镜头飘荡而来，逐渐充斥整个画面，旋转，细部。

叠印古希腊古罗马圆形露天剧场、英法式剧院内景、澳大利亚悉尼歌剧院、故宫宁寿宫阅是楼（畅音阁）大戏台、北京中国剧院外景和宽阔内景。

笛声悠悠。

阴雨蒙蒙，山道弯弯。

一伙一伙的农村学生顶着化肥袋子及各种简陋雨具，跋涉在泥泞中。

（画外音）："你们这是到哪儿去呀?"

学生："到××瞧戏去。"

（随机采访）。

镜头静止。他们的背影在山道上逐渐远了。

［解说："他写的戏剧是什么样的呢?"

山西省洪洞县明应王庙元代忠都秀作场壁画，全景转为扫描。

幻化为新疆呼图壁舞蹈岩画，闪过贵州傩戏"撮泰吉"、希腊悲剧《俄狄浦斯王》、印度戏剧《沙恭达罗》、日本能乐或歌舞伎、西方哑剧场景。

配乐逐渐转化为钢琴曲、西洋打击乐、摇滚乐，最后融入激烈的梆子锣鼓。

闪过芭蕾、西班牙舞蹈、现代酒吧舞厅、美国摇滚乐队、吉普赛人围场演出、中国民间抬阁社火，变为河北梆子《窦娥冤》场景（由绑赴法场到开斩到血溅三尺白绫场景的迅速变换）。

蒲剧音乐。

汾河沿岸，丘陵、田野，散落在山坡上的牛群羊群。

红火的民间庙会场面。乡间戏台上演出关汉卿戏剧场景（任意一个剧本，如蒲剧《六月雪》）。

台前摆出招子，标明为关汉卿××剧。

农村观众各式各样生动的面部表情。

关汉卿剧作书影及插图（见元刊本《古今杂剧三十种》、脉望馆抄校本《元明杂剧》、万历龙峰徐氏刊本《古名家杂剧》、息机子编选万历刊本《古今杂剧选》、万历顾曲斋刊本《古杂剧》、臧懋循编选万历雕虫馆刊本《元曲选》、孟称舜编选明崇祯刊本《柳枝集》《酹江集》等，以及当代刊行的各种关汉卿作品集，法、日、英、德译本《窦娥冤》）。

［解说："据说，他是一位丰产的剧作家，他的作品七百年来不断上演。他在中国文学史上的地位有如英国文学史上的莎士比亚。"

莎士比亚全集。

叠印字幕：

关汉卿作品：	莎士比亚作品：
杂剧60余部	戏剧38部
套曲13套	长诗2首
小令57首	14行诗154首

［解说："据说，1958年他曾被世界和平组织列为世界文化名人。"］

1958年关汉卿戏剧创作活动七百周年纪念场景（有关展览、图片、提词、纪念邮票、报刊新闻标题、各类纪念文章——包括陈毅、郭沫若、郑振铎的文章）。

夏衍对镜头讲话："1958年6月28日，为纪念关汉卿戏剧创作活动700周年，中国至少有100个剧种，1500个职业剧团同时上演关汉卿的剧作，这在中国文化史乃至世界文化史上都是绝无仅有的。"（夏衍仅出头部，放在屏幕右下角，屏幕其他部分叠印各剧种演出关汉卿戏剧的镜头，快速闪动）

哀哀的唢呐声。

［解说："可是今天，他的名字却似乎有些被人们遗忘了。"

雄伟的北京八达岭长城。

庄严肃穆的北京故宫全景。

气势磅礴的黄河壶口瀑布（山西吉县西南25公里）。

某戏剧院校的大门和校牌，排练厅。

（画外音）（随机采访）："你知道关汉卿是谁吗？"

学生："……"

某剧团牌子。

剧院海报上写"关汉卿××剧"。

（画外音）："你知道关汉卿吗？"

一上妆演员："……"

某戏剧博物馆的牌子，漂亮的展厅。

关汉卿头像扔在角落里。

（画外音）："这是关汉卿的头像。"（问一馆员）："为什么把这个雕像扔在这里？"

答："……"

碧绿的华北平原。

远处点缀的村落。

河北省安国县伍仁村关汉卿墓及墓碑。

［解说："这个秃秃的土墩子，竟然就是一代剧作家关汉卿的墓吗？"

英国伦敦塔桥镜头。

肃穆的斯特拉福教堂墓地。

莎士比亚雕像，墓座，墓铭文字。

（叠印中文字幕："请不要扰动埋葬在这里的遗骸，你将得到主的保佑。那使我尸骨不安者必将受到上帝的惩罚。"）

〔解说："难道莎士比亚坟墓的长久保存，竟得力于他的这种诅咒？"

苍老遒劲的古柏。

茫茫暮色里河南省巩县宋陵石翁仲队列。

荒凉的古墓古碑群。

〔解说："关汉卿没想到也为自己的墓碑写点儿咒语吗？"

中国历史博物馆全景，大门，牌子。

镜头摇上台阶，进入展厅。

〔解说："我能找到一点他的时代的痕迹吗？"

（以下场景交互叠印，迅速闪过）

展览提示："新石器时期"。北京猿人头骨，石器。

展览提示："殷商时期"。甲骨文，青铜器，刀币，箭镞，编钟。

展览提示："秦汉时期"。陕西省秦始皇陵兵马俑，内蒙古自治区和林格尔旗东汉墓百戏壁画，四川省成都市汉百戏画像砖，山东省济南市无影山西汉百戏陶俑。

展览提示："唐朝"。陕西省西安市唐三彩驼载乐俑，河南省洛阳市龙门奉先寺唐代石雕大佛，唐阎立本绘《步辇图》，陕西省乾县唐永泰公主墓壁画、唐章怀太子墓壁画，甘肃省敦煌市莫高窟112窟、172窟唐代乐舞壁画。

展览提示："宋朝"。宋张择端《清明上河图》，宋无名氏《金明池争标图》，河南省开封市开宝寺铁塔，河南省禹县白沙镇宋墓大曲壁画，宋苏汉臣《五瑞图》，四川省广元市南宋墓杂剧、大曲石刻，北京故宫博物院藏两幅宋杂剧画。

展览提示："元（蒙古）：1206～1368年。"（定格）

镜头摇移，出现元世祖忽必烈像（见明万历《古先君臣图鉴》）。

〔解说："这是他那个朝代的帝王吗？你看他神威的仪表，丛生的胡须，透示着勇武好战的性格。他的民族，曾经一度成为世界上最强大的马上劲旅呢！"

马嘶声，沙场金戈征战声隐隐泛起。

版刻"蒙古军队作战图"（见《拉施德世界史》插图）。

转为立体彩色欧亚地形图，叠印用醒目白线画出的蒙古国占领地域简图。简图面积不断扩大，辽、金、西夏、宋、大理、回鹘、吐蕃等国面积不断缩小直至最后消失，蒙古国疆域朝西一直延伸到波斯湾。

牧笛悠悠。

荒凉肃杀的古战场。

悠闲自得的牧童。

［解说："当这一切又恢复了平静以后，元朝给历史留下了什么？"

北京：昌平县居庸关云台（1345年建），银山宝塔（昌平县东北银山南麓古延寿寺遗址上，共7座，金5座，元2座），西四妙应寺白塔（1271年建），香山卧佛寺及卧佛（1321年铸），广安门白云观（739年建。1224年成吉思汗安置长春真人丘处机于此）；山西省：芮城县永乐宫（1262年建），洪洞县广胜寺上寺下寺及塔（147年创建，元重修），洪洞县明应王庙（1319年重建）；河北省曲阳县北岳真君庙德宁殿（元建）；湖北省丹江口市武当山天乙真庆宫（即南岩石殿，1314年建）；北京：北海团城（金建），铁影壁（元建），什刹海（元积水潭），颐和园昆明湖东岸元宰相耶律楚材墓；河南省登峰县观星台（元初建）；北京国子监（1306年始建）牌坊、辟雍（即正殿）、泮池、彝伦堂（即藏书楼），楼中古籍，各种版本元杂剧集，（以《元刊杂剧三十种》为首，翻开的线装书目录叠印：王实甫《西厢记》，马致远《汉宫秋》，白甫《墙头马上》，关汉卿《拜月亭》等。）

［解说："这些元朝的历史遗迹，遍布全国各地，尤以北京为多，为我们留下了众多伟大的文化景观。"

学者讲座。指点"世界戏剧发展形势图"，图上标有希腊、罗马、印度、中国、日本五处，每处有一红色指示灯，每讲至一处，红灯即闪烁：

"十三世纪中叶，中国戏剧达到了她历史上的第一次繁荣，文化史上称之为元杂剧的兴盛。其时欧洲戏剧正在中世纪的黑暗里挣扎，印度梵剧因为回教徒的侵入刚刚消歇，日本能乐、狂言的兴起仍然需要时间。因而，繁盛的元杂剧在当时世界上成为一花翘楚。（字幕：元代有记载的剧作家80多位，剧本500多部）关汉卿，就是元杂剧戏剧成就的集中体现。"

[解说："可是，这样一位卓越的戏剧家，学者们却连他的生平和生卒年月都弄不清楚了。"

高耸入云的法国巴黎埃菲尔铁塔。

刺向天际的美国华盛顿纪念塔。

日本快速列车和富士山的和谐画面。

中国社会科学院牌子，镜头拉开，显出大楼凌空，直插云际。

北京图书馆老馆（北海公园旁）大门、牌子，镜头摇入，静穆的正殿，白色的华表柱耸向空中。

各种报纸杂志文章题目的变换：胡适《再谈关汉卿的年代》（《文学年报》1937年5月第3期），戴不凡《关汉卿生平新探》（《光明日报》1958年6月29日），谭正璧《关汉卿事迹及其著作辨证》（《中华月报》1943年11月12日），赵万里《关汉卿史料新得》（《戏剧论丛》1957年第2期），蔡美彪《关于关汉卿的生平》（《戏剧论丛》1957年第2期）等。

神圣庄严的北京孔庙（东城安定门内成贤街），长廊上三块元代进士题名碑，碑的局部扫描，堂皇的殿宇。

山东曲阜孔庙大成殿内四配十二哲塑像，面部扫描。

[解说："看来，这些堂而皇之的地方，是没有关汉卿立锥之地的。"

箱装《二十四史》，翻开至各种文苑传。

线装《元史》，翻开到列传、儒学传、名吏传扫描。

[解说："这些皇皇正史传记，也不会为关汉卿辟出一小块地皮。"

明抄说集本《录鬼簿》（藏中国科学院图书馆），署名钟嗣成。

翻开至"前辈已死名公才人"部分，第一位关汉卿，小传。

［解说："感谢元代后期这位穷愁潦倒的戏迷文人，用他简陋的笔记录下了一代戏剧家的活动，也为我们留下了关汉卿的粗略介绍。可他为什么把戏剧家都称之为'鬼'呢？"

重现《录鬼簿》封面，焦距集中在"鬼"字上，书法"鬼"字的变形。

［解说："在我们的时代，戏剧家不是都得到神圣而崇高的敬仰么？"

郭沫若、曹禺、梅兰芳、田汉、欧阳玉倩、老舍的头部（真人），旋转飞来又飞去。

劲啸的风声。

长满茅草的河套。

蒿子、棘蓬在萧瑟秋风里抖动。

白耐克鞋在乡间土路上行走。

大车轱辘碾轧出两条深痕的土道，一直通向远方。

布满阴霾的天空。

灰黑色调的土地。

地平线上一个男人踽踽而行的剪影。

［解说："关汉卿也只是一个魂灵吗？"

远远传来歌声余音："响当当一粒铜豌豆……"

第二集

宽阔的黄河滩上几条发亮的支流。

镜头摇上青山白云，一行逐渐远去的雁影。

远处缥缈的歌声余音："响当当一粒铜豌豆……"

推出片名："寻找关汉卿。"

夕阳满天。

白衣少女踏着山花而去的剪影。

［解说："我想去踏访剧作家的故乡。可是历史文献里有关他的只

言片语，却是彼此矛盾的，学者们因此而争论不休。"

叠印钟嗣成《录鬼簿》、元熊自得《析津志·名宦》、乾隆《解州志》、雍正《山西通志》卷一三九"人物"三九"文苑"三、清邵远平《元史类编》卷三六"文翰"二、乾隆《祁州志》卷八"杂说"等。

〔解说："我只是走我自己的路。"

苍茫的燕山山脉。

白耐克鞋行进在嶙峋山路上，化入《录鬼簿》封面，翻开至关汉卿，红线标示："关汉卿，大都人。"

〔解说："大都，就是北京城的前身，今天留下了许多元朝遗迹。"

京韵大鼓："那北京城……"

险峻的古北口长城。

伟岸的居庸关云台。

耸峙的银山宝塔。

从望京石（在八达岭居庸外镇关门外南侧）上透过巉岩裂隙眺望一线北京城。

永定河滩头的累累石块，从河面仰视卢沟桥跨拱。

镜头对准桥上望柱石狮，换为乾隆"卢沟晓月"碑。

残破的元大都土城遗址（海淀区学院路黄亭子）。

元大都和义门遗址（约在今西直门一带）。

雄峙的紫禁城午门双阙。

故宫红色城墙、角楼和护城河特写。

从空中俯瞰故宫、景山、北海、中南海、什刹海。

〔解说："元朝皇帝忽必烈统治时期的皇宫，有我们今天看到的这种规模吗？"

马可·波罗像（字幕：意大利旅行家马可·波罗，1254～1324年）。

《马可·波罗游记》中译本封面，翻开至第二卷第十一章，镜头扫描有关文字。

〔解说："这位元朝时候来自威尼斯的意大利人，把大都说成是世界上最大、设计最为精美的城市呢！"

叠印今天北京城貌，高楼林立，立交桥交错。

翻至第二十二章，镜头扫描有关文字。

［解说："他还称大都的商业繁荣也是无与伦比的。"

叠印商店门脸标牌琳琅满目的王府井大街、西单商业街。镜头摇行于前门大栅栏商业区、西单夜市、隆福寺小吃街、什刹海荷花市场小吃——到处人头攒动，摩肩接踵，联袂成荫，挥汗如雨。

《录鬼簿》书影，叠印关汉卿、王实甫、庾天锡、马致远、王仲文、杨显之、纪君祥、费君祥、费唐臣、张国宝、石子章、李宪甫、梁进之、孙仲章、赵明道、李子中、李时中、曾瑞、王伯成等大都籍作家姓名小传。

字幕："《录鬼簿》记载的元杂剧作家，主要集中在大都，共19人。"

［解说："大都曾经是繁盛的元杂剧之都。"

镜头在故宫夹巷里游走。

重华宫淑芳斋室外戏台、室内戏台。

宁寿宫阅是楼（畅音阁）大戏台。

［解说："马可·波罗当年曾经在大都宫廷里看到过戏剧表演，今天是否有一点痕迹留下来？"

镜头行进在北京巷弄里。

［解说："这儿能找到元杂剧演出的遗迹吗？"

（画外音）（现场采访中国电影发行放映公司《中外市场电影动态》杂志编辑翁立）："听说您写过一本《北京的胡同》，您能说说元朝的胡同吗？"

翁立："元大都是忽必烈时候兴建的，由刘秉中设计和主持，一共用了九年的时间。地点和今天的老北京城差不多重合。大都城一共开了十一个门，然后南平北直地修出许多大小街道，把城市划成许多工整的方格子。其中大街宽二十四步，小街宽十二步，胡同宽六步。'胡同'这个名字就是元朝时候出现的。"

叠印元时大都城区图，见《北京历史地图集》。

（画外音）："我们今天还能看见元代的胡同吗？"

答："有。比如说西四的砖塔胡同，就是元代就有的。（砖塔胡同巷牌，面貌）元人李好古的杂剧剧本《张生煮海》第一折里梅香说：'你去兀那羊市角头砖塔儿胡同总铺门前来寻我。'就说到北京的砖塔胡同。（《张生煮海》第一折，红线标出本句）因此它已经有了七百多年历史了。砖塔胡同的名称，是由胡同东口南侧的那座青砖塔得来的。（砖塔镜头）这座塔叫作万松老人塔。万松老人就是元代的佛教大师万松行秀。这座塔是在他1246年圆寂后，为他修的墓塔。现在的塔是清乾隆年间重修的，1986年维修时发现元代的塔被清代的塔包了在里面。砖塔胡同和附近的大院、小院胡同在元代是妓女聚集的地方，大院胡同原称妓院勾栏。"

（画外音）："那么，其中也应该有戏剧艺人吧？"

答："应该有。古时候戏剧艺人和妓女不分家。'勾栏'又是元代对戏台的称呼。"

（画外音）："你知道关汉卿住哪儿吗？"

答："哟，这可不知道。"

镜头游走在胡同间。

铁狮子胡同（今张自忠路），铁狮子（字幕："元代铁狮子"）。

铁影壁胡同，铁影壁（字幕："元代铁影壁"）。

演乐胡同。

勾栏胡同（今内务部街）。

化入现代化街道和楼群。

［解说："北京，已经改变得太厉害了。"

汾河沿岸风光。

远远望见太行山、吕梁山的轮廓。

白耐克鞋行走在汾河岸边。

歌声："……你看那汾河的水呀，哗啦啦地流过我的小村庄……"

化入元朱右《元史补遗》："关汉卿，解州人。工乐府，著北曲六十本。"（见清姚之骃《元明事类抄》卷二二"文学门"二"词曲"部"元曲"

条引）

镜头对准全国地图，拉近至山西省，从太原沿汾河下行，聚焦于解州。

［解说："山西南部可是元杂剧的发源地呢。"

侯马市金代董氏墓戏台和戏俑，稷山县马村金墓戏雕，洪洞县明应王庙忠都秀作场壁画，运城市西里庄元墓元杂剧壁画，临汾市魏村牛王庙元代戏台、东羊村东岳庙元代戏台，翼城县武池村乔泽庙元代戏台等。

《录鬼簿》山西籍作家叠印，计有李寿卿、郑唐卿、乔吉甫、石君宝、于伯渊、赵公辅、狄君厚、郑光祖、李行甫等。

［解说："这些金元时期的戏剧文物，这些元杂剧作家的作品，不都是山西人引为骄傲的文化遗产吗？"

从中条山上看解州镇，盐池。

以中条山为背景看解州镇。

镜头摇近镇子：牌坊上的"解州"二字，街景。

镜头穿行于集市人流中。

镜头从街景摇至气势宏伟的解州关帝庙外貌。

［解说："好一座金碧辉煌的庙宇。"

（画外音）（采访一老人）："请问这是一座什么庙？"

老人："关帝庙。"

（画外音）："怎么这么大呀？"

老人："这儿是关老爷的老家么。"

（画外音）："哦？原来三国时候的关羽，也是解州人。"

镜头摇进庙里：午门、木牌坊、石牌坊、崇宁殿、崇宁殿石雕廊柱、春秋楼、御书楼。

（采访解州关帝庙文物保管所所长）

（画外音）："这座庙是什么时候建的？"

所长："创建于隋初，宋、明、清各朝都曾经重建过……"

进入崇宁殿。殿首"神勇"匾。关羽塑像。

〔解说："关汉卿来此瞻仰过他的这位同姓先祖吗？"

刀楼，大刀。

〔解说："关羽乘小船过长江到东吴单刀赴会，用的就是这把刀吗？"

化入木版插图画清初刻本《三国志》"关公单刀赴会"，元至治间福建建安书肆虞氏刻本《三国志平话》"关公单刀会"，明万历金陵书肆文林阁唐氏刻本《古城记》"救羽"，明末刊本《三国志演义》插图"关云长单刀赴会"。

幻化成北方昆曲剧院演出《单刀会》场景，关羽正唱【双调·新水令】："大江东去浪千叠，引着这数十人，驾着这小舟一叶……"

〔解说："看来，关汉卿对这位古代前辈充满了崇敬之情，专门为他写了两个剧本呢。"

元刊杂剧《关大王独赴单刀会》《关张双赴西蜀梦》剧本书影。

镜头在关帝庙里游走。

转至石牌坊，固定在石雕"关公斩蚩尤"上。

（画外音）："这是一个人物故事吧？"

所长："这是一个神话传说。据说上古时候黄帝和蚩尤大战，在这里把蚩尤杀了，黄帝就把这里叫作解。蚩尤的血化成盐卤，就是这儿的盐池。到了北宋崇宁年间，蚩尤又作祟，弄干了盐池，盐池就不出盐了。张天师奏明圣上，请关圣人擒住蚩尤，盐池才又重新出水出盐。"

（画外音）："原来关圣人还有这个本事。"

晋东南队戏《过五关》片段。

镜头出关帝庙，摇至盐池。

中条山背景下的盐池全貌。

盐工在劳动。

（画外音）（现场采访）："你们这是在加工我们平时吃的盐吗？"

盐工："是哩。"

（画外音）："盐是怎么造出来的呀？"

一盐工："……"

盐湖边上古朴典雅的池神庙。

镜头摇进山门，大殿前月台勾栏上的精致雕刻。

入中殿，殿西池神塑像。

出殿门，阶前耸立的历朝碑刻。

（画外音）（现场采访）："这座庙好像很古老了，是吗？"

池神庙文物保管所所长："这座庙初建于唐朝大历年间，距今已经有一千二百多年的历史……从古以来，盐池出产的盐就供应全国各地。除海盐以外，解州盐池出产的盐是最重要的湖盐。一直到今天，解州盐还供应全国市场。"

（画外音）："这么说，我们祖宗的祖宗就都是吃这里产的盐了？"（笑）

金代翻刻《重修政和证类备用本草》插图"解盐图""海盐图"。

［解说："关汉卿如果从小在这里长大，一定到盐池庙来过吧？"

镜头出庙，经过中部、过殿、山门三座戏台。

（画外音）："嗬，这儿戏台可不少！（问一农民）这附近有元代戏台吗？"

答："有。离这儿二十多里地的董村就有一个。"

镜头前行，遇本地锣鼓、抬阁社火，庙会场面，草台戏班演出场景。

［解说："这儿的民间表演还真红火。"

镜头行进在田间小路上，遥遥望见董村戏台绿顶。

（画外音）（问一农民）："那是什么村？"

答："董村。"

戏台原来是在一个小学校院里。

进院，戏台正面，侧翼，飞檐挑角的屋脊。

（画外音）（问一农村小学生）："那个屋子是做什么用的？"

答："那是老师的办公室。"

（画外音）："你知不知道那是元朝的戏台？"

小学生摇头。

镜头摇进戏台，内部情景。

一老师介绍："这是××办公室……"

（画外音）（问老师）："您知道这是元代的戏台吗？"

答："……"

（画外音）："您听说过元代戏剧家关汉卿吗？"

答："……"

（画外音）："听说元杂剧《西厢记》里面说的普救寺离这儿不远？"

答："在西边韩阳镇，也就百来里地。"

迎着斜阳，白耐克鞋行进在中条山麓。

[解说："传说《西厢记》是由王实甫写出前四折，关汉卿续写了第五折。无论如何，我总得去看看普救寺吧？"

韩阳镇边的滔滔黄河水在斜阳里泛着光波。

被阳光辉映着的黄河铁牛剪影。

远远望见高高耸立的普救寺舍利塔。

镜头摇进山门，摇上山道。修葺一新的普救寺貌。

（画外音）（现场采访）："这座寺院是什么时候建的呀？"

普救寺文物保管所所长："寺庙建于唐代武则天时期。后来寺院全部毁掉了，只剩下一个舍利塔，人们把它叫作莺莺塔。现在的庙院是1988年重新建起来的。"

叠印明万历刻本《西厢记考》插图"借厢"里的普救寺貌以及"惊艳"，弘治十一年（1498）北京书肆岳家重刻本《西厢记》插图"张珙崔莺莺相遇"，天启间吴兴闵氏刻朱墨套印本《西厢记》插图"崔莺莺夜听琴"，万历三十八年（1610）起凤馆刻《北西厢记》插图"斋坛闹会"。

塔局部，仰视。

（画外音）："这座塔的名字是不是和西厢记里的崔莺莺有关啊？"

答："……"

所长指点着一面墙壁："这就是《西厢记》里张生跳墙的地方。"

（画外音）："真的？"（笑）

（画外音）："您认为《西厢记》是关汉卿续成的吗？"

答："……"

镜头摇下山道。

所长："请人在莺莺塔那儿敲石头，在这儿能听到蛤蟆叫。"

（画外音）："试试？"

莺莺塔下一人敲击石头的镜头。蛤蟆声声。

从普救寺眺望韩阳镇、黄河，落日。

〔解说："关汉卿就是在这种文化氛围里长大的吧？"

（画外音）（采访临汾蒲剧院××）："听说晋南流传有一些关汉卿的传说，您听到过吗？"

答："没有。过去墨遗萍老先生听到过，不过他已经死了。"

墨遗萍《蒲剧史魂》封面，翻开到第52页，有关关汉卿传说的文字。

解州牌坊，街景。

（画外音）（现场采访街上老人）："你们听说过关汉卿吗？"

皆摇头："不知道""没听说过"，脸上挂着迷惘的笑。

镜头摇出解州。

回望暮色中的解州、中条山逐渐远去。

山背上的夕阳余晖和鸟影。

〔解说"关汉卿到底在这里生活过吗？"〕

翠绿广袤的河北平原，夕阳下苍茫的太行山轮廓剪影。

白耐克鞋行进在田间小路上。

保定丝弦乐曲。

叠印清乾隆《祁州志》封面，翻开至卷八"杂说"："关汉卿，元时祁之伍仁村人也。"

河北省安国县县城。

〔解说："祁州，就是今天的河北省安国县。它能给我们提供一点历史的信息吗？"

繁华的集市。

镜头穿梭于药品堆积如山的中药市场，琳琅满目的药材商店、摊铺，车载马驮运送药材的红火场面。

［解说："这是好一座药镇呢。"

镜头扫见安国县富丽堂皇的药王庙、外貌、匾额。

［解说："哟，还有药王的庙。"

过牌楼，入山门，历游马殿、钟鼓楼、药王墓亭、大殿、后殿。

（画外音）（现场采访）："您能告诉我药王是怎么回事儿吗？"

药王庙文物保管所所长："传说过去有个王爷得病，谁也看不了。后来来了一位神医，献上几粒药丸，一吃就好了。老百姓就立庙祭奠神医。从宋朝开始给神医封公封王，（指点宋代石碑）这座庙就是宋朝修的。宋金元以来，祁州都是全国的药材中心，长江以北的药材都集中到这儿来发卖。所以人们称祁州是'药都'。（指点有关石碑相应文字）以往每年清明和十月十五日，都有两次会，全国的药材商人都到这儿来赶会，每次能来七千多人，运来的药品堆积如山。每次会要个把月才能结束。"

转至西厢，十大名医塑像扫描（打出字幕："中国古代十大名医：秦越人、张仲景、张子和、华佗、孙思邈、刘河间、孙林、张介影、许文伯、皇甫士安。"）。

重现药材市场繁忙景象，叠印说集本《录鬼簿》文字："关汉卿，大都人。太医院户。"

［解说："钟嗣成说关汉卿是隶属于元朝宫廷太医院的医户，和这传说中他家乡的药材市场有没有关系？"］

路遇本地草台演戏，人声鼎沸。

从太行山蜿蜒东来的磁河河道，河上横架的贵妃桥。

镜头从桥上转至安国县伍仁村，参差的民居，写在墙上的"伍仁村"村名。

［解说："这座村庄就是一代剧作家的故乡么？"

镜头在村中巷道游走，面对镜头惊喜的村民和儿童。

（画外音）（现场采访）："元朝戏剧家关汉卿是你们村人吗？"

村民李天然、宋毅、王聚全等："是哩，老辈子人都说是。村里有关园，是关汉卿他家的宅基地。村外北堤湾有关汉卿的坟。"

（画外音）："你们听说过关汉卿的事儿吗？"

答："老辈儿人都说，关家在金朝的时候是个官宦人家。关汉卿他爹、他爷都是地方上的清官，他叔是名医，又会写好字。关汉卿打小里跟他叔在村里过活。后来，大元国的兵马打过来啦，关家父子都不愿当大元国的官，他家就败落下来。关汉卿去了北京，去给人写戏过活。后来到苏州、杭州、扬州去玩过。老了以后又回村，在他家的小楼上写书，他儿关睢照料他。"

（画外音）："是哪座楼？"

答："现在已经毁了，原来在关家园那边（指村西北角）。"

镜头沿街巷摇进关家园。

村民："现在这儿都是后来盖的房了。"

行至关家园近侧蒲水湖边，湖水已涸，积水旧痕犹存。

上述村民："这儿原来是个湖，叫个蒲水湖。湖上原来有桥，叫关家桥，是关家为方便来往行人盖的哩。"

残断的"蒲水威关"石匾。

村民："这块匾原来挂在桥头门楼上。这匾上的字儿就是关汉卿写哩。"

（画外音）："哦？有什么故事吗？"

答："有。传说关汉卿自小聪明，读书可多，还会吹拉弹唱、琴棋书画。他还小的时候，有一天，他叔出去给人瞧病去啦，有人来求他叔写字。关汉卿说：'俺叔不在家，我写中不中？'那人不好意思回绝，就说'中'。关汉卿说：'你编好词儿啦没有？'说'编好啦，叫个"蒲水威关"。'关汉卿卷上袖子，拿个大笔，一写就写成啦。那人一看，嘿，写得真好。这时候正好他叔回来，看见关汉卿写的字，笑笑说：'还可以。拿走吧。'就是这四个字。"

石匾局部。

伍仁村小学。

245

村民："这儿原来是座寺庙，叫个伍仁寺，老辈儿说元朝时候也叫普救寺。"

（画外音）："普救寺？和王实甫写的《西厢记》里普救寺的名字一样吗？"

村民："一样。俺这儿说《西厢记》就是关汉卿写哩。那里面的普救寺就是这个普救寺。还有个故事。关汉卿写《西厢记》，没写完就过世啦。他的朋友提着纸钱去给他吊坟哩，就听见坟里有人哭。他朋友说：'你还有啥事儿挂心哩？是不是《西厢记》没写完？'说完坟里就不哭啦。他朋友在关家桌子上翻着关汉卿《西厢记》的手稿，就给他续完啦。"

（画外音）："知道他朋友的名字吗？"

答："有人说是俺县的董君章。也有说是柏乡县的王实甫。"

（画外音）："柏乡县在哪儿？"

答："在南边儿，过去石家庄。离这儿二百来里地。《西厢记》里还有个姓杜的白马将军，是离这儿三里远的流昌村人。那村的杜家古时候是个大户，中过进士。"

叠印元末明初刻本《西厢记》残页白马将军图（中国书店藏），《中国美术全集》绘画编二十版画卷图十三白马杜将军图。

干涸的磁河渡口。

村民李武臣："这儿叫关家渡。过去关家在这儿用船给南来北往的人摆渡，所以叫这个名儿。"

北堤湾儿。村民宋国瑞："关汉卿的坟就在这儿。过去这儿是王家的地，王家祖辈上传有祖训：'这是关汉卿的坟头，不能踩。谁要是动了他的坟，就会一猛儿头疼。'所以一直到新中国成立后，他的坟都保存得好好哩。"

村民杜俊卿："过去关汉卿的坟东西有十丈，南北宽二丈。坟上有陶烧的飞禽走兽。坟前边儿有碑，上写'官汉卿之墓'。不是'关公'的'关'，是'官'老爷的'官'。我亲眼见过。"

（话外音）："为什么不用关羽的关而用当官的官？"

答："那是因为关汉卿是戏官名人。"

宋国瑞："1958年"大跃进"的时候，关汉卿原来那个坟头叫人给平啦。那年10月，田汉、老舍那些艺术家建议重修一座墓。墓修起来了，到1966年'文化大革命'又给扒啦。本地老百姓又堆了一个土坟包。现在这个坟堆是……这块石碑是1987年县政府和河北省元曲研究会立哩。"

白耐克鞋从磁河渡沿旧河道向东走。

回望关墓、蒲水湖、关家桥、伍仁村逐渐远去。

远处太行山背上的夕阳，鸟影。

［解说："我不知道在伍仁村村民里流传的这些故事是不是符合历史。但我感到了父老乡亲们对一代剧作家的深情厚谊。"］

苍茫暮色中，一只小船驰向白洋淀，白色耐克鞋踩在船头。

芦苇、荷花迎面扑来，水鸟惊起。

远处有采菱和打渔的船只。

浩渺的白洋淀水面。

［解说："关汉卿当年是沿磁河到白洋淀，顺水路入京的吗？"

远远传来歌声余音："……响当当一粒铜豌豆……"

第三集

落日余晖中宽阔的黄河滩上几条发亮的支流。

黝黝的山影。

逆光中一行雁影逐渐消失。

远处飘荡着悠悠歌声："……响当当一粒铜豌豆……"

推出片名："寻找关汉卿。"

浓重的黑红色晚霞堆砌在天空，夕阳落山处发出瘀血般的光芒。

苍茫的大草原，遥远的地平线上一个男人踽踽而行的剪影。

白色耐克鞋在草丛里快速穿行。

［解说："关汉卿，你为什么总是行色匆匆？你心里都想些什么？"

天苍苍，野茫茫，风吹草低见牛羊，蒙古包点缀其间。

远眺暮霭中的成吉思汗陵墓（字幕："元太祖铁木真（成吉思汗）陵"。陵在内蒙古伊金霍洛旗阿腾席连镇东南15千米）。

镜头摇近，中央纪念堂细部，入内，成吉思汗塑像。

［解说："这位一举征服亚洲和东欧，吓坏全世界的元朝开国皇帝，也在关汉卿心灵里投下了浓重的阴影吧？"

两廊彩绘成吉思汗勋业壁画。

寝宫成吉思汗夫妇灵柩。

镜头摇回草原，从地平线上拥来排山倒海的奔马群，渐近，万蹄攒动，化为咆哮的黄河壶口瀑布、澎湃的钱塘江大潮、汹涌的海潮。潮水逐渐退去，转为南国平静的海天景色，海边屹立着"天涯""海角"两座刻石（在海南省三亚市西24千米的下马岭）。

阴森的山西蒲县柏山东岳行宫元延祐五年（1318）建大殿，庙后十五孔窑中十八层地狱鬼众雕塑恶像。

［解说："关汉卿为什么在剧作里嘲讽了那么多的权豪势要、昏官贪吏、公子衙内、泼皮无赖？"

明崇祯年间刊本《诗赋盟》插图"钱别"中势力人物形象，明万历间顾曲斋刊本《古杂剧·绯衣梦》插图泼皮无赖形象，《窦娥冤》舞台演出中桃杌太守、张驴儿父子形象（南昆、徽剧、秦腔、晋剧、蒲州梆子、河北梆子、上党落子、桂剧、滇剧皆能演出《六月雪》，汉剧有《斩窦娥》，川剧高腔有《金锁记》，都是《窦娥冤》的改编本，可从中挑选），穿插安徽淮安县街景、运河、文通塔、镇淮楼、梁红玉祠等（诸景物皆快速向镜头倾倒）。

《望江亭》里杨衙内形象（有京剧演出本，川剧有《谭记儿》），穿插湖南长沙岳麓山、岳麓书院、湘江橘子洲等。

《救风尘》里周舍形象（有越剧、评剧演出本），穿插河南开封开宝寺铁塔、相国寺、繁塔等。

元杂剧《鲁斋郎》书影："（楔子）冲末扮鲁斋郎引张龙上，诗云：'花花太岁为第一，浪子丧门再没双。街市小民闻吾怕，则我是权豪势要鲁斋郎……小官嫌官小不做，嫌马瘦不骑，但行处引的是花腿闲汉，弹弓粘竿贼儿小鹞，每日介飞鹰走犬，街市闲行。'"《蝴蝶梦》书影："（第一折）净扮葛彪上，诗云：'有权有势尽着使，见官见府没廉耻。若与小民共一般，何不随他带帽子。自家葛彪是也。我是个权豪势要之家，打死人不偿命，时常的则是坐牢。'"《绯衣梦》书影："（第二折）裴炎上，云：'两只脚穿房入户，一双手偷东摸西。自家姓裴，名个炎字。一生杀人放火，打家劫道，偷东摸西。但是别人的钱钞，我劈手地夺将来我就要。'"

叠印山西省芮城县永乐宫壁画、山西省洪洞县明应王庙壁画、河北省曲阳县北岳真君庙德宁殿壁画天神恶煞妖魔鬼怪像。

肃杀西风中的元桃温万户府故城西城墙、西北角楼以及城墙上狰狞的马面雕刻（字幕："元桃温万户府故城"。在黑龙江省汤原县香兰镇汤旺河大桥南一千米）。

森严的元霍州衙门大堂（字幕："元建霍州衙署大堂"。在山西省霍县城内东大街）和绛州衙门大堂（字幕："元建绛州衙署大堂"。在山西省新绛县城内）。

威风凛凛的元代铁狮子（字幕："元天历二年铸造"。在河南省桐柏县城东关淮渎庙，共一对）。

"清正廉明"的堂匾、"肃静""回避"牌。

［解说："关汉卿似乎极端痛恨当时的政治和官僚体制，你听他让窦娥呼地骂天地哭诉。"］

明崇祯七年（1634）山阴孟氏刻本《酹江集》插图"感天动地窦娥冤"。

窦娥唱："【滚绣球】有日月朝暮悬，有鬼神掌着生死权。天地也，只合把清浊分辨，可怎生糊涂了盗跖颜渊？为善的受贫穷更命短，造恶的享富贵又寿延。天地也，做得个怕硬欺软，却原来也这般顺水推船。地也，你不分好歹何为地？天也，你错勘贤愚枉做天。唉，只落得两泪涟涟。"（北昆演出）

学者讲座："元朝的蒙古统治者实行高强度的民族压迫政策。他们把人民分为四等：第一等是蒙古人；第二等是色目人，指当时的新疆往西一直到欧洲一带的民族，包括畏兀儿、回族、乃蛮歹、钦察、雍古歹等三十余种；第三等是汉人，包括女真、契丹、高丽、渤海等族人和北方的汉人；第四等是南人，指原来南宋政权统治下的南方人民。在政治待遇和法律宽严的执行上处处都体现出等级。例如，各级官吏的正职都由蒙古人担任，汉人、南人最多只能担任副职。蒙古人打汉人，汉人不能还手。蒙古人打死汉人不偿命，只罚他出埋葬费和出征作战。这种制度使蒙古豪强恶霸、地痞流氓得以横行，他族人民遭受了深重的苦难。关汉卿剧作里就描写了当时社会无法无天的情形，如《蝴蝶梦》里葛彪轻易打死农民王老汉，鲁斋郎随意霸占银匠李四和下级官吏张孔目的妻子等，关汉卿只能幻想由包公来为人民平反昭雪。"

叠印明万历博古堂刻本《元曲选》里《包待制三勘蝴蝶梦》和《包待制智斩鲁斋郎》插图。

[解说："出于剧作家的敏感，关汉卿对于民族压迫的苦难一定感受得非常强烈吧？"

蒙古军骑士像（见《施拉德世界史》插图），军吏战阵像（见明弘治十一年北京书肆岳家重刻本《西厢记》插图"惠明持生书至杜将军帐"），元代差役吏卒像（见河北省石家庄市西北郊上京村毗卢寺元至正二年重建毗卢殿南壁壁画东部下层）。

穿插永乐宫、明应王庙、北岳真君庙德宁殿、毗卢寺毗卢殿壁画天神恶鬼像。明应王庙西壁壁画汉族士人跪王上书图，山西省新绛县阳王乡东岳稷益庙正殿西南壁元明壁画栲栳解押驱赶百姓图，山西省蒲县柏山东岳庙后窑孔内百姓地狱受难刀山火海碾磨锯解塑像。

[解说："他直接描写了元蒙入侵造成人民的失家丧国之痛呢。"

《拜月亭》书影："（第一折）【仙吕·点绛唇】锦绣华夷，忽从西北天兵起。觑那关口城池，马到处成平地。【混江龙】许来大中都城内，各家烦恼各家知。且说君臣分散，想俺父子别离。遥想着尊父东行何日还？又随着车驾、车驾南迁甚日回？……【油葫芦】分明是风雨催人辞故国，行一步一叹息，两行愁泪脸边垂，一点雨间一行凄惶泪，一阵风对一声长吁气。"

胡人乱华图（见明万历年间金陵书肆文林阁唐氏刻本《易鞋记》插图"乱华"）。

北方民族攻打城池和人民逃难的电影镜头。

《拜月亭》演出王瑞兰、蒋世隆逃难镜头（梨园戏有《蒋世隆》，川剧高腔和滇剧有《幽闺记》，汉剧有《风雨会》（一名《抢伞》），秦腔有《蒋世隆抢伞》，湘剧有《抢伞》《双拜月》，桂剧有《世隆抢伞》《双拜月》，湖北高腔有《奇逢》《拜月》，许昌高腔有《抢伞》《拜月》等，皆出自关汉卿剧本，可挑选。

[解说："是民族压迫的残酷，赋予了他强烈的反抗意识吧？"
汉将战胜胡酋图（见明崇祯元年刻本《英烈传》插图"徐元帅大破帖木儿"；又见明万历间金陵书肆继志斋陈氏刻本《梦境记》插图"言祖"）。
《单刀会》书影："（第四折）【沉醉东风】想着俺汉高皇图王霸业，汉光武秉正除邪，汉王允将董卓诛，汉皇叔把温侯灭，俺哥哥合情受汉家基业。则你这东吴国的孙权，和俺刘家却是甚枝叶？……【离亭宴带歇指煞】……百忙里称不了老兄心，急切里倒不了俺汉家节。"舞台演出《单刀会》有关镜头（徽剧、汉剧、秦腔、桂剧、粤剧、川剧胡琴、武安平调，都有《单刀会》，温州乱弹、湖北高腔、湘剧、豫剧、滇剧有《单刀赴会》，可以挑选）。
[解说："关汉卿，汉之卿士也。他的名字是否也包含有某种深层意蕴？"

小船行进在风光旖旎的大运河上，船上白衣少女的剪影。
渐渐进入江南，两岸景色明亮秀丽。
[解说："这里人文风景如此秀美，怪不得关汉卿对于南方的正统汉文化，怀有如此强烈的憧憬。"
扬州全貌（字幕："扬州。"），茱萸湾码头景致，隋炀帝陵，瘦西湖，湖中小金山，湖畔蜀冈峰。
[解说："元朝灭宋后，他游历了扬州、杭州等地，留下了人们交口称赞的辞章。"]
杭州全貌（字幕："杭州。"），西湖景致，明万历间金陵书肆乔山堂刘龙田刻本《西厢记》插图"西湖景"，湖周飞来峰、南高峰、凤凰山等山景，灵隐寺，月轮山六和塔，钱塘江景。

叠印关汉卿套曲《杭州景》："【南吕·一只花】普天下锦绣乡，寰海内风流地。大元朝新附国，亡宋家旧华夷。水秀山奇，一处处堪游戏。这答儿忒富贵，满城中绣幕风帘，一哄地人烟凑集。【梁州第七】百十里街衢整齐，万余家楼阁参差，并无半答儿闲田地。松轩竹径，药圃花溪，茶园稻陌，竹坞梅溪。一陀儿一句诗题，行一步扇面屏帏。西盐场便似一带琼瑶，吴山色千叠翡翠。兀良，望钱塘江万顷玻璃，更有青溪绿水，画船儿来往闲游戏。浙江亭紧相对，相对着险岭高峰长怪石，堪羡堪题。【尾】家家掩映渠流水，楼阁峥嵘出翠微。遥望西湖暮山势，看了这壁，觑了那壁，纵有丹青下不得笔。"

（见《太平乐府》卷八、《雍熙乐府》卷十）

［解说："这首曲子和宋代词人柳永赞美杭州的名篇《望海潮》具有完全不同的心绪，字里行间，感觉得到关汉卿无限怀恋汉室江山的内心情结。"

白色耐克鞋行走在山路上。

［解说："关汉卿的现实主义剧作似乎主要产生在广阔的中原大地上呢。"

嶙峋的河南省洛阳市龙门山，隔伊河远眺对岸龙门石窟，白马寺。

中岳嵩山高高耸峙。

嵩岳寺塔，太室阙、少室阙，中岳庙，少林寺。

巩县裸露的黄土原野。

宋陵。

河南省郑州市花园口宽阔的黄河河床，眺望上游岸边葱翠的邙山。

河南省中牟县"官渡之战"遗址一带田野和村庄（在县城东北 2.5 千米官渡桥村一带）。

残损的河南省开封市古城墙，开宝寺塔，繁塔，棋盘街景。

山峦起伏的河南省永城县芒砀山及山中陵墓和古迹。

葱郁的江苏省徐州市云龙山及山中古迹。

滔滔淮河，广阔的洪泽湖水面，江苏省淮安县镇淮楼。

古老市镇熙熙攘攘的街景（可用山西省平遥县城，镜头从城外遥望整齐的城墙，渐从城门摇入，行进在两侧列满店铺的街道上，铺首商号牌匾、过街古楼等）。

元代市井各行各业小民、农民、下级吏卒图像（见永乐宫、明应王庙、北岳真君庙德宁殿、毗卢寺毗卢殿、山西省稷山县马村青龙寺元至元二十六年建腰殿壁画，以及山西省右玉县宝宁寺元明水陆画——现藏山西省博物馆）。

［解说："关汉卿怎么描写了那么多平民百姓、小人物的人生悲剧？"

明崇祯七年（1634）山阴孟氏刻本《酹江集》插图"感天动地窦娥冤"，《窦娥冤》舞台演出里窦娥、窦天章、蔡婆婆形象。

明万历年间虎林容与堂刻本《幽闺记》插图"风雨间关""虎头遇旧"，明万历年间金陵书肆世德堂唐氏刻本《月亭记》插图"兄妹逃军""隆兰遇强"。

［解说："他对下层妇女、妓女的不幸和抗争也表现出真挚的同情和嘉许呢。"

元代普通妇女图像（见上述壁画等），明万历顾曲斋刻本《古杂剧·望江亭》插图，《望江亭》舞台演出中谭记儿形象，《救风尘》舞台演出里宋引章、赵盼儿形象。

［解说："是混迹于下层人民之中，造就了关汉卿剧作的现实性和下层性吧？"

宋张择端《清明上河图》中街市场面，山西省繁峙县岩山寺文殊殿金大定七年（1167）壁画市井图，明人《盛世滋生图》里闹市部分。

学者讲座："元朝前期有七十八年没举行科举考试，汉族读书人失去立身之本。他们又不会做工、种田、经商，不得不栖身在市井闹市中，用笔向勾栏戏台上讨生活。他们组织起书会，为唱戏和说书艺人编写剧本和底本。关汉卿就是当时北京的一个著名书会'玉京书会'的成员。"

持笔文人图像（见五代《文苑传》，山西省右玉县宝宁寺水陆画"第五十七往古九流百家诸士艺术众"下层百戏杂技艺人之中的书会才人像）。

［解说："作为书会才人的关汉卿，就是这样靠给戏班写剧本为生的吧？"

古代戏台演戏场景（见明人《南中繁会图》《南都繁会景物图卷》〈皆藏中国历史博物馆〉，清刘阆春《农村演剧图》〈藏南京博物馆〉等）。

［解说："据说，他还经常和艺人们一起上台演戏呢。"

明万历雕虫馆刻本《元曲选》臧懋循序书影："……关汉卿辈争挟长技自见，至躬践排场、面傅粉墨，以为我家生活，偶倡优而不辞……"戏场后台演员化妆画脸、穿戏衣拿道具上场、登台表演镜头。

［解说："也是这种底层生活，造成关汉卿性格里风流浪子的一面吗？"

五代顾闳中《韩熙载夜宴图》里文人学士与歌妓拥处而坐部分，明代版画里文人歌妓相与宴乐内容（如明万历年间刊本《修文记》插图"仙降"下部，万历年间金陵书肆刊本《琵琶记》插图"强就鸾凤"，万历年间顾曲斋刊本《古杂剧》插图"江州司马青衫泪"，万历二十四年刊本《笔花楼新声》插图"咏歌""咏舞"，万历刊本《元曲选》插图"青衫泪"，万历年间钱塘王慎修原刊本《平妖传》插图"李二哥首妖遭跌死"右半，天启年间刊本《太霞新奏》插图"别友"，万历年间金陵书肆继志斋陈氏刊本《双鱼记》插图"拒挑"，万历间虎林容与堂刊本《玉合记》插图"还玉"）。赋诗图（见崇祯年间刊本《夜清钟》"贞臣慷慨杀身，烈妇从容就义"回插图），绘画图（见万历年间金陵书肆继志斋陈氏刊本《红蕖记》第四十二出插图左半），抚琴图（见万历二十八年新安汪氏玩虎轩刊本《列仙全传》插图"嵇康"、清咸丰六年萧山王氏养和堂刊本《吴越先贤像传赞》插图"晋太傅文靖谢公安"），下围棋图（见明万历年间集雅斋原刊白绵纸初印本《六言唐诗画谱·夏日》，万历二十八年福建书肆萃庆堂余氏刊本《大备对宗》插图"四皓隐商山"），搏双陆图（见明万历间福建书肆叶志元刊本《词林一枝》扉页插图，明万历年间《谱双、大食双陆毯》），蹴鞠图（见明《三才图绘》插图、元刊《事林广记》插图蹴鞠图，元钱选《赵太祖蹴鞠图》）。

叠印关汉卿《不伏老》散套："【南吕·一支花】攀出墙朵朵花，折临路枝枝柳。花攀红蕊嫩，柳折翠条柔，浪子风流。凭着我折柳攀花手，直煞得花残柳拜休。半生来倚翠偎红，一世里眠花卧柳。【梁州第七】我是个普天下郎君领袖，盖世界浪子班头。愿朱颜不改常依旧，花中消遣，酒内忘忧，分茶颠竹，打马藏阄。通五音六律滑熟，甚闲愁到我心头？伴的是银筝女银台前理银筝笑倚银屏，伴的是玉天仙携玉手并玉肩同登玉楼，伴的是金钗客歌金缕捧金樽慢泛金瓯。你道我老也，暂休，占排场风月功名首，更玲珑又剔透。我是个锦阵花营都帅头，曾玩府游州。【隔尾】子弟每是个茅草岗、沙土窝、初生的兔羔儿乍向围场上走，我是个经笼罩、受索网、苍翎毛老野鸡，蹅踏的阵马儿熟。经了些窝弓冷箭鑞枪头，不曾落人后。恰不道人到中年万事休，我怎肯虚度了春秋。【尾】我是个蒸不烂、煮不熟、捶不扁、炒不爆，响当当一粒铜豌豆。子弟每谁教你钻入他锄不断、斫不下、解不开、顿不脱、慢腾腾千层锦套头。我玩的是梁园月，饮的是东京酒，赏的是洛阳花，攀的是章台柳。我也会围棋、会蹴鞠、会打围、会插科、会歌舞、会吹弹、会燕作、会吟诗、会双陆。你便是落了我牙，歪了我嘴，瘸了我腿，折了我手，天赐与我这几般儿歹症候，尚兀自不肯休。则除是阎王亲自唤，神鬼自来勾，三魂归地府，七魄丧冥幽，天那，那期间才不向烟花儿路上走。"

［解说："从关汉卿的自嘲中，我们不觉得有一股强烈的愤愤不平之气吗？"］

庄严的江西省丰城县文庙宋建大成殿、广东省德庆县德城镇德庆学宫元建大成殿，南宋理学大师朱熹、程颢、程颐塑像。

［解说："关汉卿不是一个这样的理学之士、正统文人。是什么造成了他的离经叛道呢？"］

学者讲座："从三国曹魏时候开始，中国文化中的士阶层开始转化为从事诗词文赋创作的文人。魏文帝曹丕在他著名的著作《典论·论文》里首次提出的'文章乃经国之大业，千古之盛事'，奠定了文人在中国封建体系中的政治地位。唐宋实行科举制，文人阶层得以进入统治机构执掌各级权力。下层文人虽然身处陋巷、贫贱无依，只要学有所成，一朝得中，马上进入上流社会。所谓'朝为田舍郎，暮登天子堂'。文人的价值得到了最高体现。元代情况就大不相同了。首先是民族歧视政策导致汉族文人的怨愤，其次是不靠科举而从公门吏卒中凭资历选拔官员，造成传统文人自我价值的失落。"

叠印曹丕像，《典论·论文》书影，文人得意图像（可用唐《虢国夫人游春图》中士人骑马部分、《游骑图》《八达春游图》，宋人《挟弹游骑图》，明万历刊本《状元图考》二幅），戏曲舞台状元披红挂花唢呐喧闹镜头，定格于江苏省苏州市博物馆藏关汉卿的悲愤头像。

［解说：“关汉卿，你一定不是西晋时候的竹林七贤那样在故作癫狂，以逃避当时的政治危险吧？”

六朝《竹林七贤》雕塑（三种），唐人《七贤图》。

［解说：“你也绝不是像宋代才子柳永那样，浪迹于花街柳巷，自甘堕落。”

一组才子佳人风流缱绻缠绵绸缪的图像（如明刊本《诗余画谱》插图“雨霖铃”，宣德十年金陵积德堂刊本《娇红记》插图“申纯王娇相会”，万历间金陵书肆富春堂唐氏刊本《南西厢记》插图“长亭送别”、《玉钗记》插图“三姐玉钗赠文秀别”，万历三十一年佳丽书林刊本《征播奏捷传》插图“杨应龙游春遇玉娥”，万历三十八年起凤馆刊白绵纸初印本《北西厢记》插图“夫人停婚”右半，万历刊本《状元图考》插图“姚涞”，万历年间顾曲斋刊本《古杂剧》插图“李太白匹配金钱记”“迷青琐倩女离魂”，万历年间师俭堂萧腾鸿刊本《幽闺记》插图“招商谐偶”，《绣襦记》插图“襦护郎寒”，《西楼记》插图“病晤”，天启年间刊本《红梅记》插图“夜晤”，崇祯六年山阴孟氏刊本《柳枝集》插图“杜蕊娘智赏金线池”，崇祯十年刊本《吴骚合编》插图“春斋即事”）。

今人李斛绘《关汉卿像》。

［解说：“我知道，你虽然愤世嫉俗，但又于事无补。你无路可走，怒极反笑，你是在寻求自遣。但是，你能掩藏得住自己心底的巨大痛苦吗？听，你在发出激愤之鸣。”

歌声：“我是个蒸不烂、煮不熟、捶不扁、炒不爆、响当当一粒铜豌豆……”

浓重暮霭里，遍地瑟瑟秋草。
地平线上一个人影踽踽而行。
白衣少女追随而去的剪影。

〔解说："关汉卿，你要去往哪里？"

天幕上的最后一缕光线，衬托出一行淡到几乎看不见的雁影。

歌声："你便是落了我牙、歪了我嘴、瘸了我腿、折了我手，天赐于我这几般儿歹症候，尚兀自不肯休。则除是阎王亲自唤，神鬼自来勾，三魂归地府，七魄丧冥幽，天哪！那期间才不向烟花儿路上走……"

余音袅袅，经久不绝。

1992年10月18日

黄河滩

（电影）

1. 夏天的黄河源　日　外景

荒凉的西部群山。黄河源处广袤的草甸。荒芜的大戈壁。

阳光从厚厚的黑色云层中射下来，形成排排光柱。分岔的黄河支流像蛛网一样铺开大地，在天穹下熠熠闪光。

天上乌云滚滚，雷声隆隆，远处的大雨开始倾泻。

雨中，一座突兀的监狱瑟缩在高原上。

字幕：黄河滩

主题歌：你从昆仑山流来

　　　　流过九曲十八弯

　　　　裹起了多少泥沙

　　　　经历了太多苦难

　　　　你养育了儿女、把自己耗干

　　　　你的爱

　　　　是我永远的眷恋

2. 监狱里　日　内景

犯人们在监狱会议室里参加减刑大会，一排排整齐地坐在条凳上。

监狱长在主桌后宣读文件："……王才让：减刑一年零四个月，服刑日期至2011年4月17日满。杜光鲁：减刑两年零三个月，服刑日期至2011年7月19日满。巴特尔：减刑三年，服刑日期至2011年9月5日满。李满囤：因患病假释，即日保外就医。希望你们好好改造，争取早日重新做人。散会。"

听到名字的犯人表情不一，有激动、有欣喜、有流泪、有哽咽。佝偻而猥琐的巴特尔木讷地坐在角落里,一动不动,脑子里一片空白。

窗户外的大雨哗哗地响。

监狱干部老李走过来,激动地对巴特尔说:"巴特尔,快该回家了,你不高兴啊?"

巴特尔茫然地望着他。

3.中原一带的黄河 夜 外景

乌云裂开一隙,露出半个月亮,照亮了一望无际的黄河滩,显示出亘古的寂寞。

近岸处,黄水拍击着河堤,一波又一波。

岸边黑黝黝的村落。镜头拉近。

4.马秀芬家 夜 内景

土炕上,晓芳和妈妈睡在一起。

马秀芬看见晓芳脖子上挂的铜锁坠,摸着它流眼泪。

晓芳:"妈,我去上大学是好事呀……同学们都羡慕我哩……俺全年级才考上俩,那个还是大专……"

马秀芬点头,眼泪仍然不断地涌出来。

晓芳用枕巾为母亲擦泪水:"妈,您别哭了……"

马秀芬背过身去。

晓芳爱抚地摸着母亲的头发,说:"妈,你才四十出头,咋头发都花白了……唉,这么多年为了我,你一个人撑着……"

马秀芬:"睡吧。"

晓芳:"妈,我走以后,您还是找个老伴吧,别再固执了……再说,我也想有个爸爸呀。"

马秀芬:"快睡吧,明天一早还要赶路呢。"伸手拉灭了电灯。

5.马秀芬家 日 内景

清晨,马秀芬拉开简陋桌子的抽屉,从里面小心翼翼地取出一个旧信封,看看里面鼓鼓的一沓百元旧人民币,又拿起一张旧照片,端详一会儿,一起用一块旧布包好,递给走过来的晓芳。

马秀芬:"芳芳,好好收起来。"

晓芳接过布包打开,拿出照片来看。照片是三人合影。中间是一岁的晓芳，透着天真稚气。两边是年轻的爸爸妈妈。妈妈端庄美丽，梳着20世纪90年代初期乡里老师常见的辫子。爸爸是年轻时的巴特尔，英俊潇洒。

晓芳把布包包好，打开崭新的拉杆箱，里面是满满的衣物和日用品。她把布包放进箱盖的袋子里，拉上拉锁，然后合上箱子，拉好拉锁，把挂锁锁好，钥匙装进衣服口袋里。

"妈，走吧。"晓芳拉着拉杆箱出门。

马秀芬跟在后面，边走边叮嘱："在学校，该买的东西得买，该花的钱得花……平常多吃蔬菜水果，别老啃咸菜。养好身体才能念好书，咱不省那钱。"

晓芳不停地"嗯嗯"着。

6. 原阳县黄河边　日　外景

马秀芬送晓芳上了黄河大堤。

一望无际的黄河滩。东边远处是浩渺的河水，水面托起一轮灿烂的红日。

晓芳登上长途汽车，从车窗里对妈妈挥挥手。

男青年张志强也拉着拉杆箱上了汽车，坐在后面几排。

汽车启动了。马秀芬紧走几步，对晓芳挥手。

晓芳说："妈，别忘了我的话。"

汽车开远，转过弯去看不见了。

马秀芬抹去眼泪，赶忙掉头回家。

7. 长途汽车上转为小学门口　日　外景

晓芳坐在疾驰的长途汽车上，望着窗外。坐在后面的张志强不时看看她。

晓芳掏出照片来看，陷入对16年前场景的回忆。

高大俊朗的巴特尔把三岁的晓芳驮在肩上，兴冲冲地沿着巴彦淖尔的黄河岸走着，两人一路欢笑。

夕阳斜照，在浓稠的黄水上洒一层金脂，闪闪发亮，对面堤坝也灿灿闪烁。

巴特尔说："闺女，你看黄河，多好看，恁宽，恁长！"

晓芳问："爸爸，黄河从哪儿来？"

巴特尔回答说："黄河之水天上来——这是唐代大诗人李白说的。黄河是从青海巴颜喀拉山流过来的。"

晓芳忽然指着黄河水面上漂着的一只皮筏子说："爸爸，有小船。"

"哦，一个皮筏子。"

巴特尔停下脚步，和女儿一起看皮筏子在黄河里颠簸着奋勇划动，忽而前进，忽而后退，有时又打漩儿。

晓芳不断地喊，不断地笑："往前划啦！往前划啦！又退后啦，退后啦！转圈啦，转圈啦！"巴特尔附和着跟她喊。

皮筏子被水流冲远了。巴特尔重新迈开脚步往前走。

晓芳问："爸爸，黄河流到哪儿去呀？"

巴特尔说："自古黄河九曲十八弯，流到东海不复还。黄河流到海里去了呗。"

晓芳说："我长大了，去看大海。"

巴特尔说："好，我闺女有志气，长大了去看大海。"

来到学校门口，校牌上写的是"内蒙古巴彦淖尔市河西镇回民小学"。

巴特尔朝里面探探头，对晓芳说："恁妈还没下课，咱在这等一会儿。"

晓芳答应了一声。

铃声响过，放学了，身穿回族服装的学生们陆续走出来。晓芳盯着一个一个看。

终于，马秀芬护送着一些学生走出来了。

学生："马老师再见！"

马秀芬："再见！"

突然，一辆拉货拖拉机"突突"地驶近，马秀芬急忙用双手护着学生、身子挡着拖拉机喊："小心拖拉机！"

拖拉机开过去了。

"妈妈——"晓芳欢快地叫着跑向马秀芬。

马秀芬张开双臂来迎："哎——芳芳！"

忽听有人喊："闪开闪开！"一辆自行车直冲着晓芳辗过来，骑车的小伙子手忙脚乱，拼命捏闸车却不停。

晓芳惊呆在那里，望着碾过来的车子一动不动。

"小心——"马秀芬吓得大叫一声。

只见巴特尔一个箭步冲上去，把晓芳朝马秀芬怀里一推，自己被冲过来的自行车撞倒。

"巴特尔！"马秀芳惊叫一声。

还好，巴特尔揉着腿爬了起来。骑车的小伙子看问题不大，赶紧骑上车跑了。

"你没事吧？"马秀芳关切地问。

"没事儿。"巴特尔对她笑笑。

晓芳帮爸爸揉腿，问："爸爸，你疼不？"

巴特尔笑着对马秀芬说："闺女知道疼爹了。"转过头去对晓芳说："芳芳不疼，爸就不疼。"说着亲了她一口。

长途汽车窗口晓芳露出失神的目光。

8. 马秀芬家　日　内景

马秀芬铺开信纸写信。

马秀芬的画外音："巴特尔：好长时间没有给你写信了，你还好吧？告诉你一件大喜事，芳芳考上大学，今天到省城上学去了。闺女出息了！你高兴吧？芳芳长大了，比我还高出半个头呢……"

穿插长途汽车上镜头：晓芳凝视着汽车窗外的辽阔原野在急速后退，眼睛里充满了对新生活的渴望。

9. 长途汽车上　日　外景

汽车靠站，张志强一边帮助旁边一位老大娘把行李搬下车，一边叮嘱她："大娘，有人接你吧？"

大娘一个劲地感谢，说："谢谢，谢谢！俺老二一会儿就来接俺了，你放心！真是个好小伙！"

晓芳注意了他一会儿。

志强回到车上，路过晓芳身边，忽然问她："你是去省城念书哩？"

"嗯。"晓芳答应一声。

"哪个学校？"

"中原大学。"

"真的?"志强高兴地说:"我也是回中原大学去。"

晓芳欣喜地说:"噢……你是哪个乡的?"

"桥头乡。"

"俺是郭庄乡哩。"

"那咱不远。"志强很高兴。

10. 马秀芬家　日　内景

马秀芬继续写信。

马秀芬的画外音:"闺女走了,你现在可以给我写回信了。前些年俺又搬到河南省原阳县了,怕你担心俺,一直没跟你说,你回信就往这儿寄吧。还是在黄河边上,俺跟你说过,沿着黄河走,就找着俺娘俩了。你一定要注意身体,别累坏了。再坚持最后三年,你就可以出狱来找俺们了,那时候闺女也快大学毕业了。真希望全家能早点团聚呀!秀芬。"

穿插镜头:马秀芬拉过一只凳子,颤抖着站上去,从屋顶天花板上掏出一个尘封的匣子。她用抹布拭去匣子上的灰尘,打开来,从中掏出几封贴着八毛钱邮票的旧信封,照着上面的地址填写新信封:"青海省河源监狱四监区三分监区一组巴特尔收。"落款:"河南省原阳县郭庄乡河滩村小学。"

11. 平原的田野　日　外景

马秀芬急匆匆走在田埂上。

她走过一片菜地,穿过密集集鼓着棒子的玉米地,来到镇上邮局,牌子上写着"原阳县郭庄乡邮局"字样。

12. 邮局　日　内景

马秀芬拿出一元钱:"买一张寄到青海的邮票。"

售货员抬头看了看:"一块二。"

马秀芬一愣:"不是八毛钱一张吗?"

售货员(不屑地):"那是哪年的事了?"

马秀芬不好意思地又掏出一块钱递过去,嘴里说:"对不住,不常寄信,忘了邮票调价了。"

马秀芬接过售货员递来的邮票和零钱,把邮票抹上浆糊贴到信封上,把信投进信筒里。

13. 中原大学　日　外景

晓芳和志强一起拉着拉杆箱，来到中原大学门口。

"到了。"志强指着对晓芳说。

望着气派的校门，晓芳心里隐隐激动。她仰视着，用手轻轻抚摸了一下校牌。

走进大门，到处是喜气洋洋的年轻笑脸。路灯竿上、树上、建筑物上悬挂着彩旗、灯笼和"中原大学欢迎你"的标语。许多学生是父母一起送来的，还有一些干脆是小轿车开着进来的。

志强边走边说："城里有钱人多，他们的子女也金贵，啥事都得家长帮助弄。"

晓芳羡慕地望着他们。

"爸爸，新生报到在那儿呢！"一声清脆的喊声，吸引了晓芳的注意。扭头望去，看到一辆宝马小轿车旁站着一位穿着时髦的同龄女生，正跟从车里钻出来的爸爸、妈妈说话。

车的后盖开了，那位女生想去拉里面的大箱子，妈妈喊："甜甜，让爸爸来，让爸爸来！"

甜甜的爸爸提出箱子，三人一起走去。

迎面一个广场上，拉着一条长长的横幅："热烈欢迎2008级新同学进校。"横幅下摆列着长长的桌列，围了许多人，那是大学生志愿者在桌前忙着给新生登记，发放材料，介绍情况。不同的桌子上摆着不同院系的标志，如建筑系、工程学院、水利系、艺术学院等。

志强指一指，说："你去那儿报到吧，我回宿舍去了。"

"谢谢你！"晓芳说。

"谢啥，老乡哩，以后有啥事就找我。"志强挥挥手，拉着箱子走了。

晓芳挤上前去。

一位登记人问："你叫什么名字？"

晓芳："马晓芳。"

那人在表格上寻找。

甜甜爸爸也挤了过来，说："请找一下陈恬。"甜甜和妈妈在后面勾着头看。

14. 监狱院子　日　外景

几个已经换了衣物的释放囚徒在家属搀扶、陪伴下高高兴兴向外走，巴特尔一人提着铺盖卷儿跟在后面。

老李走过来，说："巴特尔，人家家属雇的车，我给人家说了，让捎你一段。"

巴特尔连说："谢谢！谢谢！"

老李送他走着，问："你回哪儿？不去内蒙古？"

巴特尔："嗯，去宜川……陕西宜川。"

老李点点头："对，你跟我说了，她娘俩流落到宜川已经好些年了，是得赶紧到那儿去找她们……听说那儿有个壶口瀑布？"

巴特尔迷茫地望着他："我不知道……反正是在黄河边上。她说了，不管她娘俩流落到哪儿，她们都沿着黄河走。我只要沿着黄河，就找着她娘俩了。"

"好好！快上车。"家属们已经上完了车。

巴特尔说："李政府，你一直对俺好……"他不知怎么表达自己的感激之情，看看老李，说："这么些年，你也老了。"

老李说："是啊，咱俩搭伴也十来年了。你走了，我也就该退休了。"

巴特尔说："……退了好……嫂子躺床上那么些年，你也没耽误了工作……"

老李说："嗨，咋着这日子都得过……"

巴特尔再不知说什么好。老李也一下无话。

车上人催着喊："开车！开车！"

巴特尔木讷地说："李政府，那，俺走哩。"

老李眼睛湿了："回去好好过日子。"

两人拥抱。

巴特尔登车。

车开了。车上车下互相挥着手。

四周监房里透出众多默默的神态各异的目光。

监狱大门打开，面包车开出，一辆邮车开入。

老李迎上去，邮差递过一包邮件。

老李翻看邮件，看到一封巴特尔的信，是河南省原阳县郭庄乡河滩村民办小学来的。他连忙回头，看见面包车已经开上了戈壁公路。

15. 野外　日　外景

长途汽车在黄土高原的丘陵上颠簸。巴特尔盯着窗外，眼神惶惑而忧郁。

九曲十八弯的黄河远景。

巴特尔陷在十六年前的回忆里。

年轻的巴特尔来到挂着"内蒙古巴彦淖尔市河西镇小学"牌子的学校门口，问传达室胡大爷："胡大爷，看见秀芬没有？她咋还没回家？"

胡大爷神秘地说："你赶紧进去看看。"

巴特尔走进去。经过校长办公室，听见里面马秀芬被堵住了嘴的嘶叫声。他推门不开，气急败坏地一脚把门踹开，看见一个肥硕的男人把马秀芬压在床上。

巴特尔怒不可遏地扑上去，扳过那人脸来一看，愣住了："镇长？"

镇长爬起身，提着裤子就走。

马秀芬喊："不能放过他！禽兽！"

巴特尔又扑上去，抓住镇长的胳膊。

镇长拿起桌上的啤酒瓶就砸向巴特尔脑袋。瓶子碎了，巴特尔满头是血，发怒地抓起一个啤酒瓶也狠狠砸向镇长脑袋。镇长倒下，脖子被瓶碴划开一个大口子，咕嘟咕嘟往外冒血。

公安干警把戴着手铐的巴特尔押上警车。马秀芬抱着三岁的晓芳眼泪汪汪地相送。巴特尔挣扎着，从脖子上摘下一个铜锁坠，挂在晓芳脖子上。

警车拉响警笛，沿着黄河岸边开去。

晓芳哇哇大哭着喊："爸爸——我要爸爸——"

马秀芬抱着晓芳，跟在警车后面边追边喊："巴特尔，我和芳芳等你回来！"

巴特尔回望着，泪如雨下。

宽阔的河道里，黄河水平缓而浓稠地流淌。

16. 河滩村小学门口　日　外景

马秀芬来到挂着"原阳县郭庄乡河滩村小学"牌子的校门口，迎面碰上村主任走过来。

"村主任，你来啦？"她连忙打招呼。

"闺女走啦？"村主任满脸是笑。

"嗯，前天送她到汽车站。"

"好闺女！全村今年就她一个考上大学。要不是她，咱村这回就白瞎啦。这闺女，真争气，真给咱村长脸！"村主任不停地夸。

马秀芬感激地说："还得感谢村主任帮忙！要不是有政府贷款，村里又帮助借了恁些钱，我哪有钱供她上大学哩！"

村主任说："现在碰上好时候了。孩子能考上大学不容易，咱供她上学也不差钱。有啥难处你只管说。"

"哎！谢谢村主任，我上课去了。"

"去吧。我找恁校长有点事。"村主任答应着和她一起走进学校。

马秀芬走进教研室，里面还没有人，望着几张很新的办公桌，她陷入回忆：

年轻的马秀芬走进巴彦淖尔市河西镇回民小学破旧的办公室，几个回族同事正在交头接耳，都用诧异的眼光望望她，然后各自默不作声地干自己的事。马秀芬虽然有些奇怪，但也没吭气，坐到自己办公桌前，收拾东西后站起来，准备去上课。

旁边一位女教师悄悄告诉她："马老师，你不用去上课了。"

马秀芬一愣："咋啦？"

那位女教师两边看看，低声说："校长说了，恁家巴特尔杀人啦，你是杀人犯家属，没有资格再上课，学校已经把你开除了。"

"啊？"马秀芬僵在那里。

另外一位男教师走过来，说："俺都知道是咋回事，不是那样的。马老师，你坚强一点，没有过不去的坎。"说着从兜里掏出一些钱来，放在她面前，并对大家说："马老师还拉扯着个孩子，咱们大家帮帮她吧。"

几个老师都站起来，各自掏出一些钱来放下。

马秀芬一边说"不要不要"，一边还想不明白，说："这咋回事哩，俺又没犯法？"

旁边那位女教师说："你还不知道？校长是镇长他妗子哩。"

马秀芬哑然。

17. 中原大学　日　内景

晓芳在教室里专心致志地听课。

下课了，晓芳到图书馆借书、坐下阅读。

同学慢慢都起身吃饭去了。晓芳从书包里掏出带的凉馒头，边看书边啃起来。

管理员老赵热心地给她送来一杯水。晓芳感激地说声"谢谢"。

老赵说："你这样可不行，天天光啃馍不吃菜哪行啊？用不了多久就把身体弄垮了。"

晓芳说："没事儿。"

上课铃响了，晓芳对老赵一笑，抓起书包匆匆离去。

18. 囚犯采石场　日　外景

年轻的巴特尔跟众多囚犯一起在采石场干重活。

旁边一位干活的囚犯吊诡地问巴特儿："哎，恁媳妇长得可好看吧？要不人家咋会强奸她？"

巴特尔听着话里味不对，心里生气，狠狠瞪了他一眼，但没吭声，低头干自己的活儿。

那位囚犯见巴特尔不理他，又往前凑凑，调笑着说："那你可得小心！你这一走，她不顺了意了？"

巴特尔一听急了，停下工作，盯着他说："你啥意思？"

"咦，你还急了！咋，不能说？"那个囚犯也犯起浑来。周围几个囚犯都往这边看。

巴特尔看看他们几个，知道他们是一伙的，忍住气，继续干他的活。

那位囚犯有人壮胆，反而来劲了："咋，浑身痒痒了，欠揍不是？"

巴特尔不理他，反而愈加惹他生起气来，故意进一步挑衅："哎，说你哩！啥时候把恁老婆领过来，让咱也强奸一回？"说着对周围的人扬起下巴笑笑，引起一片哄笑。

"你——"巴特尔气得抓紧了镐把，喘着粗气。

"不忿？不忿了修理你！"周围几个人也都抓着工具凑了过来。

巴特尔看看他们，看到远处的监狱工作人员老李在往这边走，压下气，闷头只顾刨石头。

"干啥呢？都给我干活去！"老李嚷嚷着。

"看你那熊样！"那位囚犯看他不敢应战，回头看看老李，骂骂咧咧干活去了。

19. 监狱　日　内景

收工回监狱，巴特尔拿到一封信，是巴颜淖尔寄来的，赶紧拆开来看，一看愣住了。

一直注意他的老李走过来，关切地问："巴特尔，家里出啥事了？"

巴特尔心存敌意地看看老李，不理他。

老李温和地说："有啥事说出来，能帮咱就帮帮你。"

看他和蔼可亲，巴特尔说："俺媳妇……被学校开除了。"

"啊？"老李吃了一惊，"那为啥呀？"

巴特尔伤心地说："是俺连累了她……"

老李担起心来："哟，那她母女咋过呀？"

巴特尔已经满眼是泪，绝望地说："俺净受欺负！"

老李说："别着急，咱想想办法。"

20. 囚犯采石场　日　外景

巴特尔在继续干活。

先前那位囚犯领着几个伙伴走过来，挑衅地把巴特尔放在一旁的茶缸一脚踢飞。

巴特尔僵在那里。

"我强奸了恁老婆啦，咋着？"那人挑衅着。

巴特尔终于忍无可忍，冲上去一拳把他打倒在地。一群人扑上来，对巴特尔进行围殴。等老李跑过来制止，巴特尔早已被打得头破血流。

21. 监狱　日　内景

老李在跟巴特尔谈心。

老李生气地说："巴特尔，你这么蛮干，只能加重罪行，延长刑期！"

巴特尔愤愤不平地说："他们欺负人……"

老李说："我知道，我来整治他们。现在只说你的事。你想不想老婆和闺女？"

巴特尔："……想。"

老李："那好。你要想真正帮到她们母女，只能是好好服刑、好好干活，争取立功减刑、提前释放，好早点回到她们身边。"

巴特尔望了他好一会儿，终于点点头。

22. 村小粉条加工厂　日　内景

粉条加工厂低矮的黑屋子里摆满了箩、筐、木架等各种物件。屋子当中炉子上架着一口大锅，满满一锅开水蒸腾着热气。

年轻的马秀芬弯着腰在地上一个半截缸里用力和面，双手沾满了红薯淀粉，满头大汗，胸脯被汗出两个明显的乳房轮廓。

一起干活的农民不怀好意地盯着她线条凸显的胸脯，边用筛子向大锅里漏粉条边说："马老师，丈夫不在啦，学校也不要你啦，拉扯个孩子还真不容易，干恁重的活……瞅你那奶子都汗湿啦。"

马秀芬警惕地低头一看，连忙回身，搓掉手上的淀粉，又罩上一件连身围裙，低声说："闺女小，我得养活她。"

在旁边拿着大笊篱捞粉条的另一农民狎邪地接话："是啊，一个女子养活一个孩儿真不容易，马老师细皮嫩肉哩，又没干过这些粗活儿……要不，我给你帮衬点？"

第一位农民噎他："你个狗二蛋！就你那几个子儿，被恁媳妇看得死死的，还敢来沾腥？"

马秀芬低头不语，拼命干活。

"谁想在这儿沾腥？"壮硕的粉条厂老板低头钻进来，"看我不打断他骨头！"两个农民赶紧干活。

老板嘻嘻笑着，向马秀芬递去一沓零钞："拿好，这个月的。"

那两位农民眼馋地说："老板，俺的工钱啥时候给呀？"

老板骂道："恁是见钱眼开还是咋着？人家马老师一个人领个孩儿，又没有地，没法过日子，不先给人家还能先给恁？"回头嬉皮笑脸地对马秀芬说："拿着。"把钱伸过去。

马秀芬连忙用围裙擦手来接，被老板一把抓住手说："瞅瞅，这小手，整天干粗活，都给弄糙了！"

马秀芬猛地抽回手，闪到一旁。

老板趁势从后面嗅了一下她汗湿的头发，说："是人都出汗，偏偏马老师的汗味儿就香。"一抬头，看到旁边两个农民在注视着，对他们吼道："看啥看？滚一边儿去！"

两个农民连忙溜出去。

老板不怀好意地又把钱递向前去，说："咋，钱都不要啦？"看到马秀芬惊吓的目光，笑笑说："给给给，拿着！就跟我是个怪物样哩。"

马秀芬迟疑地伸手来接，被老板一把搂过来就照脸上亲，钱撒了一地。

马秀芬拼命挣扎着，把老板推向一边。

老板嘴里喘着粗气，说："咋？你能让镇长上身，就不叫我挨挨？"说着又要扑过来。

马秀芬回头看一下，迅速从炉子边上抓过一根火通条，双手紧紧把着，用尖头指着老板，说："别过来，你敢动……敢动我就……我就扎死你！"

"别、别呀！你钱都不要啦？"老板说着，猛然往前一扑，马秀芬身子一闪、手一扬，通条把老板衣服戳了个洞。老板吓得一愣："咦，你还真戳呀？"还想上前，又犹豫着不敢动。

这时忽听外面一个女人的破锣嗓子在喊："狗剩，你钻那棚里弄啥哩？你要是敢和那个骚货狗恋蛋，看我不打折你的阳鞭！"

老板一听慌了神，扭头就钻出去，听见他在忙不迭地解释："我给他们发工钱……你挺着个大肚子来这干啥？走走，咱家去！"

"不行，我得进去看看！"

"走吧走吧，那里头乌烟瘴气的，熏着你肚里的孩，再把你绊倒喽！"

"哼，别以为我不知道你在那里头干啥事！叫我逮住了，恁丈人就不饶你！"

"咦，你可别给村主任瞎说，再把粉条厂收回去！我弄这个厂，还不是给恁家挣钱。快走吧你，回家我给恁娘儿几个弄蒜汁饸饹吃。"

然后听见外面窸窸窣窣地响了一会儿，终于安静了。

马秀芬缓下心来，悄悄挪到门口朝外看看，然后回来放下通条，流着泪在地上一张一张捡钱。

23. 囚犯采石场　日　外景

巴特尔正在干活，老李慌慌张张来找他。

老李："巴特尔，你说你在家养过羊？"

"啊——"巴特尔不解地望着他。

"快！"老李说："赶紧跟我去羊场。羊生病了，死了不少嘞。你赶紧去想法救救。"

巴特尔连忙跟着他走，一个武装警卫跟在后面。囚犯们都朝这边望。

老李上了一辆工具汽车，坐在驾驶室里。武装警卫给巴特尔戴上手铐，两人爬上车厢坐下。老李发动汽车开走。

24. 监狱羊场　日　外景

羊圈里，许多羊病得歪歪斜斜，一些死了的羊羔撂在一旁。监狱领导和一些人正在查看。

领导："打了电话啦？"

一随从："打了。县兽医站说可能是口蹄疫，需要赶快隔离救治。"

领导："他们来不来？"

另一人："大雪封山，他们过不来。"

领导："他娘的！……那个蒙古族犯人来了没有？"

随从："老李喊他去了。这会也该来了。"

工具车开来，老李下车，要警卫把巴特尔手铐打开。

巴特尔下车，四处仔细查看，又检查病羊流涎的嘴角、溃烂的四蹄。

老李问："啥病，还有救吗？"

巴特尔说："俺们那儿管这叫口疮。得赶快把病羊隔离，我去采草药来熬汤，给羊灌上。"

巴特尔在草甸子上采集草药、支起大锅来熬药，用瓶子装了灌到羊嘴里，又用棉团蘸了药抹羊嘴、羊蹄子。老李一直在帮他弄这弄那。

25. 砖窑晾坯场　日　外景

一摞摞砖坯垛在旁边的空地上，年轻的马秀芬在吃力地脱着坯，浑身泥污，满身大汗。她把一团团泥用力摔进砖坯木框里，摁瓷实了，再奋力把木框举起，翻过来摔在地上，然后把木框抽起来，一块砖坯就留在地上了。

渐渐地，砖坯铺满了地面。

原来学校同事的那位男老师来了。

马秀芬看见，吃力地扶着腰站起来。

男老师手里拿着一张纸，高兴地对马秀芬喊："马老师，俺舅帮你联系好了曹庄民办小学，人家叫你过去试试哩。"

"真哩？"马秀芬连忙接过纸来看，嘴里不停地说"谢谢、谢谢"。看完过后，她抬起头，感激地说："叫我咋谢谢你哩？"

男老师说："你咋说话恁外气！谁有难了，不都得大家伙帮么。"

26. 黄河源处　日　外景

巴特尔把一大群羊赶到草滩吃草，然后自己用桑杈子挑草垒垛。

一只小羊跪在母羊肚皮下面一撞一撞地吃奶，巴特尔看着它们。忽然来了一只老骚胡公羊，对着母羊屁股就往上跳。母羊甩脱它往前跑了，剩下小羊羔。"老骚胡"生气，用犄角去顶那只小羊。巴特尔气不打一处来，上去一脚把"老骚胡"踹了几个跟斗，"老骚胡"爬起来跑了。

巴特尔干累了，找块山坡躺下来，眺望着黄河支流蜿蜒流向东方远处，想他的心事。

老李开着小卡车来送日用品。他把车停在一溜土坯房前，自己远远走过来："巴特尔！"

巴特尔朝他挥挥手。

走到跟前，老李一屁股坐在巴特尔旁边，说："又想家啦？"

巴特尔说："你看这儿黄河多细，俺家那儿黄河可宽嘞！"

"那是。这儿是黄河源嘛。"

巴特尔忽然说："黄河多好啊！我要是死了就上黄河里死。"

老李嗔怪他："说啥嘞！"

巴特尔一会儿没说话，"……我是说，得给咱的羊改良一下品种。我听一个亲戚说过，新疆的波尔羊雄强，百病不侵。要是让咱的羊和它配配种，生下的羊羔八成就不怕口疮了。"

老李赞许说："好啊，你救活了咱这群羊，在领导那说话有本钱。我去跟领导反映反映。"

巴特尔期盼地问："李政府，你说我要是把这群羊侍弄好了，明年数量翻上一倍，会立功不会？"

老李高兴地说："肯定会！领导同意让你出来养羊，说明啥？说明已经对你很信任啦。"

巴特尔感激地说："我知道，是你在领导那儿给我打了保票。"

老李拍拍他的肩膀说："好好干吧，多想想她娘俩。"

27. 曹庄民办小学　日　内外景

年轻的马秀芬在教室里上课。她有些心不在焉，不时抬眼望一下窗外。

窗外操场上，五岁的晓芳与几个孩子在玩耍。

一个大男孩发现了晓芳脖子上的铜锁坠，上去试图摘下来："唉，这是啥玩意儿？"

晓芳一把抓住不放。

大男孩说："让我看看嘛！"

晓芳说："不！这是俺爸给我的锁坠儿！"

大男孩抢几下抢不到手，生气地说："啥恁爸！恁爸是个杀人犯！"

晓芳惊住了，仍然嘴硬："俺爸不是！"

大男孩："恁爸就是！"

周围的孩子一起喊："杀人犯！杀人犯！"

晓芳气得大哭起来。

马秀芬冲出来，抱住晓芳。

28. 郭村马秀芬临时住所　夜　内景

一间十分窄小简陋的房间里，马秀芬坐在木板床上，搂着晓芳在劝慰。

晓芳睁着泪痕未干的眼睛看着妈妈，问："俺爸为啥打死他？"

马秀芬说："恁爸不想打死他。可是他欺负妈妈，恁爸生气一下打重了，他就死了。"

晓芳倔强地说："妈，等我长大了，谁要是欺负你，我也打死他！"

马秀芬一把抱过晓芳说："你长大可不能干这傻事！"

29. 黄河源处　日　外景

巴特尔在羊圈里出粪。

老李开车来，下来后递给巴特尔一封信："巴特尔，你的信……你老婆不是在内蒙古巴彦淖尔吗？咋又跑到陕西宜川去了？"信封落款处确实写的是"陕西省宜川县壶口乡民办小学"。老李进屋找水喝去了。

巴特尔连忙放下粪杈，抖抖索索地把信拆开。

马秀芬的声音：“巴特尔：你还好吧？我娘家表哥又在宜川壶口乡民办小学帮我找了一个代课的活，我就和芳芳过来了。这里没人说芳芳她爹是杀人犯了，女儿可以正常上小学。你放心，我会带好芳芳的。再不要提为了女儿离婚的事，俺们等你出来。”

老李出来卸车，巴特尔失神地走过去帮他，一失手把工具掉了一地。

老李盯着他的眼睛问：“……家里又出啥事了？”

巴特尔说：“没有……她娘俩在陕西找了个落脚的地方。”

30. 黄河壶口瀑布旁　日　外景

七岁的晓芳和几位女同学在山岭上采山枣。望得见旁边壶口瀑布在奔泻，发出轰轰的响声。

一位同学喊：“芳芳，快来这儿！这儿多。”

晓芳跑过去摘。

吊吊过去抢摘。晓芳摘了一颗大的，松手时山枣刺棵弹回去，扎了吊吊的手。

“哎哟！”吊吊抽回手，哭起来。

“对不起！”晓芳说。

吊吊哭着骂：“野种！”

晓芳一愣：“吊吊，你说啥？”

“没爹的野种！”

晓芳气得浑身哆嗦：“你骂谁？”

“就骂你，咋了？”

晓芳一把抓住她的头发：“我叫你骂！我叫你骂！”

两人纠缠打闹在一起。

其他人一哄而散。

31. 宜川县壶口乡马秀芬临时住所　日　内景

晓芳脸上青一块紫一块，马秀芬在给她抹红药水，一不小心触碰了什么地方，疼得她龇牙咧嘴。

“碰疼了吧？”马秀芬心疼地说，“以后别跟同学闹，咱惹不起人家，躲着点。”

晓芳倔强地说："凭啥呀？"

马秀芬说："咱是外来户。"

晓芳说："外来户咋啦？外来户也不比人家少胳膊少腿。"

马秀芬生气地说："我平常受的气够多的了，你就别再给我惹事啦！"

晓芳说："谁给你惹事啦？她骂我，我还能不还嘴？"

"她骂你，你只当没听着。"

晓芳嘴里嘟囔着："……她要骂我别的也就算了，她骂那么毒，我就得给她点厉害看看！"

"她骂你啥？"

"她骂我是没爹的野种！"

马秀芬一听愣住了。

晓芳看着马秀芬："妈……"

马秀芬强压着心酸，说："她骂她的，你别理她。"

晓芳从抽屉里取出自己和父母的三人合照，望着上面的爸爸，问："妈，你说俺爸可好咧，个又高，样又俊，可喜欢我咧。那，他上哪儿去了？"

马秀芬哑口无言，泪水夺眶而出。

32. 监狱　夜　内景

巴特尔在牢房里写信。

巴特尔的画外音："秀芬：丫头一天天大咧，你可不能告诉她她爹是监狱里的劳改犯。"

巴特尔思索着，最终下决心，提笔又写。

巴特尔的画外音："你就说我生病死咧。我以后也不给你写回信了，省得让她看见了。反正我也没得写，每天都是一样。"

穿插镜头：马秀芬读信惊讶。

巴特尔的画外音："你以后过年给我来封信就行了，千万别让芳芳看见咧。"

老李走过来："巴特尔，给家里写信哪？"

巴特尔："嗯。"

老李叹口气："唉，又年关了！她们孤儿寡母的，日子肯定不好过！"

巴特尔眼睛里一下涌出了眼泪："她们……难啊！"说着哽咽起来。老李同情地揽过他来，巴特尔竟然在老李怀里号啕大哭起来。

等他稍微平复下来，老李说："我估摸着，你快该减刑了，还得再加把劲。"

"嗯哪。"巴特尔感激地点头。

33. 宜川县壶口乡临时住所　日　外景

吊吊爹开一辆大货车，吊吊也坐在驾驶楼里，一直开到晓芳家门外，几乎顶着门了才停下。吊吊爹要吊吊坐着别动，车也不熄火，让它就那么"轰轰"着，自己开门下车。

吊吊爹喊："屋里的，出来！"

马秀芳从门口挤出来，看到吊吊爹凶神恶煞的样子，惊讶地说："这是咋啦？"

"咋啦？"吊吊爹说，"不咋！就想看看恁家谁恁厉害，敢把俺吊吊打成那样。"

这时周围已经围了一些村民看热闹。

马秀芳小心翼翼地措着辞说："孩们吵嘴打架……俺芳芳也伤着了……我也骂过她了……"

"骂过她就算了？你前天还骂过我了呢，你也想算了？"

马秀芳一听，气不打一处来："你！……你前天干啥事了？你跟大伙说说，叫大伙给评评理！"

"对着哩，老吊，你前天对马老师干啥事了么？你跟大伙说说。"周围有人嬉笑着撺掇。

"干啥事？还不是干你狗剩捂住被窝想干的事！"吊吊爹冲那人吼。

"我的个乖，老吊逮不着马老师，冲我来嘞！"狗剩一吐舌头跑了，周围的人哈哈大笑。

吊吊爹爬上驾驶楼，大声喊道："在咱村，就不能让外来的人说了算！咱走着瞧！"他油门一踩，货车猛然往前一冲，差点就把房子撞倒，车刹住了，然后倒车，加着油门开走了。

34. 中原大学　日　内景

晓芳和几个女同学一起回宿舍。经过门房时，她们各自拿到了自己的邮件，有邮包、平信、快递等。

回到房间，大家兴高采烈地分拆邮件。

甜甜拆开大邮包："哟，这么多好吃的！"她高兴地把糖果、果脯、果丹皮、肉脯、肉松分给大家吃。

众人接过品尝，纷纷说："真好吃。谢谢甜甜！"

小翠信中有一张照片，甜甜看到，一把抓过："哟，这个军官这么帅！小翠，是你爸？"

小翠幸福地："嗯。这是临来学校前我和俺爸、俺妈照的。"

蕤蕤在一旁哭起来："我想我爸妈了！"

甜甜："蕤蕤，别这么没出息，才离开家几天呀？"

晓芳在一边读信不吭气。

小翠："芳芳，怎么了？你爸妈好吗？"

晓芳："嗯……俺妈挺好的。"

甜甜："你爸呢？"

晓芳："……俺爸……不在了。"

众人默然。

35. 壶口附近的黄河　日　外景

马秀芬背着包裹，拉着8岁的晓芳，和一些人搭乘渡船横渡黄河。远处的壶口瀑布在轰响。

晓芳若有所失地不住回头张望，马秀芬表情坚定而冷淡。

36. 宜川县　日　外景

长途汽车进站，站牌上写着"陕西省宜川县长途汽车站"。巴特尔和众人从汽车上下来。

巴特尔坐手扶拖拉机来到一个村口，拿着行李卷跳下来，对拖拉机手挥挥手。

巴特尔找到一个学校的门口。校牌上写的是："宜川县壶口乡民办小学。"

巴特尔在学校门口向里探头张望。

门房老太太问："你找谁呀？"

巴特尔："我找代课的马秀芬老师。"

老太太："马秀芬？……你是谁？"

巴特尔："我是她男人。"

老太太怀疑地盯着他上下打量："男人？你能是她男人！……也没听她说有男人呀？"

巴特尔想了想，在随身袋子里摸了半天，掏出一个皱皱巴巴的结婚证，打开来："你看。"

老太太看证件上的照片："哦，这个女的真是秀芬……她年轻那会儿更俊。"然后看看照片上英俊的巴特尔，又抬头打量着眼前胡子拉碴、蓬头垢面的他老半天："这个男的能是你？我咋瞅着不像哩。"

巴特尔苦笑着说："就是我……那会儿年轻，现在老咧……"

老太太使劲儿摇头："啧啧……这人要是变起来，你都没法认……瞅着倒是有点像。"

巴特尔傻笑一下。

老太太问："这些年你都到哪去了？老婆孩子也不管啦！"

巴特尔："……"

老太太摇头："唉，秀芬命苦啊！一个女人带着个娃不易，又长那么俊……"

巴特尔："她在哪儿住？"

老太太："住？她早走了……都走了七八年咧。"

巴特尔一愣："上哪儿去啦？"

老太太："我哪儿知道。"

巴特尔呆在那里。

老太太边回屋边自言自语："唉，这年头，女人要没个男人护着，难啊！"

37. 原阳县中学教室　日　内景

教室里坐满了穿校服的学生。班级老师正在念一页纸："现在宣布这次测试成绩。总分第一名：马晓芳，526分。"

晓芳惊讶又转喜的表情。旁边的李丽丽吃惊的表情。

老师接着念："总分第二名：李丽丽，525分。"

李丽丽泪水涌上来。

下课了，晓芳走出教室。有同学对她说："晓芳，真棒！"另一同学说："你超过了李丽丽！"她对他们感激地笑笑。

李丽丽在后面听到了，表情复杂。

38. 中学校园里　日　外景

晓芳拿着书包，找地方看书。几个同学走过，有人问："晓芳，你礼拜天还不回家？"

晓芳说："嗯。回俺家还得掏车票钱。"

晓芳在僻静地方看书。

李丽丽穿戴漂亮正要回家，看到晓芳，走过来，悠悠地对她说："哼！别以为你一次考过了我，就了不起了！"

晓芳看她一眼，说："俺也没觉得自己了不起，就比你高了一分。"

李丽丽一下被激怒了："哼！你蒙上一回，还以为你能考上大学？"她扭头离开，回头又找补了一句："就是考上大学，你也上不起！"

"你……"晓芳气得抓起书，塞进书包就走。

39. 原阳县黄河大堤上　日　外景

晓芳在漫无目的地游逛。忽然，她冲着滔滔黄水高喊："我一定要考上大学，让他们看看！"

40. 黄河壶口瀑布　日　外景

巴特尔站在悬崖上，泪流满面，向着黄河河面高喊："秀芬——芳芳——恁到哪搭去咧？……我知道恁不易，那也得写信说个地址啊！"

巴特尔跪下，拼命以头撞地。

黄水肆意奔流。

41. 山西碛口黄河边　日　外景

巴特尔和4个光着身子的工友一起，沿着黄河古栈道拉纤。大家头拱地、腚朝天，嘴里喊着号子，绳索深深勒进隆起的肌肉里。

他们一会儿攀上高高的石崖，一会儿又不得不涉水前进。掌舵的杨头在船上紧张地把着橹。

经过艰苦的搏斗，他们终于把船拉到了一个平静的水湾。大家停下来休息，从船上搬下铁锅生火煮饭。吃完饭，工友们躺在地上呼呼大睡。

巴特尔躺在地上，仰望着天上盘旋的鹰，毫无睡意。

杨头收拾完过来："巴特尔，又想老婆孩子咧？"

巴特尔："杨头，你咋说秀芬日子难哩？"

杨头挨他躺下："我虽说常年在外，回到村里还是听到不少闲话……唉，一个女子，脸庞子俊，又没有男人在跟前，十里八村的汉子都往跟前凑，有钱有势的也不少，为她打架开瓢的常有。"

巴特尔："……她走就是为这？"

杨头："还不是为了娃。你寻思是为啥哩？"

巴特尔："……那，你知道她上哪去了？"

杨头："说是去投奔她一个远房叔叔。"

巴特尔："到哪搭去嘞？"

杨头："好像是河南一个啥县……叫个啥原阳……"

42. 中原大学　黄昏　内景

下课了，晓芳和室友一起去食堂吃晚饭。

看到羊肉烩饼，甜甜叫起来："哟，羊肉烩饼！可好吃了。"对大家说："每人来一碗？"

小翠："我可不吃那玩意儿，膻里吧唧的。"

蕤蕤说："我也怕膻。"

甜甜看着晓芳："晓芳，咱俩吃？"

晓芳咽咽口水："我……还是不吃了吧……"

甜甜："你都好久没有吃肉了！来，我请客。"

甜甜拉着晓芳去排队。

志强走过来，说："晓芳。"

晓芳回头看到他，说："嗯，志强。"

甜甜回头看到志强，望望晓芳，意味深长地一笑。

志强说："买烩饼呢？我也来一碗。"站在了她们后面。

排到跟前，甜甜对服务员说："两碗。"

晓芳要交钱，甜甜制止她，自己交上。

两人端着碗找到小翠、蕤蕤的桌子，坐下吃饭。

志强也买了一碗，坐在她们附近吃饭。

43. 中原大学宿舍　半夜　内转外景

晓芳和甜甜肚子疼。甜甜疼得不时大叫，在床上翻滚。晓芳也疼得龇牙咧嘴。两人不停地起来上厕所。小翠和蕤蕤不知所措。

"哎哟……"甜甜呻吟着，摸摸自己脑门，对小翠说："小翠你摸摸我是不是发烧了？"

小翠伸手一摸："哎呀，这么烫！得上医院！"

甜甜："怪不得我这么难受！哎哟……你摸摸芳芳烫不烫？"

小翠摸摸晓芳脑门："也这么烫！"

甜甜："哎哟……赶快送我们去校医院。"

甜甜和晓芳捂着肚子、佝偻着身子，小翠和蕤蕤搀扶着她们下楼，一步一步向校医院蹭。

44. 校医院　半夜　内景

医院里面乱哄哄的。好些学生捂着肚子坐在连椅上排队看病，另一边打吊针的也坐了一片，中间也有志强。

坐在志强旁边一起打吊针的男生说："我看就是食物中毒。"志强有气无力地回答："是啊，要不这么多人一块儿拉肚子。"

甜甜、晓芳忍着一阵阵的抽搐疼痛，排队看病。

好不容易甜甜进去了，小翠陪她进去。甜甜出来，轮到晓芳。小翠陪甜甜去交费打针。

医生让晓芳躺下检查腹部，用手一按，晓芳疼得直叫。医生坐下开方，对晓芳说："去那边交费打吊针。"

晓芳犹豫着说："……不打行不？"

医生说："都得打。"

旁边陪着的蕤蕤埋怨晓芳："都啥情况了？该花的钱就得花！"

晓芳无奈，让小翠帮着交了费，坐在甜甜旁边，伸出胳膊让护士扎上针，坐在那里看液体顺着管子往下滴。

一会儿，甜甜要上厕所，小翠和蕤蕤搀着她、举着吊瓶蹭过去。回来时，甜甜哭着说："我爸怎么还不到啊？"

晓芳和甜甜仍旧不时疼痛，小翠和蕤蕤坐在旁边打盹。

"甜甜！"甜甜爸爸到了。

甜甜喊一声："爸，你怎么才来啊？"哭了起来。

小翠、蘡蘡惊醒了，好奇地看着甜甜爸爸。

甜甜爸爸笑着解释说："三百八十公里，开了三个小时。"过来搂着抚慰甜甜："乖，肚子还疼吗？"

甜甜带着哭腔说："疼！"

甜甜爸爸："好乖，爸爸来了，你就不用害怕了。"

甜甜："嗯。"

甜甜爸爸看着小翠和蘡蘡问甜甜："这是你同学？"甜甜点头。甜甜爸爸对她们说："谢谢你们啊！"然后起身告诉甜甜："你在这待着，我先去问问医生情况，争取给你转院。"

晓芳一直忍着疼，羡慕地注视着他们。

甜甜爸爸用一张轮椅来推甜甜，甜甜向晓芳挥手告别。小翠、蘡蘡送出去。

晓芳目送着他们走出去，喉咙里轻轻呻吟了一声："爸！"一个人啜泣起来。

志强摘除了吊针，看起来好多了，恰巧经过身边，关切地问："你咋啦？"

45. 碛口黄河附近窝棚 清晨 内景

巴特尔躺在那里生病。

杨头进来，伸手摸了摸他的脑袋："哟！烧得这么厉害。"

几个工友："那咋办哩？"

杨头："能咋办？来，先吃几片退烧药。"

杨头从身上掏出药片，端起水碗帮巴特尔服下，顺手把剩下的药片给他："这几片药你拿着。我已经跟这村的支书说了，他是俺连襟，让他帮着照看你点。俺走嘞，船还得上行。你甭怨俺，好不好看你的命吧。"

巴特尔无望地看着杨头和工友们离去。

46. 原阳县黄河边 日 外景

辽阔的黄河滩上飘着鹅毛大雪。

马秀芬和另一妇女一起背着巨大的芦苇捆回家。

妇女边走边问："闺女不回来过年啦？"

马秀芬答："芳芳寒假要在城里打工挣学费，说是回来还得花路费。"

"好女娃，真知道心疼你！"

马秀芬："要真心疼我，咋不知道当娘的更想守着女儿过年哩！"

"闺女够懂事了，你就知足吧。"

两人艰难前行的背影越走越远，被风雪弥漫了。

47. 中原省城 夜 雪中 外转内景

到处是红灯笼，放着鞭炮。

晓芳身穿工作服在快餐店麻利地工作，收费、拿托盘、取食品、接饮料，转递顾客。

48. 山西碛口村庄 日 雪后 内外景

村头土地庙的一间仓库里，麦秸上躺着病得半死不活的巴特尔，铺着旧絮，盖着破套子。

外面远远近近响着一片连天的鞭炮声。

村支书带着十几岁的女儿踏雪而来。村支书捧着一罐肉汤，女儿用棉罩捂着几个热蒸馍。

村支书推门进来："巴特尔新年好！你好点没有？"

巴特尔："支书，这大过年的，你还过来……"挣扎着想起来，被支书按住。

村支书："别起来！来，靠在这喝口肉汤。"

村支书扶他斜躺着，用勺子喂他喝汤。

巴特尔泪眼蒙眬："支书，叫我说啥好哩……别弄脏了你……"

村支书："看你说的！都是庄稼人，啥脏不脏的！"

巴特尔："多亏支书一直惦记俺，村里的大叔大婶大哥大嫂都帮俺……俺这辈子是没法还恁的情了！"

村支书："还啥情！你安心养好了身子，赶紧去找她母女还情就行咧。"

支书女儿："大大，吃馍，俺娘刚蒸好的。这是药，给你放这儿。"

巴特尔望着她："好闺女……好闺女啊……"

49. 中原大学 日 外景

志强从校园里一树盛开的桃花下走过。晓芳喊住他："志强，王老师让我通知你，晚上8点在701开兴趣小组会。"

志强："啊……还要我去呀？我还得准备考研呢！"

晓芳嗔他："你就得去！"

"好好，我去，我去。"

50. 原阳县　日　内外景

大片的麦子焦黄焦黄。

马秀芬在讲台上对学生们说："明天开始放麦假，不用来上学了。现在下课。"

孩子们"嗷"的一声欢叫着从教室里跑出去，跑散到麦原上。

51. 黄河岸边公路　日　外景

巴特尔搭乘长途汽车，汽车沿着崎岖的黄河岸边公路行驶。他耳边响着马秀芬的声音："沿着黄河走，就找着俺娘俩了。"

52. 原阳县　日　外转内景

汽车开到河南省原阳县的平原上，沿途麦子都割倒成捆了。

巴特尔走进挂着"原阳县教育局"牌子的院门，来到一间办公室里，讪讪地笑着，向一位小青年询问："领导，你帮俺查查，咱县有一个叫马秀芬的代课老师么？"

小青年很客气地说："别那么叫。我们只有正式老师的名册，没有代课老师的。不好意思啊！"

巴特尔失望地走出来。

53. 原阳县河滩村　日　外景

马秀芬用架子车拉一车装满了的麻袋，来到一处空场，一个一个把麻袋掀下来。

一位妇女："马老师，我来帮你弄。"

马秀芬："不用不用，我能行……你忙活你的去吧，谢谢啦！"

那位妇女看她自己可以干，离开了。

马秀芬把麻袋一个一个解开口，拖着倒出里面的麦子，用木锨摊开来晒。

54. 原阳县　日　外景

巴特尔在黄河岸边行走。进到一个小学，打听，出来继续行走。渴了，蹲到水渠边，用手掬起水来喝，然后用水洗脸，站起来继续走。

55. 原阳县河滩村　日　外景

马秀芬正在晒麦场上用木锨翻垄，猛然一扭头，和背着铺盖卷、拄着拐棍的巴特尔对了脸。两人愣在那里。

56. 马秀芬家　日　内景

马秀芬坐在床头，对着墙角不住地抽咽。巴特尔蹲在地下捧脸哭泣。

马秀芬渐渐止住哭，回头说："明天，闺女就放暑假回来了。我一直跟她说的是她爹死了，你说咋办哩？"

巴特尔慌了："咋，明天闺女就回来？……俺闺女如今是大学生了，我、我这个样子，跟个活鬼差不多，咋见闺女哩？"

马秀芬："那你……咋办哩？"

巴特尔搓着手来回走："咋办哩？"

马秀芬："要不……先让我慢慢和闺女说？"

57. 马秀芬家　日　内景

晓芳兴高采烈地回到家，后面跟着背挎包、提旅行袋的志强。

晓芳进院就喊："妈，我回来啦。"

马秀芬闻声迎出来，激动地拉着晓芳的手上下打量，不住地抹眼泪："瘦了，精神了。"回过头看着志强："这位是——"

晓芳："这是我同学，叫志强，也是咱县的。他家在桥头乡，离咱家十多里地。"

马秀芬疑惑地："那他……不回他家？"

志强："婶子，我先送晓芳到家，一会儿俺哥就骑摩托车接我来了。"

马秀芬："哦……快坐下歇会儿，喝口水。"转身给他倒水。

晓芳把妈妈拽到里屋，笑着小声说："妈，我回来前给村主任写信，托他帮你寻个人。村主任说只要你开口，想寻你的人多啦。"

马秀芬愣住："啥？"

58. 马秀芬家　日　内景

村主任进门："大侄女回来啦？"

晓芳连忙迎出来："村主任来啦！"

村主任："哟，还真是大学生啊，这么时髦。芳芳，趁你在家这几天，就把恁娘的事办了吧？"

59. 地头窝棚　日　内景

马秀芬来到巴特尔临时睡觉的地头窝棚里。

马秀芬："芳芳跟村主任要我和人见面相亲哩，咋办么？……要不，告诉她？"

巴特尔："不行不行！"

马秀芬："那咋办？"

巴特尔："……你就去见面么。"

马秀芬："啥？你咋不去见！"

巴特尔："……见见也没啥么。"

马秀芬念头一转："……那，你也去和我相亲吧？"

巴特尔："我去干啥？不去。"

秀芬急了："让我去，你又不去！那还不和旁人弄成真的了？"

巴特尔："弄成真的也好，我这个样……"

马秀芬委屈抹泪："你这个人咋这样！……我这些年都白等你咧？"

巴特尔："……我去我去！"

60. 河滩村村委会　日　内景

马秀芬坐在里屋凳子上，手足无措。

晓芳："没事妈，你不用紧张，有我呢。"她抬手想帮马秀芬理理蓬乱的头发："你不打扮就不打扮吧，咋连头发也不梳整齐？"马秀芬把头一偏躲开她的手。

晓芳："……那，我出去叫了？"

晓芳出去，领进来一个中等个子的富态男子，像是个小包工头，穿金戴银却衣装不整，一身西服就像套在麻袋上一样东扭西歪，一边走一边喊："这屋咋恁热哩？村委会连个电扇都不安，你安不起了给我说一声呀！"说着掏出一把折扇，打开来对着敞开的领口使尽扇。

马秀芬看人进来，低着头局促不安地一下站起来。

晓芳："妈，你坐下。"

马秀芬忐忑不安地坐下。

晓芳："大叔请坐。"给他倒杯水，"恁聊吧。"说着走出去。

马秀芬低头不语。

男子兴奋地盯着她看："我说，你是小学代课老师？那一年能挣几个钱？以后你就不用教学了，去城里住，咱有房有车，平常你就在家看个电视、到公园遛遛弯，连饭都不用你做，雇个保姆都包圆了。你说咋样？"

马秀芬："不行，我还得教书哩。"

男子："教啥书，不就是个民办么！"

马秀芬："我就是个民办，咋啦？"

男子："哟哟……还生气了。好好，愿意教书，给你在城里找个学校，每天我开车送你去上课，中不？"

马秀芬："我命穷，消受不起！"

男子被噎，不知如何措辞："咦，看你说哩……"

马秀芬："你走吧。"

男子一愣："呃，咋回事？——"

晓芳冲进来："妈，你咋说话哩？"

马秀芬："让他走！"

男子生气："呃？——你这是来相亲哩，还是来怄气哩？"站起身愤愤然离去。

晓芳引进第二个男子，是镇上一个有点权势的小办事员，高高大大，梳妆得整整齐齐。

晓芳小声地："妈，你客气着点。"

待晓芳出去，那位男子看着晓芳背影对马秀芬说："啧啧！瞅瞅闺女多水灵！看闺女就知道她妈当年嘞。"

马秀芬厌恶地："说啥呢？"

男子有些不满："我是夸你哩，你听不出来？"

马秀芬："我不识夸。"

男子惊讶："呃？你是来犟嘴哩？"

马秀芬："就是！晓芳——"

晓芳连忙进来。

马秀芬："请下一个。"

男子愤愤不平："嘿，这女子……当你还是黄花闺女哩！"扭头悻悻离开。

晓芳在外间问村委会办公室的打杂人："不是还有一个吗？"

打杂人回头朝外看看："我看见一个老头咕蹴（蹲）在外头墙根那。"

晓芳走出去，看见巴特尔蹲在屋角处，上去问他："你是来……相亲的？"

巴特尔抬头，激动地盯着晓芳："……呃……我……闺女……"

晓芳不快，稍带轻蔑地："你进去吧。"

巴特尔跟在晓芳后面迟迟疑疑地走进屋，和马秀芬的眼光一碰，立刻拐到一边。

晓芳出去后，马秀芬把水杯端给巴特尔："给，喝点水。"巴特尔往外看着说："闺女……真好……"

两人无语坐着。晓芳听不见动静，进来看看，两人都局促无措。

61. 马秀芬家　夜　内景

晓芳用脸盆帮马秀芬洗头。

马秀芬说："这几天干活，头都酸了。"

晓芳："那昨天让你洗你就不洗，相过亲了才知道酸！"

洗完擦干，晓芳边给马秀芬梳头边说："妈，你今天看得咋样啊？"

马秀芬："没啥咋样。"

晓芳："妈，我觉得第二个还不错，高高大大的，你说呢？"

马秀芬："有啥好？流气得很！"

晓芳："那，头一个呢？"

马秀芬："那个人，一进来就摆谱！"

晓芳："都没看上？"

马秀芬摇摇头。

晓芳去端脸盆。

马秀芬试探地："……要不，就最后那个？"

晓芳吓一跳："啊？……"脸盆一歪，水洒出来。

马秀芬连忙掩饰："嗯……那个人怪实诚……"

晓芳盯着母亲的眼睛："妈，你没瞎说吧？"

马秀芬回头避开。

62. 地头窝棚　早晨　内景

马秀芬给巴特尔送吃的，发现他病了，摸摸额头滚烫，大惊："哟，你这是咋啦？"

巴特尔："没事，晚上着点凉。"

马秀芬："咱上镇医院看看去？"

巴特尔："不用，躺躺就好，不花那个钱。"

马秀芬："那……我家去给你下点鸡蛋面，找点药。"

63. 河滩村　日　内外景

马秀芬在家里匆匆擀面条。

晓芳不高兴地问马秀芬："妈，你又去窝棚了？"

"嗯。"

"这算个啥事嘛！"

马秀芬不语。

晓芳气嘟嘟地说："妈，这么多年你都过来了，'寡妇门前是非多'，可过去谁也说不出你个'不'字。咋老啦老啦，又不自重了？"

马秀芬愣住了："你——"

晓芳没注意母亲的感觉，继续说："你听村里人都说你啥？……说你千挑万挑的不识货，偏捡了一个糟老头子伺候。"

马秀芬生气："他不是糟老头子，他是恁……"

"晓芳！"志强高兴地喊着进来，放下一提袋礼物。

晓芳："志强！你咋来了？"

志强："恁家没电话，你也没手机……俺哥在县上联系好了，咱今天就去看看？"

晓芳一拉志强的衣服："咱走。"

二人出去。晓芳回头："妈我到县城给人做家教，今天不一定回来了。"

马秀芬追出去："那你住哪儿啊？……"

志强用轻便摩托车载着晓芳开走。

马秀芬把面条下到锅里，打两个鸡蛋进去，放些切碎了的香菜末，放些盐，用小勺舀点汤尝尝咸淡，然后把面条盛到一个大碗里，又从抽屉里翻出感冒药，端着碗匆匆走向地头窝棚。

她发现巴特尔在打寒战，摸摸脑门："哟，烫手！你发烧啦！……吃口鸡蛋面？"马秀芬喂巴特尔吃面，他勉强吃一口，摇头不肯再吃。

马秀芬下了决心，说一声"你等着"，站起来就走，到村里去找了一辆架子车，铺上褥子，拉过来，强把巴特尔往车上搡："来，上车。"

巴特尔："干啥？"

马秀芬："回家。"

巴特尔："不行不行……"

马秀芬："啥不行？我不能让你再在外头生病遭罪！"

马秀芬硬把巴特尔按在车上，拉回自己家，安置在外间屋床上，然后匆匆出去喊村医。

村医到来，给巴特尔检查，量体温，然后打针。

64. 原阳县城　日　外景

晓芳给一位女高中生补习功课结束。

高中生："谢谢姐姐！"

她妈妈拿出五十块钱递给晓芳，说："下星期还来啊。"

晓芳告辞出来。志强斜跨摩托车等在外面。

志强："晓芳，还是回去一趟吧。你这一走几天，恁妈一定很担心。"

晓芳："也好，回去看看他们咋回事了。"

晓芳在超市买了一堆物品，提着跨上志强的摩托车，两人向着郊外飞奔而去。

65. 马秀芬家　日　内景

晓芳兴冲冲跨进家门，迎面看见妈妈给坐在床上的巴特尔擦脸，愣住，手提物品落地。

巴特尔："芳芳……"

晓芳生气地扭过头去。

马秀芬回头："芳芳回来啦？快坐下歇歇！"

晓芳把刚要进屋的志强推出去："咱走！"

马秀芬追出去："芳芳……"

晓芳："开车！"

两人骑摩托车离开。马秀芬痛苦地望着。

66. 马秀芬家　日　内景

马秀芬："得跟闺女说实话，要不，她寻思你是野男人哩。"

巴特尔："不能说！"

马秀芬："为啥？"

巴特尔："你没看那小伙子跟她处对象呢，要有我这一个劳改释放犯的爹，对象就不好处了。"

马秀芬："那还能瞒到啥时候？"

巴特尔："瞒一天算一天吧。过几天我好了，我也不住这，我到省城打工去，给芳芳挣学费。"

马秀芬："不用你。"

巴特尔："啥不用我，我还不知道！闺女上学，你又借钱又贷款，拉一屁股债。"

马秀芬："没事，等芳芳大学毕业，找着工作挣钱就能还了。"

巴特尔："……那我去给她挣个手机钱。"

马秀芬："你身子受亏了，得先养！"

巴特尔："我一个大活人，还能白吃饭？……这么多年我都没帮上你，你一个人就把闺女养大了！"

马秀芬："我能养好她。你就安心调理自个儿的身子骨吧。"

巴特尔："我不能帮你和闺女干点活，回来干啥？还不如死去哩！我身子骨没啥……"

马秀芬："你说那是啥话——"

67. 原阳县城　日　外景

晓芳家教出来，志强等在外面："晓芳，我还是拉你回家看一趟，然后再回学校吧。"

晓芳不语。

志强："上车吧。"晓芳勉强跨上车。

68. 马秀芬家　日　内景

巴特尔提起铺盖卷。

马秀芬："这就走？"

巴特尔："嗯。让芳芳回来看见我走了，好放心。"

马秀芬："别急，我去小卖部给你买点饼干、方便面带着。"

巴特尔："不用了。"

马秀芬："你等着。"

巴特尔恋恋不舍地在屋里转。进到里屋，看见墙上挂着的晓芳大学照，默默盯注着，满眼泪水。

志强把摩托车停在院外。晓芳进院，看见屋门虚掩着，走进外屋没人，进里屋，正看见巴特尔颤巍巍取下自己的照片，捧到胸前捂捂，搁到嘴下亲亲。晓芳愣住，扭头冲出大门。

晓芳："走。"

志强开车。

马秀芬买东西回来看见，喊："芳芳，上哪去？"

晓芳不应，闭目流泪。

志强回头："婶子，俺们回学校去了。"加油开走。

巴特尔站在院门后，惶恐地看着这一切。

69. 中原省城　下午到晚上　外景

巴特尔在小建筑工地干粗活儿，用手推车运水泥浆，搬油毛毡卷，扛木条。

胸痛，他大汗淋漓，用手捂住。

工友小谭问："老巴，又疼了？"

巴特尔："没事儿，过一会儿就好了。"他休息了一会儿，又接着干活。

收工了。小谭说："老巴，一会儿打牌去？"巴特尔摇头笑笑。

巴特尔来到中原大学华灯初放的校门口，向里眺望。

巴特尔在灯火通明的电器商店手机柜台前观看价格牌。他看中了一款红色的手机，要售货员取出，拿在手里反复把玩。

70. 大学寝室里　夜　内景

晓芳伏在自己的床桌上，盯着小时和父母的照片看，又掏出脖子上的铜锁坠抚摸着，苦苦回忆着什么。

71. 建筑工地　黄昏　外景

包工头在发薪："给，巴特尔，你的。"

巴特尔小心翼翼地清点后把钱收起来，说："小谭，你再借我二百就够了。"

小谭："唉，你惦着闺女，闺女不惦记你呀！"数出两张钞票递给他。

72. 中原大学　日　外景

巴特尔手拿一张纸，照着上面的地址在校园里寻找。

志强路过，热情地上前询问："大爷，你找哪儿？"

巴特尔看见志强一愣："你……"

志强认出来："你……不是……原阳县河滩村的……"

巴特尔憨憨地笑着："嘿嘿……在这儿看见你了……"

志强问："大爷，你来找……"

巴特尔想掩饰，又无奈地承认："嘿嘿，我想找芳芳……有个事儿……"

"我带你去。"志强马上热情地引路，"在那边……转过那座楼……到了，就是这个门。让人去叫就行了。"

"真谢谢你了，还真不好找。"

"大爷再见！"志强告辞。

"回头再唠嗑啊！"巴特尔殷勤地向他挥手。

巴特儿来到楼门口，求门房老太太。老太太让路过的甜甜去叫人。

晓芳出来，看见巴特尔，惊住。

巴特尔赔着笑脸："我……在这附近打工……你妈捎个手机来让给你。"

晓芳犹豫着接过，不知道说什么好。

巴特尔："那，我走了……"转身离开。

73. 中原大学和村里换景　日　外景

晓芳用手机打电话。

村里小铺电话亭大妈："你是芳芳？哦……我给你叫恁妈去啊。"

大妈颠颠地跑到隔壁马秀芬家："快，快去接，恁闺女电话！"

马秀芬急忙跑过来，拿起电话："喂，芳芳……"

晓芳急切地："妈！你好吗？"

马秀芬："我好！好着呢。你在哪打电话？"

晓芳高兴地："我在学校，我用你给我买的手机打的。"

马秀芬疑惑："我给你买的手机？"

晓芳："啊？"

马秀芬："我没给你买手机呀？谁给你的？"

晓芳一愣："……就是家里见过的那个……老头。"

马秀芬："……哦……他到你学校去啦？"

晓芳："啊。"

马秀芬："……那你就用吧。"

晓芳："不是你买的呀？"

马秀芬："嗯，是他买的。"

晓芳生气地："他买的？……他凭啥给我买，明天我给他拽脸上！"

马秀芬："可别……芳芳，有件事我得告诉你。"

"啥事？"

"他……他就是恁爸。"

"啥？"晓芳愣住了。

"嗯……17年前，为了保护恁妈，他失手杀人，被判了刑，现在释放回来了……"

晓芳眼泪迸出，激愤地喊道："我不信！……俺爸长得又高大又英俊，根本不是这个人！"

74. 大学宿舍　日　内景

晓芳回到宿舍，里面没人。她一头栽到床上，用被子蒙住脑袋，痛哭起来。

75. 建筑工地　日　外景

晓芳领着志强来到工地，犹豫着像在寻找什么人。

巴特尔和小谭等人在干体力活。

巴特尔胸痛，用手捂住。

晓芳看见了巴特尔，对志强说："你等着我。"匆匆走过，把手机往巴特尔跟前土堆上一丢，说："还你的臭手机！"扭头走了。

巴特尔痛苦地望着她的背影。

小谭在一旁惊讶地看着。

志强奇怪地问返回来的晓芳："他不是……"

晓芳掩饰说："他是……俺村的一个大爷。"

志强说："你为啥把手机扔给他？"

晓芳瞪着他说："走！"扭头走了。

志强连忙跟上去。

76. 建筑工地　黄昏　外景

志强在巴特尔收工时找到了他："大爷！"

巴特尔眼睛一亮："哎……大学生？"

志强："大爷，叫我志强。咱是老乡哩，我想跟你请教一个事儿……"

巴特尔有些茫然地望着他："跟我请教事儿？"

志强拉他走，说："大爷，咱去找个小饭馆，边吃边聊。"

77. 低廉饭铺　夜　外景

志强找到一个低廉饭铺。"就这儿吧？"拉巴特尔在外面小桌上坐下来，要了一些凉菜，两瓶啤酒。

志强咬开瓶盖，倒上酒，殷勤地给巴特尔让："来，敬恁老一杯！"巴特尔连忙笨拙地举杯。

志强说："大爷，听口音你不是俺们那儿人？"

巴特尔说："嗯，我是内蒙古巴彦淖尔那儿的。"

"哦，跟芳芳家婶子一个地方的。"

巴特尔被人道破了根底，又不晓对方来意，尴尬着不知怎么回答，忽然警惕地说："你找我啥事？"

志强连忙说："哦，是这样……我本来毕业想考研，那就得到另外一个省去。可我喜欢芳芳，不想离开她。我就想回乡去养牛，我在网上了解到黄河滩养牛大有前景，恁老有经验，想听听恁老的意见。另外，芳芳听说我想回乡，极力反对，坚持让我考研。我也想请你老帮我劝劝她。"

巴特尔松了一口气："哦，是这样……"他想了想，说："嗯，咱俩一不沾亲二不带故，你既然相信我，跟我说这事儿，我就说说我的想法。"他和志强碰碰杯，喝了一口酒，说："黄河滩养牛这事，我在村里就听说了，那可是大好事，有奔头！可就是得有本钱，要不我就干了。你们年轻人，就应该趁现在好年头好好闯一下。"

"好！"志强高兴地向他敬酒。

"说到考研嘛……"巴特尔看看志强，"我先冒昧地问一声：你跟芳芳到底咋样？"

"我喜欢她，这辈子就是她了。"

"那好！"巴特尔斟酌着词句，"我是过来人，俩人分开不是个事！再说读完研不还是得创业？你就养牛，我看行！"

"太好了！"志强很高兴，"那芳芳……"

"嗯，我想办法让她妈跟她说。"

78. 校园树林里　日　外景

晓芳："志强，你究竟是咋想嘞？"

志强："我想了半天，还是决定不考研了。"

晓芳："咋又不考啦？"

志强："你想啊，考咱校吧，光保送的人都那么多，剩下那几个名额我竞争不上。考外校吧，我这个专业，就得考外省了，我不想去了。"

晓芳："那你想弄啥，还想回去养牛？"

志强试图劝说她："芳芳，我调查过了，现在政府支持养牛，市场潜力很大……"

晓芳生气地说："别跟我说这个！好不容易考进城了，我就不回乡下去！"

"芳芳，你这种观念得改变一下了。回乡咋啦？只要能实现自己的价值就行，我看比赖在城里混口饭吃前景大多啦！再说，巴特尔大爷也支持我。"

晓芳一愣："啥？你找他了？"

"嗯，我想让他给我参谋参谋……"

晓芳恼了："你！……哼，他也来坏我的事儿！"

79. 医院门诊室里　日　内景

医生拿着X光片子对巴特尔说："你家属来了没有？"

巴特尔说："我没有家属。"

医生看了看他，犹豫一下，说："那，我告诉你吧。你得的是肺癌，要马上住院动手术。"

巴特尔愣住了："啊？……"

巴特尔默默走出医院。

80. 河滩牛场　日　外景

志强在指挥着工人盖牛舍。

县里有关人员来考察，志强手持图纸兴奋地为他们描绘蓝图。

81. 马秀芬家　日　内景

马秀芬正在收拾，巴特尔进家。

马秀芬看到，高兴地说："你回来啦？"

巴特尔点点头，从随身包里掏出手机和一沓钱来递给她："给，这是给闺女买的手机，她不要。钱是攒下的。"

马秀芬接过收起，一边有些兴奋地说："志强回来，用他家的房子抵押贷款，办了一个大牛场，干得可欢了。你抽空去河滩看看吧，村里人都跑去看了！"

"我就知道这小伙儿有出息！"巴特尔答应着，说，"闺女还不认我，志强让我先去牛场住。我今儿就过去。"

"啥？"马秀芬愣住了。

82. 河滩牛场　日　外景

冬去春来，牛场已经大变样了，养起了一大群欢蹦乱跳的牛犊子。志强和一些工人在忙这忙那。

晓芳乘一辆拖拉机来，一下车就高兴地跑向志强，边跑边扬起一张纸条喊："志强，村主任帮我争取到了县上的创业扶助款！"

"真的？"志强高兴地迎过去，问："批了多少钱？"

"40万！"

"太好了！这下周转资金彻底解决了。这样，算咱俩合股吧，这钱是你的入股钱。"

晓芳进入牛犊群中，摸摸这个，拍拍那个，高兴地唱着歌。

志强跟过来，说："咋样？还是创业幸福吧？"

晓芳说："那，这些牛都是咱俩的了？"

"嗯，当然。"

晓芳高兴地抱着志强亲了个嘴。志强摸摸脸，笑了。

83. 河滩牛场　日　外景

志强、晓芳指挥着一些工人在抬重物。

马秀芬正在牛场帮忙打杂，巴特尔伛偻着病体过来了。

马秀芬迎上去问："给你晾的药喝过啦？"

"嗯。"巴特尔点点头。

"你好点了吗？"

"嗯。这牛场越弄越兴旺，我看了高兴，病也就觉着好多了。"

"我搀着你吧？"

"不用。我自己转转。"

巴特尔走到众人干活处，志强跟他打招呼："巴大爷。"

"嗯。"巴特尔点头。

晓芳对他尴尬地笑笑。巴特尔也对她笑笑。

志强和晓芳正在干活，忽听旁边有人高喊："车溜了，小心！"

大家扭头一看，一辆货车正朝着晓芳和志强猛撞过来，二人不知所措。

紧急当中，巴特尔一把把两人推向两边，自己被冲过来的车撞倒。

马秀芬惊呼一声："巴特尔——"

84. 医院里　夜　内景

巴特尔躺在病床上不省人事，旁边挂着吊针瓶。

马秀芬在给他用纱布蘸酒精擦脸，擦脖子，擦手心降温。晓芳和志强陪在身边。

晓芳问马秀芬："他……真的是俺爸？"

马秀芬使劲点头，眼泪流下来，哽咽着说："恁爸想早点减刑回来帮咱，在监狱里啥苦都吃了，身体累垮了，模样也变了……"

晓芳小心翼翼地盯着巴特尔的脸看，回忆着，轻轻叫了一声："爸……"

晓芳眼前闪过临别时巴特尔送她铜锁坠的情形，她把脖子上的铜锁坠拽出，擎到巴特尔脸前，说："爸，你看，我一直戴着你送我的锁坠儿呢。"巴特尔没有反应。

晓芳接过母亲手里的纱布轻轻给巴特尔擦脸，说："爸，你疼吧？"巴特尔没有反应。

晓芳眼前又闪过巴特尔为保护她被自行车撞倒后爬起来的情景，流着泪说："芳芳不疼，爸就不疼，对吧？"

两大滴泪珠从巴特尔紧闭着的眼眶里涌出。

85. 河滩村　日　外转内景

志强用架子车拉着巴特尔，马秀芬、晓芳护送着回到村里。

村主任和一些乡亲迎上来："回来啦！"

村主任拉着巴特尔的手："巴特尔，回来好好养病吧。有啥难处，村委会尽量想法帮恁解决。"

巴特尔眼泪花花："谢谢村长！谢谢大家！"

众人把他们送到家后离去。

马秀芬收拾里屋的床，和晓芳、志强一起把巴特尔搀到床上坐好。

志强告辞："婶子、晓芳，那，我先回牛场了？"

马秀芬："志强，真是谢谢你！回头再来啊？"

志强答应着："哎。"转身离开。

巴特尔坐在床上环顾四周，颤颤巍巍地说："我回家了！我到家了！"

马秀芬："是。你到家了！"

晓芳捧着巴特尔的手："爸，你到家了！"

马秀芬埋怨地："到家有啥办法？让你在医院治你就不听！"

巴特尔："医生也没法治，白花钱！"

马秀芬："那也得治啊！"

巴特尔："撞伤能治好，癌症哪有治好的？……回家踏实。回家了，我就可以安心死了。"

马秀芬生气地顶他："瞎说啥哩！"

巴特尔看着晓芳说："芳芳，你是大人了，要好好报答恁妈。她受了那么多苦把你拉扯大，我也没帮上忙。"

晓芳感动地说："爸，你放心！等我挣钱了，好好报答恁二老！"

86. 河滩牛场　日　外景

牛场事业一派欣欣向荣。

牛犊已经长成壮牛，散布在黄河滩里一大片，在悠闲地吃草。

87. 牛场办公室　日　内景

志强正在高兴地给人打电话："……对，对，马上可以出栏了……两百头……"

忽然有工作人员慌慌张张跑过来，说："场长，牛病了……"

"啥？"志强吃了一惊，"几头牛病了？啥症状？"

晓芳听见，从外面跑了进来。

"好些呢！都没精打采、流鼻涕。"

"啊？"志强和晓芳冲了出去。

88. 牛圈　日　内景

志强和晓芳查看着一个个牛的鼻子、嘴巴、蹄子，上面布满了黏液和溃疡面。

工作人员进来，志强焦急地问他："畜牧站打通电话了？"

工作人员回答："没人接。今天是星期天。"

晓芳担心地说："那咋办呀？得赶快治呀！"

志强说："我听巴大爷说过这种病。我去把他接来，看他有没有办法。"

89. 河滩牛场　日　外景

志强开着一辆卡车把巴特尔拉过来。

下车后，巴特尔蹒跚着检查了牛群，肯定地对志强说："是口疮。这玩意儿传染快，得赶紧把病牛隔离，再找人跟我去挖草药熬水灌洗病牛。"

大伙儿分头行动起来。

90. 河滩牛场　日　外景

穿白大褂的疫病防治技术员检查病牛。

志强焦急地问："怀疑是口蹄疫？"

技术员回答："嗯。"

晓芳问："那，还有治没有？"

技术员答："幸好你们及时隔离了病牛，给它们上了药，还给所有牛都灌了药汤，疫情有所控制。但是……"

"但是咋了？"巴特尔插问。

"按规定得马上向疫病防控中心报告。"

技术员进屋打电话，然后走出来。

"咋样？"志强着急地问。

"领导说，为了防止疫情大面积爆发，牛群可能得扑杀。"

"啊？"志强、晓芳、巴特尔和大伙全愣住了，一个个面面相觑。

91. 马秀芬家　日　内景

巴特尔躺在床上，浑身虚弱、流鼻涕，说："冷，冷！"

马秀芬给他又盖一床被子，说："你是咋啦？感冒啦？"

巴特尔说："可能是被病牛传染了。"

马秀芬吓一跳："啥？那要紧不？"

巴特尔说："没事。"

马秀芬帮他掖被子，说："得赶紧上医院！"

巴特尔说："不用，躺躺就好。"

马秀芬摸摸他额头："哟，烫手嘞！不行，我得赶紧给志强打电话，让他找人开车送你上医院！"

巴特尔连忙阻止她："你别给他们添乱啦！牛都得杀，他们心里正糟践着哩！"

马秀芬停了会儿，说："我还不知道你，都到这时候了还不愿意花钱看病！"

巴特尔叹口气，说："唉，这回，咱闺女可背债了！"

马秀芬眼泪涌上来，说："咱这辈子是咋啦？命咋恁苦嘞？"

92. 河滩牛场　日　外景

众多穿白大褂的防疫人员和牛场工人对牛群进行治疗和防疫。志强和晓芳跟着忙里忙外。

紧张工作终于结束，大家疲倦地走进办公室。

志强和晓芳张罗着给技术人员打水洗手。

志强问一位领导模样的人："这下不用扑杀牛群了吧？"

那人边洗手边说："嗯，先观察几天吧。"

志强和晓芳都松一口气。

93. 马秀芬家 日 内景

巴特尔趁马秀芬出去，挣扎起来，找到一张纸和一支笔，手抖抖地写道："秀芬，我走咧。你不用找我，照顾好芳芳。"听到马秀芬进来，连忙藏在被窝里。

94. 马秀芬家 夜 内景

巴特尔从床上挣扎着坐起来，怕惊醒了马秀芬，小心翼翼地穿衣服。

他蹑手蹑脚地绕过马秀芬的床，因手脚不便，用了很长时间。然后回过身，在黑暗中站在那里深情注视了马秀芬老半天，看着她过早花白了的头发和脸上密布的皱纹，眼里涌出泪水。

他走到外屋，把纸条压在桌上，悄悄打开门出去，又关好门，一瘸一拐地向夜色里走去。

95. 马秀芬家 晨 内景

外面大雨倾盆。

马秀芬翻身不见巴特尔，喊了两声："巴特尔？巴特尔？"没人应声，连忙起身，里外寻找不见，急得手足无措。

忽然，她看到了桌上的纸条，拿过来一看，眼泪夺眶而出，冒雨冲了出去。

96. 黄河岸边 日 外景

大雨瓢泼中，马秀芬和村主任一群人跑上黄河大堤，四处喊："巴特尔——"

志强领着牛场工人跑上黄河大堤，四处喊："巴大爷——"

晓芳边哭边跑，泪水与雨水交流在一起。她冲上堤岸，朝着黄河滩撕心裂肺地喊："爸爸——"

97. 黄河滩 日 外景

瓢泼大雨，天地一片墨黑。

一个炸雷炸响，闪电照亮了地平线处巴特尔佝偻前行的身影。

主题歌：你从昆仑山流来

　　　　流过九曲十八弯

　　　　裹起了多少泥沙

　　　　经历了太多苦难

你养育了儿女，把自己耗干
你的爱
是我永远的眷恋

［剧终］

2013年8月8日一稿
2014年5月29日二稿

从云冈到龙门

——一个王朝凌厉前行的背影

（电影文化片）

　　一个僧人昙曜，行进在黄河边荒凉的路途中。他来自西域凉州，曾听鸠摩罗什大师授法。这是北魏朝的一个清晨，他准备渡过黄河。抬头望着每天照样升起的太阳，他长叹了一口气。

　　这是中国历史上一个动荡、混乱的时代，却又是中华文明获得有力推进的时代。维系了360年统治的大汉天朝崩塌后，天下三分，最终归晋。用杀戮来控制政权的西晋司马氏集团在充分显露了其腐朽性之后，于公元290年酿成"八王之乱"。随后是晋室东渡、北半部中国匈奴、鲜卑、羯、氐、羌各少数民族纷纷建立政权，拉开十六国纷争序幕，汉史称之为"五胡乱华"。150年中，攻战迭扰，杀伐相继，在铁与剑、弯弓与马蹄溅起的血火之中，黄河流域人口锐减，人民遭受了巨大的祸乱和创伤。

　　昙曜一路上看到的，到处是征战、残杀、死亡和毁灭，举目田野荒芜、尸横遍野、盗匪横行、民不聊生。人民的生命悠忽、朝不保夕。长夜漫漫，哪里有生的希望？人生漫漫，何处是灵魂的归程？唵嘛呢叭咪吽，我佛慈悲，如何眼看着人间变成地狱一样的黑暗世界？百姓们翘首企盼着有指路明星出现，盼望着能善恶相报于来世今生。昙曜心里暗暗发下誓愿：宏大佛法，拯救众生。

　　公元423年，北魏太武帝拓跋焘即位。他富于春秋，弘谋大略，东征西讨，锐意开疆。鲜卑族在他的手上，武功达到了最高峰。太武帝倚靠拓跋人的彪悍和汉族士人崔浩的谋略，战无不胜。431年灭夏国，433年灭仇池，436年灭北燕，439年灭北凉，统一了黄河流域，449年又大破北方柔然，迫使其退进漠北深处，再不敢南犯。太武帝创建了一个空前强盛的军事帝国，而与南方的刘宋政权并立，形成南北朝对峙的格局。西晋末年以来135年的十六国分裂局面从此宣告结束。血腥屠杀与征服，反而成为民族融合、再造生机的前提与条件。一个巨大的历史悖论，横亘在中华文明史中。

这里摆列的是北魏骑兵和步兵俑群像，出自北魏琅琊王司马金龙墓（大同市博物馆）。这些拓跋兵将头戴兜鍪，身披铠甲，手持利刃，威武雄壮。连他们胯下的战马也被厚厚的锁子甲包裹得严严实实，刀砍不透，矛刺不进。他们屏息静气，严阵以待，随时准备投入一场昏天恶战，血腥厮杀，荡平一切敢于阻路之敌。鲜卑拓跋氏是一个起自大兴安岭的游牧民族，彪悍刚烈，嗜血好战。他们从岭北走向草原，从荒漠进入内陆，连续内迁，铁血征战，逐渐锻造为一支驰骋中原大地，最为坚忍顽强、勇猛无敌的力量，无情掩杀，势不可当，铁蹄过处，尽为齑粉。

携长刀挎箭袋武士昙曜来到北魏首都平城——今天的大同，这里却是一座新兴的城市。由于贵戚勋臣聚集，拓跋人和众多游牧部族入居，又迁徙来众多亡国之民，手工业者、工匠、商人、僧尼，这里聚集了百万人众。这时的平城，东西长八里，南北长九里，围以开有12座城门的宫墙。城里立坊为区，开巷为衢，宫殿巍峨，宗庙宏阔，豪宅民屋，鳞次栉比。按照统一规划，权贵大臣、商人和手工业者居住在廓城之内，营商务工；农耕民居住在廓城郊外，按户计口授予土地耕种；游牧民则安置在京畿周围的山区谷地，从事放牧。新兴的平城欣欣向荣，居民许多尊崇佛教。昙曜想，这里或许是自己弘大佛法的理想之地？于是他停留了下来。

昙曜平日持守戒律，一心弘佛，意志坚韧，节操高拔，很快便受到民众的尊重，并且得到了太子拓跋晃的知遇和礼敬。然而，佛缘未到，修行多厄，很快他就遇到了一场巨大的灾难。

太武帝的极端军事统治，引发了国内的各种社会矛盾，各地民众的反抗斗争如火如荼，此起彼伏。公元445年九月，卢水胡人盖吴在陕西黄陵发动反魏起义，附众十余万，决州荡府，来势凶猛。太武帝遂率师西征，抵达长安。魏军偶尔发现长安一所寺院里藏有许多兵器，或许是寺僧用以乱世自卫，但太武帝怀疑僧人与盖吴通谋，既惊且怒，不容分说下诏将僧人全部处死。在没收寺院财产时，又发现禁酒的寺院里藏有酿酒器具，储存有州郡牧守和豪强大户寄存的大量财物，甚至还有藏匿妇女以供淫乱的密室。太武帝勃然大怒，随行的士人崔浩趁机进言，要求废除佛教，以防后患。刚愎自用的太武帝遂颁布命令，尽诛长安沙门，又令全国僧尼全部还俗，如有逃匿者，追捕斩杀。分遣军兵将寺庙尽行拆毁，佛像、经典一概焚烧。一时之间北魏又成人间地狱，一境之内无复沙门，造成中国佛教史上一次空前的劫难，史称"北魏太武帝灭佛"。

太子拓跋晃看到废佛诏书，连忙悄悄通知他熟悉的僧人赶快设法避难。风声鹤唳中，僧人纷纷还俗以保命，昙曜却欲死守殉教，经太子再三劝喻，他最终悄悄离开平城，逃亡于山泽。那一段日子里，他四处藏匿，度日维艰，但誓守沙门生活，一直将佛家法物暗暗随身携带。好在受到许多信佛好心人的保护，才得以免受牵连。昙曜坚信，佛法无边，厄难必除，乾坤终有一日会扭转。

几年之后，事情有了转机。公元452年，太武帝被宦官宗爱谋弑，太子拓跋晃也已经死去，皇孙拓跋濬即位为文成帝。文成帝尊仰佛教，对祖父的毁佛行为深感不安，而且他也知道太武帝生前已有悔意，于是始尔登基，立即颁布《修复佛法诏》。诏书要求各州郡县于人口聚集处，即建佛寺一所，财用不受限制。喜好佛教的良家百姓，不问长幼，听其出家。文成帝自己则在平城五级大寺里，为太祖以下五帝铸造释迦牟尼的立像五尊，各长一丈六尺，用赤金两万五千斤。他还召访天下高僧入京，赞襄佛事。

佛光乍现，昙曜的机会来临。他应召再次来到平城。刚一进城，忽遇前方喝道，躲闪不及，只好俯首合掌立于道旁。一队仪卫耀武扬威簇拥着文成帝御驾来到跟前。文成帝骑的马见到昙曜，忽然停下脚步，至前用嘴衔起他袈裟的衣襟，颇有留恋之意。众人见马识高僧，惊讶无比，皆对昙曜顶礼膜拜。文成帝非常高兴，立即将昙曜迎入宫中，拜为帝师，又任命他为沙门统，统管全国佛事。

昙曜终于有了大展宏图的平台。他于是想找到一个使佛教不受社会影响而能永远光大的万全之策。他想到了在敦煌看到过的石窟。开窟造像！昙曜的心底像燃起法炬，豁然明亮。

昙曜开始踏访平城周遭地形。这一天，他来到距平城东30里的云冈峪武周山南麓，见到一面山峰突兀而起，陡壁横空，嶙峋奇谲，脚下则是一道绿水环流，水静山幽，真乃人间仙界也，正是自己心目中立像垂世的理想之地。回去之后，他立即上书文成帝，请求在武周山北开凿佛窟。文成帝认为正可借此拂除祖父废佛的罪孽，同时也为历代祖先追福，爽快地答应了，并下旨朝廷从人力物力上给予积极支持。

昙曜挑选了一批太武帝平北凉时从凉州迁来的凿石工匠，他们有着娴熟的凿窟技术和经验，开始按照自己的设想雕凿石崖和佛龛。昙曜开凿的佛窟一共5座，即今天的云冈石窟第16窟到第20窟，总名之为灵岩寺。昙曜五窟为平面马蹄形，每窟高二十余丈，穹隆顶，主要造像为三世佛，高60～70尺。其雕刻技艺继承并发展了汉代传统，而吸收融合了古印度犍陀罗、秣菟罗艺术的精华，借鉴了西域样式，例如第19窟、第20窟佛尊皆为袈裟斜披裸袒右肩。主佛之外，装饰简单，重点突出，不求奢华，创造出刚劲浑厚又典雅素朴的艺术风格。五窟主佛系根据北魏道武帝到文成帝五个帝王的形象雕凿，含有为之祈福之意，尤其当今文成皇帝要求昙曜造像时，把自己脸上、足底的黑痣都标示出来，用黑石头嵌入佛像之中（16窟？）。佛像的形体高大，面相丰圆，高鼻深目，眉长颐丰，肩宽体壮，气概雄健，与佛经所描述的佛貌不同。这些北魏统治者，就是这样通过造像把自己凝固为石头的历史。窟成之后，太皇太后和文成帝每年都要来此礼佛，每次礼佛后都下诏兴建新的石窟。

这时候，一个北魏历史上最为重要的女人——冯太后登场了。北魏朝曾有三个女人先后发挥巨大影响力，一个是冯左昭仪，一个是常太后，最后一个是冯太后。她们都是被拓跋人灭国后没入宫廷的汉族女，有着悲惨的人生，但因帝王宠幸而改变命运。其中冯太后开启并支配了孝文帝的改革，成为改变北魏历史的人物，也成为后来孝文帝迁都洛阳的精神支柱。她还因身世悲惨而笃信佛教，因而与北魏佛教的兴盛发生关系。孝文帝的迁都则使得云冈石窟得以在龙门复制和发扬光大。

公元449年，一队女子被绳子拴着，由禁兵押运，哭哭啼啼来到平城。其中一个年仅7岁的小女孩儿冯润，满面泪痕。原来，她是北燕皇帝冯弘的孙女、皇子冯邈的女儿。公元436年，北魏太武帝东征龙城灭北燕，天王冯弘逃奔高丽，其三个儿子冯诞、冯朗、冯邈背叛北燕降魏，拜官封爵。公元449年，冯邈随太武帝北征柔然，各路军马皆胜，唯冯邈一路陷于敌围，生死不知。其副将逃回，为开脱自己罪责，谎称冯邈降敌。太武帝大怒，将冯邈全家男子抄斩，女子捉入宫中做奴婢。此时的小冯润，无依无靠，孤苦伶仃，哭天无泪，唤地不灵。

岂知天无绝人之路，押解入宫时，恰撞见其姑妈冯左昭仪。冯左昭仪是北燕天王冯弘的三公主，北魏太武帝初次攻燕时，冯弘抵敌不住，奉上三公主以换回北魏退兵。太武帝见而爱之，封她为左昭仪。冯左昭仪见到久别的亲人，闻听哥哥冯邈被灭门，只见到其独苗，又同病相怜，不禁拥着侄女痛哭失声。从此小冯润被冯左昭仪收在身边。这时北魏朝中是常太后掌权，不可一世。常氏原来也是北燕民户，公元436年北魏灭北燕时被掳来平城。当时冯左昭仪曾救过常氏的命，公元440年又帮她当上皇孙拓跋濬的乳母。公元452年12岁的拓跋濬即帝位为文成帝，乳母常氏被尊为皇太后。因文成帝年幼，常太后把持了朝政。常太后为文成帝选妃，为了报恩，选了冯左昭仪的侄女小冯润为贵人。

冯贵人年方10岁，却十分早熟，受到冯左昭仪影响，知书识礼，很有教养，沉稳而有心机。文成帝不喜欢她，自己看上一位掳来的李氏女，冷落了冯贵人。公元455年，李贵人生下皇子拓跋弘，常太后利用北魏开国初太祖道武帝"子贵母死"的遗训，趁机赐死李贵人，立冯贵人为皇后。公元465年，26岁的文成帝忽然无由死去，12岁的拓跋弘即位为献文帝，被晋升为太后的冯润控制手中。当时车骑将军、东郡公乙浑浑擅权，阴谋篡位，冯太后用密令召五王进京，压住乙浑浑党羽气势，一举拿下乙浑浑，其刚毅果决动作也镇服了贵族和群臣。冯太后遂临朝听政，安插冯氏亲眷把持了军政要职。

献文帝14岁那年，他的李夫人生下拓跋宏。拓跋宏两岁被立为太子，冯太后立即仿照常太后做法赐死李夫人，宣布由自己养育拓跋宏。献文帝痛恨冯太后杀其爱妃，在朝堂上与之明争暗斗。冯太后笼络住了王公贵戚，献文帝感到左右掣肘、力不从心，于是心生退意，想禅位给叔叔拓跋子推，遭到王公大臣一致反对，只好禅位给年幼的太子。公元471年，献文帝举行禅位大典，对群臣说：朕淡泊富贵，从此不再过问政治，专一与沙门精研佛理，钻研佛陀之学。4岁的太子拓跋宏登基为孝文帝，尊18岁的拓跋弘为太上皇帝。

或许是现实政治环境过于残酷，年纪轻轻就不得不承受难以负载的压力，献文帝笃信佛教。他曾批准了昙曜为寺院设置大量僧祇户和佛图户的请求，让众多的农民为寺院种地收粮，全国寺庙在此基础上迅速兴旺起来。他又在平城大兴佛事，为庆贺皇子拓跋宏出生建造永宁寺，在其中架设七级佛屠，高三百余尺，号称天下第一。还在平城天宫寺建造释迦牟尼立身像，高四十三尺，用铜十万斤、黄金六百斤。最后，在平城凿造三级石浮屠，高十丈，成为京城一大景观。禅位后，他干脆搬进北苑崇光寺居住，终日与佛僧论经说法。但他看不惯冯太后在朝中秉政弄权，一次强硬要求冯太后不要再干预朝政，被冯太后一杯毒酒鸩死，时年23岁。当时孝文帝10岁，冯太后再次临朝听政。

孝文帝小小年纪，迭经变故。两岁时母亲李氏被赐死，现在父亲又死得不明不白，他幼小的心灵无所皈依，只好乞灵于佛教。他为父亲做了一场大法供，千僧与会，万人供观，整个平城为之轰动。是日，有良家男女百余人愿为僧尼，孝文帝亲自为之剃度。然后敕建建明寺，作为为太上皇祈福的专门场所，落成之日又举行了隆重庆典。

冯太后进宫依随姑妈冯左昭仪时，得到了她传授的汉族文化知识，并听她讲了许多北燕、后燕、前燕的传统制度和典章，而且深谙其用心。今天，她要如法炮制，将自己的文化知识、道德品质、性格习惯乃至思想观念灌输到孝文帝这个幼童的心灵之中，使他成为自己的化身。因此，她督责孝文帝学习汉文经典从不懈怠。孝文帝自幼悟性极高，《五经》经义读过即会解释，《史记》《春秋左传》以及诸子百家，几乎无不涉猎，尤其精于佛陀之说。几年下来，孝文帝便显得才华出众、神思飞扬、精于思辨、智慧超群，而且政治上十分早熟，即位之初即向冯太后请教为政之道。

冯太后平素节俭，衣着从不追求奢华，饮食不讲究丰盛，临朝听政之后，特命御膳房将菜肴减去十之七八，只有四菜一汤，而且用小尺寸的盘子，为她上菜的几案长宽都不超过一尺。孝文帝也学着她穿衣、饮食尽量朴素，长期穿着久经洗涤的衣服。冯太后尽量改变鲜卑族动辄杀人的野蛮行径，待人以和，一次吃饭从粥里捞出一只蜻蜓，旁边的孝文帝命人将御膳房的厨子绑来，冯太后却笑着摆摆手，将厨子放了。后来孝文帝自己吃出一条虫子，也学着冯太后微笑着赦免了厨子。又一次厨子不小心把热羹洒在孝文帝手上，当时就烫起了水泡，孝文帝仍然一笑罢之。此事传到冯太后耳朵里，她微笑着表示满意。冯太后还写了长篇《劝诫歌》劝导君臣相安，她说如果君王时时勤勉为政，大臣处处如履薄冰，太平盛世还会远吗？她又专门写了《皇诰》教育孝文帝要谨慎抚民。

孝文帝7岁时，一次太上皇带领他出征土谷浑，得胜回朝途中，一边领他巡察嶙峋的黄土高原，一边向他讲述列祖列宗的赫赫战功，告诉他要继承拓跋祖先马上得天下的遗训，不可学汉人腐儒。孝文帝受到鼓舞，回宫后终日舞枪弄剑、骑马射箭。太上皇死亡之后，孝文帝有泪往肚子里咽，大作法事，表现了对父亲的挂念，这使得冯太后既难堪又不满，认为他想自作主张，自己也白教育他了，于是动了废黜其帝位的念头。

一天，孝文帝入冯太后宫中请安，突然被几名阉官按住，剥去外衣关进侧室，三天不给水粮。后在王公大臣苦苦劝谏下，冯太后才将他放出来。几天后孝文帝痊愈，前来拜谢冯太后不废之恩，冯太后才开口细细数说他的不是：你只听了太上皇夸耀历代祖先开国霸业，却不知道他们个个失败被杀的结局。你单知道国家靠武功征伐得来，却不知道统治国家要靠宽仁而非杀戮。在中原百姓心目中，为何只有南朝才是正统？就是因为那里用文治。国家只有用文治，才能够繁荣昌盛。希望你明白这些道理，照着去做。否则，为了社稷永固，我也只好将你废黜。孝文帝听得热泪盈眶，连连称是。

接着，孝文帝就按冯太后授意连下了一系列的诏书，提倡农业生产，优荣汉族士族，减轻天下刑罚。又从务行宽仁的原则出发，组织朝臣拟定系统的律令条例，使司法量刑有了统一的法律依据。这些措施，增加了农业生产力，缓和了社会矛盾，推进了北魏的封建制度建制。

冯太后放心了。公元481年四月的一天，风和日丽，掌握朝纲、志得意满的冯太后携孝文帝登上平城北边的方山。山峦起伏，林木葱郁，壮丽景色尽收眼底，40岁的冯太后起了终焉之志。她知道自己虽贵同人主，按风俗死后却不得不葬入灭国杀父仇人文成帝拓跋濬的陪陵。她决心利用现在的权势，为自己另起山陵，于是对孝文帝说："我看这里风水甚好，离平城又近，我死之后就埋在这里吧。"孝文帝听后一惊，但立即顺从地答应下来。冯太后又说："今后国家的事我不想过问了，你自己处理吧。"随后，冯太后谆谆叮咛孝文帝："我朝已经入主中原，你眼睛里不能只有拓跋部民，汉民也是大魏臣民。在中原立足要以农业为本，让农民都有地种。部属不能只会打仗，更应该会治理地方。要学会和汉族士族与百姓和平共处的方法，一定要仿汉制、重农耕、行儒教，才能成为有为的中原英主。"孝文帝默默听从，铭记在心。

此后，孝文帝为冯太后大建陵寝永固陵，历时八年才大功告成。他同时还在旁侧为自己准备了一座陵寝万年堂，作为永固陵的陪陵，用以向冯太后表示自己追随她的决心。这或许是中国历史上唯一一座以女性陵墓为主尊，而用帝王陵墓作为陪葬的陵寝。当然后来孝文帝迁都洛阳，并没有再回到这里来，最终葬在洛阳。这座废黜的孝文帝山陵，至今仍然在年复一年地茕茕吊月。

冯太后如今贵为皇太后，权倾朝野，支配了拓跋政务，早已报了家国之仇。而她为了立足朝纲，曾经大立冯氏外戚，对拓跋宗室则不惜痛下狠手，杀人数百。如今自思罪过，不免起了忏悔之心。从此她不再过问政事，每日诵佛读经，大兴佛事，又叮嘱冯氏众戚所在州郡也兴寺建塔，缮写佛经，大办法场，讲经论道。孝文帝不敢怠慢，也为冯太后建起报德佛寺，并在平城大办道场。一时之间南北呼应，佛家香火大盛。即使是建盖自己的山陵，冯太后也创获为陵墓与寺院结合的形式，在陵丘前加建了一座思远寺，使之成为独特的帝后陵园样式。今天寺庙虽然无存，基址犹在，向世人昭示着这位有着复杂人生的太后的缜密内心和纠结情感。

孝文帝太和年间，平城已经建成为一座人口稠密、商业繁茂的大都市，作为当时北方政治、经济、文化的中心，它成为各国崇仰的人文荟萃之地。其廓城之内建有百所佛寺，拥有两千名僧众，北魏全国则有寺庙六千四百余所，僧尼七万七千余人。

昙曜造像引发了平城凿窟的热潮，而且愈演愈烈。这一时期是北魏最稳定、最兴盛的时期，文成帝之下的历代帝王，以其国力为后盾，倾全国财赋收入，旷日持久地继续着浩大的雕凿工程。而且王公大臣、富户豪商一致行动，连周遭的穷苦百姓也乐于协同。我们看这些"造像铭记"。这是造像人刻下的祈祷发愿文，祈愿帝室隆盛、国家安泰，祈愿造像人得到解脱。这里刻有太和七年也就是公元483年八月三十日铭文，以及全村捐资人善男信女54人的姓名，说明开石窟并非独赖帝室和国家之力，而且集合了民间的力量，意义深远。

此期佛窟的内容繁复、雕饰精美度已经远远超过初期的昙曜五窟，雕刻造型追求工整华丽，各种新型装饰因素产生，石雕群佛构图繁杂，玲珑精巧，尤其是从洞窟形制到内容风格出现明显的汉化特征。石窟多为平面方形或长方形，有的有中心塔柱，或具前后室，壁面布局上下重层，左右分段，窟顶多有平棊藻井，造像题材内容多样化，突出了释迦、弥勒佛的地位，流行释迦、多宝二佛并坐像，周围则出现了护法天神、伎乐天、供养人行列以及佛本行、本生、因缘和维摩诘故事等。汉族褒衣博带式的佛像开始出现，大多数佛及菩萨的服饰都近似于南朝士大夫的穿着，且脸形、五官也较为世俗化、汉人化，仿照中国宫殿建筑式样的佛龛雕刻产生，出现三间楼阁式佛龛，这些都说明佛教石窟艺术中国化的过程已经开启。这多种因素的综合，也就产生了精雕细琢、富丽堂皇的佛窟太和风格。昙曜任北魏沙门统达30余年，一直进行造像、译经和寺院管理，在孝文帝迁都洛阳前圆寂。

即使是在孝文帝迁都洛阳之后，云冈大规模的开凿活动虽然停止，凿窟造像之风仍然在中下阶层里蔓延。下等官吏和邑人信众们，陆续开凿出大量的中小型洞窟。小窟小龛从东往西渐渐布满崖面，有200来座。大多以单窟形式出现，造像题材多为释迦多宝或上弥勒、下释迦。窟室布局和装饰风格的中国式味道更加浓郁。佛像和菩萨通常面瘦颈长、胸窄肩削，出现典型的"秀骨清像"艺术风格，成为北魏后期佛教造像的显著特点。这一特征影响到迁都后开凿的龙门石窟，对后来的中国石窟艺术产生了深远影响。

云冈石窟始凿于公元453年，大部分完成于公元494年北魏迁都洛阳之前，而造像工程一直延续到公元525年。经过60多年的持续开凿，云冈最终成为洞窟相接、佛像鳞比、东西绵亘约1千米的庞大石窟群，现存主要洞窟45个，大小窟龛252个，石雕造像51000余具，令世界叹为观止。云冈石窟形象记录了佛教从印度和中亚向中国传播发展的历史轨迹，反映出佛教造像在中国逐渐世俗化、民族化的过程。多种佛教艺术造像风格在云冈石窟实现了前所未有的融会贯通，由此形成石窟的云冈模式，成为中国佛教石窟艺术发展的转折点。以后敦煌莫高窟里的北魏洞窟、龙门石窟中的北魏造像不同程度地受到云冈石窟的影响。云冈中后期石窟出现的中国宫殿建筑式样雕刻，以及在此基础上发展出的中国式佛像龛，在后世的石窟寺建造中得到广泛应用。今天，历经1600年的风风雨雨，云冈石窟仍傲然挺立在大同西侧的武周山中，成为僧人昙曜的无名碑铭。

孝文帝的亲身经历告诉他，拓跋祖制那一套早已远远不能适应历史的发展。拓跋贵族动辄以"我北俗质鲁，何由知书"自居，滥斩滥杀，毫无规矩。立足朝廷就阴谋篡逆，外放藩镇就起兵造反，做了地方官就以掠夺民财为务，这一切都使得政纲不稳，民族矛盾激化，让小小年纪的他没有一天轻省，终日背负着巨大的政治压力，根本过不上正常儿童应有的生活。即使是他本人也深受祖制之害，刚刚两岁即眼看着母亲因为自己立为太子而被一条白绫处死，使他在最需要的时候失去母爱的温暖，而就在今年——公元481年，宠妃林氏为自己生下长子，这本来是一件大喜事，他却又眼睁睁看着爱妃被按照祖制处死，红事办成了白事，作为帝王的他却完全无能为力。他因而十分痛恨拓跋旧俗，亟欲痛革其非。而为了摆脱政治烦恼和冯太后的管辖，他常常躲在宫里读书，手不释卷，把朝政交由冯太后任意处置，这使他得以博览群书。他所读过的儒书又告诉他，要想成为真正的中原英主，就必须绍继中原文化正统。他因而立志改变拓跋祖制，让它从游牧习气里超升出来，朝向中原封建体制大步迈进。

公元484年，16岁的孝文帝下诏官吏实行俸禄制。此前从大兴安岭嘎仙洞密林起家的拓跋部族一直实行劫掠制，每次出征战胜，按照各人战功分赏俘获物和奴隶，鲜卑兵士和诸部大人知道战争掳掠获利远远大于游牧，愿意力战而从无叛逃，因此拓跋部成为好战集团。北魏建国后，文武群臣仍然没有俸禄，他们的收入依然仰仗于掠夺和搜刮。文成帝以后，北魏对外战争基本停止，地方官的主要事务竟然就是搜刮民财，供自己享用和上缴中央，因而朝廷上下贪污腐败成风。颁行俸禄制，解决了百官的生活来源，就杜绝了贪官接受贿赂的理由。孝文帝又常年派出使臣到各地巡视，凡贪赃满一匹绢布的即处死，一批宗室亲王因而被陆续断头，杀一儆百，有力遏制住了吏治歪风。

公元485年，孝文帝又下达均田诏，强调眼下富豪兼并山泽，贫弱地无一垄，这样无法使百姓丰足、天下太平。全国耕地因战争荒废，造成人少地多局面，因而下令计口授田：凡男子15岁以上者授田40亩，妇女授田20亩。授田有露田、桑田之别。露田种植谷物，不得买卖，70岁时交还国家。桑田种植桑、榆、枣树，不须交还国家，可以买卖。还规定了对鳏寡孤独给予照顾的办法。随后派使者巡视州郡，协助地方长官向农民均给土地。均田制后来在北齐、北周、隋、唐时代一直沿用，甚至影响到朝鲜、日本。486年又下诏实行三长制，即百姓每五家为一邻，设邻长；五邻为一里，设里长；五里为一党，设党长，统一接受州县地方政府统辖，构成密布的基层行政体系。三长制的实行，使多年征战环境中实际形成的地方豪强坞堡体系解体，大量依附于坞堡的百姓得以解放出来成为自由民，自行生产，直接向政府交税纳粮。均田制和三长制的实行，遏制了宗主豪强势力的恶性膨胀，使耕者有其田，个体农民的经济负担减轻了，调动了劳动积极性，大大解放了农业生产力。这一系列措施使得天下就此平定下来，百姓安居乐业，官吏奉法尽职，朝廷财政收入也有了保障。

公元490年，积劳过甚的冯太后48岁去世，葬于方山永固陵。这座大同地区最大的、等同于帝王的陵寝下静静躺着的，就是曾经权倾一世、扭转北魏历史进程的冯太后。一位曾经被灭国灭族、为奴为婢的女孩儿，却借天赐良机立足于拓跋朝堂，事实上据有了北魏的天下，并最终培养出孝文帝，改变了一个王朝的走向和命运。

24岁的孝文帝突然成了真正的一国君主，心中郁积的活力一下释放出来。他要把拓跋氏政权建设成一个真正的汉化帝国，他要到中原去一展宏图，做一个真正的正统君主，他还要消灭长江流域的南齐政权，统一大江南北，成为像汉武帝那样拥有四海、君临天下的大皇帝。他决心进一步推行汉制。

公元486年，孝文帝按照拓跋习俗在西郊祭天时，已经改穿汉族皇帝的冠冕法服。公元492年，孝文帝干脆宣布废除原始的拓跋氏西郊祭仪，代之以汉族皇帝正统的南郊行圜丘之礼。他又仿照汉制在宫廷设立雅乐，供朝廷举办重大仪式时使用，并下令完备中央和各地的儒学体系，大力开办学校，复兴礼制。这些事情做完以后，他开始着手实施自己的宏伟计划：迁都洛阳，到中原去执政，成为继承周、秦、汉、晋正统皇朝的大皇帝。

孝文帝对于迁都洛阳，有着深思熟虑的思考。他知道，平城寒冷干旱，粮食产量有限，不能满足众多人口的需要，不适合作为规模较大王朝的都城。它又远在北垂塞外，既不便对广大中原地区进行统治，又易于受到北方游牧民族的袭击。他还知道，要想有效统治和管理中原，就必须获得汉族士族认可的正统地位，迁都可以帮助他做到这一点。他更知道，要想建立拓跋氏的长久政权，就必须消灭南朝，实现全国统一，迁都中原则是统一的第一步。

孝文帝决心按照自己的构想推进历史。但是，现在已经有着缜密心计和成熟思虑的他知道，朝中依然有着重要影响力的鲜卑老臣、宗亲国戚们，都已经耽溺于平城享乐的既得利益，保守势力会极力反对他的迁都计划。他必须声东击西，绕道而行。

公元493年5月，孝文帝召集群臣，宣布准备出兵伐齐，引起朝中一片喧哗，尤其是他的族叔、身为宗室领袖的宗亲大臣任城王拓跋澄跳出来直接反对。孝文帝脸一沉，大声喝道："社稷乃朕之社稷，南伐与否由朕决定，任城王难道想沮丧我将士的斗志吗？"拓跋澄也毫不相让，提高了嗓门说："社稷虽为陛下所有，然而臣乃社稷之臣，怎能知危而不言！"群臣都为任城王捏一把汗，谁知孝文帝手一挥，说声散朝，起驾回宫去了。

孝文帝知道拓跋澄是忠勇有志之臣，也倾向于改革旧制，所以一入后宫，立即宣诏拓跋澄觐见。他摒去左右，对拓跋澄说："刚才明堂之上，因怕众人随声附和你的话，沮丧朕之大计，所以我厉声切断争论，希望你能谅解。"拓跋澄还没有回话，他又说："你以为朕真的要出兵伐齐么？非也。我是想借南征之名，迁都洛阳。"拓跋澄一听，转忧为喜说："臣子愚昧，不解圣意，罪该万死。迁都乃兴周隆汉之大举，臣极愿赞成。"孝文帝说："可是，朝臣们留恋于原来的生活，一定会惊恐骚动起来，怎么办？"拓跋澄说："不平凡的事，本来就不是平凡的人所能做的。陛下的圣明决断，谁又能阻挡？"孝文帝高兴地说："任城王真是我的张良呀！"

于是孝文帝下诏，调集六军，于公元493年八月十一日御驾亲征南下。群臣见拓跋澄不再阻拦，不好再说什么，只好跟着起程。30多万步兵、骑兵沿山西河谷南下，一路上阴雨连绵，道路泥泞，行进速度十分缓慢。九月二十二日到达洛阳，城中积水浸淫、浊流泛滥。整个队伍都被这些搅得疲惫不堪、心烦意乱。略事休整之后，孝文帝于九月二十九日继续督军开拔，离开洛阳向南前行。当日天上下着滂沱大雨，群臣都跪在积水之中苦苦叩头谏止。孝文帝见状，故意说："你们不赞成眼下南伐，那就先把国都放在洛阳，以后南伐也会减少许多麻烦。"看大家不作声，孝文帝又说："赞成迁都的站在左边，赞成南伐的站在右边。"鲜卑贵族们中了他的明修栈道，暗度陈仓之计，虽然不赞成迁都，但更不愿意南下伐齐，于是慢慢都站在了左边。迁都之议终成定局。

孝文帝先命令修建洛阳城郭、宫室和街坊，然后于公元494年颁布迁都洛阳诏。诏书中说：北魏兴自北土，定都平城，虽富有四海，而天下尚未统一。平城是用武之地，但不可文治，移风易俗，尤其为难。洛阳自古为帝王宅里，适可为都。所以今日大举南下，以图光复中原。诏书颁布，开始迁徙平城文武百官、后宫嫔妃和各族民众南下。历经一年时间，络绎不绝的迁徙队伍才全部走完。孝文帝的迁都之举大功告成。

迁都之后，孝文帝立即着手推行汉化改革。公元495年开始，他顶着压力，先后颁布了一系列诏令。他命令拓跋部民一律改穿汉式服装，禁止穿胡服，违者处罚。他规定朝堂之上必须统一讲洛阳汉语，不得再讲鲜卑拓跋语，违者免职。他让鲜卑人和汉族人通婚，自己取卢、崔、郑、王和陇西李氏五大士族的女儿入宫以做榜样，又强令六个兄弟聘高级士族女为正妃。他改变拓跋八部大人制，参照汉族官制制定出系统的品官体系。他下令把鲜卑人的复姓改为单姓，例如，皇族拓拔氏改姓元，独孤氏改姓刘，丘穆棱氏改姓穆，步六孤氏改姓陆，贺赖氏改姓贺，贺楼氏改姓楼，等等。从此鲜卑人的后代融入了汉族百家姓之中。例如，金代著名诗人元好问，就出自拓跋氏皇族。他还下诏南迁洛阳的拓跋人从今往后以洛阳为籍贯，死后就安葬洛阳，灵柩不得返回平城。他在洛阳瀍水之西、邙山之上为自己营建了新的陵园，取名长陵，把原来在平城方山营建的陵地弃而不用，以为王公贵族做出表率。出自游牧部族的鲜卑拓跋氏大步迈向中原农耕封建制的一场历史巨变，轰轰烈烈地展开了。

平城的皇室贵族、佛教僧众和雕凿工匠齐集洛阳，又在南边龙门山发现了类似于平城云冈山的风水宝地，于是，凿窟造像工程在这里又拉开序幕。位于洛阳南侧26里的龙门山，立于伊水河畔。群山旁分，伊水中流，两峰对峙，状若门阙，这里古称伊阙，诗人留下了"中断若天劈，凿山导伊流""峥嵘两山门，共扼一水秀"这样的诗句。伊阙自古以来就是交通要道和兵家必争之地，又是隋唐龙庭所在地洛阳南面的门户和屏障，故而又称龙门。这里风光秀丽，山水相间，鸟兽容与，洞深谷幽，唐代白居易因而称颂说："洛都四郊山水之胜，龙门首焉。"加上崖壁石质良好，宜于精雕细刻，遂成为开窟造像的最佳选址。

孝文帝迁都前，已经有人发现这里的优越地理条件，开始在龙门山凿堑佛窟。我们在古阳洞南壁看到一则《孙秋生刘起祖二百人等造像记》，记载着公元483年，也就是孝文帝迁都11年前，南阳郡新城县的小吏——功曹孙秋生、刘起祖率领二百民众，一起捐资在这里雕凿了石像一区，祝愿国祚永隆、三宝弥显。古阳洞原本是一个天然的石灰岩溶洞，在这里不用开窟即可造像，于是孝文帝始至，即选其作为冯太后的功德窟，在正壁雕造了三尊佛像。王公贵族也纷纷进入此洞，为之赞襄盛世，先后有孝文帝的胞弟——北海王元详及其母高氏、孝文帝的堂兄——齐郡王元佑、太武帝的重孙——安定王元燮、孝文帝的从叔母——广川王贺兰汗妃侯氏，以及司空公长乐王——丘穆陵亮的尉迟夫人、乐陵王思誉之子——元洪略、辅国将军杨大眼等，还有一个孝文帝的堂兄、做了比丘的慧成，都在这里添凿佛龛，留下众多的造像题记。另外，还有众多的小佛龛，是北魏的中下层官吏所雕造。

古阳洞平面呈马蹄形，上无莲花藻井。主佛释迦牟尼，头作高肉髻，身穿双领下垂的褒衣博带式袈裟，体躯瘦削，面容清癯。可惜这尊佛像面部已经被损坏，但还是看得出他眼含笑意，安详地端坐在方台之上。他是赞赏孝文帝的迁都洛阳，还是满意于他在龙门的造像行为？侍立左侧的是手提宝瓶的观音菩萨，右边是手拿摩尼宝珠的大势至菩萨，他们头戴宝冠，面容清秀，上身袒露，下着长裙，表情庄重文静，仪态优美从容。古阳洞内大小佛龛多达数百，雕造得精细繁缛，龛形、龛楣和龛额设计丰富多彩、变化多端，有莲瓣似的尖拱、有屋形建筑、有帷幔和流苏悬垂，佛像的背光及头光也成优美的图案纹饰。龛楣上雕造有佛传故事树下诞生、步步生莲、九龙灌顶等。

公元500年，宣武帝为给父亲孝文帝、母亲文昭皇太后祈求冥福，又下诏在古阳洞旁开凿宾阳洞。"宾阳"意为迎接出生的太阳。凿石用工80万，历时24年，后因为发生宫廷政变以及主持宦官刘腾病故等原因，计划中的三所洞窟（宾阳中洞、南洞、北洞）仅完成了一所，即宾阳中洞，南洞和北洞都是迟至初唐才完成了主要造像。宾阳中洞为马蹄形平面，穹隆顶，中央雕刻重瓣大莲花构成的莲花宝盖。主佛释迦牟尼仍然面颊清瘦，体态修长。雕刻继续采用北魏的平直刀法，衣纹密集。由于孝文帝提倡汉族服饰，主佛一改云冈石窟的偏袒右肩式袈裟，而换上了宽袍大袖袈裟。

洞中前壁南北两侧，自上而下有四层精美的浮雕，其中第三层为著名的帝后礼佛图，北段刻孝文帝头戴冕旒，身穿衮服，在诸王、中官及手持伞盖、羽葆、长剑、香盒的近侍宫女和御林军的前导、簇拥下，缓缓行进。南段刻文昭皇后莲冠霞帔，一手拈香，后随两个戴莲冠的贵妇，在众宫女的前导、簇拥下迎风徐行。图中人物密集重叠，顾盼照应，既浑然一体，又有丰富变化。人形显得颀长，并略带向前的倾斜感，既保留了盛典中的帝王生活气派，又带有飘然如仙的宗教意味和凝然静谧的心境。宫女们含睇若笑，娇慵前行的姿态，与整个虔敬肃穆的氛围形成了含蓄的对照，流露出作者沟通人世和天界的欲求。《帝后礼佛图》的雕饰风格加强了本土色彩，更多从魏晋六朝艺术中汲取营养，例如，摆脱古印度的犍陀罗风格，高浮雕的圆润光影不复存在，而向着平面浅浮雕推进，线条成了艺术表现上举足轻重的角色，尤其是衣纹处理得流畅舒展、疏密有致，颇有汉代画像砖以线求形的神韵。

令人感到悲哀的是，作为我国雕塑史上的北魏珍品，《帝后礼佛图》却在20世纪30年代，被美国纽约大都会博物馆远东部主任普爱伦买通北平琉璃厂古董商岳彬盗凿而去。现《北魏孝文帝礼佛图》藏于美国纽约大都会艺术博物馆，《文昭皇后礼佛图》藏于美国堪萨斯市纳尔逊艺术博物馆。我们看这份当年被含混称之为购买"石头平纹人围屏像"的合同书（藏龙门石窟研究所）：普艾伦分三次付款，共出银洋1.4万元，购得头、身分别凿下的石像19件。合同书上还特意写明双方同意，各无反悔，空口无凭，立此合同为证云云。时间为民国23年，也就是1934年。岳彬于是找到洛阳东关古玩商马龙图，勾结偃师县杨沟村保长王梦林和土匪王东立、王毛、王魁等人，持枪胁迫该村石匠王光喜、王水、王惠成三人进行了盗凿。今天我们在《帝后礼佛图》的原处，只能看到这些斑斑凿痕，像疮疤一样永远留在了洞壁，怎不让人为之扼腕叹息！

然而，我们还可以在与洛阳毗邻的巩义市南河渡镇寺湾村石窟寺，看到另外两幅完整的北魏《帝后礼佛图》。寺由孝文帝创建，宣武帝凿石为窟，现存石窟五个，千佛龛一个，小佛龛255个，摩崖大佛三尊，佛像7743个，碑刻题记200余块。其中第一窟和第四窟各有一幅《帝后礼佛图》，石刻构图细腻精美，人物造型独具匠心。你可以看到皇室宗教活动的盛大场面。褒衣博带的孝文帝头戴冕旒平天冠，庄严稳重地走在队首，后面跟着大腹便便的王公贵戚们，在众多侍从仆役的前呼后拥下，宫扇柄柄，伞盖重重，组成浩浩荡荡的礼佛队伍。后妃队伍则与之相向，雍容华贵，仪态万千，贵妇或手捧玉如意，或指捻莲花枝，侍女们则或为后妃携提衣裙，或擎捧祭器法物紧紧相随，簇拥着、相逐着前来进香礼佛。

北魏时期在龙门开凿的还有药方洞、莲花洞、魏宗洞等十几个大中型洞窟，蔚为壮观。只是这些洞窟一些是到唐代才最终完成的。整体来看，北魏造像人物脸部狭长，双肩瘦削，胸部平直，衣纹的雕刻使用平直刀法，坚劲质朴。但是，它已经失去了云冈石窟粗犷、威严、雄健的特征，表现出更多的中国本土元素。生活气息逐渐变浓，人物形象趋向于活泼、清秀和温和。大佛姿态由云冈石窟的雄健可畏转变为龙门的温蔼可亲，菩萨眉宇开朗、神情恬淡，飞天清丽俊秀、飘扬荡逸，可以见到南朝绘画人物的一些特征，成为西域文化与中原文化进一步结合的产物。

值得一提的是，北魏洞窟留下了一千方左右的造像题记，其中许多是魏碑书法的珍品。例如后人推崇的碑帖"龙门二十品"里，有十九品出自北魏古阳洞，古阳洞于是成为龙门石窟中开凿最早、佛教内容最为丰富、书法艺术也最高的一个洞窟。魏碑字体方劲雄奇，气势刚健质朴，结体用笔在汉隶和唐楷之间，点画方截峻厉、厚密雄强，撇捺开张，极纵其势，波磔长脚有刀劈剑削般的劲利，更显得锋芒毕露。造像记一反南朝靡弱书风，开创魏碑的劲健气势，以阳刚之美流传千古。《始平公造像记》方笔斩截，雄峻非凡，笔画转折处重顿方勒，具有龙震虎威之势，被推为魏碑方笔刚健风格的代表。它的独特之处是全碑用阳刻法，逐字界格，为历代石刻所仅见。《孙秋生造像记》与之风格接近，字体沉着劲重，笔法凝练自如，而又更加飘逸多变，显得雄峻非凡。《孙秋生造像记》凿于大代太和七年，大代即北魏，因拓跋什翼犍初建代国，后拓跋珪改国号为大魏，故北魏碑刻里多自称国名为大代。两个造像记都留下了书写人的名字，一为朱义章，一为萧显庆。他们都是历史的无名氏，是当时地位低下的士子或工匠，因而不可能得到南朝王羲之、王献之父子那样清高俊迈的名声，但却把汉碑无名体注入崭新的时代气息，使魏碑显露出用生命雕凿的悲怆与壮美，在中国书法史上镌刻了力透骨髓的一笔。

龙门石窟最初开凿于北魏孝文帝迁都洛阳前后，迄今已有1500多年的历史，历经东魏、西魏、北齐、北周、隋、唐、五代、宋等朝代，连续大规模营造达400余年。今天石窟密布于伊水东西两山的峭壁上，南北长1000多米，现存石窟1300多个，佛洞、佛龛2345个，佛塔50（80）多座，佛像10万多尊，其中最大的佛像高达17.14米，最小的仅有2厘米，另有历代造像题记和碑刻3600多品，成为中华古典雕刻艺术的浩瀚博物馆。

有了北魏的开拓，龙门石窟才有了后来唐朝时期的繁盛。唐窟占龙门石窟总数的60%以上，其中武则天时期开凿的石窟最多，这是因为她曾长期执政洛阳，而以规模宏伟、气势磅礴的大卢舍那像龛群雕最为著名。大佛开凿于唐高宗初期的公元672年，皇后武则天曾赞助脂粉钱两万贯。佛像明显体现了唐代佛像艺术的特点，面形丰肥，脸部浑圆，双肩宽厚，胸部隆起，衣纹的雕刻使用圆刀法，自然流畅。大佛的神色恬淡安详、温和亲切，极为动人。这座依据《华严经》雕凿的摩崖式佛龛，以雍容大度、气宇非凡的卢舍那佛为中心，通过一批极富情态质感的菩萨、弟子、天王、力士群像，将佛国世界的祥和意境表达得淋漓尽致，充分体现出大唐帝国昂扬向上的精神气质和强大丰厚的物质基础，以其宏大的规模、精湛的技艺显示了唐代雕刻艺术的最高成就，显现了佛窟雕凿中国化审美意识的成熟与定型。它高踞于佛雕艺术的巅峰，成为中国石刻艺术的典范，也成为唐朝这一伟大时代的象征。

昙曜和尚如果见到后来洛阳佛窟的繁盛状貌，可以含笑九泉了。

孝文帝迁都洛阳，给这个六朝古都的发展带来勃勃生机。孝文帝下旨对汉魏故城进行了大规模的改造与扩建，公元501年，宣武帝又发民夫约55000人筑洛阳323坊，建成规模极其宏大的北魏洛阳城。它东西二十里、南北十五里，占地面积100多平方千米，超过了东汉洛阳城的规模，也比后来的隋唐长安城和洛阳城大，甚至比明清北京城也大，是世界历史上面积最大的都城。洛阳的繁华程度也超过了当时的南朝古都建康城。杨衒之《洛阳伽蓝记》描述说："帝族王侯，外戚公主，擅山海之富，居川林之饶，争修园宅，互相夸竞。崇门丰室，洞户连房；飞馆生风，重楼起雾；高台芳榭，家家而乐；花林曲池，园园而有。"公元529年，梁武帝派卫将军、徐州刺史、武都公陈庆之率军北伐，护送降梁的北魏北海王元昊归国，攻占洛阳65天。后来陈庆之战败逃回，对人说："我从前认为大江以北，无非是戎狄居住的地方，这次到了洛阳才知道，衣冠人物全在中原，江东不及也。"

洛阳不仅成为北魏的政治、经济、军事和文化中心，而且吸引着东起扶桑、西达里海、北尽大漠、南至吴越的豪商巨贾、比丘游僧、文人士子和番国使臣蜂拥而至。为了接待和安置来自东西南北的各国侨民，洛阳专门在城南南北御道两旁开设四夷馆和四夷里。四夷馆供临时来往者客居，如果贪恋洛阳生活三年而不离开，则赐宅四夷里居住。侨民的居住分配原则是：东夷来的，住扶桑馆，三年后赐宅慕化里，西夷来的，住崦嵫馆，三年后赐宅慕义里；北夷来的，住燕然馆，三年后赐宅归德里，而南朝人来投的，住金陵馆，三年后赐宅归正里。于是，因为留恋洛阳乐土而居留不去的外国人，达一万多人。此时自新疆以西，一直到里海，百国千城，无不来附，商贾贩客，填塞都下，因而天下难得之货，洛阳无所不有。

从公元495年开始，洛阳城一直处在扩张和发展之中，一直到534年东魏迁都邺城，拆毁王室宫殿，前后大约兴盛了40年。洛阳富贵奢靡的生活，吸引着留住平城的鲜卑人纷纷内迁，公元504年，魏宣武帝拨苑地、牧地公田分给内迁户。这些后来的拓跋人众，早已忘却了先前对迁都洛阳的抵制，恐怕私下还会加额相庆，十分感谢孝文帝为他们做出了正确选择。然而随着拓跋族人南下的洪流滚滚，到魏明帝的时候感到不能不制止了，于是公元517年下诏停止内迁。公元538年，东魏、西魏两国展开邙山战役，洛阳城被放火烧毁，继公元190年汉末董卓之难、公元311年西晋刘曜之难后，这座悲催的历史名城再次化为废墟。

北魏全盛时期的洛阳，城中满布佛寺浮屠，到处熠熠耀耀、金碧辉煌，随时钵音梵乐、暮鼓晨钟。北魏杨炫之著《洛阳伽蓝记》，说洛阳有寺1367座，较之平城的百余座增加了十几倍。这些寺庙有帝王建的，有后妃建的，有王公贵族建的，有朝官和地方官僚建的，有宫廷侍卫集体建的，有太监建的，还有西方胡人建的，等等。帝王所建，如报德寺，"高祖孝文帝所立也，为冯太后追福"；瑶光寺、景明寺、永明寺，"宣武皇帝所立也"。后妃所建，如永宁寺，"灵太后胡氏所立也"；秦太上君寺，"胡太后所立也"；胡统寺，"太后从姑所立也"。王公所建，如龙华寺，"广陵王所立也"；追圣寺，"北海王所立也"；建中寺，"尚书令乐平王尔朱世隆所立也"；景乐寺，"太傅清河文献王怿所立也"；明悬尼寺，"彭城武宣王勰所立也"。朝官和地方官所建，如正始寺，"百官等所立也"；魏昌尼寺，"瀛洲刺史李次寿所立也"；凝圆寺，"济州刺史贾璨所立也"。宦官所建，如长秋寺，"阉人刘腾所立也"；昭仪尼寺，"阉官等所立也"；景兴尼寺，亦"阉官等所共立也"。宫廷侍卫所建，如龙华寺，"宿卫、羽林、虎贲等所立也"。又有法云寺，"西域乌阳国胡、沙门僧昙摩罗所立也"；菩提寺，"西域胡人所立也"。当然，更多的中小寺庙则是城中居民聚财建起来的。

永宁寺是洛阳城中最大的一所皇家寺院，有楼观殿堂和僧房1000余间，为公元516年孝明帝时灵太后胡氏所建，是专供皇帝、太后礼佛的场所。寺中立有一座高耸入云的九层佛塔，木质结构，高四十九丈，在一百里外即可看见。塔的檐角垂以金铎120枚、金铃5400枚，晚上和风吹动，叮咚悦耳，十几里外都可以听到。孝明帝曾与胡太后一起登上永宁寺塔顶，下望京城如棋盘、宫廷如掌中，惊讶不已。遂因塔上能够看见宫中情形，下令禁止百姓攀登。永宁寺塔成为当时洛阳繁盛的典型象征。可惜公元534年，永宁寺塔遭受雷击，燃起冲天大火。火从第8层烧起，皇室动用了一千羽林军前来救火，然而无济于事。全城居民都来看火，许多人痛哭失声。有三位佛僧，难以忍受佛陀遭此大劫，纵身跃入大火之中殉葬身亡。火势连烧三月不息，永宁寺塔遂化为灰烬。这座土台子，就是当年永宁寺塔的塔基。月白风清之夜，它是否还能梦回往昔繁华，耳畔还会回响起那悦耳的塔铃声？

　　拓跋贵族、官商大户和普通民众都热衷于凿窟建寺，是因为身处乱世、政权悠忽、生死无常、人生短暂，今天不知道明天的早餐在哪里，恰在此时，讲求因缘果报、修福来世的佛教兴起，于是向佛教寻求精神慰藉，向来世追求灵魂永生。十六国和北朝时期连年战争不断，中原人口几乎被杀净，只剩下少量蛰伏于山林草泽间苟全性命。北魏道武帝杀戮成性，攻战之后动辄屠城，后来了解到汉人誓不投降的原因是城破就是死，才不再滥开杀戒。对自己人同样如此，拓跋贵族为争夺皇权，动辄杀尽政敌全家。道武帝二儿子拓跋绍，只是为了嬉戏，经常躲在平城里巷间杀人，16岁为夺权摸入道武帝帐中将父亲杀死。北魏皇帝年寿、政权都短命，当皇帝一年半载的不算，其他如开国道武帝拓跋珪14岁即位，执政24年，享年38岁；他的儿子明元帝拓跋嗣17岁即位，执政14年，享年31岁；其子太武帝拓跋焘15岁即位，执政29年，享年44岁；太武帝的孙子文成帝拓跋濬12岁即位，执政13年，享年25岁；他的儿子献文帝拓跋弘11岁即位，执政6年禅位，享年22岁；其子孝文帝4岁即位，执政29年，享年32岁；他的儿子宣武帝元恪16岁即位，执政15年，享年32岁；其子孝明帝元诩5岁即位，执政13年，享年18岁。8个皇帝，都是几岁十几岁的孩童就即位，只有一个活到44岁，其他大多二三十岁就被杀死或者病死。拓跋人对汉族士人更是采取严酷镇压手段，时常以诛灭九族来对待所谓谋反者，一人得罪就杀死千人。例如，太武帝最初信任汉族士人崔浩，后因其修国史记录了拓跋丑闻，不但杀其全家和宗族，连与他有姻戚关系的范阳卢氏、太原郭氏、河东柳氏几大家族一起杀净。在那个年代，即使是清醒者也难以自保，例如，幽州刺史张赦一向谨小慎微、为官清正，谁料妻子段氏仗着姑姑是东阳王妃，悄悄受贿，等到夫妻被砍脑袋时张赦才知情。更何谈普通人多是昏庸度世，哪里知道明天的生死！于是，讲求度脱厄运、寻求来世幸福的佛教，就成了抚平心理创伤的最大安慰剂，难怪北魏要倾全国之力开凿佛窟呢。

孝文帝为人出类拔萃，素质极高。他才藻富赡，平时爱做文章，先后写过百余篇散文，其他诗、赋、铭、颂，常常任兴而作，兴趣一来，下笔即成。他对于儒家礼教的理解，使得汉族士人佩服，对于经、史、老庄以及佛典也无所不通，往往览后即能讲解，而见解独特。他19岁以后便亲自撰写诏书，不再需要文臣代笔。外出巡视期间，偶有所感，他就骑在马上口授，命侍从笔录，往往口授完毕已成一篇宏大文章，无须更改一字。他武功娴熟，骑马射猎，飞禽猛兽无不应弦仆地，鲜卑贵族无不服气。他尤其志向远大，目光深邃，而又脚踏实地地一步步深入推进改革，因而获得非常效果。

巩义石窟寺第3窟里这个飞天浮雕，是北魏石刻艺术的精华之作。翻卷的流云托裹着一位折腰飘舞、婀娜俊逸的飞天，头耸高髻，胸佩璎珞，一手托佛果，一手持莲花，缯绦、飘带、衣袂、裙裾都被疾风扬起，人却回眸凝视，整个画面凌虚凭空，动感强烈。它乘风而起、飘舞高蹈的造型，是孝文帝向往未来、追寻理想的精神写照吗？

当然，孝文帝也做过不少傻事。实行汉族封建制，他却连魏晋腐朽的门阀制度也如法炮制。曹魏以来实行九品中正制，使得名门大族不是凭本事而是仅凭家世出身就能够攫取到政治权力和经济实力。孝文帝说过：凤则生凤，鸡则生鸡。他为了使鲜卑贵族跻身于中原士族之列，也把他们区分出门第贵贱，其一等民为拓跋宗室十姓，二等民为勋臣八姓，勋臣八姓又等同于汉族卢、崔、郑、王诸大姓，其他则等级递减。门阀制度不管人才优劣，一律按照出身门第的高下选拔与任用官吏，所谓"老子英雄儿好汉"，形成上品无寒门、下品无士族的社会结构，士族与庶民形成天壤之隔，违背了社会发展规律，最终被隋唐科举选拔制度所取代。血统论支持下的门阀制度使得北魏后期只有庸才、没有贤臣，孝文帝去世不久即走向大乱分裂，这也是重要的导火索。

全国上下一致崇仰佛教，大建佛寺、浮屠、佛窟的结果，是极大耗损了北魏的经济实力。魏朝末年，全国有佛寺三万余座，僧尼约二百万人，约占全国人数三千万的百分之七。佛寺又拼命扩充田宅、占有大量地产。公元518年，任城王元澄奏称：迁都洛阳刚刚二十八年，洛阳民宅就被寺院夺去三分之一。长安中兴寺则拥有稻田一万亩，另外还有大果园。尤其是，寺院因为昙曜奏请皇帝恩准，拥有大量僧祇户和佛图户，得以取代地方豪强坞堡集团而成为最大的经济实体，过去依附于坞堡的百姓大量成为佛寺的依附者，他们不服兵役、徭役，不交地税、田税，只为寺院种田服役。这些都使北魏的国力迅速消竭。

尽管孝文帝改革的思想和内容是恢复儒家礼乐制度和建立封建统治秩序，是"迂腐的儒化""消极的汉化"，学来的许多是汉文化的糟粕、汉人的繁文缛节，但这却是他统治中原的必由之路，也是统治庞大封建帝国的可行之途。当然，孝文帝的改革，使拓跋民族丢掉了尚武精神和勇猛气质，削弱了北魏的军事力量，不但没能振兴北魏，反而加速了北魏国家和拓跋民族的衰亡，但他也减轻了中原民众的深重灾难。孝文帝移植门阀士族制度，使得鲜卑拓跋贵族迅速腐化，严重消蚀了北魏统治者的锐气与活力，致使北魏统治迅速由盛转衰，但他却为早日结束割据战乱、迎接隋朝统一和大唐盛世作出了铺垫。

然而，历史并没有青睐这位勇敢的政治改革家。他的汉化改革遇到相当大的阻力，首当其冲的竟然是他的儿子太子恂。太子恂身高体胖，来到洛阳后，很不喜欢这里的炎热气候，加上又不喜欢读汉书，不喜欢穿汉服，因此常常思念平城的日子。不久，孝文帝的舅父、太师冯熙在平城逝世，孝文帝派太子恂代替自己前去吊丧，太子恂非常高兴。一到平城，就终日与反对改革的拓跋隆兄弟搅在一起，走马射箭，饮酒作乐。拓跋隆兄弟得到鲜卑贵族们的支持，想发兵切断与洛阳的联系，拥立太子恂为皇帝。太子恂并没有推翻父皇的意思，听说后吓了一跳，连忙拒绝，但他表示会为拓跋隆兄弟保密。回到洛阳后，太子恂被孝文帝逼令每天在宫中勤学，并派老师高道悦严加管教，使他心中大为恼火，后悔没有听从拓跋隆兄弟的话。于是，趁孝文帝前去嵩山巡行之机，他骑上快马想逃往平城。高道悦前来阻拦，被他一剑刺死。但因为羽林防范、宫门被关闭，他没能走成。孝文帝闻报返回，亲手用木杖狠狠责打他，废他为平民，关在小黑屋里，派兵看守，衣食供应仅能免受饥寒。拓跋隆兄弟和一批参与密谋的贵族听到信儿，怕太子恂泄露以前的事，发动叛乱。孝文帝派兵平定叛乱后，听说太子恂也参与密谋，于是下令用药酒将他毒死，死时年仅15岁。此事给孝文帝以沉重的精神打击。

随着生产的恢复和鲜卑贵族汉化的加深，迁都后的拓跋贵族日趋腐化，北魏吏治更是迅速崩坏。高阳王元雍富兼山海，其住宅、园囿像皇宫一样豪华，有僮仆六千、妓女五百，一餐费数万钱。他与河间王元琛斗富，奢侈豪华程度远超过西晋的石崇、王恺。被称为饿虎将军的元晖做吏部尚书时，卖官鬻职都有定价，人们称吏部为卖官市，称其官吏为白昼劫贼。地方州郡的刺史、太守也聚敛无已，他们征收租调时，恢复孝文帝改过的长尺、大斗、重秤。繁重的兵役和徭役使大批农民家破人亡，破产农民纷纷投靠豪强寺庙，重新沦为依附民，或者逃入寺院为僧为尼以躲避赋役，北魏控制的编户因而日益减少，影响了政府的收入。统治者加重剥削未逃亡的农民，并检括逃户，搜捕逃亡的农民，又导致农民不断揭竿而起、聚义反抗，严重削弱了北魏的国力。

孝文帝为实现自己的统一梦想，不顾北魏国力乏振、南朝国力未衰，不待时运来临、时机成熟，两次仓促率军大举伐齐，都因为南方汉人拼命抵抗，劳而无功，不获而返。他自己却因为贵族抵制改革、国家内忧外患而操劳过度，患上疾病。后宫又发生淫乱，使他的神气大伤、心悴力竭。公元499年四月一日，夕阳坠落在洛阳西山，32岁的孝文帝走完了他一生的路途，溘然而逝，葬于长陵。孝文帝之后，虽然其次子宣武帝再次伐齐并占领扬州、荆州、益州等地，取得一时的军事成功，但政权内乱和形势动荡随即接踵而起，北魏迅速衰败下去，很快分裂成东西两半。此时太武帝的武功、孝文帝的文治都已经不可得见，唯有在积贫积弱中等待着国祚一步步走向完结。

这就是长陵，鲜卑拓跋族出身、身上同时也流着汉族血液的北魏孝文帝长眠于此。壮志未酬身先死，长使英雄泪满襟，夕阳残照，格外血红。而洛阳北部的邙山，则成为拓跋贵族的集中葬地，这里林立着拓跋人的群冢。虽然心中仍然挂念着平城故地、嘎仙洞的密林，他们却永远长眠于此。他们被孝文帝裹挟到洛阳，却也享受了中原帝都的辇毂繁华，不枉人世轰轰烈烈一场，心中留下的究竟是爱还是恨，唯有山间明月知晓。

北魏尽管只是一个短暂的王朝，却用它强劲的大笔在中国历史的宣纸上写下了浓重的一捺，至今留下众多的文化遗迹。

北魏摩崖石窟分布很广，西起甘肃，东至辽宁。保存至今的，大同云冈石窟、洛阳龙门石窟外，还有敦煌石窟、甘肃天水麦积山石窟、甘肃永靖炳灵寺石窟、太原天龙山万佛洞、河南巩县石窟寺等。这些石窟中，有古代工匠雕凿、绘塑、图画而成的数以万计的佛像和壁画，代表了当时中国艺术的最高水平。

北魏佛窟壁画画风质朴凝重、气势沉雄，笔法粗简率真、遒劲有力，色彩天真烂漫、对比强烈，人物造型粗犷夸张、动态突出，画面气氛热烈，感情强烈外露。我们惊叹北魏的无名艺术家们给我们留下了如此色彩鲜艳、构图大胆的作品！经历了空前的流离、丧亡、恐惧、悲苦之后，他们通过刺激性的视觉效果，渲染出了强烈的不安情绪，把人生悲剧性的惨烈感受，以顿折扭曲的态势，直接倾诉出来。在悲情凝结与斑斓闪烁中，中国艺术经历了一次壮怀激烈的浪漫洗礼，并要经由这惨苦的锤锻，升华出隋唐壁画的华丽、灿烂与崇高。

北魏书法在中国书法史上有着厚重的地位。魏碑体是时代的产物，具有多元的美学特质，从一个侧面反映出审美观念的变迁。它将北方民族的粗犷刚健注入汉民族的内敛气质，创造出与南朝书体潇洒妩媚风格截然不同的古朴浑厚境界，给人以劲健雄强的心理体验。它上承汉隶下启唐楷，兼具隶书的笔势开张与楷书的结体严谨之美，具有极高的美学价值，给后世以深远影响。

高高耸立于中岳嵩山之巅的嵩岳寺塔，是北魏建筑艺术的代表。这座建于公元523年的密檐式佛塔为12边形，高41米，除了塔刹用石砌外，其余部分用灰砖垒成。塔身砌为素壁，显得朴拙、洗练，上部用叠涩手法砌出15层塔檐，密密匝匝，侧面弧形逐渐收拢，顶上是塔刹收尖。塔的整体轮廓刚劲敦实、挺拔秀丽，建筑工艺十分精巧。嵩岳寺北魏塔是中国唯一一座十二边形塔，为佛教建筑的代表性作品，迄今经历了约1500年的风雨侵蚀，巍然屹立不倒。

北魏时期还留下三部重要著作：贾思勰《齐民要术》、郦道元《水经注》和杨衒之《洛阳伽蓝记》。《齐民要术》是中国现存最古、最完整的农书，记述黄河流域中下游地区的农业生产，对西周以来农业、手工业知识技术作了全面总结，内容包括农艺、园艺、造林、蚕桑、畜牧、兽医、配种、酿造、烹饪、储备，以及治荒的方法，等等。当年达尔文研究进化论时，在其名著《物种起源》里说，他曾参考了一部中国古代百科全书，就是说的《齐民要术》。作者贾思勰做过山东临淄太守。他的青年时代，正值孝文帝实行均田制，农业经济开始恢复，使他萌生了撰写农书的想法。后来他做官到过山东、河北、河南等许多地方，每到一处，都亲自下田，向经验丰富的老农请教，做各种实验，总结出宝贵经验。《齐民要术》引起历代政府的重视，成为中国这个东方农业大国的主要农书。

郦道元《水经注》乃作者随从孝文帝四处考察北方水道时所撰地理名著。郦道元地理知识渊博，他任尚书祠部郎时，一次跟随孝文帝巡察北部长城沿线。望着山脊上巍峨起伏的长城，孝文帝问他：古诗里有"饮马长城窟"一句，作何解释？郦道元回答：等圣上到了白道岭，就会知晓了。果然，几天后来到呼和浩特西北的白道岭，孝文帝看见长城根有一串串的土坑，里面有清凉的渗水正可饮马，于是臣下纷纷牵马饮水。孝文帝感叹说：好一句饮马长城窟！对郦道元的学识十分赞赏。《水经注》详尽介绍了中国1252条河流，阐明了各条河道的水路变迁、疆域沿革，也以优美文字记叙了沿岸的自然风光和矿藏、盐井、温泉、火山等情况，有着重要的史料价值。

《洛阳伽蓝记》是北魏迁都邺城十余年后，抚军司马杨炫之重游洛阳，追记劫前佛寺之盛所写的一部历史著作。他以洛阳佛寺的盛衰为线索，对几十座寺庙的兴起、规模、建筑状况进行描述，同时记叙了许多相关的人物、史事、传说、逸闻等，如皇室诸王的奢侈贪婪，南北朝之间的交往，洛阳手工业、商业的繁盛，民间艺人的卓越技艺和演出盛况等，反映了广阔的政治经济背景和社会风俗人情，再现了北魏都城洛阳四十年间的繁盛面貌。文笔简洁而清秀，叙事繁而不乱，骈中有散，颇具特色。

《齐民要术》《水经注》《洛阳伽蓝记》这三部北魏朝出现的丰厚著作，作为人类知识的伟大遗产，永远藏储在了中华文明的图书馆中。

北魏还流传下来一部今天家喻户晓的《木兰诗》，大约是北魏太武帝北征柔然背景下产生的一首充满传奇色彩、风格清朗朴健的长篇叙事民歌。"唧唧复唧唧，木兰当户织。"就是这样一个勤劳的女孩儿，在可汗大点兵、父老弟幼的情况下，毅然决然地女扮男装、替父从军。"旦辞爷娘去，暮宿黄河边"，"旦辞黄河去，暮至黑山头"，从中原一直走到外蒙燕然山。经历了沙场征战、九死一生，"将军百战死，壮士十年归"，最终得以"脱我战时袍，着我旧时裳，当窗理云鬓，对镜贴花黄"而阖家团聚。诗中热情赞扬了这位北方女子勇敢善良的本质、挺身而出的舍我品格和英勇无畏的牺牲精神。北魏一部民间《木兰诗》，足以压倒以文物彬彬相标榜的全部南朝士族诗人。

孝文帝成功地将拓跋民族融入了中华民族大家庭之中。拓跋氏不存在了，拓跋血性却为中华民族的绵延不绝注入一股鲜活生机。

中华民族再一次经历了惨烈的民族融合与文化融汇。在此基础上，大唐的一轮朝日将从东方海面上冉冉升起。

2015年5月27日于北京马圈

注：

一、龙门石窟古阳洞《孙秋生造像记》要拍摄原版，不能用后人修改版，即开头的"大代"二字不能是"大伐"。

二、希望能聘请《拓跋春秋》作者李凭为本片学术顾问，本文许多构思出自其书。

苏州组曲

一、上有天堂，下有苏杭

"上有天堂，下有苏杭。"这句话人人皆说，口口传颂，也不知道是从什么时候、何年何月说起（据说是从五代时期开始的），于是你传我、我传你，成为人们普遍认定的一个事实、一个标准、一个权威话语。

说也怪，人们听到也就信了，没有人怀疑它的权威性，也没有人追索它的来源，接下来就是坚定不移地从自己的嘴里继续传播下去，直到满世界的人都知道了为止。这大概就是俗谚的威力吧！

尤其可怪的是，在遥远的北方地区也到处传颂，其实北方人过去是少有机会能一睹苏杭风采的。也许，从少数去过的人说这句话时的神态、语气和坚定性中，透示给人的是一种绝对的不容置疑？那些无缘得见、属于孤陋寡闻一类的人，自然就会被那气势所慑服，自觉地成为其忠实的信奉者和传播者。

就这样，雪球越滚越大，满世界的人都知道了，这句话也就成为世界的真理。

我是从很小的时候，大概是上小学吧，就知道了这句话，自己也每每挂在嘴上说，但究竟苏杭何以就是人间天堂了呢？自己也不明就里。

虽然过去大多数人没有去过苏州和杭州，但都能够通过不同的文化渠道，感受到它们的魅力。它们出现在传说故事里，采莲吴娃、浣纱越女，把水乡女儿的清丽爽洁印在了人们脑子里，美女西施更是成为口口传颂的千古佳话中一个憧憬。它们出现在诗歌意境中，小学课本里就有"姑苏城外寒山寺，夜半钟声到客船"的惆怅、"欲把西湖比西子，浓妆淡抹总相宜"的缥缈。它们更出现在昆曲舞台上，越王勾践的姑苏台遗恨，白娘娘的断桥情缘。于是，所有的人都在心底积聚起一个向往。

当然，对于较远地域的人特别是北方人来说，其苏杭印象实际上是和东南地区的印象叠加在一起的，而东南印象，又模模糊糊地等同于江南，江南则是和水乡、稻米之乡或菱藕鱼米之乡，也就是和食物丰足连在一起的。依赖农业为生的民族，食物是最重要的生活资源，所谓"民以食为天"。而稻作是高产粮种，种水稻成了丰产的前提。我们平时在北方看到一个有灌溉条件、能够种植水稻的地方，就说它是"小江南"，也常见到"塞北赛江南"之类的誉词，都是建立在上述认识基础之上的。

大约从魏晋时候起，江南成为中国的主要粮仓。隋唐开通南北大运河以后，北方开始越来越多地依赖于漕运东南之粮，谚语有云："东南熟，天下足。"说的就是这种现象。明清时期，北京作为国都，人口庞众，每天消耗掉一座巨大的粮山，吃的米都是这么来的呢！此外，江南即使是冬天也像二八丽人一样山明水秀、风和日暖，而北方此时则成了肆虐的妖婆，罡风呼啸、荒原裸露，二者形成鲜明的对比，人们怎不为江南所诱惑！

所以，江南对于北方人来说，世世代代都充满了魅力。五代人韦庄有词曰："人人尽说江南好，游人只合江南老。"宋人王观有词曰："若到江南赶上春，千万和春住。"传说起于北方朔漠地带的金国郎主完颜亮，听到人们传颂柳永的【望海潮】词，"东南形胜，三吴都会，钱塘自古繁华。烟柳画桥，风帘翠幕，参差十万人家"，欣欣然，羡慕杭州的"三秋桂子，十里荷花"，于是提兵渡江，争夺南宋江山。这当然是江南人的说法，自己家室殷富，老疑心别人眼红。但是元朝一统后，大批的蒙古人趋地利而移居江南，主要集中于苏杭一带，倒是历史事实。

江南的代表征象就是苏杭。北方人在心底不断聚积起来的这种江南崇尚，交互叠加，共相映射，慢慢地，就把苏杭变成了天堂。

天堂总是美好的，特别当身处苦难之中的时候，谁能没有一点希冀呢？所以，古往今来，苏杭成为人们心底一个美丽的憧憬。

多少人憧憬着到天堂一游。

今天，我来游苏州。

二、姑苏清明雨

来得巧，恰值清明前后，而且还遇上了连阴雨天气。杜牧诗句的意境，"清明时节雨纷纷，路上行人欲断魂"，北方是难得碰到的，特别是近年来臭氧层破坏、厄尔尼诺作怪，尤为干旱连绵。

苏州的雨，也像这里的人文风俗一样，儒雅细密，贴切柔和，洒在脸上，洒在身上，细细的针脚一般爬过去，有点凉酥酥的感觉，就像耳边听到轻声欸乃的吴侬软语，心里觉得好沁。

雨中的姑苏，别有一番葱茏意趣。天是灰蒙蒙的，布着细密蛛网，把耸峙的古塔和黑瓦白墙的房屋润暗了，把草木的荫绿和繁花的多彩浸浓了。我不想失去这个雾里看花的机会，顾不得雨丝风片，借了苏州大学朱栋霖教授的自行车，绕城骑去。

小城骑车，别有一番情趣。一是它小，你随意朝哪个方向骑，要不了一会儿就到了城墙边，钻过城门洞，穿过护城河桥，你就到了城外。或是顺着城墙骑，不多会儿你就绕过了城角，来到一座城门洞。我猜想，就是绕城骑上一个整圈，大约也费不了太多时间。不像北京大马路三环四环五环的，就是开汽车也不敢轻易说绕它一圈。北京太大了，那铺展开的是帝王的气派、国都的声势，显得夸示炫耀、刚愎自用，怎如这小城深巷、水畔渠旁的小家碧玉，娇小可人、意近人情。两者相比，北京是汉赋，苏州是宋词。

二是它的小巷小弄别致，细细小小的，青石板的路面，撒着碎花残蕊。旁侧或是店铺门面，或是深院高墙，一概古色古香。汽车是开不进来的，北京胡同里汽车对开顶牛的现象，在这里绝不会出现。稀稀疏疏的行人，打着花伞，随心惬意地游走。偶有自行车穿过，几下细碎的铃声，辟开旁让的空间。不时传来小贩的喊叫，透出市井生活的宁静和温馨。

三是它的渠多桥多井多。苏州城内水网纵横致密，人家大多临水而居，前为细弄，后为水畔。路与渠交叉就形成桥，三步五步即是一座。从小桥上向水巷看过去，一荫幽水，两行楼阁，绿叶繁花点缀旁侧，宛如仙境。又有一景，是巷子里时而见到的水井，石砌的井阶，拱起的井圈，有大嫂在井槛打水洗衣。向井口俯身看看，水色清冽，映出一芽天光，水面很高，伸手可掬。

在深巷里骑行，轧着一路碎石。车颠颠簸簸地，颠得人好畅意。望望前面的几点行人花伞，雨中显得毛毛茸茸，像水涸出的色彩。骑到一家门口，好大的门楼，门开着，探头向里面望望，好深，怕有三重院落，要进里面须穿堂室过天井的，想来别有一番雅趣。

原想沿山塘街一直骑到虎丘去的，毛毛细雨总也下个不停，衣裳却已经湿透。惹得信心动摇，心说别弄感冒了，也没带那么多衣物，下午还要到苏州大学去讲课，算了，下次再说吧。于是半道而返。

回到旅馆，返身眺望，外面的雨脚已经比刚才壮了许多，也密了许多。我暗暗庆幸自己适才的决定正确。

窗外的一片融融花树，在春雨中颤着。

三、园林小小

苏州小巷骑行，常常碰到意外的发现。深巷之中，往往就会出现一家幽雅庭院，一座别致园林。总是隐藏在深深的小巷中，那么不起眼，进去后却曲径通幽处，禅房花木深。总是与周围的房屋院落连接在一起，交织成一片，从外看去，你不知道它里面有多大的天地，高墙遮掩，你更不知道它里面有何等美妙的洞天。不像京都豪宅，讲究门面的气势和排场，大门一定临街，旁侧的一对石狮子威风显赫，环绕的高墙绝不和人搭界，从外面打眼一望，宅子的方圆大小，里面的楼高屋阔，大约就能估摸出来。

苏州宅子通常有三进院落，不大，却又往往开出边门，通向一个小小的花园，里面设置假山奇石，点缀亭台楼阁，开挖池塘水陂，种植花草树木。进入花园，需要从旁门转过。遇有来客，一般的事务性交接、打点性应酬、礼节性客套，就设在正厅落座，不失周到稳妥，而又不露奢华、不显铺张。亲朋密友来到，则绕过旁门，引进侧径，导入一个幽僻的去处，进入曲水环绕、林木荫翳的世界，在那里吐情畅怀、饮酒品茗，颇给人以隔世、方外的恍惚迷离感。这与北方庭院沿中轴线发展、前屋宇后花园，视野一览无余不同。

北京一般的四合院，虽然有三进，但普遍无花园。尽管入住的也许是高官巨贾，然而地皮寸金，又有种种礼仪限制，开辟一个花园几乎是不可能的，补救的办法只能是在庭院当中种些草木花树。丁村的晋商宅第也有前后几进，屋宇甚齐整，这里的地价和身份限制应该说都没有京城那么重了吧？却也一律没有花园，映射出晋商重实用缺风雅的居住口味。只有一家在后楼背处凿出一方小小水池，已经是最清雅的了，此处于是成为村里一大景观。江南居处则重水，一有水就有了灵性。徽州的徽商宅第里，往往是以曲水作为庭园血脉的，这就与晋商的脾性形成明显差别。当然，缺水的山西在这方面也无法望江南项背，尽管汾河就从丁村旁边绕过。北京也缺水。北京只有王府里有花园。王府里最著名的是恭王府，也是前院落，后花园，规模宏巨，空间疏落，而且有些水面。但空间一开畅，少了苏州园林的小巧雅致，耐品耐嚼的味道似乎也就减少了。

曾和朱栋霖教授一起骑脚踏车到网师园去。由苏州大学东门出发，经十全街转过带城桥路，进入阔家头巷，一路都是狭窄的小巷子。阔家头巷宽可两掬，地上块石铺路，两旁摊铺林立，挑起的各式招子旗纵横交织，在其中穿行如钻过丛林，只要你具备想象力，两旁不绝如缕的叫卖声正当是林中的鸟鸣兽啼。眼前忽然一豁亮，出现一方隙地，现出一个家宅门脸。同样是素朴的黑漆大门、粉垣黛瓦的墙围，和周围环境融合一体，没有多少跳出的感觉。网师园到了。

迈过齐裆高的门槛，穿过门厅、轿厅、正厅、撷秀楼，有园林小小现于其中。古石枯木，翠轩紫竹，凉亭暖阁，曲径斜廊，湖池漂菏，碧水映空，将你导入一处处人间胜境。结构布局随处精心，一花一木点缀成趣。连铺路碎石都不草草，或似细卵滩积，或如微峰攒聚，步来颇有意趣。庭中之室，时见有四壁皆窗、遍装玻璃的，四围之景皆入室中，藤荫遮蔽，叶影婆娑。独坐室内，似处园中，既洞开亮堂，接自然天光，又处身世外，与万物混一。不似北方厅堂为避寒冷，厚墙巨檩，连窗子都不敢开，白日也须灯烛照亮，何谈与自然相吞吐。

在高墙围裹的一方天地中，嘈杂的市声听不到了，市廛的尘俗烦恼忘却了。这里有与世隔绝的一方净土，花鸟虫鱼点缀，琴棋书画陪伴。它掩盖了人世中的争名逐利，市场里的你争我夺，修身养性、消遣避世，可以极人生儒雅情性之乐。它消散了官场里的尔虞我诈、朝廷中的剑拔弩张，归而栖止、退思补过，可以休养心头的创伤。难怪江南士子，觅地建园，精构巧设，乐此而不疲。网师园取退隐归渔、临流结网、匿身世外、屏却尘虑意。沧浪亭取野老不至、鱼鸟共乐、脱却荣辱、洒然忘归意。同里镇的退思园则取退思补过意，无非归隐田园，避入八荒。封建王朝的仕人，时来为云龙雾豹，时去如匿鳞潜蛟，之所以进退有居，全在于有这样一方可意的栖息之地。

清朝时候，康熙、乾隆皇帝都曾多次南巡，爱煞苏州园林的典雅巧稚，回京即起仿建之心，皇家园林于是艺术品位大进。然而，太湖石可以万里漕运而至，名贵花木能够千金购得，能工巧匠园艺师都不难觅，架梁起栋有的是库银，唯独缺少苏州园林的精魄——雅心文韵。皇家园囿阔大，首先就失却了空间限制对于园林构思的逼迫，于是也就失去了其巧构。空间逼仄，主人会反复动脑筋，借景转接，递承过渡，于是方有山回路转、柳暗花明的效果出来。没有这种直接动力，谁又能够反复琢磨，意中求趣呢？皇家建园是起动一项巨大工程，修葺完毕，结构成型，工程结束，匠人撤走，留下的只是工匠之艺。没有李渔那样锦心绣口的文人或幕客，费时琢磨，细加品味，这里补棵树，那里添架藤，分布点缀皆入深意。于是粗犷豪放有余，精致细密不足，多皇气，少逸趣，仿佛而已，缺乏深心。

园艺不仅是工程，更是心境。

园林小小，品咂不尽。

四、蜿蜒山塘路

（一）

苏州最有名的一条路是通往虎丘的山塘街（古称虎丘寺路）。出了阊门，斜向西北，有一条沿渠堤坝，石板铺路，杨柳夹岸，屈伸蜿蜒，一直通向虎丘山下。这就是山塘街。城中居民，踏春赏秋，都沿着这条路往虎丘去。路的两旁风光旖旎，景色无限，渠中则波光塔影，涟漪荡漾。

山塘街即白公堤，为唐代大诗人白居易于唐朝宝历年间（825～826）出任苏州刺史时，发民伕所筑。说来也巧，杭州西湖上也有苏堤，为宋代大词人苏东坡担任杭州太守时所筑。白、苏两位古代文学巨匠的名字，恰恰与两处天下胜景相联结，彼此交相辉映，使得自然景观增添了多少人文色彩。

西湖上另外还有一道白堤，由于白居易也曾经担任杭州刺史，人们常常会误以为也是白居易所筑。其实杭州白堤原名白沙堤，可能是因堤沙呈白色而得名。白居易去做刺史时，那道堤坝已经在那里了，所以他有"谁开湖寺西南路，草绿裙腰一道斜"的诗句。真正为白居易所筑之堤，还是苏州的白公堤。

（二）

白居易出任苏州刺史，简政息民，公余时间游赏山水，虎丘自然是必往之处。那时候还没有路，往虎丘途经一大片湖沼，所谓"山塘"，堤岸圮塌荒颓，潦水四溢，荒草丛生，行走极为不便。白居易于是兴建土木工程，由阊门直至虎丘山下，修筑起一道整洁的堤坝，既挡了水，又有了路。堤成之后，又于岸侧遍种桃李，水边多植莲荷，于是堤畔水中葱翠环绕。

从此，虎丘路变为苏州一景，七里山塘，成了苏人游赏的好去处。春分秋至，城中官民士女出城踏青览胜，无论骑马乘船，陆路水路皆可抵达虎丘。从"七里山塘灯船夜"这样的诗句，我们不难揣想这里曾经有过的历史繁华。当时盛景，还可以由白居易《武丘寺路》诗中看出来：

> 自开山寺路，水陆往来频。银勒牵轿马，花船载丽人。
> 芰荷生欲遍，桃李种仍新。好住河堤上，长留一道春。

白居易在苏州刺史一任，没有为自己修筑家庭园囿，却为公众留下了一道湖山胜景，留下了一组美丽诗篇。白居易离任后，当地人就把这道堤坝称作白公堤。堤坝的命名，成为历史对于诗人最好的纪念。

（三）

两位古代的著名文人，都得以在人间天堂任职，从而受到山水胜境的濡染，相信这对其诗情文思的喷涌产生过重要作用。苏州、杭州，也只有白、苏二公这样的文学重臣，才能够与其气韵相称。

事实上，白、苏二人在苏杭的任职时间都只有三年，在苏杭几千年的都市史中，他们仅仅占了极其短暂的一瞬。其他时间里，其行政首脑自然大多被文思平庸的人所充任（其政绩却不见得平庸），因而被人们忘却了。人们希望苏州、杭州这样的文化胜境，应该有出类拔萃的文化人来充任首脑。同样理由，人们也希望杭州的白堤为白居易所筑，这样它似乎才更有文化感，似乎才能与西湖相称。

慨叹古人，占尽了天下甲邑。反转来，也感谢上苍，使文化名人得以主持甲邑，于是为后人留下文化。这些岂非都是天意的安排。

历代有多少文人名士，不蓄私产，不虑子孙，而专注于文化胜迹的建设，后人就享有了更多的文化财富。所谓"先天下之忧而忧，后天下之乐而乐"，中国文化就在这种强大的担载精神中承传。

（四）

白居易筑堤时，七里山塘路上居民稀少。当时如果去野外荡舟或踏青，出了阊门外，沿途所见，无非山光水色。时光流过了一千年，到明朝万历二十几年的时候，苏州城扩展了许多，阊门外、白堤畔已经是居民麋集。七里之半，称作半塘，有晋寿寺一座。由寺旁远眺，堤东为市廛闾阎，房屋鳞次栉比，堤西为田亩陂池、云霞水竹，北方远处则遥见虎丘寺塔。每逢斜阳西下，塔影钟声与茅屋炊烟相映带，宛然一幅人间乐土图。

然而，在这一千年里，白公堤修了坏，坏了修，此时已是颓圮不堪。每当春雨秋潦、百川灌注，堤中白浪高于外面田畴，疾风鼓荡，堤岸崩毁，居民、行人皆受其害。晋寿寺里的僧人，原本有化缘修堤的义务，但是，一来城里富民只顾自己室家富足，有钱也不往桥梁道路上用，二来城中官吏又仅以征输税收为虑，无暇顾及这类公益之事，寺里化缘艰难，所化钱财只够寺僧自己的衣钵享用。于是，白公堤也就只好躺在那里，任由风雨淘蚀侵凌。

然而这时却出现了一个志士：达贤和尚。

达贤原来不是和尚，有家有室，俗家日子过得好好的，却突然弃妻舍宅，剃发出家。当然，中国历史上半路出家的和尚不少，多半有其难以逃避的俗世原因，不得已而遁入空门的居多，达贤也一定有其隐情，他不愿说，我们也就不明其理。达贤当了和尚以后，忽发愿心，要将这已经崩塌危殆的白公堤重修。

呃？刚才不是说，晋寿寺一寺的和尚化缘，也只够供自己"消费"吗？达贤一个半路出家的新和尚，又有多大能耐，就想修堤？

差别就在于其心诚与不诚。

（五）

大凡人想做一件事，如果真正动了必成之心，立志去做，他的举动就不同于一般人。

340

达贤真心想修堤，他就有特殊的行动。他在堤旁树下，结一个蒲团，身穿破袈裟，无冬无夏，坐在上边，披星戴月，卧雨寝霖。用木头刻一个铃铛，一直在手中摇响，自称为"木铃衲子"。有富人舟车、酒人游客经过，他五体投地、长伏不起地合掌膜拜，求资修堤。人们见他爪肢精瘦、面目黝黑、如鬼如魅、状貌可怜，虽不一定相信他会修成大堤，也有动了恻隐之心的，随手丢下一铢半两、斗粟尺布，也就是少喝一盏酒的钱吧，让这个叫花子和尚拿去填填饥窟，算是积了阴德。达贤得了些许钱物以后，做法又不同。他不待累积到一定数量，再去谋划购买物料、聘请工匠、卜日开工之事，他早早请好了匠人等在那里，每乞到一点钱物，转手就涓滴不余地交付匠人前去购料，随购随用，马上补到堤上。就像燕筑巢，蜂酿蜜，聚沙成塔，覆篑为山。尽管所补只有筐土片石，尽管工程进展极度缓慢，然而，施财人却立即看到了钱物转换为堤坝的实效。

于是，消息不胫而走，一传十十传百，很快，整个苏州城的百姓都知道了达贤和尚，知道了他实心修堤的行为。大家茶余饭后聊闲天的时候，谈起这件事，无不为他的乏体苦志而揪心动容，甚至关心起他修堤的进度来，替他发愁何日能够竣工。当人们再沿着残毁不堪的白公堤，去虎丘踏春览胜的时候，经过他的身旁，无不肃然动容，如果不留下点钱物而越过，似乎格外成了罪过。于是，修堤之役虽然仍旧缓慢，但进度较前稍稍加快。

俗话说，只要心诚，石头也能开出花来。达贤的苦心立志，有一天赢得了一位权势人物的垂怜，工役于是出现了转机。这天，管辖本地的地方长官，长洲县县令韩原善，大约对此事早有耳闻，来到了这里。这位万历十五年（1607）进士的读书人，亲眼看到了形销骨立的达贤，和他身后一段修整好的长堤，大为感慨，说是连一介寒僧都如此尽心尽责，我作为地方的父母官，怎能忍心袖手旁观？于是当场捐出月俸银三百六十两。

达贤一定是大喜过望，他知道转机来了。果然，在韩原善的带动下，邑人纷纷解囊相助。众人拾柴火焰高，工役进度立即加快，新堤迅速向前延伸了。此后不久，达贤和尚就大功告成，圆了他的修堤梦。

万历三十九年（1611），达贤于半塘处建亭立碑，刻功纪铭，请来东南名士王稚登撰文，留下一道白公堤碑。由碑阴所刻捐助修堤的一千多位功德人姓名中，我们可以读到如下名人显宦的名字：申时行、文震孟、张凤翼、冯时可、刘弘道……

（六）

达贤的苦节修堤，也许只是出于出家人修桥补路的善心。这一条千年堤坝塌毁了，推车的、抬轿的、挑担的行走不便，修好了它，也是积份阴德。他当然也知道白公堤是白居易所筑，但或许不能把自己的修堤联想到维系文化承传上去。

进士出身的韩原善就不同了。他或是也惹动了恻隐之心，或是隐约觉得白公堤的颓坏自己也负有连带责任，但他一定觉得，作为一个文人，自己也有维护文化遗存的义务。总之，他即使坦然于白公堤的自然颓坏，也无法面对他人的自觉维护行动。道德良心在鞭打着他，使他无法长久藏匿于背后。

维护文化胜迹，虽然不是地方官的必然责任，却也是他的善政。

善政是会被人们记住的。

现在，半塘西侧的陂池早已干涸，变成了房屋，只剩下一条河道通往虎丘。白公堤也变成了山塘街，上面杨柳依依。

我走在山塘街上，游游看看，不仅听到了这件轶事，也从中读出了一篇文化承传史。

五、虎丘月圆时

（一）

走完七里山塘路，来到虎丘山下，迎面横亘寺院一座。山门内悬挂匾额，墨书"虎阜禅寺"四个大字，为康熙皇帝御笔，气象肃杀，不似乾隆的字那样绵润。

进入山门，正逢杜鹃花会，一丛丛，一片片，杂色的，单色的，到处色彩艳丽、蜂闹蝶嚷。

一条蜿蜒石板路通往山顶。沿山路拾级而上，旁侧颇多古迹。先是一眼憨憨井，为寺僧的吃水井，传说为憨憨和尚所凿。憨憨是农家子，被寺中收留，专门负责到河中担水，终日苦乏劳碌，于是立志在这里凿出一眼井来，从此再不用到下面去挑水了。这事儿的时间总在宋代之前，因为井后石上"憨憨泉"三字为宋人吕升卿所题。再往上走，会看到一块褐色的试剑石，椭圆形的大石，从中直直地裂为两半，似为利刃劈开，锋刃齐整。传说是吴王阖闾试用神剑莫邪时劈成，这自是附会。转过枕头石、仙桃石，就是真娘墓了。真娘乃唐朝苏州名妓，因贞烈而捐生，引来历代墨客骚人多少怜香惜玉的感慨，连绵留下牵情惹意的诗篇。迈过真娘墓，视野忽然开阔，一片天然空旷的石坪躺在山罅崖丛间，千人石到了。相传晋代高僧竺道生曾在此说法，一时听者云集，丛聚千人，千人石因此得名。而竺道生说法所据大石，则称为生公石。再上又有鹤涧、剑池、申时行祠，以及著名的虎丘塔。

斗转星移，说法的高僧早已冥逝，千人石却成为明清时期苏人虎丘曲会的聚集地。

虎丘热闹不在平时，而在中秋节。每年月亮最大最圆的时候，郡人都要在这里举行中秋曲会，蕴为每年一度的文化盛会。

（二）

虎丘中秋曲会不知始于何时，只知明朝嘉靖年间已经成为定例。每到八月十五夜，城中居民，无论文人士夫、大家宅眷，还是清客闲人、民家少妇，以至浪荡少年、曲娘妓女，倾巢而出，满城皆空，乘船的，坐轿的，步行的，齐至虎丘山上，共聚千人石旁，聆听曲中仙音。

嘉靖是南北曲以及民间曲调极为流行时期，各地闾阎士民皆以唱曲为风流韵事，苏州为最，虎丘曲会由此得名。然而我所知道的虎丘唱曲盛事，最早却与两位陕西人连在一起。这两个人，一个是康海，另一个是王九思。康海于弘治十五年（1502）考中状元，大魁天下，王九思仕至吏部郎中，两人都曾是官场中得意人物。然而因躲避政治倾轧，他们一道退而为文，共倡复古主义，皆名列"嘉靖前七子"中。作曲则为曲状元，同享天下盛名，其所创曲调流行大江南北。或许是历史老人的刻意安排，康海、王九思竟然一起参加了一次杭州的虎丘曲会。

一次，康海、王九思二人结伴南游吴中，正值中秋月圆时节，闻说虎丘山有曲会，欣然觅舟前往。时值黄昏，斜阳灿柳，白公堤上行人成线，堤内则舟船相衔，欢歌笑语在水面上荡漾。划至虎丘山下，弃舟登岸，随人流上山。山道上熙熙攘攘，步行的，乘轿的，簇拥似蚁，议论如蜂。两人杂在吴中子弟群中，拾级而上。

为了此行之乐，性格洒脱的康、王二人，先已作了一番特意装扮。康海身披一张老虎皮，头戴大帽，穿戴得不伦不类。王九思则葛巾野服，打扮得像个村田野老。进山门，过憨憨泉，越试剑石，绕真娘墓，迤逦行来，一路古迹，二人口中啧啧称羡。不料，这一对打扮稀奇古怪、操陕西口音的老者，引起了吴中少年的侧目。有人说起怪话："看这两个人，哪儿来的乡巴佬！"二人听见，只作不知，竟自走上千人石去。千人石上已经聚集了成群的人众，各自占好了地方，偌大的空旷地带，到处都坐满了人。说笑声，吟诗声，调丝弄弦声，嘈嘈杂杂。两人悄悄找地方坐下。

天逐渐暗了，东方的圆月升起来，挂在了桐树上。这时，有吴中子弟开始弹起琵琶，展放歌喉，唱的却是王九思写的曲子【绛都春序】。康海会意地对着王九思一笑。一曲唱罢，康海站起来，对唱歌的人说："刚才唱的那支曲子，我也常常温习，诸君能否把琵琶借我用一下，我也来露个丑。"那些人中，有的说："不给不给，这个陕西乡巴佬，会唱什么曲！"有的则说："你让他试试。"于是把琵琶递过来。康海操起琵琶，发声起歌，曼声柔调，轻音爽气，曲折流丽，字若贯珠，竟然惊得众人哑然无声。"井梧坠叶"一句唱毕，王九思笑笑说："可以停止了。"康海即把琵琶往地上一放，招呼也不打，携起王九思的手，飘然下山而去。

众人惊愕不已，开始是因为康海娴熟的歌唱技巧，后来则是为了二人脱略形迹的行为。于是有人悄悄尾随其后，打听身份来历，得知竟然是当代赫赫有名的康状元和王文选两位大才子。想再追其踪迹，却听说二人游过虎丘，苏州兴尽，已经解舟而去。快快而返，告诉大家，人人啧啧，个个惊羡，悔恨没能当场认出他们来。①

苏州失礼了。

（三）

明代万历年间，虎丘曲会的魁首是苏州的一位著名医士，叫作周似虞。

周似虞少年时曾经跟从名曲家魏良辅学唱曲，得其真传，以声清韵雅名于吴中。年年中秋虎丘曲会，他都乘舟而往，献艺呈技，五十年中，无论风雨阴晦，绝无间阻。

每次集会，众人聚于千人石上。开始时是杂腔竞发，箫管喧阗，彼此歌调几乎无法辨认。而这时周似虞总是独自坐于生公石上，静默无声，一腔不

---

① 宋直方：《琐闻录》"康对山、王美陂"条。

发。待到众人兴尽，嘈杂声渐行渐消，周似虞于是调匀呼吸，气发丹田，裂帛一声，如凤啸，如龙吟，在山崖中回荡，于林木间飘杳，余音久久不息。一啸既出，众鸟皆喑，人群中有人说："噤声！虞山周老开始唱了。"大家立即屏息静气、声不敢出，偌大的广场上，寂寂如无一人，只听见周似虞一人的清声雅韵，悠扬飘荡。①

周翁之唱，宗魏良辅门户，其长处不仅仅在于嗓音嘹亮，字清、腔纯、板正之外，尤其注重唾字、板眼、过腔。魏良辅曾在《南词引正》里论唱曲说："曲有三绝：字清为一绝，腔纯为二绝，板正为三绝。听曲尤难，要肃然不可喧哗，听其唾字、板眼、过腔得宜，方妙。不可因其喉音清亮，就可言好。"这是魏良辅总结一生经验得来的真诀，为周似虞用于实践，所向披靡。

（四）

到了明末时候，虎丘曲会声势越发浩大，每次聚会的人众更多。千人石一带已经坐不下了，上自鹤涧、剑池、申时行祠，下到试剑石、山门，到处都有人铺毡而坐，从高处望去，就像雁落平沙、霞铺江上，四处遍满。

山阴贵公子张岱，也是虎丘曲会的常客，又是明末小品文的名家，他有一篇《虎丘中秋夜》的文章，专门记载其盛况。其中把虎丘中秋唱曲区分为五重境界。第一重：乌兔初升，月朗天清。虎丘上下，鼓吹奏乐的有百十处，处处大吹大擂，弄得一片雷轰鼎沸、翻天动地，喊谁都听不见。这时的歌唱完全淹没在噪音里。第二重：一更以后，铙鼓渐歇，四处一片丝竹管乐之声，夹杂以歌唱。这时乐声嘈杂，歌唱不辨节拍。第三重：更渐深，人们也逐渐散去，一些士人女眷下到山脚登船水嬉，还有许多留下来不走的，开始认真唱歌，加以管弦伴奏。专门欣赏的人于是仔细品评谁谁唱得声清韵浓。第四重：二更了，人声静了下来，管弦都停止了，只有洞箫在缓缓吹奏。幽咽箫声中，有三四位歌者，你随几句，我和几声，暗中较量功力，相持不下。这时已经进入纯粹的歌唱境界，人心在旋律的夜色中游曳。第五重：三更天了，月亮高高悬在中天，风清气肃，人声静寂，洞箫也停止了，连蚊虻的声音都听不到。这时一位歌者出来，高坐于石上，开始独歌。歌声悠扬宛转，初时声细如丝，继而音量转宏，逐渐似要裂石穿云。周围环绕的最后百来位听者，不敢击节称赏，

---

① 钱谦益：《似虞周翁八十序》。

只有频频点头。唱到此时，虎丘曲会才达到了巅峰境界。这是物我一如的境界，人籁如出天籁，俯仰山川之灵，吮吸自然之精，氤氲宇宙之魄，吞吐大化之气，聚合为凤喉龙吟，发一声而天地震颤！

这种歌唱极境里人与自然的融会贯通，难道不是世界音乐史上的奇迹？

（五）

虎丘曲会不知何时停止了，大约为明清更代时吧？

今天的千人石，静静地躺在虎丘山上，每日安详地打量着游客。

每逢中秋月圆夜、游人散尽时，它是否也会回忆起自己当年的繁华胜景？是否仍听到天外的凤喉龙吟声？

我在虎丘赏玩，默想着当年这里的盛况。在我心里，虎丘曲会结撰成一个曲坛的祭礼。

就在本文即将完成的时候，读到报纸上一条消息：公元2001年11月6日，为庆祝昆曲被联合国教科文组织列为"人类口头和非物质文化遗产代表作"及纪念苏州昆曲传习所成立80周年，有关部门重新在这里组织了一次"虎丘千人曲会"。其盛况如何，我未能与会，不得而知，只恨此会没能在八月中秋夜举行。

但我仿佛还是听见了千人石上袅袅升起的仙音。

哦，我追慕那月白风轻的虎丘之夜。

（原载《莽原》2006年3月）

斯德哥尔摩的初春

3 月底，有斯德哥尔摩之行。

飞机穿越哈萨克斯坦和俄罗斯冰封的原野上空。俄罗斯的土地是一望无际的黑色，粗犷而辽阔。渐渐地出现一串串白色的湖泊，那是冰冻的色彩，其色调和形状与周围的黑土反差鲜明、对比强烈。渐渐眼前的景观发生变化：黑色转为绿色，白色转为蓝色。我一下醒悟：我们正在告别沉睡的封冻，走近春天的生命。

蓦然，一个硕大的纯蓝色海湾出现——我们飞临了美丽的波罗的海上空。穿越海峡后，飞机在丹麦首都哥本哈根降落。我们于机场稍事休息后，又重新升空，飞行40分钟，下面渐渐是千岛万屿遍布海面的景色，被称作"千岛之城"的瑞典首都斯德哥尔摩到了。

斯德哥尔摩从人文意义上说是北欧的文化首都，从地理构造上说是由岛屿构成的城市。它地处梅拉伦湖和波罗的海汇合处，由14个大岛和70余座桥梁组成，周围还有大小岛屿两万余个，风光旖旎，素有北方威尼斯之称。能有这个机会来领略她的风姿，真是太有幸了。

我们是来参加联合国教科文组织的会议，因而先到会议地点去报到。会议地址设在市议会大厦，里面熙熙攘攘挤满了人，许多瑞典女学生在义务充当接待员，帮助大家分发会牌和材料。她们的热情和认真给我留下深刻印象。然而，除了这座大厦里的氛围还热闹以外，整座城市都让人感觉不到有一个世界性的会议在这里召开。平静地对待一切事情，大约也是一座城市心理成熟的表现。

清晨，与伍锋、永平约了出去闲逛。三月底的斯德哥尔摩之晨，风虽然很凉，却非常柔软，没有北京的罡风穿透肌肤的力量。不多会儿就从下榻的宾馆走到了海边。几座大铁桥分别通向不同的岛屿，有列车从远处桥上驶过，发出巨大的轰隆声。水中落有成群的海鸥，悠闲自在地漂在水面上，由海涛荡着。

隔着一座铁桥，对面岛上就是斯德哥尔摩古城，那是世界上最古老、最大也是保存最完好的一座中世纪古城，创建于13世纪。我们兴奋地走拢去。时间还早，街道上见不到一个人，我们乐得在这无人世界里闯荡。

这里的建筑都保持古典风味，高大的建筑物和拱门，石头墙面特意将外表雕成粗糙的凸凹状，显露出古朴美，窗棂、门框以及墙面上满布雕塑。狭窄的街道，幽深的巷弄，有些地方窄到伸开两手就能够着两边的墙壁。路面上铺着古老的石板，走起来有种特殊的历史感。两旁店铺门面都很小，但精巧别致，保持着17、18世纪的原始风味。店铺还都关着门，我们逐一欣赏着门面装饰，观看橱窗里陈列的各种手工工艺品、民族服装。

不知什么时候，天空飘起了细细的雪花，洒在脸上沁凉。风一下子变硬了，吹得人直打激灵。不一会儿，我的手脚开始僵硬起来，只觉得西服裹着的羊毛衫像层纸一样不管用。伍锋倒是穿了一件大衣，此时得意非凡，自说有先见之明。

我们顺着街巷走，慢慢发现所有道路都通向中部一个地方，来到跟前一看，原来是一个中心广场。广场不大，也就通常见惯的学校小操场那么大，周围都是古色古香的银行、商店，透着以往的繁华。我站在这里沉思，眼前闪过古书上绘画的剧场情形：舞台底幕上画着多条街道，一齐从远处向前台集中，而前台恰恰是这样一个中心广场，收集了所有的街道辐射线，人间戏剧就在这里发生。

我耳畔慢慢响起市声，越来越热闹，越来越嘈杂。眼前空旷的广场似乎活跃起来了，上面充满了人，一个繁华的市集在眼前出现。酒贩子、水果摊主人、杂货商在响亮地叫卖，挎着筐子的妇人到处停留、挑拣、讨价还价，孩子在人丛中乱跑，贵人乘着豪华的马车高傲地驰过。这似乎是中世纪的图景？我不知道从哪里得来的这种印象，反正觉得眼前这个广场过去就应该是这个样子。

再向西走，来到了王宫。高大的围墙外面有士兵在站岗，身穿蓝色镶白边的古老制服，头戴有着高高尖刺的头盔，白手套，黑马靴。昨天白天曾经遥望见王宫上面的城堡里，有卫队在进行队列练习，穿的就是这种制服，只是由于距离远，看不清楚。卫士配古堡，又是一幅中世纪图景。

风更硬了，简直刺骨，硬着头皮坚持照了几张相，连忙踏上返程。在穿过大桥时，疾风吹得人站不直身子，大家都裹紧衣服、掩紧领口，躬身拼命顶着风走。伍锋一边还开着玩笑，说是要把他的大衣卖给我，就照刚才看到橱窗里大衣的价。

会议10点钟开始。9点往市议会大厦去，沿路商店都不开门，街道上汽车、行人稀稀落落。在这温馨的时刻，瑞典人大概都躲在家里喝早茶、看报纸，享受上班前的一刻消闲呢。这就是高福利国家的特征？

会议开幕与中间，穿插了民族风格的歌舞表演，为会议增添了调剂氛围的兴奋剂。这是由斯德哥尔摩大学生组织的演出。演出前，全场熄灯，然后从会议厅的各个边门处，走进一队队身穿黑色袒胸长裙的女学生，她们边走边舞，嘴里发出尖啸，一直走到台上。然后歌舞开始，也是学生自编自演的节目，不很规整。对于总是正襟危坐的中国人来说，这种形式是否过于随意和不正式呢？但是又让人觉得亲切和家常，真实而少做作。我们感到一种新鲜的东西在会场中弥漫。

会议期间，有许多中东人在门外广场侧集会抗议，举着横幅大标语，周围散布着警察。文字不通，不知道含义，但看到警察与抗议者都很安静地待在那儿，大家和平共处。

中午休会，我忙中偷闲，抽空档一个人到另外一个小岛去转悠。那要绕过半个海湾，再通过一座长桥。怕不能按时赶回，我拔腿疾走。天晴了，天空湛蓝。海湾里靠满了大大小小的白色游艇，海水也湛蓝。海湾对面的建筑物，把它们错落有致的倒影映在海水里。这座岛很小，布满了草地和古建，我很快就绕岛一周，走得皮鞋挤脚得厉害。回程时看到路旁的历史博物馆、国家大剧院，都来不及进去观赏了，只得在门口照张相就离开。

晚上市长在市政厅宴请会议全体代表。这是一座古老的教堂式建筑，它的主厅又高又大，是诺贝尔奖奖金颁发地。今天，由联合国教科文组织的秘书长在这里为一些世界各国的市长颁发贡献奖。仪式过后，大家乱哄哄地蜂拥向自助餐桌，吃相都不雅观。出席的人太多了。

下榻的饭店，每天早晨免费供应西餐。同来的人大多吃不惯，我则久违了西式口味，一个人自得其乐，把黄油仔细地抹到面包上去，撒上盐和胡椒，再夹上奶酪，吃得津津有味，然后喝一杯牛奶麦片。看到永平等人以蔬菜沙拉、西瓜和苹果等为主，再胡乱吃几口烤面包片、水波鸡蛋，那副对付的样子，我感到好笑。但午餐和晚餐就比较麻烦了。一是由于会议时间安排得不上不下，12点还在开始一轮新的发言；一是西式餐馆既贵又吃不惯，要找一个中餐馆可就难了。大多情况下我们是买方便面吃。但这里的方便面都是西红柿味的，酸不溜丢，难吃之极。回想起国产方便面的香辣可口，这时可想而不可得。两天下来，大家都叫苦不迭。于是有人建议，搬到中国使馆办的一个招待所去。立即就这么决定了。

使馆的人开车送我们去的时候，越过了几座大桥，跨过了几个大岛。来到一个风景宜人的居住区，坡地上布满了各式各样的瑞典小楼，围绕着花园和草地。招待所是一个类似的小院，里面有两栋房子，一大片草地，还有松树，上面遗有前几天的残雪。这是使馆买来派用场的，眼下有一对中国夫妇在管理。

各人安顿好房间，就听见喊开饭了。来到餐厅一看，喝，香喷喷的大米饭、红烧鸡腿，散发着令人馋涎欲滴的味道。大家如狼似虎地扑向餐桌，痛痛快快地饕餮，每人都吃了几大碗饭。然后在游艺室里打乒乓球、看报纸，玩得开心极了。在语言不通的国土上拘束了好几天，现在就像回到了自己家里一样，顿时放开了。走到院子里面散步，绿草茵茵，望望周围，全都是层层叠叠的瑞典小楼。远处是海湾、大桥和对面的海岛。

清晨醒来，不愿意浪费辰光，我一个人走出院子，向着坡下的海边走去，要去感受一下周围的环境，这是我每来到一处生地时的习惯。道路曲曲弯弯，害怕走丢了，又不认识标着瑞典文字的路牌，只好边走边拼命记住周围的自然形貌。

在山坡上经过一道铁路，我看到旁边不远处有一个小站。那站小得就像公共汽车站似的。一座小小的月台，上面支一个长方形顶棚，设一排蓝色的座椅，上面疏疏落落坐着三两个乘客。没有管理人员。我走出去几十米时，听到火车轰轰隆隆地开过来了。我停下，回过头去看。精致的小火车在车站上停靠了一下，待那几个乘客上了车，马上就开走了。

我的右前方就是跨海高架桥，共有两条，一条伸向正前方对岸的岛上，另一条拐向右侧的另外一个岛。小火车开上去，向右转去。我想，它大约是送人到那里去上班的。

来到海边。这里的海没有沙滩，仅几块不大的礁石。我站在礁石上，眺望大桥和远处的海岛，想象着这里的人们在一座岛上居住、在另一座岛上工作，每天跨越海峡的乐趣。

待久了，海风渗凉，钻入大衣。我向回去的路走去。

终于有了一个组织出去参观的机会。使馆的小蒲驱车送我们到王后岛。岛上几乎没有建筑，只在林木和草坪覆盖的中央耸立着一座王宫。王宫前面是极大的欧式草坪，由冬青带分割成整整齐齐的图案，其间点缀着修整成柱形、锥形和其他形状的柏树。王宫侧翼是一座王室剧场，瑞典历史上曾有一位国王在这里观剧时被刺身亡。全岛都是树林和普通小路，略显荒芜，保持着大自然的状貌，不像中国皇家园囿到处点缀着亭台楼阁，透示出人工的气息。我们在岛上漫步，感受着强烈的北欧原野气息。

眼前突然出现一座让人啼笑皆非的所谓"中国宫"。从外表看，这座整体欧式建筑呈跻踞状，略似北京展览馆的造型，只是在屋檐处添加些似是而非的"挑檐"之类。在通常的柱头处还有"龙凤"和人物雕塑，龙是四翼的欧式飞龙，凤是仙鹤，人物则戴着"金钟罩"般的帽子，大约是从元蒙时期的绘画获得的灵感。这座宫殿是两百多年以前，瑞典国王阿道夫·弗里德里克（Adolf Fredrik, 1710～1773）为讨好他的王后露维莎·欧瑞卡（Lovisa Ulrika, 1720～1782），让她领略一下东方情调，特意兴建的。在遥远的北欧，用想象力来填补有着众多缺环的中国印象，造出的房子大概也只能是如此了。或者说是谙熟于当地建筑风格的工匠们，在接受了这一"王命难违"的任务后，用他们的聪慧与狡黠，顺利地蒙混过了关，于是留给世人一座"四不像"的中国宫。我想起在美国罗得岛马博宫里看到的中国茶亭，那是一座真正的斜檐挑角式中国建筑，它的主人当年曾到过中国，它的工匠和材料是专门从中国运去的。文化的传播和接受，都会受到观念上的限制，这大概就是接受美学的命题吧？

在皇后岛上游弋，忽然一幅绝妙的北欧冬景风光呈现在眼前。黄色的草坪伸向静静的沼泽式湖泊。湖中洲上生长着当地特有的树木，秃秃的枝杈伸向天穹。冰面上落了白白的雪，上面散布着白天鹅、大雁、野鸭和鸳鸯，无冰的地方则露出一湾碧水。黄草、白雪、碧水、枯树、水鸟，构成一幅静态的北欧冬景。

　　身穿金红色外套的作协老金正在一个人若有所思地缓步走向湖畔，慢慢踱入画中。这时，远处冰面上天鹅中的一只，似乎是心有所感，也娴态缓步地向湖边踱来，走几步，停下来，歪头看看老金，又走几步。我发现了这一良机，连忙提着相机悄悄靠过去。他们彼此越靠越拢，最终和背景共同构成一幅绝妙的画面，使人联想到天鹅湖的美妙传说。我调准了焦距，"咔嚓"一声按下快门，把这一幅仙境永远摄入镜头。因为这一"艳遇"，老金从此获得"金王子"的美称。

　　斯德哥尔摩几日，留下北欧印象的星星点点。虽然片断，却新鲜而有活力，它吸引着我，让我产生以后一定再来的兴趣。

（原载《神州》2004年第6期）

那清冽的长良川

日本本州的腹部有一个县，叫作岐阜。岐阜处于本州的中心位置，从这里往东就是关东，往西就是关西，正居枢纽之地。颇令岐阜人感到骄傲的是，日本今天的全国人口重心点，也恰恰在岐阜的美并村。也就是说，如果在这下面做一个支点支起日本的版图，正好可以保持平衡。岐阜人说自己住的地方是日本的心脏——就如同兰州人对中国说的那样，因而在蚕形的日本地图中部赫然绘出一颗红心；又说这里是日本的肚脐，所以在美并村建立了一座"日本之脐"塑像。

岐阜境内发源而又纵贯岐阜的一条河叫作长良川，川在日语里面就是河的意思。长良川由日本的"横断山"——飞弹山脉中流出，浸润了沿岸的土地，向南倾入伊势湾。站在长良川的岸边眺望，山岚碧翠，水光生色。河中的水清澈见底，河底的鹅卵石一个一个，看得清清楚楚，水波荡漾，把鹅卵石晃成了道道花纹。两侧河滩里也排满了鹅卵石，个头极其匀称，平平整整，齐齐整整，看去一片白生生的，像鱼鳞。

如此清澈的河，水里却还有鱼，因此长良川的一景是鱼鹰抓鱼。渔人披着蓑衣，横舟揽鹰，就像我们在桂林漓江看到的情景那样。只是岐阜的鱼鹰是用细绳系住的，渔人手上牵住一把细绳，游在水里的鱼鹰于是像一群未撒开的猎犬。岐阜的鱼鹰猎鱼是在晚上，渔人在舟头悬起一团火把，照得水面红光闪闪，趋光的鱼于是群聚而至，这时水面的鱼鹰就趁火打劫了。鱼鹰因此成为岐阜市的象征。

在岐阜，到处可以见到扭颈勾嘴的鱼鹰雕像，市政府门前就有这么一尊。可惜我没有看到真正的鱼鹰捕鱼景象，大约渔人驾鹰荡舟的那种情调，已经是记忆里的东西了。但是居民们在城里到处都留下鱼鹰的形象，以留住这种温馨的田园回忆，也使人随时想起，城中还流过一条清澈的长良川。

岐阜人说，他们到中国旅游，在四川盆地的三星堆看到古巴国的图腾也是鱼鹰。李白的著名诗篇《蜀道难》里说的"蚕丛及鱼凫"，是古巴国的两个国王，"鱼凫"就是鱼鹰。三星堆里发现了许多鱼鹰形状的图腾物，材质虽然各式各样，有石头的，有陶的，有青铜的，有玉的，造型却和岐阜的一模一样。他们说，或许日本人最早是从那里走出来的？

岐阜田川肥沃，林木茂密，物产丰富，再加上地理位置的重要，自古是日本的兵家必争之地——得岐阜者得天下，失岐阜者失天下。因而，在日本战国时代（15世纪）的群雄逐鹿中，是立足于岐阜的一个大名——织田信长和他的属臣丰田秀吉，以丰厚的实力，最终结束战乱，完成统一日本的大业，迎来了德川幕府250年的统治。

我是在晚上到达岐阜的。从新干线铁路下站，剧作家小林宏和他当导演的女儿小林泉开车来接，然后沿着长良川长长的堤岸开往宾馆。一路上看着黝黑的水中星星点点，星空与灯光的倒影混在一起，弄不清楚哪里是天，哪里是水。渐渐看到了山的轮廓，圆圆的，更是黑黝黝的。蓦然，一座最高的山顶上，凭空闪出一团荧光——小林宏告诉我，那就是织田信长的城堡。

城堡就在我下榻的岐阜大酒店对面，隔着长良川的山上。次日清晨起来，望望对面的山，上面林木葱笼，现在是10月，大片的墨绿间着条块的红黄，笼罩着乳白色的雾气。尽管很陡峭，山形仍然抛着圆圆的弧线。在那弧线的顶端，晚上看到荧光之处，微微露出一点黑白色建筑，那就是城堡了。织田信长就在那里虎视眈眈地俯瞰着岐阜，俯瞰着长良川，俯瞰着东西日本。

长良川的上游在飞弹山中，沿河向北驱车一个多小时，钻过许多长长短短的隧道，七弯八拐，随着山间林木景色的改变，逐渐接近了分水岭，长良川的源头就到了。长良川其实并不长，从源头到海口满共百来公里，只能算是一条小河。不过，日本最长的河也就三百来公里，日本原本也就窄窄的一条嘛。清清的泉水从山间涌出，湍流急下，一两天的工夫就流进了海。日本的河流都是这样短短的，清冽的，湍急的，要在日本追寻那种"飞流直下三千尺""黄河之水天上来"的景象是没有的，更别说"黄河水，九十九道湾"的境界了。难怪日本游客到中国，许多人喜欢到长江里乘乘游轮，在黄河岸边眺望眺望。

小林泉带我们沿长良川到郡上八幡町（町相当于乡）去，那里历史上曾经发生过一场著名的农民起义，最终以悲剧结束，小林泉为它写出了剧本《郡上农民起义》。1962年这个戏到北京演出，受到周恩来总理的赞誉。小林宏至今珍藏着一张照片，是周总理上台接见演员时与他握手的留影。

飞弹山脉海拔超过 3，000米，与相邻的木曾山脉、赤石山脉一道组成日本最高峰，被称为日本的阿尔卑斯山，也成为狭窄的日本陆地的南北分水岭。山脉下部属于温带海洋气候，到了顶部就变成亚寒带气候了。上山的过程中，由于海拔急遽升高，两侧山峦的林木变化十分明显。时间正值深秋，开始是阔叶林，一片片葱绿中，夹杂着一片片红黄；继而是混合林带，绿的是山毛榉、白桦、银杏、竹子，红的是枫，然后变成了针叶林，高大的松、杉、枞、柏、桧，郁郁苍苍地聚为林海。

我们从山顶俯瞰郡上八幡町，这是拥在四围群山怀抱中的一处人间幽境。这是山中的世界，它掩藏着日本的传统，也掩藏着民众的文化。小林宏告诉我们，由于临近日本的中心城市京都，岐阜因而是京都文化向东传播的重要驿站。而飞弹山中曾经是隐逸文学的土壤，五庙文学时期的重要作家里，飞弹山的和尚就占了两位。

车窗外忽然飘起了一团一团的雪花，眨眼工夫，自然景色就被漫天漫坡的雪色所笼罩，改换成皑皑的冬装。雪静悄悄地落着，为世界覆盖上一层厚厚的温馨。灰色的天空中还在不断飘洒着细粉，弄得浩浩林莽一片灰白。在变得肥厚了的岸鳞里，长良川的水仍然汩汩地流着，黝黑，幽深。

小林宏说，今天的日本城市，许多与中国的结为友好城市。岐阜的对象是杭州。岐阜人为此感到十分骄傲，说他们自己是高攀了，因为杭州有西湖，他们没有。杭州有着那样多的历史蕴含，这使它在中国文化里所占的位置显得格外重要，它的风景和文化，即使在世界上也难以找到匹敌。而岐阜在日本则达不到这种重要性。幸好岐阜行动得早，先占了春光，如果晚一点动作，这个殊荣可能就会被别的城市抢去。

我说，山川和文化是无法讲对等的，只要有自己独特的东西，就具有无可替代的价值。岐阜没有西湖，但它有一条长良川，这就够了。

现在，我离开岐阜很久了。但长良川的水，总是在我眼前清洌地、湍急地流淌。

就像西湖对于日本人那样，长良川，也化作我深深的记忆。

（原载《21世纪》2001年第11期）

下龙湾

　　下龙湾是一个美丽而奇特的海湾，在越南东北部，挨近广西境，外接北部湾，由河内乘汽车两个半小时就开到了。我听说它的名字，是在河内访问的时候。东道主安排了此一行，并告诉说，这是列入世界自然文化遗产名录的一处胜境，绝类桂林山水。听了好奇心油然而起。

　　穿过平原上广袤的稻田——虽然是12月了，这里却正在培育秧田、翻耕土地，渐渐看见了海湾。海面上竖立着许多小山峰，一座一座互不相连，却又彼此相去不远，各自从海平面上突起，倒映在水里。天是阴的，衬得山色都黑黝黝的。看上去确有些桂林山水的影子，但这却不是由陆地、江流与山峰组成的景观，它是在海上。据说，在附近不远的一个地区，也有陆地上的山峰突起，但却又没有水。这是一种什么样的地形地貌呢？在河内西郊，我也曾看到平原上一些零星的突兀山包，大片稻田的围绕中，光突突地冒出一块巨石，当时就惊讶怎么有些像桂林的山。

　　黄昏时分到达海滨旅游区拜寨，在一座个体旅店下榻。旅店门面不大，但却有五层楼的客房，洁净，敞亮，现代设备一应齐全。街面上一拉溜都是这种旅店。晚饭后上街溜达，街道两旁满列贩卖古董和旅游品的店铺，看摊的都是年青越南姑娘，个个身材苗条婀娜，用柔软好听的口音招揽着生意。想起出国前外事干部打招呼，说是越南小姑娘都特别漂亮，到那儿可别拈花惹草，心里面笑笑。

　　她们说的是汉语普通话，问问，原来都在中文夜校学习。这里的游客多数是从中国大陆来，由广西过境至芒街，然后就剩下两个来小时的汽车路了。过境旅游签证简单得很。这几年中国大陆来旅游的越来越多，如果是在夏天，很可能找不到住处呢。台湾客人也在逐年增多。于是，这里人人都会说些普通话。年轻姑娘学中文的积极性高着呢，一边兜揽生意，一边还不时跟我们学上两句。

铺里卖的无非是些旅游区见惯的东西，各类雕刻、玉制品、丝巾之类。与看摊姑娘闲聊一阵，也不真买什么东西，然后就离开了。

陪来的越南阮翻译告诉说，有一种香木雕刻，木头能发出异香，并能结冰晶体，在雕刻的凹进处长出白白的冰凌，是用山上一种特殊木材雕刻的，这种木材已经少见，眼下只一家店铺有卖，价格又不贵，可以买点。我们无可奈何地随阮翻译转过去。路过的海滨游乐场里开着卡拉OK，许多当地年轻人在里面玩，唱的全是中国歌。阮翻译说电视里播放的也大多是中国连续剧，人们不爱看本地的，就爱看中国的。可不是嘛，路过的街旁店铺，个个开着电视，放映的都是《乾隆下江南》。

转过一个街弯，阮翻译说到了。我们不约而同地觉得眼睛一亮：小小的铺子深处，一位倩俊秀丽的年轻姑娘从椅子上站起来，笑了一下。一下子，她的清纯好像把整座铺子都映亮了。铺里另外还有一位普通的中年妇女，与姑娘嘀咕了一声，回身走向里面，姑娘却起身迎了上来。她身穿月白色越式旗袍，年纪大约十七八岁，娉娉婷婷，含笑用柔软的普通话向我们问候，眼睛里有一种盈盈的光在闪。

一起来的陈慧敏属于女性中的购物狂一类，她一边挑着香木雕品，把橱窗里陈列的一二十件都拿出来，一件件比较、斟酌，一边赞叹地对我说："越南姑娘真漂亮。"我故意说："也不是个个都漂亮。"她就开玩笑地转向那位姑娘："他说你漂亮。"姑娘听了，秋波向我一闪，抿嘴一笑，也不说话，脸上却灿起一朵红晕。

我并不真想购物，看到柜台上有本打开的书，是她刚才读的，就随手拿起来看。书名是《中文九百句》。我心里一乐，过去只知道有《英语九百句》，现在中文也享受到同等待遇了。旁边还有一个翻开的本子，上面用铅笔歪歪扭扭地写着一些中文单词，"您好""再见"之类。姑娘看到我在看，羞涩地一笑，说："写得不好。"我一边说些鼓励的话，一边注意到里面夹杂了一个词："接吻"。我不知道她学习这个词的动机是为了爱情实用，还是仅仅隐含了一种心理期盼。

买了好些香木寿星，一边不很认真地砍价，一边有一嘴没一嘴地与姑娘闲聊，大约一是不想回到旅馆里去熬过夜晚时间，二是好与她在一起多待一会儿。姑娘也很随意地让价，倒像是在替我们节省。闲聊中知道，刚才那位中年妇女是她姨母，因为不会讲中文，有中国人的生意就让小姑娘应酬。我想，由小姑娘推销大约生意会好得多。

意尽而返，我们沿海滨溜达着回旅店。想起今天的多云天气，对于欣赏海景不利，盼望着明天天空放晴，开玩笑地要信佛的陈慧敏许愿。

次日早上起来，天空果然开朗了，而且万里无云。互相庆幸着。来到海滨，五个人包了一艘小型机船，谈好租金20美元，游览三个小时。船主解缆起锚，小船向着前方望到的一座大岛驶去。

陆地迅速向后退去。海水碧蓝碧蓝，无风无浪，只有宁静的深沉。从船舱窗户里望出去，蓝天碧海交相辉映，美丽极了。旁边路过一个小岛，像王莲的叶子一样平浮在水面上，上面有翠绿色的草坪、几排高耸的椰子树和两栋白色的房子，水中仙境一般。我一边啧啧不已，一边心里奇怪，它就比海平面高那么点，水涨上来怎么办？

一艘机动小船从旁边追了上来。等靠上我们的船帮，船娘就用绳子套住大船的栏杆，船主熄了火。船娘开始兜售海产。小船的前舱甲板上摆满了塑料盆塑料桶，里面盛着各种奇怪的鱼、虾、螺、蟹。我们从船帮上跨过去，很感兴趣地挑拣着。大船的船主并不在意小船的搭载，悠闲自得地开他的船。一个五六岁的孩子坐在小船棚顶上，四处观望着，一边吃香蕉。阮翻译告诉说，海上的孩子就这样在小船上长大，有些从生下来就没上过岸。选购兴尽，回到大船上，船娘就解开绳子，小船又寻找其他游船去了。

对面的大岛到了。登临巉岩，在岛上的大溶洞里游览。也就是一座普通的溶洞，未见新奇。游毕上船，船开始向岛后绕去。

随着角度的变换，旁侧的另外一座岛屿迎了上来，又一座，都是从光滑的海平面上拔地而起，耸峙而出，一座一座地沿船侧向后滑行，真有"两岸青山相对出"的意境。海水平静而温柔，阳光照射下，波光粼粼，表里澄澈。海岛苍然料峭、青葱翠绿，望去形状各异、神态俱现，横看纵看，各异其趣。水面上倒映着山岛的倒影，像盆景，像诗，像画。一忽儿工夫，我们已经陷在群峰的包围之中。

又滑过一座大岛后，从群岛豁开的裂隙里，看到了遥远海平面上重重叠叠的群山。山峦交互叠印，重重累累，色泽各不相同，近处的深些，远处的浅些，勾画出多重曲线，洇出深浅不同的水渍。海面上雾气蒸腾，把岛屿遮得氤氲晦暗，更增添了画面的朦胧美。这像是人间最美妙的一幅水墨山水图，它比桂林山水奇特，更大、更幽、更加变化莫测，人们更难探测其玄妙的自然造化力。

我在这幅图画面前沉浸和陶醉，胸中激情翻滚，涌动起强烈的表达愿望，但却不知怎么发抒情感。搜索枯肠，想寻找合适的古人诗句，一时一些意象接近或有联系的诗境闪现出来："玉鉴琼田三万顷，着我扁舟一叶。"这是南宋词人张孝祥咏洞庭湖的词句，境界毕竟不够阔大。"无风水面琉璃滑"，这是北宋文豪苏东坡咏西湖的诗句，感觉终究缺少气魄。无法状模眼前的景色，一时觉得人类语言是那样的苍白无力。

反过来想想，又不免自怨自艾。古人的眼前景色，能用形象语言状摹其境，传之后世，后人于是有了丰富的文学遗产。今天怎么就无能为力呢？不行，一定要试试。绞尽脑汁，弄出一首七律：

> 重峦叠嶂山复山，
> 海镜映出下龙湾。
> 琉璃水面白波碧，
> 玛瑙天穹青钻蓝。
> 氤氲雾渍山倾仄，
> 缥缈烟蒸海不翻。
> 巉岩驰近观犹切，
> 眺望远巅已忘言。

才一写出来就感觉到气馁：堆砌辞藻，意境不出，和眼前的景色无法匹配，只好自己红红脸。

船主介绍说，下龙湾以众多密集而突兀的海岛出名，它们数以千计，分布百里，星罗棋布，千姿百态。当地人为之起了各种形象的名字，如香炉山、斗鸡山、蛤蟆山、石狗、三桃、天鹅等等。可惜刚才在溶洞中停留得太久，占去了时间，只好远远地遥看一下，然后就返航。我们抗议，说是刚来到值得看的地方，怎么就回去了？船主和蔼地解释，说是下龙湾游览，有四小时游、六小时游、八小时游，还有隔日游、晚上要在某座岛屿上露宿一夜，那也只能看一小部分。我们才有三个小时的时间，现在已经过去一多半，赶不回去了。大家哑了口，自己结的苦果。仙境不至，只好怅怅而归。回到旅馆，拿出地图看，才知道仅仅是游了一个小小的圈子，连下龙湾的脚丫还没看全呢。

毕竟已经领略了下龙湾的风采，个个情绪饱涨，认为不虚此行。不约而同地想到一个问题：难怪下龙湾的姑娘这么美，原来是占尽了自然山水的丰韵。陈慧敏开玩笑，要我们把自己舍在这里修佛，我说那我就舍在海中的一座岛上。有着如此秀丽的山川和如此秀丽的姑娘陪伴，谁还想离开这个地方呢？

也许是还想见见那个俊美的越南姑娘，晚上不约而同地找到一个借口：要给阮翻译也买一个香木寿星，以报答他的尽心工作。又去了一趟小铺。姑娘看到我们，灿烂地笑了一声，对旁边的姨说："还是他们。"我忽然弄明白了最初阮翻译为什么要带我们到这里来：他也是一样的动机。磨蹭着，聊着。聊到当地越南人爱看中国电视剧，姑娘忽然冒了一句："那里面的小伙子很帅呢！"原来她在心底蕴藏了一个憧憬。最终恋恋不舍地离开时，我默默地祝福她，希望她能够如愿以偿。

下龙湾留给我们的美好印象，不仅是那海、那山，还有那位极其清秀的姑娘。

2001年1月

在雅典游神庙

　　到雅典就要去古代神庙进行文化朝圣，这是当今游人来雅典的目的之一。我们来的头一天，就按照地图去寻找奥林匹亚宙斯神庙。走过扎帕斯国际展览厅，左侧有一个绿树掩映的公园，就是宙斯神庙广场了。买了一张古迹参观通票进去，转过树丛，蓦然，一片空旷场地出现眼前。广场正中，已经残毁的神庙石柱突兀地立在那里，傲视着日月，是那样的雄伟壮观，坍塌的痕迹和风雨侵蚀的痕迹，增加了它的沧桑感。我们兴奋莫名，忙于照相。可惜神庙的西侧正在搭架子维修，景观不佳。

　　宙斯神庙最早动工于公元前515年的雅典僭主皮西斯特拉托斯时期，因为其下台而停工，公元前 2世纪罗马皇帝哈德良时代再度兴建，又因为工程主持人去世而停工多年。建成后的神庙有104根科林特斯式石柱，现在仅残存的15根已经令人叹为观止，可以想见当年的规模是何等宏巨。后部的三根石柱倒下一根，散成一块块的圆柱体石头，彼此之间没有接榫，可见原来就是那么一块块摆上去的。难道说古希腊神庙的柱子都是用石头这么摆成的？

　　我们在这里久久徜徉，感受众神之王的威仪和气势。宙斯，古希腊神话里权位最高的神，掌管世界秩序之人，既是神又是人，虽然庄重威严，也时而胡作非为。他维持仙界和人间的秩序，又时而惹动麻烦。他禁止给人类提供火，把为人类盗火的普罗米修斯锁在高加索山上受恶鹰啄取内脏的惩罚，又用潘多拉的盒子向人类散布各种灾难——疾病、癫狂、罪恶、嫉妒、奸淫、偷盗、贪婪，唯独扣住了希望。他与众多凡间女子的爱情引起许多麻烦，他变成云雾诱劫美女伊俄，变成公牛诱劫美女欧罗巴，变成天鹅与斯巴达王的妻子丽达交欢而生下第一美女海伦。这些荒唐举止，引动了他的妻子又是妹妹的天后赫拉的嫉妒与愤怒，不择手段地做出更加荒唐的报复行为，给人间降下灾难。这就是古希腊的神！与中国庄严稳重的神格、神性完全不同的古希腊的荒唐放肆的神。其中欧罗巴故事里蕴含的象征意味，一直引起我的思索。故事里说，有一个亚细亚大陆变成的女人告诉欧罗巴，自己是生她养她的人。这个出自腓尼基的神话里隐含的亚细亚生养了欧罗巴的寓意，是从人类文化繁衍和承传的角度立意吧？古希腊文明杂糅了地中海沿岸各文明，包括埃及、腓尼基甚至一直远到印度的文明，它的营养许多来自亚洲，而长久滋润了欧洲。这个神话竟是如此的意味深长。

由宙斯神庙向西望，正好可见高耸的雅典卫城和上面的巴台农神庙。我高兴地取景，把两处胜景摄入一张照片。向东望，则可看见逐渐高上去的现代城区建筑，以及背后的山脉，叠印作神庙石柱的背景，结构成一幅古典与现代相映衬的图画。

既然已经买过了票，既然雅典卫城和巴台农神庙已经在望，我们兴冲冲寻路前去。出哈德良门向西，绕街道走到了卫城东南部，抬目瞻望雅典城里这伟大的标志性建筑。古希腊人把雅典卫城称为"高丘上的城邦"，果然如此，城市里平地突兀起一座平顶石山，像是有意用人工建成的一座巨大城堡。山顶上著名的巴台农神庙，供奉着雅典城的守护神雅典娜。

雅典娜是宙斯和识别女神墨提斯的女儿，手持长矛从宙斯的脑袋里跳出来，她因此出生于宇宙神的精髓之处。她和海神波塞冬都喜欢雅典这个地方，两人争当它的保护神，争执不下。最后宙斯决定，谁送给当地居民的礼物贵重，谁就成为保护人。波塞冬的礼物是一匹马，雅典娜的礼物是橄榄树。当地人选择了橄榄树，从此橄榄树成为希腊的主要经济植物。于是，雅典城也就被以智慧女神雅典娜的名字命名。

来到卫城西南侧的山门。一座巨大的大理石建筑挺立在这里，已经历了2500年的沧桑，虽然坍塌得只剩下许多石柱，雄伟的气势依然撼人心魄。穿过山门，高大巍峨的巴台农神庙显露了身形。神庙兴工于公元前453年，历时15年建成，宽31米，长70米，由46根柱基部分直径2米、高10米的多立克式廊柱支撑起大厦，上面到处布满了浮雕。巴台农神庙北面的厄瑞克忒翁神庙建于公元前408年，神庙的6根石柱雕成少女形状，是艺术史上的精品。以往巴台农神庙大殿里还有12米高的雅典娜神像，为著名雕塑家菲迪亚斯所立，已经不复存在。

雅典娜是雅典人最喜爱的女神。她把仙气吹进普罗米修斯捏出的泥人身体里，因而创造了人类。她保护和平和艺术，发明手艺和乐器，指导人们制造能在深海里航行的"阿尔戈"之舟。雅典人因此让她高高地站在卫城上方，俯瞰着雅典，也俯瞰着她的父亲宙斯的神庙。但是，雅典娜也不是那么纯洁善良，她有时也做些莫明其妙的事。例如著名的特洛伊战争的起因，只是她与天后赫拉、爱神阿佛洛狄特三人争夺一个象征天下第一美女的金苹果。她因而被激怒，存心要毁灭这座城市，当战争爆发的时候，她一直站在攻打者的一边。

从卫城山顶俯瞰整座城市，景色秀丽。鳞次栉比的希腊式房屋建筑，密集的街道，反差鲜明的色彩，调动游人的神往。东边远处是雅典城里最高的利卡威托斯山，东南侧奥林匹亚宙斯神庙广场在现代楼阵中呈现出一方古穆庄严，南面两个古代剧场与现代城市建筑的背景对比鲜明，西南方看得见比雷埃夫斯港湾，西北方则是古代广场，旁侧的山坡上耸立着忒修斯神庙，是我们的下一个目标。

由西侧下山，经过古代广场遗址，只见到层层土台和散乱的石块。古代广场曾经是雅典政治、宗教、文化设施集中的地方，人们在这里购物、社交、谈论政治、交换情报、参加辩论。伟大哲人苏格拉底、柏拉图曾在这里演讲，著名历史学家希罗多德、喜剧作家阿里斯托芬也在这里出入。现在这里却成了荒芜、静谧的公园所在。爬上一个土坡，忒修斯神庙耸立眼前。望着这座与巴台农神庙大约同时建造而又遥遥相望的宏伟神庙，你不得不赞叹雅典保存神庙的众多。

忒修斯是给雅典城邦带来自由和宪法的领袖，也是古希腊历史上的大英雄。他生下来就挑战危险和磨难，希望有所作为，做了许多轰轰烈烈的事，因而以勇气和强壮著称。他最著名的一件事是驾船到克里特岛的米诺斯国去杀死迷宫里的牛头怪。他执掌王杖期间，把农村为主的雅典变成了强大的城邦，并制定宪法保障公民的自由和权利，将国王的权力交给贵族议会和公民会议来监督制约。当然，和神一样，他也做了许多并不光彩的事，例如从斯巴达国成功抢劫了美丽的公主海伦，而在抢劫地狱之王普路同的妻子时失败。他作的恶使他无法继续维持自己在雅典的统治，最后被人从悬崖上推下去摔死。但是，雅典人仍然把他奉为城邦的英雄，为他修建了宏伟的神庙。不过从后来发掘的情形看，这座神庙周围有许多冶炼遗址，学者们推测它应该是奥林匹斯12神中司掌冶炼之神赫菲斯托斯的神殿。但雅典人一直认定这里是忒修斯的神庙，表现了对他的崇拜与怀念。

雅典还有另外一个著名的神庙——海神波塞冬神庙，只是不在城里，而在雅典南面的苏尼翁角上，这里是巴尔干半岛的最南端，面对着浩瀚的爱琴海。我们乘大巴去看波塞冬神庙。汽车沿着海岸线南行，一路上曲曲弯弯，一个海湾又一个海湾。湾里风平浪静，海水湛蓝澈清，近湾处看得见海底，许多人在海里游泳。沿途小镇美丽至极，大多是红顶白墙的建筑。

一个半小时之后来到海角，远远就看到在海岸的峭壁上，挺立着壮丽的波塞冬神庙。下了车，人们蜂拥着爬上去。神庙于公元前444年建成，现在仅存16根白色的大理石石柱，但排列匀称，结构雄奇，令人称道。尤其是它耸立的地方，是陆地的尽头、大海的腹部，遥遥望去，天水相接、海天一色之中，一座神庙独立翘楚，壮丽之极。

别看波塞冬神庙的景观如此美丽浪漫，他可是最为凶恶而脾气暴躁的神。波塞冬是宙斯的弟弟，划分世界权力时，宙斯分得天界和人间，宙斯另一个弟弟哈得斯分得冥府，波塞冬分得海洋。波塞冬性格反复无常，时而温和，时而暴怒。他发起怒来，不时用手中强悍的三叉戟搅得大海波浪滔天，吞噬掉里面漂浮的一切。波塞冬敢于经常对抗宙斯的旨意，动不动就和他抗争，但也帮助宙斯抢夺欧罗巴和做其他许多助纣为虐的事。他为拉俄墨冬建造了特洛伊城，却又因为拉俄墨冬没有给自己敬献祭品，派海怪去吞噬他的女儿。特洛伊英雄奥德修斯也是因为得罪了他，被他抛在大海里长期拨弄，经受了无数艰难险阻。海员们因而都对他极其敬畏，出海时要向他虔诚地祈求平安，体现出自然崇拜时期这个航海民族对于自然力的畏惧。波塞冬的神庙设在这样一个独特位置，体现出了他的神权特征。

我站在悬崖上眺望远海，天和水都蓝透了，海面有白色的帆板驰过，令人心旷神怡。渐渐，落日的余晖笼罩了整个海天，把波塞冬神庙高耸的石柱也映照成金红色。我整个身心沐浴其中，就像融入了古希腊的智慧光芒。

（原载《中华读书报》2003年8月6日）

朝圣德尔斐

德尔斐是古希腊著名圣地，距离雅典170公里，在雅典西北部的帕尔纳索斯山中。汽车离开雅典，进入无际的原野。晨雾笼罩着大地，到处是熟透了的棉田和干枯了的玉米地。导游热情地讲述着发生在这一带的古老故事。一个熟悉的地名从她嘴里蹦了出来：忒拜城。我感到心头一震：这里就是著名的古希腊悲剧人物俄狄浦斯的出生地，就是他的儿子们为争夺王位相互残杀至死的著名城邦坐落地吗？我的思绪飘过苍茫的原野。

一个半小时，景色改变了，汽车进入纵贯希腊南北的品都斯山脉，在蜿蜒的山间公路上爬行。近旁的山坡有葱茏林木遮蔽，高处露出一派绵延不绝的白色巨岩组成的山体。导游固执地持续着她的故事：那里，就在那座山上的一个三岔路口，俄狄浦斯碰到了他离别多年而不相识的父亲，由于争抢道路杀死了他，应验了那道著名的德尔斐神谕。

三个小时后，德尔斐到了。这是一个群山环抱中的山间小镇，背靠帕尔纳索斯山的陡峭崖壁，前面是深壑。山坡上一片鲜艳的红瓦白墙，衬着蓝天白云和青山，美丽极了。小镇的东边山坡上，就是圣地遗址了。我已经看到了那上面的巍峨石柱，下了车，匆匆顺山路爬上去。

山道两侧到处铺满古老的断垣残石，看到雅典人于马拉松战役胜利后、为感谢神灵庇佑而修建的供品宝库仍保存完好，然后来到公元前4世纪的阿波罗神庙遗迹地。条石砌成的偌大地基证明了神殿的宏伟壮观，然而现在却只能看到6根硕大的多里克式石柱突兀地立在那里，茕茕孑立地耸向蓝天，静默地问候着历史。

我在遗址间无语徜徉，承受着内心的强烈文化震惊。阿波罗，这个宙斯的儿子、古希腊著名的光明之神和艺术之神，由于这座著名的神庙而与德尔斐连在了一起。相传公元前1000年时，这里是大地女神该亚和她的女儿忒弥斯的祭祀地，由蛇妖看守。一天阿波罗来到这里，杀死蛇妖，建立了自己的神殿。于是，德尔斐成为阿波罗的主要祭祀地。也因此，阿波罗不肯待在众神王国奥林匹斯山上，而常年在这里享受人世的祭享与供奉，并经常通过女巫之口来向人间发布神谕。一个最著名的神谕是对俄狄浦斯发出的，预言他以后要犯下杀父妻母的罪行。尽管俄狄浦斯想尽办法希望避免悲剧的发生，神的旨意仍然不可抗拒。于是，古希腊最著名悲剧之一《俄狄浦斯王》就被视作命运悲剧而为世人所熟知。

德尔斐神谕十分应验，因而威信极高，希腊国内、地中海沿岸以至遥远的黑海地区，每年都有络绎不绝的信徒前来祈求神谕。人们请示有关国家的、殖民的大事和家庭的、个人的私事。神谕的发布由主祭的巫师代理，这种发布仪式一直持续到公元381年拜占庭帝国的国王封闭德尔斐。

阿波罗在这里还惹动过一个缠绵悱恻的人间故事，使得德尔斐更加惹人注目。阿波罗曾经爱上雅典国王的女儿克瑞乌萨，与之一度春风之后离开。克瑞乌萨生下一个私生子，不得已丢弃到山洞里。阿波罗让自己的兄弟赫耳默斯把儿子带到德尔斐神庙，交由女祭司抚养成人。克瑞乌萨再也没有听到阿波罗和儿子的消息，后来与他人结了婚。阿波罗惩罚她，使她不能再生孩子。克瑞乌萨来到德尔斐祈求神谕，阿波罗把儿子交给她，让他们母子团聚。这个故事并不美丽，阿波罗在神格上也并不完美，带有普通人常常具有的道德缺陷，但，这就是古希腊之神——具备显著人化特征的神。

阿波罗神殿后面是一座大理石建砌的半圆形古剧场，也是公元前4世纪的遗物，公元2世纪经过了罗马二世的重修。它的观众席有38层台阶，可以供5000人观看演出。再往上往西一直攀登上去，就会看到一个巨大的竞技场。场中有178米长、26米宽的跑道，为红泥土地面，周围用条石垒成环形看台，可以坐7000人。整个竞技场的平面呈长条马蹄形，现代雅典体育场的形状和它很相像，而不是通常的椭圆形——古代和今天就是这样连接在一起。东边远处山坡下还有一个体育训练场。这一切古迹都处在悬崖绝壁前的漫坡上，抬眼望去，它们都和峭壁、深壑相依傍。我惊讶在这深山之中、悬崖绝壁之下，竟然有这么一个大的所在。我也奇怪，在这里举行演剧和竞技，观众从哪里来？山风吹来，拂动松涛，发出低沉的啸声。

遗址旁边就是德尔斐博物馆。进门一块引人注目的钟形大石，标名为

"大地肚脐"。原来古希腊人认为，大地是一个圆盘，而希腊位于这个圆盘的中央，圆心就是德尔斐，所谓"大地肚脐"。这巴尔干半岛南端逼仄的山中，竟然会是世界的中心！清代中叶以前的中国人也把自己所处的地方认定为世界中心，而视当时见到的荷兰、西班牙、葡萄牙、英国、法国人为边鄙蛮荒之民。这些局限性，在今天已经具备全球观念的民众看来是那样地浅薄可笑，然而，它却是祖先们实实在在的自然意识和政治意识。"大地肚脐"石原来就立于阿波罗神殿之中，成为德尔斐的圣物。

我在博物馆里见到一张德尔斐遗址的复原图，原来这里过去曾有着巍峨壮观的建筑群，阿波罗神庙矗立其中，显得极其宏伟辉煌。1829年，法兰西考古研究院主持的发掘使这一世界遗产得以重见天日。发掘所揭示的建筑布局，为2世纪地理学家鲍萨尼阿斯的著作所证实。这一切说明，早在迈锡尼时代（公元前12世纪），德尔斐已经成为非常重要的祭祀场所，成为地中海的一个宗教中心。其他文献材料告诉我们，早在公元前600年的时候，雅典、斯巴达、科林斯、西息温等近邻同盟就在德尔斐神庙前举办过"皮提翁庆节"，其中包括艺术和体育竞赛。从公元前582年开始，泛希腊的德尔斐竞技每4年在此举行一次，届时举办各种音乐、戏剧、体育比赛，参加者和观众从地中海各地蜂拥而来。

我在心里默念着镌刻在阿波罗神殿上的神谕："认识你自己。"放眼望去，已经看到了山口外的平原，以及远处湛蓝色的科林斯海湾。

（原载《中华读书报》2003年6月18日）

邂逅希腊古剧场

来到雅典，几乎所有人的目光都会立刻被山丘上的卫城和巴台农神庙所吸引。那高耸在城市上方、突兀于高楼大厦环抱之中的白色悬崖上的古老建筑，以其阅尽沧桑的目光俯瞰着人们，俯瞰着现代生活。没有人能够抑制自己立即前往登临和瞻仰它的冲动。我就是被这种冲动驱使去的。然而，当我从山脚怀着登临的企盼上爬的时候，却又被两处文化景观吸引而止步。在那里，我惊讶地"发现"了两座古希腊和古罗马时期的剧场。

那是在山崖的东南脚下。我不耐烦等待慢腾腾的同行者，独自沿着曲折山路向上疾速攀登，偶尔回头一望，就发现了山脚下的这座古剧场。那时没有知识准备，也就没有精神准备。当我看到这个傍坡构砌的露天半环形石阶场时，忽然觉得它应该就是古希腊的剧场。我感到心脏一阵缩紧，赶快掏出在旅馆顺手取到的市区旅游图查看。果然，一个醒目的标记指向这里：狄俄尼索斯剧场。我竟然和一个闻名于世而自己又长久企盼的历史圣迹邂逅，却又差点与它擦肩而过失之交臂！顾不上山道倾仄、坡路陡滑，急不可耐地跑下山坡，跑向它跟前。

这是一座依赖自然地形建成的露天剧场，沿山坡的自然凸凹呈大半圆形，用白色大理石围成一层层同心圆的看台。一排排看台沿山势高上去，下面的还齐整，越到高处，越变得稀稀拉拉，石头逐渐掩入了草壤。看台之间有放射状的通道上下相连。中间的表演区是一块白石铺地的空场。半圆形缺口的南侧，一堵半人高的大理石矮墙横亘在那里，充作了表演区的底幕，上面镶嵌着残损了的古老人物浮雕。我急急阅读旅游图的英文说明，原来这是希腊人于公元前6世纪建造的一座剧场，虽然后来经过了罗马时代的改造，仍然保存了古希腊的基本特征。

狄俄尼索斯，这是著名的古希腊酒神的名字，现在用作了剧场名，剧场一定和酒神祭祀有联系。果然，我马上看到剧场南边的一片建筑废墟，标识着"狄俄尼索斯神庙"的字样。原来，这里就是宙斯和大地女神塞墨勒所生的那个浪荡儿子的主要祭享地了。作为和葡萄种植、酿酒与饮酒连在一起的狂欢之神，狄俄尼索斯崇拜曾经泛滥于中亚、北非和南欧的广大地区，成为纵欲、陶醉、狂放不羁的艺术精神的象征。雅典人对狄俄尼索斯的崇拜更加登峰造极，每年以他的名义举办的节日至少有5个，而三四月间的城市酒神节则是全民性的大节，也是雅典所有宗教节日中最隆重也最热烈的一个。节庆期间，不仅全城休假，诉讼停止，甚至监狱里的犯人也被暂时释放，以便参加盛典。届时人们抬着酒神像游行，装扮成仙女、长着羊腿的森林精灵，头上戴着葡萄藤冠，腿间挂着男性生殖器模型，边游走边舞蹈边纵饮边狂欢，最后来到神庙，举行隆重的祭祀仪式，然后在剧场举办盛大的戏剧比赛，作为对酒神的犒劳和祭享。须知连古希腊戏剧的最初发源，也是来自酒神祭祀的装扮仪式呢！

我在看台间徜徉流连，仔细观看着各处及其细部，变换了角度来体味观众对于中心表演区的感觉。看台大多是台阶式的，但令人惊讶的是，第一排看台却雕成了靠背椅状。我望着这些精致的白色大理石靠椅，感到它们是那样地与众不同。它们是一些特殊宾客的座位吧？当中的一个，更是专门雕出扶手，尤其突出了其重要性。而后排正中，甚至有一个独立的椅子，靠背雕作罗圈状，显得越加雍容舒适，旁边还为这个特殊座位专门准备了一个大理石桌子，用来摆放享用品。这当然是城市长官或戏剧节主持人的座位了。

我马上想到了公元前5世纪雅典城邦的首脑伯里克利。这位雅典"第一公民"在他连任15年首席将军期间，一再将人的自由、才能、责任心和荣辱感、强健体魄、军事素质，与国家的独立和富强联系起来。这是雅典经济军事力量最为强大时期，也是雅典民主政治最为繁荣时期。这一黄金时期，唤醒了人们对于自身价值和能力的肯定与自信。伯里克利曾经大举翻建雅典卫城和雅典娜神庙，这座剧场当时是否也经过了改造？据说伯里克利执政时期，为保证观众参与戏剧比赛，城邦还发放观剧津贴，用来鼓励人们看戏。这个特殊的座位，就是专门为他的荣誉准备的吧（后来读到的材料说这个座位是专门为罗马的哈德良皇帝准备的。而伯里克利也确实建造过一个剧场，就在狄俄尼索斯剧场的旁边，是一个能坐3000人的室内剧场，用伯里克利的名字命名，但今天遗迹已

经荡然无存了）

我注意到，看台虽然是长排的台阶，但也分成一个个坐凳，每一个坐凳都凿出了适合人臀部形状的双凹浅槽，靠椅同样如此。坐在上面试一试，还真减低了硬邦邦的石感，增加了舒适感。当我坐在那里的时候，又看到每一个椅子或凳子的凹槽前方，都开有一个小孔，这是用来导引雨水流出的。古希腊人早已想到了一切细节。

狄俄尼索斯剧场由于地处古希腊重要城邦国家雅典，当年曾经是极其引人注目的一座剧场。古希腊悲剧之父埃斯库罗斯曾经在这里从事戏剧比赛，获得许多荣誉。而出生于雅典的悲剧家索福克勒斯，27岁时首次在这里参赛就胜过了埃斯库罗斯，使之愤而离开雅典，索福克勒斯从此执雅典剧坛牛耳达27年之久。他又是一位活跃的政治家，年轻时与雅典的贵族寡头派领袖基蒙交往密切，基蒙战死后，他又和民主派领袖伯里克利发展起亲密关系，成为其热烈的崇拜者和拥戴者。他曾经出任雅典十将军之一和公民大会提案十人委员会成员，活跃于雅典政治界。由此可以想见，狄俄尼索斯剧场应该是他的一座重要政治和文化舞台。

从高处下看，狄俄尼索斯剧场斜倚在山脚的阳坡上，周围是开满野花的山冈，下面就是现代城市的楼群了。它静静地躺在这里，阅历了人间2600年的历史。眼下，它就像是一位耄耋老人，仍然在用饱经沧桑的眼睛注视着人世上的变化。

我恋恋不舍地离开狄俄尼索斯剧场，继续向上攀登。没承想，不久就在山腰上又发现了另外一个更具巍峨气势的古代剧场。这座剧场的建筑样式和风格与狄俄尼索斯剧场完全不同，但保存更加完好。虽然仍是依山势而建，但整体结构有机而完整，看台坡度也高耸、陡峭得多。在它的底幕处耸起一面直立的高大墙壁，残存部直有五层楼高，把看台切成半锅形，墙壁上开有许多拱券式门窗，供演员进出和歌队排立使用。

在相距只有几百米的地方，竟然有两座不同风格的古剧场相毗邻，这是天公在有意造物吗？查看地图，原来这是公元前161年罗马时期建造的希罗多德古剧场，由当时阿提卡地区的富豪希罗德·阿提库斯捐资兴建。无怪这座剧场已经显现出世风的浮靡奢华，处处透出人工雕琢的痕迹，而坚硬的石块连体结构，则呈现出威权的冷酷与狞厉。即使是这座晚了数百年的剧场，距今也已经有两千多年的时间跨度，它和狄俄尼索斯剧场分别代表了古希腊和古罗马两个前后相连的繁盛文明，而体现出极不相同的时代风貌和样式特点。

罗马人统治希腊之后，把剧场建筑技术推进到一个新的阶段，利用拱形结构和柱廊来发展其空间造型，风格也一改希腊的朴素庄重为富丽堂皇。随着罗马帝国横跨欧、非、亚三大洲霸业的建立，罗马人在环地中海区域兴建了许多新的剧场，同时也改建了大多希腊古剧场。

从它高耸的底幕墙壁及附属其上的建筑物看得出来，这座罗马时代的剧场增强了对回音效果和演出设施的整体追求。眼下，除底墙保留原始模样外，它的大理石看台大约是近年作了重修：整洁、纯白的看台与残损、黄褐色的底墙构成明显反差。我慨叹今天的希腊人维修古迹也做不到"整旧如旧"，犯有浮躁的时代病。但据介绍，这座修复后的剧场能够用于演出，已经成为现代音乐会、歌剧、古希腊戏剧的经常性演出场所，那么，它身上就负载了神奇的文化意蕴。

我站立在剧场上面的岩石之巅，从观众席的顶端望下去，可以看到雅典城，远处的山脉、海湾。

在希腊参观的日子里，我还邂逅了另外两座古代剧场。我的文化积累告诉我，在这个戏剧古国里，今天可以看得到40座古剧场的遗迹，有些保存完好，有些则遗址仅存。但是，它们分布在什么地方，则是我不大清楚的。因此，每当我参观古代圣地时偶尔与之相遇，都会引起一阵心底的激动。

我邂逅的另一座古代剧场，位于古希腊著名圣地德尔斐。德尔斐距离雅典170公里，在雅典西北部的帕尔纳索斯山中，这里有建于公元前4世纪的阿波罗神庙遗址，曾经是著名的阿波罗神谕发布地，人们熟悉的俄狄浦斯王的悲剧命运，就是事先从这里得到的预兆。遗址处在大山的腹部、崇山峻岭之中，从这里可以眺望到蓝色的科林斯海湾。阿波罗神庙遗址的旁边，就是德尔斐古剧场了。这座剧场也是公元前4世纪的遗物，依山傍坡，用大理石垒成，结构与雅典狄俄尼索斯剧场很相像，而放射性通道比较完整，观众席有38层台阶，可供5000人观看演出。只是我在参观时产生了一个疑惑：和狄俄尼索斯剧场处在城邦里面不同，这座剧场建在大山之中，观众从哪里来呢？虽然当地博物馆里的说明对此做出了解释：这里是古希腊的著名宗教中心，每年有大量的人从古希腊各地、地中海周围甚至黑海、里海拥来进行朝拜，但面对嶙峋的群山，我脑海里仍然建立不起一种合宜的印象。

再一座剧场位于伯罗奔尼撒半岛上的埃皮扎夫罗斯，这次不同，去之前就听说圣地遗址里有一个古剧场。汽车一到目的地，我不等导游安排就沿着山路匆匆上爬。绕过一片树丛，蓦然，一座巨大而完整的环形露天剧场出现眼前。这座公元前4世纪由阿尔戈斯地区出身的著名建筑家坡琉库莱托斯设计并建造的剧场，可以容纳14000人，是我这次见到的最大剧场，也是保存最为完好的古希腊剧场，极其宏伟壮观。它的观众席利用山坡建成，一级一级大理石座位向上排列到高耸，一共55排。第一排和狄俄尼索斯剧场一样有着高背靠椅，但残毁过甚。23条上下通道呈放射状向上散去，中间横列有一级疏散通道。表演区为正圆形，直径19.5米。据说它基本保留了古希腊时期的原貌，未经罗马人扰动。

我在剧场转来转去，绕向左边，又绕向右边，一忽儿爬向观众席顶部，一忽儿又下到舞台圆心。当我在高处流连的时候，一些参观者站在下面的表演圆心区拍手，我看到他们的身影是那么小，我们之间的距离是那样遥远，但我耳朵里却听到放大了的清晰脆音。一位女士忽然忍不住引吭高歌，用的是意大利美声唱法，我感到她的声音呈发散状向上席卷而来，嘹亮而动听，所有人都为她鼓掌。她的勇气鼓舞了其他参观者，又有印度人、非洲黑人唱起了土著民歌，但效果都不甚佳。我忽然想到，或许意大利美声唱法就是从古罗马的传统继承下来，适应这种露天剧场的扩音原理而训练成的。这座剧场经1954年改建后，现在可以演出歌剧和举办音乐会，希腊国家剧院也经常在这里演出话剧，都得益于它绝佳的音响效果。

古希腊戏剧以及随后的古罗马戏剧，是人类早期文明的璀璨结晶。古希腊和古罗马文明覆盖的地中海沿岸地区，给后人留下至少70余个剧场遗址，它们显现了人类文明的曙光。

（原载《中华读书报》2003年7月16日）

蓝色的爱琴海

来到希腊，如果不乘船到爱琴海上游一圈，是不能真正领略她的魅力的。从雅典的比雷埃夫斯港起程时，万里晴空，海天一色。原计划乘坐游轮的，错过了，搭乘一艘快艇前去追赶。快艇疾驰起来，把蓝色的海水劈成两半，掀起长长的羽翼。但是我们坐在船舱里，从小窗户向外望，只能看到飞溅的浪花。

雅典的比雷埃夫斯港是一个历史悠久的港口，古希腊著名的伯罗奔尼撒战争爆发时，雅典拥有一支强大的舰队，以其为基地，与斯巴达展开激战。斯巴达以优越的地面部队向雅典包围过来，雅典领袖伯里克利为了不让敌人切断城邦与海港之间的联系，命令修建了从城邦到港口的伟大"长城"。直到今天航海仍然是希腊的长项，有世界上最庞大的商船队和世界上最富有的船王，通过分布全国的450个港口与世界建立起密切的联系。

40分钟到达埃伊纳岛，正赶上游轮也刚刚停靠。埃伊纳是一个大岛，曾是古希腊一个独立城邦，其势力一度与雅典抗衡，1827～1829年独立战争期间曾作为希腊的临时首都。岛上有公元前6世纪末5世纪初建的阿菲亚神庙，为希腊古典时代后期的典型代表性建筑。港湾里，一排排美丽的私人游艇停靠着，构成一道亮丽的风景线。

在岛上游览两个钟头后，登上游轮，驶往波罗斯岛。没有人待在船舱里，大伙都拥上甲板。海水的颜色是我没有见过的蓝，蓝得那样深沉。大海的呼吸十分平和，十月末的阳光格外温柔。来希腊的人，谁不希望在这深蓝色的大海中沐浴灿烂的阳光，尽心享受大自然的恩惠呢。甲板上各种肤色的人，坐着、站着，舒适而惬意地分享爱琴海透明的阳光和空气。远处大陆的海岸线渐渐退去，我向那里寻找着苏尼翁角，想看到那上面高耸的海神波塞冬神庙，但徒劳无功。很快，海岸线隐去了，只剩下浩渺一色而蓝得让人沉醉的水天。

这就是爱琴海，一个我从古希腊神话里早就耳熟能详的海，一个人类早期文明的摇篮，它摇出了多少美丽动人的传说。伟大的欧罗巴就从它的摇篮里诞生——那是万神之王宙斯的杰作，他变成神牛从腓尼基诱惑了欧罗巴公主，驮着她游过爱琴海来到希腊，欧罗巴大陆于是有了自己骄傲的名字。据说，海神波塞冬脾气狂躁，经常给海中行舟的人带来巨大灾难，但今天他却十分友好，用温和的海风拂过我的面颊。

波罗斯岛是一个直径10公里的小岛，里面隐藏着一个非常美丽的港湾，只留一个小口出入。湾里的水变成淡蓝色，清澈平静，像欧洲美女的瞳孔。港湾旁侧是一个小镇，它鲜亮的建筑色彩和悠闲宁静的生活氛围，令你一下就滤却尘俗，飘飘欲仙。弃船登山，上山拍照。西面可以看见伯罗奔尼撒半岛的苍茫山脉，原来小岛已经与半岛十分靠近。

一个钟头后，游轮开赴伊兹拉岛。我们注视着青山青水的远去，渐渐又进入深蓝色的梦幻。游轮划开的水涡里，海水蓝得极其深沉，令人感到深不可测。古希腊美丽迷人的海妖塞壬就住在那里面吧？当年阿尔戈英雄和奥德修斯都受到过她们的绝望诱惑。奥德修斯事先让水手把自己紧紧地绑在桅杆上，当听到她们美妙动人的歌声时，奥德修斯苦苦乞求水手们把他放开，让他去和美丽的海妖相会。塞了耳朵的水手按照事先的要求，不顾奥德修斯的愤怒和乞怜，迅速划离危险地，解救了奥德修斯和他们自己。古希腊人通过这个故事告诉我们，耽迷于美丽也是一种危险。塞壬在后来的安徒生童话里，化作了神奇的美人鱼。今天，她们为什么不现形呢？

伊兹拉岛是三座岛屿中最美丽的一座。这里的海水是透明的，清冽极了，看得到海底的礁石和海葵。岛上有着许多风格别致的建筑。自古以来有许多艺术家在此从事创作，因此有"艺术家之岛"的美称。18、19世纪，岛中的海上贸易发达，产生了许多巨商，岛上有不少豪宅巨舍，都是他们的家产。当代希腊的许多歌星、影星和体育明星也都在这里买宅居住。岛上禁止汽车、摩托车进入，以毛驴为运输工具，毛驴因此成为伊兹拉岛的象征。

这是今天最后的目的地了，游轮由此返航。看看地图，离南边的克里特岛还远得很。克里特岛是希腊古代文明的最早见证，公元前3000年到2000年已经发展出青铜器的全盛时代，留下了宏大的米诺斯王宫遗址、精致的工艺品和珍贵的线形文字（甲种），标志着欧洲历史的黎明。古希腊英雄忒修斯从雅典驾船到克里特岛的米诺斯王国，杀死迷宫里的牛头怪，完成他的神圣使命而返航，走的应该和我今天同一条路线。我遗憾地向着南方久久眺望，连克里特岛的影子都望不见。我们甚至可以说还根本没到真正的爱琴海，只在萨罗尼科斯湾里转了一个小小的圈子。爱琴海中480多座岛屿，我们才到了三座。

返程途中，也许是累了，没有人说话，大家都只是静静地坐在那里，长久地遥望着海空。碰到各色各样的游轮，白色的、黑色的，有的远远浮在海平线上，像在天上飘着一样。我的脑海里充满了遐想。这就是爱琴海！荷马史诗里诵及的许许多多的航海故事，都在它的怀抱里发生：宙斯的儿子伊阿宋和他的英雄朋友们，乘坐着雅典娜女神发明的海船出海，历经劫难取回金羊毛；特洛伊王子帕里斯率船队横过海峡去诱拐斯巴达王后海伦，引发了著名的特洛伊战争；斯巴达王请求著名英雄阿伽门农率领强大的舰队前去征伐特洛伊，也横跨了爱琴海；特洛伊城攻陷后，希腊舰队返回途中遇到风暴，许多英雄永远留在了爱琴海底，阿伽门农和奥德修斯则各自遭受了重重艰苦磨难，尤其是奥德修斯经历了长达10年刻骨铭心的海上漂流才回到祖国。怪不得爱琴海的海水那样蓝，其中沉淀了多少人类历史和文化。

落日接近了大海西边的山脉，把海天映照得血一般红，天上飘浮的几缕游丝则透亮晶莹。渐渐，太阳隐入了大山背后，山是黑色的，天是蓝色的，东边的十五圆月却又升起来。天一点点暗下来，我们已经看到了雅典城的万家灯火。西天尚余一抹红亮，圆月开始放射清光，雅典的灯火则晶莹闪烁，我有些闹不清楚自己是回归了人间，还是仍然滞留在神话世界？

（原载《中华读书报》2003年7月2日）

美国风情录

——泛戏剧化的文化生活

说到泛戏剧化的民族，你一定会马上想到吉普赛人：那带着浪漫情调而四季迁转的大篷车，那染有粗犷野味而随处开台的摞地作场，那富于幽默欢快而载歌载舞的民族习性，就像中古时候的蒙古人骑着健马逐水草而居一样，吉普赛人是伴随着歌舞表演而走遍了全世界的。

但是要说到有着泛戏剧化文化和风俗的国家，我却愿意举出美国来做例子，因为在那里的一段生活，使我感到戏剧因素不但充填了美国社会生活的各个角落，而且深深渗入了美国人的文化性格，成为其有机的组成部分。

生活中广泛的戏剧文化现象

提起美国戏剧，人们自然会立即想到百老汇。不错，美国百老汇戏剧蜚声世界，环球各国的剧团都以能够在百老汇一露芳容而感到自豪。但我要说的却是另外一种戏剧现象，一种人们日常生活中自发的、不为娱人而为了自娱的戏剧活动。

美国人生性活泼爱动，表情丰富，充满幽默。在日常交往和谈话时，常常喜欢扮演角色。

在给80岁的老太太塞若准备生日宴会时，大家都只顾忙活了，有一会儿工夫没顾及塞若。她女儿贝茨忽然想起来，忙说："咱们的主演小姑娘哪儿去了？"塞若立即在一旁摇头晃脑地接上："她在静静地等待着开场时刻的来临。"这只是一个很普通的例子。类似的介入角色情形在各种场合都有可能发生。人们很乐于随时穿上别人的服装，变换一下角色，给生活来点儿小小的调剂。

若能有机会在公众面前显示一下自己的表演才能，美国人是不会轻易放过的。

情人节，我漫步街头，看到各种表演。有四个老头身穿红色古典礼服，吹奏风笛。演奏程序严格按照古典仪式进行，根本不管周围有没有观众。另有几位年轻人演奏西洋打击乐，把各种型号的架子鼓、锣、钹摆了一片，也是只顾自己尽兴，奏一气，歌一气。几个妇人身穿吉卜赛服装、半裸着胸脯在跳欢快的吉卜赛舞，绕场子向围观者抛飞眼，随着音乐节拍把胸脯上的肉向上一颤一颤地抖动。跳一轮，就有一人拿着小盒子向观众转圈乞钱，但看得出来，她只是模仿吉卜赛风俗装装样子而已。

这些表演者多半是本地居民，借演节目来满足一下自己的表演欲，不时还有人和观众里的熟人打个招呼。当然，也有从外地流浪来的表演者。例如我看到一个30岁上下的女人，身穿男式古典侍从服装，表演一身多能的演奏，就是来赶场子挣钱的。她怀抱大吉他，背上是一个大鼓，两侧悬挂着铙钹小鼓等物，边歌唱边双脚踏动，牵动着全身的响器一齐发声。脚下是一个钱盒，每当人们往里扔钱时，她都忘不了偷空说声"thank you"。

我在学校开学期间看到过女大学生欢迎公寓新舍友的仪式，也是一种表演。

学生们身穿黑色纱裙，列队站在公寓楼门口，随着播放的录音机音乐，一齐唱着节奏感极强而十分欢快的歌儿，边唱边舞，自己拍手伴奏。新来者则面对她们排成另外一行，人人脸上挂着愉快的笑，静静地看她们表演。她们的歌声很整齐，就像事先经过了训练。唱完一节，双方都发出兴奋的尖啸，然后又开始唱另一节。就这样周而复始，延续了大约有20分钟，欢迎者开始逐渐后退，慢慢把新来者引进楼里去。

其他公寓楼门口也有几处在进行同样的活动。由于她们唱歌时都肆无忌惮，拼命放开歌喉，因而听来就像是整个公寓区在进行一场啦啦队比赛。这个活动一直持续了好几天，这几天的气氛就像是过节。

我问了一个学生，她说这种活动是自发的，每年新生入学时都要搞。"否则当你初来乍到，置身于一个完全陌生而又冷冷清清的环境中，多难受啊。"她说。我联想起自己来到美国，一个人悄然搬进一家公寓，邻居竟然没人注意到又添了一个新住户，或者说注意到了也视而不见，心里泛起一阵羡慕之情与顾影自怜相混合的复杂情感。

满足自己的表演欲

在大学的空场上，经常可以看到一些人在进行某种演出，也仅仅只是为了展示自己的表演才能。

伯克利加州大学南门外有一块很大的空地，是这儿最热闹的场所。学生们休息时上咖啡厅、快餐店、俱乐部、书店、复印店等都要从这里路过。因而这里充满着杂七杂八的事情。各种广告牌、广告柱上千叠万层、五花八门的广告就是一绝，内容从租房售车一直到邀人参加舞会。再就是一些个体的即兴式表演。

在一个水池中央的水泥圆柱上，常常见到一个瘦高个子的男人，他不知是怎么爬到那上面去的。他瘦驴一般高高立在圆柱上面，嘴里一个接一个地说笑话，招了一大堆学生聚在那里听，不时发出哄堂大笑。他说的内容从政治到社会到日常生活包罗万象，嘲讽和幽默是他的主要武器。例如他常常拿现任总统开玩笑，再不就是国会议员，把他们说得蠢笨透顶，一钱不值。说到精彩处，一句话就带来一阵笑声。

单人喜剧是美国当前颇为流行的一种戏剧形式，还经常举行比赛。其表演方法类似于中国的单口相声，追求滑稽和幽默的效果，讲究口才、风度和气质。我在电视上常常看这种表演，一个好演员经常是薄唇微启就能引起笑声。伯克利大学的这位老兄就是在实践他的技能，当然也不乏嘲讽政治发牢骚的用意。

很多中国留学生都喜欢听他的演讲，匆匆路过时都要做暂时停留。我问过一个历史系的博士生，为什么喜欢听？他说好玩，风趣得很，听了半天课，借机放松放松。再说又能从中了解美国普通人的心态，对于外国人来说还能提高英语演讲口语。一举数得，何乐而不为？

在华盛顿D.C.参观白宫时，看到一次大学生的自发演出，也属同样性质。

我们排队等候在华盛顿纪念碑下的草坪时，有一群女大学生来到这里。

她们在草地上铺上一块块地毯，拼成一个场子，然后现场换装，就在地毯边上脱下日常衣服，换上敞胸黑裙，接着就开始独唱、合唱。唱完下去，当着观众面又换成短裙，登台跳舞。接下来是活报剧等等。

她们做这一切都十分从容自然，好像天生就该在这儿表演似的。人人演得认真而又活泼，尽管常常幼稚和缺乏技巧，例如一位姑娘的独唱，颤音抖得太厉害，使我想起契诃夫的讽刺：她的嗓音就像在数九寒天被人浸在水缸里发出来的。但是，没人讥笑，人们都用鼓励的目光认真观看，绝对不会有那种对拙劣专业演出的反感。大家甚至还有些感激，反正在这儿等也是等，还能消遣消遣。

教堂的戏剧活动

还有一种戏剧文化现象，那就是教堂里的戏剧活动。教堂戏剧演出的主要目的当然是为了宣讲宗教教义，传播宗教精神，因而其本质是没有多少戏剧因素的。但是这种活动却使戏剧和人们的生活更为接近了。

逢到教堂要排演一出戏，教友们就忙开了。

"丹尼尔，你演一个角色行吗？"

"哎呀，我没干过。"

"没问题，就几句台词。怎么样，试试看？"

"好吧。"

角色就这样派定了。他们分工合作，各负其责。有人安排道具，有人准备服装，有人则自告奋勇负责整理剧本和担任舞台导演。更多的人当然在家里背自己的角色台词。这样，就把一大堆人卷了进来，投入到群众性的自发戏剧活动中去。收益最多的还是孩子们。他们在这种活动中总是最积极的，争相扮演角色。戏剧的启蒙就从这里悄悄开始了。

我曾经观看过一个教堂的戏剧演出，留下深刻印象。一位教徒在主动承担了剧本的修改任务后，偶尔听说我是搞戏剧的，连忙来请我帮忙。剧本写得虽然是耶和华事迹，但实际上已经被现代生活化了，表现生活里的平凡小事，只不过还用着基督教的名义而已。排演是认真的，派到角色的人每礼拜天都集中起来排练，反复进行而不觉烦躁，事实上每个人都把它视为一种荣誉。最后的演出是成功的，虽然从技术方面来说或许不足道，但从观众对演出效果的反应看，达到了某种程度的热烈，这应该说是"参与"所带来的影响。

大学普遍的戏剧课程开设

我没有统计过，在美国的四千来所大学里，开设戏剧专业课程的有多少。但是至少我看到，一般的综合性大学都会设立一个戏剧系。美国大学的戏剧系就像我国综合型大专院校开设的中文系一样普遍。即由此一点，就可看出美国教育对学生戏剧文化素质培养的看重。

美国是一个历史短暂的国家，但出于对精神文明的追求，它极度重视汲取它的母体——欧洲以及世界的文化传统。其中，由于它的母语源——英语的缘故，它把英国文学和戏剧作为自己的最直接文化艺术渊源。因而，英国戏剧之父——莎士比亚以及他所带来的戏剧传统，也就成为美国人最为熟悉和热爱的历史遗产了。

同时，美国又是一个由世界各国移民组成的多民族国家，它的多重而复杂的文化来源形成美国文化的更广泛的兼容性，这种文化结构使它又能接受更宽阔地域上的文化凝聚。因而，美国大学戏剧专业又成为世界戏剧传统的集中传播地。比如说美国大学戏剧教授的专业范围，既有正宗的欧洲戏剧，又有东方戏剧、非洲戏剧、南美戏剧甚至某个土著民族的戏剧。其中自然少不了中国戏曲。

大学东亚系或东方语言系讲授中国戏曲史（如元杂剧、明传奇）的课程已经成为惯例，许多美国学生以此为题撰写硕士或博士论文。近年夏威夷大学戏剧系的魏莉莎女士数度率团来华，先后演出京剧《凤还巢》等，已经为国人传为佳话。这些都是美国大学戏剧专业视野宽阔的贴近例子。

戏剧课程面向社会各个领域的需要

全国这么多的大学，设立这么多的戏剧系，培养出来的学生毕业以后都能找到工作吗？有那么多的剧团招收演员吗？这是我一个很深的疑问。因为尽管美国的戏剧文化很发达，纽约百老汇、外百老汇、外外百老汇以当今世界戏剧的中心而著称，但毕竟戏剧这一领域受到影视文化的冲击，已经衰微了。

试看我们这个有着13亿人口、有800年戏曲演出的历史、新中国成立后统计全国剧团数曾达三千多个的泱泱文明古国，一般综合性大学里没有戏剧系，专门的戏剧学院也只有三个（中央戏剧学院、中国戏曲学院、上海戏剧学院），培养的学生还时有分配之虞。

我问美国某大学戏剧系本科生鲍勃："你毕业以后想干什么，考虑过了没有？"

"当然。"

"是不是到哪个剧团去当演员？"

"不一定……也许更大的可能是去经商。"

"什么？"我怀疑自己理解错了，"你要放弃自己学了这么多年的专业？"

"没有啊！"

"……"

"哦，是这样。"鲍勃大概想到我是个外国人，笑了。"我是想先去当商品推销员，当然需要表演才能。"他调皮地眨眨眼，"以后呢？谁知道啊，也许上生意谈判桌，也用得着。"

他原来是这么看。

我后来注意到，实际上美国大学戏剧系的设置有些并不是那么单纯和专业化，比如说有的系名就叫作"戏剧和演说系"或"戏剧和社交手段系"。一目了然，它的设系目的，并不全是为了培养演员，而带有更广泛的社会实用价值。

原来，美国人把戏剧才能视为一种文化素质，一种生活艺术，一种在现代社会里从事人际交往的必备能力。随着现代化生活节奏的日益加快，人们需要掌握更直接、更鲜明、更惹人注目的交际手段。从这个角度看问题，戏剧应该是现代生活中不可或缺的因素。

戏剧才能的社会实践

更多的戏剧系学生毕业以后走上了社会各种岗位，例如社会联络部门、公共关系部门、商品推销和广告部门等等。这些因素进一步提高了人们的生活和社交艺术，促进了社会的戏剧文化。

美国是一个商业国家，它的日常生活充斥着广告。而广告艺术是一种最为快捷、明了的视听艺术，它最大幅度地吸收了戏剧艺术的手段又把它推向极致。由于现代化通讯和传播手段的便利，广告艺术必然要通过各种媒介渗入千家万户，成为人们日常生活的组成部分。许多学戏剧的人就在这个领域里发挥才干。

在电视屏幕上露面做广告，当然是最"正宗"的。除了一些公司花巨资聘请大名人以外，更多的广告还是由普通人做。这些人往往是学戏剧出身。美国的电视广告之活泼新颖是有名的，通常都需要演员充分发挥幽默和想象力，以便让电视观众在千万广告中一遍就能被自己俘虏，把他们的注意力吸引过来。这对于演员来说确实是一种严峻的挑战。

再如通过电话搞推销，是美国一种很普遍的推销形式。家家户户都有电话，你只要拿一本公开的电话簿，照着簿上的号码一个一个拨就行了。一般报纸、杂志等都喜欢在电话上搞推销。推销员要在收听人还没有来得及厌恶和放下电话机之前，就把自己首先要说的话说完，而且还要求自己的话产生神奇的效力，使对方不再想尽快把电话机放下，而是改为想听一听是怎么回事，那就除了口才之外，还要具备商业心理学的知识了。这也就是戏剧和演说课的内容要涉及的。

还有大量的戏剧人才拥向与旅游、参观、服务相关的部门行业。虽然在这些部门与行业工作，不是直接进行舞台戏剧表演，但常常需要运用表演技巧和才能。

例如娱乐场所的导游，在许多场合，不仅需要对观众进行解说，常常还要充当一个导引观众进入规定情境的角色。

我在好莱坞乘多节敞篷小电车参观时，就对电车上的导游非常感兴趣。她的解说词风趣幽默，语调带有极强烈的感情色彩，更重要的，她时时处处让我们感觉到，她在和我们一起进行一场冒险。

"注意，前面有人拦截……请大家保持冷静。（前方路旁一个机器人炮手发出红灯信号，命令停车）我们是和平旅游列车，请让我们通过……停车检查？不，我要保障我的顾客的安全……（机器人抬起炮筒，瞄准电车）不不！你不能这样做，请稍等……（大炮还是发射了。当然，没有任何伤亡）"

导游的目的就是投入，使自己投入，也使游客投入，从而制造一种身临其境的逼真效果，使游客经历一场深刻难忘的体验。

游乐场中的戏剧表演

美国人喜欢轻松活泼的轻喜剧，借以调剂生活，增加心情中的幽默成份。一些游乐场的安排者就注意在这方面做文章。

洛杉矶的迪士尼乐园是一个童话世界，供人们发挥想象力。在所安排的节目中，有一个是观看拟人化的动物轻歌剧表演。其实动物都是假的，都是做的和真动物一样大的特大玩具，但各个都能做动作、能活动嘴巴，尤其眼睛又亮又灵巧，骨碌碌转，像真的一样。

表演是在一个小剧场，人们"买票"进去，在自己的座位上坐下来，歌剧开始。有动物在边台报幕，然后大幕拉开，森林里几个动物家庭举办音乐会，大家纷纷带着提琴、竖笛、小号参加。中间出现一些误会，发生一些矛盾，最后大家言归于好，音乐会正常举行。大家边奏乐边歌唱，玩得很开心。唱的歌非常风趣幽默，在剧场两边的墙壁上还伸出一些动物的脑袋来参加合唱，每一个都眼睛眨巴眨巴，摇头晃脑，非常逼真。

当游客来到这里，通常都已经有些疲倦了，于是进入剧场，坐在椅子上休息20分钟，看上一场情趣盎然的动物歌剧，真是惬意。看完出来，体力恢复了，心情也转佳，又可以开始其他游艺活动。

迪士尼乐园里最后的节目是游览儿童世界。游人乘小船划入一个儿童游艺宫，全世界的儿童都出现在你面前，身穿各种民族服装，表演各类民族舞蹈——当然，人物都是木偶，但做得活灵活现。在这个喜剧世界里，你感受到一种偶然撞入童话王国的奇妙心境，尽情体验着身临其境的愉悦。

增加技巧表演的戏剧性

南加州的圣地亚哥海洋世界，组织戏剧性表演十分出色，常常把不带戏剧因素的纯技术性表演纳入戏剧表演的范畴，从而调动起观众更大的观赏兴趣。

例如滑水，本来是简单的水上运动，运动员脚踩滑板，由一艘摩托小艇拖着在水面上做速滑表演。尽管矫健、惊险，毕竟单调，观众是否有兴趣坐下来看上20分钟？然而加入情节，运动员变成演员，体育与戏剧结合，效果就大不一样了。

我看到的演出过程是这样的。

几个健壮的小伙子来到海边，高兴地进行滑水游戏。玩累了，在海滩上休息。霍然，大伙儿眼睛一亮：一位金发碧眼的窈窕女郎轻巧灵活地踩着滑板划了过来，在众人眼前尽情嬉戏。等她上了岸，所有的小伙子都围上去献殷勤，姑娘不理不睬，一个人高傲地走向一旁。小伙子们愣了一会儿，其中一人忽然若有所悟，连忙去找自己的滑板。其他人也顿时开窍，发疯似的跑向自己的滑板，开始进行一场各逞绝技的滑水比赛，都想赢得姑娘的芳心。

其中一位小伙子最英勇而又灵巧，技艺惊人。但上岸后，姑娘却对他不理不睬，径自同其他几个小伙子嬉笑玩乐去了。他失望了，转身返回滑板，发疯似的驰向大海，做出一连串的惊险动作。姑娘在岸上看到，关怀之色溢于言表。其他小伙子都知趣地离开了。等到那位失恋的小伙子终于精疲力竭地爬上岸来，迎接他的却是姑娘的拥抱。两人欢快地走向高处，被其他人一齐抬举起来，送入后面的小楼。

再如海豹表演，本来只是单纯的动物训练，也被纳入故事情节来增加观众的兴趣。美国有一个家喻户晓的童话：少年彼得·潘和海盗船钩子船长斗争的故事。海豹表演的背景就被安置在钩子船长的海盗船上。

女驯兽员装扮成钩子船长，身穿大红色古典航海服，嘴上挂两撇小胡子，指挥"他"的宠物海豹跳水玩耍。彼得·潘忽然带着他的小海豹来到船场，要与钩子船长的海豹比赛。于是开始一场海豹游泳、跳水、顶球、做操、向观众致意的比赛。赛来赛去，钩子船长不能赢，就指挥他的海豹去点燃一尊大炮，要炮打彼得·潘。谁知篮球那么大的黑色圆球炮弹击中彼得·潘后没有及时爆炸，彼得·潘的小海豹接过炮弹向钩子船长掷去，钩子船长吓得钻进船舱，被炮弹炸焦。他自己的海豹把他顺梯推到船顶，扔进海里。他忽然又活转来，拼命摆手要他的海豹救他。当他终于被海豹顶上岸后，已经狼狈不堪。最终观众带着一种由幽默唤起的愉悦离开表演场。

美国人的戏剧素质可能主要源自欧洲民族的文化传统和文化心理，他们善于用表情动作和角色替换的方式来表现自己的感情。美国人的戏剧性格则应该和他们自信充实的心境有关。总之，这是一种文化心理的结晶，也是人类的一种宝贵精神财富。

（摘刊《21世纪》1996年第4期）

华盛顿D.C.的史密森尼博物馆群落

当你参观完白宫出来，又登上广场中央那高耸入云的华盛顿纪念塔，向东眺望，远远地，在一片如茵草坪的尽头，呈现出来的是帝国大厦白色的楼体和圆顶。草坪两旁，则是掩映在绿树丛中的一系列古老和摩登建筑群，那就是华盛顿D.C.著名的史密森尼（Smithsonian）博物馆群落。

那是一套完整的现代博物馆系列，从国家历史博物馆、国家自然博物馆、国家美术馆、国家雕塑馆、国家美洲艺术博物馆、艺术和工业大楼，一直到反映现代科技尖端的国家航空航天博物馆，几乎包容了整个美国文化从历史到当代的全部内容。

史密森尼博物馆群落是用英国科学家詹姆士·史密森（James Smithson）捐赠的专款，于1846年开始逐渐创立的。它们中除了有九座分布在华盛顿纪念碑与国会大厦之间的国家广场上之外，另有四座设在华盛顿D.C.市内（包括一个动物园），还有一座设在纽约。

它的馆藏量极为丰富，共保存有数量接近一亿的各类展品、标本和活体动植物。它的每一个分类馆里所收藏的展品，几乎都在世界同科目里占首位。故而它的管理人员才能自豪地说："当你参观十四座史密森尼博物馆中的任何一座的时候，你就跨进了全世界最大的博物馆总汇。"

如果你想在一两天时间里把分布在华盛顿广场上的这些博物馆统统看一遍，那是极其愚蠢的——即使每个馆只是象征性地点到为止，也会累得你腿酸脚疼。至于印象嘛，就看你的眼睛怎么把那么多琳琅满目的展品压缩进脑子里去了。事实上，任何一座馆，都值得你最少花上一整天时间去浏览呢。

在华盛顿广场杰弗逊路1000号有一片古城堡样的红砖建筑，那一个个耸立着的尖顶塔楼向你显示了庄严和独特，那就是史密森尼中心大楼。这个举世闻名的城堡是该中心的第一座大楼，建于1885年，它是这个网状辐射到全国和世界的研究机构的心脏。楼内现设行政办公室、国际学者中心、游客信息和接待中心。来到这里，无论提出什么要求，你都会受到极其热情的接待。

史密森尼的展品有许多都是接受的个人馈赠。例如收藏从新石器时期一直到20世纪初亚洲和近东艺术品的佛利尔美术馆，由一生搜集亚洲珍品的查尔斯·兰格·佛利尔创建。同样收藏亚洲和近东艺术品的沙可乐美术馆，由已故医药研究员兼出版商和收藏家的阿瑟·沙可乐捐赠。而金融家赫希洪捐赠的大批19、20世纪的名画和雕刻等现代艺术珍品，则保存在赫希洪博物馆及雕塑园。还有以捐赠者浩普特的名字命名的有着名贵花木的花园等等。将个人的财富转化为社会文化事业，这种做法是值得赞赏的，当然这首先是史密森尼本人做出了榜样。

史密森尼各博物馆里保存的中国展品数量十分惊人。例如佛利尔美术馆里有大量的中国青铜器，沙可乐美术馆里的珍品也有1000来件来自中国（包括玉器和铜器）。它们是因为什么样的历史原因来到美国，我们大概也可以猜测到一点，其中一定不乏我们引起民族羞辱和义愤的因素。但是，它们最后的结果能够作为人类文化的结晶而被珍贵保存下来并完好地向世界展出，应该说是幸运的。

由上述十四座博物馆实体组成的史密森尼中心，不单单是一个陈列机构，是为游客们开放和参观的服务设施，它更重要的还是全世界科学和人文学科最先进的研究中心之一。它的每一座博物馆都开展其本科目里的尖端研究，并和世界有关方面保持密切的联系。例如它在巴拿马设热带研究所，研究热带有机体的动态、生态及其演化；在马里兰州设环境研究中心，研究水系的物理、化学和生物互相作用；在马萨诸塞州和亚利桑那州设多端驭镜观象台，研究天体物理；在佛罗里达州设海洋站，研究海洋科学；在弗吉尼亚州设保护和研究中心，研究保护珍奇和受危害动物的措施；还支持纽约、底特律、波士顿、旧金山、洛杉矶、华盛顿D.C.等大城市的国家艺术档案局，保存美国艺术史的文件与记事材料等等。它的规模、设备水平和科技能力都是世界上最先进的，为现代博物馆与尖端科学的联姻树立了良好的典范。

史密森尼研究中心还注意科学文化的交流和普及：它下设国际学者中心、表演艺术中心，为世界科学文化和儿童服务。它经常组织全国性的巡回展览，向各地博物馆、大学、文化组织、公共中心以及欧洲、亚洲、非洲和南美许多国家分发展品。它设立全国性的学会，在海内外发展会员。它设有自己的出版社，每年发行120种图书、专题论文和有关部门音像资料，出版杂志月刊。它还拥有自己的新闻服务机构，为全国1500家日报和周刊提供馆藏展品特写，为全国100家无线电台提供每周半小时的连续广播，为全国150家电视台提供每次三分钟的连续节目——把科学文化与新闻媒介结合的结果，不但向民众普及了科学文化知识，更重要的是激发了人们对它的热爱和关心。

——现代博物馆学，似乎就是这样在和社会与民众的联系中显现了它蕴蕴的蓬勃生机。

（原载《中华读书报》2002年8月21日）

辑三

文　论

文艺评论的战国时代

何谓"战国时代"？孔子所谓"礼崩乐坏"、李白所谓"大雅久不作"①的时代，但也是先秦诸子著书立说、各派思想家蜂起的时代，中国文化史上儒、墨、道、农、法、兵各种治世方法，都在此时确立下来。我们也因为有了先秦诸子各学派，可以与古希腊思想界相匹敌，以我们的孔子、老子、庄子、荀子、墨子来对抗柏拉图、亚里士多德，东西方思想才获得了均等地位。

那么，对于当下文艺评论的总体态势应该怎么看？我做出如下归纳，"我们多年期盼来的文艺多元化局面正在平稳而沉实地发展，与之相适应的是，面对批评观念、批评对象、批评内容、批评载体也包括批评主体的多元化延伸，文艺批评自身的多元化征候也在逐步显现，我们日渐听得到更多各种不同的声音，一个真正百花齐放、百家争鸣的态势正在确立，这是当下文艺繁荣的标志之一，说明我们的时代已经取得了巨大的进步。"②这是从正面进行总体概括，当然今天我主要想谈问题。

说我们今天的文艺评论是"战国时代"，是说过去主流意识形态一统天下的时代过去了，现在思想活跃，各种论说蜂起，声音五花八门，不再那么统一和一致了。当然，我们今天与战国时代有着本质的不同，文艺评论的总趋势还是在马列主义主导下的百花齐放、百家争鸣，取"战国时代"的名字，只具有象征意义，说明现在的思潮多元化，不一定准确。

为什么会形成这种状况，有下面三个方面的内容。

---

① 李白：《古风》之一："大雅久不作，吾衰竟谁陈？"
② 廖奔：《多元图景中的文艺批评》，《光明日报》2008年5月10日。

一、文艺评论的时代环境变迁

上面说到，今天文艺评论的时代不同了，进入了"战国时代"，人人都可以对文艺发言。那么过去是什么样呢？过去文艺评论只有专门家才能搞。我们看古代留下来曹丕的《典论·论文》、钟嵘的《诗品》、司空图的《二十四诗品》……那都不是一般人所能为。西方据说第一个职业批评家是法国的圣·佩韦（1804～1869），已经到了19世纪，此前都是兼职的。过去我们最熟悉的西方评论家是俄国19世纪的别林斯基、车尔尼雪夫斯基、杜勃罗留波夫。中国新时期大量介绍了弗洛伊德、福柯、勃兰兑斯等人的文艺评论，他们许多都是思想史上开宗立派的人物，但并不一定是专搞文艺评论的，弗洛伊德是精神分析学家，福柯也是研究疯癫史的哲学家和心理学家，只有勃兰兑斯是真正的文艺史和文艺批评家，他的《十九世纪文学主流》，被誉为"欧洲年轻知识分子的圣经"。

中国近代随着新文化运动的开展，职业文艺评论家站在了时代的潮头上，鲁迅、茅盾、周扬、冯雪峰等等都是。新中国成立以后文艺评论由于和党对文艺的方针政策结合起来，成为指导社会主义文艺创作的有力武器，因而一直受到重视，也长期占据了身份制高点和话语权。

但是，现在的情况不同了。下面我从四个方面进行分析。

（一）咨讯已经进入了网络时代，文艺评论成为社会公器

现代咨讯使得文艺评论成为公众手中人人可用的公器，再无人可以垄断了。例如，博客评论把"门槛"降到了最低，谁都可以任意发言。而过去的权威话语已经遭到"封杀"。这个"封杀"是打引号的啊，但确实有着象征性的例子，那就是博客的"白寒论战"。白烨在博客里批评了"80后"的作品，引起韩寒的反驳——这本来是好事，活跃理论空气嘛，谁知韩寒根本不按你的规矩出牌，调笑、嘲讽、谩骂一起来了——他本来是"80后"嘛，思维方式和你不同，弄得白烨哭笑不得，进退失据。保持缄默？人说你没理了没胆了；和他说理？人不跟你玩；和他对骂？又有失身份。白烨最后只好把博客一关了事。你看，文学江湖上的成名人物白烨，一贯居高临下、指点江山的权威，就这样被网络"封杀"了。

我自己也在网络上遇到过哭笑不得的情况。2002年我曾批评在北京人民

大会堂演出的法国音乐剧《巴黎圣母院》的演出效果，后来看到网上博客文章，说是"廖奔何许人也？不知道，没听说过，竟然也敢、也配批评世界著名音乐剧？"

看，网络时代的言论自由和民主之风已经十分兴盛了，批评已经不再是批评家的专利。据资料显示，现在网络写作者超过10万人，写博客的人数据说过亿。批评也更不是传统纸质媒体的单一样态了，现在已经进入数字的3G时代，传导渠道多种多样，五花八门，许多我们还没有来得及熟悉，就又Pass过去了。

所以我在一篇文章里说："批评被视为专门化范域的局面不存在了，批评'门槛'被降至最低——网络上充满了非专业化的评论，随便一个网站，任何一个文艺话题，社会公众三业九民都可以随意发表言论。网评的存在导致权威话语的轰塌——网民不管你是谁，很轻易地就把你的权威话语解构掉了——它可以是公众意志的体现，也可以是社会集体无意识的流露。"①

（二）报纸杂志数量浩繁，汗牛充栋，而大多读者面又十分狭窄，评论引不起重视

大家许多是搞报刊的，比我有着更直接体会。新时期前"两报一刊"、省报外，其他报纸很少，行业报纸还没起来，刊物也大多是各专业一两种。现在全国报纸约2202种、杂志约9549种（据网上得来数据，不准确），一个行当里的报刊早已挤得人满为患，过去没有的行当现在也都出了专刊，你随便去北京一个公共图书馆看期刊部，林林总总、琳琅满目，例如体育，过去只有《新体育》等寥寥数种，现在各个行当都有，乒乓球、足球、高尔夫球、网球、游泳、跆拳道、象棋、钓鱼……这么多的报纸杂志，分散了读者的目光，于是单种报刊的读者群就被极大地缩小了。《大众电影》20世纪80年代最高发行达到960万份左右，现在只有几万份，最低的时候只有5000多份，弄得大众投票评电影"百花奖"都丧失了代表性，票数太少反映不了民意。为什么？过去只有为数极少的几本电影杂志，现在呢？说不清楚有多少种了！

所以，过去只要在"两报一刊"上发表一篇评论文章，一下子就会成为社会事件，成为全国人民关注的事态。现在在哪一种报刊上发表文章，也都像

---

① 廖奔：《多元图景中的文艺批评》，《光明日报》2008年5月10日。

雨天投入水中的石子一样，引不出别样的涟漪。

（三）日益浩繁的文艺现象和数量让人目不暇接，难以从中发掘出代表作

不像"文革"八个样板戏时代那样，动辄全党共举之、全民共仰之。现在的文艺生产，全国每年创作长篇小说约2000部，电影约400部，电视连续剧万集以上，评论家谁也看不过来，谈何从中进行选择、概括和推荐？

常有小说评论家和电视评论家对我说：还是你们搞戏剧的容易，看一晚上戏，轻轻松松两三个小时，回去就能写篇评论，几天就见报了。我们呢？看一本长篇小说至少得三天，看一部电视连续剧动辄40集、60集！要是碰上评奖，一下子看几十本长篇小说、几十部电视连续剧，那得多大的劳动量啊？

当然，我在这里揭他们老底：你读长篇小说只是一目十行，看电视剧只是用遥控器按住"快进"，其实离"认真"二字差远了。不过话又说回来，事情都得有可操作性才能进行。就说评奖，如果认真，三天读一部长篇小说，10部小说也得读一个月，人都读晕了去。电视连续剧如果正常速度播放，一集30分钟，每部30集，20部一共600集，18000分钟，300个小时，不吃不喝也得看十多天，怎么评？都说现在的时代浮躁，你不浮躁又能如何？

加上前面说的，你费尽了劲终于从众多的作品中选择、举荐出了代表，你的声音也没人注意——在这时代的大合唱中，任何人的声音都显得微乎其微。

（四）社会热点被网络控制，人们可以对一切社会现象发言，而不再相信权威评定

例如现在公安审案也成了群众运动，考古学的结论也成了群众投票。如果说把公安审案置于阳光之下，还有群众监督公正执法的意义在——例如舆论关注"转猫猫""喝水水"事件最终引发了对公安审案逼供讯手段的彻底封杀，是一种社会进步。那么，对考古学这门特殊行当的大众化参与，则根本帮不了忙，于事无补。像考古学这样的"冷"学科现在"热"成了这样——过去干考古要耐得住寂寞，一年到头在乡下挖墓砌坟，辛苦不说，更无人理睬——而文艺评论这样的"热"学科却待在了灯火阑珊处，到一边寂寞去了，这也是时代的气象转移吧？

总结一下：现在网上可以随意发表评论，主流纸质媒体已经没有多少人关注和重视，在上面发表了评论也引不起注意，文艺样式和作品数量又多得让

人无法全面观照，而社会热点则被网络所左右，这些，就是今天文艺评论所面临的时代环境。

所以，我认为应该这么看："当下批评处身于文艺由体制化向市场化转轨过程中的二元并立环境，其功能、任务、立场与出发点也都有了多元基点，这一方面形成文艺批评的崭新特色，另一方面也引出过去未曾遇到的矛盾和问题。特色需要发扬光大，问题也应有清醒的认识与对策。"①

二、文艺评论的社会环境变迁

社会环境变迁与前面讲的时代环境变迁，是一个问题的两个侧面，时代变了，社会也就改变了。主要的社会环境变化是从计划经济过渡到市场经济，文艺评论的立足根基变了，从依赖主流意识形态到日益受市场的利益蛊惑与影响。这表现在如下五个方面。

（一）市场条件下，作品成败牵涉许多人的饭碗，甚至演出团体的前途，于是被批评者变得十分脆弱，经不起批评

20世纪90年代以后，我搞戏剧评论，发现情形成了这样：你一句好评，可能使对方获奖、得奖金、涨工资、升级别。一句恶评，可能使对方剧团解散，业务人员转业、下岗、失业。当年大连话剧团正处在被取消前夜，推出一部戏《三月桃花水》，中国剧协认为不错，推荐它参加日本实验戏剧节获了奖，回来后大连领导一看，哦，你还有这个价值啊，留着吧。取消剧团的动议就被撤销了。

它的背后是什么？是院团改革、市场转轨、文化产业转企。这是国家战略，是绝对正确的，文艺作品不和市场结合，已经走进死胡同出不来了。前几年李长春同志曾归纳我们的创作现象：政府是投资主体，领导是基本观众，评奖是最终目的，仓库是最后归宿。这种现象早就不能再继续下去了，可是至今依然未能改变。我们看前几年电影评奖，一些电影、导演、演员得了奖，大家都不知道他们是谁，因为根本没上院线，没有和观众见面，大家没看过这部电影，至于导演和演员在其中表现得如何，不知道，就成了圈里自己玩。

---

① 廖奔：《多元图景中的文艺批评》，《光明日报》2008年5月10日。

当然中国特色又有另外一个方面：政绩工程。许多作品是地方党和政府"抓"的，获奖就肯定了它的政绩，各地因此还成立了各种奖项公关领导机构，你批评它不就捅了马蜂窝？于是批评的人情邀约产生。你可以抵制政绩工程，但抵制不了人情。违背人情，就遭恨遭嫉。

结论：我们的被批评者十分脆弱。

（二）评论价格划定，评论开始唯资本马首是瞻

在批评领域由实力支配、资本主导的现象，系由美术界发轫。过去属闲情逸致的书画，"文革"中还成了霉头，谁沾了谁倒霉，经常一堆堆点天灯，现在成了文化市场的大头，拍卖场上新锐作品以几千万元来计价了。贾平凹说：我写一年小说才拿几千块钱稿费，几秒钟写张字也拿那么多。既然现在书画这么值钱，你想要我为你写评论，你想通过我的评论为你抬价，对不起，刘邦他老人家的说法，"则幸分吾一杯羹"吧。尤其是那些"著名"评论家，作品一经他品题，立即身价百倍的主，评论就更是要"按质论价"了。当然人家还不一定开价，君子不言钱，但你的价码不够，人家可以不写，"我实在忙不过来"，就把你打发了。我在网上看到网民评论，说是现在的美术批评家们，接了人家的活儿，花上半个小时，弄上一千字，换上万把块，然后就喝咖啡去了。这是不是市场行情？

（三）媒体为生存而出售版面，评论沦为吹鼓手

对不起，现在批评到你们了，有冒犯处，同志们请原谅。看到报道，说是现在学术期刊出售版面，造成了巨大产值，你们知道年产值有多少吗？我看到统计，吓一大跳。有举报者写道："仅在2006年，《商场现代化》就登载论文7961篇，按当时每篇上千元的版面费计算，仅在2006年，该刊就敛财上千万元。"而这只是一个刊物！有人估计，全国每年期刊的版面费有几十亿元，形成了巨大的文化产业。商业广告性的宣传方式被文艺作品借用后，宣传费就成了创作名正言顺的开支，评论就在这个平台上寄生。过去被评论者求媒体，好让媒体给自己宣传啊，现在变成了媒体求被评论者。我喜欢弄点书法，每天不知道收到多少来自报纸杂志的电话，求我交多少钱在他的报刊上开宣传页——媒体和被评论者在袖子里用指头讨价还价。

有权有势者，给媒体一些好处，媒体就给他做专版，岂不知行内看到这样的版面，都会对媒体嗤之以鼻。凡是组织的整版文章，大体没人看。有时看

那文章，说的是那个作者吗？怎么说的和他的作品根本不一回事！甚至风马牛不相及，吹到天上去了。媒体上的书法最滥，丑字臭字充斥版面，会画个道道的都敢发表"书法"作品，而吹捧文章也最多，因为这一领域里面无范式，无学院制约，不像美术有学院派，有标准和权威在。一些写字的，请名家到名胜之地吃饭、休闲、消费，好好伺候几天，让他过过上流生活，名家就肯出面为他写篇文章吹捧。权势者花费一点公款，名家就失去了贞操。这样的事，在金庸小说里江湖成名人物都不肯做。

攻关方和媒体联手，买断频道和版面，利用人情和实力网络评论者——批评与商业追捧、广告宣传、政绩张扬相互激荡，在这种行为方式下产生的评论，学术和思想独立性都会大打折扣。评论与炒作怎么能混合呢？两者实行的是不同的价值取向呀——个强调美的判断，一个追求吸引眼球。所以，二者的掺并，为时代带来杂色。

（四）唯市场论，收视率第一，评论失去统领权

我至今不知道收视率是怎么统计出来的，据说是按照概率理论抽样调查的结果，你们电视台的有没有人告诉我，是不是这样？

大家一定注意到了，阅读和观赏，在新时期中发生了截然变化。20世纪80年代阅读盛极一时，90年代以后文学旁落了，观赏兴起，影视剧独霸天下。所以从20世纪90年代出现了"观赏性"的概念，变过去常说的思想性、艺术性"两性"为"三性"。"思想性、艺术性、观赏性"文艺评论标准的确立，是读书时代向视听时代过渡的产物。读书时代早已变成了读图时代——这个"读图"与当年的读连环画不可同日而语。现在，读图又进一步演变为全方位的视听盛宴。众多的多媒体、LED屏、3G空间所提供的流动的、改换迅速的、五颜六色的"图"，给人们的视听感官带来极大冲击，人们目眩五色，怎还能静心读书！过去提倡的凿壁偷光、囊萤聚光读书早已被五光十色的激光展示所遮掩，就像到北欧、俄罗斯去看北地晚上的极光，能使人心中隐隐激动，胸中热血奔腾。读与思是冷的，观看3D大片《阿凡达》是热的，一冷一热，谁更有吸引力？

由于强调"观赏性"，所以就要强调场次和收视率。这是没有问题的，没人看谈何影响力。但是现在电视弄成了收视率第一，就带来许多社会问题。收视率只能作为一个参考数据。刚看到仲呈祥文章，题目叫作"收视率不等于收视效

果"，很对。如果收视率成了最高目的，就是媚俗、向金钱投降、纵容大众的隐私心理，网上裸聊的点击率是最高的，古今中外都会反对，西方也是如此。

（五）评论的受众面大大萎缩，声音弱化

这一点上面已经涉及了。文艺批评发表在报刊上，而报刊本身又能发行几份？有几个人读？现在大报发行不过小报，小报不用正统的批评文章，喜欢花边新闻，诸位都有直接感触甚至痛感。

归纳一下，看大家是否同意："今天的文艺批评生态已经发生了深刻变化，市场因素开始在社会中发挥越来越重要的导向作用。市场是以经济规律主宰的竞争主体，有着强烈的自我扩张、自我宣传与自我表述意愿，当文艺与市场日益发生不可分割的联系时，这种市场意愿就越来越强烈地反映在对文艺作品乃至对文艺批评功能的规定性中。例如市场的经济利益最大化原则，要求和制约着进入市场的文艺产品必须流行。'流行'是商品的本质，是商业社会的基本程序，它要求和制约着文艺朝向通俗化、低俗化乃至媚俗化发展，在带来流行音乐、通俗舞蹈、贺岁大片、搞笑闹剧畸形繁荣的同时，也把社会文化整体纳入娱乐和销售渠道，去追求热点炒作、眼球效应、轰动感觉、聚焦效果，去作秀，去争当超星，去展览艳照，去谴讲中国文化。同样，它也要求和制约着文艺批评必须符合与支持这种趋势——它会动用强大的经济力量，采取各种商业手段来吸引、诱导和迫使批评转向有利于这种趋势的方向，于是就有可能干扰、阻滞和减弱了批评主体性的发挥，诱拐了批评的良心。"[1]

三、给评论带来的影响和改变

要想弄清楚时代对文艺评论的影响和对之造成的改变，先要弄清楚文艺评论是什么。

先说以往人们是怎么看它的。普希金说："批评是揭示文学艺术作品的美和缺点的科学。"[2]指出作品的成功点和欠缺，当然是批评最基本的功能，而美是文艺最本质的定性。

郭沫若说："文艺是发明的事业。批评是发现的事业。文艺是在无之中

---

① 廖奔：《多元图景中的文艺批评》，《光明日报》2008年5月10日。

② 普希金：《论批评》，《古典文艺理论译丛》，人民文学出版社1961年版，第2册第153页。

创出有。批评是在沙之中寻出金。"①这是从批评对于作品的筛选角度说的。

文艺概论之类的著作说，文艺评论有四种作用：一是对文艺创作进行价值判断和评价；二是对作品进行鉴定和筛选；三是制约和影响文艺创造的发展趋势；四是形成对文艺创作的反馈。

美国学者艾布拉姆斯（Meyer Howard Abrams，1912—）"批评四要素"的范式理论，是现在文艺概论一类著作里都要提到的。艾布拉姆斯在他的《镜与灯：浪漫主义文论及批评传统》（The Mirror and the Lamp：Romantic Theory and the Critical Tradition，1953年出版）中提出总结西方文论发展史的四要素：世界、作品、艺术家和欣赏者。艾布拉姆斯1940年以《镜与灯》的博士论文毕业于哈佛大学后，一生在康乃尔大学任教（康乃尔是美国常春藤名校），对当代欧美文学理论产生重大影响，这本书自1953年出版以来就被翻译成多种文字在全世界范围内不断地重印。《镜与灯》的名字有隐喻意义，镜子和灯，通常都被用来形容人的心灵，不同之处在于：把心灵比喻为镜子，是把心灵看作外界事物的反映，是被动的；而把心灵比喻作灯，是把心灵看作一个自主的发光体，认为心灵也是它所感知的事物的一部分。

我们来看看他的批评四要素：世界、作品、艺术家和欣赏者。世界：客观事物，作品所反映的对象；作品：我们的欣赏和批评对象；艺术家：作品的创造者；欣赏者：阅读作品的人。四要素实际上是四个环节，它们构成文艺作品的整体流程，什么流程？艺术家用创作来反映客观生活，提供给人们欣赏。那么，批评就应该从流程的各个环节来进行审视，看文艺作品是否完成了它的任务。这样看来，批评不是茶余饭后的消遣，而是一个专门的学问，需要花费耕耘功夫的。

那么，我们说的上述变化，给文艺评论带来的影响和改变是什么呢？先看看网上的反映。

有人说："很多年前我对批评家的理解就应该是如鲁迅那样一类人，铁肩担道义，妙手著文章，十分心仪。反观今日中国艺术界，不但这样的人没有，如许的精神气也是荡然无存。"

也有人说："评论家这个职务是哪里定的？以前只有苗子等经历半个多

---

① 《郭沫若论创作》，上海文艺出版社1983年版，第538页。

世纪，且具有相当阅历知识的德才之人才能兼任！现在是个啥萝卜都上来搞咧！真×××！"他说的"苗子"不知道是谁，我只知道黄苗子，是书画家和作家。

还有人说："现在是小人物忽然接管大人物的评判权力，引起无数社会人士不满的时代！"

看来，大众对于文艺评论现状多有不满。我挂一漏万地归纳出下面几个方面的变化。

（一）引导作用大大减弱

传统评论的导引作用有时是巨大的，经常是开时代风气，或扭转时代思潮。别林斯基对果戈理批评的佳话，是历来常讲的。现在评论的作用什么样的呢？我归纳一下：礼崩乐坏，群龙无首，谁的评论也基本不起作用。现在评论的时代底色和背景声音过于嘈杂了：一天产生一部电影、两部长篇小说、十部电视连续剧，文艺活动众象纷纭，媒体热点频繁出现，网上博客广泛随意，时代图景因而很难被聚焦。想振臂一呼应者云集，根本做不到。我读了你的文章就听你的了？你就主导文艺方向了？越是主流报刊发表的文章，越是没人看，人们形成了心理抵制。而且，多元批评带来坐标的多元，引起话语方式、语码的不同，圈子和代沟现象严重，人们各说各话，大家互相听不懂、彼此不理睬。多元批评又势必实行多元标准，对评论对象的价值判断因而失去一致性，它的正面意义是折射出自然无序的柔和光线，人们的文化生活与文化观念变得更加丰富而温馨，负面则导致价值相对论与判断的无所适从。上述种种，折射了当代评论的繁荣与困境。

（二）无思潮性论争，只有酷评

文艺思潮的冲突与斗争在历史上常常是很激烈的。大家熟悉的法国文艺史上著名的"欧那尼之战"，是古典派和浪漫派冲突的最生动的例子。思潮性论争在整个中国20世纪新文艺史上也是持续不断的，新中国成立后一直到80年代也是很激烈的。例如80年代清算了庸俗社会学，引进各种西方批评方法、后现代思潮，文艺批评发展为心理批评、原型批评、社会批评、语义学派、结构主义、现象学批评、阐释学，等等，先后提出了各种批评流派：新启蒙批评、美学历史批评、圆形批评、学院派批评、文体批评、理论的批评化、批评的理论化、文化诗学批评、生态批评，等等。其中文化批评似乎较为适合中国国情，一时盛行。现在则没有一致的思潮和流派了，进入多元化时期，追求社会和谐，市场主导，思潮性论争减弱了。原来反映意识形态斗争的有左派、自由派，这些牵涉政治方向，是需要防范的，现在却看不见了，看见的只是职业区分：学院批评、业界批评、媒体批评（媒体批评又分为严肃批评、综述式批评、采访式批评、炒作式批评、广告式批评——电视隐形广告），出现了主流批评与民间批评、学者批评与大众批评、严肃批评与媒体爆料、价值评判与商业炒作的对峙与并立。

批评已经没有了思潮分歧，有的只是个人出奇冒泡，这就制造出文坛黑马现象。先是通过酷评、骂评，一骂成名后，媒体就认了他，喜欢发他的文章了，他也就成了名人，有的还再回归，逐渐进入主流，开始评职称、担任国家级专家，来享受主流的好处。新生代评论家不容易出大名，于是利用"酷评"。

所谓"酷评"，是针对社会公认的权威价值来发表激烈评价，轰塌或动摇其思想根基，把传统价值命定说成是皇帝的新衣，从而骇世惊俗，引发"轰动"效果。所以现在流行桓温人格：只要能吸引眼球，你捧我也行，你骂我也行，总比无人理睬好，从中换取名声，获得个人的可持续发展动力。

（三）对于新的文艺现象失语

例如传统批评对于"80后"颇有微词，最近郭敬明作品继登上《人民文学》后，又登上《收获》，这些都是"纯文学"刊物的代表，有人讥讽为"纯文学向市场弯腰屈膝""纯文学第一刊向商业写手低头"，叫作"市场法则的张扬和文学精神的隐退"。为什么呢？因为郭敬明作品有着浓重的市场化倾向，有着媚俗趋势。但是，他的作品在十四五岁少年那里受到极大欢迎，导致作品一沾郭敬明的名字，就能卖出很大的市场份额。他主编的《最小说》杂志，动不动就发售几十万份，这帮助他年纪轻轻就坐上了中国作家富豪榜的榜首，而眼下全国近千种文学期刊中，发行量过万的不超过10种，这也遭我们嫉恨。郭敬明的作品被《人民文学》刊登，当月杂志发行量就有了很大拉升，等到下个月没了他的作品，发行量就又下来了。所以有人又说：《人民文学》和郭敬明，究竟谁更需要谁？

上面说的是现象，我们这里要强调的是：如何看待文学的郭敬明现象？难道仅仅是他市场运作的成功吗？绝不如此简单。我刚刚看到《文学报》上一篇文章，分析得很有道理。它说："为什么青少年对于传统文学、圈子里的文学大多不感兴趣？"而"几乎所有的成人作家，都无法写出年轻人喜欢的东西？""1985年以后出生的年轻人，在成长时期就接触了网络，能够获得整个世界的信息。这个时代在由意识形态转变为物质主义。""当现实不能满足他们的阅读渴求时，他们就开始自己写自己卖自己买自己读。""这就形成了新的文化力量。这股力量越来越不可忽视，甚至使成人世界感到无奈。"①前面提到"白寒论战"，葛红兵就站在韩寒一边，说得倒是很有道理，他说："'80后'的作品只有同龄人看得懂，未得到更多读者的喜欢。只有当'80后'群体中出现了文学理论家，对'80后'作品做出理论上的探索研究，'80后'才能真正被广大读者认可。这种作家早熟、理论家跟上的现象，全世界都一样。作家与理论家间隔的时间，一般为5～10年。"②你看，"60后"的葛红兵对于"80后"，就能够有比"50后"的白烨有贴近感和理解度。

例如理论界对先锋戏剧的失语。现在经常有先锋戏剧让人看得一头雾水。有先锋导演说：你看不懂就对了，就说明我的戏成功了。这叫什么话？那样的话，你弄个精神病人上台去胡言乱语一阵，不比你还先锋？先锋戏剧究竟应该如何理解？一种是形式上的探索和创新，目的是为了探索戏剧的可能性，也反叛以往的既定戏剧模式。另一种是符合时代哲学思潮的需要，例如对物质世界荒诞性的探索确立了荒诞派戏剧。《等待戈多》表现人所处身的外在世界的荒诞性，说明人永远不可能对之解读。《椅子》表现物对人的压榨。20世纪西方现代派后现代派戏剧的兴起，都是有其社会的、精神的、哲学的、心理的原因的，现实主义戏剧无法揭示后工业社会人的精神压抑，于是需要在舞台上寻求突破。因而，这些探索都是有着明确的思潮主导性的，都为了某一具体的目的而行动。但我们的所谓先锋戏剧，则是在商业化大潮中，抱着吸引眼球的目的，漫无边际地从形式上模仿西方，以为把舞台上弄得越花里胡哨就越先锋，但脱离了社会思潮和哲学的支撑，先锋就成了胡闹。

（四）一些评论家丧失独立人格

这个问题无须细说了，因为没有理论含量，只是常识和道德准则。评论

---

① 金莹：《金字招牌为何沾上烫手山芋》引江冰语，《文学报》2010年6月3日。
② 引自东方网–劳动报http://ent.sina.com.cn2006年04月03日09：34《葛红兵：读懂鲁迅再去论战》。

家如果连价值评判和无原则吹捧的界限都分不清，那就不用再跟他费口舌了。我只想举例谈谈评论家的人格坚守。中国古人坚守人的信念、人的尊严，不向权贵低头，有着长期的传统、众多的故事。宋代文天祥《正气歌》说："在齐太史简，在晋董狐笔。"战国时代齐国出了一个太史简的故事，晋国出了一个董狐笔的故事，都是不阿权贵、以生命换取尊严的例子。

这些故事可歌可泣，被千古传诵，说明我们中华民族有着自己坚守信念、坚守独立人格的准则。从这种文化传统出发，历来中国真正的文人，都有自己的做人底线，为了"道"而坚守。子曰："朝闻道，夕死可矣。"这当然是一种崇高的境界，即使做不到，至少做到说真话，说自己想说的话。这种精神是可贵的，值得我们今天的批评家们学习和继承。俄罗斯也有同样的人生准则，别林斯基说："说你所不想说的话，用自己的信念投机，这不仅不如沉默和忍受贫穷，甚至不如干干净净死掉。"[①]这就是批评家应该坚守的"道"。

那么，理想的文艺批评应该是什么样的呢？我曾经充满憧憬地描述过对它的理解：它应该是"超然的、独立的、客观的、公正的，是说理的、思辨的、审美的，受到社会道德、时代精神和公理良心的指引，站在社会公众的整体和长远文化利益基点上说话，从而真正为时代文艺概括现状、评判价值、指摘时弊、把握方向。当然，任何客观都是相对的，因而古今中外的严肃批评家，都会站在自我良心的基点和时代高度，力图使自己摆脱历史和环境的局限，获得相对公正的观察与判断，从而确立自身的价值。也只有这样，他们的作品才能得到时代认可，经过历史长河的冲刷后沉淀下来，流传至今，积累为文化传统与人文经典。今天的批评家同样如此，你的自我定位当然是个人的事，是否能够克服和避免人情邀约、红包订单、吉利彩酬，挑战的只是个人的良心操守，但批评文字的客观性与公正性却要经过时代的检验，你最终要对公众完成自己的形象定位，确立人格坐标。读者自有品鉴，历史永远是大浪淘沙，总是一些人做了中流砥柱，另一些人成为过眼烟云。因而古人反复发出深沉的历史慨叹：'尔曹身与名俱灭，不废江河万古流。''沉舟侧畔千帆过，病树前头万木春。'面对商业大潮的冲击，批评

---

① 《别林斯基论文学》，新文艺出版社1958年版，第255页。

家能不时刻保持清醒与警惕？"①是不是有点太浪漫、脱离实际了？总之这是一种值得追求的理想境界吧。

上面我只从分析的角度，指出文艺评论生态环境所发生的变化及其带来的问题，但我开不出解决问题的方案。我想，指明事实本身，也能起到警醒作用，特别是媒体执掌者，能够引起一些反思，我的目的也就达到了。

（原载《中国书法》2010年8月）

---

① 廖奔：《多元图景中的文艺批评》，《光明日报》2008年5月10日。

文艺批评的标准与准则

一、当前批评的尴尬

当前批评有一种迷失了自身独立价值的趋势。这种说法的逻辑前提是批评有其独立价值，但这种独立价值在我国文艺史上并非总能实现。

20世纪80年代以前我国的文艺批评受庸俗社会学影响很深，那时批评许多就是政治宣判，谈不到独立价值。我上大学时有批评为创作的附庸说，所谓一流人才搞创作，三流人才研究创作，批评自然比创作低了一等。那时有一个普遍的玩笑，说是鲁迅、曹雪芹都养活了一大批教授研究员。因此当时真正的批评者向往于俄罗斯文学批评的独立价值：别林斯基、车尔尼雪夫斯基、杜勃罗留波夫的价值。过去曾经流传别林斯基的博士论文神话：他因为导师们看不懂其论文而未能获得答辩通过，但论文出版后却得到了历史的价值肯定，召唤了俄罗斯文艺批评一个新时代的到来。这与爱因斯坦相对论最初提出时在科学界得不到认可的情形相同。

"80后"文学评论一度引领时代风潮，所有的人张口闭口都在谈文学的主体性、人的发现、精英意识，等等。那个时候批评或者说文学理论膨胀到这种地步：我们的文艺批评家们误以为整个时代、整个社会和全部意识形态焦点全都对准了自己。批评家大放光芒，澎湃的自由精神促使每一个人都在匆匆构建自己独特的理论体系。批评在当时确实也很起作用，我们看得到的是，批评与创作互相鼓荡，批评对创作起了推波助澜的作用。当时的批评发现了许多新人，推出了许多新的创作流派，对它们进行价值定位、理论定性，然后召唤创作的新开掘与新趋势。然而一度辉煌过后，政治的松动收紧了发条，文化的有序（相对有序）节律被市场的无序脉搏所冲击，这就是90年代以后的状况。

"90后"文化的最大发展和进步是多元化，我们都深受其惠。但它带给批评的问题是使批评失去了一致性，批评标准失去了统一性，批评日益落后于创作甚至缺席。我们的文艺批评家们心中不甘，进行了许多尝试，例如文学界在一波一波地鼓荡，推出新人、新人类、新新人类，大家很熟悉的文学低龄化写作现象风起云涌。这种现象也带来一些社会的困惑，因为它与当前教育的正向培养模式相背离，甚至用退学换取文学天才的产生。低龄写作这里不评价，它肯定有一定的社会支撑力，我要说的是，这里面也有很大的市场驱动——书摊上韩寒的《三重门》遍布，当然低龄文学青年的热情加盲动也促使它成型。对批评来说，则总感到这是时代给它开了一个玩笑。

我的意思是，批评标准多元化了，任何文艺现象的发生都有批评在后面支持着它，或者说它都在寻找对自己的理论支持。多元化局面的出现当然是我们盼望多年的事情了，是极大的历史进步，但一旦置身其中又发现，个人思考已经很不好定位和确认，不时会引起困惑。没有了统一的、一致性的标准，这是造成当前批评困惑的一大原因，它也造成批评对创作指导意义缺失的尴尬。我个人置身其中——当然我只从事批评中间很小的部分——集中于戏剧批评，感到在大的潮流和趋势把握上往往迷失方向。我先把问题提在这里，不知道提得是否准确，向大家讨教，希望求得答案。也许有些同道认识比较清醒，就请对我进行补课。

二、批评的标准

批评的尴尬很大原因是标准的不统一和失范。那么，批评究竟有无统一的标准？似乎有，又似乎没有。在特定大文化背景制约下的特定历史时段，尤其在社会具有一致性思考的时候，大概比较容易形成一个相对统一的批评标准。

新中国成立初期以人民性为标准来区分好戏坏戏，就是一个典型的例子。当时发表了大量的文章，一致性非常明显，都围绕这个标准进行讨论。讨论其实是很简单的价值判断：作品是否有人民性。有，就是好戏；没有，就是坏戏。好戏，大力弘扬；坏戏，批判甚至禁演。在当时二元对立思维方式的支配下，非常容易形成一致性。当然，在实际操作过程中，由于对象的复杂性，还是遇到很多麻烦，形成不同认识，但这些不同也都是在同一标准之下形成的。一部作品，可能评论家甲认为它有人民性，评论家乙认为它没有人民性，评论家丙认为它有一部分人民性。或者集中在某些内容是否属于人民性，有人说是有人说不是。那么，差异性就在同一标准下、不同的认识基础上发生，标准却是一致的。现在看，当时说的人民性，也就是符合新的时代要求的体现为大众立场的作品的思想性，是一种由延安文艺座谈会精神延伸而来的对传统的判断坐标，它在特定历史阶段发挥了很大的作用，支撑了一个时代文艺评论的整体趋势。

欧洲文艺史上，古典主义时期形成戏剧"三一律"的标准，是另外一个例子。"三一律"是欧洲17世纪18世纪特定历史时段中支配戏剧实践的理论范畴，其影响持续至今——当然不断有不同的认识方式冲击它。如果仅仅讲"三一律"的理论，它是大约一百年时段里的一致性标准，但如果讲它的归纳体现了一定的戏剧舞台规律，隐藏了人类戏剧一些本质的东西，它就一直支配到今天。当然我国20世纪对于"三一律"过于地依赖，使我们误以为"三一律"是支配了欧洲戏剧几百年进程的一个标准。其实不然，它只是古典时期的标准，以后浪漫主义、写实主义到自然主义思潮都是对它的反动，更不用说现代派戏剧的兴起。但是，在欧洲古典时期的百年间，大量的戏剧争论是围绕是否执行了"三一律"的标准进行的。一方抨击说这个戏不符合"三一律"，另一方反驳说它符合"三一律"——争论只在相同的基础上展开。

我现在说起来也很崇尚这样的时代，如果我们都在一个同一的标准下讨论的话，就比较容易找到参照系，形成判断，那就省劲多了，困惑就会少一点，但这只是假设。表面的困惑少了，可能内在的困惑就积聚了。在新中国成立后的极左统治史上，表面上的统一性很强，内在困惑就十分突出。尤其善于独立思考的真正知识分子，像顾准这样的人，内心的压抑就非常深重了。这是题外话。所以我说，在一定的文化背景下，会产生相对统一的批评标准。

但是，从更长的历史时段看，批评的标准又是不断变化的。20世纪初新文化运动，胡适先生是很有成就的旗手之一，但他当时对传统戏曲的认识，所依据的理论根基，我们今天是完全没有办法接受的。他依据的是达尔文进化论。20世纪二三十年代有一场讨伐传统戏曲的论战，胡适先生在《新青年》杂志发表文章，提出一个很著名的观点，说西方戏剧（指话剧）是在人类文明史上发展到一个新的阶段的戏剧形态，而中国戏曲是在人类文明史上前一个阶段产生的舞台形态。处于上一个轮回的戏剧形态自然是要被淘汰的，处于新生轮回的戏剧形态则是要必然取代旧形态的。这不是有一点历史唯物主义了吗？马克思创立的社会形态论，从原始社会、奴隶社会、封建社会、资本主义社会到社会主义社会，有点像。但胡适不是从马克思那里来的，而是从达尔文那里来的。马克思主义当时吸收了西方思想的精华，是认知方式的一种递进、一种积累、一种积淀，马克思于是站在了时代的最前沿。胡适吸收了近似的理论，现在看则属于机械的认识论。因为我们很清楚，中国戏曲也不仅仅是只存在于某一个社会形态中间——例如封建社会，它的前期发源早到奴隶社会甚至原始社会。再看人类各个文明，许多文明里都有戏剧，埃及、印度、中国、古希腊，如果用社会形态说来套的话，它们各自分属哪个形态阶段？胡适抨击传统戏曲，是用社会进化理论作为标准，用"进步"和"落后"的标杆来区分东西方戏剧，进步的是西方话剧，落后的是中国戏曲。他的表述里还用了一些很有意思的词汇，比如说传统戏曲里面的东西有许多是封建社会的"遗形物"，什么刀枪把子、挂髯口、画脸谱，等等，硬要把民族审美积淀物分判到历史阶段里去，明显是在牵强附会。

现在我们会到戏曲里面去寻找传统审美的积淀，寻找民族审美习惯的基因，决不会采纳胡适的标准。但在当时的新文化运动背景下，胡适的影响力极大，在青年人中间他振臂一呼，应者云集，所以传统戏曲受到很大冲击。当然也有一些人出来说话，像张厚载等人，发表文章谈出了接近于我刚才的那种观点，可想而知，在当时的环境里就是螳臂挡车，逆历史潮流而动，遭到唾弃。因为那是一个激荡的时代，一个呼唤革命的时代，当时社会需要这些东西，如果唤不起民众对于旧社会的冲击力，就形不成当时的革命，也就产生不了我们今天所继承的文化成果——新文学的文化成果。所以，那也是历史的必然。当然，我在20世纪80年代之后作为学术研究来回顾这场论战时，会因为历史的距离和冷静旁观，对当时的盲动发出会心的微笑。有些在历史上起反作用——反动作用的东西，到了不同的历史时段，当时代改换了认识角度、改变了评判标准，它的价值可能会被重新发现。但在当时，新文学界对戏曲的看法却是惊人的一致，只有一些个别的异响发出来，给人的感觉是清朝的遗老遗少、那些挂辫子的人说的坟墓里的话。

不过，也确有具备真知灼见的人，支持了"遗老遗少"的声音。1931年京剧大师程砚秋前去欧洲考察戏剧（他称之为"戏曲"，因为他习惯于戏曲这个概念），回来写了份报告，提出一个问题请大家讨论。他说，都说我们的传统戏曲很落后，可是我到了欧洲，接触了一些欧洲现代戏剧的大师，现代戏剧理论和批评的大师，人家的看法不一样啊。他说我碰到有影响的戏剧批评家兑勒先生，他对我说："你们的戏曲已经够先进了，你还到我们这里来考察什么？"兑勒先生还说，我们正向你们学习呢，你们又来学我们干吗？有意思的是，程砚秋先生在反驳对戏曲的贬低时，仍然采用了和胡适相同的标杆："进步和落后。"我想兑勒先生当时可能并不是用的这种二元对立判断方式。因为我回过头来反观历史时，看到的并不是这么一种图景。我看到的是西方戏剧在19世纪末期开始反叛，开始改变批评视角，新的思潮兴起，从象征主义到表现主义、超现实主义、存在主义到荒诞派，等等，对于19世纪那种固定的、"三一律"式的、易卜生式的写实戏剧形成很大的冲击。他们要寻找戏剧新的出路，在哪里找？回归历史，复古，向欧洲的戏剧传统——古希腊、古罗马戏剧里面寻找。而古希腊、古罗马戏剧经过中世纪的隔断，找不到了。怎么办？另外一条途径：向东方现存的古老戏剧寻找，向印度梵剧、中国戏曲、印度尼西亚巴厘岛的原始宗教仪式表演寻找。而在这中间，找到了他们突破既定思维模式的动力。我想兑勒先生大约是在这个基点上来评价中国戏曲的，意思是你们戏曲里面有很多符合戏剧原始规律的、含有先天基因的东西，我们正在寻找这种东西。而你们反过来又来我们这里寻找19世纪前的写实戏剧的东西，这不是颠倒了个吗？所以兑勒先生和我们在不同的文化背景下、不同的文化体态中形成了不同的看法。这个例子生动地说明了，在当时特定的历史语境下，不管是支持还是反对，不管是胡适先生还是程砚秋先生，都是在用"进步或者落后"的标准来评判中国的传统戏曲。胡适说戏曲是落后的，是"遗形物"，是要用扫帚把它扫出门去的。程砚秋提出困惑，也就是提出反驳——因为程先生的中庸之道掌握得比较好，他当然不敢与胡适相抗衡和交锋，他只是很温敦地、中庸地借西人之口提出反驳。但他同样说：我们中国戏曲是很进步的，并不落后。为什么不落后？因为外国人说了，西方人说了。相同的标准。今天回过头来看，我们好像具备了嘲笑前辈的资格。我们觉得他们可笑，说明我们批评的标准变化了。

刚才说到欧洲戏剧从复古中寻找当代创作的灵感。而复古是古今中外文艺史上改变既定批评标准的常用手段。中国文艺史上不断用复古为手段来更新评价标准和批评观念，以求释放文艺创造力，因此复古运动贯穿始终。当文艺走向了偏离的角度，持续了一定阶段，当大家认为需要纠正的时候，复古主义就出现了。文学史上著名的如初唐四杰（王勃、杨炯、卢照邻、骆宾王）和陈子昂的用复古主义纠正齐梁诗坛的靡艳之风，向汉魏古诗学习，向诗经学习。更著名的如中唐韩愈、柳宗元的古文运动。宋初不太知名的宋祁反对诗歌西昆体的复古运动。明弘治到嘉靖的前后七子（前七子：李梦阳、何景明、徐祯卿、边贡、康海、王九思、王廷相；后七子：李攀龙、王士贞、谢榛、宗臣、梁有誉、徐中行、吴国伦），则明确打出了文学复古运动的旗帜。也就是说，在中国文学史上，人们不断地用复古的形式来开辟前进的道路，扫清认识和眼界障碍。当然，每一个朝代集中于复古主义大旗下的运动形式，其内涵都不尽相同，所针对的对象不同，所表述的具体主张不同，似乎要实现的目的也不同。相同的，复古是一样的；不同的，具体的理解都不相同。好像都在用古人说话，用古人压今人，似乎是厚古薄今，实质则是通过这种思维方式来开拓当代话语的渠道。

欧洲文艺史上同样，更是不断有新的理论取代旧的认识，呈现出明显的节律，如文艺复兴以后就有古典主义、浪漫主义、写实主义、自然主义、象征主义、表现主义、现代主义、后现代主义等流派交错叠起，一直到弗洛依德和福科的哲学思想时代，表现出一种日益进入人的精神深处的趋势，体现出否定之否定的文艺思想发展路径。什么叫否定之否定？就是标准的改变，我把以前的标准否定了，我的后人又来否定我的标准。如果从文艺思想发展的节律感看，欧洲文艺史体现得可能更清晰明显一点，中国文化的继承性、传承性制约着中国文化发展的否定之否定，其节律不像欧洲那么鲜明。一个突出的例子，过去讲欧洲哲学史，好像就只是唯物和唯心的二元对立，一个时期唯物主义占了上风，另一个时期唯心主义又翻过来了，不断地颠倒。这说明欧洲思想史上的否定之否定，节律感很强。当然，到了马克思主义讲的是螺旋式上升，用一条弧线把否定之否定串联起来，就加入了辩证的因素。但无论如何，欧洲与中国是很不同的。中国倒是这种螺旋式上升的弧形比较清晰。

总之，批评标准建立在特定历史时期的社会需求、审美时尚、时代认知等不同判断基准之上，都是相对的。但它又为生活于相同大背景中的人们所无法自觉摆脱，你生活在这种文化土壤中，就必然受到它的制约，如果想脱离它，那就像要拔着头发离开地球一样是无望的。绝对真理一定是有的，绝对的批评标准也一定是有的，但它又无法彻底达到。马克思告诉我们：无数个相对真理最后形成绝对真理，但这个过程又永无止境。绝对的就是终极的，终极的则是永远达不到的，一旦达到，它就不是终极的了。这本身是一个悖论。恩格斯与杜林辩论，写了那么一大本《反杜林论》，实际上都在辩论终极真理和相对真理的问题。我套用过来：有很多相对的批评标准，但绝对批评标准是达不到的，或者说是永无止境的。这就给我们提出一个很大的问题，交付了一个很大的任务，也带来很多的困惑，即批评标准需要批评家自己去判断和选择。

当然，有无统一批评标准的问题又引申出另外一个问题：是否一定需要一个一致性的批评标准？我一旦提出这个问题，恐怕大家都会马上来反对我，投我的反对票，因为大家好不容易把拥有一致性批评标准的时代跨越过去了。我要说的是，相对批评标准还是有的，如果完全没有，就会陷入不可知论。如果对于对象根本无法认识，无法评判，那要我们这些人干什么？我们还何谈批评的独立价值，连我们这个学科、我们这些人的存在都失去了意义和价值。既然我们坐在这里共同探讨这个话题，总还是想找出来一个相对的一致性标准。那好，下面举例说明这个问题。

三、举例历史题材创作

举这个例子，因为它是新中国成立以来一直遇到、反复遇到而且现在仍然遇到的一个文艺评价问题，就是：面对历史题材创作，我们的文艺评论总是在那里兜圈子。在哪里兜圈子？在三个标杆上：道德评价、历史评价和审美评价。这三个评价，讲的是文艺作品是否合乎道德观，是否符合历史进步的要求，是否符合美的规律，可以把它们对应为真、善、美的标准：历史评价对应真，道德评价对应善，审美评价对应美。让现在一些新锐批评家说起来，这些都是老而又老的东西，不愿意再谈它们了。但是我觉得问题既然到现在一直存在，那就还有谈的必要，有它的现实针对性。

即使到现在，大量评论的发生还离不开这些标准。看到一幅作品，它的思想内涵是否符合我们的道德观，是否符合历史进步的要求，至于是否符合美的规律，当然更是本体的东西了。20世纪80年代以前评论界对这些问题很模糊，老是用政治宣判代替审美判断，后来才确认了文艺评论的审美基础，提出不能老是从道德评判和历史评判的层面评价文艺创作。但这三者之间怎么统一，怎么把握平衡、掌握中间度，怎么更好地结合起来形成评价坐标，那还是需要具体分析的。下面分开来探讨三个评价标准的内涵。

道德评价　道德是公理，比较长效与恒定，可以跨越朝代和时代，它核心的部位可以一直朝后延伸。但它又有民族性、宗教性、环境性缺陷。例如忠孝节义，是我们民族的传统美德，但在现代社会却被新价值观映衬出陈旧与落后的色彩，因为它有禁锢人性的一面。怎么区分它中间的合理与非理成分？具体尺度就不太容易把握。中国历史上道德评价总是放在第一位的，那时不讲什么历史评价、审美评价。《周易》说："君子以厚德载物。"人有了德才能立身。传统的文艺批评都以德为先。韩愈说："文以载道。"文是要宣扬"道"的，而"道"是天理，属于"德"的范畴。高明说："不关风化体，纵好也徒然。"有关风化，也就是提倡"德"。高明的意思是说，文艺作品如果不有助于世道人心，再好也没用。一直到目前，我们对于公众人物和公职人物的评判标准里，"德"仍然占有极大比重。

但是，古代文艺作品以"德"为先的评判标准，与今人价值观不同，因而招致批评的地方众多。例如屈原的"忠"。屈原是中华民族的人格象征，但今天看他的性格里又有"愚忠"成分。我刚从网上看到一个材料，一个中国留学生毕业后留在美国教书，他想弘扬中国传统文化，美国人则由于中国崛起也增加了了解中华文化的兴趣，于是他就在美国中学课堂上给学生讲《离骚》。但是他发现，美国中学生虽然承认《离骚》的文辞很美（我不知道香草美人在英语里是怎么翻译的），表现的自然景物很美，但普遍对于屈原的行为动机不理解，认为他过于胆小懦弱，不足以成事，不知道为什么会成为中国的人格典范，说这种人在美国社会里什么事情也干不成，我们不需要这种人。这位老师碰到不易跨越的文化障碍了，这让我联想到传统道德观的现代化问题。

再如关羽和水浒英雄们的"义"，里面不乏意气用事的成分，因而不时会贻误战机，坏掉大事，难以承担历史使命。"孝"在中国传统文化里占有很大比重，最近看到有人提倡挖掘古代二十四孝的内容。提倡孝道我同意，作为中国人，忠孝节义都应该具备一点，我们不能学美国人的完全摆脱责任。但是二十四孝故事里面有许多血淋淋的东西，让今天的人无法接受。我过去为搞研究经常钻墓葬，看到许多有关二十四孝的雕塑、壁画，知道它们的一些含义。"王祥卧冰"嘛还不违人道主义，为了孝敬病重思鱼的老母，王祥在冬天解开自己的衣服卧在河冰上，用体温把冰融化，上天受到感动，让鲤鱼跳出来给他侍奉母亲用。"郭巨埋儿"就极端非人道了。郭巨夫妇因为家庭贫困，有点好吃的想孝敬父母，可是几岁的儿子也要。郭巨于是抄起铁锹，挖个坑把儿子埋掉，好有更多的力量来奉养父母。这就太背离人性了。

"节"在传统社会里对于妇女的桎梏太残酷了。2001年我在皖南考察时曾看到许多贞节牌坊，有着血淋淋的内容。例如婆婆生了绝症，听说人肝能治病，节妇就用刀割开肋间拉出肝来，用剪刀剪下一块，再把肝塞进去用针缝上，到灶间用水煮了送给婆婆吃。读一读明清史节孝传，里面有着大量的类似记载，众多的节妇用五花八门的自戕自残方式来挽救公婆，换取皇上允立的贞节牌坊，惨不忍睹。可以认为，正是朝廷的表彰，鼓励了节妇们竞相效尤，挖空心思地去作秀。这种违背人道的东西，对于节妇们的精神桎梏是极其严重的。

所以，"德"如果走向了义理的极端化和宗教的极端主义，如宋明理学的"存天理、灭人欲"，宗教的禁欲主义等，就走过了头，就会引起社会的反抗，引起历史的否定之否定。中国的例子是晚明思想异动，大量风花雪月作品出现，"三言二拍"和《金瓶梅》等倡导纵欲的作品产生。欧洲的例子是经过中世纪的黑暗之后，文艺复兴形成，产生卜伽丘《十日谈》，揭露和抨击宗教的伪善，假禁欲之名而行纵欲之实。所以，历史的道德轮回表现为：当社会一段时期过于提倡秩序，就会出现严重的道学统治和禁欲主义。而人的天性无法释放，积压得久了，人们就会反抗，彻底冲决桎梏，一个纵欲的阶段又会到来。纵欲造成社会失范，无法维系其基本秩序，又一个严格控制时期再次出现。西方当代社会学家写了许多著作来描述这种图景。例如马尔库塞的《爱欲与文明》，说是社会如果不想失衡，就必须有一个制衡的东西来调节，社会发展轨迹就在这种调节中构成围绕中轴线旋转的弧形。你看，道德这个东西，本应是一种属于公理的东西，它却带有很大的局限性。

历史评价　真。20世纪以后我们接受西方进化观，以历史主义为标准，就出现许多"翻案"之作，一直到新中国成立以后仍在延续。一个突出的例子是郭沫若的为曹操翻案，把传统戏曲舞台上画大白脸的曹操写成红脸，翻了2000年的历史之案。这种以历史主义为标准的评价，对于具体人物形象的处理另当别论，用文艺作品承担评判历史人物责任的利弊也不在这里阐发，我们只说单纯以历史主义为标准，容易导致以成败论英雄的结果，进入"成者王败者贼"的荒谬历史逻辑误区。尽管历史就是这样写成的，但社会公理在人心，尤其中国传统评判又极其重视道德标准，那就必须用道德人心来衡量。你虽然做了皇帝，我难道不可以在文艺作品里批评你的为掌皇权不择手段吗？这倒是中国传统评判的好处：不以成败论英雄。谁成功就赞美谁，这一点连古代智者都不取。中国众多的古典文学作品里都体现出这种价值倾向："滚滚长江东逝水，浪花淘尽英雄。是非成败转头空。青山依旧在，几度夕阳红。"（罗贯中《三国演义》开篇词）大家都是历史的匆匆过客，成功者又如何？这是一种深沉的历史感喟。"峰峦如聚，波涛如怒，伤心秦汉经行处，宫阙万间都变作了土。兴，百姓苦。亡，百姓苦。"（张养浩《潼关怀古》）这更是人道主义的价值判断。古人的历史观都能达到超越特定社会阶段、人生时段和具体对象，进入对存在意义的追寻层次，对民生艰辛的悲悯情怀，我们难道还不如古人？

"真"当然是科学的。西方强调"真"，古希腊古罗马时期即已如此，文艺复兴以后，实证哲学兴起，崇尚理性，对真的追求日益加剧，才形成了我们今天生活其中的这个科学世界。这是西方以"真"为基础的认识观对于世界的巨大贡献。但是在文艺作品中，"真"却不能强调得过分。因为文艺作品描写的是人性，是人的最柔软的部分，它不能用科学数据来表达。我们难道能用数据表格来展现一个人的精神和情感历程吗？最典型的例子是《霸王别姬》，大家都非常喜欢的古典绝唱。霸王的末路英雄形象长久在我们心底沉淀为心理情愫，一提到它，我们就会感到一种深沉的美，一种优美，这就是文学艺术。谁会因为霸王的失败而鄙弃他呢？千百年来民族血液里沉淀下来的这种审美习惯，是我们所需要的。单纯靠"真"，单纯靠科学主义，没有办法准确评价文艺作品。

绝对的历史主义又与今天仍在民众心底发挥作用的传统道德观严重冲突。例如在中华民族历史上抵御外来入侵时杀身成仁、慷慨赴死的民族英雄，在历史进化论者面前竟然成了阻挡历史车轮前进的螳螂！近年来关于岳飞、郑成功、袁崇焕、明末遗民的评价问题正在展开，一些很可笑的议论都出现了。例如说岳飞逆历史潮流而动，阻碍了中华民族的统一，说是当时统一的力量在北方，在女真族和蒙古族，而南宋地域性的政权不应对抗历史潮流的大趋势。荒谬吧？现在倒是很多元，什么东西都出来了，给我们的历史研究带来很多麻烦。难道我们中国历史上那么多气壮山河、为国捐躯的民族英雄，他们的死都成了无谓牺牲了？这种认识太相对主义了吧？如果把他们全部扫地出门，我们的优秀民族文化里就失去了很核心的部分，给我的感觉就像是节妇拉出肝来剪掉那种痛心裂肺了。历史主义评价不能走到这一步，走到这一步就成了历史的悖论。

西方人也在反省历史的悖论。历来的认识是：科学与社会生产力的发展，引领着人类走向进步。于是西方人走到非洲、走到澳洲，瓦解了土著，把他们从最原始的生存状态里解放出来，工厂建立了，电视看到了，计算机用上了，一应现代社会享受都有了，使他们过上了人的生活，从非人一步跨到了人。巨大的社会进步吧？但其中却又有着巨大的人的失落在：土著迷失了自我。西方人自己也在反思这件事，20世纪30年代西方一些文艺家已经开始在作品里表现这种反思。我看到一部作品，表现西方人乘船顺亚马孙河进入原始森林，发现原始部落日益退缩，现代工厂则铺天盖地一般向纵深延伸。于是作者发出悲天悯人的问讯：这到底是文化进步还是文化侵略？思想家则想得更多，说是当一个人处于完全自给自足的状态时，是最大的价值实现。当原始部落的人在他那个社会里达到了和谐时，他是最幸福的，他并不想象着要去享受电视机。这类似于强调陶渊明的桃花源。如果在这种和谐社会里，突然引入了现代竞争，把不和谐强加于它，它就失去平衡，葬送了原有的和谐。尤其现代社会在工业文明基础上形成，你把连农业文明都没有过的原始部落一下子拉到后工业社会里来，它的失衡就太大了。这是一个巨大的文明悖论：把原始文明投入世界市场的熔炉里熔化，到底是进步还是退步？

我关注过自然村寨的保护工作。云贵一带的少数民族村寨在建设生态村，马上遇到的问题就是文明的悖论。因为按照西方理论，生态村必须原汁原味地保存原有生活状态，那么，电和电器不能进入，自来水不能进入，孩子不能读书，少数民族孩子更不能读汉文书。不能看电视、用电冰箱、用自来水也就算了，不让读书，遭到了村里少数民族干部的强烈反对：你们反对我们进入现代社会！我们的孩子能永远没有前途吗？这样下去我们的结局是什么？我们成了笼子里的动物，你们来这里看天然动物园！历史的发展，究竟是进步还是落后，现在我都有些搞不清楚了。我看了四川三星堆遗址、金沙遗址，3000年前的文明，许多手工作品之精致、之精美，今天的人手工绝对做不出来。再联想到古代埃及金字塔，古人对于自然时序的掌握、对于天文知识的了解之深入，我们今天无法想象，不可企及。作为整体社会，人类进步了，美国"发现号"航天飞机刚刚返回地面，我们的"神舟六号"航天飞机也马上起飞，但作为个体的人，我们根本无法与古人比智慧。

审美评价　　所以，单纯从道德观、历史观出发评价文艺作品，都带来许多问题。于是20世纪80年代开始强调审美评价，强调审美剥离，把审美从庸俗社会学的控制下剥离出来，要求在审美的基础上处理历史题材。这样，文艺创作就比较自由了。比如说，无论在道德评价还是历史评价的框架中都显得形象欠佳、行为有亏的人物，仍然可以成为审美欣赏的对象而存在，只要是文艺作品生动、细腻、真实地展现了他们的精神状态。例如，写好一个叛国者的形象也是有利于审美聚焦的，这就给文艺评价带来了自由。当然，审美判断也离不开道德判断和历史判断的基础。恩格斯说过，所有文艺作品都是有倾向性的，这种倾向性就体现为道德和历史的判断。当然恩格斯强调文艺作品的倾向性越隐蔽越好。我们以往文艺作品里的倾向性总是太外露、太浅在，老想灌输什么，于是引起对象的逆反，没人看，就造成了文艺创作的衰败。我们在从事创作时，像恩格斯说的那样，倾向性隐蔽一点好不好？别老是大幕一拉开，台中竖立一座高台，英雄人物出场就站在高台上，向大家作雄壮科，观众马上就走光了。当然，如果完全丧失了倾向性，审美判断就陷入唯美主义，这也是不可取的。

道德判断和历史判断不再作为直接的文艺标准出现了，文艺作品也不再以完成其判断任务为最终目的了，这是历史的进步。于是1988年我在《文艺报》上发表《道德、历史、审美》一文，强调评价标准的三性统一，即道德、历史、审美评价三重标准的辩证统一。但虽然讲的是"三性统一"，在当时的历史背景下，还是有意倡导审美评价——在刚刚挣脱了政治功利主义羁绊的时代，惯性思维大量存在，文艺评论中只注重道德评判或历史评判的还大有人在。我那时还没想到以后90年代会出现唯美至上、唯情主义泛滥，审美思潮会走向另外一个极端。

四、也算结论

讲完了真善美的统一，我们把问题再次提出：究竟有无普遍的、永恒的、不变的评价标准？很难把握。道德在改变，历史在改变，审美趣味在改变，一切都在变。单讲审美，古今中外标准相去甚远。例如对于女性的审美，从战国到唐代，细腰变丰腴；宋代以后，天足变小脚；现代则吸收西方审美观，成了骨感加波霸。再如油画，西方从对象写实发展到了色彩的印象派，而我觉得印象派绘画的色彩展示通常不呈现为美——这当然是我缺乏现代审美眼睛的缘故。我通常在欣赏西方写实画作时能长时间停驻那里，流连忘返，而在看印象派画作时，则只能走马观花。当然我也认为印象派作品只能印象式地去欣赏，那样才能得到印象派作品的真谛。这样一想，我又找到了心理的平衡。书法界流行丑书，我不知怎么欣赏，常想找书界的专家请教，它的美怎么把握。但行里好像对此十分讳疾忌医，他们自己心知肚明，但不跟你说具体的，一说就是有功力、有特点、有独特的地方。评判标准很难把握。

通俗歌曲对美声是否定，这容易理解。在中国文艺史上，从诗到词、从词到曲，为什么体裁不断改变？因为"渐近人情"。诗歌的意境比较宏阔，景物是高山大河，月亮是万川之月。词则进入了人的日常生活空间，进入人的许多细腻感受中，自然时序代谢所引起的物象变化，人的情感的喜怒哀乐的更迭，都可以在词里精确表现。词增加了字数，从四言诗到五言诗，从五言诗到七言诗，容量日益扩大，从齐整的节奏变成了开放自如的节奏。词再开放，再往里加字、加和声，就变成曲。曲的描写更加直白，更加接近人间生活，把儿女之情写得淋漓尽致。通俗歌曲就是如此，我们每个人都能唱。我的哑嗓子嚎两声也不至于被人笑话，因为比我嗓子更哑的歌星大有人在。而美声唱法则离我们老百姓太远，那需要经过特殊的训练，就像我们的传统戏曲也碰到这种尴尬一样，需要童子功，需要从小练声练嗓。美声则是在古希腊罗马剧场里培养起来的胸腔共鸣法。我去希腊参观古代剧场，当时就觉得美声唱法是在这种环境里面培养起来的。为什么呢？我有切身感受。当时我爬到巨大的剧场观众席的顶部，离表演区的圆心已经非常远了，圆心上站的人看上去都成了小点。有几个人开始唱各民族歌曲——非洲民歌、中东民歌、日本民歌都有，但声音都很小。后来有一位女士开始用意大利美声唱法唱歌，声音突然变得如此嘹亮，呈发散形地向上卷过来，在整个空间里来回回荡，到了我的耳朵里时，已经非常响亮。所以我想，意大利唱法为什么形成美声，因为他们那里到处都有古罗马剧场，美声唱法应该就是在这种环境里培养起来的——当然我没有科学根据。但美声唱法和世俗文化相去甚远，而现在是世俗文化支配的时代，因此它不敌通俗歌曲。

又如，当下十分风靡的行为艺术如何审美还需探讨，也和行为艺术从事者的行为方式有关，因为行为艺术常常反艺术，经常用戕害生命体肢的方式来创作，它不可能完成美的创造。在欣赏时我个人经常会形成感官阻隔，难以进入审美状态。这两天网上正讨论一件事。中国艺术家萧昱的一件展品在瑞士展出时，遭到瑞士人的抗议——我感到民族自尊心受到了伤害。一件什么展品呢？一个6个月的婴儿的脑袋，连接在一个海鸥的身体上，罩在玻璃罩里，用福尔马林液泡着。这个瑞士人说这件作品是戕害人类、反人类的，而且可能隐含着谋杀，因为中国有杀婴习惯。这个问题就严重了。我们只说审美。但这种审美作品，我难以接受。回到题目上来，可能我自己也走向了相对论：很难有人出来制定一种恒定的审美标准来指导当下的文艺评论。

五、"90后"文艺批评的思想源

20世纪90年代以后，文学批评的整体趋势是走向了泛文化主义，日益迷失本体。也有些新的成果，新的开辟，例如神话——原型批评方法的引进，帮助文学批评家开辟了新的领地。它在英国人类学家弗雷泽的《金枝》、瑞士心理学家荣格"集体无意识"说的基础上建立，强调历史中反复出现、积淀着民族原始经验或表现出人类基本文化形态的形象，对之进行探讨，于是就挖到一些深层次民族心理的东西。比如研究神话原型，研究文学史上一些意象的文化内涵，对古典文学里集中表现的对象：落日、海月、春秋代序、晚钟等意象进行深入分析，挖掘民族文化心理积淀，有些人就做得很好，很引人注目。还有一个突出的研究派别是"后"批评，后现代批评。90年代后他们掀起一个声势浩大的命名运动：后新时期、后当代、后东方、后新潮、后写实、后悲剧、后乌托邦、后个人主义、新状态、新生代、晚生代、直接现实主义、私人化写作、边缘化写作、母语写作、社群话语、深化叙事、卡里斯马典型、反寓言、等等。概念爆炸，很有声势，一直延续、影响到今天。

如果让我归纳，90年代文艺批评则有两个主要的思想源。一个是神圣信仰坍塌之后所接受的解构主义思潮，另外一个是从人道主义衍生而来的人性化描写。我觉得，20年来的文艺思潮中，这两样东西一直在起作用，一直被众多的作家有意和无意地运用着，创作出来的东西具有鲜明的特色，它们改变了和正在继续改变时代的文风和审美风气。它们皆有正负两极，构成近年来文艺作品的两面性，一面体现出文艺观念解放所迸射出的璀璨光华，创作出许多有声有色的作品，另一面也留下了时代的败笔，而这种两面性就体现为90年代以来创作的鲜明时代特征。直到目前，这两种思潮仍处于方兴未艾之时，会继续影响我国的文艺创作的前景。

现在稍微阐释一下它们的内涵。解构主义的功绩大家看得非常清楚，它解构了"文革"时期话语，进而解构了50年来形成惯性的意识形态话语，作为对当时极"左"思潮的反动而提出，作为对文艺为政治服务功能的反动而提出，有着巨大的历史进步性。它的理论源、方法论来自西方解构主义思潮，它之所以能够被迅速接受、被广泛运用，被用来分解离析我们极"左"环境，形成催化剂，是因为它暗合了"文革"后人们对于时政的强烈怀疑和叛逆精神。当时北岛喊出"我不相信"的口号，就是这种精神的象征，它代表了一个时代的文艺呼声。就是这种精神，解构了当时的意识形态大厦。人性开掘和解构意识形态话语相辅相成，是一个问题的两个方面，80年代一个著名的理论是刘再复的性格组合论，要求文学作品一个层次又一个层次、一个方面又一个方面地去探讨人类精神的各种状态、各个角落。人性开掘抛弃了概念化的表现方法，用人性的丰富性来填补其空间，使当时的创作得到了极大推进。

解构主义和人性开掘这两种思潮，在近年来的文艺创作中起了极大的作用，它们甚至直接推动了新时期文艺创作的历史性进步。当然认识不尽统一，一些批评家是用完全蔑视和宣判式的口吻来谈论它们的。但我认为它们是顺应历史潮流和民意民心的思想趋势，使文艺创作朝向本体的纵深发展，提高了它的艺术规格和档次，也提升了我们民众的欣赏水平和艺术感觉。我认为新时期我国产生的众多优秀文艺作品，都和这些思潮的成果分不开。而且我认为，它们还促使我国的文艺创作朝向人类智慧和国际文化的方向前进了，站得更高了，站在人类共同的精神基础上，它就使我们能够去接近人类智慧，接近人类对于自然社会的整体感受，而不仅仅是在某一个局部，在某种意识形态下的感受，更具备共通性、普泛性，有利于国际沟通。这种前进，使我们的文艺创作能够在世界上产生更加重要或越来越重要的作用。我们不能老是保持一种另类姿态，那就难以与人沟通。前面说到屈原的例子，就是形成了沟通阻碍，形成阻碍就形成敌意，形成敌意就形成敌对，这和世界潮流是不相符合的。所以为了沟通，就应该更多选择共通的语码，与人进行平等讨论。在对外进行文化交流时，别人老觉得我们在做宣传，英语是propaganda，人家一听就不愿意了，你宣传我啊，效果非常不好。我们要用一种人家能够接受的姿态和语气来与人沟通。我们的影响力强大之后，才能更加有能力抵御西方的强势文化。

当然，解构主义和人性开掘思潮同时又有着非常明显的负面影响。体现在20世纪90年代以来的文艺创作中，我们看到许多传统的、正向的、不可或缺的东西都被嗤之以鼻、打翻在地，英雄主义、理想主义、权威主义、道德主义整体沦丧，文艺创作的游戏心态，戏说倾向的泛滥，沉迷于风花雪月的情欲之风，这些东西越来越盛，难以遏制。反面人物都具有很充足的存在理由和存在价值，于是反面人物立体化、丰富化、细腻化，正面人物则扁平化、粗陋化、干瘪化，形成很多滥情的东西。这些是负面的东西，是它的流毒所在。例如炒得很热闹的《沙家浜》事件，就是一个典型例子：把神圣、崇高的东西都抹杀了，抗战英雄成了流氓。

我认为对这两种思潮应该全面看待。我并不赞成当前一些人对之持截然否定的态度。我认为首先应该承认它们对于新时期文艺创作产生的巨大历史作用，在这个基础上，我们再来研究如何防止和抵制它们的负面，这才是辩证的态度。我们不能完全抹杀它们对于当代文艺创作的巨大影响力，把它说得一无是处，用它的负面来抹杀它的整体。那不能服人，还产生很大的片面性。你不能以理服人，人家就不听你的。不听你的，你怎么能够来说服别人抵制它的负面影响呢？特别是我们不足以说服在这些思潮影响下正处于创作活跃状态甚至巅峰状态的创作力量。正确的做法应该是通过文艺批评的正当渠道，对这两种思潮的正面和负面作用进行公允和客观的描述与评价，从而引导创作良性地发展，最大限度地消除它们的负面影响。

六、批评准则

又回到了老话题：批评究竟有没有准则？我认为，至少批评应该有一个基本点、一个立足点、一个固守点。所谓基本点，就是从艺术感觉出发。所谓立足点，就是立足于批评的大背景；所谓固守点，就是要固守批评的独立人格。

一个基本点：艺术感觉　从事批评，没有感觉不要动笔，否则失之毫厘、差之千里。离题万里，那只能说是借题发挥。借题发挥当然也可以产生另外的作用，但不是文艺批评的主流，不是直接针对文艺现象的具体批评。我读到很多批评文章，完全没有艺术感觉，对于艺术对象完全没有把握或者把握得很不得当。那么，什么是艺术感觉呢？这种电光石火的东西，我说不清楚，大学文艺理论课上可能要开一个学期的讲座才讲得清楚。它可以领悟，但无法把握。不过我们每个人对之都会有直接感受。我平时到各地去，喜欢看自然和文化遗迹，看过之后，有时能写些散文，有时写不成。凡是写成的，都是突然有所感悟，突如其来，不明所以，这就是艺术感觉。抓住它，写出来的文字就一定是生动的，一定是有灵气的，否则就是憋出来的东西。看了一部作品，没什么感觉，但受人之托，求写篇评论，于是往往有憋的时候，写出来的东西肯定就是干瘪空洞的。所以，当好一个批评家，首先艺术感觉非常重要。而且你有没有艺术感觉，文章里是可以看出来的。余秋雨近年行走文学写得比较多，我不管社会对他的负面评价怎样，他的艺术感觉力之强，我是非常佩服的。当然有时他太神了，去了一趟月牙泉，就遇到了那里的老尼姑，并和她有一场超越人我界限、时空界限的对话，我去了几趟也没碰到一个尼姑。

同样，对于实际创作对象的把握也很重要，否则写出的文字大而无当、空对空。我们经常看到以不变应万变的批评文字，与具体对象根本没有关系，什么情况下都是那一套，讲出来的道理都是放之四海而皆准，我非常反感这种批评文字。评判历史剧就讲历史，显示我学者的深厚文化功底，汉代作品就穷究刘邦如何洗脚，宋代作品就细究赵匡胤是怎样在陈桥黄袍加身的，说完就完了，戏怎么样不管了。和具体创作对象不挂钩，不涉及创作本身，这样的评论只能是隔靴搔痒。当然还有根本不顾创作对象的客观优劣，随心做出主观裁决，或是抓住一点不计其余，甚至把好的说成坏，坏的说成好，颠倒了黑白，这对文艺创作会起到极其不利的影响。如果走到这一步，批评就走向了反面。

所以我强调艺术感觉，而艺术感觉建立在审美判断力基础之上。这里我做一个断言：没有艺术感觉的批评、缺乏审美判断力的批评是毫无价值的批评。那就不做。没有感觉的时候不写。

舞台艺术和影视多媒体艺术的批评，还要照顾到对象的综合艺术特质，不同于文学仅从文本出发，不同于绘画仅从平面形象出发。莱辛《汉堡剧评·预告》说："戏剧评论家最可靠之处，在于能够准确无误地区分每一场演出的得失，什么或者哪些应由作者负责，什么或者哪些应由演员负责。把甲的过失推给乙，妄加指责，对两者都是有害的。这样会使乙泄气，而使甲产生盲目自信。"莱辛这段话写于1767年，当时欧洲戏剧中的导演和舞美设计等门类还没有充分独立出来，所以他只列举了剧作者和演员，但我们今天可以把它的覆盖面理解为舞台综合艺术各个门类的对象。如此，今天的戏剧批评家就要"准确无误地区分每一场演出的得失"，哪些应由剧作家负责，那些应由导演负责，哪些应由演员负责，哪些应由舞美设计负责，还有灯光、音响、服装等等。前提是批评家必须首先具备综合艺术感觉和审美判断力。

一个立足点：大背景　这是针对就事论事的批评说的。要驾驭潮流，驾驭整体，驾驭前景，就一定要有一个大的坐标在后面做支撑。批评要立足于前因后果，立足于发展过程，立足于坐标定位，而不能够孤立地看对象，就事论事。要把论述对象放在尽量宏阔的背景上来进行观察，就能看清楚许多问题，就能判断出它的准确方位。当然，要做到这些，就要依赖于当代的思想研究成果，要建立起自己立体的思维坐标系，把自己史的论的功底加进去。别林斯基为什么能够体现出批评的独立价值，推动一个时代新文论的开创？他对背景的把握，对于整个时代的把握，是批评后面的东西。人们很推崇丹麦勃兰兑斯的《十九世纪文学主潮》，它也是在宏阔背景下来看待论述对象的。尤其对于现代派文艺创作的批评，我们首先要了解它的思想来源。现代派多半建立在哲学思潮基础上，我们就要去了解现代哲学思维。一些现代派文学批评家言必称福科，是陷入了误区，但当代批评确实从现代哲学思潮里吸收了许多东西。20世纪非理性主义哲学思潮兴起，起了基本思想源的作用，叔本华、尼采、柏格森、弗洛伊德等人研究意志、直觉、本能、下意识，开掘人的精神领域深度的思维成果，便于我们拿过来理解当代艺术，理解现代派后现代派话语。我理解不够，看现代派的一些戏，常常看得一头雾水，但我尽量避免自己因不懂而骂它。背景是一个坐标系，是一个支点，我们必须寻找这个支点。亚里士多德说：给我一个支点，我可以撬起整个地球。我们搞批评也可以说：给我一个支点，我可以衡量整个艺术。

一个固守点：批评的独立人格 这是老生常谈了。批评要坚持不为世俗人情所用，不为社会权力所掌握，不为金钱力量所冲击。受到的干扰多了，批评的人格就不能彰显。眼下枪手批评、人情批评太多，大量进入批评领域以后，批评就被冲得七零八落。现在批评的尴尬很多体现在这些方面。批评本身是要明辨是非的，现在却不能实现这个目的，那还要批评干什么？一部很糟糕的戏，坐在剧场里的人看不下去，但到了批评家那里，却成了21世纪最大的成绩，这样的批评，让受我们批评家引导的观众怎么听从？

最后，批评还要防止民族语汇的失语症，用西方文论概念范畴取代中国传统思维方式，用悬念、冲突、高潮这些术语来评价传统戏曲，南辕北辙，方枘圆凿。近年来，许多学者在呼吁建立民族批评的话语体系，这当然是批评一个很重要的任务。

七、当下批评的状态

当下批评在我们的文艺创作中处于一个什么样的位置？我说当下文艺创作是无大师时代，19世纪前可以举出无数个大师，20世纪后难以形成大师。两种情况阻碍了大师的出现：一是时代处于激烈的转型期，整个世界都如此，无暇形成大师；二是可能大师形成了我们也不认识，要靠后人拉开一点距离才能辨识，因为大师是历史堆积成的，是后人从我们的时代里抓出来的代表，但我们的时代不一定认可。那么，在这个时期里我们同样看不到国际的大文艺批评家，也许我孤陋寡闻，我只看到哲学界思想界一些大人物。在这种情况下，眼下的批评处于什么样的状态？

（一）陷入一个浮光掠影的、泡沫化、波普艺术化的世界

什么是波普化？商业碎片。把所有的东西打碎以后，再拼贴在一起，形成五花八门的商业广告。眼下一天产生两部长篇小说，一年产生几千部集电视剧，时代很难被聚焦。又受到市场的强力冲击，现在你要想让自己价值被

社会认可，首先就必须融入这个高度商业化的社会，取得商业的成功。文艺作品取得商业成功的一个突出例子是英国女作家J.K.罗琳的《哈利·波特》，她的成功引起一个文艺创作群体的失落，因此遭到英国儿童文学作家们的群起而攻之。他们也坦诚得可爱，说是因为你的存在，我们的作品就卖不出去，收入降低。只有这种被商业社会高度认可的作品，才能引起社会的高度聚焦。

（二）坐标多元

它带来话语方式、语码的不同，代沟现象日益严重。批评者们各说各话，你们说你们的，我们说我们的，大家互相听不懂，互相不理睬。

（三）霸权轰塌

过去主流控制的局面不存在了。网评上，大量非专业化评论进入，随便一个网站，任何一个话题，三教九流一起发表评论。像歌曲《老鼠爱大米》，不知怎么在网上一夜就流行了。我觉得它首先旋律不好听，其次意象不准确，老鼠和大米的关系是吃与被吃的关系，表达的是生理需求，怎么能用来表达爱情？但它就流行了。现在又出来另外一首用吃的关系表达爱情的作品。网评的存在加剧了霸权话语的轰塌。我自己碰到了一个幽默。我颇以为自己是戏剧权威，但在网上受到了公然挑战。我一次看了法国音乐剧《巴黎圣母院》，之后发表了一通批评。网上讨论开了：廖奔何许人也？不知道，没听说过，没名气。反正不懂戏，国际上都轰动的作品他也敢批评。看不懂，说明他没看过几部音乐剧，既然没看过几部，你也敢随便评头论足？网民不管你是谁，很轻易地就把你的霸权话语解构掉了。

（四）权力与市场的交战

主流渠道、主流媒体再说，市场不听你的。最近大家讨论很多的影视创作的世俗化问题，你主流媒体尽管再批评，我市场不管，能拉广告就行。

当前我们的批评就在这种夹缝中生存。想一想也悲哀，我们是泱泱文化古国，历来重视文艺理论和评论，孔子就非常重视文艺功能，亲自删诗论乐，历代留下多少像刘勰《文心雕龙》这样具有独立价值的文艺论著。而今天面对多变的世界，面对多生态的文艺环境，批评将何去何从？我最后只剩下了两个字：困惑。

（原载《福建艺术》2005年6月）

莫言获"诺"奖与当代传媒文化创新

一、莫言小说与电影

莫言获得"诺贝尔"文学奖的原因，首先当然是由于他的功力与成就，莫言当之无愧是中国当代最具代表性的现代派写实主义小说家，他的作品充满了躁动的色彩、意象和张力；也因为中国当下的国力强盛到无法再被忽视。但我这里要强调的是张艺谋和莫言创作的电影《红高粱》的世界性影响力和它对莫言的助力：莫言因而更为西方世界所熟知，他的作品于是翻译版最多，据说他是西方出版商最看好的三个中国作家之一。而对西方人来说，要从9488个中国作家[①]浩如烟海的作品里挑出三个来，看那么多的方头汉字，真难为他们了，所以熟悉是第一前提。而莫言因电影《红高粱》增加了西方对他的熟悉程度。

1986年，莫言与张艺谋等人合作，把自己的中篇小说《红高粱》改编成电影文学剧本，取得空前成功。实在说，莫言小说并不适合当时电影界的既定观念和理解。《红高粱》可以说是意象丰沛、情节稀薄，它的语言精彩之极，灿烂、绚丽、跳跃、躁动、咸腥、浓稠，你感觉莫言写作时是身心俱用、五官贲张，他的想象力奔突冲决，他的感觉四处游走、笼物钻窍，显示给人的则是朦胧纱雾里面的奇情幻境。但它就说了那么一件事：一支似匪类盗的流民部队的一场打鬼子的战斗。当然，通过"父亲"断断续续、天马行空的思路，我们还了解了它的民俗和历史背景：兴隆的酒坊、青春鼓胀的"奶奶"、高粱地里粗犷的快意、日本占领军手剥人皮的残忍。这些零散片段的碎十锦，通常是不能入电影法眼的，尤其是那个时代的电影。那时的电影还比较淳朴、四平八稳，你不从头到尾完整地说一个故事，百姓们就看不懂。那时外国片根本甬

[①] 截至2012年的中国作家协会会员数。

想和国产片争票房：除了当众接吻足够刺激外，谁知道他们换来跳去演的是什么。但是，张艺谋找来了。

张艺谋正在为他心中绚烂的电影意象寻找镜头语言，他不需要太多的情节，也不屑于只去讲一个故事。这位有着绝佳感官神经与视觉听觉辨析力与把控力的出色艺术家，正在寻路挣脱时代电影沉闷灰暗的底色。大片火焰般的红高粱意象引燃了他。中国电影从此走上色彩与场景的盛宴（以后再加上音响）。张艺谋开创了一个新电影的艺术时代。1988年，电影《红高粱》获柏林电影节金熊奖，这是中国电影第一次获得西方电影大奖，引起世界对中国电影的关注。《红高粱》也让西方人熟悉了两个中国人：一个是电影导演张艺谋，一个是作家莫言。张艺谋成功了。莫言也从成功中得到极大回报，他感慨地说："电影的影响确实比小说大得多，小说写完后，除了文学圈也没有什么人知道。但当1988年春节过后，我回北京，深夜走在马路上还能听到很多人在高唱'妹妹你大胆地往前走'，电影确实是了不得。遇到张艺谋这样的导演我很幸运。"①在当代眼球经济的社会里，电影比小说的传播力要快捷并广远一万倍。今天，张艺谋和他的电影在西方大学已经成为热门课程，莫言小说还在慢慢为西方所了解。而莫言已经获了诺奖，张艺谋还在奥斯卡奖的征程上艰难跋涉。

莫言因为电影成功的启发，成为乐于与影视剧合作的文学家。他有四五部电影作品，或是小说作品被改编为电影，或是参与电影剧本创作，有四部话剧作品。1995年莫言和香港电影导演严浩联合编剧的《太阳有耳》再获柏林银熊奖；2003年秋实根据莫言短篇小说《白狗秋千架》改编的电影《暖》获第16届东京国际电影节金麒麟奖及金鸡奖最佳故事片奖；莫言自己还把自己的中篇小说《白棉花》改编成同名电影；又与鬼子一起把他的中篇小说《师傅越来越幽默》改编成电影《幸福时光》；莫言编剧的话剧《我们的荆轲》《霸王别姬》先后上演，再加上《锅炉工的妻子》一剧，最近他出版了自己的剧本集；在他获第八届茅盾文学奖的长篇小说《蛙》里，又植入了一个九幕话剧剧本《蛙》。莫言与影视剧的密切联系使他把更多的观众变成读者。

附带说一句，莫言也是新时期受西方影响较大的中国作家之一，这在西方看来是很值得骄傲的事情，更增加了他们对莫言的亲切度，于是在获奖原因里大谈一把。我们看他们是怎么说的。瑞典文学院常任秘书彼得·恩隆德在瑞

---

① 2012年10月14日《新浪读书》：《莫言：〈红高粱〉》。

典文学院会议厅宣布莫言获奖者的理由时说，"莫言将魔幻现实主义与民间故事、历史与社会视角融合在一起，作品构建了一个堪比福克纳和马尔克斯的复杂世界，同时又在中国传统文学和口述传统中寻找到一个出发点。"我们知道，魔幻现实主义是20世纪50年代后拉美文学里兴起的一个流派，强调用丰富的想象和艺术夸张的手法，对现实生活进行特殊表现，把现实变成一种神奇现实，生死不辨，人鬼不分，幻觉和真实相混，神话和现实并存，作品带有强烈的神话色彩和象征意味。福克纳是美国意识流小说作家，1949年他的作品《我弥留之际》获诺贝尔文学奖。加西·马尔克斯是哥伦比亚作家，魔幻现实主义文学的代表人物，1982年诺贝尔文学奖，代表作是《百年孤独》。莫言受福克纳与马尔克斯的影响，这不是外国人先说的，而是莫言自己先说的，他说过对他影响最大的作家是福克纳与马尔克斯。但是莫言也说过，他写《红高粱》时还没读到《百年孤独》，他是从西方众多作品中感受到魔幻现实主义的。

但是说到底，莫言也还只是莫言，是山东高密的莫言，是高密红高粱地里的莫言（当然，莫言并没见到父辈所说的大片红高粱，张艺谋拍电影时还是临时种的高粱，长不好，只好用化肥使劲催起来），而不是西方的莫言，他的创作当然是立足于本土文化的而不是从西方"借鉴"过来的，充其量也只是读了西方文学开阔了眼界和思路，知道写作还有更多的办法和路数而已。但是外国人总要找到他们所熟悉的东西，然后才能认识，然后才能高兴起来。当然，莫言也比较重视与西方交往，在国际书展等一些场合他的演讲都很得分。于是，他就被瑞典皇家文学院院士、诺贝尔文学奖18位终身评委里唯一的那位汉学家马悦然盯上了。17位别人都读不了汉字，恐怕都只能听他的，马悦然最终一言九鼎。

马悦然是欧洲著名汉学家，翻译过《西游记》《水浒传》《辛弃疾词》等，1986年编辑翻译了《中国八十年代诗选》，其中包括"朦胧"诗人北岛、顾城等人的作品。他年轻时曾在四川峨眉山下的报国寺内做了八个月的方言调查，20世纪50年代担任过瑞典驻华文化参赞，与老舍是朋友，毕生致力于汉学研究，并于欧洲及澳洲的多所著名大学教授中文与文学翻译达四十年之久，曾任欧洲汉学协会会长。他与中国的关系还不止于此，1950年他26岁时与一位中国化学教授的女儿陈宁祖结婚，陈宁祖1996年病逝，2005年他又娶了台湾地区妻子陈文芬。被这样一位熟悉中国的汉学家马悦然盯上，也是莫言获奖的重要原因之一。

我们国内有许多好作家，如陈忠实、贾平凹的小说好，但作为个体，他们的思维和表达方式更传统，作品本土气息更浓也更土。他们也没有影视的帮忙，陈忠实的《白鹿原》好不容易拍成了电影，效果并不好，还帮了倒忙。你东西再好，人家外国人不知道，人家知道了也不一定喜欢，毕竟是人家评奖，要用人家的量尺量。所以，沟通是很重要的，而电影对于莫言的传播起到了很大的支持作用。

还回到莫言与电影的关系上来。莫言属于介入影视剧较早的作家，他和刘恒等人的作品，都是颇受影视剧界欢迎的。因为他们较早获得了成功，于是也更加有意地去涉足影视。

刘恒介入影视剧界就更多更深。他的小说《伏羲伏羲》改编为电影《菊豆》，由张艺谋执导，巩俐和李保田主演；小说《黑的雪》改编为电影《本命年》，由谢飞执导，姜文主演。他的长篇小说《贫嘴张大民的幸福生活》改编为电影《没事偷着乐》，由冯巩主演；改编为20集电视连续剧《贫嘴张大民的幸福生活》，由梁冠华主演，并由此获得2002年度飞天奖最佳编剧奖。他担任编剧把陈源斌的中篇小说《万家诉讼》改编为电影《秋菊打官司》，由张艺谋执导，巩俐主演；参与张克辉电影剧本《云水谣》的改遍，该剧获2007年第12届华表奖优秀编剧奖；把杨金远小说《官司》改编为电影《集结号》，由冯小刚导演；把凌力历史小说《少年天子》改编为电视连续剧《少年天子之顺治王朝》，刘恒自己担任总导演。此外，他还直接创作了《西楚霸王》《漂亮妈妈》等十余部电影剧本，《天知地知》《老卫种树》等数百集电视剧本。他写的电影《张思德》《铁人》由尹力导演，《张思德》2005年获第25届金鸡奖最佳编剧奖。电影《金陵十三钗》由张艺谋导演。话剧《窝头会馆》由林兆华导演，北京人艺上演。他还与邹静之、万方等人组建龙马剧社，一起加盟舞台剧创作，受到北京戏剧界的欢迎。刘恒的《窝头会馆》获得很好反响，有人甚至称是第二部《茶馆》，这过于溢美。当然，刘恒这些触电的作品，影响暂时还只限于国门以内，未能使他让西方熟知。这更可见出电影《红高粱》的影响力。

二、小说与影视剧的转换

小说当然是最古老的文学创作样式之一，因而是基础的文学样式。它的传播方式只是单纯的文本形式，它的流通渠道主要就是印刷。

最初古代小说主要是通过说书形式传播的，例如唐代的传奇小说，宋元话本，都是当时"说话"的底本。那时民众识字的人少，唐代书籍成本也高，宋代毕昇发明活字印刷后，书籍才成为市井上的一般货卖品。但读书须得先认字，老百姓识字的少，也就不买书也没钱买书，读书人有钱买书，却又主要买正书（四书五经），不买邪书。所以当时老百姓还是通过说书形式接受小说。有了闲钱，有了闲时，到当时流行的勾栏瓦肆里逛一逛，看一回杂剧演出，听一回说书。今天我们见到的明清四大小说，三种（《水浒传》《西游记》《三国演义》）都是从说书来的，《金瓶梅》也是如此。所以里面的表达方式都是"且说……""此回书说的是……""欲知后事如何，且听下回分解"。这些名著的来源都有许多不同的版本，各个版本上的文字不尽相同，这是对说书底本进行不同记录所导致，所以引起众多专家学者的反复研究。只有到了清代的曹雪芹《红楼梦》，才是真正意义上的个体创作小说。

10个世纪以后、20个世纪以后，可能印刷的方式会改变，到时候纸张不知道变成了什么样子了，过去曾经从龟甲变成竹简、变成帛、变成纸，这只是载体的改变，而文字本身则永远以它的原汁原味、原来的相貌存在。但是近代以后，创作的艺术载体变更得很快，电影、电视、多媒体电脑出现了。在这之前是戏剧，当然戏剧和文学创作产生得谁早谁迟还说不清楚。现代社会的急剧节奏使人们越来越远离了安静、温馨的读书氛围。纯粹文本形式的作品想获得广幅的读者群简直成为奢侈，尤其今天每年生产3000部长篇小说的阅读环境，而阅读渠道又大大拓宽，微博、手机短信都加入进来。因而小说需要借助这些新的艺术载体，来实现自身的传播。今天是读图时代，过去看不起小人书，今天学者专著也要用插图来陪衬才有档次和品位。人们越来越不喜欢密密麻麻的字码堆积，而被声光电的盛宴弄得神魂颠倒，谁还愿意纯粹阅读！所以影视剧的时代到了。文学从单纯文本形式的传播，跨越到现代传媒时代的结果，是为创新的艺术样式服务的社会需求剧增。于是小说的影视剧改编成为文本的最好延伸途径。20世纪30年代的大作家们到了90年代以后也盼望自己的作品被搬上舞台、银幕和荧屏。改编的需求还不止存在于由文本到立体形象的路途之中，它也广泛存在于上述各门形象艺术之间。

大家知道，电影是19世纪末登场的，20世纪三四十年代大行其事。电视剧则是从80年代开始火爆的，一下盖住了所有文艺门类的风头。戏剧的登场最早，甚至是人类文学艺术创作的最早样式之一，和音乐、舞蹈、诗歌同源也同龄，最初反映为宗教戏剧的形式，和原始宗教祭祀仪式相伴而生，原始人类几乎是同时用节奏创作了诗歌、音乐和戏剧，但戏剧尤其是戏曲在当今中国的衰落也是有目共睹的。当然值得它欣慰的是，电影和电视剧都可以说是它的后裔和技术变种，它的生命因而在后者中延伸。

过去文学界是傲视影视的，全国人民也一致以小说诗歌为创作高地，而把后起的技术性艺术样式——电影电视视为文化含量稀少的种属。对戏剧的态度则不太一样。因为我们是戏曲大国，老祖宗的戏曲创作发达，所以尽管今天戏曲衰落得无以复加，戏剧仍然高居文艺榜首之一。但实际上今天的电影和电视连续剧创作早已突破"瓶颈"，取得了瞩目的成绩，文学、艺术和技术含量大幅提高。美国3D大片《阿凡达》，你能说没有丰富的文学想象力、深邃的意境、高超的摄影技巧？国产影视剧也在急追直起。2008年影代会上刚当选副主席的导演冯小刚夸称自己的作品票房已经超过好莱坞大片，确实他的《集结号》《唐山大地震》取得突出的票房。当然他这个话说早了一点，2011年国产片票房又垮下来。而电视连续剧的质量现在越来越高，好看的、受广大公众欢迎的作品越来越多，简直是目不暇接。过去看一集电视剧就会气得直骂娘，许多人干脆不看电视剧，现在看上就停不下来，耽误几集心里还惦记得不行。

中国当代传媒文化的兴盛，使一批当代作家乐于与影视剧合作。眼下许多作家都在实践影视剧的转换。有先写了小说然后自己改编成影视剧的，有先写了影视剧本然后转换成小说的，也有影视剧之间互换的。分析一下近年来的作品改编情况，其途径与手段是很不一样的。例如，从小说作品改编为舞台剧和影视作品，从文字意象转换到形象的、立体的意象，这是一种改编，像《家》《骆驼祥子》《孔乙己》《苦菜花》等。从既定的舞台剧转换为其他的媒介样式，例如从话剧转为戏曲或电影、电视，这又是一种改编，像《原野》《金子》《茶馆》《雷雨》等。还有，同为影视剧，从旧演到新演，从旧排到新排，在某种意义上也是改编，北京人艺系列剧目《茶馆》《日出》《原野》就属于此类。这些，由于顺应了媒介更代的节律以及中国特定时期的艺术趋势，都属于正向改编。当然，也有逆向改编，先出现电影电视，然后作家又把它写成小说（例如王海鸰的《牵手》）或舞台剧（例如魏明伦的《变脸》），当然这往往是原创者自己的行为。由于现代艺术媒介和载体的多元化，创作者可以借助于远远多于传统的手段，经常自觉地进行各种文学语汇和艺术载体的转换，它为当代作家提供了更广阔的视野和创作天地。转换手段是各种各样的、多元的，每一种转换都有它的内在机制在起作用，都有它的内在规律在支配。

当然，更多的情况不是作者自己在做，而是别人来改编，来把你的这只虾改做成别的口味。通常来说，作者用一只虾只能做出一种好吃的菜来，另几吃则都不会太好吃，别人改做则可能又做出令作者都惊讶的好吃的菜。这里面的原因是：不同的文学艺术种类都有它自己的特殊创作规律，通常一个作家只能熟悉和熟练运用一种样式来创作，改变了样式，要求不同了，很可能就驾驭不好。

中国现代文学史上，尽管有会做一虾三吃的作者，例如郭沫若，但也不多。郭沫若是现代最大的才子，他甚至会一虾五吃、八吃，他长于运用的文学样式有诗歌、小说、话剧、散文、杂文，也有文学、历史学、考古学、甲骨文研究等等，文史哲几乎就没有他不通的，文史哲不分家在他那里真正实现了，他几乎在每一个领域里都做出极大成就，只是没写电影，当然更没有电视剧。和他相比，通常人们认为鲁迅不会写长篇小说，也不会写新诗，更不会写剧本，当然鲁迅的深刻性也是郭沫若无法望其项背的。

他们那一代作家里，其他人一般都只擅长少数文学样式，例如茅盾的小说和文艺理论、巴金的小说、曹禺的话剧。老舍不同些，小说和话剧都好。但老舍最初写出话剧《茶馆》来并不为戏剧界看好，认为结构太散，不适合搬上舞台。是由于老舍的影响力，也是时代的需要，人们必须重视这次创作。最后是北京人艺天才导演焦菊隐带领创作团队想尽办法调动各种舞台手段排演了这部戏。刚演出时反响一般，再演时才一下火爆。如果没有当时的坚持，中国话剧史上就少了一个经典，新中国成立后的戏剧创作就无话可说了。

有一些作家就很敬畏改变创作样式，例如巴金。我们知道，曹禺曾把巴金的《家》搬上话剧舞台，上演十分成功。巴金曾称赞曹禺是天才，说自己不如他，其中就隐含了戏剧创作很难、是专门学问、自己不敢碰的意思。不同艺术门类之间有不同的规律，我们必须敬畏这些规律，学习掌握和驾驭这些规律，然后才有可能获得成功。

三、小说与影视剧创作的同异

小说与影视剧创作的本质相同：都是叙事艺术，以讲故事为主要手段，以故事情节为主要构成，都讲究主题立意、讲究结构和语言（当然侧重的角度不同），都讲究塑造人物形象、提炼矛盾冲突、安排叙事行文的起承转合，注意高潮与结果的设定，等等。

但二者又有很大的不同。最主要的不同在于：小说可以运用大量心理描写来揭示人物的内心、描写环境、叙述主体对自然和周围一切事情的细腻感受，像俄罗斯文学中的许多作品，屠格涅夫的小说之类，往往主人公从起床到吃早饭，小说就写了半本。莫言小说里大量的意识流现象就更是如此，占去不少篇幅。影视剧则主要诉诸行动和动作，人物的心理动机一定要通过对场景的再现揭示出来。当然也有运用旁白来叙述的，有时收到很好效果，但那不是一般手法，偶尔用之可以奏效，用多了也让人腻烦。

小说界可以傲影视剧界的是：小说通常是基础性创作，它能够完成一部作品的全部需求而实现一次完美的创造。影视剧有时做不到。我们知道影视剧界热于改编小说，近来热播的如改编自龙一同名小说的电视连续剧《潜伏》，改编自麦加同名小说的电视连续剧《暗算》等都是，大家也知道张艺谋等许多导演一直在从作家创作中寻找题材和灵感。为什么？这是因为，直接的影视剧创作往往不如小说家对生活的观察深入，对作品的主题、立意解决得好，对人文精神追求所达到的程度深。因为影视剧创作更多要考虑故事、结构、场面、画面等形式问题，影视剧作家也往往没有小说家那种深入生活的时间，他们因受制片方的制约而无法从容不迫地进行构思和创作。还有，小说是个体创作，不需要其他人参与即可完成，影视剧则是团队创作，导演、摄影、剪辑、场景音效、舞台美术、音乐设计等等，更要命的是还要听命于制作人，许多情况下不以个人意志为转移。这还没有说到导演意识膨胀所带来的问题。

对文学剧本进行二次加工的是导演，一部改编影片向原著作品所"借用"的主要是人物和故事，影片的表现风格、手法、内涵则都是导演的意图所确立。影视剧导演强迫编剧的情形大量发生，大导演的片子往往随意处理剧本。

但是影视剧更加注重事件的生动性，这一点并不一定是小说的关注重点。影视剧剧本创作主要强调三要素：主题、结构和事件。结构对于影视剧比对小说更加突出地重要。戏剧就是以结构为第一，这是清代戏曲理论家李渔的精到总结。西方甚至发展出"三一律"的严格戏剧规条并遵循几百年。为了遵循"三一律"，曹禺的《雷雨》开场时故事就已经接近结尾，你必须通过正常的人物对话在第一幕中自然而然地交代出人物关系、人物性格、故事情境和时下状况，又不让观众听出来你是在让人物交代。许多人犯这个毛病……所以说第一幕最难写。传统戏曲有开场白就比较容易地解决了这个问题，但写实话剧不行。电影写作也是结构第一。好莱坞编剧教学大师悉德·菲尔德（Syd Field）的《电影编剧指南》[1]开篇讲"空白稿纸"，然后就是"关于结构"。最近流行的好莱坞最成功的专业电影编剧之一布莱克·斯奈德（Blake Snyder）写的《救猫咪——电影编剧宝典》[2]，在"开始写剧本"一章开篇就用了这样的题目："结构、结构、结构。"他强调"结构是剧本写作中最重要的元素"。

为什么结构重要，因为结构带出事件，有什么样的结构就有什么样的事件。一般来说都是先设置一个具体情境，然后展开来，写出人物在这个情境中的命运变化。布莱克·斯奈德就专门强调情境设置的重要性，他说好的构思是第一位的。例如设想有一对夫妻圣诞节那天要到各自都已经再婚的父母家去过，那他们一天就得走四家，会碰到什么？会发生什么？这就是一部反映当代社会家庭生活的电影题材了，会遇到心理问题、伦理问题等等，直接切入社会心理疾病诊疗。戏剧、电影的事件必须高度统一，李渔说只能写"一人一事"，不能发岔。其实古今中外都一样，尽管有复线结构，也都是只写一件头尾起讫清晰的事件。小说的结构和事件当然也重要，但它并不需要太关注戏剧性的结构，也不过于依赖事件，而内容相对庞杂的长篇小说更可以包含复式结构和众多事件。

---

① 魏枫译，世界图书出版公司2012年版。

② 王旭锋译，浙江大学出版社2011年版。

主题立意的确立更是如此。小说可以比较隐晦深奥甚至主题多义，因为读者可以有时间来细细思索品味。影视剧是视觉艺术，通常要通过画面来传导含义，通过遥感来建立传导渠道，所以一般来说须一目了然、主题鲜明，没有过后的回味余地。

或者纪实文学某些方面更接近电影。纪实文学与小说的不同在于：前者注重事件，后者注重人物；前者注重写清楚事件的来龙去脉，后者注重揭示这一过程中人物的心理感受；前者注重真实性，后者注重心灵性；前者语言注重清晰准确性，后者语言注重生动形象性。我刚参加讨论一部小说，有人就批评它的语言太一般化、太公用化、太公文化，更像纪实作品而离小说语言远。小说语言强调的是独特性，是独一无二的。纪实作品则不需要。因此从创造角度说，纪实作品可以写得很快，因为他不需要字斟句酌地为确立语言风格而战。现在的网络小说，大家认为许多作品的文学性低，也是这个原因。在网上写作，每天都被网站和网友逼赶着必须完成多少字，语言不及锤炼即抛出，等而下之的写手则根本不懂得也不会锤炼语言。电视连续剧语言许多也是如此，一个项目接下来，掐时限日地拼命写完它，就顾不上语言的精确性了。我们常常会感到许多电视连续剧的语言很蹩脚，不是人物在说话而是编剧在说话，因为要为编剧交代剧情。比如男人对女人说："杏花，咱去城里打工再生个男孩吧？"可是为什么非得去城里，为什么要再生个男孩？前因观众并不清楚，于是这句话就变成了："杏花，咱俩已经结婚10年了，生了4个孩子都是女孩，计生委说再生就得扒房。咱去城里打工再生个男孩吧？"观众倒是清楚了，可是夫妇俩平时要都这么说话，不把人累死！这些意思是不能让剧中人替你说的，编剧和导演得另想办法。

影视剧在注重事件（故事）方面接近纪实作品，但更加注重空间和画面的处理。事件必须放进空间和画面里来表现。再进一层，空间和画面最好还能表现出意蕴，表现出诗意，那就更为上乘，配以美妙的光影、色彩和生动的音乐旋律，它的表现力就成为立体传达了。当然，它还依仗蒙太奇的神奇效果、镜头语言，这些当然不用编剧来考虑。

如果我们想在小说和影视剧创作上进行转换，想一虾三吃，在这些问题上就必须能够跨越，必须注意到其各自的规律与特征，注意到其同与不同。让我们看看刘恒的经验和教训。这里，我要借助一下专门研究者的成果。2007年有两位硕士研究生撰写出研究刘恒影视剧现象的论文，有着很好的论述。一是南京师大孙灵囡写的《刘恒影视剧作研究》，一是浙江大学徐安维写的《刘恒影视改编作品的叙事研究》。我很赞成徐安维的观点，下面的议论主要参考了徐安维的文章。

　　刘恒是写小说也写影视剧的成熟作家。刘恒小说丰富的活动画面、电影化的蒙太奇剪切、力求客观的叙事方式以及小说语言极具动感和跳跃性、富于生活气息和地方色彩的对话等等，确实先天具有改编影视剧的优势。他的早期小说改编为影视的编剧都是他本人。从1989年"触电"开始至1990年为止的电影改编作品，包括其改编"处女作"《本命年》[①]《菊豆》[②]及一部未投拍的电影改编《白色旋涡》[③]。三部原著小说作者均为刘恒，三部电影均是小说作者刘恒接受导演的邀请而自己对作品进行改编。但他当时缺乏改编经验，他本着文学作者的思维方式、以自己对电影的理解来进行改编，使用文学创作式的手法细致入微地写作电影剧本，受此影响，他的电影文学剧本具有浓郁的文学内涵，具体体现在其文学化的叙事特征上。于是，他的文学剧本虽然有特点，就像当年的老舍，但不能算非常优秀的电影剧本。因为一方面，剧本过分地照搬小说的故事导致剧情冗赘，另一方面，改编剧本过多地沿用了文学性叙事语言，影响了电影化表达。例如，在剧本《本命年》中，对小说的直接照搬非常明显，不吝笔墨地把小说中他认为值得保留的部分逐一经过电影化加工，用场面表达出来，不仅保留了小说故事的各个情节，连大段心理独白也转换成一个又一个"闪回"场面。阅读剧本的感受仿佛在阅读小说，它是极度忠实于原著的，阅读时不用担心疏漏小说中任何细节。剧本改写之"细"充分体现出刘恒对这部电影改编处女作的用心良苦，然而这个用心之处恰恰是改编的败笔：它太过文学化，太烦琐，太冗赘。刘恒按照作家的理解方式改编，理所当然地认为所有的"细节"都是应当表现出来的，否则"故事"将不完整，主题表达将不够明确。而从导演的角度看剧本，他们需要的是明晰的故事，是人物的表现，过多的细节堆砌反而埋没了人物个性，损伤了影片希望突出的故事。观众看电影一般来说就是想看它"讲了什么故事"，而对烦琐的细节没有兴趣和耐

---

① 1989年，导演谢飞，原作《黑的雪》。

② 1989年，导演张艺谋，原作《伏羲伏羲》。

③ 1990年，原作《白涡》。

心。反观另一部没能成功投拍的剧本《白涡》，能充分说明刘恒如何受到了自己文学化改编手法的拖累，导致这部剧本的不成功。小说《白涡》是刘恒小说创作中著名的"心理描写小说"，又涉及敏感的"性"和"婚外恋"主题，从故事上讲，足以吸引读者。小说通过细腻的心理活动描写，将人物矛盾、斗争的心情表达得淋漓尽致，推动故事的逐步发展。众所周知，文学作品中的心理描写转化为电影改编是一大难题，历史上许多著名心理小说如福克纳、乔伊斯、吴尔夫夫人等作家的作品，尽管具有强烈的电影化想象色彩，仍旧无法成功改编成电影。

反过来，小说家写影视剧的并发症是后者风格对小说文本风格的冲击，现在许多剧本转化的小说读起来都是场景和对话的堆积，小说语言变成场景简介，缺少描写，无论是自然的、环境的还是心理的描写，小说失去美文性，失去人们阅读时在语言提示和暗示下通过领悟感受到的特殊美感，这是它的副面。所以一些有坚持的小说家不碰影视剧，怕写坏了笔养成了习惯，也是有他的道理的。

四、各种改编语汇

社会需求带来小说与影视剧创作转换的大量实践，也给编剧理论提出许多新的命题。不同文学语汇的转换，碰到不同的困难和问题。例如用舞台剧或电影手段处理长篇小说，就有一个很大的语汇跨度。首先是展幅的不同。一般来说，长篇小说可以没有容量限制，展现社会生活面广阔，表现情节和细节丰富，能够正面地、具体地、全方位地逼视它的全部对象。而舞台剧和电影由于时间与空间的限制，是做不到这一点的，它们因此必须对小说进行选择、提炼和凝聚。容量本身就是一种质量，容量的改变也就带来质量的变化。其次是节律的不同。相对而言，长篇小说的构成是高密度的，舞台剧和电影则是疏朗有致的，这是由其展幅以及表现语汇的不同所决定的，前者的主体语汇流程呈平铺状，后者则呈跳跃状。当然，舞台剧与电影的节律也自不同，幕与蒙太奇的转接手法相去甚远，前者整，后者碎；前者空间相对逼仄固定，后者开阔多变；前者基本保持同一透视基点，后者时而拉开时而逼近。其三是意象的不同。从小说到影视剧，有一个从文字平面到形象立体、静态到动态、联想意象到视觉意象的转化，转化过程伴随着意象的重新结撰，新产生的形象意象与原有文本意象之间，在吻合方面构成一个明显的夹角。面对改编的语汇跨度，如何既能够顺利实现其转换和跨越，同时又保持住、捕捉住并传达出原著的原始立意、追求与神韵，创造的意象和原始意象能够达到多大百分比的吻合，这在实践中永远是一个需要探索的困难命题。

我们所看到的、大家经常在议论的，创作改编中存在的问题，有相当一部分是由这种语汇转换所形成的夹角、它们之间的不对接造成的。当然不可否认，改编有一个基本的标准，就是原著所达到的那种深刻社会认识度、广泛社会概括面和艺术高度，再造品是否企及了，这是一个前提。但是还有许多议论，是在上面说到的那个层次里发生的，是语汇转换所造成的问题。因此我们必须研究这些问题。对陈忠实小说《白鹿原》的话剧和电影改编，就碰到了这些困难，一会儿我们会具体讲。

同是改编小说，话剧与戏曲语汇不同。从文学平面到舞台立体的跨越，这已经是一个相当大的跨越了，而跨到话剧和跨到戏曲之间，还有一个很大的夹角。话剧需要提炼冲突和戏剧性，紧缩时空。戏曲更由于自身特殊表演语汇的需要，要求越加简约、优裕的内容时空，即：要求内容为舞台表演留下较大的四维空间。它往往要求把背景、情节、事件都推向幕后，把能够充分调动人物感情发挥的地方放在幕前，用唱段和表演来丰富它。这样，它就需要对原著进行更大幅度的裁剪以及结构上的重新组合，缩减其内容容量。之后，又得调动起自身的特殊手段来进行舞台呈现，这种呈现须得是戏曲式的，要满足戏曲舞台对于观赏性的要求。再比如，同是戏曲的改编，从小说而来与由话剧而来，又自不同。川剧《金子》是从话剧舞台改编来的，京剧《骆驼祥子》是直接从小说提炼出来的，两者的改编对象不同，困难度亦不同。戏曲直接从长篇小说改编，跨度较大，既要尽可能保留原著的丰富性、广阔性、厚重感，又要用大量的简约的方式、用减法和加法，把它需要阐发的细部进行充分发挥，经过这样的处理和调适之后，所形成的意象还得和原来的意象相吻合，这期间有很困难的工作要做。吕剧《苦菜花》也属于这种类型。

长篇电视连续剧在容量上的相对无限，使它在改编长篇小说时有着比较充裕的创作空间，这种空间反过来也形成它从事文学改编的大食量和大胃口，加上全天候播出时间与密集频道交织形成的巨大倾泻场的需求，它被刺激起惊人的吞噬量。我们看到的情景是，短短一二十年时间里，电视剧已经几乎吞吐了我们民族所拥有的全部叙事文学遗产，处理光了历史上发生过的以及传说中的所有事件、人物、情节和题材。当大量的长篇小说、历史演义、民间说唱题材都被用尽用滥之时，电视剧编导偶尔也动一下改编舞台剧的心思，希望试试奇招鲜招，于是我们就看到了曹禺戏剧名著《雷雨》改编成20集电视连续剧的上演。当然，不可避免地，它遭遇了一片难堪的非议之声。避开对名著内蕴阐释和艺术复制的难度不谈，编导犯了一个常识性的错误。其实在运作之前，改编者只要稍微进行一下美学论证，就会知道这样做的危险性有多大。我们常说文学作品是对生活的提炼与概括，相对于小说而言，戏剧又是更为集中和凝练的艺术，由于舞台时空的限制，它先天要求对素材作更大幅度的浓缩与裁剪。加之曹禺创作《雷雨》，受到了西方"三一律"的很大影响，为实现"三一律"，他把背景和历史过程都略去，故事在发生的同时也就接近了尾声，基本上等于只剩下结局。这样，大幕拉开，由于故事是从中间断切，戏里就充满了复杂迷离的人物关系，充满了潜台词，充满了种种诱惑人心、引人入胜的戏剧情境，造成此剧强烈的戏剧性，《雷雨》的魅力很大一部分是在这些地方。改编成电视连续剧，而且是20集的长篇，势必将故事全面展开、正面敷叙、从头说起，于是上述既定魅力全部失去，等于是重打锣鼓另开张了。重新结构和处理这个故事，冒了效果不可知的险不说，直接面对的是话剧《雷雨》培养起来而记忆犹新、至今仍在沉浸不已的观众！对于他们来说，就像刚刚吃过奶糖又去吃水果，刚刚喝过蜂蜜又去饮雪碧，其感觉淡而无味、又酸又涩是可知的。如果改编成电视短剧，大约收到的效果会好一些，不幸又是20集，拼命地抻长了，不免羼入大量的水，这在美学上说是犯忌的。

当然，改编经典是不容易讨好的，别说艺术形式转换，即使是艺术载体的自身舞台承传，也会受到名著光环的笼罩，特别是当经典演出离开我们的时代还不是很远的时候，这种笼罩的控制力会十分强，它给承传带来很大的困难。北京人艺新排话剧《茶馆》《日出》《原野》，是对老舍、曹禺现有的、既定的舞台剧重新阐释，还原在舞台上的，引起一片指责之声。除去艺术本身的原因之外，观众的审美恋旧感也在起作用。经典陶冶了的一代观众尚在，他们将对经典的印象封存在记忆里，由于时间的延伸，这种印象日益走向理想化并召唤崇拜，光圈日渐带上幻影，他们于是会十分苛责后来者。曹禺的家属甚至带着强烈的亲属感情出面，指责李六乙导演的《原野》对曹禺的不尊重。重新解读是名著承传的一个重要方式，对原作的侵害并不存在，因为原著还在，其他的解读方式仍然会继续出现。隔代的观众则会极大减少这种感情倾向，使改编变得容易。例如我们虽然认为现在影视作品中出现的毛泽东形象并不完美，与我们所认识的毛泽东有距离，后人却会认为毛泽东就是这样。而我们对于列宁形象的贴近，也只是贴近了苏联电影《列宁在十月》和《列宁在1918》里面的形象，我们以为列宁就是那样。这也是距离的美感在起作用？当然，我们因为接近和熟悉，总还是不希望有缺陷的毛泽东形象误导后人，总希望尽量修正其形象，让他更贴近真实。如果是经典的研究者，就更容易因熟悉和自己对之消耗的心血而产生强烈恋旧感，形成对对象的崇拜与沉溺，他们如果来批评改编，目光会是最为挑剔的，对于北京人艺抨击的炮火，主要就是从这些人的文章里集中发出。

有些小说作品，经过再发掘，做了语汇转型处理之后，产生了比原创更大的影响，也成为我们这里的关注对象。例如话剧《生死场》，原著是萧红的长篇小说处女作，在技巧上当然有它非常独特的东西，所以鲁迅很快就发现了它并肯定它、赞扬它，但是也有它相对不成熟的地方。田沁鑫对之进行重新发掘、重新艺术构思之后，搬上话剧舞台，引起震动，这和刚才说的经典作品本身的厚重感所引起的影响有相同的部分，交叉面是很大的，但也有它自己独立的部分。说到这里稍微岔开两句，为什么这么讲？现在的舞台处理和小说是有夹角的，比如说中间到后边抗战因素的加入，那种民族话语的加浓，造成了生死场原创中没有的一种新的感觉，这种感觉在当代舞台上出现，唤起了当代中国人心底的某种回声。由于近年日本军国主义抬头，否认侵略，否认南京大屠杀，使得我们的民族情感遭到压抑，这种压抑潜藏在人们心底，强烈需要诱发，生死场正是充当了诱发剂，从而引起强烈共鸣。朝这个方向进行的加工，丰富了原著。原著由于写成于1931年，当时日本侵略中华还刚刚出现苗头，不可能产生现在这个村民赴死抗日的结局。当然，《生死场》对于话剧舞台的震动主要还不是这个原因造成的，而是它对话剧舞台语汇的一种新的发掘，对身体语汇的一种新的开掘和利用，它使话剧更加深刻地发现了它自身，更加找到了话剧本体的东西，这种东西在当代舞台上比较稀薄，所以一出现就引起很大轰动。话剧《生死场》的成功原因，可以做多方面的探求，这里还回到最初的话题，它至少已经成为话剧舞台上的名作，原创的功绩和改编的功绩如何区分，尚需认真研究。类似的舞台成功还有《死水微澜》，话剧和川剧的改编都很醒目。

五、一个实例：《白鹿原》从小说到话剧、电影的跨越

中国电影改编文学名著素有传统，鲁迅、茅盾、老舍的小说都曾搬上过大银幕。真正产生影响力的是二十世纪八九十年代，第五代导演改编当代文学名作，推出了一批经典影片。如张艺谋的《红高粱》《活着》《菊豆》等改编自莫言、余华、刘恒等作家的名作，也在国际上为中国电影赢得了声誉。陈凯歌的《霸王别姬》《孩子王》分别改编自李碧华、阿城的小说。有影评人认为，现在观众的品鉴能力更高，不只是看视觉盛宴，还希望看到更深的人文内涵，这逼迫电影要向文学靠拢。此前《集结号》《唐山大地震》《让子弹飞》都改编自并不知名的小说，获得了观众认同，口碑比古装片好得多。但小说改编为影视作品有着不同的要求和条件。

莫言的文字一向很有魅力，所以他的东西具有一种神奇的控制力、影响力，但他作品里所体现出来的恣意汪洋的意识流结构，是对视像表现的一个极大障碍。用好了是张艺谋的《红高粱》，用不好就如他的《幸福时光》《白狗秋千架》改编的电影，市场反应就比较平淡刚看到《中国艺术报》上有一篇文章，题目叫作"莫言改编影视剧的N种猜想"，[①]说莫言哪部小说适合制作成哪一类的影视剧云云。这里当然还有着很大的障碍需要跨越。

小说改编影视剧能否成功当然要许多先决条件，甚至是气候、氛围和时尚条件，但基础条件则是内容体量，因为小说与电影的内容含量不同。一般来说，中短篇小说比较适宜拍摄成电影，长篇小说就有难度。莫言的《红高粱家族》是一部5万字的中篇小说，其容量就比较适合电影改编，这是电影成功的第一个前提。当然，张艺谋在那次创作中倾注了他最初的电影激情与天才的艺术创造力，同时恰如其分地用声像画面处理了内容：影片叙事改变了小说的意识流结构，让故事径路回归到传统的线性叙述，而用镜头精心复现了小说所创造出来的神奇色彩世界，画面的强大视觉冲击力，如炫目的阳光一下刺穿了沉闷而平庸的影坛。张艺谋仍然对剧本做了大量的压缩处理。莫言说："1987

---

① 张成《莫言改编影视剧的N种猜想》，《中国艺术报》2012年11月5日。

年，我在高密，张艺谋把他的定稿拿给我看，定稿跟我们原来的剧本完全不是一码事了。张艺谋实际上做了大量的精简。我当时看了觉得很惊讶。这点儿东西、几十个场景、几十个细节就能拍成电影？后来，我明白了，电影不需要太多的东西。比如'颠轿'一场戏，剧本里几句话，在电影里，就'颠'了5分钟。"①莫言其他几部改编成电影的小说也都是中短篇。

但他的长篇一直没人碰。据说这次莫言获诺贝尔文学奖，又掀起了呼吁影视改编其作品的热情，不少网友呼吁将他的长篇小说《丰乳肥臀》搬上银幕。莫言更是主动放话，表示他的作品《丰乳肥臀》《生死疲劳》《檀香刑》都可以拍成气势磅礴的大片，自己更愿意担任编剧。据说莫言作品的影视版权之前是一二百万元，获诺奖后水涨船高至500万元。但影视圈里人并不看好他的长篇，尤其是刚刚经历了电影《白鹿原》的惨败。莫言对于电影改编的宽容度倒是很大的，这大概得益于电影《红高粱》的成功。他说："我认为小说一旦改编成影视剧就跟原著没多大关系了，电影是导演、演员们集体劳动的结晶，现在几乎有名的电影都有小说的基础，但小说只是给导演提供了思维的材料，也许小说中的某个情节、语言激发了导演的创作灵感。"②

现在我们来看电影《白鹿原》的改编。陈忠实的《白鹿原》是当代中国一部巨著，它通过描写浑莽的渭河平原一个村落的社会、家族角斗，绘就了一幅色彩斑斓的中国农村50年变迁史。小说的构思雄奇、结构恢宏、组织细密、描写鲜活、立意深邃，描写极富史诗性和历史感，展示了民族性格与国民灵魂，是一部现实主义的油画长卷。这样厚重的内容，又受到文学界的极力推崇，理所当然地诱发起影视剧创作的强烈改编冲动。十余年间一批重要的当代电影导演都在动它的脑筋，例如张艺谋等，但是谁也不敢轻举妄动。因为大家知道，诱惑也构成巨大的挑战，这个挑战难以跨越，如果跨越不过去就会变成陷阱，所以都一直在迟疑徘徊。

2006年5月，北京人民艺术剧院演出了林兆华导演、孟冰改编的话剧《白鹿原》，这是最强的戏剧组合，但演出效果失败。事先孟冰曾告诉我，小说内容太多了，不忍割爱，压缩不下来，原想写一个连演两个晚上的本子，后来写成三个半小时，又压成两个半小时，所以斗榫接榫之处还不严密。孟冰肯定是

---

① 2012年10月14日《新浪读书》：《莫言：〈红高粱〉》。
② 2012年10月14日《新浪读书》：《莫言：〈暖〉》。

啃了一个坚果，因为把一本长篇小说改编成剧本，通常是要大抽绎大精简的，只能抓住主要线索和人物来敷叙笔墨。而由于原作者名声太大，又在旁边看着你是否"忠实于原作"了，孟冰大约不能太改动小说原本，于是就困难了。

果然，戏里想说的话太多，想写的人物太多，有名有姓的人物27个，于是事件和人物纷至沓来，走马灯一样让观众眼花缭乱，看不明白。人物缺少心理描写，面目不彰，因此行动都显得突然和无目的性，甚或有时好像自相矛盾。例如白嘉轩、鹿子霖两人以及他们两姓家族彼此之间明争暗斗又时有妥协和利益勾结，小说对这种潜在的较量是表现得很到位的，舞台上却没能准确地显现，观众看到的是他们好像一会儿势不两立、一会儿又好得不得了，但却弄不清楚为什么。现场观剧不能够像读小说一样从容不迫、细细咀嚼品味，细节如果不特别强调的话，在观众眼睛里就只是一晃而过，于是它的作用就大打折扣，甚至让观众弄不明白。例如公公鹿三刺死儿媳妇小娥，是因为他眼看着儿子逃走、小娥跟鹿子霖睡过又跟白孝文睡，村里人口籍籍，忍无可忍而采取的行动。但戏里只是去正面展开这一系列的情节，对于鹿三的心理感受则顾及不到，甚至连他在场都不能安排，所以观众看到的只是小娥正与白孝文调情，鹿三突然冲出来把小娥刺死，一些观众甚至还没看清楚是谁，他就下场了。小说里一个细节可以详细描述半天，一个突然动作的发生，作者可以事先把人物的思路、考虑、心理原因、动机、目的都交代得清清楚楚，舞台上却做不到。当然舞台是可以补救的，但那要特别注意并下功夫。例如表现鹿三刺死小娥这个细节，就应该事先让鹿三上场看到小娥出丑，内心痛苦，反复几次后，再冲出来行刺，他的动机和动作就鲜明了。但眼下编剧和导演都没有顾及，所以只见人物的外在动作，不知道他为什么要这么做。

实在说，这台戏的整体形式感是极强的。林兆华使上了浑身解数。他请来了陕西华山老腔剧团和西安市灞桥区秦腔剧团，在开场、结束和演出过程中让他们吼老腔、唱秦腔、演奏老腔独特的粗陋乐器来制造氛围，演员全部说陕西方言，舞台布景装置成陕北丘陵地带凸凹不平的地貌，人物穿着老棉袄、大裆裤（戏前濮存昕专门向我显示了一下他穿的大裆裤），演出过程中还赶上台一群羊、一辆牛车。但戏里突出强调的农村原始性冲动场面，在观众面前假做性交以及过后的提系裤带动作，徒强调耳目刺激，使得"儿童不宜"观看。

最近电影《白鹿原》终于和观众见面了，是最有潜力的第六代导演领军人物王全安拍的。他的《图雅的婚事》2007年获柏林电影节金熊奖，《团圆》2009年获柏林电影节银熊奖。先见到陈忠实，他已经看了电影毛片，我问他感觉怎么样，他说全片是4个小时，看了感觉还行，但要公映还要剪到两个半小时，剪后什么样不知道。然后我看了公映，看了以后更加不满意。我的观点是这样的：

应该说，像话剧一样，电影《白鹿原》的许多独创镜头意象还是鲜明夺目的：麦原、阳光下摇曳的麦穗和芦苇穗、起伏的大地线条、古朴的村落建筑（古戏台、祠堂、窑洞、打麦场）、牌坊（虽然让它孤零零立在广袤原野上的造型设计脱离了人文限定），以及老腔那原始、朴拙的表演和高亢、苍凉的唱腔（这一因素对电影的介入把原创林兆华的奇思异想发挥得越发淋漓尽致），它们共同氤氲为一种浑厚悲咽的气场，已经形成诱发当代观众对民族历史和家族命运产生通感的条件。

镜头叙事的长处在于可以充分调动起有意味的画面来填充意象，从而整体传达意境与意蕴。但是，能够串联并使上述有质感意象产生深刻意义的是故事叙述，是原著所提供的莽莽苍原上白、鹿两族众几十年间原始冲动裹胁着人世狡斗的恩怨情仇，以及社会动荡对其势力消长所注入的改变命运的外力。失去这一支撑，一切美好的镜头愿景都将化为无序而缺乏意义的碎片，成为单纯的意象炫示。恰在这一点上，电影丧失了统筹力。两个半小时的电影《白鹿原》叙事，对小说原著叙事流程的引流形成了侧倾，放弃则发生迷失，一部厚重的生命与家族繁衍史就变成了浅薄的风俗招贴画。

《白鹿原》的电影叙事未过基本关。开场没能鲜明而经济地迅速结构起人物关系场和故事发展线，白嘉轩只是被镜头人为地轮番推向特写前景，电影却未能为他提供他在村落族众生产生活中之所以重要的有机支撑，白嘉轩这个小说里的主角因而在电影里仅成为一个影子式人物，站在历史的崖畔隔岸观火式地俯视着村里和原上的一切。鹿子霖与白嘉轩的貌合神离、明争暗斗之心理依据、精神支撑和丰富的现场效果未能展现，其结果是人物关系的离奇组合与人物心理变换的不可思议：鹿子霖从对白嘉轩俯首贴耳、唯命是从忽然变成了向他暗结绊子、痛下杀手。电影在抽除了朱先生和冷先生两个负载神秘民俗文化符码的人物和他们的作用力，使得作品减弱了皇天后土黄坡苍原的历史蕴含之后，却把原本戏份不重的白鹿仓总乡约田福贤推向前台，用以渲染政治争斗与阶级搏杀，但同样的缺乏叙事引渡使得他亦动机潜隐、心理线阻隔而面目不彰，成为又一个被导演招之即来、挥之即去的幻影。至于电影叙事的大终结，却断在了一个不是结局的结局上：白孝文被抓兵，黑娃报仇，鹿兆鹏不知下落，最终日本飞机炸毁祠堂——一个从清帝退位、民国继统开始的白、鹿世代恩怨，却结在了祠堂被外力摧毁。叙事结构的圆圈，留下了莫名的缺环。

造成这种效果的原因，是电影缺乏对于小说叙事主旨的清晰意识和自觉把握，选择了田小蛾情节副线作为电影主线，而放弃了小说立意所赖以支撑并获得普遍成功的主茎，于是白、鹿两姓的家族、阶级、政治、经济、权势、道德争斗潜隐，白、鹿两家因古朴白鹿驰原意象引发的半个世纪的鲜活角斗被抽绎干枯，成为历史大事记的图解，而作为双方争斗表征之一的田小蛾成为主角，转为电影的主要看点——虽然情爱关注构成电影吸引力的主要支柱，主副颠倒的直接结果是《白鹿原》蜕变成了《小蛾传》。在小说中始终处于辅助位置的长工黑三、其子黑娃及其外来婆姨小蛾的命运穿插——陈忠实以之作为白、鹿二族争斗促发剂与调色板的匠心独运，被反客为主地取代了白嘉轩、鹿子霖恩怨及其几位子女的不同人生路径，成为电影的表述主导，从而改变了原著极力想涂抹清晰的浑莽意象。又由于性场面的渲染，一部复杂曲折的村落文明变迁史就被简化成了带有浓郁原始冲动色彩的两性野合图，不仅只是在重复20世纪80年代电影叙事的民间意象，而且抛却了其深邃的文化寻根意义。但田小蛾故事亦由于两姓矛盾的阻隔而未能诠释清晰。

叙事的疏密处理失当对影片主旨传达形成干扰是问题的一个方面，另一方面则是充滥的意象时空挤占了必要的叙事时空。我们上面为之赞叹与惋惜的缺乏串组的镜头意象的散珠零贝，尽管是那样的丰富充盈、满溢独特的泥土芳香，却由于与表达主旨的疏离而形成堆积与浪费。例如我们会觉得外在于剧情发展线索的朴拙老腔演出场景占用了太多宝贵的电影时空——尽管它那样值得留恋与怀旧，它也只是一种渲染的手段，但却时而阻断了主线表达，形式挤压了内容。失去目的，手段就成为无本之木、无源之水。那么，为什么不把有限的电影时空更多地用于勾连剧情线索和交代人物关系，以解除眼下的叙事空缺？毕竟讲故事仍然是电影表达的第一要务！

能否在两个半小时内用画面呈现这一史诗？电影承担了几乎无法承担的任务，因为它面临的是左右两难而互具排他性的选择与放弃：搭建起宏观的建构，就失缺了微观的从容；如果从具象出发，势必抛却整体观照——所以亚里士多德《诗学》强调美要有合宜的体积。私意以为，用电视连续剧的体裁来完成这一使命或许较为顺手。话剧《白鹿原》的前车之鉴：舞台时空尤为苛刻的限制造成剧中一切人物都成为面目不彰的匆匆过客，而人物行为无一不失去了心理依据——这些缺陷我们在电影中重见。一般来说，一部长篇小说的容量是远超一部电影或话剧的容量的。话剧、电影改编《白鹿原》共同遭遇的滑铁卢，表明了文学表达与形象呈现间的跨度值得敬畏，非传奇性叙事而以生活流来显现历史进程的文学作品尤要审慎对待。影视剧与小说的叙事手段不同、时空容量不同、表达方式不同，要求与小说不同的处理技巧，要求对素材的重新酿造与结构，至于能否再现原作的巧妙与奇绝、深邃与厚重，取决于改编者的功力与功夫。私意更以为，影视剧并不能任意处理一切小说题材，须选择适合自身表现的对象，更须审慎选取自己独特的切入角度。如果硬要无疆域表现的话，就会对自身叙事能力提出巨大的挑战。

（原载《艺术百家》2013年2月）

中华戏曲文化美学及其现代转型

戏曲是中国传统文化在几千年的发展中孕育出的一道亮丽景观。就像讲欧洲文化史离不开古希腊悲剧和喜剧，讲印度文明史离不开梵剧，讲日本艺术渊源离不开能乐一样，讲中国文化就不能不关注戏曲。

和任何人类戏剧样式一样，中国戏曲源自人类初始文化的宗教仪式中。不同的是，它没有像在欧洲和印度历史上所发生的那样形成文化断裂，古希腊悲剧和喜剧、印度梵剧在发出耀目光芒之后，都构成了中断，中国戏曲却一直生生不息地发展演变至今。

因此，戏曲保留了人类戏剧初始阶段的许多特征，它的首要特点是舞台形式的综合性。它是一种集诗歌、音乐、舞蹈、美术和模仿表演诸种艺术元素于一身的综合艺术。在它长期的演变过程中，又将所能够吸收的艺术成分都吸收进来，例如在它的表演形式中还包括了仪式、杂技、魔术、武术等成分。戏曲将这些成分有机熔铸为一体，随着时间的推移，逐渐定型为以韵律和节奏为主导，以唱曲为特征，用唱、念、做、打综合艺术手段表演人生故事的舞台样式。

由其文化品性所决定，戏曲呈现出象征型艺术的明显特征。它的表演手段都由生活抽象并升华而来，舞台创造的一切都根据韵律和美的原则来进行，而体现为程式化特点。它从唱腔、念白、做工等基本表现手段，到服装、化妆、布景等辅助成分，处处都经过精心设计，这种设计的经验大多来自传统的积累和传承。

在中国文化发展演变的悠久历史中，戏曲一直在孕育、变化和成长。尤其是在中国古代史的后期，戏曲活动成为民众社会生活的重要构成方式，戏曲成为当时极其繁盛的民俗文化的集中代表，它因此也成为社会民众最为倾心与瞩目的艺术式样。如果说，在中国有哪一种艺术样式是全民的，体现了最为广泛的审美趣味和欣赏口味，成为从宫廷到市井到乡村一致爱好的对象，那就是戏曲。中国戏曲因此在它的肌体中挟带了中国文化的众量因子，要了解中国文化，就不能不了解戏曲。

进入现代社会以后，戏曲遭遇了艰难的文化转型，其传统的舞台方式因受到现实需求的冲击而扭曲。然而，戏曲仍然是广大民众爱好的艺术样式，它每日每时都在广袤幅面的城市乡村间演出，有着广泛的观众群和爱好者。经历了曲折的探索、尝试与调整之后，戏曲这种典型的传统艺术，正与各种现代艺术样式一道，稳步而自信地走向未来。

一、深厚的文化内涵

中国戏曲的文化内涵极其广袤深厚，限于篇幅，这里不可能展开全面论述，仅选择覆盖率、影响力、文化性格和精神家园性四个角度来做些阐释。

（一）广袤的覆盖面

戏曲对于中古以后中国人的社会生活形成了全面覆盖。从空间意义上说，元明清以来经过繁衍生息而形成的众多地方剧种，对汉族和少数民族聚居区形成了靡有孑遗的覆盖。汉族地区有京剧、秦腔、山西梆子、豫剧、川剧、粤剧、闽剧、湘剧、汉剧、桂剧、吕剧、评剧、越剧、黄梅戏、锡剧、扬剧、沪剧等，少数民族地区有白剧、藏戏、侗剧、傣剧、壮剧、布依剧以及彝族、土家族、壮族、侗族、仡佬族、仫佬族、毛南族、羌族傩戏等。中华文化中的诗乐传统常有盛行佳话，例如唐朝白居易的诗歌平易浅近流传最广，有"妇孺皆知"说；北宋柳永的词作婉转凄清流传最广，有"凡有井水饮处，皆能歌柳词"说（参见南宋叶梦得《避暑录话》）。这种极言之的比喻对戏曲来说则最终成为事实，中华大地上可说凡有人居处皆有戏曲，这在世界文化中是一大奇迹。从时间意义上说，宋元以后遍布城乡的勾栏戏馆、街台庙台上丝弦锣鼓终日不绝地演出，成为民俗文化生活的主要景观。例如孟元老《东京梦华录》卷二和卷五说，北宋都城汴京有演戏的勾栏棚50余座，每天看客充斥，"不以风雨寒暑，诸棚看人，日日如是"。清末北京戏园知道名字的有二三十座，见于道光年间北京精忠庙清道光七年（1827）《重修喜神殿碑序》载录的20座，为中和园、天乐园、裕兴园、同乐园、庆乐园、庆春园、广和楼、庆顺园、三庆园、广兴园、庆和园、隆和园、广德楼、阜成园、德胜芳草园、万庆园、万兴园、六和轩、太庆园、广成园，又见于其他记载的三座：广顺园、太和轩、吉阳楼。清人察富敦崇《燕京岁时记》说，这些戏园一年中除了冬至封台一周外，天天上演戏出。而遍布城乡的神庙戏台、会馆戏台、祠堂戏台和私宅戏台，在神诞庙会时酬神许愿，一年中排着演戏，加上街巷里弄人家年节庆典婚丧嫁娶还要临时搭台演戏，中华大地可谓朝朝燕舞，日日笙歌。从介入深度上说，戏曲文化成为宋元明清民俗文化的核心内容，几乎是地覆海涵、包罗万象，上述年节庆典酬神许愿、婚丧嫁娶、红白喜事都被戏曲垄断是一典型例证，另外，几乎一切生活工艺都围绕戏曲而制作，建筑雕塑、居室装饰、器物装饰、绘画、年画、泥塑、剪纸、刺绣、瓷器、漆器、金银器种种皆如此。戏曲充斥了人们的文化空间，成为一切民俗艺术的载体，成为世俗生活中不可或缺的内容。

覆盖率还可以做另外一种层面的理解。例如戏曲创作对于中国传统题材的全面覆盖：积累起来的51876个传统剧目，[①]其内容可以涵盖一整部中国文明史，从上古开辟神话到全部二十四史几乎敷衍净尽，其中如京剧、秦腔、豫剧、川剧等大剧种都各有5000个以上的剧目，这种情况在全世界也是唯一的。不同的剧种又各有自己的曲调和表演特色，形成对多样审美风格的覆盖，也形成对不同流行地域的覆盖。例如京剧，原由徽调和汉调结合而成，在京都环境下博采众长，发展成庄严、典雅、凝练、厚重的剧种，规范谨严、做工精细、声调铿锵、词情并茂，尤其擅演表现宫廷政治的袍带戏，受到广大观众的欢迎，因而清末以来得到极大发展，不但由北京扩展到北半部中国，而且由上海沿长江流域上溯至南半部中国，成为近代以来覆盖面最广、影响力最大的剧种。昆曲则典雅绮丽、轻歌曼舞、文辞华美、情思绵长，历史上曾经覆盖大江南北；梆子腔剧种则高亢激越、浑朴苍凉，由西北覆盖了北部中国；秧歌采茶花鼓剧种则活泼轻快、民间气息浓厚，以南方更为盛行；20世纪新兴的越剧沪剧等则舞台齐整，台风亮丽，流行于江浙一带。它们各自有着自己的观众拥戴群和流行地域，以自己的特色和风格吸引着大批的爱好者。

---

① 此数字系据1957年文化部召开的第二次全国戏曲剧目工作会议统计，是当时全国经过整改的传统剧目数。参见高义龙、李晓主编：《中国戏曲现代戏史》，上海文化出版社1999年版第195页；《中国大百科全书·戏曲曲艺卷》，中国大百科全书出版社1983年版，第329页。

（二）深入的影响力

宋代以后中国传统社会进入民俗阶段，由几千年礼乐文化培养出的正统意识日渐化生为民俗，形成文化生活传统。其中戏曲作为统一精英文化与大众文化的最重要桥梁，影响日益深入民间，成为传播传统文化的集中载体。中华礼乐制度自三代建立，中经孔子的大力提倡，逐渐普及和深入民间。例如中古以后民间城乡遍布的迎神赛会社火活动，即由古代社日祭祀等仪式发展而来，孔子曾称赞它对于辛劳一年的乡民有着调节精神、放松情绪的作用，《孔子家语·观乡》所谓"百日之劳一日之乐"。作为农耕文化节令性与仪式性的特征体现，其村庄社区群落聚集性的红火温馨，映射出延续数千年的礼乐文化的民间化过程。戏曲作为赛会社火活动的主要内容，成为传统礼乐文化的世俗化结晶，构成中华传统文化的独特存在和传承方式。而它礼乐合一的表达形式，进入并牢牢占据着村落社区的精神空间，孩子从小就在其中濡染中国文化的传统墨色，如鲁迅小说《社戏》里所描写的生动情景那样。

古代一般小民特别是妇女没有条件念书，他们的历史文化知识和文化观念多从看戏中来，他们同时也从戏曲演出中得到娱乐，所以看戏成为日常生活中一项最为流行和风靡的事。清代李绿园小说《歧路灯》在这方面有着十分详尽的描写：乡绅谭绍闻的续弦夫人巫翠姐，从小在山陕庙里看戏长大，每次演戏，戏台前柏树下就是她家占下，无论白天黑夜都来看，所以平日跟谭绍闻斗嘴，张口《程婴保孤》，闭口《断机教子》，惹得谭绍闻说她"小家妮子，少体没面，专在庙里看戏，学得满嘴胡柴"。（第74回）没有读过书的小民许多从看戏中增长了见识甚至增加了学问。明代文人凌濛初曾在《谭曲杂札》里感叹他的丫鬟家奴们看多了戏以后，一个个"命词博奥，子史淹通"，都成了"康成之婢、方回之奴"。（康成是汉代著名经学家郑玄，方回是元代著名文学家）清代诗人赵翼《瓯北诗抄》绝句二里有一首绝句，感叹经常看戏的家仆说起历史掌故来竟然比自己知道的还要多，说是"老夫胸有书千卷，翻让童奴博古今"。甚至有些士大夫还把看戏和读书的功用相加，认为两者可以相辅相成。清人梁章钜《浪迹丛谈》卷六"看戏"条说，乾隆年间甘肃平凉知府龚海峰曾问他四个儿子读书好还是看戏好，少子说看戏好，被骂了一顿；长子说读书好，龚说是老生常谈；次子说书也要读戏也要看，龚说他圆滑两可；最后第三个儿子说"读书即是看戏，看戏即是读书"，龚大笑，说"得之矣"。当然，戏曲对历史的扮演是主观性和艺术描写性的，并不能当作信史来看，它有时也造成了对普通民众历史知识的歪曲传授。例如曾有士大夫对之表示不满，清咸丰癸卯（1853）年二月《时事采录汇选》收录二月四日《同文沪报》山西阳曲县令文曰："今以经史所传，历代圣君贤相，通儒达士，执吾华四百兆之众而问之，其瞠目而不能答者，殆十之八九。又举稗记所编，叛逆不逞之徒，怪谬无稽之说，执吾华四百兆之众而问之，其能津津而道者，又十之八九。此十之八九之众，盖未尝身入学堂，故暗于所见。若彼未尝不身入戏场，故迷于所见又如此……"

不同的戏曲声腔剧种对于民众的影响面是不一样的。例如昆曲唱词文雅、情调悠闲，多表现青年书生的科举事业与爱情，受到士大夫阶层的欢迎。普通百姓则不喜欢看这些掉书袋子卖弄学问、书生小姐调情骂俏的戏，而更喜欢看情节紧凑、故事集中、戏剧性强的武戏、鬼戏、功夫戏，于是弋阳、梆子等剧种更盛行民间，历史征战内容占了上风，当时称作"花部"。清人焦循《花部农谭》自序说农夫渔父都爱看，"花部"因而发展播衍成几十上百种受欢迎的地方剧种。

（三）传统文化性格的体现

由于戏曲无所不在的覆盖率和影响力，中国人的道德观念、审美趣味乃至文化性格，都受到戏曲潜移默化的影响和塑造。《歧路灯》里多处描写了巫翠姐从戏中引申出做人道理，和谭绍闻反复争辩的场景，十分生动。例如说妇人要贤惠：巫氏自称看《芦花记·安安送米》，唱"母在一子单，母去三子寒""唱到痛处，满戏台下都是哭的"，她因而知道要善待前妻所生子："我不看《芦花记》，这兴相公（谭前妻子）就是不能活的。"谭绍闻问为什么，她说："从来后娘折割前儿，是最毒的，丈夫再不知道。你没见黄桂香（《黄桂香推磨》主人公）吊死在母亲坟头上么？"谭绍闻说："你是他的大娘，谁说你是他的后娘？"巫翠姐又说："大妇折割小妻，也是最毒的，丈夫做不得主。你没见《苦打小桃》么？"（第91回）又如说做人要讲义气：谭绍闻后悔赶走了仆人王中，觉得他没大错，想把他叫回来。巫翠姐说："骂你的结拜兄弟，还不算错？你看唱戏的结拜朋友，柴世宗、赵大舍、郑恩他们结拜兄弟，都许下人骂么？秦琼、程咬金、徐勣、史大奈也是结拜兄弟，见了别人母亲，都是叫娘的。"（第56回）巫翠姐还引用戏文来指责谭绍闻不好好读书，说是"若晓得《断机教子》，你也到不了这个地位"。（第82回）普通小民尤其妇女就是这样从戏曲里汲取伦理观念的。明人叶盛《水东日记》卷二十一"小说戏文"条说：戏曲受到民众爱好，书坊为了获利就大量印行戏曲本子，南方人喜欢的是刘秀、蔡伯喈、杨文广的故事，北方人喜欢的是"继母大贤"的故事，"农工商贩，抄写绘画，家蓄而人有之，痴呆妇女，尤所酷好，好事者因目为《女通鉴》，有以也"。戏文本子竟然被说成是女人的《通鉴》，其对妇女处世观念所具有的影响力可以想见。明末张岱《陶庵梦忆》卷七"冰山记"条还记载了一次城隍庙里上演李玉所写时事剧《清忠谱》的情景，由于涉及当时社会政治事件，竟然诱发了观众正义感、道义感的情绪怒潮："城隍庙扬台，观者数万人，台址鳞比，挤至大门外。一人上白曰：'某杨涟。'□□啐嚓曰：'杨涟！杨涟！'声达外，如潮涌，人人皆如之。杖范元白，逼死裕妃，怒气忿涌，噤断嗟唶。至颜佩韦击杀缇骑，枭呼跳蹴，汹汹如崩屋。"戏演当朝宦官魏忠贤及其爪牙杨涟迫害忠良之事，当时魏忠贤的劣迹已经败露，引起天下共愤，所以出现了万众声讨的局面，表达了民众的强烈义愤。清人焦循《花部农谭》自序因而说地方剧种演戏，"其事多忠孝节义，足以动人，其词直质，虽妇孺亦能解，其音慷慨，血气为之动荡"。

戏曲与古代民众生活就是这样交织、交融在一起。民间生活重戏曲一个很重要的原因，是它浓缩了古代社会的政治史和精神史，提供了前人经验和教训，表现了人世苦难与温馨，它善恶分明、惩恶扬善、褒忠贬奸，宣示了历史英雄主义、忠贞不渝的爱情、对美好事物的认识、对丑恶现象的鞭笞，传达了广大民众的理想和愿望，它因而成为传统道德与价值观的承载物，成为传承中华传统美德的桥梁和渠道——中国人的善恶观念从中而来，忠孝节义观从中而来，审美能力和情趣从中而来。如果按照美国人类学家芮斐德（Tobert Redfield）的理论来区分知识阶层所代表的高雅文化与社会大众所代表的民俗文化，而把古代文化分为大传统与小传统，那么，民间社会就是通过戏曲的影响，间接吸收了大传统中的儒家伦理和正统精神的。

戏曲体现的是正向的道德导向，它把历代淘洗积淀而成的传统道德意识作为创作出发点，以之为准选择题材和确定价值评判标准，将其转化为舞台形象，从而进行传统伦理的宣示与传播，而使自身成为传播的重要链条。传统伦理道德中有着中华民族的核心价值观，所体现的古代人物和事迹的崇高精神、爱国情怀、优良品格、善良人性、传统美德，是中华民族的宝贵精神财富。在中华传统文化中，如果说老庄、孔孟、李杜表达的是知识人格，儒释道折射的是精神之光，那么戏曲呈现的就是世俗人生的价值和意义。戏曲承载的众多的文化负载，因而成为中国人性格的组成部分，成为中国人文化性格的核心，成为我们今天的生命基因。当然，由于社会制度与人群结构的复杂性，传统道德积累也有负面，戏曲自然也承载了传统文化的糟粕，例如传统戏里不乏愚忠奴性、姻缘果报、凶杀色情等内容。但这些也长期受到社会清议的自然调节和抵制，例如元明清有着大量禁毁诲淫诲盗戏曲小说的通令、乡规民约，王利器先生将其辑录为《元明清三代禁毁小说戏曲史料》一书（上海古籍出版社1981年版）可参看。

（四）中国人的精神家园

戏曲的精神辐射力，更深刻地体现在它成为中国人的精神家园上。戏曲不同的声腔剧种，是戏曲与各地不同方言、曲调和生活习俗结合的结果。秦朝统一文字的一大功劳，是各地方言变化而不离规范，有共同的文字在制约着它们的发展，否则今天的中国语言就会演变成为欧洲各国语。事实上今天北方人听粤语、闽南语、客家语，仅从语音角度说，可能比英、法、德语互相理解的难度也小不到哪儿去。方言于是成为地方剧种的性格基因。地方剧种的区别除了方言外，还有曲调唱腔的不同，而曲调唱腔又是在不同的方言基础上形成。各地曲调由于不同方言的作用形成不同的地方风味，比如山西人唱《兰花花》，苏州人唱《好一朵茉莉花》，两者一粗犷率真一缠绵细腻，风味大不相同。腔调区分自古以来即形成。春秋战国时期的楚地民歌不同于中原，越歌又不同于楚歌，著名的《越人歌》是越国舟人为鄂君子晰所唱，子晰一句也听不懂，翻译后才发现它是如此的美丽动情："今夕何夕兮搴舟中流，今日何日兮得与王子同舟。山有木兮木有枝，心悦君兮君不知。"六朝时的吴歌、西曲构成与北方民歌完全不同的乐歌体系，两者风格差异很大，同为礼赞爱情，北方民歌是"欲来不来早语我"，（《地驱乐歌》）南方民歌是"婉伸郎膝上，何处不可怜"。（《子夜歌》）金朝民间盛行的小曲各地有区别，燕南芝庵《唱论》指出："凡唱曲有地所：东平唱【木兰花慢】，大名唱【摸鱼子】，南京唱【生查子】，彰德唱【木斛沙】，陕西唱【阳关三叠】、【黑漆弩】。"元代的戏曲腔调分为南曲和北曲，明代南曲在江浙赣闽粤流传，产生出十几种变体，如昆山腔、弋阳腔、海盐腔、余姚腔、青阳腔、徽州腔、义乌腔、潮腔、泉腔等等。其中最有影响的是昆山腔，发展为今天的昆曲。此外各地仍有大量的民间歌调流行，又形成后来的各路声腔，如梆子系、皮黄系、秧歌系、花鼓系、采茶系、花灯系、摊黄系等声腔，衍生出秦腔、山西各路梆子、河南梆子、山东各种梆子、徽剧、汉剧、京剧、粤剧、川剧和各地秧歌戏、花鼓戏、采茶戏、花灯戏、摊黄戏的众多剧种。

　　肤色、种族、语言、习俗是一个文化共同的基因，乡音则是人们情感寄托的鹄的。古代出行条件不便，外出一去经年，往往经历各种艰难险阻，甚至一去不返，那就是生离死别，因而文艺作品里大量描写离情别绪。著名的如屈原《离骚》："悲莫悲兮生别离。"如江淹《别赋》："黯然销魂者，唯别而已矣……行子断肠，百感凄恻。"如李商隐《无题》："相见时难别亦难，东风无力百花残。"唐代白居易的长诗《琵琶行》里说"商人重利轻离别"，其实商人又何尝不愁离别不想家，只是为了生计不得不到处奔波、四海为家，山西小调《走西口》才唱得如此凄凉辛酸："哥哥你走西口，小妹妹我实在难留……"离家在外，乡音乡曲乡俗就成为乡情的寄托物。李白《春夜洛城闻笛》诗说："此夜曲中闻折柳，何人不起故园情。"乡音曲调有着浓重的移情作用："一声何满子，双泪落君前。"项羽的垓下之败就败在了"遍地楚歌"。人们在外行走一生，老了回到故里，都会感叹"乡音未改鬓毛衰"。地方剧种兴起后，不同地域观众都培养起了对家乡剧种曲调的熟悉感、亲切感和牵情感，走遍天涯海角，只要听到家乡的曲调，心底就会涌起五味俱全的复杂情感。古代条件下戏曲的传播多得力于这种乡梓文化需求，例如许多地方剧种都显示出随本地会馆在各地建立而流动的轨迹，而在外地看家乡戏的活动，常常会演变为民俗狂欢的盛会。今天华人的足迹遍及全球，我们也听得到地方戏曲唱腔在世界各地的回响。

　　眼下我们面临全球化背景下保护本土文化资源、守望精神家园的重任。什么是中国人的精神家园？乡音乡曲乡俗是中国人寻找情感寄托、身份认同和精神归属的对象，传达乡音乡情的家乡戏就成为我们最重要的精神家园之一。

二、融通的美学原则

戏曲之所以能够成为人类艺术史上独一无二的瑰宝，是因为它有着独特的审美基因与功能。戏曲的审美原则决定了它是一种突出提倡假定性的戏剧，它与西方写实戏剧制造舞台幻觉的意旨相背离，它坦率地承认演戏就是演戏而不是别的什么，它通过符号化、象征化、装饰化的表意手段，在舞台上创造出带有强烈形式美感的情境，从而传达出某种情感体验。戏曲的美学原则，从整体审美把握方面说有综合性、写意性和抒情性。

（一）综合性

戏曲是综合型的表演艺术，通过歌唱、念白、舞蹈、表演等多种艺术手段来表现人生内容，它把单纯的时间性艺术如诗歌、音乐，与单纯的空间性艺术如绘画、雕塑，以及初级综合性艺术如歌舞、表演等，通过演员的演出而有机地统一在一起，形成自己复杂的艺术综合体。这些原本独立的艺术手段在进入戏曲的综合体之后，都按照一定的目的和要求、根据一定的节奏和韵律统一于舞台，而不再是其本身。例如京剧叙事和塑造人物，是通过演员在舞台上运用"四功五法"的手段进行"唱念做打"的表演而实现的。

戏曲对于音乐和诗的倚重是突出的，它把诗的节奏和音乐的旋律化为自身的韵律，使之成为统领戏剧的灵魂，同时通过舞蹈化的舞台动作来呈现它。其中的曲词由诗歌的直抒胸臆改为代言体，抒发内心情感的主体由作者改换成剧中人，于是曲词抒怀就受到剧中人物的身份、修养、心理和环境的限定，不能由作者随心所欲。音乐则随着人物心情和命运的变化而发生旋律改换，不再遵从自在韵律。舞蹈的作用被放大，人物动作都被纳入了非生活化的舞蹈动作，因与生活动作产生距离而体现出美感。至于戏曲的化妆美、服饰美、道具美，也无不统一于它的舞台整一性要求而不再是单独地存在。由戏曲舞台手段的综合性所决定，它的舞台方式十分放松自由，可以根据情感表达的需要随意驱遣歌唱、舞蹈、念诵、表演等手段辅助行动，而不受现实生活情景的限制。戏曲对于演员必备素质的要求则体现为完美的舞台综合能力。元代戏曲理论家胡只遹提出"九美"说，包括外貌、举止、理解力、念诵、歌唱、神态、节奏感、角色感、临场发挥力等；^①明代戏曲品鉴家潘之恒提出"才、慧、致"说，"才"指外在表演才能，"慧"指内在理解能力，"致"指舞台感觉与控制能力。^②诗、歌、舞同台的综合性成为戏曲的本质特征，也是它的魅力所在，而使之与西方写实戏剧划清了界域。

戏曲熔铸自身的综合艺术体经历了长期的过程。一部中国戏曲形成史，就是一部不断融括歌唱、舞蹈、对白滑稽剧、说唱、杂技、绘画、器乐伴奏等诸多表演艺术因素，使之走向内在融合的历史。宋代戏曲成熟之后，原来与之处于共生环境的单项艺术样式音乐、舞蹈、说唱、杂技就都被摄入了戏曲的磁场成为它的附庸，或多或少地失去了独立性。戏曲将众多的艺术门类熔铸为自身的有机构成，因而具备了更强的舞台表现力和感染力，在公众眼中，它的形态层次和审美价值高于其他分支艺术，例如灌圃耐得翁《都城纪胜》"瓦舍众伎"条说，宋代教坊表演的诗词歌舞说唱杂技众多艺术品类中，唯以戏曲为主导，所谓"唯以杂剧为正色"。而西方在话剧、舞剧、歌剧分途之后音乐剧的强劲崛起，也说明了对舞台综合艺术的审美需求是世界共通的。

（二）写意性

由"模仿说"发源的西方戏剧基本上是"再现性"的艺术，倾向于舞台动作和风格的写实。戏曲不像西方写实戏剧那样对生活动作进行直接模仿，而是经由节奏、韵律、姿态对生活动作进行加工、抽象、美化之后，再用它来表现生活。戏曲既然通过综合化的舞台手段来表现生活，它就是一种"表现性"的艺术，它的表现生活就不是写实性而是写意性的。马鞭一摇就是在路上走马，船桨一晃则是在江里行船，快步跑圆场则是人在急速行路——戏曲表演与生活动作就拉开了距离。使用脸谱也是戏曲的特征，它进一步把现实推向幕后，渲染象征的氛围，使戏剧指向写意。人们见到关羽的枣红重脸，就感觉到他的忠肝义胆；见到曹操的碎纹白脸，就感知了他的奸诈多疑。

西方美学以逼真为美的极致，无论是古希腊的雕塑，还是文艺复兴时期的绘画，都高度体现了这一原则。古典主义将这种原则充分运用在戏剧之中，高乃依（P.Corneille，1606～1684）在《论三一律，即行动、时间、地点的一致》中说："戏剧作品是一种模拟，说得确切些，它是人类行为的肖像；肖像

---

① （元）胡只遹：《黄氏诗卷序》，《紫山大全集》卷八，三怡堂丛书本。
② （明）潘之恒：《鸾啸小品》卷二，明崇祯元年（1628）刊本。

越与原形相像，它便越完美，这是不容置疑的。"①这种理念最终导致了自然主义戏剧的泛滥。中国古典美学原则却尽量避免因注目于对事物的逼真模仿而丧失了对其内在精神的把握，提醒人们要注意避免"谨毛而失貌"。②

戏曲依靠叙述性手段与带有强烈装饰性的表演动作，得以对对象进行随心所欲的变形处理，因而获得了舞台手法的写意自由，这与中国传统美学中的"比兴说"原理是相通的。与"模仿说"以物为主、心附于物、强调审美主体对客体的服从不同，"比兴说"强调人心对于外物的感应，所谓"连类比喻""以物起兴"，重视人的感觉，诉诸联想，追求心物交融，也就是强调审美主体与客体的统一。这种美学原则在通过艺术手段表现对象时，就会追求"不似之似""言外之旨""手挥五弦目送飞鸿"，提倡内在精神的传达而非外貌的逼真。中国人的艺术观念偏重于对艺术形式及其所体现境界的理解，状摹对象追求神似，而不去注意艺术与对象之间的距离，欣赏一幅画只注重运笔是否气韵生动，可能并没有留心它是否逼真，这就叫作"得意忘形""貌离神合"。

（三）抒情性

戏曲手段既然是写意化的，不以状摩外物而以表现和抒发人物内心情感为主要特征，它就成为包蕴着浓郁抒情性的艺术样式。抒情是一种偏于表现个人内心情感的艺术方法，重在主观表现，主要反映社会生活的精神方面，展示的是抒情主体面对客体——自然与社会时，生发出来的特定心情与感受。而戏曲的艺术形态里囊括的诗歌、音乐、舞蹈等因素，都是在中国传统艺术里以抒发性情见长的，《礼记·乐记》因而说："诗言其志也，歌咏其声也，舞动其容也。三者本于心，然后器乐从之。"戏曲的抒情性首先源于它的诗性。中国的诗歌以抒情诗为主体，即使是叙事诗也包含有浓郁的抒情因素，戏曲曲词于是多数成为抒情诗，是"代"入戏剧的抒情诗，张庚称之为"剧诗"。③而古人对于歌唱舞蹈的理解是"情动于中，故形于声"，（《乐记·乐本篇》）"歌以叙志，舞以宣情"，（阮籍《乐论》）歌唱舞蹈都是擅长抒发情感的艺术。戏曲囊括了这些抒情艺术，它也就先天性具备了抒情的特点。更重要的是，戏曲不同于西方写实戏剧以在舞台上"再现"客观世界为主要目的，而重

---

② （东汉）刘安：《淮南子·说林训》，四部丛刊本。

③ 张庚：《关于剧诗》《再谈剧诗》，《张庚自选集》，中国戏剧出版社2004年出版。

在随时抒发人物的内心情感，它的表演强调用诗歌、音乐、舞蹈等艺术手段，把人物行动的内心依据或外界刺激人物内心所激起的反应直接揭示出来，不仅写人物做什么、如何做，而且写人物想什么、如何想，这奠定了戏曲抒情性的基调。[①]例如《牡丹亭》里，正值二八青春、被长久羁困在绣阁里的杜丽娘，乍见春光明媚的花园，顿生感叹："不到园林，怎知春色如许！"眼睛里看到的是"原来姹紫嫣红开遍"，心里想到的却是"似这般都付与断井颓垣"，联想到自己的青春虚度，心底幽情泛起："观之不足由他缱，便赏遍了十二亭台是枉然。"原本一节表现观赏春景的表演，就转成揭示主人公心底幽怨的描摹，委婉抒发了杜丽娘的思春之情。尽管，戏剧展现人生的本质属性要求它成为叙事艺术，戏曲舞台也确实具备相应的叙事功能，但既叙事又抒情，叙事中有抒情，以抒情来叙事，构成了戏曲表现方法的辩证统一。

与抒情诗的功能一样，戏曲同样重在揭示人生的体验和感悟、心情与心境，对这些稍纵即逝、可喻不可即、可意会不可言传的情感状态，通过比喻、象征、对比、夸张等手法表现出来，从而托物言志、借景抒情、寓情于景、情景交融，实现"象外之象""味外之旨"，最终达到以情动人的目的。昆曲《荆钗记·上路》演钱流行失去女儿，女婿仍迎他前去同住的心理哀伤，虽然眼睛里看到的是"日丽风和，花明景曙"的春天景色，唱出来的却是"景萧萧""古树枯藤栖暮鸦"的意象，"自叹命薄，难苦怨他"的心境，"叹衰年倦体奔走天涯"的凄苦。把人物的主观情感同客观景物糅为一体，客观景色经过人物感情过滤之后转换了寓意，从而表现出特定环境中活动着的人的精神面貌，这就是戏曲叙事抒情的情景交融效果。

三、灵动的表现手法

戏曲的美学原则，从舞台技术把握方面说，有程式性、虚拟性和时空自由性。

（一）程式性

由其综合表演技巧的难以掌握所决定，戏曲基本上不是一种临场创造的

---

① 沈达人：《戏曲艺象论》第五章"戏曲的抒情性"，文化艺术出版社1995年版。

戏剧，它首先强调的不是技巧上的独创，而是对于传统经验的最大继承值。在漫长的发展演变过程中，戏曲的综合表演技巧越来越向着高精度和高难度的方向发展，越来越难以掌握，这限制了它表演的即兴性和随意性。戏曲表演要求演员有姿态的高度准确、身体的高度柔软、肢体的高度灵活，它的演出需要训练有素的演员来承担，而训练往往是一个长时间的艰苦的过程，按照累世经验和一定的艺术格式进行，这些经验和格式就构成了表演程式。一般来说，初学的演员跳不出巨量的前人经验，他只能借助于程式去接近它。

前人经验被后人反复使用，就成了程式。例如武将的"起霸"动作——披甲扎靠，最初是明代演员为表演《千金记》里霸王项羽半夜听到军情、进行披挂穿戴而设计的一套动作，后人觉得好，于是照样运用到其他武将身上，这套动作就成了程式。[①]戏曲拥有各类程式，程式手法因而遍及戏曲肌体里所含括的文学、音乐、表演、化妆、服装、布景、道具各个艺术门类。戏曲的音乐、舞蹈、动作、台词都是按照一定的规范进行的，这种规范就是程式。戏曲文学程式有曲牌体长短句或七字、十字对偶句的诗歌形态，有引子、对子、诗、数板的吟诵手段，还有自报家门、背躬、帮腔等特殊表现形式。戏曲音乐程式有包括各种宫调的曲牌联套体和正、反调的板式变化体结构，还有整套锣鼓谱和各种唢呐、胡琴、板胡牌子组合。戏曲表演程式除了与文学、音乐结合在一起的唱、念手段外，还有云手、走边、起霸、趟马、四股档、八股档、幺二三、快枪、耍翎子、抖帽翅、踢大带、甩水发、弹髯口、耍水袖、撩袍、亮靴等做、打的一系列套路，以及扯四门、打朝、一条边、三插花、二龙出水、钻烟筒、龙摆尾、倒卷帘、蛇蜕皮等舞台调度的各种规定。表演行当更是各种程式手段的组合与集结，老生、老旦、青衣、花脸、武生、花旦、小旦、小生、丑，各有各的程式要求。阿甲说："行当是前人通过自己的体验和表现创造出来的一种需要再创造的人物形象的程式。它是多少代人传下来的。"[②]由于行当的分工，文学、音乐、表演、舞台美术又按照塑造人物形象的不同要求，构成不同的程式系列，突出地显现了戏曲的程式化特征。

---

① 张庚：《漫谈戏曲的表演体系问题》，隗芾等编选《戏曲美学论文集》，中国戏剧出版社1984年版，第6页。

② 阿甲：《谈谈京剧艺术的基本特点及其相互关系》，阿甲《戏曲表演规律再探》，中国戏剧出版社1990年版，第34页。

程式通常是夸张、放大并经过抽象、美化和加工过了的生活动作，它更加强调，更加突出，更加集中，更加具备节奏感、韵律感和美感，因而更具表现力和舞台戏剧性。表现人物在特定情境中的特定心理状态时，特别是当人物处于尖锐、激烈的冲突状态中，一个身段、一个眼神，就能够传达出特定的思想和复杂细微的精神变化。张庚举例说：两个人生气相背而坐，互相偷看，等到目光相接的时候，小锣一击，两人受惊连忙将眼睛移开。这就是在真实生活基础上的夸张，而运用打击乐器强化并突出了人物的心理感觉。[①]

表演程式是通过对演员进行严格的形体和技术训练的结果，通常需要从"童子功"开始。利用程式来训练演员，就仿佛习字的"描红"，可以有模范作用，达到事半功倍的效果。学戏的小演员可以通过对程式的学习和掌握，尽快达到登台表演的功力。一个孩子只要刻苦学会程式，也能像模像样地表演一出大戏。不少成名演员在他们还是孩提时代就粉墨登场，受到观众热捧，并不是说他们对所扮演的人物有了多么深刻的人生体验，而是继承了前辈一点一滴琢磨人物并通过程式转化为表演的经验，所以说程式能够让人"装龙像龙，装虎像虎"。

但是掌握了程式，还只是刚刚入门，演员还必须学会运用程式进行具体的舞台创造，否则掌握的就只是死程式，你就是按照传统程式一笔一画不走样地演，也演不出戏的精神来。如何活用程式来表演复杂的生活，表现不同场景、不同环境、不同性格、不同心情里的人物，如何在表演中加入自己的心理体验，如何运用自己的生活经验和体会来塑造新的人物，都需要演员去进一步揣摩和发挥，程式这时就成了他表演的出发点了。梅兰芳说："我体会到，演员掌握了基本功和正确的表演法则，扮演任何戏曲形式的角色，是能够得心应手，扮谁像谁的。但他们在创造角色时，却必须经过冥心探索，深入钻研，不可能一蹴而致，不劳而获的。"[②]程式规定性并不扼杀演员的创造力，它的创造性就表现在具体情景中对于程式的灵活运用与发挥上。阿甲说："戏曲的程式是要体验的。没有体验，程式就不能发展，不能变化，就不能表现现代生活

---

① 张庚：《论戏曲的艺术规律》，《张庚自选集》，中国戏剧出版社2004年版，第22页。

② 梅兰芳：《舞台生活四十年》，中国戏剧出版社1961年版，第3集第101页。

和现代人物。"①戏谚有云"练死了，练活了""钻进去，跳出来"，讲的就是这个道理。

我们常看不同的演员表演相同的戏，路数不同，风格不同，效果也不同。例如人们常说：谁谁的什么人物什么样。同是演京剧《小宴》里的吕布戏貂蝉，我看过姜派小生刘雪涛的吕布，以表情和做工为主，突出强调眼神，他说演吕布眼神要"利"，像两支箭似的射出来，但是里边还得包含着儒雅。②而叶少兰的叶派吕布则由翎子小生应工，主要运用翎子功来表现吕布的自命不凡和风流轻佻，当吕布向貂蝉自我吹嘘得到对方赞誉而张狂得意、春心大动开始挑逗貂蝉时，他让吕布头颈轻轻一转，带动头上长长的翎羽划过一个漂亮的弧线，羽毛末梢似有似无地扫了一下貂蝉的颜面，貂蝉于是形体一颤、心领神会——通过熟练而准确的技巧实现了出神入化的表演效果。他们对生活和人物有着不同的体验，根据自己的表演特长和优势来活用与发挥程式，就取得不同的效果。后来看到有年轻演员演此段，体验不到位，技术不过关，整手整脚，弄得让翎羽重重划过貂蝉的脸，羽毛都打了折，被划的演员很不好受一个劲儿往后躲，此时观众感到吕布哪里还有"戏"貂蝉的味道，简直就是在向貂蝉挑衅了。

同一个演员，由于体验的深化，也会不断改变自己的表演路径。徐小香演《群英会》里的周瑜，看到诸葛亮几次都猜破了他的心机，十分嫉妒和生气，开始是用气得浑身发抖来表现的。后来想，周瑜是三军统帅，当场发抖太失身份，怎样才能既揭示出他的心理状态，又保持表面上的镇定呢？于是徐小香就练出了一样翎子功：翎子发抖、身子不动。周瑜内心的波澜就通过翎子的抖动传达出来了。③荀慧生的学生曾对他说：您的戏真不好学。前儿个您这出戏是那么样演的，怎么今儿个又这样演了，仿佛您在台上没个准谱似的。荀慧生的回答是：戏是死的，人是活的，演员为了适合戏情戏理，为了更细致地刻画人物的心情，就得不断琢磨、改进和提高表演的方式方法。但万变不离其

---

① 阿甲：《谈谈京剧艺术的基本特点及其相互关系》，《戏曲表演规律再探》，中国戏剧出版社1990年版，第33页。

② 张雪超：《刘雪涛：燃一瓣心香，续一份戏缘》，《中国葡萄酒》2009年第4期。

③ 张庚：《漫谈戏曲的表演体系问题》，隗苐等编选《戏曲美学论文集》，中国戏剧出版社1984年版，第12页。

宗，它的根本规矩没变。①这也就是戏谚所说的"三分生，七分熟"。

这里我们遇到的是艺术创造中"守法与破法"的辩证关系。张庚说："中国的艺术，绘画也好，演戏也好，都有一个共同的说法：叫作从守法到破法。初学的时候，一定要遵守规则严格去练，不能随便地瞎来，这叫守法；但是等你练扎实了之后，要进行艺术创作的时候，就不要被程式捆绑住，就要敢于活用它，这就叫作从守法到破法，或者是从有法到无法。一个真正的好演员不能仅仅只知道守法，还要懂得和善于破法。齐白石说：无法之法乃为至法。意思是：没有法的这种法才是最高的法。"②关于"有法无法"的说法见于清代画家石涛的《苦瓜和尚画语录》，他在"变化章第三"里说："至人无法，非无法也，无法而法，乃为至法。"意思是当你达到了艺术的极境时，就可以自由遨游于习常的法度之外了。齐白石的说法就是从石涛那里来的。戏曲的破法当然不是天马行空、一空依傍地行动，而是对生活进行深入体验后，再精心揣摩表演方法的结果。

（二）虚拟性

戏曲通过虚空的舞台、虚拟的动作构筑起假定性的世界，这一世界要依赖于观众想象的补充才能完成。而西方写实戏剧却是通过逼真的布景、实体的道具、生活化的语言和形体动作，形成仿真的幻觉世界，以取得观众感观上的认同。两者是极不相同的。

程式化的虚拟动作是戏曲表演一个鲜明的特点，它运用象征、会意、譬喻、比兴等手法，使表演获得远远超出动作本身的意义。例如通过演员与观众的心理默契和协作，取得对一些物体的象喻理解：一鞭代马、双旗为车、持桨为船、叠桌为墙、方布为城，使有限的舞台时空具备了更宏阔的表现度。戏里的上马、下马，上船、下船，上轿、下轿，上楼、下楼，开门、关门等动作都是虚拟出来的，但它得到观众的认可。人物拿起马鞭，凭虚抚摸一下马背，然后做一个跨腿上马动作，马鞭一挥奔跃而去，观众就承认他是在骑马了。程砚秋1935年考察欧洲戏剧回来写的报告书里提到，欧洲戏剧家也承认戏曲

---

① 荀慧生：《三分生》，《文汇报》1962年7月17日。

② 张庚：《漫谈戏曲的表演体系问题》，隗芾等编选《戏曲美学论文集》，中国戏剧出版社1984年版，第11页。

里的"马鞭是一匹活马"①。豫剧《抬花轿》，抬和坐，动作都是虚拟的，走路、过桥都通过抬和坐的人的共同表演显示出来，观众看得如醉如痴。川剧《秋江》人物乘船行走，通过渔公、渔婆、潘必正、陈妙常等人的一字排列、共同颠簸起伏动作，活画出江中行船的神态。京剧《三岔口》在明明是亮堂堂的舞台上，却表现人物的摸黑厮打。京剧《雁荡山》里孟海公与贺天龙从岸上打到水里，又从水里打到岸上，其实就在空舞台上。更有甚者，杨四郎带了一个番兵夜奔宋营，演员唱快板来表达他此时思亲情切、感慨万千的心情，为了发挥好唱功，竟然站立而歌，而骑马飞奔的情景则让番兵挥着马鞭围绕他转了一圈又一圈来体现。梅兰芳1935年访苏，西方理论家尤为叹赏的是他不化妆而表演女人的绝技。我近来几次看裴艳玲演《林冲夜奔》，都是不化妆、不用景，就穿着她日常的长褂登台，但一进入角色和情景，立即气宇轩昂、呼喝咤跃，边唱昆曲曲牌【折桂令】曲不停声，边表演云手、踢腿、大跳、朝天蹬、鹞子翻身等系列动作，把一个乘夜落荒而逃、走投无路、情绪激愤的没路英雄的精神气质活灵灵呈现在观众眼前，没有一次不引起观众的掌声与欢呼声之潮。观众不仅允许也充分理解这种简直有些匪夷所思的虚拟表演。

戏曲演出多数不用布景，布景和环境在演员的身上。戏曲演出时通常只有一座空舞台，它只是一个抽象的活动空间，具体环境的确定以人物的活动为依归。京剧《四进士》里，宋士杰出场后说到"街肆上走走"，舞台即是街巷；唤出老伴商议，舞台上成了店堂；老夫妻一同救人，舞台又成了街巷；救人后落座叙话，街道又变成了店堂。短短一折戏，舞台上的地点被演员的表演带着变换了四次。有些整场戏的景物更是演员在舞台上"转"出来的，越剧《十八相送》18个空间场景，全部由唱词和表演指示出来，观众觉得载歌载舞十分美。像《秋江》《千里送京娘》《林冲夜奔》《徐策跑城》《十八相送》等，都是舞台上常见的例子。

戏曲的舞台环境是以演员的形体动作为手段创造出来的，演员除了扮演人物之外，还要表现景物，不仅要体现人物动作的延续，还要通过形体动作体现景物的变化，因而他虚拟的不仅仅是人物动作，还有人物活动其间的环境，

---

① 程砚秋：《赴欧考察戏曲音乐报告书》，《程砚秋戏剧文集》，文化艺术出版社2003年版，第81页。

他的身段动作因而形成人景同构的虚拟表演。具体来说，戏曲舞台上的山水景色、居室建筑，都不是以具象的画面出现，而是附着于演员身上，通过演员在空舞台上的表演暗示出来。川剧《秋江》扮演角色的演员与他们所乘的船以及水的关系为：在平缓的水面上，水是受动的一方；在急流险滩中，水是能动的一方。不论情形怎样复杂，两位演员都运用人景同构的虚拟动作表现了水形、船形，以及船上人的运动姿态。而在整个表演过程中，观众能直接看到的只是舞台上的船桨和人，船体和水都是虚的、看不见的。观众之所以能感到船体和水的动势，是演员通过虚实关系的处理传达出来的。其具体处理方法是通过表现人的各种特定姿态来表现船和水，例如用"一根线""六步距离"的身段程式间接地表现船体，用"上身不动，下身动""脚掌行走"的动作表现水的形态。演员利用人景关系及其连接点，利用特定的人体造型实现了空间景物的间架结构及其变化。

与之相同，戏曲演员在表演骑马时，连马的动感神态都表演出来。京剧《挑滑车》里，高宠骑马杀敌，纵跳腾跃、滚转翻扑，马蹄忽然深陷泥淖，这时已经人疲马乏，然而高宠重振精神、提缰勒马，马则振鬣长啸、一跃而起。这一系列的动作，都只由扮演高宠的演员一人完成，舞台上并没有马，而看戏的人也不去区分表演中哪是人、哪是马、哪是人腿、哪是马蹄，只为其纵马奔腾的雄姿和气度所感染、所吸引，为之心颤而动容。

中国画讲究空的艺术，讲究"藏"和"露"的辩证关系，讲究"神龙见首不见尾"，省略是为了达到传神的效果。八大山人画条鱼，别无他物，却让人觉得满幅是水。齐白石画虾不画水，但虾的动感已经传达出水的感觉。明人唐志契《绘画微言》所谓"善藏者未始不露，善露者未始不藏"，他们都是在运用动势来调动观众的联想，达到完成画作的目的。戏曲的道理一样，明代戏曲理论家王骥德因而在《曲律·杂论》里说："剧戏之道，出之贵实，而用之贵虚。"戏曲于是具有舞台表现的虚实相生性。

（三）时空自由性

戏曲随着演员的表演而产生、而变化、而消失的时间和空间是一种自由流动的时空。它主要通过演员的上下场来切割舞台时空，通过表演动作构成空间景物的间架结构，通过语言的描述和身段的变换显示时间和空间的转换。演员上场，时间和空间开始发生和变化，人物下场，时间和空间也就消失。一个圆场，就是"人行千里路"；一个趟马，就是"马过万重山"；一个"转堂"，就从大堂转到了二堂。演孙悟空的演员只要用语言交代一下，翻一个筋斗，就迈过了十万八千里的路程。

戏曲时空的流动特性，首先体现为场与场之间时空的流动（迁转），主要采用连续性的人物上下场手法来体现，它因而不同于西方写实戏剧的分幕和分场结构。戏曲舞台的前台和后台不是全然断开的，它有联有隔，联者如川流不息，隔者不记时日和远近。一个上场一个下场，空间上可以相隔三步五步或千里万里，时间上可以是瞬息之内也可以是十年八载。例如南戏《幽闺记》第十六出"违离兵火"演兵荒马乱中王瑞兰母女和蒋世隆兄妹被冲散的场景，连续用了七次人物上下场：一、王瑞兰随母亲上，被乱兵冲下；二、蒋世隆与妹妹上，被乱兵冲下；三、众人一起上，被乱兵冲下；四、王瑞兰上来找母亲，下；五、蒋世隆上来找妹妹，下；六、瑞兰母亲上来找女儿，下；七、世隆妹妹上来找哥哥，下。这七次人物上下场，时间、地点都在一直发生变化，既渲染了当时的慌乱情形，又交代了人物处境。芭蕾舞剧《白毛女》借鉴了戏曲的手法，让年轻的喜儿在一个下场一个上场之间，满头青丝就作白发飘飘，收到很好的现场效果。

戏曲时空的流动特性，还体现为同一场戏中时空的流动。它采用圆场、转场、唱念、歌舞的虚拟表演，塑造出舞台上流动的时空画面。宋代南戏《张协状元》第四十出"张协赴梓州任"描写张协得中状元之后，带着堂候官、院子和脚夫一行离京赴任，在圆场的身段动作中唱了四支【上堂水陆】牌子，每一支结束时都有一句合唱："不觉过一里又一里。"短短的一个圆场、几支曲牌，人就到了相距数千里之遥的五鸡山，时间也度过了一年半载。到了京剧里，主帅在台中屹立不动，喊一声"发兵前往"，锣鼓一敲曲牌一奏，八个龙套围着他转一圈，再喊一声"人马列开"，就算十万人马经历了长途行军到达征战地点。

戏曲演员用身段动作创造空间结构和时间流程，就对舞台时空采取了一种超脱的态度，既不考虑舞台的空间利用是否合乎生活法度，也不追究剧情的时间转移是否符合常理。戏曲因而拥有了时空伸缩的自由，它可以把时空变成一种有弹性的存在，时间的长短，空间的大小，可以根据剧情需要自由延长或缩短、扩大或缩小，完全由表现内容的需要而确定。京剧《空城计》里诸葛亮在"城"（用布做城）头弹琴，司马懿在"城"下倾听；《长坂坡》里曹操立在桌子上表示站在山顶观战，赵子龙"趟马"在桌子前跑来跑去表现"七进七出"救取阿斗。现实空间就被缩小，戏曲空间就被扩大了。

戏曲表演中大量使用的运用唱腔揭示人物心理的手法，是时间扩充的例证。传统豫剧《三上轿》里主人公崔氏被仇人逼娶，怀揣利刃上轿准备为夫报仇，但她看到新设的丈夫灵位不忍离去，又挂念年迈的公婆，惦记尚在襁褓中的娇儿，于是一次次上了轿又下来，用声泪俱下的大段唱腔披露了自己内心的极度痛苦和矛盾，其效果却是唤起了观众的强烈共鸣。在现实中人物动身时的片时犹豫，甚至只是脑海里的一闪念，被戏曲唱作了整段整段的唱腔，拖腔和表演几十分钟不止，把人物情感上一瞬即逝的心理变化夸大突出出来，而观众是允许并欣赏这种强调性表演的。京剧《乌龙院》里"坐楼杀惜"一场，则是时间压缩的典型例证。宋江、阎惜姣被阎婆倒扣在卧房里过了一夜。在舞台上，从场面起更到五鼓天明这段时间，是用宋江、阎惜姣更替唱的四段【四平调】来表示的。这场戏实际所用舞台时间为一刻钟左右，所表达的剧情规定时间却是经过了四个更次八小时左右，规定时间是舞台时间的30余倍，两者的不同一非常显著。这样，从剧情发展的脉络看，前后是顺畅的符合因果规律的；从舞台时间的流程看，每个顺序单元的时间则被有意识地处理成了不确定的，一个更次到另一个更次的相互衔接也抹去了清晰的界限。由此，舞台时间就对剧情规定时间进行了大幅度压缩和聚合，把四个更次中与剧情发展无关的过程，也即与人物关系和戏剧情境无关的过程全部删除，同时把足以表达宋、阎感情破裂的四段唱在时间流程上前后衔接起来。这种经过压缩和聚合的舞台时间，不仅未削弱宋、阎之间的冲突，反而格外鲜明地揭示了宋、阎两人同床异梦的感情状态。其他如《空城计》《四进士》《文昭关》《生死恨》《荒山泪》等戏，也都生动运用了这种压缩舞台时间的手法。这样的戏剧现象在西方写实舞台上不可能出现，尤其西方戏剧的"三一律"规则要求舞台时间要等同于实际生活时间，更是不可同日而语。例如"三一律"戏剧原则的最早提出者、意大利人卡斯特尔维特洛（约1505～1571）在《亚里士多德〈诗学〉疏证》里说："戏剧应该是原来的行动需要多少小时，就应用多少小时来表现……不可能叫观众相信过了许多昼夜，因为他们自己明明知道实际上只过了几个小时；他们拒绝受骗。"①

戏曲甚至还可以采用类似中国绘画的散点透视法，把不同时空的事物在舞台上共同表现，造成场景的时空交错，这更是它的一大发明。传统戏《张古董借妻》里，张古董把妻子"借"给李天龙，冒充李新娶的妻子，到李天龙前岳父家去赚盘缠，后来张古董后悔追去，被关在了瓮城里。于是，舞台上一头表现张古董被关在瓮城里心急如焚，另一头表现他妻子和李天龙被强留在岳父家里住宿碰到的种种尴尬，两边一递一轮地道白，张古董猜疑自己老婆在和李天龙睡觉，张妻则埋怨张古董做出孟浪事，两两对照，营造出强烈的喜剧效果。吕剧《姊妹易嫁》有一场虚拟的楼上楼下互相呼应的戏则是空间错接：虚空的舞台一头代表楼上一头代表楼下，楼上姐姐撒泼使气、摔镜子扔东西地不肯梳妆上轿，楼下未婚夫毛娃听得一惊一乍心灰意冷，这两个身处不同空间层次的人实际上就在同一台面上表演。戏曲舞台上运用最多的空间交叉法还是"追过场"手法：前面的人逃，后面的人追，二者同在一个舞台上跑圆场，但路线却互相穿叉交织，不仅使不同空间的画面得到同时呈现，而且极大渲染了环境气氛。今天的实验戏剧多有借鉴这种时空交错法的，也总能收到奇特的现场反应。

虚空的舞台代表着天地，戏曲如同用了缩地法，把天地浓缩于舞台。千里可以化为咫尺，咫尺可以化为千里；一瞬可以转为长期，长期可以转为一瞬。戏曲表演的简略详尽、疏密浓淡都从中间化出，戏谚云："有戏则长，无戏则短。"有戏时，浓墨重彩、层层渲染，甚至工笔描绘、精雕细刻；无戏时则蜻蜓点水，一笔带过，使之获得远远超出舞台本身的表现力。早在"五四"前夕，戏剧研究者张厚载就曾明确指出过这一点："天下的东西只有戏台大。什么缘故呢？因为曹操率领八十三万人马，在戏台上走来走去，很觉宽绰……戏台可容八十三万人马，外国演陆军戏剧却必须另筑大戏院。"②所以旧式戏台楹联有云："舞台大世界，世界小舞台。"这就是戏曲的时空自由特性，阿甲将其精辟地归纳为"无穷物化时空过，不断人流上下场"原理。③

---

① 吴兴华译：《古典文艺理论译丛》第6辑，人民文学出版社1963年版，第2页。

② 张厚载：《我的中国旧戏观》，《新青年》第5卷第4号，1918年。

③ 阿甲：《无穷物化时空过，不断人流上下场》，《戏曲表演规律再探》，中国戏剧出版社1990年版。

四、辩证的艺术精神

上面归纳的戏曲美学原则与表现手法，体现出中国传统艺术的思维特点。由中国传统哲学思想所决定，戏曲在舞台呈现上遵从有机整体观，在审美把握上既求真更求美，在对客观对象的描述上既体验亦表现，这些都转化为戏曲的内在精神旨归。

（一）艺术的有机整体观

戏曲的综合意识来源于中国人把握世界的有机整体观。中国传统思维最显著的特点，是用混沌直观的精神观照去感应物象，从而获得主客体浑融的整体融通感觉。中国哲学的"天人合一"，强调的是对于宇宙终极精神的整体浑一的生命感应，希图通过这种渠道，在人类精神与外在秩序之间建立起直觉沟通。以之诉诸艺术，就获得对艺术的彻底生命投入，以及对对象的包容状把握，体现出一种有机整体的意识。这样，我们就找到了戏曲手段综合融通性的思维基元。艺术的有机整体观是人对于客观外界直接感受与反应的产物。原始戏剧总是充分调动起人身体的全部表现功能来展现他们对于世界的感觉，表现手段都体现为节奏、歌舞与拟态动作并重的形式，这符合人类的情感基本抒发方式，人们总是激动了就喊叫，愉快了就歌唱，兴奋了就手舞足蹈。中国以及遍布世界各个角落的史前岩画所体现内容皆如此。然而，当人类脱离原始状态进入艺术的自觉之后，东西方走了不同的发展路数。西方在解析世界的同时也解析了艺术的原始混沌性，东方则在保存艺术原始质的基础上发展起有机整体理论，将原始无意识的感性冲动导入艺术的规范，并通过主观控制使之完善化与装饰化，戏曲的综合融通性就在这种努力中逐步确立起来。

戏曲综合艺术特征的发生是与中国古代艺术的"物感说"理论相对应的。中国古代哲人认为有韵律的语言、音乐、舞蹈共同产生于人的精神对于外在物象的直接感应，《礼记·乐记·乐本篇》所谓"乐者音之所由生也，其本在人心之感于物也"。感应有着程度上的差异，因而体现手段也有着形式上的递进，《毛诗序》所谓："情动于中而形于言，言之不足故嗟叹之，嗟叹之不足故咏歌之，咏歌之不足，不知手之舞之、足之蹈之也。"当人要传达比较复杂而动情的感受时，就会调动起自身全部的表达媒介来体现。而为了表现复杂的人生经历与情感，戏曲就调动起各种艺术手段综合地加以运用。

融通的要求必然导向对艺术和谐精神的追求。中国人在观念的世界和行动的世界里都发展起"中和"之道，其生命与价值的取向也都在于顺从自然。中国人的感官里充满了对于自然美与心境美的丰富与细微体察，追求在自然的静寂环境中体验一种心灵融合的平静态，而感觉触角的外展与精神体验的内敛结合，共同氤氲而成一种包容的气韵，将主体与客体、内我与外我融通起来。与这种精神和谐相关联，戏曲没有建立起西方悲剧那种恐怖与崇高的概念，不注重对哲学命题的穷究，不把人引向精神的拷打，它仅追求生理和心理上的愉悦，着重发挥戏剧的抒情与观赏功能，在对戏剧的审美中寻求尘俗烦恼淤积的化解，元人胡只通所谓"解尘网，消世虑，少导欢适，一去其苦。此圣人所以作乐，以宣其抑郁"。①戏曲善恶分明，热衷于大团圆的套子，追求和谐圆融，永远以善战胜恶的喜庆结局收场，使观众心境最终进入祥和，取决于这种思维定式。

（二）既求真更求美

由表演的抽象性所决定，戏曲演出既讲求真实，也追求美感。中国传统艺术对于美的追求远超乎求真之上，孔子在《论语·八佾》里评价《武》与《韶》所持的标尺"尽善尽美"，强调了美学的最高标准是善与美的统一，却忽略了真。中国艺术观念里不是没有"真"的概念，但它的"真"不仅仅只对自然物的客观摹象，还掺杂有浓厚的主观成分，寻求一种主体与客体间的精神交流，这就是唐代画家张彦远在《历代名画记·论顾陆张吴用笔》里说的"意存笔先"，意即绘画在运笔之前先要"意到"，作者的主体要和创作对象进行充分的沟通，只有把握住了自然物的神韵，才能够摹写出它的"真"。这种将表现对象区分为外形与内韵，并研究其对立统一关系的理论，在晋代被顾恺之于《魏晋胜流画赞》里归纳为"以形写神"说，在以后的长期实践中确立为"形神论"的美学范畴，辩证地处理了艺术真实与生活真实的对立统一问题，而将"神"置于统帅"形"的地位，晋人葛洪《抱朴子·至理》所谓"形须神而立"。这种重"神"轻"形"的审美观决定了中国戏曲的表现性特征。

著名川剧艺人康芷林说："不像不成戏，真像不算艺。"为什么？"不

---

① （元）胡只通：《紫山大全集》卷十一《赠宋氏序》。

像"就不具备"形"的规定性，但只有"形"而没有"神"又不能称之为艺术。这和齐白石"作画妙在似与不似之间，太似为媚俗，不似为欺世"（《题枇杷》）的体会是一致的。艺术表现不能拘泥于物象的外在形象，而应在抓住其内在本质的基础上发挥作者的艺术想象和情趣思考，用特有的表现突出它不同于其他物象的独有特点，这就实现了"不似之似"，作品就能够"形神兼备"。王元化先生更认为，真实也分为"形"和"神"两种，他说："真实有'形'方面的，也有'神'方面的，有物质生活方面的，也有精神生活方面的。"他说戏曲表现人物是把物质的人和精神的人一并囊括进去的。他引用20世纪30年代美国戏剧评论家史达克·扬的说法"中国表演艺术非常真，不过不是写实的真，而是艺术的真。使观众看了比本来的真还要真"来说明什么叫作"以神传真"。[①]

中国人对戏曲的审美期待不仅表现在它能提供合理的内容，还表现在它对内容的特殊表现方式及其效果——美的传达，这也是由表现性戏剧具备更大观赏性的特质所决定的。在肯定其精神的同时，我们也必须指出这种美学观念在一定程度上的负面效应：过分求美的结果是舞台技巧的复杂化、形式框架的定型化，它使戏曲日益构建和完善起与现实人生隔离的自封闭的循环体，从而把自身生命力限制在一个萎缩的时空中，而增添了自己向未来延展的困难度。

（三）既体验亦表现

与虚实相生的美学原则相适应，戏曲演员在表演上既注重体验，也强调表现。20世纪中叶中国戏剧界广泛学习苏联斯坦尼理论体系时，有人以为戏曲不讲求体验只注重表现，这是对戏曲的误解，事实上戏曲史上有着众多演员深入体验生活的生动例子。明人李开先《词谑》载，颜容扮演《赵氏孤儿》中的公孙杵臼，开始观众看了不感动，他于是怀抱木雕婴儿，对着一面镜子反复体会练习，重新登台时，"观者千百人，哭皆失声"。颜容就是用了"他人有心，予忖度之"的体验法来创作的。清人侯方域《壮悔堂集·马伶传》说，清初南京兴化班的大净演员马锦，一次和华林班的李伶唱对台戏，各演《鸣凤记》里的奸相严嵩，观众被对方夺走。马锦害臊溜走，一去三年，回来后又与李伶比技，这回他形神都像，李伶气夺。问他，原来他跑到京城当朝宰相顾某

---

① 王元化：《京剧与传统文化》，翁思再主编《京剧丛谈百年录》，河北教育出版社1999年版，上册第27页。

家里为仆三年，观察揣摩其言谈举止、一举一动，终得其神韵。清代理论家李渔在《闲情偶寄·语求肖似》里总结戏曲规律时，特意标举"体验说"："言者，心之声也。欲代此一人立言，先代此一人立心。若非梦往神游，何谓设身处地？无论立言端正者，我当设身处地，代生端正之想。即遇立心邪僻者，我亦当舍经从权，暂作邪僻之思。"他认为要想演得像人物，就要深入体会人物的内心所想所思，达到梦往神游地步后才能够设身处地。不但扮演好人要设身处地从好处为他着想，扮演坏人也要设身处地从坏处为他着想。清代戏曲表演理论家黄幡绰也在《梨园原》里说："凡男女角色，既妆何等人，即当作何等人自居。喜怒哀乐，离合悲欢，皆须出于己衷，则能使看者触目动情。"只有装什么人学什么人，并且要达到情感替代的程度，才能感动观众。这就是戏谚常说的"假戏真唱"，要设身处地揣摩和表现出人物的身份、性格、环境与心情。因此阿甲说："戏曲的程式是要体验的。没有体验，程式就不能发展，不能变化，就不能表现现代生活和现代人物。"[1]

所以，体验是戏曲的传统。至于曾有过京剧大青衣只抱着肚子唱而不体验人物心理的做法，实际上是在清末茶园环境影响下走了弯路，所以戏曲史上才有了齐如山指点梅兰芳改革《王宝钏》表演路数的佳话。前面讲守法与破法关系时曾讲到演员随着体验的深入而不断改变演法的事，梅兰芳其实是最明白这个道理的。他曾说："有朋友看了我好多次的《醉酒》和《宇宙锋》，说我喜欢改身段。其实我哪里是诚心想改呢，唱到哪儿，临时发生一种新的理解，不自觉地就会有了变化……要晓得演技的进步，全靠自己的工夫和火候，慢慢地把它培养成熟的。火候不到，他也理解不出。就是教会了他，也未必准能做得恰到好处。所以每一个演员的技能，是跟着他的年龄进展，一点都不能勉强的。我承认我的演戏，的确是靠逐渐改成功的。"[2]梅兰芳改革京剧的成功，在很大程度上成功于他的体验人物，他的成功又影响了一代人。例如最近看到李玉茹谈程派名剧《碧玉簪》的文章，其中就说："在学习梅兰芳表演艺术的过程中，程砚秋充分体会了梅韵的精神，也学会了如何体察人物的心情和剧情的意境，于是貌似老派的青衣戏，经过程砚秋的传承，散发出了不寻常的晶莹

① 阿甲：《谈谈京剧艺术的基本特点及其相互关系》，《戏曲表演规律再探》，中国戏剧出版社1990年版，第33页。

② 梅兰芳：《舞台生活四十年》，中国戏剧出版社1961年版，第2集第35页。

剔透的光泽。"①

　　但是，戏曲体验的结果不是把生活原样搬上舞台，而是还要运用恰当的舞台程式来表现生活。阿甲说："戏曲演员的特点是带着他自己一套技术模型来重新塑造人物的。"②他还说："戏曲体验要和技术的表演结合起来，他既要用人的感觉体验，也要用人的理性判断。"③当他寻找到人物准确的外形、动作和心理之后，还要运用自己熟悉的程式来进行艺术再创造，将其应用到对人物的表现上去，从而揭示出人物独特的气质和性格特征，带给观众以审美享受。阿甲说："戏曲演员的心理体验要把严格训练过的歌唱、舞台的程式材料和自己的全部心理机能结合在一起，才能自由地潜入角色的体验，这个体验与表现无法分开。"④因而我们说，戏曲既是体验的艺术又是表现的艺术。阿甲曾举张云溪表演武松的例子，来说明戏曲表现的作用。当表演武松将要和敌人扑杀之前的决绝气概时，他果断地扭腰踢腿，把大带踢上左肩，顺手用右手抄过大带，唰唰有声地兜到左手，然后头向上一挺，"啪"的一声，趴在头顶的罗帽突然被他耸起一尺高。一条大带、一顶罗帽，就在这节奏铿锵的表演中体现出了角色内心的巨大激情。阿甲说，对于这种表演，"体验派演员是不能理解的"。⑤

　　所以，戏曲的体验与表现方法不同于西方写实戏剧。戏曲大师俞振飞曾谈过他的体会，他说西方写实戏剧的体验是"从内到外"，比较简单，只要"使真正的情感在内心产生，然后再通过身体自然地呈现出来"就可以了。戏曲的这个过程则比较曲折："首先是通过学习、模仿、训练，来掌握大量的程式，作为表现手段，作为外部表演的材料；然后通过深入生活、体验角色，来酝酿内心感情，成为内心表演的素材；再以后，还有一个外与内的结合，即

---

　　① 李玉茹：《〈碧玉簪〉中的独角戏》，《中国京剧》2010年第1期。
　　② 阿甲：《谈谈京剧艺术的基本特点及其相互关系》，《戏曲表演规律再探》，中国戏剧出版社1990年版，第55页。
　　③ 阿甲：《谈谈京剧艺术的基本特点及其相互关系》，《戏曲表演规律再探》，中国戏剧出版社1990年版，第33页。
　　④ 阿甲：《谈谈京剧艺术的基本特点及其相互关系》，《戏曲表演规律再探》，中国戏剧出版社1990年版，第55页。
　　⑤ 阿甲：《谈谈京剧艺术的基本特点及其相互关系》，《戏曲表演规律再探》，中国戏剧出版社1990年版，第23页。

程式与体验结合的过程。"①这就成了一个从外到内、从内到外、内外交织的复杂过程，需要花费大量的转化功夫，虽更加困难，但转化成功之后也更加美观，表现力更强。梅兰芳也说过，"把手、眼、身、法、步如何贯穿起来，与内心成为一致，可以由内到外，由外到内，随心所欲，指挥如意，达到和谐顺适的境地"，②这是一个繁杂的转化过程。他曾回顾自己演时装戏《童女斩蛇》时的创作体会说："我在琢磨这场戏时，是从内到外来表演的，用心里的劲头指挥动作，这样，我所主观想要表达角色的复杂感情，就能适当地表达出来，不至于陷入僵硬枯竭境界。话又说回来啦，我当年如果没有青衣、闺门旦、贴旦的功底，和名师传授诀窍，想要由内到外、内外统一是很难想象的。"③所以阿甲说"西方写实戏剧就好比米做饭，戏曲就好比米酿酒"，④讲的就是这个道理。

有着不同表现方法的写实戏剧和写意戏剧，在与观众建立起默契关系后，都能够产生幻觉感。例如两者都有观众看戏时义愤填膺刺杀装扮坏人演员的事情发生。王元化先生曾举过西方的例子：1909年芝加哥一家剧院演出莎士比亚名剧《奥赛罗》时，观众席里一声枪响把扮演伊阿古的演员威廉·巴茨当场击毙，正当大家惊魂未定时，又一声枪响，清醒过来的开枪者也因自杀而身亡。人们将两人合葬在一起，墓志铭上写着："哀悼理想的演员和理想的观众。"⑤中国的例子很多，清人焦循《剧说》卷六就搜集了好几个。一个是江浙边界的枫泾镇一次于三月三日赛神演戏，演到秦桧杀害岳飞时，忽然一人持刀跃上戏台，把装扮秦桧的演员刺得血流满地。大家把他绑了见官，他说我和这位演员从未见过面，只是看戏一时愤激，愿和秦桧同死，顾不上考虑真假。另外一个例子和上述近似，说是吴县洞庭山乡的一位樵夫看《精忠传》，见秦桧出来，上台就打，差点把演员摔死。大家告诉他这是在演戏，他说我也知道是演戏，所以只打了他一顿，否则就用斧头砍了。一直到1915年前后梅兰芳排

---

① 俞振飞：《谈程式》，翁思再主编《京剧丛谈百年录》，河北教育出版社1999年版，上册第209页。

② 梅兰芳：《舞台生活四十年》，中国戏剧出版社1961年版，第3集第102页。

③ 梅兰芳：《舞台生活四十年》，中国戏剧出版社1961年版，第3集第100页。

④ 阿甲：《谈谈京剧艺术的基本特点及其相互关系》，《戏曲表演规律再探》，中国戏剧出版社1990年版，第37页。

⑤ 王元化：《京剧与传统文化》，翁思再主编《京剧丛谈百年录》，河北教育出版社1999年版，上册第11页。

演时装新戏《牢狱鸳鸯》时，还碰到了类似的事情："台底下有一位老者，大概兴奋过了头，实在忍不下去了，就跳上了戏台，指着县官说：'卫如玉没有杀人，为什么把他屈打成招！你这狗官，真是丧尽天良，我打死你这王八蛋！'说着真的举起拳头就打。"后台管事的赶紧上来把他拉下去，他一路走还可着嗓门喊："狗官混账，冤屈好人，可恶极了，我非揍他不可！"①殊途同归的例子，说明演出都使观众产生了幻觉感，发生了移情作用。而相对来说，戏曲因为是表现性艺术，使用非生活化的唱腔和虚拟表演，对于观众感觉有一定的间离作用，使之产生幻觉更难，但它仍然发生了，说明写意的戏曲确实具备与写实戏剧相同的现场激发功能，这种功能建立在与观众更高的默契点之上。

五、曲折的现代转型

戏曲有着独特的美学原则和思维原则，凝聚了我们民族的传统智慧和审美经验，形成独立的美学样态。这种美学样态自宋代成熟，自在衍生、发展、传播了700年之后，在20世纪遭遇了现代转型。戏曲现代化的百年历程充满了荆棘和坎坷，走得颠簸、震荡与尴尬，这一历程至今未曾消歇。

（一）力所不及的历史使命

中国半殖民地半封建社会的末期，戏曲走上了歧途。一是内容脱离时代的陈腐；二是观者沉溺于笙歌燕舞的消遣忘记国难家仇；三是舞台掺入许多迷信色情阴阳果报的成分；四是表演形成许多滥习陋习如饮场、唾壶等；五是茶园观演环境极度嘈杂混乱；六是戏子身份十分低下；七是戏班体制极其不合理等。在五四新文化运动所带来的巨大时代变迁面前，传统戏曲映射出了它的腐朽与没落。

而时代却试图赋予戏曲以力所不及的使命。晚清的革新变法派意欲利用文化宣传推动国人醒悟与行动，于是突出强调包括戏曲在内的通俗文艺样式的鼓动功能。例如梁启超创办《新小说》杂志，力倡小说革命："今日欲改良群治，必自小说界革命始；欲新民，必自新小说始。"②他所说的"小说"概念

---

① 梅兰芳：《舞台生活四十年》，中国戏剧出版社1961年版，第2集第49页。
② 梁启超：《论小说与群治之关系》，《新小说》，1902年创刊号。

与今不同，指包含了戏曲在内的通俗文艺。当时尤其有一种对戏剧促动了法兰西革命的片面理解，引起人们的重视。天僇生《剧场之教育》说：一次世界大战法国败于德国后，"法人设剧场于巴黎，演德兵入都时之惨状，观者感泣，而法以复兴"。[①]相同说法还见于当时的佚名《观戏记》和曾纪泽《出使英法俄日记》。时人于是想让戏曲向西方写实话剧学习。

陈独秀在《论戏曲》一文中首次鲜明提出中国戏曲应"采用西法"，他认为西方"戏中有演说，最可长人之见识，或演光学、电学各种戏法，则又可练习格致之学"。[②]说西方戏中有演说，可以长人的见识，是片面强化了戏剧的社会宣传功能，但这种认识在当时急切求新求变的社会心态面前，获得了众多民众的心理赞同。为了现实宣传的需要，社会舆论对写实戏剧的推崇进一步提升，例如要求演剧必"描摹旧世界之种种腐败，般般丑恶，而破坏之；撮印新世界之重重华严，色色文明，而鼓吹之是也……自今以往，必也一一写真，一一纪实"。[③]这种舆论促使改良戏曲大兴，写时事，写社会问题，甚至写外国事，辛亥革命前后一共涌现出200多个这类新编剧目。当时的时装京戏风靡舞台，穿现实服装的、穿洋装的，一拥而上占领舞台，如《民国万岁》《四川奇闻》《二十世纪新茶花》《黑籍冤魂》等等。

为了达到宣传的目的，戏台上出现了专门议论时事的角色。当时有影响的如潘月樵被人称为"言论老生"，刘艺舟被人称为"议论派"。吴梅1903年在《中国白话报》上发表的传奇《风洞山》首折，开场就让副末老衲进行演讲："印度是世界上的强国……国势渐渐弱了，那法兰西国便侵略他土地，其后英吉利通商互市，竟把全国的财产利权归入英人掌下，印度从此亡却了……"但倡导戏曲宣传民众，自然就不是从它的审美功能出发提出的要求，而是直接出诸社会需要，一经试用，立即发觉了戏曲的不适宜来。例如欧阳玉倩批评戏中妄加言论说："他们的言论都是即兴的。因此不可能有什么标准，高兴起来就完全不顾剧情，大放厥词，把其余角色僵在台上，说完一通再来做戏，最初是为了宣传革命，后来就成了演员自我表现……像顾无为、潘月樵就

① 《月月小说》第2卷第1期，1908年。
② 《安徽俗画报》第11期，1904年9月10日。
③ 健鹤：《改良戏剧之计画》，《警钟日报》1904年6月1日。

往往说得很长而词句不通，有时前后矛盾……不久观众也就厌倦了。"①改良京戏就在这样的哄闹声中很快走向失败，连一出剧目也未保留下来。

西方写实戏剧遵循的是另外一种截然不同的审美体系和美学观念，它和中国传统大相径庭。美化的、写意的、虚拟的戏曲无法像话剧那样，即时准确反映现实，揭示社会矛盾，鼓励人们斗志，起到号角作用，因而在时代的需求面前显得捉襟见肘。加之传统戏曲表现现实的手段还很稀缺，只好把生活现象"硬"搬上舞台，其结果是诞生了不古不新、不中不西、不土不洋的怪胎。例如欧阳予倩说，当时他曾见上海名花旦毛韵珂（艺名七盏灯）演《新茶花》，扮爱国志士，"把手插在西装裤子袋里扯四门唱西皮"，②徐半梅也指责"伶人穿了西装登台，唱几句摇板，不中不西，不伦不类"，③这样的改良戏曲自然会受到社会的唾弃。梅兰芳后来曾详细总结了其症结："京剧表现现代生活，由于内容和形式的矛盾，在艺术处理上受到局限……有些问题，却没有得到好好解决。首先是音乐与动作的矛盾。京剧的组织，角色登场，穿扮夸张，长胡子，厚底靴，勾脸谱，吊眉眼，贴片子，长水袖，宽大的服装……一举一动，都要跟着音乐节奏，做出舞蹈化身段，从规定的程式中表现剧中人的生活。时装戏一切都缩小了，于是缓慢的唱腔就不好安排，很自然地变成话多唱少。一些成套的锣鼓点、曲牌使用起来，也显得生硬，甚至起'叫头'的锣鼓点都用不上，在大段对白进行中，有时只能停止打击乐。而演员离开音乐，手、眼、身、法、步和语气都要自己控制节奏，创造角色时，必须从生活中吸取各种类型人物的习惯语言、动作，加工组织成'有规则的自由动作'，才能保持京剧的风格。这些问题，都是值得不懈地探索深思的。"④

（二）艰难推进的戏曲改革：自在阶段

经历了改良的失败，戏曲更加气息奄奄，而由西方传入的话剧却正是方兴未艾。于是五四新文化运动的斗士们开始摒弃戏曲，想把它推上时代的砧板彻底革除。如傅斯年说："旧戏不能不推翻。"⑤胡适则把戏曲视为封建社会

---

① 欧阳玉倩：《谈文明戏》《自我演戏以来》，中国戏剧出版社1959年版，第239页。

② 欧阳予倩：《自我演戏以来》，中国戏剧出版社1959年版，第57页。

③ 徐半梅：《话剧创始期回忆录》，中国戏剧出版社1957年版，第2页。

④ 梅兰芳：《舞台生活四十年》，中国戏剧出版社1961年版，第3集第98、99页。

⑤ 傅斯年：《戏剧改良各面观》《中国新文学大系·建设理论集》，良友图书公司1935年版，第361、362页。

的"遗形物"，他说："在中国戏剧进化史上，乐曲一部分本可以渐渐废去，但也依旧存留，遂成一种'遗形物'。此外如脸谱、嗓子、台步、武把子等等都是这一类的'遗形物'，早就可以不用了。""这种'遗形物'不扫除干净，中国戏剧永远没有完全革新的希望。"[1]钱玄同进而呼唤西洋派"真戏剧"的出现，他说："如其要中国有真戏，这真戏自然是西洋派的戏，绝不是那'脸谱'派的戏。"[2]

想以西洋文化彻底取代传统的想法自然是幼稚而行不通的，无论五四精英们如何对戏曲进行评论和贬损，新兴的话剧也无法取代戏曲在群众中的影响力。戏曲进行自身改造以适应时代需求的步伐我行我素，戏曲的全国改革一旦拉开序幕也难以遏制其趋势。京剧四大名旦梅、尚、程、荀在20世纪20年代的崛起，是和他们对于京剧旦角演出剧目和表演方法的改革分不开的，一时赢得众多的观众和显赫声誉，也为京剧挽救了颓势。所以程砚秋说："很有价值的旧房子修葺起来，或者比偷工减料的新房子也许还来得可靠些。"[3]然而他们的演出仍然深深陷入舞台形式矛盾，不乏以时装和舞台设备的玄妙神奇来取悦观众的成分。这些戏的登峰造极以尚小云的《摩登伽女》为最，该剧耗巨资添置新的服装道具与灯光布景，设计新的唱腔和表演动作。摩登伽女烫头插绿羽，穿色彩艳丽的旗袍，足乘西洋高跟鞋，坐立行走、一招一式都带有异域色彩，时而跳英格兰舞。唱腔中夹杂西洋旋律，以钢琴和小提琴伴奏。此剧虽在1927年六七月份《顺天时报》组织的"五大名伶新剧夺魁投票"中得票数高居第一，获6628票，远高于梅兰芳的《太真外传》1774票，却属于京剧改革中的岔笔逆流。梁实秋曾批评当时的剧坛说："台面改变了，由凸出的三面的立体的台变成了画框式的台了，新剧本出现了，新腔也编出来了，新的服装道具一齐来了。有一次看尚小云演《天河配》，这位高头大马的演员穿着紧贴身的粉红色的内衣裤做裸体沐浴状，观众乐得直拍手，我说：'完了，完了，观众也变了！'有什么样的观众就有什么样的戏。"[4]单纯迎合取悦于市井观众低级

---

[1]　胡适：《文学进化观念与戏剧改良》，《新青年》"戏剧改良专号"，1918年10月。

[2]　钱玄同：《随感录十八》，《新青年》第5卷第1号，1918年。

[3]　上海《申报》记者：《对于改良旧剧的感想：新屋未成旧屋须爱护》，《申报》1933年11月4日。

[4]　梁实秋：《听戏》，翁思再主编《京剧丛谈百年录》，河北教育出版社1999年版，上册第81页。

趣味的京剧改革是没有价值的。事实上梅兰芳较早认识到时装新戏在这方面的弊病，他说："凡是一个舞台上的演员，他的本身唯一的条件就是要看演技是否成熟。如果尽在服装、砌末、布景、灯光这几方面换新花样，不知道锻炼自己的演技，那么就算台上改得十分好看，也是编导者设计的成功，与演员有什么相干呢？"①因而在演出了几部时装新戏《宦海潮》《邓霞姑》《一缕麻》之后，梅兰芳逐渐把自己的探索限制在了古装新戏方面，他享有盛名的剧目多为古装新戏，如《天女散花》《嫦娥奔月》《西施》《太真外传》《洛神》等，都是能够较多发挥戏曲特长和优势的古代内容剧目。

然而梅兰芳的改革，又把京剧推向了雅化的道路，也颇遭到了当时知识界的抨击，鲁迅、郑振铎等人都撰写了批评文章。鲁迅说："士大夫是常要夺取民间的东西的，将竹枝词改成文言，将'小家碧玉'作为姨太太，但一沾着他们的手，这东西也就跟着他们灭亡。他们将他从俗众中提出，罩上玻璃罩，做起紫檀架子来。教他用多数人听不懂的话，缓缓的《天女散花》，扭扭的《黛玉葬花》，先前是他做戏的，这时却成了戏为他而做，反有新编的剧本，都只为了梅兰芳，而且是士大夫心目中的梅兰芳，雅是雅了，但多数人看不懂，不要看，还觉得自己不配看了。"②1928年梅兰芳二次赴沪演出获得广泛赞誉时，郑振铎却在他主编的《文学周报》1929年第1期编发了一个"梅兰芳专号"，刊登12篇文章来抨击梅兰芳。郑振铎自己写的一篇名字叫作"没落中的皮黄剧"，他说："如今这个俗文戏曲的运命已经临于'日落黄昏'了。这个'没落'的催命符却是由皮黄剧中的重要人物梅兰芳的手中送了过去的。原来前几年，有一班捧梅的文人学士，如李释堪之流，颇觉得皮黄剧中的旧本，文句类多不通，很生了'不雅'之感。于是纷纷地为梅兰芳编制《太真外传》《天女散花》一类的剧本。文字的典雅，有过于昆剧。继之，则为程砚秋尚小云诸伶编剧本者也蹈上了这条路去。于是听众便又到了半懂半不懂的境地。"③上述为一部分新文化运动坚持者的观点，但另外一些五四先锋如胡适等则放弃了以前的尖锐立场，遁入到戏园里面听戏去了。这颇有些引起鲁迅的

---

① 梅兰芳：《舞台生活四十年》，中国戏剧出版社1961年版，第2集第45页。

② 鲁迅：《略论梅兰芳及其他》，《中华日报·动向》1934年11月6日。

③ 郑振铎：《没落中的皮黄剧》，翁思再主编《京剧丛谈百年录》，河北教育出版社1999年版，上册第83页。

愤愤不平："先前欣赏那汲Absen之流的剧本《终身大事》的英年，也多拜倒于《天女散花》《黛玉葬花》的台下了。"[1]

事实上戏曲更加需要的是反映现实的内容而不是外在形式。戏曲只有反映现实生活内容，才能与时代观众相契和，才能更好地发挥教育作用，这是时代的认识。例如1931年新闻记者许兴凯以"老摩登先生"的笔名发表文章，认为要担起时代的责任，第一步就要使"皮黄摩登化"，第二步则要使皮黄成为摩登的社会教育。[2]一些地方剧种如河南梆子、评剧等，大量创作现实剧目以争取观众，就产生广泛影响，迅速发展为享誉国中的新兴剧种。例如20世纪30年代冯玉祥督豫期间，曾由教育厅领导"剧改"，组织编写了《长春惨案》《袁世凯皇帝梦》等时装戏，王镇南、樊粹庭等进步文人则推动河南梆子改革并为之编写《中法战争》《五卅惨案》《涤耻血》这类新剧本，常常引起轰动，豫剧在他们的推动下，很快发展成沿陇海线延伸、覆盖了中原大地和北半部中国的大剧种。起于河北唐山"蹦蹦戏"的评剧，经成兆才1919年以河北滦县真实案件为素材创作出《杨三姐告状》，演出一时风靡，此剧成为评剧经典剧目盛演百年而至今不衰，评剧则迅速发展为流行华北、东北地区和北京的大剧种。

在这种时代变化中，吸取当时处于优势的西方写实戏剧的舞台方法，甚至新兴的电影艺术的屏幕写实方法，以解决戏曲脱离时代之弊，似乎成为历史的要求。走得最远的是20世纪40年代盛行的上海沪剧"西装旗袍戏"。例如1941年1月成立的上海沪剧社首演根据美国同名电影改编的《魂断蓝桥》，在舞台形式方面就吸收话剧和电影手段进行了许多改革。它的舞台装置采用立体布景，配以声、光、电手段，替代原来的软片布景和一桌二椅，化妆以油彩取代过去的水粉妆。他们宣传自己的广告语言是"布景道具电影化，演出台步话剧化，唱词说白申曲化"。[3]电影化、话剧化如果指的是合理吸收这些表演艺术的优秀成分来扩大戏曲舞台的表现力，没有什么不好的。但实际运用中往往走向偏颇，带来许多问题。像程砚秋所批评的："旧剧中有些人，死板地运用了'写实'两字，以为写实便该是实，于是在舞台上，火要真烧，雨要真下，活牛上

① 鲁迅：《〈奔流〉编校后记（三）》，《奔流》第2卷第2期，1928年。
② 程砚秋：《皮簧与摩登》，《北平晨报》1931年8月26日。
③ 高义龙、李晓主编：《中国戏曲现代戏史》，上海文化出版社1999年版，第59页。

台，当场出彩，这只是把戏不是艺术了，我觉得是错误的。"①违背戏曲本质属性和它的规定性的做法，只能造成舞台的失败，程砚秋因而总结说："中国戏剧表演技术的构成……一切原来都是从写实上出发的，但是中间却经过一番舞蹈的陶冶，因而形成了一种特殊的方式。近些年来，许多人都试把直接写实的方法，渗入到旧剧里面去，结果新的道路并没开好，原旧的道路也模糊了。"②

（三）艰难推进的戏曲改革：自为阶段

戏曲改革一度失却了正确方向，因而被时代所冷落。然而，抗日战争的爆发，使它又重新回到了众目交汇的位置。田汉说："旧剧改革问题提起了数十年，迄不曾得十分满足的成就……这一问题直到抗战开始后反复提得很强。为的是要争取抗战胜利，必须动员广大军民。而广大军民最熟悉的艺术形式便是旧剧。因而改革旧剧使适合当前需要成为迫切之课题，盖无疑义。"③老百姓爱看戏曲不爱看话剧，戏曲有唱功有做工，与长期受到熏陶的百姓审美趣味相吻合，戏曲结构符合民族审美习惯，例如叙事清晰、一线到底、有头有尾、大团圆。学习和接触过西方文化的知识界人士熟悉、适应、习惯了的西方审美样式，不等于广大百姓都能够顺利接受。话剧在底层民众那里不受拥戴的尴尬，说明了这一问题。20世纪三四十年代"话剧民族化"口号的提出，知识界关于话剧必须向戏曲学习的认识，都是试图解决这一问题的征象。更重要的，在运用各种表演手段深入揭示人物心理方面戏曲的表现力尤强，而话剧则基本无能。在时代的新需求前面，戏曲改革被重新提上了日程。

解放区的戏曲改革最初为了现实需要，走的是"旧瓶装新酒"的路子。鲁迅艺术学院1938年7月7日在延安抗日战争一周年纪念晚会上演出的新编京剧《松花江》，系根据京剧传统戏《打渔杀家》的情节框架编造而成，而把萧恩的故事改造为松花江畔一位老渔翁不堪忍受日本侵略者欺压凌辱，奋起反抗。演员穿戴当时的现代服装，脸部化妆参照话剧方法，打锣鼓点，唱西皮二黄。以后又有其他几部戏同样如此。例如《刘家村》系改编自旧京戏《乌龙院》，而把刘唐、宋江换作八路军侦察员和准备起义的伪官吏，将阎惜娇、张文远改

---

① 程砚秋：《关于地方戏曲的调查计划》，《人民日报》1950年4月16日。

② 程砚秋：《西北戏曲访问小记》，《人民日报》1950年2月25日。

③ 田汉：《关于旧剧改革》，翁思再主编《京剧丛谈百年录》，河北教育出版社1999年版，上册第99页。

写为敌伪走狗。《赵家镇》改自旧戏《清风寨》，内容换成八路军战士伪装妇女，把日军士兵引入民房活捉。①这些戏形式和内容不尽吻合，但内容的新鲜感仍然吸引了观众的热心观赏。在这个基础上，鲁艺开始了真正的现代京剧创作。例如阿甲编写的《钱守常》一剧，表现开明绅士钱守常投奔游击队的故事，其舞台方式较为灵活自由地运用了京剧旧程式，内容和形式的矛盾解决得比较好，受到观众赞扬。在此基础上，1942年成立的延安平剧院发表《致全国评剧界书》，正式提出"改造评剧"的口号，要将这种"时代的旧艺术，一变而为新时代的新艺术"，②于1943年12月20日首演新编京剧《逼上梁山》成功，1945年2月22日又首演《三打祝家庄》成功，几年中更是编演了十七八个京剧现代剧目如《难民曲》《上天堂》等，尽可能地运用京剧的形式为表现新的生活内容服务，务求在编、导、演、音乐各方面取得和谐效果，为京剧改革和表现现代生活积累了经验。

1949年成立的新的国家政权，首次把戏曲改革通过国家意志的方式确立下来，并且从以往的单纯舞台形式改革延伸到了"改戏、改人、改制"，全面改变了戏曲传统的艺术生产、经营方式和训练方式。创作现代戏的任务被以国家文化政策的方式醒目提出，以政务院《关于戏曲改革工作的指示》的方式面世，所谓"五五指示"，但它的倡导却是符合艺术发展规律的："戏曲应以发扬人民新的爱国主义精神，鼓舞人民在革命斗争与生产劳动中的英雄主义为首要任务……地方戏尤其是民间小戏，形式较简单活泼，容易反映现代生活，并且也容易为群众接受，应特别加以重视。"果然，反映农村生活的戏曲现代戏首先在地方小戏中成批涌现：评剧《刘巧儿》《小女婿》，沪剧《白毛女》《罗汉钱》，眉户戏《梁秋燕》、吕剧《李二嫂改嫁》、甬剧《两兄弟》、秦腔《血泪仇》、越剧《祥林嫂》、落子《小二黑结婚》等等，取得了相当丰富的舞台经验。由于地方小戏的表现方式与农业耕作的生存方式有着血肉联系，在这方面传统与现实的距离并不大甚至没有距离，因而实现内容与形式的统一无须跨越多少障碍，易于获取成功。然而对于京剧这样以宫廷袍带戏为主要表现对象、程式化程度高的古老剧种来说，其功能与现实表现力的局限就非

---

① 高义龙、李晓主编：《中国戏曲现代戏史》，上海文化出版社1999年版，第97页、第98页。

② 载《平剧研究院成立特刊》，1942年双十节延安印刷。

常大。当然，即使是京剧，其不同行当与现实的距离也是不同的，例如梅兰芳就说过："我觉得花旦、丑角这两门行当，由于在传统剧目里，穿的服装，大半露手露脚，又常常说京白，习惯语言动作，比较接近现实生活，所以演时装戏，在创造人物时，比其他行当要便利些。"①这是经验之谈，也是他亲身实践的理性总结。对于像京剧这样程式化程度高的古老剧种难以改造以表现现代生活，当时人是有着清醒认识的。例如周扬就指出："凡目前不适合于表现现代生活，而只适合于表现历史和民间传说题材的，就不是强求它立刻表现现代生活，以致损伤它固有的优点和特色，而只能逐步地引导它向这个方面发展。在这里，性急和粗暴是有害的。"夏衍也说："不看到（京剧）这种程式化了的形式和它所要表现的新的内容之间的矛盾，而强求它立即去表现现代生活，我以为是不适当的。"②马少波则提出：要"在艺术上通过不断的实验和创造，在相当长的时间内逐步达到京剧能够表现现代生活。"③这些认识无疑具有客观性和真理性。

然而，焦躁的时代等不及了。1958年的"戏曲大跃进"中，全国掀起创演现代戏的热潮，许多剧种都在极短时间内编演出众多的现代戏剧目。这些剧目大多未能留下历史痕迹，而且艺术粗糙，大约多在写实表演的基础上添加上戏曲唱腔而已，人讥为"话剧加唱"。在狂热的时代背景下，古老剧种也坐不住了，京剧创作了《白毛女》，昆剧创作了《红霞》。1958年6月文化部组织了现代戏联合公演，并在7月14日结束的"戏曲表现现代生活座谈会"上，第一次提出"以现代剧目为纲"的方针，号召掀起"戏曲大跃进"："鼓足干劲，破除迷信，苦战三年，争取在大多数的剧种和剧团的上演剧目中，现代剧目的比例分别达到20%～50%。"④而周扬的讲话中更是提出现代戏创作要在"量中求质"。⑤艺术突击的结果自然会制造出不伦不类来，阿甲的下述叙说可以引以为证："京剧的武打，为了发挥传统的武技，在表现现代战争时，见了敌人，好像故意有枪不放，只等着肉搏，好翻好打……（解放军军官）穿着军装，踱着方步，念着拖腔拖调、原封不动的韵白，也有为了添点舞蹈，举

① 梅兰芳：《舞台生活四十年》，中国戏剧出版社1961年版，第3集第101页。
② 夏衍：《为提高和发展新时代的戏曲艺术而奋斗》，《戏剧报》1954年第12期。
③ 马少波：《关于京剧艺术进一步改革的商榷》，《戏剧报》1954年第10期。
④ 刘明芝：《为创造社会主义的民族的新戏曲而努力》，《戏剧报》1958年第15期。
⑤ 《周扬同志谈戏曲表现现代生活问题》，《戏剧报》1958年第15期。

手投足，规格整齐，虽认真演戏，力求严肃，而效果恰恰是使人感到滑稽可笑……乐队演奏的节奏，和现代生活的动作节奏，有些地方往往不能合拍，如一打'长锤'，穿西装的人物，也就自然而然地踱起八字步来……"[①]

经过迅速的创作突击和在舞台实践中克服上述缺陷之后，1964年文化部举办的京剧现代戏观摩演出大会上，18个省市的29个剧团演出了35台现代京剧，全面检阅了几年来在行政权力支持下收获的创作成果。尽管这些作品大约除了唱腔外几乎全部改变了京剧的传统表演方法，但时代的思想需求也拉近了观众与京剧现代形式的距离，人们很快认可了这种穿现代服装唱皮黄的舞台样式。"文革"中的1966年11月28日，中央文革小组组长康生宣布了八个革命样板戏的名录，有五部现代京剧列名其中：《智取威虎山》《红灯记》《海港》《沙家浜》《奇袭白虎团》。以后又有《龙江颂》和《杜鹃山》也添名其间。京剧"样板戏"借鉴了许多话剧手法，一般都结构完整、场次集中、情节紧凑、矛盾冲突尖锐，故事脉络清晰、有头有尾，情节发展层层推进、高潮迭起。其成就尤其体现在音乐创腔上：西皮二黄基础上的完整人物主题音乐设计和中西混合乐队伴奏，使得音乐形象鲜明而丰富。而相对固定的时空、虚实结合的布景、节奏化了的生活动作都使其在吸收和超越话剧手法的同时，形成介乎戏曲和话剧之间的新的审美定式。

"文革"样板戏的强制性推进使戏曲在表现现实能力提高的同时，也造成戏曲一定程度上的写实化扭曲。至于极"左"思潮支配下的"三突出"模式给戏曲带来的戕害则更是时代留下的疮疤。

（四）程式化与用景：两道门槛

戏曲现代化遇到的主要问题，是在反映现代生活的路途中，如何既遵循传统的美学原则以保守住自己的传统质，又能吸收新的表现手法来体现时代特色的矛盾。其中，如何利用和发挥好戏曲的传统程式，如何在戏曲舞台上用好布景等问题，成为长期探索的实践命题。

我们首先来看戏曲的程式继承问题。戏曲是用程式表现生活的，它的传统程式是在古代生活基础上长期总结提升而成，因而与古代生活有着密不可分的联系。比如戏曲人物的许多动作，是在古代服装、用具和礼节制约基础上形

---

① 阿甲：《谈戏曲表现现代生活》，中国戏剧出版社2005年版，上册第163页。

成的，身穿长袍长衫的人迈步就与今人穿裤子不一样，坐轿就与骑自行车不一样，甚至古人见面打恭叩首的动作也与20世纪后的握手不同。民国以后中国民间生活方式已经改变得很厉害，服装、礼俗、动作和生活习惯与以前都有了极大差异，戏曲要对之进行舞台表现，缺乏程式经验，硬要表现则只好走写实一路。于是，戏曲丢失了根本，戏曲表演陷入了无法克服的矛盾。梅兰芳曾经总结说："拿我个人一点粗浅的经验来看，古典歌舞剧是建筑在歌舞上面的。一切动作和歌唱，都要配合场面上的节奏而形成它自己的一种规律。前辈老艺人创造这许多优美的舞蹈，都是根据现实生活中的动作，把它进行提炼、夸张才构成的歌舞艺术。所以古典歌舞剧的演员负着两重任务，除了很契合剧情地扮演那个剧中人之外，还有把优美的舞蹈加以体现的重要责任。时装戏表演的是现代故事。演员在台上的动作，应该尽量接近我们日常生活的形态，这就不可能像歌舞剧那样处处把它舞蹈化了。在这个条件之下，京剧演员从小练成功的和经常在台上用的那些舞蹈动作，全都学非所用，大有'英雄无用武之地'之势。"[1]

因为用古代社会生活基础上长期积累形成的程式无法表现现代生活，服装变化使水袖功、行走功、靠把功都无法使用，武器的变化使打出手、对花枪、刀法锤法枪法都无法使用——我们却经常在戏曲舞台上见到现代战士作战扔掉枪支不用而拿刀格斗的可笑场面，而社会阶级、阶层人群的变化，使得以往在古代士农工商和官吏基础上确立的行当程式成为无源之水、无本之木，例如花脸、丑角和袍带戏的表演程式在扮演社会新兴人物时大多无法直接利用，表演就只好写实，舞台效果则靠近话剧，戏曲演出就成了话剧加唱，于是，戏曲相对于话剧失去了舞台优势。戏曲的唱腔也和写实的舞台表演发生冲突，于是在剧中主角歌唱时，我们习常见到的是满台的人物都站在那里等待的沉闷场景。尽管自始至终有人在不遗余力地倡导要创造新的程式和行当，现实操作中却难度极大。更有甚者，现代生活的发展变迁速率超乎想象，农业时代向工业时代的转化刚刚成型，信息时代的状貌就已经大面积覆盖。而程式本不是一朝一夕能够形成的，需要固定不变年复一年地生活重复，需要长久的舞台积淀和淘洗，需要观众在长期观演中确立起理解默契。充满了变化的现代生活却不断对

---

[1] 梅兰芳：《舞台生活四十年》，中国戏剧出版社1961年版，第2集第69、70页。

舞台表现构成挑战和颠覆：刚有人创造了一个很有特色的自行车舞，汽车又淘汰了自行车；打电话的舞姿人们还没有熟悉，操纵计算机的舞蹈又登场了。这里还没有涉及当代审美趣味的更加追求新奇、崇尚艺术创新而唾弃沿袭重复。

人们在实践中认识到丢掉戏曲美而靠向话剧演出的路数行不通，因为话剧加唱严重损害了戏曲的审美原则而使之丧失了特色与本质。梅兰芳从时装京戏退缩回来就说明了这一点。但是，如何使现代戏能够保持戏曲化、程式化和美化的表演，则是一个需要长期探索的命题。今天看来，地方小戏表现农村生活、以近现代内容为对象的演出，其成功率较大。但是，古老剧种表现都市生活、以当代内容为对象的演出，几乎还未成功。

其次我们来探讨戏曲的用景问题，用景构成了戏曲舞台改革的突出矛盾。当话剧的实景演出最初出现时，它的娱目力是强大的，戏曲于是蠢蠢欲动，也想学着用话剧的写实布景来吸引观众，一时之间舞台面貌大变。光绪十九年（1893）十月，上海天仙茶园排演《中外通商》的"灯彩新戏"，聘请了"西洋画师"和"闽广彩匠"共同创作布景，采用平面绘画和立体彩扎相结合的方式，把火轮船、炮台、云梯、外国兵大餐房、水龙会、十六国扮相等景物，写实地呈现在舞台上。[1]因为效果颇为新奇，所以次年元月天仙茶园又排演"奇彩灯戏"《财源茂盛》一剧，继续采用此法。这种做法日渐成风，开始影响到戏曲创作的背景构设。从当时人创作的戏曲剧本提示中，我们可以看出舞台对写实布景道具的运用："场上放烟火，作汽车抵埠介"[2]"场上设洋菜席"[3]"场上设礼堂"[4]"场面摆设纸扎戈登像石塔，改摆纸扎亭台花盆等

---

①　光绪十九年（1893）十月初八《申报》刊登新戏演出广告云："迩日，《申报》上论说中外通商五十年，于华历十月初十、十一两天，工部局、租界、店铺俱皆悬灯结彩，以为中外共庆和好之年，万民均睹升平之象。小园借此为题，将五十年内中外事情排成为戏。不惜工本，聘请闽广彩匠、西洋画师，扎就诸色绫罗绸绢灯彩，火轮船、炮台、云梯、外国兵大餐房、水龙会、十六国扮相，别开生面。是否有当，以博一观。准于十月初九夜试演。届期务请诸公早降是荷。天仙园主谨启。"

②　伤时子：《苍鹰击》第5出，阿英编《晚清文学丛钞·传奇杂剧卷》上，中华书局1962年版。

③　感惺：《断头台》，《中国白话报》1904年。《中国新文学大系·戏剧集一》，上海文艺出版社1985年版，第468页。

④　华伟生：《开国奇冤》，阿英编《晚清文学丛钞·传奇杂剧卷》，中华书局1962年版，第289页。

物"①"场上设铜像二"②"场上设树枝，上缀零星白纸，作梨花状"③等等。剧本中这些实景装置的指示性要求，反证了当时舞台布景风气的一斑。

但是戏曲用景遇到极大的舞台矛盾。其首要矛盾是表演的虚拟性与舞台景物的写实性发生冲突。早在徐珂《清稗类抄·戏剧类》里就说，清末戏曲舞台上"多用布景，器具必真，于是扞格附会，反多支离。如上床安寝，何以未卸裙履？未入房户，何以能见联屏？乘车者既有真车矣，骑马者何以无真马？交战时，背景一幅山林，而相打者乃转来转去，追逐半日，不离寻丈之地，此皆不可通者也"。床是真的了，上床睡觉却不脱衣服；屋子里摆上了屏风，进屋却没有门；坐车的上了真车，骑马的还在挥假鞭子；征战者骑马追打了几十里地了，后面的景物却没发生任何变化。这种生硬掺和写实写意两种不同舞台方式的做法，只能给人以不伦不类感。所以梅兰芳曾说："拿我个人的经验说，大部分旧剧是不适用布景的。因为京剧的表演方法是写意的，当演员没有出台的时候，舞台上是空洞无物的，演员一上场，就表现了时间与空间的作用和变化，活的布景就全在演员的身上。马鞭一打，说明了走马；船桨一摇，说明了行船；转一个圆场，就过了好几条街，或者是千山万水；更鼓一响，就说明了黑夜或天明。由于时间和环境的变动太快，布景就追不上，所以在旧剧目里使用布景，局限性很大。据我的经验，只有在排演新戏的时候，可以使用布景。"④然而使用写实布景似乎成了戏曲舞台吸引观众的重要途径，百年来人们在这方面反复尝试不已，也屡屡失败不已。一直到1961年，宗白华还分析说："中国广大群众是否都要求布景，需要进行分析。要布景，是为了看热闹，看多了会转过来看表演的。群众要求不平衡，层次复杂，应该看主要的倾向。""群众并不要求西洋式的布景。目前部分群众有这种要求，这不会是永恒的，是会改变的。"⑤

徐珂早就指出的实景与虚拟表演之间的矛盾，半个世纪之后仍然存在于

---

① 东亚病夫：《孽海花》，阿英编《晚清文学丛抄·说唱文学卷》，中华书局1962年版，第370页。

② 讴歌变俗人：《经国美谈》，阿英编《晚清文学丛抄·说唱文学卷》，中华书局1962年版，第537页。

③ 洪栋园：《警黄钟》第2出，《新小说》1906年。

④ 梅兰芳：《对京剧表演艺术的一点体会》，《戏剧报》1955年第1期。

⑤ 宗白华：《中西戏剧比较及其他》，翁思再主编《京剧丛谈百年录》，河北教育出版社1999年版，上册第119、120页。

样板戏中而没有前进半步！一个极端的例子是革命现代京剧《智取威虎山》里出现了写实布景与虚拟表演的决然对立：布景是大森林中的排排参天松树，阳光从树的缝隙里射进，投下斜的光线。表演却是主角杨子荣骑着一匹看不见的马，手里高擎马鞭在高歌疾驰。效果是杨子荣行走了上百里路，他背后的松树却还是原来的，一动也没动！

　　而戏曲剧场的现代化改造，加重了对传统表演的离心力。在西方建筑学思想和技术的影响下，中国的戏园建筑从清末开始发生变化，改变了传统的简陋，开放式台口改为镜框式，采纳现代声学和光学原理，采用西方的舞台技术设备如机械传动、灯光照明、分幕与垂幕、各类新颖材料制作的景片等。改变了在上下场门之间进行曲线运动的传统舞台调度的范式，而镜框式演出又习惯性地要求添置写实布景，戏曲受到场地影响的因素就加大了。新中国成立后为了"净化舞台"，又"创造"出一种新的困扰。由于戏曲演出不分场，不可能像话剧那样只在几幕之间开合大幕，而是随时都要换场，有时一场戏要改换几十次场地，为了掩盖换场换布景，只好不断地开合大幕。一场戏里，只见大幕拉开又合上，合上又拉开，弄得观众看不见戏只看见幕了。我在20世纪80年代初看戏时还常常见到这种情形：戏曲中有时充满了碎场子，于是只见二道幕纷飞，有时幕把正在演唱的演员"切"进幕里，有时幕把应该"切"进幕里的桌椅"切"在了幕外，还要里面人再伸出手来拖进去，闹出许多笑话，严重干扰了观众剧场审美。吴祖光曾经讽刺说："记得刚刚以拉幕来代替检场时，一位著名的演员对我说：'我们现在成了变戏法的了。幕一闭桌椅不见了。再一拉桌椅又出来了。'"他因而总结说："一般的舞台都很浅，二道幕拉来拉去常常会妨碍演员的表演和地位。"[1]而一些戏曲作家为了减少这种问题，在写剧本时尽量参照话剧办法来结构场次，多用大场整场戏，减少小场过场戏，戏曲的传统结构就被改变了。

　　在长期的舞台实践与理论探讨中，总结了不少成功与众多教训之后，人们才逐渐认清了戏曲发展的一些基本原则，例如要尊重和继承传统，戏曲要程式化、虚拟化不要话剧话，戏曲用景可以以虚为主、以实为辅，要一戏一议、一场一议，不能一概而论等等。

---

　　① 吴祖光：《谈谈戏曲改革的几个实际问题》，《吴祖光论剧》，中国戏剧出版社1981年版，第130页。

（五）新时期的舞台曙光

盲目地模仿西方使戏曲在一定程度上迷失了自我，过度的写实倾向则对戏曲的本质属性造成损害，这种情形在新时期之后的30年舞台实践中才逐步纠正过来。20世纪80年代以后，戏曲界反思了以往创作现代戏的盲目倾向，开始在现代化剧场和舞台上确立符合民族审美特性的表演手段和空间处理方式。虽然演出空间的基础仍然是西式剧场，但当代戏曲导演和设计者对于传统美学原则、现代灯光、布景装饰、舞台调度手段的理解和运用都达到了一个新的高度，绝非昔日可比了。

20世纪80年代，一些地方剧种发挥舞台动感强烈、手段欢快活泼的特点，率先做出榜样，在体现现实生活的舞台场景中尽量发挥戏曲程式和虚拟表演的功能与特长，以提高舞台的写意化程度和观赏因素，令人耳目一新。湖南花鼓戏《八品官》《牛多喜坐轿》《嘻队长》，豫剧《倒霉大叔的婚事》、商洛花鼓戏《六斤县长》都有值得称道的地方。川剧《四姑娘》里自由时空的运用、淮剧《奇婚记》里门里门外的虚拟表演、汉剧《弹吉他的姑娘》里的电话舞是人们乐于称道的。90年代以后，现代戏创作的成功剧目已经积累起经验，荆州花鼓戏《原野情仇》、梅州山歌剧《山稔果》，吕剧《苦菜花》《石龙湾》，楚剧《虎将军》、粤剧《驼哥的旗》、眉户戏《迟开的玫瑰》、评剧《贫嘴张大民的幸福生活》、越剧《孔乙己》、昆明花灯剧《小河淌水》、梅州山歌剧《等郎妹》、蒲剧《土炕上的女人》、豫剧《铡刀下的红梅》等，在剧种特色基础上创造出适合戏曲表演的崭新形式，尽可能体现出戏曲歌舞演故事的美学特征，都给人以深刻启发。一些充满现代活力的剧种如花鼓戏、采茶戏等，利用自身轻捷灵动、歌舞魅力强的优长，充分吸收现代声、光、舞台装置的成果来发挥舞台美，以其载歌载舞的艺术形式引起世人的广泛瞩目，推出了一批内容和形式结合得较好的优秀作品，如赣南采茶戏《山歌情》《榨油坊风情》，彩调剧《哪嗬咿嗬嗨》、荆州花鼓戏《十二月等郎》，把鲜活的地域特点与深刻的生活内涵注入舞台，实现了剧作意境的诗意表达。这期间，传统剧种逐渐实现舞台转换，焕发出新的青春气息。例如川剧将自身丰富的表演程式与现代舞台技术创造性地焊接，以一部连一部的新创剧目系列，如《巴山秀才》《易胆大》《四姑娘》《变脸》《死水微澜》《山杠爷》《金子》等，标示出自身舞台转型的实现。京剧也推出了《药王庙传奇》《江姐》《山花》《风雨同仁堂》《华子良》《骆驼祥子》系列，以其突破旧程式的尝试和表现现代生活的创新，将京剧艺术推向一个既沉雄醇厚又瑰丽多姿的阶段。获得良好舞台效果并得到观众一致好评的现代剧目，都十分重视人物的舞台形体语汇，刻意在传统程式的基础上对现实生活状态进行戏曲化加工改造，川剧《金子》、京剧《骆驼祥子》和《华子良》都在这方面有着成功探索。当然，戏曲现代化的步伐仍然比生活转型慢一个节拍，戏曲能否表现和如何表现现代都市生活，或许还有漫长的探索之路要走。

新时期戏曲在处理舞台布景与表演的关系方面取得成功推进，积累起成熟的经验。它主要运用两种方式来解决以往无法调和的矛盾，一是注意制作抽象布景，二是运用灯光进行调节，后者在戏曲舞台变革中甚至发挥了划时代的作用。

抽象布景不具体代表一个固定场景，不确定一个实际的生活空间，而是暗示或者象征一种情调、一种氛围、一个边缘模糊的空间概念，人们只是在感觉上觉得它符合剧情的需要，它并不影响和干扰舞台上的表演。我们看到现在戏曲舞台上背景和景片设置尽量写意化、抽象化，模糊它对固定时空的暗示，以制造恰当氛围和情调而不是具体指示背景为目的，收到很好效果。当然也时而看到很具象的舞台设计，那是由于剧目的特殊需要。如果剧目要求固定时空，当然可以用实景，一定时候还能发挥很大作用。20世纪90年代以后人们对于舞台的评价都是具体的，看其是否符合自身的完整性要求，而不是出于外在的某种观念。如果剧目要求写意场景，舞台上出现的就应该是写意的背景。剧目要求写实空间，布景也可以是写实的。人们只就一部戏的风格是否整一、布景与剧目需要是否吻合来做出评判，这是实事求是的艺术态度。

灯光则成为当代戏曲舞台最常用的空间限定手段和表现手段，例如灯光的转亮和转暗可用来处理换场、撤换道具，舞台时空转变大部分可用灯光解决。暗转，一束追光、一个聚焦，时空就改变了，灯光再亮，舞台场景都变了。聚光灯的光圈甚至可以把舞台分隔成不同的表演空间。现在常常见到黑底幕无布景的设计，仅凭灯光来烘托表演，表演就获得了自由的时间和空间。人们通过灯光的强弱、角度、色彩、变换方式，景片的质地、视感、色温、内在意蕴，来感受戏曲的时空氛围。灯光对于人类戏剧舞台革新起了巨大的作用，而这个作用在19世纪末还仅仅是设想。那时瑞士伟大的灯光设计师阿庇亚预言说，灯光将改变整个戏剧世界。这个预言早已在西方、现在又在中国实现了。20世纪戏剧的任何改革都离不开灯光的支持。西方现代派戏剧利用灯光，以后又利用多媒体来切割舞台，发挥了很大作用。而新时期中国的戏曲舞台上，灯光的影响力也越来越大，舞台上已经取消了侧幕，相当数量的戏甚至是没有幕的，靠的就是灯光调节。20世纪90年代以后戏曲舞台上的灯光运用已经达到了炉火纯青的程度，人们充分享受着灯光革命的成果，领略着戏曲舞台万紫千红的风采。光线、色彩与音乐的结合，其表意性既是强烈的，又是极其美妙的。灯光是走在现代戏曲T形台上的时装模特，时代风貌与美的气息扑面而来。戏曲对灯光的依赖性越来越强，而灯光则使戏曲在一夜之间告别了过去，跨入新的纪元。

今天戏曲的尴尬在于其自身特征的逐步消失，这很大程度上一方面来自现代科技对戏曲舞台的支撑与阉割，另一方面来自戏曲对于公共导演越来越多地依赖。新时期舞台技术的巨大跨步，造成重大的时尚转移。现代戏曲在舞台设备现代化、电子化、程控化的基础上，广泛受到影视艺术和其他综合艺术的影响，舞台为日益加重的声光电效果所充斥，改变了其自身的原始质朴与浑融。戏曲表演对声光电特效的依赖日益严重，这既反映了戏曲的时代性进步，也使其舞台受到严重的声光电冲击，减少了表演的独立含量。而由于公共导演的开放性视野、较深厚功力和学力、对于舞台综合表意手段的整体驾驭力、对于现代科技手段的掌握力和运用力、对于戏曲舞台可能性的自觉意识和更大开掘力，带来戏曲创新力的勃发，从而整体推动了近30年的戏曲舞台革新，为之装点出姹紫嫣红的时代色。然而，首先是舞台公共表意手段的经常共用；其次是地方文化和民俗特征的逐步泯灭——许多地方戏曲特征仅剩下唱腔，而唱腔又在外来音乐的掺并下减弱了个性，其三是对公共导演的依赖导致戏曲的进一步话剧化、歌舞化、影视化，使得原始的戏曲质被众量消除。戏曲的面目正在模糊，棱角分明的塑形正在融为一团混沌。时代共力的作用，使戏曲日益泯灭了独特性。

艺术没有先进与落后之分，只有盛行与湮灭。中华传统戏曲的命运即如此：兴盛800年，20世纪初遇到危机，50年代成为一代天骄，"文革"十年中八花独放，80年代后先衰落后变异再振兴。21世纪开局，由于人类口头非物质遗产计划的正向推进，戏曲似乎正在新的平台上走向中心。尽管戏曲的发展受到当代社会生活方式和现代派艺术的很大冲击，她仍然是当今最受关注和尊重的传统艺术之一，而且随着社会转型与文化立国目标的迫近，将越来越受到重视。眼下我们看到的是：民间需要戏曲，政府提倡戏曲，国际文化重视戏曲。中华戏曲将作为优秀传统艺术进入现代社会的一个典型而得到发扬光大。

（原载《文化艺术研究》2010年2月）

附：廖奔主要作品目录

1. 廖奔著：《爱的困惑》，与刘彦君合作，北京国际文化出版公司1988年版

2. 廖奔著：《宋元戏曲文物与民俗》，北京文化艺术出版社1989年版

3. 廖奔著：《中国戏剧的蝉蜕》，与刘彦君合作，北京文化艺术出版社1989年版

4. 廖奔著：《中国戏曲声腔源流史》，台北贯雅文化事业出版公司1992年版

5. 廖奔著：《美利坚的诱惑》，上海文艺出版社1993年版

6. 廖奔著：《城堡特使》（译著），香港读者文摘出版公司1993年版

7. 廖奔著：《中国古代剧场史》，郑州：中州古籍出版社1996年版

8. 廖奔著：《中国戏剧图史》，河南教育出版社1997年版

9. 廖奔著：《中华文化通志·戏曲志》，上海人民出版社1998年版

10. 廖奔著：《戏剧：中国与东西方》，台北学海出版社1999年版

11. 廖奔著：《中国戏曲发展史》（四卷本，与刘彦君合作），山西教育出版社2000年版

12. 廖奔著：《廖奔戏剧时评》，开封河南大学出版社2002年版

13. 廖奔著：《行色匆匆》，北京工人出版社2003年版

14. 廖奔著：《淡空鹤影》，北京中国文联出版社2003年版

15. 廖奔著：《戏曲文物发覆》，厦门大学出版社2003年版

16. 廖奔著：《你也能拍电影》，北京中国电影出版社2004年版

17. 廖奔著：《中国戏曲史》，上海人民出版社2004年版

18. 廖奔著：《中外戏剧史》（与刘彦君合作），南宁广西师大出版社2004年版

19. 廖奔著：《中国戏曲发展简史》（与刘彦君合作），太原山西教育出版社2006年版

20. 廖奔著：《廖奔戏剧时评（2）》，四川文艺出版社2006年版

21. 廖奔著：《东西方戏剧的对峙与解构》，上海辞书出版社2007年版

22. 廖奔著：《躬耕集:廖奔古典戏曲论集》，台北国家出版社2008年版

23. 廖奔著：《品剧日记（上）》，北京社会科学出版社2010年版

24. 廖奔著：《品剧日记（下）》，北京社会科学出版社2011年版

25. 廖奔著：《中国戏曲文物图谱》（与赵建新合作），北京中国戏剧出版社2015年版

图书在版编目（CIP）数据

云吟集 / 廖奔著. —北京：中国文史出版社，2017.2

（政协委员文库）

ISBN978-7-5034-8977-8

Ⅰ.①云… Ⅱ.①廖… Ⅲ.①剧本—作品综合集—中国—当代　②游记—

作品集—中国—当代　③戏剧理论—中国—文集　Ⅳ.① I217.2

中国版本图书馆 CIP 数据核字（2017）第 027267 号

责任编辑：全秋生

出版发行：**中国文史出版社**

网　　址：www.chinawenshi.net

社　　址：北京市西城区太平桥大街 23 号　邮编：100811

电　　话：010—66173572　66168268　66192736（发行部）

传　　真：010—66192703

印　　装：北京地大天成印务有限公司

经　　销：全国新华书店

开　　本：787×1092　1/16

印　　张：31　　　　插页：2

字　　数：495 千字

版　　次：2017 年 4 月北京第 1 版

印　　次：2017 年 4 月第 1 次印刷

定　　价：58.00 元